译文纪实

WE THE CORPORATIONS
How American Businesses Won Their Civil Rights

Adam Winkler

[美] 亚当·温克勒 著　　　　　舍其 译

宪法里的生意经

法人与美国的民权运动

上海译文出版社

献给马戈和欧文·温克勒，
感谢你们无私的爱、无穷的支持和无尽的激励。

目录

位于纽约市麦迪逊广场公园的罗斯科·康克林塑像。此公既是宪法第十四条修正案的缔造者，也是南太平洋铁路公司的律师

引言　法人亦人民?

1882 年 12 月,前参议员,总统切斯特·阿瑟(Chester Arthur)的密友罗斯科·康克林(Roscoe Conkling),出现在美国最高法院大法官面前,辩称像他的委托人南太平洋铁路公司这样的法人,也享有第十四条修正案所赋予的同等权利。尽管宪法的这一条款规定,任何州"不经正当法律程序,不得剥夺任何人的生命、自由或财产","也不得拒绝给予任何人以平等法律保护",但康克林坚持认为,修正案的起草人原本也打算涵盖商业法人。康克林解释道,涉及"人"的法律,"长期以来一直被视为……既包括自然人,也包括虚构的人"。这一做法由来已久,"制定第十四条修正案的人,提出这条修正案的国会,以及通过立法机构批准这条修正案的人们",都对此心知肚明。

康克林的主张非同寻常。第十四条修正案是在南北战争后通过的,旨在保障得到自由的奴隶的权利,并不是为了保护法人。但大法官对康克林也无比信任。过去二十年,他都是共和党在国会中的领袖,经常有人说他是首都华盛顿最有权势的人。他曾两次被提名为最高法院大法官,最近一次是他代表南太平洋铁路公司出庭的同年春天。参议院投票通过了对他的任命,但他拒绝了大法官一职,理由是他在公共服务领域的经验乏善可陈——在他之后,再没有人像他这么干过:最高法院大法官的任命下来之后却拒绝履职。跟当时的大部分律师比起来,大法官们觉得康克林更像是自己的同行。而涉及与第十四条修正案的起草有关的历史时,康克林之专精无人能望其项背。作为内战后重建时期的国会议员,康克林也一直在起草这条修正案的委员会供职。如果有人能证明第十四条修正案起草人的意图，那这个人非康克林莫属，因为他自己就是起草人之一。

为了让这个不太可能的说法站得住脚，康克林炮制了一份发霉的、从未公开过的日志，据说详细记录了该委员会的深思熟虑。康克林指出，好好读一下这本日志就会发现，尽管全国人民都在关心自由人的权利，他和国会中的其他人也一直在担心，法律给企业带来的负担过重。正是出于这个原因，第十四条修正案才采用了"人"这个词。康克林说，更早的修正案草稿保障的是"公民"权利，但这一用语后来被专门改掉，就为了将法人也包括进去，因为出于各种各样的原因，法人也经常被法律视为人。因此，康克林提出，第十四条修正案不只是将受平等保护、经正当程序的权利赋予了以前的奴隶，南太平洋铁路公司也同样有份。

康克林对第十四条修正案起草过程的叙述只有一个小问题：纯属子虚乌有。修正案起草人并未试图将对法人闻所未闻的宽泛保护秘密写入宪法，修正案的措辞也没有像康克林说的那样改来改去。后面我们会看到，美国政坛的一位杰出人物，就曾这样试图欺骗最高法院大法官，以期为南太平洋铁路公司赢得宪法保护[1]。

尽管程序混乱使得大法官无法对康克林的案子做出最终裁决，不久之后，大法官还是接受了康克林的说法，认为法人权利也受第十四条修正案保护。接下来的岁月中，最高法院一再援引这些法人权利，令无数意在管制企业运营、监督企业以及向企业征税的法律折戟沉沙。1868年是这条修正案通过的年份，到1912年，有位学者统计了最高法院在此期间审理过的所有第十四条修正案案件，发现大法官判决的案件中有28例涉及非裔美国人的权利——而涉及法人权利的案件高达312件。

---

[1] 康克林及其对第十四条修正案起草过程的虚假陈述，稍后将在本书第四章详述。

与此同时,最高法院还在类似于臭名昭著的普莱西诉弗格森案①(Plessy v. Ferguson, 1896)的案件中维护吉姆·克劳法②,大法官们也在让最低工资法案付诸东流,限制集体谈判的努力,废除对制造业的限制,甚至还推翻了一项规定商店所售面包重量的法律。为保护以前的奴隶免受歧视而通过的第十四条修正案,已经变成法人手里的长剑,用来对抗它们不想要的法规。

我们人民。尽管有那么多人顶礼膜拜,还是一直有人批评宪法开篇的这四个字不尽准确。宪法开始生效的1789年,非裔美国人在十一个州被奴役,而妇女在任何州都没有投票权。宪法的缔造者用"我们人民"这个短语,是想说明由谁来负责实施这部自由和自治宪章,但他们的描述很误导人。这个国家一半以上的人口,不得参与通过宪法的过程,大多数人也被剥夺了宪法声称要保障的大量权利。对那些被忽略的人来说,这个短语不是描述而是愿望,美国的历史也总在围绕着他们争取平等权利的斗争而展开,而他们的斗争最终也为他们赢得了在"我们人民"中应有的一席之地。

尽管为争取女性、少数族裔和其他受压迫群体的权益而进行的公民权利运动已经得到了深入研究,但是还有一项长达几个世纪的争取平等权利的努力被大为忽视:"法人权利运动"。罗斯科·康克林的案件,绝不

---

① 简称普莱西案,是美国历史上的标志性案件。1892年,有八分之一黑人血统的普莱西故意登上路易斯安那州专供白人乘坐的火车车厢,被逮捕并被判罚款后一直上诉到联邦最高法院。1896年,最高法院判决种族隔离法不违宪,使"隔离但平等"的种族隔离法在南方各州继续实行了半个多世纪。——译者

② 吉姆·克劳法(Jim Crow Laws)泛指1876年至1965年间美国南部及边境各州对有色人种(主要针对非裔美国人,但同时也包含其他族群)实行种族隔离制度的法律。吉姆·克劳本为白人剧作家创作出来嘲弄黑人的虚构人物,后来成为指代"黑鬼"的贬称。1865年至1877年的重建时期,联邦法律为南方所有自由人都提供了保护,但1877年联邦军队撤出南方后,民主党白人重新掌管了南方各州议会,从而颁布了各式各样的吉姆·克劳法,将黑人与白人隔离开来。由于奉行"隔离但平等"的原则,这些法案均被视为不违宪,因此得以持续存在。直到20世纪中叶民权运动兴起后,国会先后通过《1964年民权法案》和《1965年投票权法案》,种族隔离制度才真正成为历史。——译者

是法人第一次要求最高法院承认其宪法权利,也不是最后一次。尽管事实上法人从未像女性和少数族裔那样成为制度压迫的对象,但从美国诞生开始,它们就一直在努力寻求宪法的保护。实际上,今天的法人几乎拥有个人所拥有的全部权利:言论自由、出版自由、宗教信仰自由、正当程序权利、平等保护权利、不受无理搜查和扣押的自由、有权取得律师帮助、有权不因同一犯罪行为而两次遭受生命或身体的危害、有权由陪审团审判,等等。并不是宪法保障的所有权利法人都有,法人没有投票权,也没有不得被迫自证其罪的权利,迄今为止也没有向法院主张过持有和携带武器的权利。尽管如此,法人已经赢得了相当大一部分宪法的最基本保护。法人也在争取成为"我们人民"的一分子。

过去十年,法人宪法权利的问题因 2010 年最高法院在公民联合组织案中冒天下之大不韪的判决而猛然出现在公众视野中。大法官以 5 比 4 的微弱多数判定,法人有第一条修正案权利,可以花钱影响选举。这一判决非常不受待见,民意调查显示,无论是民主党还是共和党阵营,反对的人都占绝大多数。"公民联合组织"也成为"占领华尔街"运动的灵感来源之一,抗议者举着标语,宣称"法人不是人"。巴拉克·奥巴马总统说:"我才不管你打算解释多少遍。法人不是人。人才是人。"截至 2016 年,有十六个州和数百个市政府表态支持一项推翻公民联合组织案、阐明宪法权利属于人类而非法人的宪法修正案[1]。

---

[1] 参见 Citizens United v. Federal Election Commission, 558 U. S. 310 (2010);〔法学界对美国最高法院判例的引用均采用这一标准格式,即"案名,卷次 + U. S. + 起始页码 + (年份)",此处须读作:"2010 年美国最高法院对公民联合组织诉联邦选举委员会案的判决意见,见《美国最高法院案例报告》第 558 卷,自 310 页始。"——译者〕Richard McGregor, "Obama Launches Re-Election Campaign," *Financial Times*, May 6, 2012; Greg Stohr, "Bloomberg Poll: Americans Want Supreme Court to Turn Off Political Spending Spigot," *Bloomberg News*, September 28, 2015, available at https://www.bloomberg. com/politics/articles/2015 - 09 - 28/bloomberg-poll-americans-want-supreme-court-to-turn-off-political-spending-spigot; Allegra Pocinki, "16 States Call to Overturn 'Citizens United,'" July 8, 2013, available at http://www. publicampaign. org/blog/2013/07/08/16-states-call-overturn-%E2%80%98citizens-united%E2%80%99.

反对浪潮对大法官没有产生什么影响。判决公民联合组织案四年后，在好必来案中，最高法院再次延展了法人权利。"好必来"是一家连锁手工艺品商店，有两万三千名雇员，年收入30亿美元。法院认定，根据一项联邦法令，"好必来"有宗教信仰自由。一个有宗教信仰的家族创立了"好必来"，至今还牢牢控制着这家公司。有项联邦法规要求大型雇主在员工的医保中纳入避孕措施，但最高法院判决该公司不受这一法规约束。从此以后，好必来案的判决也经常被援引，用来支持企业主出于宗教原因不愿为同性伴侣提供婚礼服务的企业①。

最高法院的这些判决让很多人都大感意外，就连很多律师也觉得出乎意料。法律专业的学生会学到公民权利、女性权益、美洲原住民权利、同性恋者权利乃至州权——但老师不会讲法人权利。正如康克林欺骗最高法院之后第十四条修正案转而保护法人权利所揭示的，公民联合组织案和好必来案的判决只是俗话说的冰山一角，是展现出来看得见的部分，属于一个更大、更看不见摸不着的现象。在美国历史上，法人一直在坚持不懈地争取与个人一样的宪法权利，也取得了显著成功。

法人赢得宪法权利的方式与女性、少数族裔以及同性恋群体的斗争方式并非完全一样。这些民权运动我们更为熟悉，史家也多在强调，活动家如何既在法律的战场上，也在舆论的疆场上寻求实现自己的主张。学者们说，要让宪法改革持久，他们不只需要司法上的胜利。这些运动也需要改变民意。群众社会运动要求赋予那些原本被"我们人民"的承诺排除在外的人以权利，得到了社会各界的支持和参与，也成为法律诉讼的支持力量。活动家动员群众，通过抗议、游行和公众支持，不只是说服了大法官，也令广大社会相信，这些被排除在外的群体理应享有平等权利。按照一位学者的说法，最高法院"通常都会关注真实的、新兴的道德共识，当然

---

① Burwell v. Hobby Lobby Stores, Inc., 134 S. Ct. 2751 (2014).

他们关注的也都与基本权利有关"。①

与此相反,法人在赢取自身权利时,并没有同样赢得人心。麦当劳叔叔和皮尔斯伯里公司的面团男孩从未向华盛顿进军,也从没在大街上举过要求法人享有平等权利的标语以示抗议。毋庸置疑,法人从要求州权、小政府和自由市场的群众运动中受益匪浅,但从来没有人试图让公众相信,法人本身也应该拥有个人权利。法人权利都是从法庭上赢来的,那些司法裁决将基本保护扩展到商界,尽管并没有支持法人权利的举国共识。阿道夫·伯利(Adolf Berle)和加德纳·米恩斯(Gardiner Means)两位思想家对法人的看法极具影响力,他们就曾写道:"更加静默无声的革命,一直要到发展得极为深入了之后才会被人察觉,这就是这种革命的实质。"法人权利的革命并非真的静默无声,实际上,导致了这些重要司法裁决的争议在当时往往广为人知。但更深层的规律,仍然不显山不露水——至少在公民联合组织案之前一直如此②。

---

① Cass R. Sunstein, "The Supreme Court Follows Public Opinion," in *Legal Change: Lessons From America's Social Movements*, ed. Jennifer Weiss-Wolf and Jeanine Plant-Chirlin (2015), 21。关于社会运动与宪法,参见 Jack M. Balkin and Reva B. Siegel, "Principles, Practices, and Social Movements," 154 *University of Pennsylvania Law Review* 927 (2006); William N. Eskridge Jr., "Channeling: Identity-Based Social Movements and Public Law," 150 *University of Pennsylvania Law Review* 419 (2001)。David Cole, *Engines of Liberty: The Power of Citizen Activists to Make Constitutional Law* (2016).

② Adolf A. Berle and Gardiner C. Means, *The Modern Corporation and Private Property* (1948), liii。在公民联合组织案之前也已经有很多人注意到也写到过法人宪法权利问题,其中包括: Carl J. Mayer, "Personalizing the Impersonal: Corporations and the Bill of Rights," 41 *Hastings Law Journal* 577 (1990); Susanna K. Ripken, "Corporations Are People Too," 15 *Fordham Journal of Corporate & Finance Law* 97, 118 (2009); Henry N. Butler and Larry E. Ribstein, *The Corporation and the Constitution* (1995); Peter J. Henning, "The Conundrum of Corporate Criminal Liability: Seeking a Consistent Approach to the Constitutional Rights of Corporations in Criminal Prosecutions," 63 *Tennessee Law Review* 793 (1996); Gregory A. Mark, "The Personification of the Business Corporation in American Law," 54 *University of Chicago Law Review* 1441 (1987); Ted Nace, *Gangs of America: The Rise of Corporate Power and the Disabling of Democracy* (2003); Thom Hartmann, *Unequal Protection: The Rise of Corporate Dominance and the Theft of Human Rights* (2002); Scott R. Bowman, *The Modern Corporation and American Political Thought: Law, Power, and Ideology* (1995)。(转下页)

（接上页）在公民联合组织案之前，只有法人言论自由权得到过全面研究，主要是从竞选资金法的角度出发。可参见 Daniel J. H. Greenwood, "Essential Speech: Why Corporate Speech Is Not Free," 83 *Iowa Law Review* 995 (1998); Richard L. Hasen, "Campaign Finance Laws and the Rupert Murdoch Problem," 77 *Texas Law Review* 1627 (1999); Thomas W. Joo, "The Modern Corporation and Campaign Finance: Incorporating Corporate Governance Analysis into First Amendment Jurisprudence," 79 *Washington University Law Quarterly* 1 (2001); Martin H. Redish and Howard M. Wasserman, "What's Good for General Motors: Corporate Speech and the Theory of Free Expression," 66 *George Washington Law Review* 235 (1998); Jill E. Fisch, "Frankenstein's Monster Hits the Campaign Trail: An Approach to Regulation of Corporate Political Expenditures," 32 *William & Mary Law Review* 587 (1991); Victor Brudney, "Business Corporations and Stockholders' Rights Under the First Amendment," 91 *Yale Law Journal* 235 (1981); Mark Tushnet, "Corporations and Free Speech," in *The Politics of Law*, ed. David Kairys (1982), 253。

自公民联合组织案以来，学术界对法人宪法权利的兴趣急剧增加。可参见 Margaret M. Blair and Elizabeth Pollman, "The Derivative Nature of Corporate Constitutional Rights," 56 *William & Mary Law Review* 1673 (2015); Elizabeth Pollman, "Reconceiving Corporate Personhood," 2011 *Utah Law Review* 1629; Reuven S. Avi-Yonah, "Citizens United and the Corporate Form," 2010 *Wisconsin Law Review* 999; Darrell A. H. Miller, "Guns, Inc.: Citizens United, McDonald, and the Future of Corporate Constitutional Rights," 86 *New York University Law Review* 887 (2011); Lucian A. Bebchuk and Robert J. Jackson Jr., "Corporate Political Speech: Who Decides?," 124 *Harvard Law Review* 83 (2010); Ryan Azad, "Can a Tailor Mend the Analytical Hole? A Framework for Understanding Corporate Constitutional Rights," 64 *UCLA Law Review* 452 (2017); Anne Tucker, "Flawed Assumptions: A Corporate Law Analysis of Free Speech and Corporate Personhood in Citizens United," 61 *Case Western Reserve Law Review* 497 (2010); Monica Youn, "First Amendment Fault Lines and the Citizens United Decision," 5 *Harvard Law & Policy Review* 135 (2011); Robert Post, *Citizens Divided: Campaign Finance Reform and the Constitution* (2014); Lucian A. Bebchuk and Robert J. Jackson Jr., "Shining Light on Corporate Political Spending," 101 *Georgetown Law Journal* 923 (2013); Ilya Shapiro and Caitlyn W. McCarthy, "So What if Corporations Aren't People?," 44 *John Marshall Law Review* 701 (2011); Sonja R. West, "The Media Exemption Puzzle of Campaign Finance Laws," 164 *University of Pennsylvania Law Review Online* 253 (2016); Richard L. Hasen, *Plutocrats United: Campaign Money, The Supreme Court, and the Distortion of American Elections* (2016); Michael W. McConnell, "Reconsidering Citizens United as a Press Clause Case," 123 *Yale Law Journal* 412 (2013); Kent Greenfield, "In Defense of Corporate Persons," 30 *Constitutional Commentary* 309 (2015); Ciara Torres-Spelliscy, *Corporate Citizen? An Argument for the Separation of Corporation and State* (2016); Jessica A. Levinson, "We the Corporations?: The Constitutionality of Limitations on Corporate Speech after Citizens United," 46 *University of San Francisco Law Review* 307 (2011); Burt Neuborne, "Of 'Singles' Without Baseball: Corporations as Frozen Relational Moments," 64 *Rutgers Law Review* 769 (2012); Thomas Wuil Joo, "Corporate Speech and the Rights of Others," 30 *Constitutional Commentary* 335 (2015); David H. Gans and Douglas T. Kendall, "A Capitalist Joker: The（转下页）

本书重点关注的就是法人权利运动的核心要素：法人如何通过法庭，尤其是最高法院，追寻并赢得宪法保护。尽管美国人往往认为最高法院是保护少数人权益免受多数暴政侵害的堡垒，但在 1950 年代之前，最高法院对妇女和少数族裔权益的保护都非常糟糕，令人气馁。在美国历史上，多数时候最高法院都未能保护被剥夺了权利、被边缘化的人们，大法官们声称，面对公众的敌对情绪，他们无能为力。但我们也将看到，法院对法人权利的保护完全是另一种局面。1809 年，最高法院判决了涉及法人宪法权利的第一个案件，比最早涉及妇女和少数族裔权益的可资比较的案件要早好几十年。而且妇女和少数族裔一开始的案子几乎全都铩羽而归，法人有所不同，第一个案子就大获全胜——从那时候起，法人在法院赢得的胜利堪称硕果累累。对法人而言，法院坚持认为，群众广泛支持商业监管的情绪在宪法的要求面前必须让步。从"最高法院是抵御多数暴政的堡垒"这一意义上讲，有钱有势的法人是最主要的受益者①。

我们日常闲聊时，总爱给最高法院大法官贴上"自由派"或"保守派"的标签。然而，经常让大法官们跨越左右派别的藩篱团结在一起的，是支持商界的倾向。近年来学者们越来越多地注意到，即使是在意识形态分裂的罗伯茨法院②，大法官也经常能在商界案件中找到共同点，而且最高法院的这一模式也并非现在才有。在美国历史上，无论大法官中是自由

（接上页）Strange Origins, Disturbing Past, and Uncertain Future of Corporate Personhood in American Law," 44 *John Marshall Law Review* 643（2010）；Jeff Clements, *Corporations Are Not People: Reclaiming Democracy From Big Money and Global Corporations*（2d ed., 2014）。关于法人宪法权利案件在美国最高法院的更长远的历史，参见 Blair and Pollman, "The Derivative Nature of Corporate Constitutional Rights," 以及 Ruth H. Bloch and Naomi Lamoreaux, "Corporations and the Fourteenth Amendment," in *Corporations and American Democracy*, ed. Naomi R. Lamoreaux and William J. Novak（2017），286。

① 关于最高法院在判决中一直未能支持妇女、少数族裔和普通老百姓的利益，参见 Ian Millhiser, *Injustices: The Supreme Court's History of Comforting the Comfortable and Afflicting the Afflicted*（2016）。

② 美国常以首席大法官的名字来称呼最高法院，作为法院的历史分期。"罗伯茨法院"指约翰·罗伯茨（John Glover Roberts, Jr.）担任首席大法官时，即 2005 年至今的最高法院。——译者

派还是保守派占多数,大多数时候最高法院都明显偏向商界。这种对商界的倾斜有很多办法可以衡量,比如商业利益赢了多少个案子,或是采用了多少法条来促进自由企业。有一个非常突出但尚未充分研究的例证是,法人宪法权利的历史性和自觉扩展①。

但是,法人所得到的宪法保护并非仅仅因为最高法院对商界和颜悦色,很多时候,法人赢得宪法权利也是因为那些案子被卷入了范围更大的政治斗争中,或是关系到法理的发展。例如在19世纪早期,著名首席大法官约翰·马歇尔(John Marshall)出于增强羽翼未丰的联邦政府权力的考虑,才寻求保护法人权利。内战之后的大法官斯蒂芬·菲尔德(Stephen Field),无疑是曾坐在这个国家的最高法院里的人当中最多姿多彩的一位——他也仍然是唯一曾在任上直接被逮捕的大法官,罪名是谋杀。在他看来,为了遏制社会主义浪潮,有必要伸张法人权利。一个世纪前,最高法院接纳了对言论自由新的、更自由主义的理解,大法官们也随之将第一条修正案权利延伸到报业公司。如果没有第一条修正案权利,出版自由在今日社会中的意义会小得多。

实际上,法人权利史让我们对最高法院"自由"还是"保守"的理解有了新的视角,同时也使之复杂化了。首席大法官罗杰·托尼(Roger Taney)是臭名昭著的斯科特案②的始作俑者,他对种族的极端保守的观点让他成为

---

① 参见 Lee Epstein et al., "How Business Fares in the Supreme Court," 97 *Minnesota Law Review* 1431 (2013); Jeffrey Rosen, "Supreme Court Inc.," *New York Times*, March 16, 2008. 亦可参见 Adam Liptak, "Corporations Find a Friend in the Supreme Court," *New York Times*, May 4, 2013. 如果想了解罗伯茨法院亲商倾向的全面分析及疑虑,可参见 Jonathan H. Adler, ed., *Business in the Roberts Court* (2016)。

② 全称德雷德·斯科特诉桑福德案(Dred Scott v. Sandford)。黑奴斯科特曾随主人到自由州和自由准州(尚未以州的身份加入联邦的新获得的领土)居住两年,后来又回到蓄奴州密苏里。主人去世后,斯科特提起诉讼,希望获得自由,经州最高法院和联邦法院驳回,又上诉到美国最高法院,引起广泛关注。1857年,最高法院以7比2裁定维持原判,判决意见书由首席大法官罗杰·托尼执笔,指出即使是自由的黑人也并非美国公民,无权在联邦法院提起诉讼,斯科特也不能因为到过自由州就可以获得自由。斯科特案从宪法高度维护了奴隶制,激化了原本就尖锐对立的南北分歧,也代表着以妥协手段解决奴隶制问题的失败,被认为是美国宪政史上最糟糕的案例,也是引发美国内战的重要原因。——译者

最高法院历史上最遭人唾弃的人物之一。但在限制法人宪法权利方面，他也是最强有力的倡导者。20世纪早期的洛克纳法院①，因为屡屡站在商界一边反对政府监管而臭名昭著，但最早明确界定法人宪法权利的也是这一时期。洛克纳法院称，法人有权享有财产权，但没有与个人自由相关的权利，比如言论自由。讽刺的是，正是著名的罗斯福自由主义新政和20世纪中叶的沃伦法院②最早将自由权利延伸到法人。

这一长远视角也显出法人作为人的身份在法人权利史上的微妙作用。公民联合组织案的很多评论家都认为，法人与个人有同样的权利，因为最高法院将法人定义为"人"。而提出意在推翻公民联合组织案的宪法修正案的人们，出发点则是认为在宪法条款下，只有"人类"才是"人"。然而，法人作为人的身份在法人权利运动中的作用并没有那么重要。尽管最高法院偶尔会说法人也是人，大法官通常更为倚重的是关于法人的另一种极为不同的观念，即将法人视为能维护其成员权利的"社团"。对法人的这一不同思考方式，为法人权利的稳步扩张铺平了道路。实际上我们将看到，法人作为人的身份往往被用于证明有必要限制法人权利，这也颇为令人惊讶。

---

① 此处"洛克纳"并非首席大法官的名字，而是来自1905年的洛克纳诉纽约州案（198 U. S. 45）。在该案中，最高法院以5比4的微弱多数判定纽约州限定面包师最长工作时间的法律违宪，违犯了面包房老板和面包师自由订立契约的权利。史家将1897年至1937年四十年间的最高法院称为"洛克纳时代"，在此期间，高院屡屡认定各州或联邦的经济法规（主要是对最高工时、最低工资和工作条件等的管制）因违宪而无效，从1897年的奥尔盖耶案（Allgeyer v. Louisiana，165 U. S. 578）开始，经1923年的阿德金斯案（Adkins v. Children s Hospital，261 U. S. 525），再到1937年的西岸旅馆案（West Coast Hotel Co. v. Parrish，300 U. S.379）推翻阿德金斯案先例，方宣告契约自由理论在联邦最高法院终于落幕。而其中的洛克纳案是这一理论的最完美诠释，因此成为这一时代的代称。本书第四章、第五章有相关叙述，可参看。——译者
② 指1953年到1969年之间由厄尔·沃伦（Earl Warren）担任首席大法官的最高法院。沃伦是美国历史上最有影响的首席大法官之一，在沃伦领导下，最高法院成为美国自由主义和进步主义的堡垒，做出了确立美国"一人一票"民主选举制、禁止种族隔离、推广权利法案、政教分离、逮捕程序改革（米兰达警告）、抗击麦卡锡主义、保障言论自由、保障婚姻自由等众多里程碑式的判决，还协助废除了吉姆·克劳法。——译者

法人与宪法之间的联系，比人们所能想到的更为密切。我们的故事会从殖民地时期开始讲起，尽管那时候法人还没有开始在最高法院寻求个人权利，却已经对美国人的政府理念形成了巨大影响。毕竟，是一家公司在殖民地最早播下了民主的种子，其目的也是获取利润，而非推进自由。此外，制宪者是以他们所知道的为基础的，而殖民地一开始就是以在书面特许状①约束下的公司形式组织起来的，这些特许状跟宪法一样，制定了立法规则，对官员权力加以限制。因此，美国宪法很多非比寻常的特征，都可以追溯到这个国家的法人缘起。

宪法通过之后，法人很快就开始为得到宪法赋予个人的权利而努力了。尽管从未出现过声势浩大的法人权利运动，但整个美国历史上，最有实力的那些公司一直在以宪法为武器，来击败它们不想受到的政府监管。出于亚历山大·汉密尔顿（Alexander Hamilton）的构想而建立的合众国银行是美国首家大型公司，1809年将第一个关于法人权利的案子打到了最高法院；在罗斯科·康克林的案子中，南太平洋铁路公司曾奋力争取平等保护和正当程序的权利；烟草公司提起诉讼，是为了得到宪法对刑事被告的保护；而早在公民联合组织案之前三十年，第一国民银行就在为赢取法人的政治言论自由而斗争。标准石油公司、福特汽车公司、通用汽车公司、《纽约时报》公司以及美国钢铁公司，在法人权利史上都扮演过重要角色——还有保险公司、啤酒公司、矿业公司、报业公司、全国连锁公司，等等。政治学家已经证明，在政治方面，大公司往往比小公司更加活跃，在政治活动中也往往更为老练，对法人宪法权利的追求，也许可以看成是对

---

① Charter 一词依其来源、作用，可分别译为特许状、宪章、章程等多个词。最早的 charter 均为皇家特许状，由英国君主颁发，用来向个人或法人团体授予特定权力，不少自治城市和大学都是通过特许状设立的。后来也有政府向法人颁发的 charter，与皇家特许状的作用相仿，也应译为特许状。再后来出现由政府、法人、团体组织自行制定的 charter，用来规定政府或组织的运作方式，则宜译为宪章或章程。——译者

这一现象的又一注脚①。

尽管本书的焦点是商业法人，我们也将看到，最高法院最重要的法人权利案件中，有些也涉及其他类型的组织，只不过都采用了法人的形式：达特茅斯学院，全国有色人种协进会（NAACP），乃至非营利性质的辩护组织"公民联合组织"，全都是"法人"，都在为赢得自身权利而奋争。而最高法院很少区分不同类型的法人，因此就连这些案件也为商界赢来了更有力的宪法保护②。

公司寻求宪法权利有其直接动机：反对限制商业自主权、对企业追求利润横加干涉的法律法规。天下攘攘，皆为利往，长期以来，公司都是能对立法产生重大影响的重要政治角色，华盛顿的绝大部分政治捐客，也确实都在为公司或商业性质的行业协会卖命。然而法人宪法权利的故事也会让我们看到，商界的影响力并未局限于民选的分支机构。在法庭上，公司利益也在积极发挥作用，以宪法为武器来扩大自己的权力。每当舆论压力成功赢得限制公司的法律——无论是以消费者、投资者、环境还是广大公众的名义——宪法争讼就为商界提供了又一个操纵公共政策以提高自身利润的机会。就算这些公司最终败诉，诉讼成本也说不定能让立

---

① 关于大型公司的政治活动，参见 David Vogel, *Fluctuating Fortunes: The Political Power of Business in America* (1989); Wendy L. Hansen and Neil J. Mitchell, "Disaggregating and Explaining Corporate Political Activity: Domestic and Foreign Corporations in National Politics," 94 *American Political Science Review* 891 (2000); Amy J. Hillman, "Determinants of Political Strategies in US Multinationals," 42 *Business & Society* 455 (2003); Martin B. Meznar and Douglas Nigh, "Buffer or Bridge? Environmental and Organizational Determinants of Public Affairs Activities in American Firms," 38 *Academy of Management Journal* 975 (1995).

② 在本书中，"法人"一词主要指商业法人。其他类型的法人通常会有修饰语，比如"非营利性法人"或"教育法人"。上下文不致引发歧义的少数情况下，"法人"一词也用来统称采取了法人形式的所有组织类别。(Corporation 一词，作为法律用语时通译为"法人"，但在本书中多数时候指商业性质的法人，即公司。本书译文并未将 corporation 统一译为"法人"，而是在需要强调其商业属性时译为"公司"，笼统而言时或需要强调其法律属性、人格属性时译为"法人"，就各自上下文观之，当不致有歧义。——译者)

法者对将来打算采用的法规望而却步①。

　　法人寻求宪法权利，几乎都是在美国公司法的迫使下——这是规定公司如何组织和管理的一套法律法规。公司法原则长期有效，要求公司为股东实现利润最大化，至少长期来看要以此为目标。如果政府的规章制度给公司带来了很大成本，公司法的法律要求就会令公司去寻求任何合法、有性价比的措施来降低遵守那些规章制度的成本。对公司来说，用诉讼来确立自己的权利，推翻自己不想要的法律法规，只不过是做生意的另一项成本罢了②。

　　在争取宪法保护的过程中，法人往往也有最聪明、最能干的律师相助。就跟民权运动有瑟古德·马歇尔（Thurgood Marshall），女权运动有露丝·巴德·金斯伯格（Ruth Bader Ginsburg）一样，法人权利有丹尼尔·韦伯斯特（Daniel Webster），很多人都认为他是最高法院历史上最伟大的辩护律师，在最高法院打了223起官司，其中很多都是代表美国最大的法人出庭；霍勒斯·宾尼（Horace Binney），一位很有想法的青年律师，他在法庭辩论中巧妙措辞，掩盖了案件涉及一家法人的事实，从而打赢了最高法院第一场法人权利官司；还有西奥多·奥尔森（Theodore Olson），为公民联合组织辩护的律师，也是最高法院一个新的专家学派的领头羊，增强了

---

① 参见 Ganesh Sitaraman, "The Puzzling Absence of Economic Power in Constitutional Theory," 101 *Cornell Law Review* 1445 (2016); Benjamin I. Page et al., "Democracy and the Policy Preferences of Wealthy Americans," 11 *Perspectives on Politics* 51 (2013); Kay Lehman Schlozman et al., *The Unheavenly Chorus* (2012); Martin Gilens, *Affluence and Influence: Economic Inequality and Political Power in America* (2012). 关于受到管制的工业界与商业性政治活动之间的关联，参见 Kevin Grier et al., "The Determinants of Industrial Political Activity, 1978 - 1986," 88 *American Political Science Review* 911 (1994); Amy J. Hillman and Michael A. Hitt, "Corporate Political Strategy Formation: A Model of Approach, Participation, and Strategy Decisions," 24 *Academy of Management Review* 825 (1999). 关于法人为追逐利润而开展政治活动，参见 Neil J. Mitchell et al., "The Determinants of Domestic and Foreign Corporate Political Activity," 59 *Journal of Politics* 1096 (1997). 亦可参见 Amy J. Hillman et al., "Corporate Political Activity: A Review and Research Agenda," 30 *Journal of Management* 837 (2004).

② 关于股东财富最大化的规范，参见 Stephen M. Bainbridge, "In Defense of the Shareholder Wealth Maximization Norm," 50 *Washington & Lee Law Review* 1423 (1993).

商界在美国最高特别法庭的影响力。就连瑟古德·马歇尔,都曾在民权运动高潮迭起的时代为法人争取过宪法权利,因为当时法人权利与种族问题难解难分。

马歇尔的例子让我们看到,法人权利的斗争往往与美国历史上一些最重要的争议和转折交织在一起:亚历山大·汉密尔顿和托马斯·杰斐逊(Thomas Jefferson)关于国家银行的唇枪舌剑;南北战争前关于奴隶制的明争暗斗;西奥多·罗斯福(Theodore Roosevelt)总统为摧毁托拉斯而发起的运动,以及休伊·朗(Huey Long)的煽风点火;民权革命;还有茶党①的兴起。法人宪法权利的性质和发展由这些争论塑造,而我们也将看到,这些争议也受到了法人权利斗争的影响。

法人权利的历史表明,法人既是撬动宪法的行家里手,也是宪法创造性的原动力。作为宪法杠杆,法人成功利用了原本出于进步理由而设计的宪法改革并将其改造,使之为资本目的服务。例如第十四条修正案,本意是保护得到解放的奴隶的权利,但康克林和南太平洋铁路公司迫使最高法院用这条修正案来保护法人权利。1970 年代,拉尔夫·纳德(Ralph Nader)为消费者打赢了一场标志性案件,确立了广告的第一条修正案权利——很多公司,包括烟草公司和游戏公司在内,都利用这一权利来推翻旨在帮助消费者的法律法规。

然而法人也是宪法的第一推动力,而且在历史上,往往也是宪法争讼前沿的创新者。它们并非总是搭便车,借用个人已经拥有的权利。实际上,美国人今天珍视的很多个人权利,都首先是在涉及法人的诉讼中得到的。商界对追逐新颖的、有风险的法律诉求总是有非同寻常的胃口,是因为受到增加利润和摆脱监管的愿望所激发。它们也经常都能证明,诉讼成本是必须的。比如说,最高法院最早判决法律因违反第一条修正案而

---

① "茶党"(Tea Party)之名源自抗议英国在美洲殖民地加税的波士顿倾茶事件,但现代茶党往往将 TEA 解读为"Taxed Enough Already",即"税已经收够了",是于 2009 年兴起的社会运动,最初源于反对加税,反对"以扩大政府开支拉动经济",主要参与者是主张保守经济政策的右翼人士。——译者

无效的案件就是由公司牵头的，第四条修正案下最早的"搜查和拘捕"案件有些也同样如此。很多早期案件让第十四条修正案所赋予的平等保护和正当程序权利鲜活起来，而这些案件大部分背后都有法人的力量。后来的岁月中，这些权利成为很多案件的基础：布朗诉托皮卡教育局案（Brown v. Board of Education），废除了学校中的种族隔离；罗诉韦德案（Roe v. Wade），保障了妇女选择堕胎的权利；以及奥贝格费尔诉霍奇斯案（Obergefell v. Hodges），承认了同性婚姻权利。毫不夸张地说，法人是民权运动中的无名英雄，而且不止一次。

我们说法人有自己的民权运动，并不是要贬低少数族裔、妇女、非异性恋（LGBT）社群及其他群体为获得平等公民身份在历史上做过的斗争。卷入这些宪法保护斗争的人战胜了暴力和恐怖主义，确立了自身的权利，有些还在斗争中献出了生命。民权、女权和同性恋权利运动，与法人权利运动之间并没有道德上的可比性。我们重述法人权利史，也绝对不应该看成是认可对法人权利的广泛保护——当然，也不能看成是反对法人权利。本书只是想展现，法人如何坚持不懈地在战略上努力，以求确立、扩展宪法对自身的保护，而它们通常所采用的策略，很多都与其他著名运动如出一辙：消极抵抗，典型案件，以及在着意重塑法律的努力中提出新颖的法律主张。无论是好是坏，法人权利运动就跟那些更加著名的孪生运动一样，改变了美国。

本书展示了法人权利运动这段失落的历史，讲述了最高法院将宪法最基本的保护扩展到法人身上的标志性案件，以及背后那些异彩纷呈、出人意料乃至令人震惊的故事。

第一部　缘自法人

在波士顿倾茶事件中，东印度公司的货物被倒进海里。正是这样的公司，对美国革命和宪法都产生了深远影响。

第一章 起初,美国是一家公司

在美国宪法的正文中,没有任何明确承认法人的个人权利,或赋予法人个人权利的内容。实际上,宪法中完全没有出现过"法人"(corporation)这个词。制宪会议的会议记录中,也没有任何迹象表明,建国者们曾考虑过宪法是否应该将其保护范围扩大到法人。1787 年夏天,创立这个国家的人在费城齐集,期间关于法人的唯一议题是詹姆斯·麦迪逊(James Madison)提出授予国会向法人颁发特许状的权力,但最后被否决了。法人及其在宪法体系中的地位,并未在通过宪法的大会上讨论,著名的《联邦党人文集》也未提及。这部文集出自麦迪逊、亚历山大·汉密尔顿和约翰·杰伊(John Jay)之手,是为捍卫即将提出的自由宪章而撰写的系列文章。我们最多也就能说,起草并通过美国宪法的人根本就没有考虑过,宪法是否适用于法人①。

开国元勋忽略法人的原因之一,可能是当时的商业法人并不多见。1917 年,斯坦福大学经济史学者约瑟夫·斯坦克利夫·戴维斯(Joseph Stancliffe Davis)系统梳理了美国最早的十三个州的记录,以确定美国早期创建的法人数量。戴维斯也知道,美国革命之前,殖民地有些大学严格来讲也是法人,包括耶鲁、达特茅斯和哈佛。这些学校尽管并非营利性质的企业,却都采用了法人形式。然而,普通的商业法人非常少见。戴维斯发现,在制宪会议召开的前几年中,只有少数几家商业法人得到了特许经营权:两家银行,两家保险公司,六家运河公司,还有两家收费桥梁运营公司。美国早期的这几家法人中,有两家后来把主张宪法保护的官司打到了最高法院,似乎证明在费城集会的建国者们确实想象力有所欠缺②。

也有人认为,建国者强烈反对法人。有位学者指出,建国者认为法人是"危险的组织,如果没有严格监管,就会威胁到他们这个羽翼未丰的国家的自由"。这个说法的核心思想倒确实是真的:创建这个国家的人对任何形式的权力集中都满怀忧虑,财富的集中当然也包括在内。托马斯·杰斐逊对"我们那些有钱有势的公司贵族阶层"大加谴责,"他们都已经敢跟我们的政府角力,向我们的法律叫板"。麦迪逊也很担心"财富的无限积累",认为这是"应当防范的罪恶","所有法人的权力,因此都应当受限"。建国者乔治·梅森(George Mason)很有影响力,他拒绝签署宪法,因为觉得宪法在防止商业垄断方面做得还不够。宾夕法尼亚人詹姆斯·威尔逊(James Wilson),后来成了最高法院首批六位大法官之一,警告说法人"须谨慎成立,仔细审查",以免"垄断、迷信和无知"成为它们的"畸形儿"③。

然而一不小心就会夸大建国者那代人对公司的敌意。起草美国宪法的人也都属于美国最富有的阶层,很多人都投资了公司股票。装了条木制假腿的古弗尼尔·莫里斯(Gouverneur Morris)是纽约人,在制宪会议上说的比谁都多,就是北美银行的持股人。美国革命时期,在《独立宣言》《邦联条例》和《美国宪法》上都署名的开国元勋只有两位,其中罗伯特·莫里斯(Robert Morris,与古弗尼尔·莫里斯并非亲属)也是北美银行的股

---

① 关于对法人权利的最早理解,参见 Jonathan A. Marcantel, "The Corporation as a 'Real' Constitutional Person," 11 *University of California Davis Business Law Journal* 221 (2011)。

② 参见 James Stancliffe Davis, *Essays in the Earlier History of American Corporations* (1917) 的第 332 页,尤其是附录 B:"American Charters to Business Corporations, 1781 - 1800"。这些法人中有一些从不同州得到了多张特许状,但此处均计为一家商业企业。后来主张宪法权利的两家法人是达特茅斯学院和查尔斯河桥梁公司。

③ Jonas V. Anderson, "Regulating Corporations the American Way: Why Exhaustive Rules and Just Deserts Are the Mainstay of U. S. Corporate Governance," 57 *Duke Law Journal* 1081, 1100 - 1101 (2008); Thom Hartmann, *Unequal Protection: The Rise of Corporate Dominance and the Theft of Human Rights* (2004), 63. See also Thomas Jefferson, Letter to George Logan (November 12, 1816), in *The Works of Thomas Jefferson* (Federal ed.), ed. Paul Leicester Ford (1904 - 1905); Robert S. Alley, ed., *James Madison on Religious Liberty* (1985), 91; James Wilson, "Of Corporations," in *The Collected Works of James Wilson*, ed. Kermit L. Hall and Mark David Hall (2007).

东。乔治·华盛顿（George Washington）是波托马克公司的主要投资人，这家公司沿着乔治城以北的河流修建了运河①。本杰明·富兰克林（Benjamin Franklin）、奥利弗·埃尔斯沃思（Oliver Ellsworth）、埃尔布里奇·格里（Elbridge Gerry）和鲁弗斯·金（Rufus King）也都是股东，就连谨小慎微的詹姆斯·威尔逊都有股份。公司数量可能不多，但随便哪家公司的投资人中都有开国元勋的身影②。

此外，尽管在费城集会的人们从未考虑过法人是否应该有个人权利，法人还是对他们的杰作有深远影响。原因在于，虽然普通商业法人的数量很少，那些出类拔萃的公司在开国元勋的世界里却都举足轻重，也深刻影响了他们对限权政府、个人权利和宪政的理解。我们将看到，建国者起草的宪法尤其反映了三家公司的遗产：伦敦弗吉尼亚公司，最早将民主带到了美国；马萨诸塞湾公司，为建国者提供了一个以书面特许状为基础的限权政府的模型；以及东印度公司，美国革命因其激发，而有了美国革命，宪法才成为可能。他们建立的政府并不是无源之水，也没有完全照搬英国的政治制度。宪法有些最显著、最重要的特征，可以追溯到美国这些公司的殖民经历。实际上，美国起初就是一家公司，其商业需求也从一开始就塑造了这个国家，决定了这个国家的政府结构。在公民联合组织案之前好几百年，法人就已经以多种方式写进了美国民主的基因。

美国人相信，他们的国家生来就是自由之地。孩子们从小学到的起

---

① 指连接俄亥俄河与切萨皮克湾的运河，河道与波托马克河平行，但运河与波托马克河均在乔治城以南而非以北，只是运河在波托马克河北岸。该运河于 1831 年投入使用，1924 年停用，现已废弃，在乔治城附近的数十公里河段已辟为国家历史公园。——译者

② Charles A. Beard, *An Economic Interpretation of the Constitution* (1941), 133 - 151; Forrest McDonald, *We the People: The Economic Origins of the Constitution* (1958), 38 - 92; Robert A. McGuire, *To Form A More Perfect Union: A New Economic Interpretation of the United States Constitution* (2003), 54; Eric Hilt and Jacqueline Valentine, "Democratic Dividends: Stockholding, Wealth, and Politics in New York, 1791 - 1826," 72 *Journal of Economic History* 332, 340 - 341 (2012).

源神话以清教徒为中心,他们因宗教信仰而成为弃儿,于 1620 年在普利茅斯岩登陆。我们学到的是,这些戴着黑白帽子的难民来到新大陆,是为了逃避英国国王的迫害,自由信奉自己的宗教。在讲述美国诞生的浪漫化叙事中,对这个即将形成的国家来说,朝圣先贤既象征着这个国家的身份,也象征着最基本的价值观:摆脱暴政,天赋人权,政府自治。

然而,清教徒的故事很容易掩盖关于美国诞生的真相。最早在这片土地上殖民的,并不是宗教异见分子,而是一家商业公司。早在"五月花"号将清教徒带到普利茅斯的十三年前,伦敦弗吉尼亚公司就已经在切萨皮克湾岸边建立了英格兰的第一个新大陆永久殖民地詹姆斯敦。弗吉尼亚公司派出的这批殖民者于 1607 年抵达新大陆,不是为了寻求基本权利,也不是为了远离君主天威。他们基本上都是企业员工和投资人,带着詹姆斯国王的祝福而来(随之而来的还有殖民地的名字①)。他们此行的目的是挣钱——为自己,为股东,也为詹姆斯国王:他们挣得的每一样东西,国王都要分一杯羹。早在清教徒将个人自由的思想带到美洲殖民地之前,追逐利润的商业公司就已经在美洲的海岸上打下了营盘②。

最初成立于 1606 年的伦敦弗吉尼亚公司是英国最早的商业公司之一。公司由一群财大气粗的投资人发起,想在海外贸易中寻找新的商机,很快就从詹姆斯国王那里搞到了法人特许状。跟另一家短命的姊妹公司(普利茅斯弗吉尼亚公司)一起,大致从今天的北卡罗来纳州延伸到缅因州这个区域的独家贸易权,都由这两家享有。公司特许状明确规定,要将五分之一的贸易收入上交给王室。于 1603 年至 1625 年间统治着英国的

---

① 詹姆斯一世的英格兰王位继承自终身未婚的伊丽莎白一世,殖民地名称"弗吉尼亚"(Virginia)源自"处女"(virgin)一词,就是为了纪念童贞女王伊丽莎白。——译者
② 关于詹姆斯敦殖民地,参见 Bernard Bailyn, *The Barbarous Years: The Peopling of British North America: The Conflict of Civilizations*,1600 – 1675(2012);John Darwin, *Unfinished Empire: The Global Expansion of Britain*(2013);Virginia Bernhard, *A Tale of Two Colonies: What Really Happened in Virginia and Bermuda?*(2011);John C. Miller, *The First Frontier: Life in Colonial America*(1966);Karen Ordahl Kupperman, *The Jamestown Project*(2009)。

詹姆斯一世国王，也确实想钱想疯了。

刚刚迈入 17 世纪的英国是个资源匮乏的小小岛国，在国际上势单力薄。那个时代也是英国与西班牙之间竞争最为激烈的时代，而后者是当时在新大陆殖民最为成功的强国。到 16 世纪末，西班牙已经征服墨西哥和秘鲁，那里丰沛的黄金白银矿藏带来了巨额财富，让西班牙从一个贫穷、分裂的国度，一变成为全欧洲（即便不说是全世界）最强大的国家。每年都有大量船队，最多的时候一支船队能有七十条船，将数百吨金银财宝运回西班牙。与此同时，英国政府几乎负担不起维持皇家海军的费用，而海军是行使国际影响力最重要的工具。英国的海上力量不得不仰仗外部力量。王室授予船主和商人团体"私掠许可证"，授权他们以英格兰的名义攻击西班牙船舰，俘获西班牙船只，夺取其货物。战利品的五分之一需上交政府①。

这样一来，私掠成了英国经济不可或缺的一部分，在 1590 年代的进口商品中占了 10%。然而 1603 年，这个滚滚财源突然被掐断了。詹姆斯国王在这一年登上王位，为了与西班牙和解，他终止了私掠活动。但这段经验为英国带来了一个无需政府大量支出就能与其他殖民列强（尤其是西班牙）竞争的模式：让私人在利润驱使下代替政府去竞争。弗吉尼亚公司的创建也受到这一经验的启发，这家由私人创立的公司，承诺将为王室带来收入。

为了筹集组织探险所需资金，弗吉尼亚公司做的正是今天的公司也会做的事情：转向资本市场。公司向投资者出售股票，承诺会有通过开发新大陆资源和贸易带来的分红。投资者受到吸引，趋之若鹜。股票面值 12 镑 10 先令，吸引了七百多人持股，当时的人管他们叫"冒险家"。除了受迫害的异见人士，股东还包括九十六名爵士、二十一位勋爵，以及大量医生、牧师、律师和商人。那位推广科学方法的哲学家弗朗西斯·培根爵士（Sir Francis Bacon）就持有股份，后来连现代政治哲学之父托马斯·

---

① Kupperman, *The Jamestown Project*, 20–34; Bernhard, *A Tale of Two Colonies*, 8.

霍布斯爵士（Sir Thomas Hobbes），也未能免俗。这些"冒险家"与后来的风投资本家不只名称相类，实质也大体近似：这些投资者都非常愿意在高风险的初创企业上下赌注①。

最大的股东是托马斯·韦斯特爵士（Sir Thomas West），这位英国贵族的世系可以追溯到《大宪章》的一位签署人。他们于 1215 年签署的这

托马斯·韦斯特爵士，德·拉·瓦尔勋爵，美国被遗忘的建国者之一。

---

① 关于弗吉尼亚公司的法人形式，参见 Miller, *The First Frontier*, 15 - 26；Bernhard, *A Tale of Two Colonies*, 7, 16。关于投资者，参见 Kupperman, *The Jamestown Project*, 214, 242 - 243。现有数据反映了弗吉尼亚公司重组并于 1609 年第二次"公开发行"后的股票价格和投资人数量。

份文件,是英格兰的第一部宪法,意在限制王室权力。韦斯特据称是一位"社会地位最高、品格也最高尚的人",供职于英国议会,是如日中天的枢密院成员,于 1599 年由詹姆斯国王的前任伊丽莎白女王封爵。韦斯特的贵族头衔是德·拉·瓦尔勋爵,尽管今天很少有美国人知道他,却对殖民地时期影响极大,建国十三州中的特拉华州,就是以他的名字命名的[①]。

弗吉尼亚公司的"议会",也就是董事会,第一次派了三艘船,分别叫"发现"号、"一路顺风"号和"苏珊·康斯坦特"号,载有一百多位殖民者,于 1607 年 4 月抵达新大陆,这时韦斯特还在英国的家里享清福。对董事会而言,殖民者大都算是雇员。除了少数几位被派来维持秩序的上层人士,这些船员大都是公司或个人投资者的契约佣工,期限四到七年不等。一切都遵照伦敦的公司和董事会的指示行动,随着殖民者来到新大陆的,还有详细的工作说明。殖民者被要求沿着"可通航的河流……比如最能深入内陆的河流"建立营地。重中之重,他们要又快又好地组建一支团队,开始寻找黄金白银之类的贵重金属,或是找到一条能抵达南太平洋的通道。(发号施令的人确信美洲只是一道狭长的地峡,就跟现在的巴拿马一样,期待着能找到一条通往太平洋的捷径。)因为这样的发现是公司挣钱的最大希望,所以董事会命令足足三分之一的殖民者立即开始搜寻[②]。

殖民者尽职尽责,服从命令,这让他们陷入了不幸的深渊。他们选了一块能满足公司要求的地方定居,但结果表明这里是死亡陷阱。他们的

---

① 关于托马斯·韦斯特,参见 American National Biography Online 中的 Samuel Willard Crompton, "De La Warr, Baron," http://www. anb. org/articles/01/01-00206. html; Henry Browning, *The Magna Charta Barons and Their American Descendants* (1898),159; Robert Alonzo Brock and Virgil Anson Lewis, *Virginia and Virginians: Eminent Virginians, Executives of the Colony of Virginia* (1888),15 - 16; Alexander Brown, "Sir Thomas West, Third Lord De La Warr," 9 *Magazine of American History* 18 (1883); J. Frederick Fausz, "West, Thomas, third Baron De La Warr (1577 - 1618)," *Oxford Dictionary of National Biography* (2004),http://www.oxforddnb. com/view/article/29100。

② Kupperman, *The Jamestown Project*,151,243; Miller, *The First Frontier*,18。

营址在泥塘和沼泽中间，周围都是死水，结果喝的水都被自己的排泄物污染了却毫不知情，伤寒、坏血病、痢疾、皮肤病和脚气在营地肆虐。由于公司把那么大的一支队伍都派出去寻宝和探路，土地也没能及时清理出来以便耕种。此外，殖民者的补给不够用来过冬，而这里的冬天比他们在英格兰经历过的任何冬天都要残酷得多[1]。

弗吉尼亚公司是先行者，所有开创性公司在面对新市场时通常都会面临的未曾经见的风险，它都要面对。公司未曾考虑到的风险之一是干旱。历史考古学家通过研究树木年轮确定了这个地区在第一次殖民期间的降雨量，结果表明自 1606 年开始的七年，是这个地区从 13 世纪以来最干旱的时期。条件实在是太恶劣了，弗吉尼亚公司的第一批补给船于 1608 年 1 月抵达，不过这是他们首次登陆的九个月后，最开始的一百零八名殖民者就只有三十八人活了下来[2]。

在北美辽阔的土地上仅有这么一家公司，尚且苟延残喘，几乎过不下去日子。公司又额外派出几百人来此定居，但他们同样遭罪，因为除了条件恶劣，公司的供应链也很靠不住。1609 年，公司的一艘补给船"海上冒险"号遭遇风暴，在百慕大群岛失事。伦敦的董事会好几个月都没发现出了什么事，公司也没派出额外补给。"海上冒险"号的遭遇在英格兰被公之于众后，一位年事已高的作家受到启发，创作了一部剧作，讲述一群水手在暴风雨中被困在新世界一个遥远的岛屿上，这也是他一生中最后几部剧作之一。这部剧作，就是莎士比亚的《暴风雨》[3]。

如果说刚开始的头几年还不算艰难，那 1609 年到 1610 年的那个寒

① Carville V. Earle, "Environment, Disease, and Mortality in Early Virginia," in *The Chesapeake in the Seventeenth Century: Essays on Anglo-American Society*, ed. Thad W. Tate and David L. Ammerman (1979), 96.

② Dennis B. Blanton, "Drought as a Factor in the Jamestown Colony, 1607 - 1612," *Historical Archaeology* 34 (2000): 74, 78; Kupperman, *The Jamestown Project*, 163, 227; Bailyn, *The Barbarous Years*, 53.

③ 关于莎士比亚的灵感来源，参见 Bernhard, *A Tale of Two Colonies*, 3; Kieran Doherty, *Sea Venture: Shipwreck, Survival, and the Salvation of Jamestown* (2008), 163.

冬可以说差点把弗吉尼亚公司置于死地。殖民者与本地原住民部落帕斯帕赫(Paspahegh)之间的关系已经变得相当暴力,主要是因为干旱歉收,食品竞争加剧。因为害怕遭到伏击,殖民者拒绝离开小小营垒,但在营垒之内,他们的食物怎么都不够。据说,这些殖民者不得不吃掉"狗、猫和老鼠",还有人煮自己的鞋吃。现在我们知道,后来他们甚至同类相食。考古学家在詹姆斯敦遗址研究垃圾堆积物时发现了一个人类头骨,上面有几十个刀痕,是肉被削掉的痕迹。(一位研究遗迹的学者说:"他们显然很喜欢脸颊肉、面部肌肉、舌头和大脑。")这段时间史称"饥饿时期",当时来到弗吉尼亚的五百多名殖民者,只有六十人熬了下来①。

1610 年初,补给船回到伦敦,报告了殖民者"病痛与凄惨的情状"。托马斯·韦斯特听说后,觉得是时候亲自去美洲了。他有相当大一笔财产都投到这桩冒险事业中,因此认为有必要更多地亲身参与殖民地事业的日常运营。韦斯特抛妻弃子,离开了舒适的贵族生活,但并不只是为了钱。他也在寻求个人的救赎。韦斯特尽管是贵族,1601 年却因涉嫌密谋推翻为他封爵的伊丽莎白女王而入狱。后来他被无罪释放,但名声还是难免受损。如果他能拯救詹姆斯敦,就能给其他贵族留下深刻印象,证明自己对王室忠心耿耿。同继他之后来到美洲的很多人一样,他也在寻找第二次机会②。

韦斯特决心让詹姆斯敦免遭先前北美殖民者的命运。欧洲人殖民北美的首次尝试发生在五十年前,西班牙征服者特里斯坦·代·卢纳·伊·阿雷利亚诺(Tristan de Luna y Arellano)自现位于佛罗里达州的彭萨

---

① 为叙事清晰起见,本书中引用的古代英文在必要时已翻译为现代英文。关于"饥饿时期",参见 Miller, *The First Frontier*, 22; Paula Neely, "Jamestown Colonists Resorted to Canibalism," *National Geographic*, May 1, 2013, http://news. nationalgeographic. com/news/2013/13/130501-jamestown-cannibalism-archeology-science/。
② 韦斯特对弗吉尼亚公司的全力投入,是下列著作中提到的主题之一: Sir Thomas West, "The Relation of the Lord De-La-Ware" (1611), reprinted in Lyon Gardiner Tyler, *Narratives of Early Virginia, 1606 - 1625* (1907), 209。

科拉登陆,落了个新定居点被飓风摧毁的结局。西班牙人在更东边的据点圣奥古斯丁要成功得多。然而,此前英国人的全部努力都付诸东流。比如探险家沃尔特·雷利爵士(Sir Walter Raleigh)于 1587 年组织了一次远征,在北卡罗来纳州海岸上的罗阿诺克岛留下了一百多人定居。但由于跟西班牙开战,第一艘补给船三年未归。等到补给船终于回到殖民地时,定居点已废弃,再也看不到任何殖民者的踪影,他们的命运到今天都还是个谜①。

1610 年春天,韦斯特扬帆起航。他带的船队有三条船,四百名新殖民者,还有一年的补给。此时的他也拥有新的权力。董事会认为,殖民地的问题是没有明确的一把手。公司承认,在詹姆斯敦,"没有人会听命于别人,这群没头没脑、肆无忌惮的家伙,只会制造混乱和骚动"。定居者需要一个头头。韦斯特被任命为殖民地"总督和总司令",拥有"纠正、惩罚、赦免、管理和统治的全部、绝对权力"。公司期待着单凭派去一位出身贵族的有无上权威的领导人,就能让殖民者俯首帖耳,井然有序。但要是不成功,韦斯特也带了一支军队来强行管教。他来詹姆斯敦是为了带来秩序,而不是自由②。

在他两个月的航行期间,詹姆斯敦的情形每况愈下。濒临绝望的幸存者决定无视弗吉尼亚公司的指令,自行返回家园。他们打点好船只,准备一把火烧光营垒,却突然有人反对说,营垒不是他们的,不能由他们来付之一炬。营垒和其他建筑都是公司的合法财产。这些殖民者将弗吉尼亚公司的固定资产留下,动身返回英国。詹姆斯敦被抛弃了③。

---

① 关于卢纳在彭萨科拉时运不济的努力,参见 William S. Coker, "Pensacola, 1686 - 1821," in *Archaeology of Colonial Pensacola*, ed. Judith Ann Bense (1999), 5。关于在罗阿诺克消失的殖民者,参见 Kupperman, *The Jamestown Project*, 3 - 5, 32, 100。

② 参见 "A True and Sincere Declaration of the Purpose and Ends of the Plantation Begun in Virginia," 最早发表于 1610 年,重印于 Alexander Brown, *The Genesis of the United States* (1890), 1: 338; 亦可参见 Kupperman, *The Jamestown Project*, 241; Bailyn, *The Barbarous Years*, 66, 72。

③ Miller, *The First Frontier*, 23; Kupperman, *The Jamestown Project*, 23 - 24.

如果不是韦斯特机缘凑巧,英国人的殖民事业恐怕就到此结束了。1610年6月7日,正当载有殖民者的船只离开詹姆斯敦,沿詹姆斯河顺流而下时,迎面遇到了一条来自韦斯特船队的大划艇。韦斯特马上命令这些殖民者调转船头,返回詹姆斯敦。如果韦斯特晚几天离开英格兰,或是在海上稍微多耽搁一点点时间,两方的船只肯定会失之交臂,韦斯特抵达的詹姆斯敦就会只剩下空空如也的营垒,没有留给他一兵一卒。好在历史恰恰相反,殖民地和公司,甚至可以说美国实验本身,都得救了。

1610年6月7日,弗吉尼亚公司最重要的股东托马斯·韦斯特爵士的到来,拯救了詹姆斯敦殖民地。

韦斯特在殖民地严格执行纪律,定居者需在早上6点起床,去教堂晨祷。如有违犯,第一次的惩罚是取消一周的食品配额,第三次的惩罚则是死刑。实际上,好多种罪行都会被处以极刑,包括口出狂言亵渎上帝,未经授权与印第安人交易,以及逃离殖民地。要是有人抢夺公共储存的食物,就会被绑在树上饿死。殖民者的全部枪支都收缴上来,说是公有的军火。这样做表面上是为了在需要与印第安人作战时方便取用，但还有个额外的好处，就算有谁对韦斯特的严刑峻法感到恼火，也很难奋起反抗①。

韦斯特治下的詹姆斯敦终于成为稳步发展的殖民地。尽管没多久韦斯特就因病返回英国，当时的人们还是认为是他拯救了这个殖民地。比如弗吉尼亚公司的律师理查德·马丁（Richard Martin），据称就曾于1614年在英国下议院说："自从德·拉·瓦尔勋爵成为总督，弗吉尼亚就成了一个稳定的种植园，现在只需要英国悉心照顾。"19世纪一位很有声望的历史学家亚历山大·布朗（Alexander Brown）认为，韦斯特"在以前从未有人立足的地方，种下了英格兰民族的根"。实际上布朗甚至进一步发挥，声称如果"有那么一个人可以看成是……这个国家的创建者"，那么"这个人就是"托马斯·韦斯特爵士②。

尽管布朗的看法有颇多值得赞许之处，但从詹姆斯敦的故事还是可以看出，美国创建者的荣誉称号还有另一个竞争者：一个法律意义上的人，一家公司，被叫做弗吉尼亚公司。

尽管韦斯特制定的严刑峻法让这个襁褓之中的殖民地挺过了最危难的时刻，没过几年，同样的规则成了从英国招人前来定居的障碍，因此也就吓跑了投资者。为了让詹姆斯敦对这两个群体都更有吸引力，从1616年开始，弗吉尼亚公司董事会对土地所有权和治理方式做出了重大改革。公司改革的目标是让利润最大化，但也把最早的民主标志带到了美国。

成立后的头十年，弗吉尼亚公司一直花钱如流水。殖民地很稳定，但公司尚未发现任何贵重金属，也没找到通往南太平洋的道路。一直没有可以分给投资者的利润，公司承认，到现在给他们的所有回报都只是画饼

---

① Bailyn, *The Barbarous Years*, 66–67; Frank E. Grizzard, *Jamestown Colony: A Political, Social, and Cultural History* (2007), xxxiii.

② Alexander Brown, *The Genesis of the United States* (1891), 2: 1049; Alexander Brown, "Sir Thomas West. Third Lord De La Warr," 9 *The Magazine of American History* 18, 28, 30 (1883).

充饥。为了扭转局面,董事会开始利用自己大量拥有的一项资产:土地。股东的每张股票可以在殖民地分得 100 英亩(约 600 亩)土地,如果股东送人到詹姆斯敦定居,每位定居者还能给股东额外带来一定数量的土地。英国的土地资源匮乏,历史上也一直掌握在贵族手里,因此成功的英国商人永远不可能在本土持有地产。对他们来说,土地是天大的诱惑。这里边的套路是,股东必须自行出资开发自己的地块——就跟今天谁买了一块地,就得自己在上面盖房子一样。弗吉尼亚公司不再资助殖民者,股东开始各自负责寻找定居者,出钱送他们上路,并提供补给①。

新的土地所有权制度彻底改变了殖民地。大家不再是在公司的土地上按照公司的命令为公司的利益工作,现在土地所有者主要为自己劳动,只不过弗吉尼亚公司要抽取一部分收入。几乎所有人都选择种植烟草,这是美国第一种大受市场欢迎的作物。1614 年,约翰·罗尔夫(John Rolfe)培植出可供商业贸易的烟草,对美国历史进程产生了重大影响,一直到南北战争前都在推动对奴隶劳动力的需求,也从那时起塑造了文化态度。我们也将看到,烟草也在法人权利史的舞台上扮演重要角色,因为历史将证明,烟草公司及其盟友也是为法人争取宪法保护的最热心的支持者。但回到詹姆斯敦时代来看,烟草业才刚刚萌芽,殖民者只关注这种作物让弗吉尼亚公司董事会大伤脑筋,因为他们希望能种植更有利可图的作物。尽管如此,土地改革毫无疑问大获成功,鼓励着新人前来定居,也吸引了新的投资者参与随后的几轮募资②。

极力推动公司改革的人里有一位是埃德温·桑兹爵士(Sir Edwin Sandys)。他是约克郡大主教的儿子,也是在议会中反对詹姆斯国王的领

① William Robert Scott, *The Constitution and Finance of English, Scottish, and Irish Joint-Stock Companies to 1720* (1951), 1:255; Wesley Frank Craven, *The Virginia Company of London, 1606 - 1624* (1993), 31 - 34; Kupperman, *The Jamestown Project*, 261.

② Scott, *The Constitution and Finance of English, Scottish, and Irish Joint-Stock Companies*, 1:255; Craven, *The Virginia Company of London*, 31 - 34; Kupperman, *The Jamestown Project*, 261; Miller, *The First Frontier*, 26.

袖人物。桑兹爵士很早就投资了弗吉尼亚公司，在执行董事会中非常活跃。他性格独立，这一点也影响了公司，让公司变得有点儿激进起来。1619年，桑兹爵士被提名为公司首席执行人时，据说詹姆斯国王给股东大会捎了个信："就算你们想选个魔鬼也好，千万不要选埃德温·桑兹爵士。"然而股东们感受到桑兹爵士的离经叛道之处，没有向国王低头。他们在股东大会上大声宣读了公司特许状，重点强调授权他们自主选任公司管理层的条款，然后仍然选择了桑兹爵士①。

弗吉尼亚公司首席执行人埃德温·桑兹爵士，他制定的改革增加了公司利润，也最早把代议制民主的成分带到了美国。

---

① Jack Beatty, "The Corporate Roots of American Government," in *Colossus: How the Corporation Changed America*, ed. Jack Beatty (2001), 17; Theodore K. Rabb, "Sir Edwin Sandys and the Parliament of 1604," 69 *American Historical Review* 646 (1964); Henrietta Elizabeth Marshall, *This Country of Ours* (1917), 75 - 76; Bailyn, *The Barbarous Years*, 75.

桑兹爵士领导下的弗吉尼亚公司决定赋予定居者类似的管理自身事务的自治权。公司授权在詹姆斯敦成立由各种植园代表组成的"代表大会",并由代表大会公布殖民地的管理规则。美洲大陆上的第一次代表大会于1619年7月在詹姆斯敦的教堂举行。教堂很小,木制建筑,地基是鹅卵石。弗吉尼亚的夏天极为潮湿,教堂里闷热不堪。会议期间,就有一名代表给闷死了。另一些与会者的表现要好得多,比如培植新烟草的罗尔夫,托马斯的弟弟弗朗西斯·韦斯特(Francis West),以及约翰·杰斐逊(John Jefferson,据说是国父托马斯·杰斐逊的先祖)。还有一位叫纳撒尼尔·鲍威尔(Nathaniel Powell),是随着公司第一支船队抵达詹姆斯敦的,数代以后,他的后人刘易斯·鲍威尔当上了最高法院联席大法官①,也是美国司法界扩大法人宪法权利最有力的声音之一②。

自治政府的雏形最早在詹姆斯敦萌芽,并不代表桑兹爵士有自由主义倾向。此举不过是公司不得已而为之,要吸引品行端正、纪律严明、热心公益的人搬到切萨皮克湾,就必须这样做。这样的人可不希望生活在军令之下,尽管在殖民地早期,严刑峻法是必不可少的。对自己的日常生活,定居者希望有点儿发言权。桑兹爵士的改革让公司招募到近四千新殖民者前往新大陆,其中就有清教徒。

早在1617年,桑兹就开始与清教徒书信往还,因为要想让殖民地事业成功,正需要他们这样兢兢业业又坚定虔诚的人。跟詹姆斯敦最早的定居者不同,清教徒是靠宗教信仰和血缘关系维系在一起的,满可以相信他们干起活来会毫无私心。然而无巧不成书,"五月花"号登陆的地方在预期目的地的北边很远处,清教徒也就决定在普利茅斯建设自己的家园③。

传说在1621年,清教徒第一次大获丰收之后,用了整整一天来庆祝

---

① 美国最高法院大法官除首席大法官外,均称联席大法官,所有人地位平等,仅以年资排序。——译者

② Craven, *The Virginia Company of London*, 140; Beatty, "Corporate Roots," 17-18.

③ Kupperman, *The Jamestown Project*, 293.

感恩,然而美国第一个真正的感恩节实际上还要早两年,而且也是出于公司的倡议。弗吉尼亚公司授权一群叫做"伯克利百人团"的殖民者搬去殖民地定居,要求他们在抵达时设立一个一年一度的节日来感谢全能的上帝:"我们规定,我们的船只抵达弗吉尼亚土地上分配给种植园的地方的那一天,应该每年都当成神圣的日子,而且永远如此,好用来感谢全能的上帝。"1619 年 12 月 4 日,伯克利百人团的船在詹姆斯河靠岸,定居者遵从了公司的指示,感恩节就此在新大陆诞生①。

给美国带来民主和感恩节的公司同样也带来了极为恶毒的行为,其中就有买卖人口,甚至在最早的非洲奴隶来到美洲之前就开始了。弗吉尼亚公司董事会担心,男人不想在弗吉尼亚待多久,因为没有女人——或者像公司说的那样:"在上帝看来,没有这一慰藉,男人就无法对生活感到满意,(就连)在天堂中也不能。"为了解决这个问题,桑兹爵士启动了一项特别计划,招募女性向殖民地移民。伦敦的投资者设立了特别基金来赞助青年女子前往詹姆斯敦。这些女孩子一到新大陆,就会被公司以物易物,换给出价最高的人。普利策奖得主、历史学家伯纳德·贝林(Bernard Bailyn)写道:"这些女人被富有的种植园主抢购一空,价格之高,据说穷汉都沾不到边。"②

桑兹爵士费尽心血重组了殖民地,招来了清教徒和女人,但还是无法让弗吉尼亚公司盈利。桑兹掌管公司没几年,自己也碰到了麻烦,困住他的问题到今天仍然困扰着公司高管们:高管的薪酬问题。桑兹管理着公司的烟草贸易,也因这块业务给自己发了一大笔奖金。这事儿曝光后,投

---

① Sir William Throckmorton, Richard Berkeley, et al., "Ordinances Directions and Instructions to Captaine John Woodlefe" (September 4, 1619), in *The Records of the Virginia Company of London*, ed. Susan Myra Kingsbury (1933), 3: 207; Charles E. Hatch, *The First Seventeen Years: Virginia*, *1607 – 1624* (2009), 44; H. Graham Woodlief, "History of the First Thanksgiving, Virginia Thanksgiving Festival," http://virginiathanksgivingfestival. com/history/; Gloria Peoples-Elam, *An American Heritage Story: Tracing the Ancestry of William Henry Peoples & Elizabeth Washington Peoples* (2014), 86.

② Bailyn, *The Barbarous Years*, 82 – 87; Kupperman, *The Jamestown Project*, 287, 320.

资者群情激愤。枢密院开始调查,这让桑兹颜面扫地,詹姆斯国王倒是幸灾乐祸得很。1622 年,印第安人突袭了殖民者,有三分之一的殖民者被杀害,史称弗吉尼亚大屠杀。如此一来,人们对弗吉尼亚公司的信心更是土崩瓦解。公司试图将责任都推到殖民者身上,但无论功过该如何评说,数字总是没办法抵赖的:头十五年将近八千人搬到弗吉尼亚,其中约有六千八百人未得善终。1624 年,弗吉尼亚公司终于关门大吉,可以说詹姆斯敦又夺走了一条生命。公司倒闭后,殖民地移交王室,成为皇家殖民地①。

1619 年 7 月,詹姆斯敦代表大会第一次会议。

弗吉尼亚公司尽管未能赢利,还是为未来的英国殖民地提供了一个样板——甚至可以说为美国提供了一个样板。詹姆斯敦的历史展现出一位历史学家所谓的"成功要素",包括"宽泛的土地所有权"、"通过纳入女性来建立正常的社会制度",以及在烟草业的例子中,"开发一种可以在市场上赢利的产品,让经济得以维持"。不过,公司最有历史意义的创新是

_____

① Bailyn, *The Barbarous Years*, 322.

桑兹爵士推动下建立的代表大会制度。这一思想对未来的国家最具决定性影响。民主来到美国，与这个国家最早的定居者来到这里的方式一模一样——是受弗吉尼亚公司所派，为寻求利润而来[1]。

继詹姆斯敦之后，还有一些英国殖民地是以法人的形式出现的。1620 年清教徒抵达后的那些年，后来成为新英格兰的地区主要由马萨诸塞湾公司、罗杰·威廉斯（Roger Williams）的罗得岛和普罗维登斯庄园以及康涅狄格殖民地占据，这些公司也全都有法人特许状。今天的加拿大大部都由哈德逊湾公司控制，这是一家成立于 1670 年的贸易公司，到今天仍在运营，而且已经成为全球零售业巨头。作为法人，这些殖民地全都要遵守常见的法人准则和惯例。但这些法人同时也是政府，因此要负责监督住在这些殖民地的人，美国人对政府管理的态度和理解，也受到了这些法人的极大影响。实际上，尽管制宪会议上的开国元勋并没有自觉地将法人援引为范本，宪法还是泄露了美国起源于法人的痕迹。毕竟，制定宪法的部分目的，就是起到公司特许状长期以来在殖民地起到的作用：设立政府机构，设定立法程序，并对政府作为加以限制[2]。

举例来说，美国宪法与马萨诸塞湾公司 1629 年的原始特许状就极为相似。宪法开宗明义，描述了谁是"主宰并设立"自由宪章的最高权威——"我们人民"。早于一百五十多年前写下的公司特许状也是如此，开篇就明确本特许状由当时的最高权威查理一世"授予并承认"。公司特许状接下来设定了与宪法极为相似的政府框架，包括代表大会，经选举产

---

[1] Kupperman, *The Jamestown Project*, 2 - 3.

[2] 关于法人形式如何影响了美国民主的制度和实践，参见 David A. Ciepley, "Is the U. S. Government a Corporation? The Corporate Origins of Modern Constitutionalism," 111 *American Political Science Review* 418（2017）；Stephen Innes, "From Corporation to Commonwealth," in *Colossus: How the Corporation Changed America*, ed. Jack Beatty, 18；Andrew C. McLaughlin, *The Foundations of American Constitutionalism*（1932）。

生的首席执行人,并保证个人权利。经特许状批准的代表大会有权颁布治理殖民地所需的"命令、法律、法规和条例"。公司有一名"总督",是由殖民地居民选出来担任总司令的首席执行人,负责击退对殖民地的"武力"威胁。这名公司官员也有权赦免,被要求宣誓"注意"法律法规正确执行,也可能会因"任何不当行为或瑕疵"遭弹劾。如果总督无法履职,"副总督"就会跟今天的副总统一样走马上任①。

殖民地法人的特许状,比如马萨诸塞湾公司 1629 年的特许状,影响了美国宪法的制定。

---

① 关于马萨诸塞湾公司的历史及其特许状,参见 Frances Rose-Troup,*The Massachusetts Bay Company and Its Predecessors*(1930);Charles J. Hilkey,*Legal Development in Colonial Massachusetts,1630 – 1686*(1910);Stephen Innes,*Creating the Commonwealth: The Economic Culture of Puritan New England*(1995);Barbara A. Moe,*The Charter of the Massachusetts Bay Colony: A Primary Source Investigation of the 1629 Charter*(2002)。特许状正文下列网址可见:http://avalon.law.yale.edu/17th_century/mass03.asp。

马萨诸塞湾公司的特许状同样承认个人权利。搬到殖民地定居或出生于殖民地的任何人,均"应享有自由和自然臣民的全部自由和豁免权"。虽然特许状并未详细列出所有权利,但也确实确认了一些权利,包括在今天比在 17 世纪争议要大得多的持械权。居民被赋予"购买、使用、携带和运输……盔甲、武器、弹药、火药和子弹"的权利。这项权利后来会在宪法中通过第二条修正案反映出来,但马萨诸塞湾公司特许状中明确的其他权利与公司早期的时代更为合拍,比如"自由(参与)渔业贸易的完整权利"。无论这些权利的具体实质是什么,这些基本的自由都被理解为是在限制那些根据特许状任命的官员的权力,从这个意义上讲,其所起到的作用与宪法权利是类似的。

尽管美国宪法与马萨诸塞湾公司的特许状不无相似之处,后者毕竟只是一份公司文件。重新出现在宪法中的特许状的很多特点,在那个时代的商业公司中都很常见。赋予代表大会的立法权,只是法人制定规章制度的普通权力,而群众大会则是股东们的集会。总督和副总督出于民选,是因为公司高管通常都是由公司成员来选。总督的职责是确保殖民地法律严格执行,这也是公司托付给高管的标准职责①。

跟弗吉尼亚公司一样,马萨诸塞湾公司也是一家以赢利为目的的商业公司,特许状是用来组织、管理和控制这个企业的。股票定价为每股50 英镑,附带 200 英亩(约 1 200 亩)土地,向殖民地每送去一名劳动力,还可以多得 50 英亩(约 300 亩)。大部分股东都是来自伦敦的投资者,只打算送一些契约佣工去新大陆,但也有一些人拿了自己的股份,漂洋过海去了美洲,比如清教徒约翰·温斯罗普(John Winthrop)②。

---

① 公司办公的方式本身很可能是模仿了中世纪英国政府的运作方式,而这种方式对美国宪政制度也有深刻影响。参见 Karen Orren, "Officers' Rights: Toward a Unified Field Theory of American Constitutional Development," 34 *Law & Society Review* 873 (2000)。

② 参见 McLaughlin, *The Foundations of American Constitutionalism*, 39; Scott, *The Constitution and Finance*, 313 - 315. 关于温斯罗普,参见 Francis J. Bremer, *John Winthrop: America's Forgotten Founding Father* (2003); Rose-Troup, *The Massachusetts Bay Company*, 28 et seq.; Innes, *Creating the Commonwealth*, 64 et seq.

温斯罗普移居美国是因为他在寻求宗教信仰自由。英国正在大举迫害清教徒,为了出资帮助他们逃亡,温斯罗普卖掉了从父亲那里继承的全部遗产,投资马萨诸塞湾公司的股票。温斯罗普抵达新大陆后没多久,就被股东们选为总督。然而甫一当选,温斯罗普就采取了改革措施,让马萨诸塞湾公司不再那么像一家商业公司,而更像是一个新生的民主政体。早期英国公司也赋予股东们投票选举董事的权利,通常是一人一票制(现代公司则往往是一股一票制)。温斯罗普促请公司允许所有成年男性居民(同时也得是教会成员)在大会上投票。温斯罗普认为,凡是利益相关人员,无论是否持股,都应当有选举权,这反映了对谁应该在公司决策中有发言权的理解,即便放在今天,都可以说这个理解相当宽泛。温斯罗普说,他的目标是"按英国议会的性质"改造代表大会,以取代股东大会①。

温斯罗普的另一项创新将改变民主国家和法人团体的选举制度: 代理投票制。尽管温斯罗普扩大了选举权,但由于诸如冬季大雪、定居点过于分散和印第安人袭击的威胁等各种原因,很多殖民者仍然无法参加大会。人口增长也让股东会议变得越来越难以驾驭。温斯罗普促请公司同意城镇选民在代表大会召开之前集会选出代表,然后由这些代表以选民的名义出席大会并投票。当然,今天的公司也经常采取类似方法来进行公司选举,允许股东们将票投给代表他们出席股东大会的"代理人"。尽管美国的政治选举不允许完全一样的代理投票制,但也还是会遵循类似的原则: 特定地区的选民选出一名代表,负责出席立法会议,并代表其选民投票②。

埃德温·桑兹爵士在詹姆斯敦率先建立群众大会制度并不是出于民主理想而采取的进步措施,温斯罗普采用的代理投票制也同样如此。实

---

① McLaughlin, *The Foundations of American Constitutionalism*, 42 – 45; Innes, *Creating the Commonwealth*, 19 – 20.

② Hilkey, "Legal Development," 22 – 23.

际上,这不过是管理公司事务更方便的方式。但美国的代表大会和英国议会之间的一个重大差异,却在代理投票制中体现出来。尽管英国议会也是由各城镇派出的会议代表组成,但这些代表所扮演的角色,占主流的理解是代表英国全体国民,而不是他们当地社区的居民。英国首相乔治·格伦维尔(George Grenville)就曾在美国革命前夕这样解释道:"坐在议院里的每一位议会成员,都不代表自己的选民,而是作为尊贵的代表大会的一员,代表了大英帝国的整个下议院。"因此英国人认为,像伯明翰、曼彻斯特这样的人口众多的城市在下议院没有任何正式代表,这种状况完全可以接受,费城和波士顿就更不用说了①。

温斯罗普不可能知道,他对代表的理解到最后会变得多么重要。代表就是他那部分选民的声音,在接下来的一百五十多年里,这一思想将不断激励美国人寻求独立。美国革命中让人奋起的口号"无代表不纳税"并非首先是对英国的税收政策感到不满,而是抱怨在英国议会中,没有代表殖民者的利益据理力争的代理人。

马萨诸塞湾公司采用的另一项改革措施也影响了美国宪法,那就是1641年颁布的《自由宪章》。这份公司法规堪称宪法《人权法案》的前身,以书面形式明确保障了个人的基本权利,殖民地官员必须遵守。宪章规定了正当程序权利(惩罚必须"依据国家的明确法令,确保同罪同罚");受法律平等保护的权利("本宪章管辖范围内的任何人,无论是本地居民还是外来人口,均应享有同样公正的法律对待");征用财产时公平补偿的权利("如未偿付合理价格,不得将任何人的牲畜或货物征用于任何公共用途或公共服务");刑事被告迅速审判的权利("其案件应在下次开庭审理并判决");不因同一犯罪行为而两次遭受生命或身体危害的权利("任何人不得因同一罪行、违规行为或非法侵入行为而被民事法官两次判刑");不被施以残酷和非常惩罚的权利("就体罚而言,我们中间不允许有不人

---

① McLaughlin, *The Foundations of American Constitutionalism*, 55 - 56.

道、野蛮、残忍的刑罚")。跟一百多年后仿效《自由宪章》而出现的《人权法案》相比,甚至可以说前者在某些方面更为进步。例如,马萨诸塞湾公司禁止以某些方式虐待配偶,也禁止以"极为严厉"的手段惩罚儿童。(但在另一些方面,《自由宪章》就没那么进步了,比如允许对女巫严刑拷打。)①

在当时的英美法律中,《自由宪章》明示的个人权利清单最为广泛。与之类似的英国《权利法案》②要晚四十多年问世,对个人权利的保护也比《大宪章》更加巨细靡遗。其他殖民地也纷纷效仿,以法律或宪章的形式保障了范围更大的个人自由。罗得岛 1663 年的宪章保证会保护宗教自由和信仰自由。纽约州于 1683 年通过的《自由宪章》则包含了由陪审团审判的权利和保释权,并禁止军队在私人住宅驻扎。新泽西州 1677 年的权利法案明确规定,代表大会无权废止该法案,让殖民地的保证更经得起考验。宾夕法尼亚州的《特权宪章》于 1701 年通过,加了对请律师的权利、被告与证人对质权利的保护(著名的"自由钟"就是为庆祝该宪章通过五十周年而铸成的)。这些改革带来的结果就是,美国殖民者享有的权利,比他们留在英国的同胞更加宽泛。他们说到自己的"宪章权利"时,就跟现在人们提到自己的"宪法权利"一样③。

1639 年,一群殖民者与马萨诸塞湾公司断绝关系,在康涅狄格建起了自己的殖民地。他们没有王室授予的特许状,于是自己动手写了一份,称之为《基本法》。《基本法》设立了代表大会,并授权大会"为英联邦的利益"制定法律,规定总督经选举产生,并保证各城镇居民有权选择在大会上代表他们的议员。根据历史学家的说法,《基本法》是在"有意识地模

---

① Bernard Schwartz, *The Great Rights of Mankind: A History of the Bill of Rights* (1992), 36 - 39.

② 指英国于"光荣革命"后通过的《1689 年权利法案》,确认了英国人民拥有不可剥夺的民事与政治权利,也确立了议会至上的原则。——译者

③ Bernard Schwartz, *The Great Rights of Mankind: A History of the Bill of Rights* (1992), 41 - 51; John Phillip Reid, *Constitutional History of the American Revolution: The Authority of Rights* (2003), 159 - 160.

仿"马萨诸塞湾公司的特许状。主要区别是最高权威的身份。马萨诸塞湾公司的特许状是由国王授予的,而康涅狄格的宪章是由康涅狄格的"我们居民"制定的。《基本法》是美国第一部真正由人民正式通过的成文宪法①。

殖民地宪章中孕育的民主思潮的萌芽与日益壮大的独立思想相呼应,让查理二世大为不快。这位国王自 1651 年起被奥利弗·克伦威尔(Oliver Cromwell)流放了七年②,而今重登王位之后,对异见并无胃口。1680 年代,他开始将大部分美国殖民地公司都转为皇家殖民地,由王室直接统治,不再由公司成员管理。马萨诸塞湾公司的特许状在颁发半个世纪之后,于 1684 年被撤销,从此担任殖民地高管的,就成了由王室任命的皇家官员。然而,马萨诸塞湾公司的法人结构——同公司的法人改革,比如代理投票制和《自由宪章》一起——还在继续影响东海岸上下殖民政府的形态。

从殖民时代开始,美国人就将他们的殖民地特许状视为法律文件,为政府规定了一个模式,也对政府作为加以限制。也就是说,在约翰·温斯罗普和马萨诸塞湾公司移民新大陆后的岁月里,美国人开始把他们的法人特许状当成宪法。

在革命即将到来的前几年,殖民者开始相信,他们的特许状所保障的权利岌岌可危。英国议会想偿付英法战争带来的债务,也想在思想日趋独立的殖民者面前维护自己的权威,于是开始对殖民地大量日常商品征税:玻璃、纸张、铅、油漆、茶叶,甚至连印刷品都要交税。殖民者群情

---

① McLaughlin, *The Foundations of American Constitutionalism*, 47.

② 1649 年 1 月,查理二世的父亲查理一世被奥利弗·克伦威尔处死后,爱尔兰议会宣布查理二世继任为英国国王。1651 年 8 月,查理二世在与克伦威尔的战争中落败,逃往欧洲大陆,在各国间辗转流离,至 1660 年 5 月方返回英国,史称"王政复辟"。其流亡时间长达九年而非七年,不过奥利弗·克伦威尔死于查理二世开始流亡七年后。——译者

激愤,声称这些征税条例与他们的殖民地特许状不符。最能表现他们激愤的是 1773 年 12 月,数十名波士顿人登上停靠在波士顿港口的船只,将 342 箱茶叶倒进海里。这些茶叶属于一家法人,东印度公司。后来人们称之为"波士顿倾茶事件",而这一事件之所以会发生,借用 2008 年经济危机时人们对美国金融机构的评价,是因为东印度公司"大而不倒"。

东印度公司比弗吉尼亚公司早几年创立,到 18 世纪中叶,已经成长为全世界最强大的公司。从 1757 年起的一百年里,这家公司实际上控制着整个印度。尽管苏格兰经济哲学家亚当·斯密(Adam Smith)称这种由股份公司来充当最高统治者的现象"荒谬至极",但实际上跟弗吉尼亚、马萨诸塞和另一些美国殖民地的情形如出一辙,只是规模更大罢了。公司已经变成了政府,拥有政府所需的一切权力。公司出口丝绸、盐、茶叶和棉花,刚开始利润颇丰。其中有位总督叫做伊利胡·耶鲁(Elihu Yale),他挣的钱实在太多了,想都没想就给康涅狄格一所大学捐了 500 英镑。这所大学的领导人对他的出手大方感激涕零,于是用耶鲁的名字重新命名了这所学校①。

控制印度后不久,东印度公司就遭遇了严重的财务问题。投资者都期待着一夜暴富,在他们的推动下,公司股价在一波疯狂的投机活动中节节上涨。然而,公司有 50% 的收入都来自茶叶,而茶叶在市场上已经供过于求。由于英国针对茶叶的税种和关税名目繁多,也出现了茶叶黑市,走私者把茶叶从荷兰非法进口到英国,销售价格很低。东印度公司的库存居高不下,成吨的茶叶在仓库里无人问津。再加上孟加拉地区的军事受挫,1769 年,股市泡沫破裂了。经济衰退像瘟疫一样传遍欧洲,那些银行以前都过于自信,买下太多的东印度公司股票,远远超出了自己的偿付

---

① 关于东印度公司,参见 H. V. Bowen, *The Business of Empire: The East India Company and Imperial Britain*, 1765 – 1833(2006);Marguerite Eyer Wilbur, *The East India Company: And the British Empire in the Far East*(1945)。关于伊利胡·耶鲁,参见 Wilbur, *The East India Company*, 311。

能力——这仍然跟银行在住房抵押贷款证券上过度投资从而诱发了2008年金融危机不无相似之处。东印度公司股价暴跌，就把"高杠杆率银行的整个网络推向了深渊"[1]。

很多商业公司都依赖定期注入的流动资金，东印度公司也是如此。但经济低迷的时候，银行停止了放贷。公司需要付给政府100多万英镑，于是向英格兰银行贷款，结果被拒绝了。公司实在是想钱想疯了，甚至开始自己走私，把价格不菲的鸦片非法出口到中国，埋下了中英两国未来两场战争的种子。但此举仍然远远不够拯救公司，因此不得不向议会申请紧急财政援助。英国首相诺斯勋爵（Lord North）别无选择，只能对这家濒临倒闭的公司施以援手。因为英国经济本身，也处于灾难边缘。当时有人提醒道，东印度公司是"这个国家巨大的金钱发动机"，其信用"与政府和英格兰银行密不可分"。一位历史学家评论道，实际上这家公司对英国经济来说已经无比重要，"任谁当首相都不可能让东印度公司破产"[2]。

诺斯勋爵制定了一揽子救助法案，向公司提供了140多万英镑（2017年约合2.7亿美元）的贷款。为了能让公司解决茶叶严重过剩的问题，诺斯还让议会通过了《1773年茶税法》，允许公司向殖民地直接销售茶叶，而不用像以前一样，先把茶叶运到英国，在伦敦茶叶拍卖中卖给中间商，以前也只有中间商有权向殖民地出口茶叶。《茶税法》还规定退还对打算在海外销售的茶叶征收的关税。尽管跟多年来一样，殖民者仍然需要为茶叶交点税，《茶税法》总体上还是为了降低殖民地的茶叶价格而制定的[3]。

尽管茶叶价格下降，征税还是普遍成为殖民地冲突的根源，尤其是在东印度公司财务困境的重压下，殖民地经济已经遭受重创。自1760年代

---

① 关于东印度公司的财务问题，参见 Benjamin L. Carp, *Defiance of the Patriots* (2010), 13 – 23; Wilbur, *The East India Company*, 307 – 311。

② Bowen, *The Business of Empire*, 30 – 31.

③ Carp, *Defiance of the Patriots*.

中期开始，诸如马萨诸塞的塞缪尔·亚当斯（Samuel Adams）、弗吉尼亚的帕特里克·亨利（Patrick Henry）这样的殖民者就组织起来抗议议会征税，称议会无权向殖民者征税。理由不只是殖民者在英国议会中没有任何代表；亚当斯、亨利和其他爱国者也用法人的术语表达了他们的反对意见。议会如果对殖民地征税，就侵犯了殖民者自治的基本权利，也就是在他们的殖民地特许状中阐明的，他们制定法律法规的权利①。

在关于《1765 年印花税法案》的公众激辩中，这种法人阐述清晰可见。该法案规定对印刷品征税，报纸、宣传册、契约、法庭文件乃至扑克牌，全都必须印在带有特殊印花的纸张上。殖民者辩称，该法案违反了他们特许状中的条款，比如康涅狄格的特许状就授予该殖民地法人"制定、颁布并实施各种有益、合理的法律、法规和条例"的权利。罗利镇宣称，这项税法"侵犯了我们的特许状权利和特权"。整个马萨诸塞殖民地都在说，这项税法"被普遍认为是肆意妄为的违宪之举，违反了国王与臣民之间的特许状和契约"②。

将殖民地的法人特许状视为殖民者与王室之间的契约，更加坐实了议会干预殖民地管理是越界之举的想法。在《独立宣言》宣布所有人都"被造物主赋予了某些不可剥夺的权利"之前的岁月里，殖民者坚称，他们为自己的殖民地制定规章制度的权利不能被剥夺，因为这是当年从国王那里努力争取来的。在 1778 年的下议院，在这个问题上一言九鼎的威廉·梅雷迪思爵士（Sir William Meredith）是殖民地的支持者，他说："每一项不可剥夺的权利，其根本都是如此；他如果有能力表达，就去表达；他如果有能力接受，就去接受；一方面是表达，另一方面是接受，……就构成了这样一项权利，而根据英格兰的法律和宪法，这项权利不可剥夺；除非经同意或主动放弃，亦不得废除。"③

---

① Bernard Bailyn, *The Ideological Origins of the American Revolution* (1992), 189‑191, 201, 222.
② Reid, *Constitutional History of the American Revolution*, 145, 160‑167.
③ Ibid. 189.

但梅雷迪思的观点在议会中孤掌难鸣。大部分议员都认为,殖民地特许状就跟任何其他法人的特许状一样,可以经议会修订。曼斯菲尔德勋爵(Lord Mansfield)坚持认为,议会可以管理殖民地,"就跟我们可以管理伦敦的大公司的理由是一样的"。索姆·杰宁斯(Soame Jenyns)写过一篇为在殖民地征税辩护的很有影响的文章,他认为,殖民地特许状"毫无疑问,不会比所有那些赋予法人出于自身管理目的制定法规、征收关税之权的特许状有更多特权……跟英国任何其他公司比起来,这些公司也没有更多借口来请求不受议会权威的约束"。一位支持征税的人写道:"我们国王授予的所有特许状,只要与英国人民的整体利益相冲突,立法机关就有权修改或废除。"①

无论英国公司法的细节是什么样子,支持在殖民地征税的人都能呼风唤雨,只手遮天,这让殖民者除了抗议之外,别无选择。印花税法案通过后,殖民地的抗议方式变得越来越暴力。马萨诸塞殖民地的暴徒洗劫了收税员安德鲁·奥利弗和副总督托马斯·哈钦森的房子之后,据说就连"曾目睹城镇被敌人洗劫一空"的军人,都承认"从未见过这样的怒火"。很快,殖民地再也找不出一个人来征印花税了。更为平和的抗议方式是抵制征税产品,比如茶叶。家庭主妇不再泡茶而改喝咖啡,尽管喝茶是她们社交生活的中心。于1650年以"哈佛学院校长及同僚"的名义注册为法人的哈佛学院(如今是美国最古老的非商业性质的法人),其学生承诺在就学期间不喝茶②。

说来有些讽刺,殖民者反对《茶税法》的一条主要原因是,茶叶价格一下降,抵制茶叶就没那么名正言顺了。茶叶越便宜,就越能吸引人去购买。《茶税法》同样威胁到本地的商人,他们从伦敦的拍卖会上买来茶叶,

---

① Reid, *Constitutional History of the American Revolution*, 174, 188; Schwartz, *The Great Rights of Mankind*, 52。

② 关于殖民地的抗议,参见 Gary B. Nash, The Unknown American Revolution: The Unruly Birth of Democracy and the Struggle to Create America (2006), 45 - 49; Carp, *Defiance of the Patriots*, 65 - 68。

然后卖回殖民地,挣了很多钱。东印度公司现在想扫地出门的中间商,有很多都是殖民者。担心议会也会对别的产品实施类似规定,从而损害本地的各行各业,使殖民地的经济雪上加霜的人也越来越多。尽管对茶叶征税的数额很小,但代表了议会有权对殖民地征税,亚当斯和亨利所抗议的也正是这一点①。

所以 1773 年 11 月,一艘名叫"达特茅斯"号的船载着 114 箱东印度公司的茶叶抵达波士顿港时,亚当斯决心阻止这批茶叶在殖民地出售。亚当斯是一个爱国者的非正式组织"自由之子"的领导人,他们在波士顿到处张贴告示:"朋友们,兄弟们,同胞们——最可怕的瘟疫,东印度公司运往这个口岸的恶心的茶叶,现在已经抵达我们港口。毁灭的时刻,或是向暴政阴谋展现男子汉气概的时刻,迫在眉睫。"市民在老南聚会所教堂开会,决定派武装人员去码头,不许茶叶下船卸货。这艘船将不得不返回英国。国王派来的人得知了这个计划,马萨诸塞殖民地的皇家总督便下令禁止这艘船离开港口。这样一来,几股势力僵持在那里,随后抵达的两艘载有东印度公司茶叶的船只也困在了港口②。

船主都是美利坚殖民者,但他们也别无选择,只能让船停在那儿,茶叶也不能卸货。但这样毕竟不是长久之计,因为英国法律规定,未卸货的船只在港口最多只能停留二十天;如果超过期限,船上货物将遭海关官员扣押。12 月初,殖民者开了好几次会,讨论究竟该怎么办。终于,最后期限到了。12 月 16 日是"达特茅斯"号进港的第二十天。如果到半夜茶叶都还在船上,"自由之子"的武装力量与肯定会来没收茶叶的皇家军队之间,冲突将在所难免③。

老南聚会所的最后一次会议之后,一群人于薄暮时分出发前往码头,其中很多人都打扮成印第安人的样子。他们纪律严明,人衔枚马裹蹄,一

---

① Ray Raphael, *A People's History of the American Revolution: How Common People Shaped the Fight for Independence* (2012), 18.

② Wilbur, *The East India Company*, 313 - 314.

③ Robert Allison, *The American Revolution: A Concise History* (2011), 16 - 17.

路秋毫无犯。他们登上那三艘船，打开一箱箱茶叶，举起来倒到甲板外。他们安静而迅速，几个小时的时间，就销毁了东印度公司价值 18 000 英镑（今天约合 300 万美元）的茶叶。本地人的船只毫发无损，还有人说，茶叶都倒掉之后，这群人甚至把甲板打扫得干干净净。他们斗争的目标，只是东印度公司和茶叶①。

要再过五十年，人们才会管这件事叫"波士顿倾茶事件"，但这件事在殖民地的影响却是立竿见影。东海岸上下，殖民者纷纷禁止茶船卸货，英国议会的回应是下令关闭波士顿港，直到殖民者偿清东印度公司损失的所有茶叶。议会还颁布新法，废除了马萨诸塞殖民地的特许状。未经王室委派的总督同意不得集会，选举执行委员会（即以前的公司董事会）成员的权力，也转移到王室手里。在很多殖民者看来，议会这是非法否决了他们神圣的特许状，而今终于，是时候揭竿而起了。

尽管我们称之为美国革命并无不妥，但也可以清楚地看到有美国法人的历史贯穿其中。独立之后，缔造者最终会通过宪法，这是这个新国家最强有力的象征——而就在这部宪法中，也保留了殖民地法人特许状的诸多特点。殖民地法人受到书面特许状的约束，明确规定了殖民地官员的权力，也保证了殖民地成员的权利，而宪法对这个新国家起到的作用也是如此。宪法就是美国的特许状，是美国的立国之本，宪法的形态和范围，反映了缔造者在法人管理方面的经验。

实际上我们已经看到，民主和宪政思想从诞生之日起就与法人紧密相连。美国由弗吉尼亚公司创建，经马萨诸塞湾公司的殖民经验而基本定型，又因为东印度公司的激发而独立。开国元勋们在制宪会议上尽管从未考虑过是否应根据宪法赋予法人个人权利，法人的理念毕竟还是影响了他们建立的宪法体系。

宪法通过之后没多久，法人就开始援引宪法来确保自身权利，努力在

---

① 倒出船外的茶叶的价值尚有争议。正文中的数字来自 Wilbur, *The East India Company*, 314–315。

政府对商界的监管中赢得最大自由。第一桩打到最高法院的法人权利官司,是由当时这个国家最有政治背景的法人合众国银行挑起的,这预示了即将到来的景象。合众国银行的官司将成为另一场革命的开端,而这场革命所寻求的,是对法人的宪法保护。

第二部　法人权利的诞生

合众国银行是美国第一家大公司,也是美国最高法院法人权利第一案的当事人。

第二章　法人权利第一案

　　美国宪法于 1789 年生效,但还要再过差不多七十年,美国最高法院才会审理第一个明确涉及非裔美国人宪法权利的案子,这就是 1857 年的德雷德·斯科特诉桑福德案。对这起案件,最高法院认为,非裔美国人"没有白人必须认可的权利"。第一起妇女权利案件也要到 1873 年才会出现,这就是布拉德韦尔诉伊利诺伊州案(Bradwell v. Illinois),涉及妇女是否有权成为执业律师,而且最高法院判决这名女性败诉。相比之下,最高法院的第一起法人权利案件判决于 1809 年,要比前面这些案子都早好几十年,而且是法人赢了官司。

　　1809 年的那起案件是美国宪法体系中鲜为人知的一起标志性案件,而这起案件背后的公司是美国第一家大公司,合众国银行。这家银行出自亚历山大·汉密尔顿的构想,由第一届美国国会于 1791 年特许成立,并以这个新生国家的名字命名,但今天的美国人多半会认为这是一家私人企业。这家公司以赢利为目的,股票可公开交易,由执行人进行管理,并对股东负责。那时候美国现有的公司本来就没几家,还都只在一个地方有业务——比如说运营一座横跨波士顿查尔斯河的收费桥梁;这家银行则是第一家真正的全国性企业,总部设在费城,分行从波士顿一直开到新奥尔良①。

　　跟法人权利运动史上的很多大公司——南太平洋铁路公司、标准石油公司、菲利普莫里斯国际公司(世界上最大的烟草公司)——一样,合众国银行在当时引发了非常大的争议。反对者指出,这家银行的政治和经济影响力太大了。今天公民联合组织的批评者,那些担心公司腐败会伤害美国民主的人,在肯塔基州辉格党人亨利·克莱身上或许能找到共鸣。他对这家银行怒火万丈,抱怨说"我们的自由"掌握在"一个机构"手中,"这个机构偏离了我们所有机构为人民负责的伟大原则,只服从少数股东的意志"。佐治亚州通过了一项法律来限制合众国银行在该州的影响力,这家美国最有权有势的公司干脆拒绝遵守。银行的消极抵抗带来了美国最高法院关于法人是否受宪法保护的第一案,比公民联合组织案早了整整两个世纪[2]。

最高法院对合众国银行诉德沃案(Bank of the United States v. Deveaux)的判决,很大程度上已经被现代人遗忘。这个案子虽然偶尔还会被法院引用,但并不会出现在现代关于宪法的图书中,就连关于美国法律史的卷帙浩繁的大部头,也往往没有收录。但回到 19 世纪的头十年,这个案子的戏剧性情节妇孺皆知。亚历山大·汉密尔顿和托马斯·杰斐逊这两位开国元勋的思想传统,也因为这个案子而势不两立。他们在银行问题上的分裂催生了两党制,这个问题也因此尽人皆知。但他们的冲突是如何引发法人宪法权利保护之争的,知道的人就没那么多了。在这个问题上,汉密尔顿派是"法人主义者"——支持企业法人,主张扩大企业的宪法权利。同时杰斐逊派则是"人民主义者"——反对法人权力,寻求以人民的名义限制法人权利。汉密尔顿派的法人主义者和杰斐逊派的人民主义者,他们针锋相对的观点将为未来两个世纪关于宪法对商业的保护问题的辩论奠定基础。这段历史将证明,法人主义者比人民主义者要

① 关于合众国银行,参见 Edward S. Kaplan, *The Bank of the United States and the American Economy* (1999); James O. Wettereau, "New Light on the First Bank of the United States," 61 *Pennsylvania Magazine of History and Biography* 263 (1937); John H. Wood, *A History of Central Banking in Great Britain and the United States* (2005); James Stuart Olson, "Bank of the United States," in *Encyclopedia of the Industrial Revolution in America* (2002), 21。

② Henry Clay, "On a National Bank" (1811), in *The Life and Speeches of Henry Clay*, ed. James Barrett Swain (1843), 1: 80.

成功得多。

法人主义者和人民主义者产生分歧的另一个问题,是法人的人格身份。从一开始,美国最高法院就在纠结,在宪法中,法人是否应该被看成是"人",以及这么看究竟是什么意思。公民联合组织的一些批评者指出,法人在今天之所以能拥有宪法权利,是因为最高法院曾经说过,法人也是人。实际上,公民联合组织案引起的反响之一就是一项宪法修正案的提案,明确指出在宪法用语中法人不是人,不享有人的权利。但我们也会看到,在法人宪法权利的扩张过程中,法人作为人的身份起到的作用很小。尽管最高法院时不时会说法人也是人,但大法官在证明宪法理应保护法人时,提出的往往都是其他理由——对于法人作为人的身份,他们往往讳莫如深,而不是高举高打。

从合众国银行诉德沃案开始,美国历史上的大部分时间里,法人对其人格身份的利用方式,与今天公民联合组织的批评者所想象的刚好完全相反。历史上主张法人人格的,通常都是秉持人民主义的反对法人的人,这跟直觉背道而驰。在他们看来,将法人当成人,是限制法人权利的一种方式。而最高法院许多扩展法人权利的最重要的判决,都跟法人作为人的身份完全无关。更为常见的是,对于法人是独立的、法律意义上的人,也拥有自己的权利和义务的说法,最高法院拒绝接受,倒是允许法人主张其成员的权利。

要想理解法人人格在美国宪法体系中的作用,就需要对合众国银行案详加审视。这是最高法院关于法人宪法权利的第一案,也为后来的诸多法人权利案件奠定了基调。但非常奇怪,大法官们审理这起案件不是在司空见惯的最高法院的法庭上,而是在一家正在营业的酒馆中。这一意义极为深远的案件而今几乎已被遗忘,但当时参与这个案子的魅力非凡的律师包括了一位未来的美国总统,哈佛学院速食布丁社交俱乐部的一位创始人,以及一位在独立战争中反对美国独立的英国效忠派。他们争论的是一个看似有些深奥的问题:法人是否有宪法保障的可以在联邦法院起诉的权利? 然而对合众国银行来说,这个问题生死攸关。如果关于佐治亚州征税是否合法的这起案件只能在佐治亚州法院提起诉讼,那么合众国银行必败无疑。对这个国家来说,这起案件的意义甚至更大。合众国银行诉德沃案,将把法人的诸多宪法权利中的第一条,移植到宪法中。

合众国银行的使命就是拯救美国。乔治·华盛顿的首任财政部长汉密尔顿,也是一位开国元勋,他最关心的是如何让这个新生国家岌岌可危的经济稳定下来。当时并没有全国通行的货币,每家银行都在发行自己的纸币。然而,那些由各州创建的银行所发行的纸币并不可靠。如果能有一家由国会做靠山的联邦银行,就能有资源保证其货币的价值。汉密尔顿甚至还想到,对联邦政府来说,在这家银行存钱也更安全。确实如此,合众国银行刚刚成立就取得了巨大成功,按历史学家的说法,有助于"给美国财政一个坚实的基础"。银行创立五年内,美国就有了世界上最高的信用评级。因此也可以说,汉密尔顿是美国历史上最重要的法人的创始人①。

汉密尔顿的灵感来自一家更早的银行——成立于独立战争期间的北美银行。华盛顿的军队没有给养也没有津贴,士兵几乎要哗变了,而战争也让美国的货币贬到几乎一文不值。就跟后来的合众国银行一样,有人提出成立北美银行,好发行更可靠的货币,确保资金流动。这个计划让美国和投资者都大为受益,投资者每年拿到的股息能达到 13%—14%。1786 年,北美银行转型为一家州级私立银行,在经过两个多世纪的合并重组之后,今天已成为富国银行的一小部分②。

---

① Jerry W. Markham, *A Financial History of the United States: From Christopher Columbus to the Robber Barons*(2002),1:126.

② 关于北美银行,参见 Kaplan, *The Bank of the United States*, ix; Simeon E. Baldwin, "American Business Corporations Before 1789," 8 *American Historical Review* 449, 458 - 459(1903); Lawrence Lewis, *A History of the Bank of North America*(1882); Todd Wallack, "Which Bank is the Oldest? Accounts Vary," *Boston Globe*, December 20, 2011, http://www. bostonglobe. com/business/2011/12/20/oldest-bank-america-accounts-vary/WAqvIlmipfFhyKsx8bhgAJ/story. html。

要想建立这家银行,汉密尔顿首先要面对一个重大障碍:宪法文本。在宪法中,国会有创立法人的权力吗?在1791年围绕汉密尔顿的银行提案进行的激烈辩论中,詹姆斯·麦迪逊和托马斯·杰斐逊都说,国会没有这样的权力。最了解这方面问题的就得数麦迪逊了,他是宪法的主要起草人之一。制宪会议期间,麦迪逊曾提出赋予国会特许法人的权力,但遭到否决。因此,麦迪逊说,国会无权特许汉密尔顿的银行运营。好在当时的国会议员并不认为解读宪法的恰当方式只有一种,即参考制宪者的初衷,这对汉密尔顿来说实属侥幸。北方的商业利益群体动员起来支持银行,在他们的大力支持下,汉密尔顿的银行法案得以通过。乔治·华盛顿总统不顾国务卿杰斐逊的反对,签署了该法案。这项法案除了促使从无到有创建出两个各自独立的政党,也为一个十分强大、颇具影响的公司注入了生命。合众国银行存在的时间并不长,但对这个国家、对经济乃至宪法的影响却罕有其匹[1]。

创立后的头几年,这家银行相当保守,对公众服务表现出的兴趣比追求利润要大得多。在最初的提案中,汉密尔顿就曾提到:"比起私人收益,公众事业才是公共银行更真切的目标。"银行坚守着这一看法,为了维护国家财政稳定,放弃了为股东赚钱的机会。董事会告诫分行经理:"对所有金钱方面的考虑来说,支持安全、审慎管理的理由至关重要。"在这种思想的指导下,1790年代到19世纪初的合众国银行对发放贷款十分谨慎,也一直保有大量现金储备。尽管如此,这家银行的利润仍相当可观,每年能为股东赚到8%—10%的股息[2]。

银行还是激起了强烈反响。对杰斐逊来说,银行不仅是家金融机构,而且是个威胁,威胁到他对美国的愿景。杰斐逊是人民主义者,相信普通人的事业,对资本和财富的特权利益持怀疑态度。他所期盼的美国,是一个以独立的自耕农为基础、去中心化的农业社会。但银行代表着权力集

---

① Wood, *A History of Central Banking*, 124-125.
② Wettereau, "New Light on the First Bank," 272, 284.

中在一家以北方为大本营的难堪大任的公司手里，而且这家公司还会利用手中放贷的权力来推行国家主义。此外，这家银行的放贷政策偏好借钱给商业利益群体，比如制造业和基建，这会让更多人离开农田。从银行借款的人中，法人占据的比重会越来越大，杰斐逊所担心的，正是这样的实体会成倍增加[①]。

合众国银行也侵犯了杰斐逊这一派关于州权的观念。杰斐逊和他刚刚兴起的反对党民主共和党认为，各州应该享有管理各自境内商业的大权，这样才能促进公众福利。但合众国银行作为全国最有权有势的法人，因为有宪法的最高条款护身，各州的监管似乎拿它没有办法。合众国银行由国会创立，而根据宪法第六条，"合众国的法律……是全国的最高法律。"这就意味着习惯于全面控制州内商界的各州议员，对这家银行的经营无权置喙。合众国银行尽管能让经济稳定下来，但也成了"所有意在贬损的指控的目标，背负了所有的骂名"。杰斐逊于 1800 年赢得极具争议的总统大选后，立即下令卖出政府持有的所有合众国银行股票。但就算是合众国银行的大敌杰斐逊，最后也发现自己离不开这家银行：从总统职位上卸任之后，他债台高筑，只好向这家银行申请私人贷款[②]。

不过 1805 年杰斐逊的盟友在佐治亚州对合众国银行大胆出击时，杰斐逊仍在总统任上，因为债务而痛苦不堪。合众国银行在萨凡纳新开了一家分行，佐治亚州议员因无法直接禁止这家联邦机构而大光其火，于是对银行在当地持有的资本和货币征税。如果银行想在佐治亚州做生意，就得为这份优待下点血本。而如果这笔税款还不够让银行自行关门乖乖回家，佐治亚州总是可以继续往上加税[③]。

① Markham, *A Financial History of the United States*, 1: 124 – 126, 281.
② Ibid. 1: 126; Charles W. Calomiris, "Banking: Modern Period," in Joel Mokyr, *Oxford Encyclopedia of Economic History* (2003), 1: 227 – 228.
③ W. Calvin Smith, "Banks, Law, and Politics: The Origins, Outcome and Significance of the Deveaux Case," *Proceedings of the South Carolina Historical Association*, Spring 1991, 9, 11; Wettereau, "New Light on the First Bank," 276 – 277.

往常谨小慎微的合众国银行,这回的反应相当盛气凌人。费城总部指示萨凡纳分行职员无视征税法令,不要交税。合众国银行选择了消极抵抗政策来捍卫自己的权利,而还要等到一个半世纪之后,才会有非裔美国人采取类似的策略坐在午餐柜台前抗议,迫使这个国家直面民权问题。银行也坦白承认,希望自己拒绝服从征税法令的行为能"将这个问题呈于美国最高法院面前",这一点跟民权运动的抗议者也不无相同之处[1]。

佐治亚州收税员彼得·德沃(Peter Deveaux)对合众国银行拒绝纳税怒火中烧,决定强制执行。德沃这个人极其自信,这一点以前也帮了他大忙。独立战争期间德沃在军中服役,有一次他刚好碰见一群一心报仇雪恨的美国士兵,打算绞死两名衣衫褴褛的间谍,这两人是他们在打了一次败仗之后俘获的。德沃冒着生命危险把他们拦住,救下了这两个人,最后发现他们原来也是美国士兵。其中一位名叫约翰·米利奇(John Milledge),后来当上美国参议员,再后来成了佐治亚州州长,还创办了佐治亚大学。1807年4月,在与合众国银行的纷争中,德沃又一次强行出头,为他认为正确的事情铤而走险。这位收税员凭借"蛮力和武器",闯入合众国银行萨凡纳分行,强行带走了两箱银币[2]。

银行想向法庭寻求帮助。但是,在佐治亚州法院提起诉讼,质疑佐治亚州的税收和佐治亚州一名收税员的行为,似乎并不怎么靠谱。当时人们普遍认为,州法院的法官会偏袒本州和当地居民。对于像合众国银行这样的外州法人来说,佐治亚州的法庭上不大可能有公正。因此,合众国

---

[1] Smith, "Banks, Law, and Politics," 11.

[2] 关于彼得·德沃,参见 Lucian Lamar Knight, *Georgia's Landmarks*, *Memorials*, *and Legends* (1914), 539; Wm. Overton Harris, "A Corporation as a Citizen in Connection With the Jurisdiction of the United States Courts," 1 *Virginia Law Review* 507 (1914); Georgia Historical Society, "Deveaux, Peter, 1752 – 1826," http://georgiahistory. pastperfect-online. com/37659cgi/mweb. exe? request = record; id = Deveaux,%20Peter,% 201752-1826;type = 702; George White, *Historical Collections of Georgia* (1855), 219. For a detailed history of the Deveaux litigation, see Smith, "Banks, Law, and Politics," 9.

银行转而向联邦法院起诉。银行并不是反对有倾向性的法官，而是希望找到更有可能向银行倾斜的法官而已。

联邦法院倒确实很可能会向银行倾斜，至少如果这起案子打到最高法院的话很可能会如此。1807 年的最高法院，已经开始反映出首席大法官约翰·马歇尔强烈的国家主义倾向。跟汉密尔顿一样，马歇尔也是联邦党人，支持合众国银行。马歇尔主政期间的最高法院，将因为在判决中增强联邦权力、削弱州权而闻名。佐治亚州向银行征税，是对联邦权力的一种反应，也体现了杰斐逊派对州权的坚定支持。由国会建立并在全国范围运营的合众国银行，完全可以期待马歇尔的最高法院会自然而然地支持自己。

然而，合众国银行还有个潜在的陷阱，就是宪法文本。根据宪法第三条第二款，联邦法院的司法权受到一定限制，能审理的只是某些类型的案件。联邦法院有权审理的案件中，有一种是"不同州公民之间的诉讼"。制宪者跟合众国银行一样，对州法院法官的偏袒倾向不无担心。如果诉讼双方都来自同一个州，那么谁都不会因为法官回护桑梓而吃亏，也就不太需要联邦法院来介入了。但是，如果两者来自不同的州，那么联邦法院就应该可以用来保护外地人免受不公平待遇。这一宪法原则叫做多元管辖权（diversity jurisdiction），当卷入纠纷的公民多种多样，也就是来自不同的州时，这个原则实际上保证了诉诸联邦法院的权利。国会最早通过的法律中就有一部《1789 年司法条例》，设立了下级联邦法院，并借用宪法第三条中的用语，明确了联邦法院审理不同州公民之间纠纷的法定权力。考虑到德沃是佐治亚州公民，而合众国银行总部在宾夕法尼亚，可以说银行案中的诉讼双方来自不同的州，也就是满足多元性的条件。合众国银行的问题在于，法人是否可以被视为《司法条例》和宪法第三条中的"公民"——半个世纪后的德雷德·斯科特案将提出完全相同的问题，不过关注对象成了非裔美国人。

在制宪会议上起草宪法第三条的人肯定没有劳神想过，法人是否应该像普通人一样享有宪法保障的什么权利，更不用说考虑法人是否享有在联邦法院提起诉讼的权利了。之所以会这样,部分原因是殖民时代的英国在 1720 年南海泡沫之后,普通商业法人的创立大大减少。南海公司垄断了南美洲的贸易,其股票价格在投机性的疯狂购买中一路飙升,后来又急剧下跌,跟半个世纪之后东印度公司的情形如出一辙。这是国际股市第一次崩盘,英国议会还因此通过了《泡沫法案》,规定任何不具备法人资格的公司不得拥有可转让股份。再加上历代英国君主都拒绝向有股票的公司授予特许状,新法让普通商业法人的数量不可能出现显著增长。英国的工业革命主要由以合伙制组织起来的企业领导,而不是像美国一样由公司领导,正是出于这种敌视股份制公司的传统[1]。

宪法通过后的那些年,脱离了英国控制的开国一代人,对法人制度热情高涨。斯坦福大学历史学家约瑟夫·斯坦克利夫·戴维斯发现,制宪会议前十年间,美国新出现的法人数量屈指可数,而在宪法通过后的十年间,经美国政府特许成立的商业法人有三百多家。公司数量的这种爆发式增长,堪称史无前例。美国人成立公司来生产丝绸、棉花、钢铁和地图,来修建高架渠、挖矿、操作水道设施,而经营渡船、银行和保险的公司更是不在话下。最重要的是,美国人创立的公司建造了数十条收费公路、桥梁和运河,开始将一个个各自为政的殖民地整合为一个国家、一个单一的全国性的经济体。美国第二任总统约翰·亚当斯(John Adams)——我们也将看到,他的儿子将成为最早主张法人宪法保护的人——就曾禁不住问道:"这个世界上还有哪个国家,法律认可的法人——文学、商业、制造业、海运保险、取暖、桥梁、运河、收费公路,等等等等——比我们还多?"[2]

---

[1] Stuart Banner, *Anglo-American Securities Regulation: Cultural and Political Roots*, *1690 – 1860* (2002), 75 – 80; Ron Harris, "The Bubble Act: Its Passage and Its Effects on Business Organization," 54 *Journal of Economic History* 610 (1994); Pauline Maier, "The Revolutionary Origins of the American Business Corporation," 50 *William and Mary Quarterly* 51 (1993).

[2] James Stancliffe Davis, *Essays in the Earlier History of American Corporations* (1917), 332 et seq.; John Adams, Letters to John Taylor, of Caroline, Virginia, in Reply to His Strictures on Some Parts of the Defence of the American Constitutions, in *The Works of John Adams*, *Second President of the United States*, ed. Charles Francis Adams (1856), 510.

汉密尔顿对法人的信心是那么大,让他愿意将让美国财政体系稳定下来的重担,放在其中一家法人身上。然而,现在合众国银行面临着一个严重的法律问题。它不可能在州法院打赢官司,但也没有任何证据表明制定宪法的人有意保护法人,它又如何声称自己有在联邦法院起诉的权利呢?而且,宪法文本似乎也不利于银行。宪法第三条称,"公民"可以在联邦法院起诉,而公民通常被认为是在法律意义上属于某个国家的自然人。公民是政治团体的成员,宣誓效忠和支持特定政体。如果宪法第三条所谓的"公民"就是这一含义,那么像合众国银行这样的法人就没有任何权利向联邦法院起诉。而如果没有这项基本权利,合众国银行就只能眼睁睁看着自己被杰斐逊派的人活活掐死,他们迫不及待地想看到银行关门大吉。

认为法人也可以享有类似普通人享有的法律权利,看起来似乎有点滑天下之大稽。法人是人们主要出于经济原因而创建的虚拟实体。但是,法人出现的根本原因,是为了能建立一个持久的、至少能行使某些法定权利的法律实体。要理解个中缘由,就需要从美国建国之初转向古代罗马,以及最早详细阐述法人法定权利的著名英国学者。

最早的法人比基督诞生都还要早三个世纪。这种公司雏形在罗马叫做"公众企业"(societas publicoranum),是罗马对一个紧迫问题的回应:一群人如何才能把他们的财产集中在一起,为他们共同的事业签署协议?罗马人已经有了商业合伙制,叫做"合伙企业"(societas),但这种实体有可能靠不住。跟今天的合伙经营制企业一样,罗马合伙企业的财产由合伙人以自己的名义所有;合伙企业与合伙人之间,在法律意义上没有区别。此外,罗马法也规定了合伙企业需解散的多种情形,例如其中任何一位合伙人破产或死亡时。(今天的合伙制企业有所不同,合伙人可以根据合同约定,在有合伙人离开时仍继续运营。)那时候人的寿命也不长,罗马合伙制作为集资方式发挥了很大作用,但也为想要利用资本做生意的商人带来了避之唯恐不及的持续混乱①。

相比之下，罗马的公众企业则要稳定得多。公众企业有权以企业自身的名义拥有财产、签署协议，就算企业成员死亡或破产，也不必解散。因为有这些特权，公众企业的成立必须有元老院或皇帝的法令授权。个人可以自己组建合伙制企业，但只有君主才有权创立法人。从一开始君主们就意识到，法人需要严格控制并加以限制。

尽管如此，法人在罗马还是相当成功。罗马人创立了用来造船、采矿、做公共项目、建造庙宇和收税的公众企业，这些最早的法人当中甚至有些还产生了全球影响。1997 年，有一项对格陵兰岛冰芯样品的研究发现了"早年大规模空气污染的确凿证据"，是由于罗马的一些矿业公司，于公元前 366 年到公元 36 年间在西班牙南部开采银矿和铅矿造成的②。

接下来的几个世纪，法人形式在其他类型的组织中也流行起来，这些组织同样需要以自己的名义拥有财产、订立契约，而无论其成员身份是否变化。例如，天主教会就从 4 世纪开始宣称自己是法人，这样就能以教会自身的名义接受别人馈赠的土地，并永久持有这些财产。成立于 11 世纪某个时候的牛津大学——确切日期已不可考——是法人，英国的很多行

---

① 关于古罗马的"合伙企业"与"公众企业"，参见 Ulrike Malmendier, "Law and Finance 'at the Origin,'" 47 *Journal of Economic Literature* 1076（2009）；Ulrike Malmendier, "Roman Shares," in William N. Goetzmann and K. Geert Rouwenhorst, eds., *The Origins of Value: The Financial Innovations that Created Modern Capital Markets*（2005），31。若想了解另一种较为反面的观点，可参阅 Andreas M. Fleckner, "Roman Business Associations"（未发表手稿，2014），http://papers. ssrn. com/sol3/papers. cfm? abstract_id = 2472598。关于对罗马法人的早期研究，参见 Andrew Stephenson, *A History of Roman Law*（1912），371 - 374；William Livesey Burdick, *The Principles of Roman Law and Their Relation to Modern Law*（1938），282 et seq.。

② 参见 Kevin J. R. Rosman et al., "Lead from Carthaginian and Roman Spanish Mines Isotopically Identified in Greenland Ice Dated from 600 B. C. to 300 A. D.," 31 *Environmental Science and Technology* 3413（1997）。

威廉·布莱克斯通爵士在其论英国法律的综合性专著中,将法人定义为拥有法律认可的权利的"非自然人"。

会,乃至伦敦城都同样如此①。

1758 年,一位名叫威廉·布莱克斯通(William Blackstone)的英国律师,同时也是牛津大学教授,想把英国法律好好梳理梳理,尤其是法人的法律地位问题。布莱克斯通最早钟情的并不是法律而是建筑学,十来岁时他就写过一篇专题论文论"建筑艺术",广受赞誉。但他作为律师的执

---

① 关于中世纪末多种不同形式的法人,参见 Eric Enlow, "The Corporate Conception of the State and the Origins of Limited Constitutional Government," 6 *Washington University Journal of Law & Policy* 1, 3–8 (2001); John Micklethwait and Adrian Wooldridge, *The Company: A Short History of a Revolutionary Idea* (2003), chapter 1. 就连君主政体都会被视为法人。参见 Frederic Maitland, "The Crown as a Corporation," 17 *Law Quarterly Review* 131, 134–135 (1901)。

业经历却实在没有什么特别之处,他这个人总是一本正经,而且脾气暴躁,所以也留不住客户。原本他这辈子可能也就当个蹩脚律师了;后来他还当上了法官,但据说他的裁决在上诉中被推翻的次数,比伦敦任何法官都多。然而作为学者,也是英国法律的编年史家,布莱克斯通可以说天下无双。他在详述、组织和阐释英国法律方面所做的学术努力,在以《英格兰法律评论》为书名出版后,被誉为"英美历史上最有影响力的法律著作"①。

这部著作的影响立竿见影,而且并不局限于英国。美国革命之前,这部著作在美国殖民地卖出了好几千本。托马斯·杰斐逊称布莱克斯通的这部著作是"我们的法学书目中最为简明、也得到最好理解的作品"。多年以后,亚伯拉罕·林肯(Abraham Lincoln)都还建议想当律师的人以阅读《英格兰法律评论》为起点。好几十年里,律师们在给自己设计肖像时,都不忘在背景中摆上一部布莱克斯通的著作。有位历史学家说,"除了《圣经》之外,还没有哪本书在对美国制度的塑造中起到过像这本书那么重要的作用"。即使到了今天,美国最高法院还会援引布莱克斯通的《英格兰法律评论》,每年有十次左右。

在《英格兰法律评论》中,布莱克斯通讨论的主题之一就是法人:如何成立,如何运营,以及有哪些法定权利和义务。他的讨论一开篇就将法人描述为"非自然人",其中有两层含义。首先,从法律角度看,法人是独立的法律实体,跟组成法人的人截然分开,互不相同。其次,作为独立的法律实体,法人也拥有某些与自然人类似的法律上可执行的权利。

布莱克斯通写道,个体的"个人权利随着个人死亡而消亡"。因此,"如果让某些特定权利稳定、持续下去对公众有利,那么就有必要成立非

---

① 关于布莱克斯通,参见 Lewis C. Warden, *The Life of Blackstone* (1938), 13 - 14; David A. Lockmiller, *Sir William Blackstone* (1938), 10。关于其影响,参见 Albert W. Alschuler, "Rediscovering Blackstone," 145 *University Of Pennsylvania Law Review* 1 (1996); Ian Williams, "Book Review: Blackstone and His Commentaries: Biography, Law, History," 71 *Cambridge Law Journal* 223 (2012); Wilfred Prest, "Blackstone as Architect: Constructing the Commentaries," 15 *Yale Journal of Law & the Humanities* 103 (2003)。

自然人"。这些非自然人又叫做"法人团体或法人","可以永久存续,享有法律意义上的永生"。布莱克斯通指出,有"各种各样"的法人被用于诸如"促进宗教、教育和商业发展"之类的事业[1]。

布莱克斯通将法人比喻成人,是因为在律师心目中,人类个体是典型的法律行为人。只有人,而不是像桌子椅子这样的物品,有资格在法庭上主张寻求法律保护;只有人,才享有权利。实际上,今天人们仍然普遍是这种心态。支持动物权利的人走上法庭,想让比如说黑猩猩得到法律保护时,他们就会说动物是"法律意义上的人"。他们的意思肯定不是说黑猩猩跟人类一模一样,或者说黑猩猩拥有与人完全相同的所有权利,包括言论自由权、宗教信仰自由权、持械权,等等。他们只是想说,黑猩猩在法律面前理应也有资格,享有一些值得法院关注的权利[2]。

布莱克斯通写道,因为法人自身就是独立、可识别的法律意义上的人,所以必须有个名称。"当法人成立时,就必须起名;仅凭这个名称,这个法人就可以起诉、应诉,也可以进行所有法律活动。"法人名称并不是锦上添花的小节。名称就是"其成立之始",要让该法人能"履行法人职能",名称也必不可少。英国法院对法人名称极为看重,合同如果没有准确写上法人的正式名称,就会被判无效。名称对法人来说如此重要,其原因跟姓名对个人来说同样重要完全相同:姓名是个人独特身份的象征。从法律角度看,以法人名义采取的行动是法人的作为,而不是其成员的作为。

今天,法人通常被看成私人企业,是公民以私人名义,为了自己追求利润而建立的。但在布莱克斯通的年代,法人明显跨越了公众和私人之间的鸿沟。那时的法人有明确的私人属性,由私人出资,也由私人管理。但这些法人同时本身就有公众属性。只有经过政府特许,法人才可以成立,而只有意在服务公众的法人,才可能得到政府授权。布莱克斯通指

---

[1] 参见 William Blackstone, *Commentaries on the Laws of England*, ed. Robert Malcolm Kerr (1876), 1: 446。

[2] 关于人类个体作为"典型的法律行为人",参见 Meir Dan-Cohen, *Rights, Persons, and Organizations: A Legal Theory for Bureaucratic Society* (1986), 13。

出："成立任何法人，都必须要有国王的同意。"想成为独立、法律认可的实体需要政府特别批准，而如果哪家法人的任务不是"为公众利益着想"，就不可能得到国王首肯。法人无论是修路架桥，还是提供保险，都必须为大众谋福利。个人投资者可以把利润揣进腰包，但法人的最终目的必须是服务大众。也就是说，法人既是公众事业，也是私人企业。

在布莱克斯通的年代，法人也受到严格监管。今天的企业受制于劳动法、消费者保护法、环境法规、工作场所安全条例，等等，但18世纪的法人主要受特许状管制。特许状既是法人的出生证明，也是其规则手册。国王用特许状明明白白地宣示自己对法人的首肯，也以特许状为工具，来控制自己的造物。特许状往往巨细靡遗，阐述了法人的使命、权力和职责。特许状可能会规定，法人可以为商品或服务收多少钱，可以募集多少资本，以及如何做决策。当然，法人也有一定程度的自主权，布莱克斯通承认，法人的基本属性中有一条是"为更好地管理法人而制定内部章程和私人条例"的权力。尽管如此，法人只能按照政府颁发的特许状所规定的方式合法行事。其他任何超出法人权力范围的事情——法律上后来人们称之为越权——都不可执行。布莱克斯通还明确提出了另一个限制：法人的内部章程"如果与英国法律相抵触则无效，否则……必须遵守"。[1]

不过，根据英国法律，法人始终拥有某些权利。布莱克斯通写道，"在法人成立并命名之后"，法律就会赋予法人"多种权力和权利，规定其可为和不可为"。这些权利"对任何法人来说都必然会有，而且不可分离"。作为独立的法律实体，法人通常享有"购买并持有土地"的权利——也就是说，财产权。这也是为什么古罗马会发展出法人制度，有了法人制度，一群人就既可以一起拥有财产，又不会遇到合伙制的麻烦和效率低下的问

---

[1] 随着时间推移，"法人在特许状所允许范围之外的行为无效"的原则逐渐被称为"越权"。参见 H. Kent Greenfield, "Ultra Vires Lives!: A Stakeholder Analysis of Corporate Illegality (With Notes on How Corporate Law Could Reinforce International Law Norms)," 87 *Virginia Law Review* 1279 (2001); Stephen Griffin, "The Rise and Fall of the Ultra Vires Rule in Corporate Law," 2 *Mountbatten Journal of Legal Studies* 1 (1998).

题。法人被设计出来，是要将一个多样化群体的财产利益聚集在一起，统一控制。没有财产权，法人就无法运转。

法人的另一项权利是订立契约。法人有与其他人——雇员、供应商、贷款人，等等——达成协议的法律权力，而这些协议能"约束法人"。布莱克斯通指出，根据那个年代的法律要求，法人只有使用"公章"才能形成有约束力的合同。跟法人名称一样，公章起到的作用也是将法人实体与组成法人的人区分开。他写道："尽管有些成员可能会通过言辞或签名来对某些行为表示个人认可，但这种表达并不对法人形成约束。"法人明明白白是法律意义上的人，"仅凭公章行事，也仅凭公章发言"。

布莱克斯通还承认法人有第三种权利："以其法人名称……起诉或应诉"的权利。尽管今天的美国人也许通常不会觉得起诉和应诉的权利是基本权利，但实际上这种权利可能最为重要，因为这是所有其他权利的前提条件。如果有人夺走你的财产，或是限制你的宗教信仰自由，起诉权让你可以捍卫自己的权利，得到合法的补救方案。如果没有办法诉诸法院，所有权利都等于痴人说梦，没有什么实际意义。当然，法人不可能像正常人一样上庭。布莱克斯通认为，法人必须"始终由律师代表出庭"，律师是法人的代表。组建或运营该法人实体的人，不得以自己的名义出庭。诉讼只能是由法人自己起诉，或针对法人本身起诉。

任何法人都有这三项核心权利：拥有财产的权利，订立契约的权利，以及到法院打官司的权利。布莱克斯通说，每一项权利都只能由法人以自身的名义行使。法人成员并不拥有法人的财产，拥有法人财产的是法人自己。法人成员并不受法人契约的约束，受法人契约约束的是法人自己。法人成员不得就涉及法人的法律争议起诉或应诉，能起诉或应诉的只有法人自己。根据法律，法人自身就是独立实体，与其成员截然不同也互不相干，拥有应当受到保护的某些权利。

尽管法人是法律意义上的人，也享有一些法定权利，但法人所拥有的权利并非与个人完全相同。布莱克斯通特别强调了自然人与法人之间的区别。"法人以其法人能力,不可能犯下叛国罪、重罪或其他刑事罪名,尽管其成员倒是可能以各不相同的个人能力犯罪。"法人没有肉身,因此不可能"入狱"或"遭殴打"。法人也没法赌咒发誓。布莱克斯通写道,法人还有些特殊职责是个人没有的,比如管理机构可以"访查"法人,如果法人"偏离其成立宗旨",须允许管理机构"深入调查并纠正出现的所有违规行为"。由于法人有这些独特之处,这个"非自然人"的权利和义务就跟普通人大相径庭。

布莱克斯通对法人的理解非常古老,但远未过时。随便打开一本讲法人的法律书籍,首先讨论的问题之一很可能就是法人实体与其成员之间的严格区分。乔治·菲尔德(George Field)在其出版于 1877 年的《公司法专论》的首页写道,法人是"法律意义上的人",其行为"会被看成是该实体的行为,而不是组成法人的成员的行为"。一百多年后,哈佛法学院院长罗伯特·查尔斯·克拉克(Robert Charles Clark)也在他的公司法论文开篇写道:"法律对商业最重要又惠而不费的贡献之一······是创建了虚拟但法律认可的实体,或者说'人',而且认为这个'人'也具有自然人的某些属性。"而且,因为"法律将法人看成是有一定权力和目标的法律意义上的人",法人的权利和义务不会转移到其成员身上,反之亦然。由于法律上有此区分,法人股东对法人债务不承担责任,法人有自己独立的法律地位。根据美国最高法院的说法,组建法人的"基本目的"是"组建一个有别于创建该法人、拥有该法人和该法人所雇用的自然人的法律实体"。这个观点——从法律角度看,法人是自身独立的法律意义上的人——仍然是"公司法的普遍原则,在我们的经济和法律体系中根深蒂固"。然而,这个观点对美国宪法的影响,并没有那么成功①。

为合众国银行打这场官司的青年律师名叫霍勒斯·宾尼(Horace Binney),在他用来为法人争取宪法权利的论据中,就有布莱克斯通的《英

---

① Cedric Kushner Promotions, Ltd. v. King, 533 U. S. 158 (2001).

格兰法律评论》。尽管制定宪法的人并没有提到保护法人,但宾尼这个人天资聪颖,脑子特别好使。他来自费城,是个早熟的孩子,可以说在权势的包围下长大——华盛顿总统的住处就在街对面,汉密尔顿家则在他家隔壁。他十四岁就上了哈佛学院,为了在哈佛结交朋友、建立友谊,他成立了一个社团,称之为"速食布丁俱乐部",至今仍然活跃,也是美国最早的大学社交俱乐部。作为崭露头角的青年律师,宾尼的辩论总能见前人所未见,因此很快在宾夕法尼亚律师界赢得了敬重。1808 年,他受聘代表这个国家最显赫的法人为其生死存亡而战时,才不过二十多岁①。

霍勒斯·宾尼,合众国银行的青年律师,有很多点子。

---

① 关于宾尼,参见 William Strong, *An Eulogium on the Life and Character of Horace Binney* (1876), 5 - 21; Robert R. Bell, *The Philadelphia Lawyer: A History*, 1735 - 1945 (1992), 145 - 155; John Hays Gardiner, *Harvard* (1914), 161。

宾尼和银行向佐治亚州联邦法院提起诉讼,要求追回彼得·德沃拿走的那笔钱。宾尼满心希望合众国银行案在联邦法院能得到比在州法院更公平的审理,即使不行,银行也能准备好向最高法院上诉,而最高法院的大法官肯定会倾向于让银行胜诉。然而,首先在佐治亚州下级联邦法院审理合众国银行案的两名法官,是来自南卡罗来纳州的现任最高法院大法官威廉·约翰逊(William Johnson),以及当地的联邦法官威廉·斯蒂芬斯(William Stephens)。这两人都是杰斐逊在赢得 1800 年总统大选后任命的,也都和蒙蒂塞洛圣人①那一派的人民主义者一样,对合众国银行这样的法人持反对立场。就仿佛主审法官的态度并不算是多大的障碍,宾尼还面临着一项艰巨任务,要说服法官将"公民"在联邦法院起诉的权利延伸到法人身上②。

宾尼也许可以提出,法人享有公民身份的很多特征,因此也可以算是公民。法人就跟公民一样拥有国籍,表明法人归属于哪个国家。比如说,今天我们普遍认为一家法人是有国籍的——我们会说通用汽车是美国公司,雷诺是法国公司——在宾尼的那个年代同样如此。在 1814 年的一起案件中,最高法院大法官约瑟夫·斯托里(Joseph Story)阐释道:"如果一家公司是由外国政府在外国成立,那么毫无疑问,这是家外国公司。"或者如果宾尼辩称,法人可以是某一州的公民——《司法条例》和宪法第三条中的多元性案件所指的那种公民身份,也不完全是强词夺理。无论是当时还是现在,法人都是在某一州获得法人资格,在法人管理方面也必须遵守该州法律,比如高管的信托责任和股东的投票权。跟宾尼那个年代一样,今天美国人也会说这是家特拉华州的公司,那是家纽约的公司③。

---

① 杰斐逊在继承自父亲的土地上自建的住宅名为蒙蒂塞洛,"蒙蒂塞洛圣人"即指杰斐逊,他也有一部传记以此为名。——译者

② Smith, "Banks, Law, and Politics," 12 - 13.

③ 关于法人国籍,参见 Linda A. Mabry, "Multinational Corporations and U. S. Technology Policy: Rethinking the Concept of Corporate Nationality," 87 *Georgetown Law Journal* 563, 581 (1999)。亦可参见 Society for the Propagation of the Gospel v. Wheeler, 22 Fed. Cas. 756 (C. C. D. New Hampshire 1814)。

就算出于法律目的，可以认为法人是公民，宾尼也明白如果想用这个论点来获胜难上加难。他学过雄辩术，知道即使是最令人信服的逻辑，如果违背常识，也会让人说不出口。声称法人是宪法中的"公民"正是这样的论点，因为公民身份通常被认为是属于真人的资格。尽管如此，宾尼还是想到了一个聪明绝顶的办法，也会对历史产生决定性影响。如果无法让法庭相信法人是公民，也许可以剑走偏锋，让法庭相信这个案子所涉及的并非真的是法人。

宾尼让法院把注意力都集中到法人背后的人身上。合众国银行本身也许并不是宪法中的公民，但宾尼称之为银行"成员"的绝对是。成立、经营这家公司，以及为这家公司出资的人都是通常意义上的人，也都享有宪法规定的所有权利。他们毫无疑问是公民，宪法第三条就是为了保护他们的权利而写。要判决这个案子，法院应考虑法人成员的权利。

宾尼提出："法人由自然人组成。"尽管诉讼的正式当事人是银行，但"真正的当事人"是银行的成员。德沃是佐治亚州公民，而如果银行成员是美国公民而非佐治亚州公民，他们就应当有权在联邦法院起诉，以保护他们"免受欺骗性法律和地方性偏见的伤害"。宪法赋予"多元"公民上联邦法院的权利，是为了减少地方性偏见出现的可能，而合众国银行的案子就让人有这种担心。银行在当地遭人唾骂，其成员不太可能在佐治亚州法院中找到一位不偏不倚的法官①。

宾尼的办法是让法人隐形、透明，实际上也就是隐藏其法人属性。他并不否认这起案子涉及法人，但他想证明，法人形式与此案无关。他试图消解法人与其成员之间的区别，建议法院撇开法人这层外衣，直接聚焦在组成法人的人身上。

对这种看待法人的方式，今天公司法领域的律师有个专门称呼，叫做"揭开法人面纱"。从布莱克斯通的年代到现在，在法人和法人背后的人

---

① 参见 Bank of the United States v. Deveaux, 9 U. S. 61 (1809)。

之间,通常都会有严格区分。这就是为什么如果有人在使用公司产品时受伤,要承担责任的是法人,而不是公司股东。但在少数非同寻常的案件中,法院会揭开法人面纱,忽略法人单独的法律地位,直接要求股东个人承担责任。商业案件中需要揭开法人面纱的时候很少见,法院通常只在有人利用法人形式长期行骗或者干坏事的时候才会这么做①。

宾尼希望法院从类似角度来看待此案中的法人。无论合众国银行有没有行骗或其他违法行为,他们都应该揭开法人面纱。按照宾尼的说法,在美国宪法中,法人与其成员并非单独、不同的实体,而是刚好相反,法人是个人的集合,法人理应能主张与法人内部组成法人的那些人一样的权利。公司法中的"揭开法人面纱"是要将法人责任扩大到其成员身上,宾尼的"揭开法人面纱"之举则是为了将成员的权利扩大到法人身上。在整个美国历史中,宾尼看待法人的方式会被法人主义者不断重新提及,最终也将证明会对法人宪法权利的形成有深远影响。

跟布莱克斯通不一样,宾尼的影响并没有那么快显现。约翰逊和斯蒂芬斯两位法官,做出了对他和合众国银行不利的判决。法院意见由约翰逊法官撰写。首先,他反对法人可视为宪法第三条中的"公民"的看法。"没有正当理由将法人计为任何一州的公民,因此,根据宪法在本庭起诉的权利,只有通过极为宽泛的解释才能扩大到法人实体,而我们认为我们没有行使这种解释的自由。"接下来,约翰逊断然拒绝了宾尼要揭开法人面纱的创新想法。"关于法人权利的诉讼永远不可能由组成法人的个人来维持,也不可能以他们个人的身份或名义来进行,因此,组成法人实体的个人的公民身份,怎么可能因这样一番论断就成为本案的一部分?"②

---

① 关于公司法中揭开法人面纱的内容,参见 Maurice Wormser, "Piercing the Veil of Corporate Entity," 12 *Columbia Law Review* 496, 500, 501 (1912); Peter B. Oh, "Veil Piercing," 89 *Texas Law Review* 81, 83 (2010‐2011); Lorraine Talbot, *Critical Company Law* (2015), 24。如果想了解对公司法中"揭开法人面纱"的案件的全面研究,可参见 Robert B. Thompson, "Piercing the Corporate Veil: An Empirical Study," 76 *Cornell Law Review* 1036 (1991)。

② Bank of the United States v. Deveaux, 2 Fed. Cas. 692, 692‐693 (Cir. Ct. GA 1808).

在约翰逊看来，法律明明白白。被拿走的是合众国银行的钱，不是银行成员的钱。银行股东并不是本案当事人。要是有哪个股东以自己的名义起诉彼得·德沃，约翰逊肯定不会受理。与此类似，如果德沃因为银行做下不法之事就去起诉股东，法人成员也会基于同样理由促请法院驳回起诉——法人权利和组成、拥有或管理法人的人的权利之间，有严格区分。也就是说，对于布莱克斯通在《英格兰法律评论》中阐释的历久弥新的法律原则——法人是本身独立的法律实体，与其成员互不相干——约翰逊表示认同。

但对约翰逊来说，法人人格并不意味着法人拥有与个人相同的宪法权利。其意义刚好相反。法人只拥有适合这个独特的、专门类型的法律实体的权利。因此，尽管法人或许有权拥有财产、订立契约——对商业法人来说理当如此，它们拥有的权利还是比自然人少：个人有权以多元性为由到联邦法院打官司，法人就没有这个权利。

1790 年，最高法院大法官第一次聚起来开会时，不是在华盛顿，而是在纽约市皇家交易所。这栋商业大楼坐落在百老汇，靠近今天的纽约股票交易所，里边还有个露天市场，不过对最高法院来说，拿来开会仍然合适得很。接下来的两个世纪，最高法院经常对商界利益支持有加。法院对商界的友好程度可以用一个指标来衡量，即法人逐渐获得大量宪法权利——这个现象，就是从霍勒斯·宾尼代表合众国银行打的这场官司开始的[1]。

合众国银行诉德沃案的口头辩论是在 1809 年 2 月，大法官们开庭的地方早已不再是皇家交易所，而是在谁都想不到的一家酒吧。最高法院刚搬到华盛顿的时候，国会大厦给了大法官们一间会议室来审理案件。

---

[1] Justin Crowe, *Building the Judiciary: Law, Courts, and the Politics of Institutional Development* (2012), 1; Robert G. McCloskey, *The American Supreme Court* (5th ed., 2010), 1。关于最高法院亲商的倾向，参见 Ian Millhiser, *Injustices: The Supreme Court's History of Comforting the Comfortable and Afflicting the Afflicted* (2015)。

但 1808 年国会大厦开始翻修，法官们不得不搬到二楼一间冷飕飕的图书室。法官们决定不在这里审案，而是去马路对面的朗氏酒馆，那里要舒服得多。大概你会想象法官们多半是一边波尔多葡萄酒喝到微醺一边审理案件，这个地方倒也有自己的合适之处：如今由卡斯·吉尔伯特（Cass Gilbert）设计的最高法院雄伟的新古典主义大楼，就坐落在当年朗氏酒馆的旧址上①。

宾尼告诉大法官，他们应该揭开法人面纱。要判决这起案件，他们就应该无视法人形式，允许银行在联邦法院起诉，因为银行成员是"公民"。宾尼坚持认为："法人只不过是一群人的集合罢了。"一家公司是否可以在联邦法院起诉或应诉，应该由"具体成员的居住地"决定。制宪者提出为免于地域偏见赋予人民上联邦法院起诉的权利，如果拒绝承认法人成员也有这一权利，"就明显违背了宪法的意图和精神"②。

跟宾尼同时来到最高法院的还有另外一名律师，就是约翰·昆西·亚当斯（John Quincy Adams）。这是美国第二任总统约翰·亚当斯的儿子，年方四十四岁，已经是美国参议员，也是哈佛教授，稍后还会被任命为驻普鲁士外交大使。就在合众国银行案结案几个月后，亚当斯还被提名为美国最高法院法官并通过，但他拒绝履任，因为觉得最高法院的职位有点埋汰人；毕竟那时候的他正忙于跟沙皇折冲樽俎，这个世界的命运就在其股掌之间。不过回到 2 月份来说，亚当斯还在搞法律，也正因此，这位美国历史上最有传奇色彩的人物，才会跟宾尼同时出现在朗氏酒馆。亚当斯的案子是"希望保险公司诉博德曼案"（Hope Insurance v. Boardman），

---

① Anon. , "The Supreme Court—Its Homes Past and Present," 27 *American Bar Association Journal* 283 (1941)；William C. Allen, *History of the United States Capitol: A Chronicle of Design, Construction, and Politics* (2001)，89，107。关于朗氏酒馆当年究竟是坐落在今天美国最高法院的位置，还是马路对面，南边的国会图书馆的位置，还有些不同意见。根据 Allen 的说法，朗氏酒馆曾翻新改造，并重命名为"砖楼"（Brock Capitol）。根据 Kenneth Jost, *The Supreme Court A‐Z* (2013)，212，今日最高法院大楼就坐落在"砖楼"的旧址上。但是 Jost 也说朗氏酒馆就在今天国会图书馆的位置。可以说该酒馆的位置现在并不能完全确定。

② Bank of the United States v. Deveaux, 9 U. S. 61 (1809).

此案之后，亚当斯睽违最高法院整整三十二年。1841 年，当他以卸任总统的身份再次出现时，带来的是著名的阿米斯塔德案①，为在海上被捕的非洲奴隶的权利大声疾呼②。

历史学家并没有把"希望保险公司案"放在眼里，觉得这个案子"没什么影响"。然而，这个案子和合众国银行案一样，也是最早的法人权利案件之一。而且跟他后来为奴隶权利拍案而起一样，亚当斯在这个案子里为法人宪法权利费尽唇舌。亚当斯代表两位波士顿人起诉罗得岛的希望保险公司，带来了《司法条例》和宪法第三条中法人公民身份的同一问题。不过亚当斯力图证明的是法人起诉权的另一面：应诉权。我们回想一下，布莱克斯通笔下的法人，通常都有起诉和应诉的权利。法人可以利用自己的法律身份来起诉某方，比如合众国银行的案子，其他方也可以在起诉法人时用到法人的法律身份，亚当斯的案子就是后面这种。亚当斯的当事人想在联邦法院起诉，因为他们认为希望保险公司所在的罗得岛的司法机构，会偏袒那家公司。宾尼和亚当斯从不同角度提出了这个问题，最终殊途同归：他们都认为，法人应当有在联邦法院起诉和应诉的权利③。

加入全明星律师阵容的还有 1787 年制宪会议的参与者贾里德·英

---

① 1839 年，西班牙贩奴船阿米斯塔德号（Amistad）上的黑奴暴动，杀死大部分船员，并想将船驶回非洲，但被领航员带到美国海岸，为美国海军扣押。在联邦法院的审讯中，古巴殖民者、西班牙王室和美国海军军官均主张对船上黑奴有所有权，废奴主义团体则致力于让这些黑奴重获自由。两年后案件来到最高法院，由约翰·昆西·亚当斯代理，法院最终判决释放奴隶，让他们回到非洲。1997 年斯皮尔伯格执导的电影《断锁怒潮》（Amistad）即讲述此案，林达著《我也有一个梦想》中也有详细介绍，可参看。——译者

② 参见 Hope Insurance Company v. Boardman, 9 U. S. 57 (1809)。关于亚当斯，参见 Harlow G. Unger, *John Quincy Adams: A Life* (2012)；Fred Kaplan, *John Quincy Adams: American Visionary* (2014)。亦可参见 William G. Ross, "John Quincy Adams," in *Great American Lawyers: An Encyclopedia*, ed. John R. Vile (2001), 1: 9; Charles Warren, *The Supreme Court in United States History*, 1821–1855 (1922), 1: 390, 2: 347. 亚当斯后来在 1810 年也打赢了一场官司，即 Fletcher v. Peck, 10 U. S. 87 (1810)，但这场官司的辩论实际上比希望保险公司案要早。

③ Allen Sharp, "Presidents as Supreme Court Advocates: Before and After the White House," 28 *Journal of Supreme Court History* 116, 118 (2003).

未来的美国总统约翰·昆西·亚当斯认为,法人和公民一样,有权在联邦法院起诉和应诉。

格索尔(Jared Ingersoll),代表希望保险公司出庭;以及代表佐治亚州收税员彼得·德沃出庭的菲利普·巴顿·基(Philip Barton Key)。后面这位仁兄是美国国歌《星条旗永不落》词作者弗朗西斯·斯科特·基的叔叔,从某些方面来讲或许称得上是聚在朗氏酒馆的诸多俊彦中最出类拔萃的。在美国独立战争中,菲利普·基在英方参战,但独立后的美国上层社会仍然对他非常欢迎,这在效忠派里并不多见。他当选为国会议员,还做过一阵联邦法官,但很快回到私人执业,为一些有权有势的委托人打官司。比如1805年,也就是合众国银行案四年前,菲利普·基在最高法院大法官塞缪尔·蔡斯(Samuel Chase)弹劾案中成功为大法官辩护,确立了"不可出于政治原因弹劾联邦法官"的先例，至今仍被遵循。因此，菲利普·基因法人权利案件出现在大法官面前时，他可以期待其中一位法官的感恩戴德，以及所有其他法官的热烈欢迎①。

菲利普·基关于限制法人权利的辩论以法人人格身份为中心。基对宾尼回应道："倒是说你可以撩起面纱，拆穿法人名称所掩盖的情形，看到谁站在背后。"但银行的诉讼"是以法人的名义提出的"，其成员"明确表示自己是法人团体，并以该身份起诉"。原告是法人本身，"不是一个个股东"。基运用了此后两百多年人民主义者在法人权利案件中反复

在法人权利第一案中，菲利普·巴顿·基承认法人独特的法律人身份，主张限制法人权利。

---

① Marc Leepson, *What So Proudly We Hailed: Francis Scott Key, A Life* (2014)；Smith, "Banks, Law, and Politics."

用到的论点，坚持认为法人与其成员必须被视为独立、不同的法律实体。基告诉大法官："没有哪家法人……可以从其成员的个人特征中得到好处，也不能因（其成员的）不利因素招致任何不利。"设立法人的目标就是要使之成为独立的法律行为人，与创建法人的人区分开。基认为，法院没有"核查个人特征来确认法人是否有权在某法院起诉的权力"，问题是法人是否为《司法条例》和宪法第三条中的"公民"，而无关乎其成员。

亚当斯起身向大法官讲话时，不得不对菲利普·基的观点表示赞同，即根据法律，法人一般被认为是有自己独立法律身份的人。亚当斯承认，法人的"权力、职责和能力，与组成法人的人都不一样"。"法人既不能从这些个体的特权中受益，也不会因这些个体的行为能力而受损。"但他仍然认为，法院应该无视法人形式。他建议，法官应当裁定法人为宪法第三条中的公民，因为这与多元管辖权的基本目标是一致的——甚至有可能，在涉及法人的案子中如此行事，比涉及个人的案子更为符合。"如果某州的某个公民就有可能影响该州的法院使之对自己有利，那么由这个州最有权有势的人组成的财大气粗的机构，（对法院）施加对自己有利影响的可能性又有多大呢？"亚当斯认为，在确定法人是否有宪法权利时，法官不应"为宪法文字所局限"，而应该将这份文件的目标大而化之。

这样一来，合众国银行诉德沃案同与其唱和的希望保险公司案，向最高法院提出了两种考虑法人宪法权利的不同方式。跟人民主义大法官约翰逊一样，菲利普·基认为法人也是人民——独立的有法定权利和义务的实体，与组成法人的人截然分开。由于两者在法律上分离，成员的权利和职责不会转移到法人身上，反之亦然。法院面对的问题是，这样的法人是否为有权在联邦法院起诉的公民。霍勒斯·宾尼和约翰·昆西·亚当斯的看法则与此相反，他们认为法人是社团——是享有与其成员同等权利和义务的集合。按照这种更为法人主义的观点，法院应该揭开法人面纱,思考法人成员是否为有权在联邦法院起诉的公民①。

看待法人的这两种大相径庭的方式,就是在合众国银行案和希望保险公司案中首次进入美国法律的。从此以后,法人权利史很大程度上就是这两个截然不同的两极——法人人格化与揭开法人面纱——之间的斗争,也是人民主义者和法人主义者之间的斗争。今天,公民联合组织的批评者经常将最高法院对法人权利的全面保护归咎于法人的人格身份,然而在历史上,人格化的逻辑往往被试图缩小、限制法人权利的人民主义者采用。法人宽泛的宪法权利,反而往往是法人主义者揭开法人面纱这一逻辑的产物。最高法院如果无视法人形式,直接审视组成法人的个人的权利,判决自然就会倾向于赋予法人几乎所有跟个人一样的权利。法人宽泛的宪法权利,就蕴含在揭开法人面纱的逻辑之中。

经聆讯之后,亚当斯在日记中承认,他对法官的陈述讲得不大好。"我不得不采用的理由,在法庭看来站不住脚。我也缩减了我的论辩,因为显而易见,我所说的一切,并没有让任何一位法官深信不疑。"他大可不必如此担心。尽管杰斐逊任命了像约翰逊这样的大法官进入最高法院,汉密尔顿派的大法官,比如首席大法官约翰·马歇尔和塞缪尔·蔡斯,仍然掌控着局势,而他们都支持法人权利②。

在合众国银行案中,霍勒斯·宾尼要求最高法院行使其司法审查权,这是最高法院的一项基本权力,可以决定法律是否合宪,甚至推翻法律。宾尼和银行最终的希望是,宣布佐治亚州对银行征税的法律违宪,因而无效。法院的司法审查权,即让正式通过的法律无效的权力究竟是怎么来

---

① 如果想了解关于对法人的相互冲突的观点的讨论,可参阅 Eric W. Orts, *Business Persons: A Legal Theory of the Firm* (2013), 9‑51。部分学者指出,对法人权利的讨论应该避免哲学化的抽象,例如人格化或社团主义。作为例证,可参阅 Richard Schragger and Micah Schwartzman, "Some Realism about Corporate Rights," in Micah Schwartzman et al., *The Rise of Corporate Religious Liberty* (2016), 345。

② John Quincy Adams, *Memoirs of John Quincy Adams*, ed. Charles Francis Adams (1874), 546.

的,很久以来一直不清不楚。在美国独立战争时期,英国法院就没有能力审查议会的法案。多年以来人们都将其归功于首席大法官马歇尔,说他在1803年著名的马伯里诉麦迪逊案①(Marbury v. Madison)中,发明了"从宪法的五里雾中走出来"的司法审查权(出自某历史学家让人过目不忘的描述)。但实际上,司法审查是又一个可以追溯到法人身上的美国宪政的显著特征②。

回想一下,布莱克斯通曾经写道,法人自行制定的法规"若与这片国土上的法律相冲突……则无效"。按照1659年一项较早的条约描述,法规不得"与国家的法律相抵触"。英国没有成文宪法,"这片国土上的法律"就是议会通过的法律。殖民地法人特许状明确提到了这个抵触原则。以1611年弗吉尼亚公司修订后的特许状为例,就规定了法人可以出于自身管理的需要制定法规,只要这些法规"不违反我们英格兰王国的法律法规"。殖民地立法机构经特许状授权可以为殖民地制定法规,但抵触原则逐渐成为对这些机构的限制。美国独立之前,殖民地立法机构通过的法案经过英国枢密院审查是否抵触的超过8 500项。这种对抵触与否的审查,逐渐从对英国法人的限制,变成了对殖民地立法的限制③。

在英国,由议会通讨的法律就是这个国家的最高法律。但在新生的

---

① 1800年的大选中,联邦党人不但未选上总统,也失去了对国会的控制权。前任总统亚当斯趁离任前,任命了大批联邦党人出任新增设的联邦巡回法官及华盛顿特区治安法官,但部分委任状虽已签署却未及派发,其中就有纽约富商马伯里。新总统杰斐逊命令新国务卿麦迪逊扣押这批委任状,无法走马上任的马伯里因此将麦迪逊直接告上最高法院。1803年,最高法院审理了此案,首席大法官约翰·马歇尔撰写的判决意见回避了与政府行政部门的直接冲突,认为最高法院对此案并无初审管辖权,只有上诉管辖权,并判决《1789司法条例》相关条款因违宪而无效。这是最高法院首次运用司法审查权,由此开始,司法权成为制衡行政权和立法权的第三种权力,确立了美国的三权分立体制。任东来等著《美国宪政历程:影响美国的25个司法大案》对此案有详细介绍,可参看。——译者

② Alexander M. Bickel, *The Least Dangerous Branch: The Supreme Court at the Bar of Politics* (1962), 1. 一般性参考可参阅 Jack Rakove, *Revolutionaries: A New History of the Invention of America* (2010), 377.

③ Mary Sarah Bilder, "The Corporate Origins of Judicial Review," 116 *Yale Law Journal* 502 (2006).

美国,这个国家的最高法律是美国宪法。在《联邦党人文集》第78篇《司法部门》中,汉密尔顿就提到了这一点。这是文集中的名篇,汉密尔顿在其中将司法部门的职责描述为"宣布违反宪法明文规定的立法为无效"。抵触原则也出现在《1789年司法条例》中,该法案授权最高法院审查涉嫌"与合众国宪法、条约和法律相抵触"的各州法律。在"马伯里案"的意见书中,马歇尔也提到了这一源自公司法的关键原则。马歇尔写道,本案的问题在于"某法案如果与美国宪法相抵触,那么是否还能成为这个国家的法律"。马歇尔阐释道,"与美国宪法相抵触的法律是无效的",因此法院必须令其作废①。

在美国历史上,最高法院采用了司法审查权来改造这个国家。最著名的案例有,民权运动时期的最高法院在布朗诉托皮卡教育局案等案件中用了这一权力来推翻吉姆·克劳法,废除了要求学校实行种族隔离的法律,以及在洛文诉弗吉尼亚州案(Loving v. Virginia)中,认为禁止跨种族婚姻的法律违宪。最高法院以司法审查权为武器,于1970年代维护了妇女权益,于1980年代维护了残疾人的权利,并在进入21世纪时维护了同性恋的权利。但美国历史上大多数时候,最高法院运用司法审查权时受益的是商界,早期案例之一就是1809年的合众国银行案。通过此案,首席大法官马歇尔和最高法院确立了法人的第一项宪法权利。

跟亚历山大·汉密尔顿一样,约翰·马歇尔对法人企业的发展乐见其成,尤其支持合众国银行。在他关于合众国银行诉德沃案的法院意见书中,马歇尔欣然接受了霍勒斯·宾尼和约翰·昆西·亚当斯关于如何看待法人在宪法中的地位的见解。(尽管亚当斯表现不佳,这位未来的总统还是打赢了这场官司。)法庭没有单独出具希望保险公司案的意见书,但最高法院的报道员告诉读者,可以参阅就同一问题("法人在美国法院

---

① Marbury v. Madison, 5 U.S. 137 (1803).

中打官司的权利")作出判决的合众国银行案意见书①。

马歇尔的意见书承认,本案涉及一个"极为困难的问题"。首先,他研究了授予合众国银行法人资格的特许状,看国会在创建该银行时是否明确赋予了银行在联邦法院起诉和应诉的权利。尽管特许状确实明文授予银行"订立契约、拥有财产的能力,并使其能够'起诉和应诉'"——这也是布莱克斯通指出的三项核心权利——但马歇尔觉得这还不够。国会的意思可能只是,授予银行在州法院起诉和应诉的权利。要把上联邦法院的权利扩大到法人,就需要国会明明白白说出来②。

最高法院承认法人权利的最早判决,即合众国银行诉德沃案,
意见书由首席大法官约翰·马歇尔执笔。

---

① Hope Insurance Company v. Boardman, 9 U. S. 57 (1809).
② Bank of the United States v. Deveaux, 9 U. S. 61 (1809).

这样一来,问题不再是合众国银行的特许状是什么意思,而变成了宪法是什么意思。虽然马歇尔也认识到,法律经常将法人看成是法律意义上的人——"就法律的一般目的和对象而言",法人通常"包含在适用于自然人的法律描述中"——但是,法人"当然不是公民"。这个称呼专属于人类,建国时也没有任何证据表明,宪法第三条所说的公民包括法人。

但是,马歇尔解释道,这样并没有完全解答这个问题,因为对宪法的解读可以很宽泛。"一部宪法,从本质上讲,处理的是一般性问题,而不是细节。制宪者无法注意到国家在发展过程中出现的细微差别,因此会以宽泛而普遍的原则作为创制宪法的基础。"宪法第三条中的多元性司法权,目的是保护人民不受可能带有狭隘偏见的州法院的影响。法院有义务将第三条看成是为了履行这一承诺而制定的,在马歇尔看来,这就意味着将在联邦法院起诉和应诉的权利扩大到法人身上——而无须考虑法人其实并非公民。

马歇尔一边接纳了约翰·昆西·亚当斯的对宪法宜宽泛解读的观点,一边也像霍勒斯·宾尼建议的那样,揭开了法人面纱。法人也许不是公民,但其成员总是。马歇尔将法人描述为"看不见、摸不着的人造物",这个说法在他十年后判决的另一个法人权利案件——达特茅斯学院诉伍德沃德案(Dartmouth College v. Woodward)中,还会再次用到。对达特茅斯学院案中的这一措辞,尽管有人错误理解为马歇尔支持法人人格化,但实际上他的意思刚好相反。马歇尔想说的是,法人太虚无缥缈,无法成为宪法权利的依据,因此法院应当把注意力放在法人成员身上。"大体上、本质上,这个案子里的当事人"是"法人成员",法人只是一群"在处理共同关注的事项时,可能会用到一个法定名称的个体"的替身。马歇尔认为,因为在法人组织内部关联起来的人才是本案真正的当事人,他们的公民身份理应成为主导。深入研究过合众国银行案的学者并不算多,伊丽莎白·波尔曼和玛格丽特·布莱尔是其中两位,在她们看来,马歇尔"关心的是组成法人的自然人"。马歇尔自己在意见书中也说,法院必须"略过法人名称，直指个人特征"①。

法律界巨擘马歇尔也非常敏锐，他知道，自己的理论与法律对待法人的传统方式——视之为独立的法律实体，所享有的权利和义务与其成员互不相干也截然不同——相抵触。他在意见书中也概述了一系列涉及法人更为普遍地起诉和应诉权利的英国案件，不情不愿地承认这些案件"更强烈地"支持将法人看成是自身独立的法律意义上的人，而不是去"考虑组成法人的个人的特征"。但马歇尔坚持认为，要保护法人成员（无疑都是公民）的权利，"法人的这一严格定义"就得抛在一边。

虽然马歇尔确立法人在联邦法院起诉的权利是以其成员的公民身份为依据，这位德高望重的法官却从未明确指出，究竟什么人才算是法人成员。是股东、员工，还是董事？合众国银行诉德沃案没有给出答案，尽管在揭开面纱的逻辑中，这个问题极为重要。合众国银行案三年前的1806年，最高法院在另一起涉及多元性司法权的案件中认为，当事人必须是真正意义上的多元性，也就是所有原告必须与所有被告都来自不同的州。就算到了今天，真正多元性的要求都仍然是国法。但马歇尔并未明确指出谁才是法人的成员，实际上他也从未费心考虑，是否银行所有成员都与彼得·德沃来自不同的州。考虑到这家银行的股东相当多，很可能其中至少有一人来自德沃的家乡佐治亚州，这样的话这个案子就并非真正多元了。马歇尔跳过了这个关键问题，直接宣布银行有权在联邦法院起诉收税员。他声称成员权利至高无上，但对真正的成员身份语焉不详，既没有定义，也没有审核。这种状况也成为未来法人权利的共同主题：法院以成员权利为由来确立对法人的宪法保护，但从没有正儿八经地问一问成员是谁，或是成员想要什么。

然而首席大法官马歇尔对揭开法人面纱的支持不遗余力，以致合众国银行案尽管作为宪法案例在今天基本上已经被忽视，却还会时不时地

---

① Margaret M. Blair and Elizabeth Pollman, "The Derivative Nature of Corporate Constitutional Rights," 56 *William & Mary Law Review* 1673, 1680 (2015).

被引用，用来在商业法律中确立揭开面纱的原则。但我们前面也提到，商业法案件中揭开法人面纱的情形仅限于少数涉及欺诈和滥权的案件，这种做法是例外，而不是规则。但宪法中的情形与此相反，例外会成为规则。尽管像公民联合组织案这样的现代法人权利案件没有援引合众国银行案，但两个世纪前的这个案子堪称法人权利的觉醒，法院在这起古老案件中的态度，也成为接下来两个世纪里法人权利案件判例的突出特征。揭开法人面纱，并允许法人主张其成员的权利，成了最高法院用来证明理应将各种各样的宪法权利扩大到法人身上的概念性工具。

合众国银行是宪法的第一推动力。虽然宪法文本并没有明确赋予法人任何保护，但银行的所作所为确保了最高法院做出权威裁决，承认银行的权利。在时间的长河里，还会有其他运动遵循类似途径，确保自身的公民权利。但是，合众国银行的胜利既是长久的，也是短暂的。说它长久，是因为该判决所确立的一般性原则——法人受宪法保护——仍然深深植根于美国法律中。说它短暂，是因为银行没那么长的命，都来不及享受刚到手的宪法自由。

1809 年 3 月，首席大法官马歇尔宣布法院的判决时，合众国银行也面临着马上要关门大吉的威胁。现在的法人通常都能永久存续下去，但国会当时只特许了合众国银行二十年的运营期限，这一妥协是为了争取通过汉密尔顿争讼不已的法律所必需的票数。因此，银行如果想继续营业，就必须在 1811 年从国会搞到新的特许状。合众国银行诉德沃案在最高法院打得难解难分时，汉密尔顿派的支持者也已经开始游说国会更新银行的特许状。杰斐逊派仍然坚决反对，早年在关于银行的激辩中的党争再次浮出水面。

这个背景因素比征税的影响更大，也解释了最高法院为什么没有解答合众国银行案的另一个重要问题。对于一开始引发合众国银行前来争讼的法律问题——宪法是否允许像佐治亚州这样的州对像合众国银行这样的联邦法人征税——马歇尔的意见书未置一词。1819 年,最高法院判决了另一起具有里程碑意义的案件,即麦卡洛克诉马里兰州案(McCulloch v. Maryland),认定各州不得对联邦实体这样征税;学宪法的学生会认识到,后面这个案子其实是同一个问题。麦卡洛克案仍然需要做出判决,就因为在十年前的法人权利第一案中,马歇尔对这个问题避而不谈。马歇尔的意见书完全回避了这个问题,把案件打回下级法院考虑。这并不是疏忽大意,而是马歇尔在试图保护合众国银行。最高法院如果判决禁止各州向银行征税,只会激怒反对重新授予合众国银行特许状的人民主义者[1]。

在国会审议是否延长银行的特许状时,银行的前景一开始特别黯淡无光。但后来银行得到了两位最慷慨激昂也最坚定的批评者,詹姆斯·麦迪逊和托马斯·杰斐逊的支持,让人大感意外。他们俩起初都反对建立合众国银行,但后来都改了主意,原因很可能是后来身在白宫,更有利于他们看清这个问题。在讨论是否延长银行特许状时,麦迪逊正担任总统,杰斐逊则刚刚结束自己的两届任期,他们都认识到,合众国银行加强了联邦经济,稳定了国家财政,提升了国家信用——银行之父汉密尔顿说过的一切都实现了。麦迪逊曾坚称,制宪者从未赋予国会创立法人的权力,但现在他也支持延长合众国银行的特许状,说明就连制定宪法的人都不认为真的有必要信守原本的诠释。而杰斐逊,干脆就放弃了自己的杰斐逊主义[2]。

麦迪逊和杰斐逊的支持让赞同银行继续运营的北方商业利益群体信心大增,但还是不够。更新银行特许状的提案在国会以一票之差落败,特许状到期了。合众国银行就此关门。银行早早夭折,但银行对宪法和法人权利的影响非常深远。银行在为法人争取宪法权利的第一案中赢得了

---

① Smith, "Banks, Law, and Politics," 13;McCulloch v. Maryland, 17 U. S. 316 (1819).

② Richard S. Grossman, *Unsettled Account: The Evolution of Banking in the Industrialized World Since 1800* (2010),225;Murray N. Rothbard, *History of Money and Banking in the United States: The Colonial Era to World War II* (2002),69-72.

战斗,未来的很多法人也会在此基础上寻求更多保护。这些案件呈现给法院的,通常都是同样的两种选择:把法人看成是人,还是社团。法人是像布莱克斯通所说的那样,是拥有自身权利的法律意义上的人,还是像宾尼和马歇尔在合众国银行案中所说的那样,最好理解为由人组成的社团,权利来自其成员?

将合众国银行的斗争继续下去的法人之一,正是该银行的小兄弟,第二合众国银行。1812 年,也就是为是否延长合众国银行特许状投票的第二年,美国与英国开战。由于美国没有中央银行,为战备筹集资金变得特别困难。1816 年,麦迪逊总统终于成功说服国会,为一家新银行颁发特许状。跟兄长一样,第二合众国银行也因为寻求宪法权利走进了最高法院。而代表第二合众国银行出庭的丹尼尔·韦伯斯特,可以说是上过最高法院的最著名的律师。法人权利案件会让韦伯斯特的名声更添一分传奇色彩,但终其一生,也会给他带来绝望。

第三章　法人的律师

在自己的职业生涯中，韦伯斯特在很多职位上都堪称超群绝伦。他曾两次出任国务卿，两次担任参议员，三次成为总统候选人，并长期领导辉格党，这个亲商业的党派是汉密尔顿联邦党的后继者。但他这一生最辉煌的成就，仍然要数他在最高法院的辩护。他被称为"绝代律师"、"美国历史上最重要的人物"，而且毫无疑问，是一位伟大的演说家。据说韦伯斯特的三寸不烂之舌雄辩到了这种程度：他去钓鱼的时候，鳟鱼会直接跳进他的口袋里，因为知道跟他斗只会白费力气。从1814年到1852年，他在最高法院打了223场官司，这一记录罕有其匹，而这数十年间，也是宪法中很多条款的适用范围和意义首次被阐明的时期。没有哪位律师辩护过的重要案件有他多，也没有谁对宪法旨意的影响有他那么广泛、多样。人们称他为"宪法捍卫者"[①]。

韦伯斯特同样也完全可以说是法人捍卫者。他整个职业生涯中的委托人，都是美国最财大气粗的企业，包括制造商、贸易公司、保险公司、铁路公司、银行和船厂，"他服务的对象遍布各行各业"。韦伯斯特是法人的律师，在让他声名远播的诸多案件中，他都在主张根据宪法为法人提供广泛保护。其中一个案子的委托人甚至都不是商业法人，但他通过该案对各州监管任何类型的法人的能力施加了新的宪法限制，就此确立了一个里程碑式的先例，商业法人仍然能从中受益[②]。

在法人宪法权利扩大的过程中，韦伯斯特这样的律师起到了意义异常深远的作用。当然,在所有光耀千古的宪法权利斗争中,律师都是主角,想想民权斗争中的瑟古德·马歇尔和女权运动中的露丝·巴德·金斯伯格就知道了。要让司法部门承认宪法权利,就得有律师来提起诉讼、撰写案情摘要、说服大法官。但其他类型的权利运动,相关诉讼通常都伴随着群众基础广泛的政治动员。法人从来没有举着主张自身权利的标语

丹尼尔·韦伯斯特,人称最高法院历史上最伟大的辩护律师,主张为商界提供全面宪法保护。

---

① 关于韦伯斯特,参见 Robert Vincent Remini, *Daniel Webster: The Man and His Time* (1997);Maurice Glen Baxter, *Daniel Webster & the Supreme Court* (1966);Everett Pepperrell Wheeler, *Daniel Webster: The Expounder of the Constitution* (1904)。引文见 Baxter, 16, 245, 及 Remini, 8。鱼的故事见 Seth P. Waxman, "In the Shadow of Daniel Webster: Arguing Appeals in the Twenty-First Century," 3 *Journal of Appellate Practice & Process* 521, 522 (2001)。

② Remini, *Daniel Webster: The Man and His Time*, 146.

牌游行，也从来没有为了赢得宪法保护而去参与公众游说。法人权利主要赢在法庭而不是街头，其发展历程也基本上没有受到人民群众的密切关注——尽管很多带来法人权利的诉讼，在当时都有大量报道。

为赢得这些权利，法人雇用了这个国家最顶尖的律师。韦伯斯特当然符合这一描述。他不只是那个年代最赫赫有名的律师，据说也是价码最高的一位。那些法人委托人非常乐意给他支付高得离谱的价码，因为对公司来说，聘请最好的律师来战胜政府监管，通常都相当值得。那些一无所有、受尽屈辱的人，通常都请不起最好的代理律师，跟他们比起来，法人很久以来一直都在利用自己雄厚的财力，对妨碍法人权利的法律发起挑战。法人赢得的宪法规定的个人权利越来越多，也非常有效率，原因之一就是法人有财力聘请最好的律师来打最前沿的官司，不断突破法律边界。

韦伯斯特向委托人收那么高的价，也是因为他确实需要钱。他这个人品味极为奢侈，再加上出了名的毫无理财能力，几乎一辈子总是债务缠身。实际上可以毫不夸张地说，韦伯斯特这么多年来都能对宪法有如此重大影响的原因之一，正是他从来没攒够金盆洗手的钱。为了付账单，他不得不一直到1852年以七十高龄去世前，都还在接案子①。

韦伯斯特职业生涯的轨迹绘出了美国早期法人权利的盛与衰。从1809年到1835年，也就是紧随合众国银行诉德沃案之后的几十年间，韦伯斯特成功扩大了法人的宪法权利。首席大法官约翰·马歇尔领导下的美国最高法院，对韦伯斯特的需要保护企业免受政府过度监管的法人主义论断甘之如饴。但1835年，随着马歇尔过世，最高法院发生了变化，韦伯斯特的好运也就此改变。继马歇尔之后担任首席大法官的罗杰·托尼，是位人民主义者，认为法人权利须严格限制。

托尼担任美国最高法院首席大法官将近三十年，判决了近千起案件，但他的历史声誉只取决于其中一个：德雷德·斯科特诉桑福德案。在

---

① Gregg D. Crane, *Race*, *Citizenship*, *and Law in American Literature*（2002），235 n. 99；Baxter, *Daniel Webster & the Supreme Court*，15‐16，153‐154.

1857 年的这起案件中,托尼执笔的意见书坚持认为,黑人并非宪法第三条所称的"公民";这种观点活该因其种族主义和目光短浅遭人唾弃,合众国银行案涉及的也是宪法同一条款的同一问题。然而,德雷德·斯科特案也掩盖了托尼包罗万象的法学理论的其他方面,其中一个方面很多公民联合组织案的反对者也许会大为赞赏。托尼致力于改造法人,跟马歇尔和韦伯斯特都不一样,他认为各州应当对企业有全面的监管权。因此,托尼觉得法人在宪法中的权利非常有限。美国历史上对扩大法人宪法保护持反对态度的法院屈指可数,托尼法院就是其中一个,对韦伯斯特来说,这可不是个好兆头。托尼可不是会自动跳进韦伯斯特口袋里的鳟鱼。

托尼法院的法人权利案件还有其他方面也让人大感意外。率先接纳法人人格化概念的,不是马歇尔法院,而是托尼法院。托尼法院的大法官们将法人当成人来对待——当成独立的法律实体,其权利和责任与组成法人的人截然不同。韦伯斯特和马歇尔法院都遵循了霍勒斯·宾客看待法人的方式——揭开法人面纱,透过法人实体观察,允许公司行使与其成员相同的权利;然而托尼法院将法人人格作为限制法人权利的依据。此外,我们也将看到,决定了托尼历史声誉的问题——种族和奴隶制——最终也将挑战并影响托尼法院对待法人权利的方式。

韦伯斯特以及他跟马歇尔、托尼的关系提供了一个视角,让我们能够一瞥最高法院早年的法人权利状况。从韦伯斯特在马歇尔法院最早的法人权利案件到他在托尼法院最后的案件,韦伯斯特的职业生涯描绘了对法人的宪法保护在美国法律中是如何变得越来越根深蒂固——同时也展现了对法人权利的最早限制是如何合理化的。韦伯斯特的例子同样突显了在两个多世纪的法人权利斗争中,律师发挥了多么重要的作用。但是,韦伯斯特的故事也提醒我们,律师的影响力不可避免地取决于主审案件的法官。此外,对今天那些想看到最高法院限制法人宪法权利的人来说,回望韦伯斯特的年代揭示了一个潜在模式。托尼法院通过接纳法人人格,而不是揭开法人面纱,给法人权利强加了诸多界限。

最高法院大法官约瑟夫·斯托里回忆道:"那是在 1918 年,发生了一件事,在韦伯斯特先生的职业生涯当中,这件事最值得记住,也以一种——即便不是全新的视角,至少也是比以往更引人注目的视角——让自己出现在全国人民面前。"斯托里,这位对美国早期宪法体系的影响仅次于约翰·马歇尔的大法官,说的就是韦伯斯特在达特茅斯学院诉伍德沃德案中的宏伟辩护:

> 他一开始就用简洁、准确的方式阐述了事实,这一手法非常出色……接下来他的行动更加充满活力,甚至可以说,他每一步都在闪闪发光……到他总结陈词的时候,他的整个神态和举止,他眼里闪烁的火光,他紧锁的黑色眉头,他脸上突然闪现的红光,他那颤抖的、难以控制的嘴唇,他低沉的喉音,他对自己情感的拼命压制,他那不由自主握紧的双手(甚至自己都仿佛没有意识到),所有这一切,都让他的演讲有了近乎突破天际的影响力。[1]

没有多少律师能像韦伯斯特在达特茅斯学院案中的表现那样,令最高法院的大法官们如此陶醉。当然,韦伯斯特绝非普通律师,达特茅斯学院案也绝非普通案件。历史学家弗朗西斯·斯蒂茨写道:"在美国历史上,最高法院的判决很少有这么大的影响力。"达特茅斯学院案也一直有"最高法院历史上最重要的先例之一"的称号。这一判决"在美国商业法人的兴起中起到了关键作用",也为现代的法人权利案件,比如公民联合组织案和好必来案,铺平了道路[2]。

---

① Baxter, *Daniel Webster & the Supreme Court*, 84(引用斯托里)。

② Francis N. Stites, *Private Interest & Public Gain: The Dartmouth College Case, 1819* (1972), 23–26; R. Kent Newmyer, *John Marshall and the Heroic Age of the Supreme Court* (2007), 245; R. Kent Newmyer, "John Marshall as a Transitional Jurist: Dartmouth College v. Woodward and the Limits of Omniscient Judging," 32 *Connecticut Law Review* 1665, 1668 (2000).

韦伯斯特的委托人达特茅斯学院并不是商业法人,而是一所学校,作为一家非营利性机构(或者用当时的术语来说,叫做"慈善"机构)运营着。但达特茅斯学院是以法人形式成立的,而学院案的核心问题也直接关系到所有法人,无论是商业还是其他性质:法人是属于公众,还是私人所有? 法人是应受政府全面管控的公众实体,还是政府拥有的监管权力极为有限的私有实体? 今天,我们理所当然地认为法人是私有实体,但在19世纪初期,法人究竟属于公众还是私人这个问题并没有定论。韦伯斯特的达特茅斯学院案将让这个问题基本上尘埃落定。

跟当时所有法人一样,达特茅斯学院的来历既有公众成分,也有私人成分。私人成分来自埃利埃泽·惠洛克(Eleazar Wheelock),他是一位清教牧师,1760年代在康涅狄格主办了一家摩尔人的印第安慈善学校。但这所学校既缺生源也缺资金,于是惠洛克回到英国,向很多知名人士寻求经济支持,其中就有达特茅斯伯爵,而学校也以他的名字重新命名了。惠洛克还向新罕布什尔总督申请皇家特许状,1769年,总督以学校搬迁到新罕布什尔殖民地为条件,签发了这份特许状,这就是达特茅斯学院公众成分的来历。特许状授予达特茅斯学院所有法人通常都有的基本权利:拥有财产的权利,订立契约的权利,以及在法庭上起诉和应诉的权利,"如同一名自然人,或其他政治或法人实体能做到的那样"。特许状还认可了学校的新使命,除了教育印第安人,学院还要"扩建并改进,以促进英国人的教育"①。

丹尼尔·韦伯斯特是达特茅斯学院1801级的学生,也是从达特茅斯学院的新使命中受益的人。在达特茅斯学院学习时,他磨炼了自己的雄辩能力,后来也因此成名。毕业后,韦伯斯特开始在波士顿当执业律师,那里工厂遍地开花,推动了经济增长,他的法律事业也蒸蒸日上。达特茅

① 关于达特茅斯学院案的一般介绍,见 Stites, *Private Interest & Public Gain*。达特茅斯学院 1769 年的特许状见 http://www.dartmouth.edu/~library/rauner/dartmouth/dc-charter.html? mswitch-redir = classic。

斯学院为即将到来的法律战役寻找代理人时,韦伯斯特作为忠诚的校友,欣然领命。诉讼目标是让法院承认,达特茅斯学院是私人所有的法人,不属于公众,其权利不容州政府干预[1]。

争议来自 1779 年惠洛克去世之后那些年里,达特茅斯学院的控制权之争。埃利埃泽·惠洛克的儿子约翰·惠洛克(John Wheelock)就任了其父在学院的行政职位,受托人委员会部分成员对此深表不满,说这是"家天下"。最终,跟小惠洛克作对的人在委员会赢得足够席位,让他靠边站了。约翰·惠洛克的反击是,呼吁媒体和州议会来调查委员会。这样只不过激怒其他受托人,他们把他解雇,投票让他离开委员会。新罕布什尔的立法者在约翰·惠洛克的鼓动下,通过立法从受托人手里夺走了学院的控制权。新法修改了达特茅斯学院的法人特许状,将委员会从十二人扩大到二十一人;建立了新的监督委员会来审查受托人的决定,授予州长任命受托人的权力,还把这家教育法人的名字改成了"达特茅斯大学"[2]。

原达特茅斯学院受托人由韦伯斯特出面,起诉了学校改组后被任命为财务主管的威廉·伍德沃德(William H. Woodward)。韦伯斯特指出,新罕布什尔州重组学院特许状,违反了宪法第一条第十款,即"任何一州都不得……通过任何……损害契约义务的法律"。韦伯斯特声称,学院特许状是一份州政府不得变更的契约。但要让这个说法奏效,他就得让法院承认,法人是私人实体。公众实体,究其本质要受公众控制。如果达特茅斯学院算是政府机构,服务于政府目标,那么就不能辩称自己不受政府控制。新罕布什尔州可以随意更改、重组乃至撤销这所学校。契约条款只保护私人当事人,比如个人,让他们已有的契约不受政府干预。

韦伯斯特要面对的挑战是,正如布莱克斯通在《英格兰法律评论》中

① Baxter, Daniel Webster & the Supreme Court, 7.
② Henry Cabot Lodge, *Daniel Webster* (1911), 75; Stites, *Private Interest & Public Gain*, 6-22.

就已经认识到的,法人既有私人属性,也有公共属性。个人可以自己组建合伙制企业,但如果他们想享受法人形式的好处——让他们可以积累资本的特殊规则,还有独立的法律身份(也就是法人人格)——他们就必须向立法机构或王室申请特许状,才能成为法人。也只有法人会进一步服务于一些公共目的,比如修建道路、管理桥梁,或者像合众国银行那样,处理政府贷款和存款时,才能拿到特许状。出资创立法人的个人可以挣钱,但公众也必须获益①。

立法机关就是通过颁发特许状这一程序来对法人施加公共控制的。例如,合众国银行的特许状就只允许银行存在二十年,限制了银行购买土地的行为,禁止了银行交易"商品和货物",也为银行贷给联邦政府或州政府的贷款金额设定了上限。违反这些限制的法人会被政府以权限开示令状起诉,结果可能就是丢掉特许状。尽管投资者是私人,法人被政府以特许授权的方式牢牢把控,用历史学家奥斯卡·汉德林和玛丽·汉德林的话来讲,可以说法人就是"政府机构……其宗旨就是服务于政府的社会职能"②。

因此,新罕布什尔州最高法院于 1817 年作出不利于韦伯斯特和达特茅斯学院的判决时,韦伯斯特也许并不意外。州法院颇有人民主义倾向,认为法人是公众机构,在其成立的州内应受广大公众控制。而且,成立这所学校也是为了推进公益目标,促进基督教精神和扫除文盲:"人民大众

---

① 关于法人兼有公共和私人两种属性,参见 David Ciepley, "Beyond Public and Private: Toward a Political Theory of the Corporation," 107 *American Political Science Review* 139 (2013)。

② Richard S. Grossman, *Unsettled Account: The Evolution of Banking in the Industrialized World Since 1800* (2010), 224; Thomas Linzey, "Awakening A Sleeping Giant: Creating a Quasi-Private Cause of Action for Revoking Corporate Charters in Response to Environmental Violations," 13 *Pace Environmental Law Review* 219, 232 – 233, 239 (1995); Oscar Handlin and Mary F. Handlin, "Origins of the American Business Corporation," 5 *Journal of Economic History* 1, 22 (1945). 亦可参见 Scott Bowman, *The Modern Corporation and American Political Thought: Law, Power, and Ideology* (1996), 50 ("18 世纪的英国法律将法人企业视为国家工具")。

所关心的问题,只要有,这些伟大目标就肯定要算在内。"就这个意义而言,管理达特茅斯学院的受托人并不是私人公民,而是需要履行公共职责的人民公仆。宪法中的契约条款,是用来保护私人契约不受政府干预的。按新罕布什尔州法院的理解,该条款从未打算"限制各州在自己的公职人员和公务员,以及各州自己的民事机构面前的权力"。也就是说,法人是公有实体,须受公众控制①。

新罕布什尔州法院的判决并不意味着本案画上句号。跟将近十年前的合众国银行一样,达特茅斯学院的计划是让相关法律被"重新审查,并通过美国最高法院的复审令推翻原判"。只有来自这片土地上最高一级法院的终审判决,才能确立法人是宪法中的私有实体的原则②。

1818年3月,美国最高法院开庭听取丹尼尔·韦伯斯特达特茅斯学院案的论辩。按照斯托里大法官的说法,因新罕布什尔州夺取达特茅斯学院控制权而产生的争议"引起了……极大关注",因为这一争议关系到一个"至为"重要的问题:"对从事教育和其他事业的法人出于宣示州主权的考虑行使法律,可以保持在何种程度?"因此,庭上挤满了有兴趣来旁听的人——只不过审理的地方仍然不是真正的法庭。尽管合众国银行案之后最高法院已经从朗氏酒馆搬回国会大厦,但在1812年战争中,英国人几乎将国会大厦夷为平地。昌西·艾伦·古德里奇(Chauncey Allen Goodrich)是耶鲁大学教授,旁听了达特茅斯学院案的审理过程,据他回忆,法院是在"一个中等大小的破旧公寓里"审案,听众"主要由法律界人士,全国各地这一行的精英"组成。聚集在这里的人将目睹的一切,从那时起就被叫做"最高法院历史上最让人心服口服的表现"③。

① Stites, *Private Interest & Public Gain*, 53 - 54 (quoting opinion).

② Ibid. 40 - 41.

③ 参见 Everett Pepperrell Wheeler, *Daniel Webster: The Expounder of the Constitution* (1904), 28 (引用斯托里); Rufus Choate, "A Discourse Commemorative of Daniel Webster," in *Addresses and Orations of Rufus Choate* (1897), 241 (引用古德里奇); Baxter, *Daniel Webster & the Supreme Court*, 80。

韦伯斯特如果想为学院打赢这场官司，就必须非常能言善辩。新罕布什尔州占尽天时地利，韦伯斯特的目标是说服大法官接受一项法律此前从未明确承认的原则：法人是私有实体，按照宪法的契约条款，不应被州政府接管。

韦伯斯特站在大法官面前时，即便法律处境有什么劣势，也都会被他的口才和充分准备所掩盖。代表新罕布什尔州出庭的两位律师是约翰·霍姆斯（John Holmes）和威廉·沃特（William Wirt），两人都是技艺高超的辩护律师，但在这个案子上都没做好实际工作。有人评价说，霍姆斯"发表了一通吵吵嚷嚷、辞藻华丽的政治演讲，令亲者痛、仇者快"。沃特则忙于自己的本职工作——当时他还担任美国总检察长；对这份兼差带来的最高法院庭审，他的准备很不充分。考虑到当时最高法院辩论的重要地位，韦伯斯特的对手们的不足，为他打开了成功的大门①。

"先生们，这是我的案子！这个案子并非仅仅关乎这么一个小机构，这个案子关乎我们这片国土上所有的学院！……先生们，我曾经说，这是所小学校，但……"

丹尼尔·韦伯斯特在美国最高法院为达特茅斯学院诉伍德沃德案辩论。

---

① Lodge, *Daniel Webster*, 84; Stites, *Private Interest & Public Gain*, 66–67.

19世纪初,最高法院的口头辩论远比今天重要得多。在韦伯斯特那个年代,很多案件都没有借助书面摘要就做出了判决,因为直到1821年才开始要求各项案件必须有案情摘要,那已经是达特茅斯学院案之后了。最高法院现在的庭审通常只有一个小时,而韦伯斯特这个案子在法庭上辩论了整整三天。那时候的大法官也不像现在,会频频打断辩护律师的发言,因此律师都能长篇大论,尽力堆砌辞藻。今天,口头辩论往往被"态度分析学家"贬得一文不值,他们认为大法官只会先入为主的原则性倾向投票,就连大法官自己,也经常说口头辩论对他们的判决一般没有什么影响。然而早年的美国,有滔滔雄辩之才的辩护律师会成为传奇,千古留名:威廉·平克尼(William Pinckney)、霍勒斯·宾尼,以及达特茅斯学院案之后的丹尼尔·韦伯斯特①。

这些律师的辩论并没有像今天这样,会有速记员记录下来。不过其中一些律师,包括韦伯斯特,后来也通过回忆把自己在最高法院的陈述写了下来。这些记录能让我们一窥辩护律师们的理论,但他们的风采仍然无缘得见。多年以后,斯托里大法官读到了韦伯斯特为达特茅斯学院案辩护后写下的书面记录,说这份记录未能刻画韦伯斯特的"风采和形象,举止和表达,炽烈的热情,绝妙的措辞,……最动人的语调","未能充分展现其辩才,也看不到他随处闪现的思想火花"②。

书面记录也无法展现韦伯斯特的魅力,而正是非凡的个人魅力让他如虎添翼。韦伯斯特走进房间时,"吸引了所有的目光,原本嘈杂的房间变得鸦雀无声"。他相貌英俊,黑色的眼睛仿佛能把人看穿,宽阔的肩膀让他"显得仪表堂堂"。有人说,他的嗓音"低沉、忧郁,其中有滚滚雷鸣"。当时有个人认识不少国王和王子,他说,那些人里没有一个人的"个人表现中有韦伯斯特先生那种指挥若定的神态"③。

---

① Baxter, *Daniel Webster & the Supreme Court*, 32 - 33; Timothy R. Johnson, *Oral Arguments and Decision Making on the U. S. Supreme Court* (2004), 2.

② 参见 Wheeler, *Daniel Webster: The Expounder of the Constitution*, 29 - 31 (引用斯托里)。

③ Lodge, *Daniel Webster*, 72; Remini, *Daniel Webster: The Man and His Time*, 27 - 28.

古德里奇教授回忆说，一开始，韦伯斯特就"用轻松而不失庄严地交谈的平静语气"引述了案件相关事实。埃利埃泽·惠洛克博士曾有一张法人特许状，授予十二名受托人管理达特茅斯学院的权力。新罕布什尔州的立法者在数年后决定接管学院，将受托人的权力交给了另外一群人，人数也更多。韦伯斯特对大法官说道："更一般的问题在于，新罕布什尔州议会的行为……是否合理，是否未经原告接受或同意就能对原告产生约束。"韦伯斯特称，法院必须裁定，这些法律是否"与美国宪法相抵触"，他的用词一般都用来说法人自行制定的法规，但现在已经融入美国的司法审查实践中[①]。

韦伯斯特指出，达特茅斯学院原来的法人特许状，是政府与创建学院的私人性质的个人之间的契约。因此，特许状受宪法契约条款的保护，州议会不得修改。对于他所谓的"公有法人"，比如"乡镇、城市等"，契约条款对其特许状并不适用，因为"立法机关在适当限制下，理应有权更改、修正、扩展或加以限制"。但是，立法者对"私有法人"——那些"由私人创立"、"以私有财产为基础"，资金也不是来自"公众资金，而是来自私人"的法人——就没有这样的权力。对这种类型的法人实体来说，"授予法人权力和特权的特许状，就等于授予土地的契约"。而授予土地的同时也给了新的土地所有者财产权，法律不允许立法者夺取；与此相仿，特许状也赋予了法人成员同样不可剥夺的财产权。

有感染力的律师都对自己的听众了如指掌，韦伯斯特则照着尤其能打动首席大法官约翰·马歇尔的目标打磨自己的辩论，因为他曾在合众国银行诉德沃案中，接受了霍勒斯·宾尼"揭开法人面纱"的观点。韦伯斯特说，新罕布什尔州议会侵犯了"组成法人的个人的权利"。他告诉大法官："这十二名受托人，就是根据特许状所获得的全部财产的唯一合法

---

① Choate, "A Discourse Commemorative of Daniel Webster," 272（引用古德里奇）。韦伯斯特的辩词见 Edwin P. Whipple, *The Great Speeches and Orations of Daniel Webster* (1879)，1 - 23。

持有人。"他的说法不尽准确,法人自身才是财产的唯一合法持有人。比方说,十二名受托人无权瓜分达特茅斯学院的资产并出售以谋取个人利益,就好像这些资产真的是他们自己的财产一样。但韦伯斯特也是正确的,他说特许状授予受托人"自行酌情决定任免职员;核定职员薪资,分配职员职守;并为管理学生起见,制定任何条例、守则和规则"的权力。他告诉大法官,"受托人是法人的个体成员",这些是"属于他们的法定权利、特权和豁免权"。这些权利"由受托人持有,很清楚,州政府永远不得侵犯"。

古德里奇回忆道:"辩论结束之后,他还静静地站了一会儿,直到每一双眼睛都落在他身上。"马歇尔身子前倾,"好像连最细微的声息都不想放过",韦伯斯特也定定地看着他。韦伯斯特开言道:"先生们,你们也许会毁了这个小机构。它很弱小,就在你们股掌之间!我知道,这只是我们国家教育事业的地平线上微弱光芒中的一点,你们可以令它熄灭。但你们要是这么做了,就必须坚持到底!一百多年来,那些照射着我们这片国土的璀璨的科学之光,也必定会被你们一点一点地全部熄灭。"韦伯斯特咆哮起来,随后又安静了。"先生们,我曾说过,这是所小学校,但还是有这么多人热爱着它。"古德里奇说,韦伯斯特"哽咽了",他的"语调里似乎满是关于故乡和童年,关于早年的感情,关于年轻时的困苦与努力的回忆"。首席大法官的"双眼满含热泪"。

优秀的庭辩律师大多演技爆棚,韦伯斯特也不例外。他对对方律师怒目而视,让自己强硬起来。"先生们,我不知道别人会怎么想,但我自己,在看到我的母校在那些反复申说的人围攻下一次次被戳中,就像恺撒在元老院中那样,我凭这只右手起誓,我不会让她转向我说:原来你也有份啊,我的孩子!"韦伯斯特坐了下来,古德里奇说:"房间里一时死一般的静寂,所有人似乎都好久才回过神来,回到自己正常的想法和感觉中。"斯托里大法官回忆道:"韦伯斯特先生停止发言后,过了好几分钟,才有人试着打破沉寂。整个过程似乎只是一场令人痛苦的梦境,听众从梦中慢慢苏醒,几乎是无知无觉。"①

　　首席大法官约翰·马歇尔于 1819 年 2 月下达了最高法院对达特茅斯学院诉伍德沃德案的意见书。法院的判决偏向韦伯斯特一方,并确认了在宪法中,法人是私有实体,就像个人一样拥有权利。法院认为,达特茅斯学院的法人特许状是州政府和法人之间的约束性契约,因此根据宪法中的契约条款,新罕布什尔州重组学院是违宪的。为了得出这个结论,法人主义者马歇尔坚持认为,法人的权利跟独立战争之前完全相同。他写道:"所有关于财产的契约和权利,在美国革命中都没有任何改变,这一点清楚无疑,无需论辩。形势虽然变了,但(特许状)并没有随之而变。无论是在理论上、公正上还是法律上,现在的特许状都与 1769 年时毫无二致。"②

　　尽管马歇尔说的是延续性,他对达特茅斯学院一案的意见却是革命性的。虽说达特茅斯学院成员的财产权也许仍然跟以前一样,契约的另一方,政府的权利,却已经极为不同。达特茅斯学院领取特许状的 1769 年,英国议会还有权变更、修改乃至撤销法人特许状——英国立法者在独立战争前夕一直争来争去的就是这事儿。马歇尔也承认:"按照英国宪法的说法,英国议会无所不能。废除法人权利或许会给舆论带来冲击,政府可不想这样做,但其权力并不会受到质疑。"但马歇尔还是承认"经过独立战争之后,政府的权力和职责全都移交给了新罕布什尔州人民",州政府并未保留议会变更法人特许状的权力。美国宪法"强加了这么一个额外限制——州议会不得通过'损害契约义务'的法案"。1769 年以来,形势确实发生了变化,而且是剧变。在马歇尔看来,独立战争大大削弱了政府对现有法人的约束力③。

---

① Wheeler, *Daniel Webster: The Expounder of the Constitution*, 30–31.
② Dartmouth College v. Woodward, 17 U. S. 518 (1819).
③ 关于议会修改法人特许状的权利,亦可参见 Baxter, Daniel Webster & the Supreme Court, 100。

马歇尔的意见书也反映了法人性质的调整和变化。布莱克斯通强调了法人的公众属性——只有君主有权创建法人,创建的法人还必须有公众目标——而马歇尔则将法人视为私有实体。达特茅斯学院并非由政府创建,首席大法官写道,学院是"真正由私人捐赠的,他们把自己的钱拿出来,用来在印第安人中间传播基督教,广泛促进文化和信仰教育"。马歇尔宣称,政府并未提供任何资金或资产来资助这所学校。尽管马歇尔把重点放在了达特茅斯学院的资金来源上,但学院与弗吉尼亚公司、马萨诸塞湾公司乃至布莱克斯通写到的任何法人几乎没有区别,它们全都是由私人出资的。因此,马歇尔称,达特茅斯学院是"一家私有法人"①。

马歇尔也淡化了达特茅斯学院的公众目标。尽管从事宗教和教育事业"利国利民",但并不是说这个法人因此就是公有的。法人是通过完成使命来履行其公众目标,而不是通过被州政府控制或监管。马歇尔写道:"创建法人的目标,普遍都是政府希望促进的。"但是,"公众得到的好处,会被看成是对学校(法人)联盟的足够报偿"。

马歇尔的意见书从根本上重构了美国法人的性质。创立法人的不是政府,是人民。人们创立法人是为了个人目的,而不是公众目标。学者戴维·捷普利(David Ciepley)说,达特茅斯学院案将法人变成了"纯粹由市场而不是政府创造的,使之不再对公众有任何义务,也不需要对公众负起责任"。但马歇尔的观点从传统公司法的角度来看无论有多么不协调,都仍然与殖民者在关于独立的争论中声称要限制英国议会权力的主张产生了共鸣。那时候,殖民者坚持认为,特许状权利就是为了让立法机构鞭长莫及力争而来,因此也不应受立法机构干预。达特茅斯学院案打破了公司法传统,但在这个意义上而言,至少跟美国革命的说法是一样的②。

马歇尔的意见书也考虑了法人人格化的想法,有时候会被误解为是

---

① 马歇尔认为政府对达特茅斯学院并无贡献,这个说法不对,而且他很可能心知肚明。参见 Stites, *Private Interest & Public Gain*, 67。

② Ciepley, "Beyond Public and Private."

在支持法人在法律看来也是人的观点。他写道,法人是一种形式,"通过这种形式,很多人一起的永久存续就可以看成是一样的,也可以像一个人一样行事"。法人是法律意义上的人。同时,马歇尔也阐述道,法人"只拥有创建该法人的特许状所授予的那些属性,或是明文授予,或是其存在必须附带的"。作为法律意义上的人,法人也有权利——但这些权利要么是特许状所授予,要么是这种类型的法人所固有的。

但接下来马歇尔突然调转枪头,像在合众国银行案中一样,揭开了法人面纱。韦伯斯特认为,这是一个关于法人成员财产权的案子,马歇尔认可了这种观点。"法人是(捐赠者)权利的受让人",也"代表捐赠者"。受托人要负责让法人完成使命,而根据马歇尔的说法,特许状授予了这些受托人管理法人事务的财产权。法人权利由个体成员的权利决定——这里就是受托人。因此,马歇尔在重申他在合众国银行案中的观点,将达特茅斯学院案中的法人描述为"看不见、摸不着,只有在考虑到法律时才存在的人造物"时,也是在为又一次反对法人人格化正名。法人是人造物看不见摸不着,因此透过法人将注意力集中到其成员身上也就顺理成章①。

达特茅斯学院案的影响远远超出了新罕布什尔州的范围。该案的判决确立了一个原则,即法人是私人主动行为的产物,在市场中形成,各州对法人的监管权极为有限。法人需要对其成员负责,但不需要对广大公众负责。虽然英国议会有权变更法人特许状,但美国各州并没有这个权力。而且,尽管引发此案的是教育领域的法人,但各州对法人的监管权大为缩减,受影响最大的是商业法人。因为判决对所有类型的法人都适用,达特茅斯学院案通过限制政府干预法人财产的权力,让商业投资更加安全无虞了。此案判决后的十年间,法人数量大增,很快成为美国经济中人们首选的企业形式。此外,按照历史学家 R. 肯特·纽迈耶(R. Kent Newmyer)的说法,"很多法人力图摆脱监管,让自由放任的资本主义成为

---

① 关于马歇尔以成员权利为基础构建法人权利,参见 Newmyer, *John Marshall and the Heroic Age of the Supreme Court*, 251。

至高无上的意识形态",而此案的判决成了"这些法人强有力的法律和意识形态武器",这一点的意义同样重要①。

当然,达特茅斯学院案并不意味着法人就完全不再受任何监管了。斯托里大法官在其对该案的协同意见中评论道,马歇尔的判决中的逻辑可能仍然允许各州要求未来的特许状都包含一个"保留条款",为各州保留变更、修改特许状的权力。但无论如何,契约条款还是成了"19世纪上半叶对财产权的首要宪法保护"。解除债务的破产法、废止免税的法律,以及重组担保支付的法律,都被法院用契约条款废止了。但立法者的负担非常沉重,达特茅斯学院案结案半个多世纪之后,有位一向头脑冷静的法官托马斯·库利(Thomas Cooley)面对马歇尔的裁决产生的后果哀叹道:"我们国家最强大、最有威胁的力量已经形成;某些有钱有势的大公司对这个国家及其立法机关的影响,实际上比它们所在的州还要大。"②

达特茅斯学院原来的受托人为最高法院里程碑式的判决举杯相庆,但这所学校同时也到了破产边缘。韦伯斯特的律师费很高,而学校的收入在打官司的这段时间里急剧下降。当然,达特茅斯学院后来发达了,成了世界一流的高等教育机构,韦伯斯特也得到了他应得的荣誉。1901年,学校在一栋纪念韦伯斯特的建筑上装了块青铜牌匾,上面写道:"本校由埃利埃泽·惠洛克创建,丹尼尔·韦伯斯特重建。"③

① Newmyer, *John Marshall and the Heroic Age of the Supreme Court*, 245 - 247。亦可参见 R. Kent Newmyer, "John Marshall as a Transitional Jurist: Dartmouth College v. Woodward and the Limits of Omniscient Judging," 32 *Connecticut Law Review* 1665 (2000)。

② 参见 Stites, *Private Interest & Public Gain*, 103; Herbert Hovenkamp, "The Classical Corporation in American Legal Thought," 76 *Georgetown Law Journal* 1593, 1616 - 1619 (1988) (关于保留条款以及对斯托里的引用); James W. Ely Jr., "The Protection of Contractual Rights: A Tale of Two Constitutional Provisions," 1 *New York University Journal of Law & Liberty* 370, 373, 400 (2005); James W. Ely Jr., "Whatever Happened to the Contract Clause?," 4 *Charleston Law Review* 371 (2010); Sue Davis, *Corwin and Peltason's Understanding the Constitution* (17th ed. 2008), 157。

③ Baxter, *Daniel Webster & the Supreme Court*, 108 - 109。

1839 年，达特茅斯学院案过去二十年后，韦伯斯特的五十七岁生日刚刚过去几周，这位法人的律师又一次站在了最高法院大法官面前，为扩大法人的宪法保护不遗余力——不过这一次，他的委托人是商业法人。二十年间白云苍狗，很多事情都变了。韦伯斯特现在成了美国参议员，之前还竞选过总统，而在各州对州权的呼声日见其盛时，他也是强力支持联邦政府强干弱枝的重要倡导者。曾经身材魁梧的少年郎，而今因岁月而发生了改变，而给他带来更大改变的，可能要算他的两位人民主义对手，安德鲁·杰克逊（Andrew Jackson）总统和首席大法官罗杰·托尼。韦伯斯特目光深邃的黑眼睛变得严厉、冷峻，闪烁着怀疑和愤怒，而不再是魅力和威严。

韦伯斯特这次的案子叫做奥古斯塔银行诉厄尔案（Bank of Augusta v. Earle），想通过该案寻求宪法保护的法人是一家铁路公司和两家银行，其中一家的名字我们已经很熟悉了。跟卷入法人权利第一案的法人一样，第二合众国银行也在政治和金融上手眼通天，至少在其盛年可以这么说。因为联邦政府的钱就存在这家银行，让这家银行有了能控制国家信贷和货币供应的金融杠杆。但跟第一银行一样，第二银行也会成为党争的牺牲品。1839 年，韦伯斯特代表第二银行出现在最高法院时，这家曾经不可一世的法人已是徒有其表——跟韦伯斯特一样，深受杰克逊和托尼之害[①]。

有韦伯斯特当律师的第二银行，曾经在最高法院叱咤风云。1819年，也就是韦伯斯特拯救了达特茅斯学院的那一年，他也曾在著名的麦卡洛克诉马里兰州案中为第二银行辩护。前面我们也曾提到，这个案子的情况跟合众国银行诉德沃案如出一辙。第二银行创立后，马里兰州反对这家新法人的人便对其征税。最高法院在第一银行案中只解决了法人是否有在联邦法院起诉的宪法权利，在麦卡洛克案中，最高法院更进一步，

---

① 关于第二合众国银行的始末，参见 Edward S. Kaplan, *The Bank of the United States and the American Economy* (1999)。

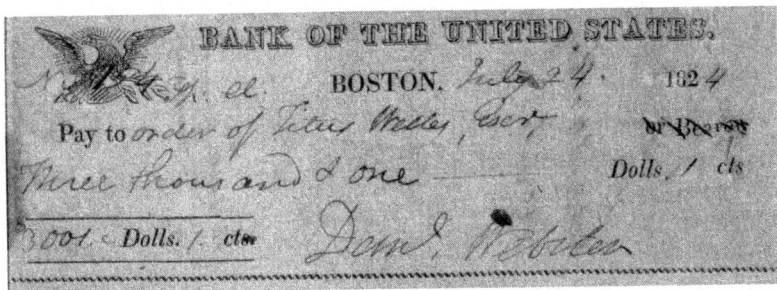

来自第二合众国银行的一张支票，有丹尼尔·韦伯斯特签名，日期为1824年7月24日。

明确了经联邦特许的法人受法律保护，各州不得征税。这是商界又一次赢得汉密尔顿式的胜利，马歇尔的意见书对韦伯斯特的论证颇为倚重，几乎是逐字照抄[1]。

在马歇尔任上，韦伯斯特为自己的法人委托人赢得的成功纪录让人高山仰止。马歇尔法院一直在提高国会权力，促进法人权利。但是到1835年马歇尔去世时，这个国家的政治风向已经转而对他以及他的汉密尔顿派盟友不利了。联邦党已经解散（主要是被韦伯斯特的辉格党取代了），而杰克逊这样的人民主义者正如日中天，这也是杰斐逊后继有人。马歇尔去世后，时任总统杰克逊选择了罗杰·托尼来接替他。

无论是在1836年被任命为最高法院首席大法官之前还是之后，托尼都是个人民主义者，也致力于改造法人。北方商业利益群体拒绝支持1812年战争，托尼这位马里兰人出于厌恶，将他们所在的联邦党拒之门外。他也受到杰克逊派的吸引，他们谴责法人垄断，并主张政府对企业全面管制。这样一来，托尼跟自己非常了解的韦伯斯特有了矛盾。托尼当上律师后在最高法院打的第一场官司中，两人就曾经合作过。但到了托尼被确认为最高法院首席大法官时，两人开始互相看不顺眼。托尼受到人民主义的指引，也因为对韦伯斯特满腔仇恨，在他的推动下，最高法院

---

① McCulloch v. Maryland, 17 U. S. 316 (1819)；Baxter, *Daniel Webster & the Supreme Court*, 177‑178.

对法人宪法权利的限制越来越多①。

托尼和韦伯斯特之间的个人恩怨,来自韦伯斯特眼下正要代理的委托人,奥古斯塔银行诉厄尔案中的第二合众国银行,他们对这家银行的看法有巨大分歧。对杰克逊和托尼来说,第二银行是法人如何给政治和经济带来腐败的最佳案例。

杰克逊派对法人的意见,核心是特许程序。在杰克逊看来,法人往往被有政治关系的内部人士用于获取特殊的经济特权,其他人则无法染指。法人特许状经常授予企业垄断权,比如只有弗吉尼亚公司有权在赤道以北的新大陆进行贸易,有权印制联邦货币的也只有合众国银行一家。垄断的初衷是鼓励资本投资,但结果也减少了竞争,对想在同一领域竞争的新企业来说,是关上了机会之门。而且,法人垄断不仅损害市场,也玷污了民主政治。法人特许状中的特权价值连城,很多人趋之若鹜,不惜代价游说立法者,营造了收受贿赂和敲诈勒索的政治文化。杰克逊在1828年赢得总统大选,他的反腐败口号是:"人人平权,无人特权。"②

杰克逊派认为,特别的法人特许状跟民主原则根本水火不容。宾夕法尼亚州州长、人民主义者弗朗西斯·罗恩·申克(Francis Rawn Shunk)指出,经特许的法人"剥夺了人民的共同权利,并将其赋予少数人"。达特茅斯学院案的判决限制了社会在法人被创建后监管、控制法人的权力,令法人在民主方面的弊病更加严重。在1837年至1838年宾夕法尼亚州的制宪会议上,与会代表总结道:"给予法人的无论是什么权力,都是从国家

① 关于托尼,参见 Carl Brent Swisher, *Roger B. Taney* (1961); Bernard Christian Steiner, *Life of Roger Brooke Taney: Chief Justice of the United States Supreme Court* (1922)。
② Mira Wilkins, *The History of Foreign Investment in the United States to 1914* (1989), 38, 61; Andrew Jackson, *Veto Message on the Bank of the United States*, July 10, 1832, http://avalon. law. yale. edu/19th_century/ajveto01. asp; Remini, *Daniel Webster: The Man and His Time*, 356 - 357, 400; John H. Wood, *A History of Central Banking in Great Britain and the United States* (2005), 123 - 130。关于杰克逊的人民主义口号,参见 Robert C. McGrath, *American Populism: A Social History, 1877 - 1898* (1993), 52。

手中夺取的,而且夺取得太多,也减损了人民群众手中原有的权力。"杰克逊派认为,由于存在特许程序,财富由一个人的政治关系决定,而不是工作上的勤奋努力。但人民主义者的解决方案不是毁掉法人,而是试图让法人民主化,以便更好地为公众福利服务①。

安德鲁·杰克逊总统,人民主义者,主张限制法人特权。

实际上,杰克逊派推广了法人形式——只不过他们的法人更加民主化。他们推进立法,允许"普通法人",即任何人只要满足一系列法律规定的条件,就可以成立特定类型的法人,不需要议会特别法案批准。1830

---

① J. Willard Hurst, *The Legitimacy of the Business Corporation in the Law of the United States,*
1780 - 1970 (1970), 120; Maier, "The Revolutionary Origins of the American Business
Corporation," 51.

年代,各州在特定行业越来越多地采取普通法人的法律,比如制造业、银行业和基建业,让企业家更容易采用法人形式。初来乍到的人因此更有能力与财大气粗的老牌企业竞争。但是,采用普通法人的形式并不是为了不再通过立法监督、管理法人,这一目标以前都是通过特许程序来实现的。杰克逊派强烈赞同,法人必须由人民来约束和控制。即使是普通法人的法律,一般也会采取为资本总额设定上限和下限、规定董事有保护投资者的义务、赋予股东投票权、要求公司提供年报等方式来保护投资者和公众①。

但第二银行并不是根据普通法人的法律成立的。其特许经营权来自国会的特别法案,实际上也垄断了国家信贷——这让杰克逊出离愤怒。杰克逊派将 1819 年摧毁了美国经济的金融危机归咎于第二银行的放贷政策,这场经济危机的影响在整个 1820 年代一直挥之不去。此外,因为第二银行是股份公司,要对投资者负责,杰克逊说,这只“东部怪兽”只不过是“那些有钱有势的人往往用来让政府在他们面前卑躬屈膝,为他们的自私自利服务”的手段。杰克逊对国家银行的“权力和特权”——“未经宪法授权、颠覆各州权力、威胁到人民自由”的特殊利益——抱怨不已,这些话像极了杰斐逊②。

第二合众国银行的霸道总裁纳尔逊·比德尔(Nelson Biddle)长期以来都是个联邦党人,极力反对杰克逊。比德尔相信自己的银行比美国总统更强大,于是向杰克逊叫板,在华盛顿玩了一场独一无二的鹰鸽博弈。跟之前的合众国银行一样,第二银行的特许状也有期限,将于 1836 年到期。1832 年,比德尔在韦伯斯特的帮助下,促请第二银行在国会中的盟友通过一项法案,想提前四年延长银行特许状。比德尔赌的是要竞选连任的杰克逊不会冒着经济混乱、舆论大哗的风险来挖银行的墙脚,但是,

---

① Hovenkamp, "The Classical Corporation," 1634 - 1635; P. M. Vasudev, "Corporate Law and Its Efficiency: A Review of History," 50 *American Journal of Legal History* 237, 255 - 256 (2008 - 2010).

② 参见 Andrew Jackson, 对合众国银行的否决意见, July 10, 1832, http://avalon. law. yale. edu/19th_century/ajveto01. asp。

杰克逊坚定地否决了这项法案。第二银行被迫根据宾夕法尼亚州的法律重组,成为一家宾夕法尼亚的法人。杰克逊同时下令,取出联邦政府在第二银行的全部存款,这样比德尔的银行也就不再拥有能对国家经济造成巨大影响的法宝了[①]。

比德尔用上了这家银行积累的所有资源来反击。第二银行要求还清贷款,限制信贷,还减少了国家的货币供应。比德尔有意羞辱杰克逊,让他的总统任期举步维艰。这些手段起到了部分效果,让之前经历快速扩张的经济刹了车。但在银行的猛攻面前,杰克逊非常坚挺,也仍然赢得了连任。比德尔的疯狂进攻非但没有打击到杰克逊的决心,反而向很多人证明了杰克逊的指控有多准确:第二银行是一家不负责任、不值得信任、权力过大的法人[②]。

在关于银行的争议中,韦伯斯特和托尼都起到了主导作用。杰克逊的第一位财政部长路易斯·麦克莱恩(Louis McLane)以前是联邦党人,他认为第二银行对国家经济有好处,因此在 1833 年拒绝执行杰克逊从第二银行取出联邦政府所有资金的命令。杰克逊把麦克莱恩打发去了国务部,结果发现他的下一位财政部长,来自宾夕法尼亚州的威廉·杜安(William Duane),也支持国家银行,拒绝服从命令。杰克逊于是又开掉杜安,提名托尼来当财政部长。托尼之前当过杰克逊的总检察长,众所周知,他对总统忠心不贰。但是,托尼的新职位需要由参议院通过,韦伯斯特是马萨诸塞州的两名参议员之一,他领了一帮人来反对提名托尼。韦伯斯特已经为第二银行服务多年,他的忠心当然是向着自己的大金主。韦伯斯特为第二银行而战,让提名没能通过,倍感羞辱的托尼成了美国历史上第一个没通过参议院确认的内阁提名人[③]。

---

① Larry Schweikart, "Bank of the United States," in *Conspiracy Theories in American History: An Encyclopedia*, ed. Peter Knight (2003), 1: 112; Kaplan, *The Bank of the United States*, x.
② Remini, *Daniel Webster: The Man and His Time*, 400, 421.
③ James F. Simon, *Lincoln and Chief Justice Taney: Slavery, Secession, and the President's War Powers* (2007), 24.

人们很容易相信,今天首都华盛顿所经历的仇怨和党争的严重程度前所未有,尤其是涉及司法确认过程时。批评者们经常说,1987 年参议院否决了罗纳德·里根(Ronald Reagan)总统提名的心直口快的保守派罗伯特·博克(Robert Bork),是个转折点。但实际上,1830 年代的政坛即便不能说更加势同水火,至少也是同样分裂,韦伯斯特在其中就是最咄咄逼人的党派斗士之一。搅黄托尼的内阁提名,只不过会让他难堪,还不能让韦伯斯特满意。1834 年,他在参议院组织了一次针对托尼和杰克逊的谴责。尽管如此,当最高法院的席位出现空缺时,杰克逊又一次提名托尼。韦伯斯特也又一次站出来反对,公开质疑托尼的诚信,说他是总统"随意拿捏的工具"。在一次公开演讲中,托尼原封不动奉还了这种指责。他说:"大家都知道,(韦伯斯特)早就发现银行是个利润丰厚的委托人……他成了银行'随意拿捏的工具',也准备好了无论何时何地,也无论什么情形,只要银行有需求,都唯命是从。"然而,韦伯斯特在参议院仍然占了上风,托尼的最高法院大法官提名也被否决了,很大程度上就是因为党争——比博克被否决早了整整一百五十年[①]。

杰克逊听说韦伯斯特成功阻击了托尼的最高法院提名后,大发雷霆冲出国会大厦,发誓要报复这些"流氓恶棍"。中期选举将一大波人民主义的民主党人士送进华盛顿之后,总统于 1836 年再次提名托尼进入最高法院,这次是接替刚刚去世的马歇尔,出任首席大法官。尽管各报社论都在呼吁拒绝"提拔任何在丹尼尔·韦伯斯特所阐述的宪法基本原则上并非完美无缺的人",托尼还是轻松赢得了参议院确认,因为现在控制参议院的都是杰克逊的盟友。托尼给杰克逊写了个条子,感谢总统"尽管有那些很久以来一直反对我、试图摧毁我的人"也仍然坚持用他,他指的就是

---

① 关于韦伯斯特与托尼之间的敌意,参见 Samuel Tyler，*Memoir of Roger Brooke Taney* (1872)，234；Simon，*Lincoln and Chief Justice Taney*，24 – 33；Baxter，*Daniel Webster & the Supreme Court*，23 – 25；Remini，*Daniel Webster: The Man and His Time*，435 – 460。关于托尼的提名,参见 Joseph Pratt Harris，*The Advice and Consent of the Senate: A Study of the Confirmation of Appointments by the United States Senate* (1953)，63 – 64。

韦伯斯特①。

有了致力于改造法人的托尼坐在首席大法官的位置上,最高法院很快填满了杰克逊任命的大法官。韦伯斯特哀叹道:"最高法院一去不复返了。"韦伯斯特说的是新任大法官们会改造宪法体系,但也可以认为他是在说新任大法官会对他个人怎么样。韦伯斯特再也不能指望用他动之以情的激辩来打动大法官,也再也无法让首席大法官的双眼饱含同情的泪水。1837 年,也就是托尼的任命通过后刚一年,韦伯斯特在托尼法院打了第一场官司,他的麻烦就开始显现,这就是查尔斯河桥梁公司诉沃伦桥梁公司案(Charles River Bridge Company v. Warren Bridge Company)②。

韦伯斯特代表的是查尔斯河桥梁公司。波士顿和查尔斯顿隔查尔斯河相望,横跨查尔斯河的一座收费桥梁就由这家公司运营。有差不多六十年,这座桥都是查尔斯河上下唯一一座,因此赚得盆满钵满。但这些利润,以及为赚取利润而向公众收取的高昂价格,终于让本地居民群起反对这家公司。为了平息舆论,马萨诸塞州议会向沃伦桥梁公司颁发了一张特许状,要这家公司在附近建造一座免费通行的桥,与查尔斯河桥梁公司竞争。查尔斯河桥梁公司雇用了韦伯斯特来捍卫自己的垄断权,公司声称,这是受宪法保护的财产权的一部分。根据达特茅斯学院案的判决,这家公司的长期有效的特许状是不可侵犯的契约,州政府不得随意更改③。

托尼撰写了反对韦伯斯特和查尔斯河桥梁公司的多数意见。他解释道,公司原始的特许状对垄断只字未提。尽管 1785 年公司最早获特许时,可能会有人认为有垄断权,因为当时垄断极为普遍,但实际上特许状对这个问题未置一词。虽然马歇尔法院很可能会像在达特茅斯学院案中

① Remini, *Daniel Webster: The Man and His Time*, 437; Harris, *The Advice and Consent of the Senate*, 63 - 64.
② Baxter, *Daniel Webster & the Supreme Court*, 23.
③ Charles River Bridge Company v. Warren Bridge Company, 36 U. S. 420 (1837).

那样,从有利于现有法人的角度宽泛解读特许状,但是托尼法院认为有必要严格理解特许状,限制法人权力,加大州政府的监管权。托尼总体上反对垄断,可不会从语焉不详的特许状中读出垄断特权来——尤其是这还意味着韦伯斯特的委托人会从中受益。但托尼法院并没有推翻达特茅斯学院案,只是对马歇尔法院的判决的适用范围加了新的限制。特许状即使是契约,其解读也只能是狭义的,不能假定其中隐含了对垄断特权的保证。托尼警告人们:"请不要忘记社会也有权利,每一个公民的幸福和福祉,取决于对这些权利的忠实维护。"

首席大法官罗杰·托尼,致力于改造法人,运用了将法人人格化的原则来限制法人权利。

托尼对查尔斯桥梁公司案的判决,最终被证明有重大历史意义。这个判决以牺牲法人的垄断特权为代价,扩大了竞争。历史学家认为这一判决对经济大有裨益,因为一些老派法人的权利被搅黄了,但也让很多新的法人得以创建,而新人总是更容易创新。但对韦伯斯特来说,这个判决标志着他的苦日子即将到来①。

在查尔斯河桥梁公司案败诉两年后,丹尼尔·韦伯斯特回到了托尼法院,在奥古斯塔银行诉厄尔案中代表第二合众国银行出庭。韦伯斯特面对的,是对他的世界观充满敌意的法庭,以及一位对他本人充满敌意的首席大法官。韦伯斯特在托尼法院的一次露面以尴尬的玩笑话告终,这也可以看成是最高法院从他能以滔滔辩才令大法官折服的时代以来究竟有了多少变化的标志:"确认通过法庭上每一位法官一直是我的职责,可以说我对诸位法官大人全都做到了完全不偏不倚——因为对你们中的每一位,我都投过反对票。"②

韦伯斯特代表的仍然是第二银行,想争取的也仍然是扩大法人权利。厄尔案所涉及的宪法条款为第四条第二款的礼让互助条款:"每个州的公民享有各州公民的一切特权和豁免权。"这实际上是一条反歧视规则,禁止各州对迁入该州的外州(或称"外国")公民与本州公民区别对待。比如说要是有宾夕法尼亚人搬到亚拉巴马州,那他也享有与亚拉巴马州本地人完全一样的所有法定权利和特权。这条宪法原则鼓励人们在各州之间流动,有利于将这么多州黏合在一起,成为一个国家。对厄尔案,韦伯斯特宣称,宪法同样应当保护法人不受歧视③。

---

① Roscoe Pound, "The Charles River Bridge Case," 27 *Massachusetts Law Quarterly* 17 (1942); Bernard Schwartz, "Supreme Court Superstars: The Ten Greatest Justices," in *The Supreme Court in American Society: Equal Justice Under the Law*, ed. Kermit Hall (2001), 495.

② Remini, *Daniel Webster: The Man and His Time*, 444.

③ Bank of Augusta v. Earle, 38 U.S. 519 (1839).

即使遭到罗杰·托尼领导下的整个最高法院的反对,丹尼尔·韦伯斯特还是继续在为法人权利据理力争。

　　第二银行并不是第一个根据礼让互助条款提起诉讼的当事人。实际上,到 1839 年,关于各州公民根据宪法第四条享有特权和豁免权,已经有了相当完善的司法判例。这时候的法人成了宪法杠杆,意在撬动之前判决的涉及个人权利的案件,来提升商界权利。但在韦伯斯特手中,第二银行是想把一个更有历史的主张玩出新花样。个人在举家迁入某州时,寻求的是不受歧视的权利,但第二银行所要求的,与此完全不同。第二银行要的是可以进入任何一州开展业务,而不是需要迁入该州才能做业务。韦伯斯特提出,法人理应能进入一州,在与任何本地法人都相同的条款和条件下运营,即使其总部还在其他州。实际上,韦伯斯特所寻求的,是赋予法人不受各州干预、在全国范围开展业务的宪法权利。

这个问题之所以会出现,很大原因是 1830 年代州际市场不断增长,而长期以来各州都对在州内运营的法人和其他企业管控有方。除了少数例外(比如合众国银行),美国早期法人的绝大部分业务都是在本州开展,供应商和客户也基本都是当地人。到 1830 年代,联邦政府已经拨款数百万用于国内基建——公路、铁路、运河——也刺激了贸易发展。在此帮助下,商业公司跨州运营的情形越来越普遍。各州立法者对外州公司加以诸多限制,例如税收、许可费、现金担保要求,乃至完全禁止外州公司参与某些商业活动,等等。有些限制完全是出于保护主义,是为了保护当地企业,不允许别人来竞争而出台的。不过,这些限制多数时候是人民主义者为了保护本州居民不受外州法人带来的特定危险的伤害而出台的措施。当时,监管法人主要是通过设立法人时的特许状和条件要求——而今天各州都是通过其他类型的法律,诸如劳动法、工作场所安全条例和消费者保护法等,来实现这一目标。外州法人的定义就是在本州之外成立的法人,因此本州立法者很难通过特许状来对其监管或监督。奥古斯塔银行诉厄尔案提出了这样一个问题:对外州法人加以特殊要求的各州法律条文,根据礼让互助条款是否违宪。在为击败各州这种类型的法律条文而进行的长达近一个世纪的战斗中,法人将提出诸多别出心裁的宪法观点,这不过是第一回合[①]。

约瑟夫·厄尔(Joseph B. Earle)和 W. D. 普里姆罗斯(W. D. Primrose)是来自亚拉巴马州莫比尔市的两位商人,手头有些拮据。他们声称,第二银行现在是由宾夕法尼亚州特许经营,对亚拉巴马州来说属于外州银行,而亚拉巴马州的法律禁止外州银行在本州运营。厄尔和普里姆罗斯曾经急火火地从第二银行等很多家外州银行借过钱,有鉴于此,上面的理由真

---

① Baxter, *Daniel Webster & the Supreme Court*, 181–193; Timothy S. Huebner, *The Taney Court: Justices, Rulings, and Legacy* (2003), 186; Howard Jay Graham, *Everyman's Constitution: Historical Essays on the Fourteenth Amendment, the "Conspiracy Theory," and American Constitutionalism* (1968), 73–75.

的是太方便了。然而在 1837 年比德尔引发的金融恐慌中,这两人疯了一样想找到摆脱还款协议的办法。他们抓住了亚拉巴马州法律中的一项条款,即对任何银行,如果州政府不持有股票,州议会都不得特许该银行经营。亚拉巴马州并非第二银行的股东,因此厄尔和普里姆罗斯指出,第二银行未经授权在本州开展业务。这个理由并不怎么站得住脚——亚拉巴马州的法律说的只是议会特许某家银行经营的权力,完全没有提到已获特许的外州法人在本州开展业务的情形——但他们在下级法院还是打赢了官司[1]。

到 1839 年最高法院介入时,此案引发的争议已成为热门话题,并令"商业圈兴奋莫名"。据说,看到厄尔和普里姆罗斯有可能会得以免除债务,"吓跑了全国一半的律师和所有法人"。代表第二银行的韦伯斯特则辩称,法人和个人一样,有权在任何他们想开展业务的州经营。各州可以像监管其他类似情形的企业一样监管这些外州法人,但不得以更高税收或是特别规定来歧视它们。尽管礼让互助条款的字里行间说的只是各州不得歧视外州"公民",但韦伯斯特依据的是合众国银行诉德沃案的逻辑[2]。

法人权利第一案也提出了法人是不是"公民"的问题。尽管之前的先例涉及的是宪法中的不同条款——德沃案说的是宪法第三条,而厄尔案说的是第四条——韦伯斯特指出,法院还是应当揭开法人面纱。法人或许不是公民,但其成员肯定是。韦伯斯特坚持认为,法人"或许在其法人特许状中,在亚拉巴马州所有这些法案中,经其特许状授权,与其成员一样,有权像个人一样作为"。第二银行的成员是其他州的公民,因此有权在亚拉巴马州开展业务。而法人只不过是代表其成员,也应享有同样权利[3]。

---

① Bank of Augusta v. Earle, 38 U. S. 519 (1839); Huebner, *The Taney Court*, 122.

② *The Hunt's Merchants' Magazine and Commercial Review* 511 (1939). Simon, *Lincoln and Chief Justice Taney*, 36; Huebner, *The Taney Court*, 122.

③ 韦伯斯特的辩词见 38 U. S. 519, 549 - 567 (1839)。关于辩论,见 Charles Grove Haines and Foster H. Sherwood, *The Role of the Supreme Court in American Government and Politics*, 1835 - 1864 (1957)。

代表厄尔和普里姆罗斯上庭的是查尔斯·英格索尔（Charles Ingersoll），他父亲名叫贾里德，曾在合众国银行诉德沃案中反对法人权利。这位儿子是人民主义律师、政治家，其鼎鼎大名据说是"大型公司、金元集团以及其他不受欢迎的团体的敌人的集结号"。英格索尔利用托尼法院赞同州权、敌视法人特权的立场，声称各州作为主权实体，天生就有权决定是否允许及允许哪些法人在其境内开展业务。外州公民根据礼让互助条款可以在任何地方开展业务，但法人是与其成员相互独立、截然不同的实体，后者的公民身份并不能视为附属于前者。此外，法人还需接受比普通个人更全面的政府管控。英格索尔警告称，韦伯斯特的观点将带来"法人为君，州为臣民"的局面，进而颠覆民主①。

英格索尔的人民主义观点无疑很对托尼及其同僚的胃口。实际上在托尼的整个任期内，最高法院将扩大联邦法院在商业事务上的权力，新兴的全国性经济体中州际商务越来越重要，联邦法官也因托尼法院而在对州际商务的监管中发挥了越来越大的作用。然而，尽管托尼尊奉各州监管法人的权力，但新的大型跨州企业还是对19世纪中期各州在地方上的小法院明明白白地提出了挑战。相比之下，适用联邦普通法的联邦法院，就可以更好地监督跨州运营的法人②。

最高法院对奥古斯塔银行诉厄尔案的判决于1839年3月下达，带来了对法人权利的一种新的理解方式。法院否决了韦伯斯特的观点，用托尼在多数意见书中的话来说就是，"法院应该审视成立法人的行为背后，看到谁是法人的成员"。托尼的观点与此相反，他说，法人"是法律经深思

① 关于英格索尔，参见 Haines and Sherwood, *The Role of the Supreme Court*, 65; Eric Monkkonen, "Corporate Growth v. States' Rights: Bank of Augusta v. Earle," in *Historic U. S. Court Cases: An Encyclopedia*, ed. John W. Johson (2d ed., 2001), 474, 478。
② 关于托尼及其联邦法院在商业领域可以大有作为的观点，参见 Gregory A. Mark, "The Court and the Corporation: Jurisprudence, Localism, and Federalism," 1997 *Supreme Court Review* 403 (1997), 437; Paul Finkelman, "Roger Brooke Taney," in *The Supreme Court Justices: A Biographical Dictionary*, ed. Melvin I. Urofsky (1994), 465; Frank Otto Gatell, "Roger B. Taney," in *The Justices of the United States Supreme Court*, ed. Leon Friedman and Fred L. Israel (1997), 1: 337。

熟虑，出于特定目的而设立的人"，"法人无论在什么时候签订了契约，都是这家法人实体的契约——属于由特许状创建的非自然人——而不是个体成员的契约。法人所能主张的权利，仅限于特许状所赋予的权利，而不是属于其成员的作为一州公民的权利。"在托尼看来，将法人人格化，就需要把法人权利与其成员的权利严格区分开①。

对托尼来说，法人人格所拥有的权利比普通人受更多限制，原因在于法人的组织方式。在厄尔案中，托尼提到了最近发展出来的一种法人组织形式：有限责任公司，这种形式在1830年代末逐渐成为主流。如果一家公司破产，股东可能会损失他们投资在股票上的钱，但他们的个人资产与公司债务完全无关。因此，有限责任是法人人格的一项用途。在法律看来，法人是自身独立的人，也有自己的法定权利——在这种情形下，也可以说是法定义务——完全独立于其成员的权利和义务，截然不同。托尼指出，股东不能一边利用法人人格化来保护自己的资产，一边又在涉及法人权利时转而主张揭开法人面纱。

托尼对奥古斯塔银行诉厄尔案的意见书，是最高法院第一次明确反对把宪法权利扩大到法人身上。跟马歇尔法院的法人权利案件不一样的还有一点，就是厄尔案支持法人人格。因为法人自身就是法律意义上的人，其权利和义务与其成员的并无干涉，也并不相同。法人只享有适合这种独有、特定类型的法律实体（已经享有特定法律特权的实体）的权利，比如有限责任。法人人格可以作为对法人权利的限制，也是区分法人与普通人的基础。

厄尔案的判决对韦伯斯特和第二银行来说也并非全然是坏消息。托尼尽管拒绝揭开法人面纱，将法人成员的权利赋予法人，但也驳回了厄尔和普里姆罗斯毫无根据的主张，即亚拉巴马州的法律禁止外州银行在该州开展业务。尽管托尼明确指出各州如果愿意，就有权禁止外州法人，但

---

① Bank of Augusta v. Earle, 38 U. S. 519 (1839).

亚拉巴马州从未实施过任何拒绝第二银行或本案涉及的其他法人进入本州的法律。因此，既然没有反面的立法，这些公司就有权在亚拉巴马州开展业务，这两人也不能在其票据上违约。法人权利总体上失败了，但韦伯斯特和第二银行勉强获胜[1]。

尽管如此，托尼的意见书还是以斩钉截铁的语言阐明了第二银行和韦伯斯特都深恶痛绝的一项原则：各州天生就有权将外州公司拒之门外。实际上，在 1839 年最高法院关于奥古斯塔银行诉厄尔案的判决下达后没多久，亚拉巴马州就实施了这一原则，立法禁止第二银行在州内开展业务。在托尼法院，韦伯斯特的胜利也转瞬成为失败[2]。

厄尔案之后的那些年，托尼法院开始压缩合众国银行诉德沃案的适用范围。在 1844 年到 1853 年之间判决的一系列案件中，托尼法院先是缩小，继而转移，并最终推翻了合众国银行案的规则，即对于是否有权上联邦法院，法人的公民身份由其成员的公民身份来决定。法院认为，法人的公民身份是由法人本身注册所在州决定的。根据法律，法人本身就是单独、独立的法律行为人。此外，对托尼法院来说，把法人当成人，也是限制法人权利的一种方式。尽管法院仍然认为法人有权在联邦法院起诉和应诉，但法院改进了规则，使得现在主要掌控在杰克逊派大法官手中的联邦法院，能运用这个规则来监督越来越多的跨州企业，而各州也已经发现这些跨州企业越来越难以控制。

亚历山大·马歇尔（Alexander Marshall）——跟已故的首席大法官并不沾亲带故——是托尼法院在这个问题上的最精彩案件的原告。马歇尔自称"游说分子"，于 1864 年被巴尔的摩与俄亥俄铁路公司雇来贿赂弗吉尼亚州立法者，好让一条穿过该州抵达俄亥俄河的公用通道获批。在写给铁路公司老总的一封信中，马歇尔阐述道："我们议会中的大部分成员

---

[1] Baxter, *Daniel Webster & the Supreme Court*, 190 – 191.
[2] Ibid. 192; Haines and Sherwood, *The Role of the Supreme Court*, 69 – 72.

都粗心大意、漫不经心，心里不装事儿的，他们来这儿只不过为了'点卯'。"只需要"一笔至少5万美元的机动资金"，就能把这些议员变成"任人拿捏的橡皮泥"。然而，马歇尔在说服别人方面显然没有丹尼尔·韦伯斯特那么有天分。尽管议会最后确实批准了一条路，但并不是铁路公司一开始想要的那条，于是公司拒绝付钱给马歇尔[①]。

为了从铁路公司那里拿到钱，马歇尔不惜对簿公堂而且丝毫不觉尴尬，显露了内战前美国政治的本质。跟今天不一样，那时候并没有管理竞选资金的法律，对游说活动也没有限制。即使在杰克逊的"普通法人"相关法律通过之后，各公司仍然有充分原因去贿赂立法者，对像是巴尔的摩与俄亥俄这样的铁路公司来说尤其如此。这家铁路公司成立于1827年，是美国第一条客运铁路线，用来与纽约州的伊利运河竞争。这家公司非常有名——在1935年面世的"大富翁"游戏中都有一席之地——在政治领域也常常被模仿，从未被超越。追随它的很多铁路公司也同样用现金和股票来打动民选官员，好让他们通过铁路议案。老板们把行贿作为开展业务的正常成本。在19世纪整个后半叶，贿赂公职人员就跟火车引擎里冒出的滚滚浓烟一样随处可见[②]。

马歇尔起诉巴尔的摩与俄亥俄铁路公司带来的是与合众国银行案一样的问题：法人是否有以多元性为由在联邦法院起诉和应诉的宪法权利？如果有此权利，那么法院应如何确认法人的公民身份？1809年的最高法院试图通过广义解读美国宪法，让法人可以摆脱有反法人倾向的州法院，进入对法人更友好的联邦法院，从而保护法人。最高法院裁定，法人以其成员权利为依据，有权在联邦法院起诉。只要法人成员与对方当事人来自不同的州，该案当事人就具备多元性，可以在联邦法院起诉和应诉。

---

① 关于亚历山大·马歇尔及巴尔的摩与俄亥俄铁路公司，参见 Haines and Sherwood, *The Role of the Supreme Court*, 83 – 87; James D. Dilts, *The Great Road: The Building of the Baltimore and Ohio, the Nation's First Railroad, 1828 – 1853* (1993), 324 – 352。

② Dilts, *The Great Road*, 335.

巴尔的摩与俄亥俄铁路公司 1864 年的广告。

然而到了 19 世纪四五十年代,合众国银行案的规则已经因为经济和法人两方面的变化而逐渐削弱,而这些变化大部分都要归因于铁路的崛起。蔓延在这片国土上的 5 000 多公里铁路线,正在改造这个国家。像巴尔的摩与俄亥俄这样的铁路令运输成本骤降,无论是货物还是人员,流动性都大大增加。这一切带来的影响是,让一个鸡犬相闻老死不相往来的农业社会,开始转变为范围广阔得多的工业社会。对于创造一个日益融为一体的经济体来说,铁路线甚至比 19 世纪初的运河更加不可或缺。其他行业也在不断创新,进一步推进了经济一体化的过程。1844 年,塞缪尔·莫尔斯(Samuel Morse)建起了第一条电报线路,使长距离通信瞬息即达,也更能发挥作用。真让人想不到,莫尔斯的第一条长距离讯息是从最高法院发出来的——他当时在议员面前展示这项技术,而最高法院的会议室那时也在国会大厦的地下室——电报也成功抵达其预定目的地,即巴尔的摩与俄亥俄铁路的巴尔的摩火车站①。

　　铁路也改变了股票市场。购买土地、填平地面并铺设铁轨,还有运营铁路线,全都需要大量资本,屈指可数的合伙人自己手里的钱远远不够。新的铁路线往往就挨着原有的铁路线架设起来,这么残酷的竞争让银行也吓破了胆,视铁路为高风险投资。为了筹集资金,铁路公司转向了股票市场。1830 年,铁路公司开始爆发式增长之前,纽约证券交易所每天的交易量往往还不到 50 股。但到了南北战争爆发的 1861 年,铁路股票已经泛滥,每天都有数万股参与交易②。

　　铁路公司很容易把合众国银行案的规则玩弄于股掌之间。在确认法人成员是属于哪个州的公民时,法院往往看的是公司董事。因此,铁路公

---

① 关于铁路发展,参见 John Murrin et al., *Liberty*, *Equality*, *Power: A History of the American People* (6th ed., 2013), 1: 191-193。关于莫尔斯,参见 Kenneth Silverman, *Lightning Man: The Accursed Life of Samuel F. B. Morse* (2010)。

② Alfred D. Chandler Jr., *The Visible Hand: The Managerial Revolution in American Business* (1977), 81 et seq.; H. W. Brands, *American Colossus: The Triumph of Capitalism*, *1865-1900* (2011), 24-25; Bowman, *The Modern Corporation and American Political Thought*, 54.

司如果想躲开联邦法院，就会增加一名与原告来自同一个州的董事，这样公民身份多元性的条件就不再满足。揭开法人面纱的逻辑意味着，法人往往能够视其需要，自行选择是否有权在联邦法院打官司[①]。

跟很多雨后春笋般的跨州企业一样，巴尔的摩与俄亥俄铁路公司也希望亚历山大·马歇尔这个游说不成没拿到钱的案子可以在州法院审理——最好就是马里兰州，巴尔的摩与俄亥俄铁路公司在这个州可以说是只手遮天。如果说之前的合众国银行是在担心州法院反法人的偏见立场，那么巴尔的摩与俄亥俄铁路公司就是在指望州法院对自己偏心了。联邦法院则与此相反，里边的大法官都是人民主义者，不大可能偏向法人利益。因此，托尼法院说法人理应有权到联邦法院打官司时，托尼对这一权利的理解是不一样的。对合众国银行案揭开法人面纱的理论，他认为太容易受人摆布，因此拒绝接受，并试图确立一条规则，让那些想让新兴跨州企业担起责任的人能更容易、更可靠地在联邦法院起诉各家公司。

托尼法院首次明确这一规则是在这一时期的另一起铁路公司案件中，即路易斯维尔、辛辛那提与查尔斯顿铁路公司诉莱特森案（Louisville, Cincinnati & Charleston Railroad Company v. Letson）。该案判决于 1844 年，也就是跟莫尔斯的电报同一年。在这个案子中，托尼法院第一次指出，法人不能利用其成员的公民身份来让自己摆脱联邦法院。托尼法院注意到，合众国银行"从未满足这一条件"，并含沙射影地指出约翰·马歇尔自己后来都认为这个案子判错了（未必真有其事）。因此托尼法院坚持认为，"不可被起诉的成员"的公民身份与此案无关。法院解释道："法人团体中的成员，以其个人身份，并非此案被告。"诉讼针对的是铁路公司本身，因此，"除了这一法律实体，不应查看其他任何对象"。路易斯维尔铁路公司是在南卡罗来纳州注册成立的，因此南卡罗来纳州是其所属州，起

---

① David H. Gans and Douglas T. Kendall, "A Capitalist Joker: The Strange Origins, Disturbing Past, and Uncertain Future of Corporate Personhood in American Law," 44 *John Marshall Law Review* 643 (2010).

决定作用的理应也是这个身份,而不是路易斯维尔铁路公司成员的公民身份。法院明确表示,此案依据法人人格:法人"在我们看来是人,尽管是非自然人,但也盘踞于某州也属于该州,因此可以出于起诉和应诉目的,视其为该州居民"。①

在马歇尔诉巴尔的摩与俄亥俄铁路公司一案中,最高法院仍然在撇清自己与合众国银行案的法人主义逻辑和推理的关系。法院1853年的判决,驳回了巴尔的摩与俄亥俄铁路公司将该案移交州法院的请求。为了明确联邦法院的管辖权,法院指出,铁路公司注册成为法人的州是确定的,与其董事、股东或任何其他成员的公民身份都无关。法人有权在联邦法院起诉或应诉,但该权利并非以成员权利为基础,而是以根据某特定州的法律而创建、确立的法人的适当权利为依据。法院认为,甚至不得允许调查成员的公民身份。法院称,法人是"司法意义上的人"——从法律角度看是独立的法律行为人,其权利与其成员的权利互不相干②。

直到今天,法人因多元性在联邦法院被起诉时,托尼法院的判决仍然在起作用。法人可以在联邦法院起诉和应诉,但其公民身份由其注册州决定,或由其业务主要所在地决定,法院不会去看公司董事或股东的公民身份。法人仍然享有在联邦法院起诉和应诉的基本宪法权利,这项权利经合众国银行案首次扩大到法人身上,但由于托尼法院的干预,今天这项权利的范围和作用与马歇尔时代有所不同。至少现在,法人亦人民,有自己独立的法人身份和权利。

丹尼尔·韦伯斯特和罗杰·托尼尽管在法人权利上斗得死去活来,

---

① Louisville, Cincinnati & Charleston Railroad Company v. Letson, 43 U. S. 497 (1844)。关于莱特森案,参见 Haines and Sherwood, *The Role of the Supreme Court*, 76 - 81; Dudley O. McGovney, "A Supreme Court Fiction: Corporations in the Diverse Citizenship Jurisdiction of the Federal Courts," 56 *Harvard Law Review* 853, 875 - 879 (1943)。

② Marshall v. Baltimore & Ohio Railroad Company, 57 U. S. 314 (1853).

两人的历史地位却都受美国另一场伟大的平权运动影响颇深。关于他俩的历史记忆,奴隶制都会留下很不光彩的一笔。托尼当然会永远跟德雷德·斯科特诉桑福德案钉在一起,最高法院于 1857 年判决的这个案子认定,黑人并非宪法所称的公民。这一"特别制度"也给韦伯斯特带来了恶果:1850 年,他的职业生涯即将结束,为了挽救联邦不致分裂,这位长期以来一直都反对奴隶制的人同意了《1850 年妥协案》,允许南方各准州[①]实行奴隶制。废奴主义大本营马萨诸塞州的选民,都对韦伯斯特感到出离愤怒。在遭受四个月的猛烈攻击后,韦伯斯特被迫辞去参议员职务,蒙羞离场。

在 1850 年代的美国,关于奴隶制的争论沸反盈天。之前数十年,华盛顿的民选官员都在避免直接冲突,如今却因美国向西扩张而不得不面对美国非自愿奴役的未来,不过也仅此一次。结果非常血腥:堪萨斯平原上爆发了小规模内战[②],预示了大规模内战的到来;而国会的议事厅中,参议员查尔斯·萨姆纳(Charles Sumner)在发表了一通反奴隶制演说后,几乎被杖击致死。对日益加剧的地区紧张局势,美国宪法只会火上浇油。宪法保证每州在参议院都有两票,在众议院至少有一个代表,并保证在选举人团有至少两票,因此为奴隶制争讼不已的双方都在努力争取让更多支持自己的州加入联邦。

奴隶制玷污了托尼的历史声誉,给韦伯斯特留下了不愉快的记忆,而内战前夕几乎一切事务都受到了奴隶制的影响——法人权利也包括在内。实际上,在最高法院判决马歇尔诉巴尔的摩与俄亥俄铁路公司一案

---

① 即美国建国后新获得的领土,尚未正式以州的身份加入联邦,或译为"领地"、"领土"。——译者

② 堪萨斯内战,又称"流血的堪萨斯",是 1854 年到 1858 年之间在当时尚为准州的堪萨斯和密苏里州爆发的一系列流血冲突。为保证蓄奴州和自由州在国会的势力平衡,1820 年的《密苏里妥协案》规定凡是北纬 36.5 度以北的新州均为自由州,以南均为蓄奴州。1854 年的《堪萨斯-内布拉加法案》则规定堪萨斯可以全民公投决定是否为蓄奴州。堪萨斯州无论加入哪方都会令南北在国会失衡,因此双方均派遣大量移民前往堪萨斯定居,并为争夺地盘爆发了大量流血冲突。1861 年 1 月,堪萨斯州以自由州身份加入联邦,不到三个月后就爆发了美国内战。——译者

时,有几位大法官心里首先想到的就是奴隶制的问题。彼得·丹尼尔(Peter Daniel)、约翰·阿奇博尔德·坎贝尔(John Archibald Campbell)和约翰·卡特伦(John Catron)这三位大法官来自南方,也坚决支持奴隶制。尽管他们同意托尼的观点,认为法人不应享有扩大化的权利,但在法人是否有权到联邦法院打官司的问题上,他们甚至比首席大法官走得更远。他们指出,合众国银行案应该完全被推翻,法人无论是什么情形,都无权到联邦法院起诉。他们的理由是种族。对"公民"的定义要是宽松到都能把纯粹是法律意义上的人(比如法人)包括进来的地步,那肯定也能轻轻松松地把奴隶包括进来,毕竟后者可是真正的、活生生的人。而如果奴隶也是公民,他们就也会享有宪法权利①。

黑人是不是宪法第三条中的"公民",正是德雷德·斯科特案提出的问题。德雷德·斯科特声称自己被带到"自由"的准州时已经获得自由,于是向联邦法院起诉,想澄清自己的法律身份。跟他之前的合众国银行一样,德雷德·斯科特提出,自己是公民,有权在联邦法院起诉。不过,丹尼尔、坎贝尔和卡特伦三位大法官大可不必担心,给法人扩大化的权利也会让受种族压迫的人得到扩大化权利。托尼对德雷德·斯科特案的多数意见书未予考虑斯科特所主张的宪法中的公民身份。托尼称,制宪者并没有打算把黑人也视为公民,而且宪法"现在也必须按照通过宪法时的理解来解释"。这个解读宪法的原则,托尼法院在涉及法人时并未采用:没有任何证据表明,制宪者所理解的宪法第三条是包括法人的。托尼写下了那句臭名昭著的判词,说非裔美国人"没有白人必须认可的权利",认为黑人并非法律意义上的人,法人却可以算②。

托尼对德雷德·斯科特案的判决将成为最高法院历史上最糟糕的判决之一。在托尼的设想中,该案会有完全不同的历史意义,能平息日趋激

---

① Austin Allen, *Origins of the Dred Scott Case: Jacksonian Jurisprudence and the Supreme Court, 1837 - 1857* (2006), 126 - 132.
② Dred Scott v. Sandford, 60 U. S. 393 (1857).

烈的奴隶制问题，让这个国家以稳健步伐继续前行。然而历史的走向正好相反，该案激化了武力冲突，带来了一场内战，夺走了六十多万美国人的生命。当然，内战也让宪法添加了新的条款，用来广泛保护少数族裔的权利。但在接下来的数十年间，预期受益者在他们新获得的宪法保障方面乏善可陈。反倒是法人将利用同样的条款，来急剧扩大企业的公民权利。它们是如何做到的？这就是最高法院历史上最荒诞不经，又最让人心神不宁的一段故事了。

第三部　有财产权,无自由权

南太平洋铁路公司因其在西部对政治的极大影响力而被称为"八爪鱼",同样也在法庭上为法人争取宪法保护。

第四章 法人权利阴谋

美国在南北战争后通过的宪法第十四条修正案，是自由群星中最闪耀的一颗明星。在 1868 年获准通过时，所有人都知道，这条修正案所保证的平等保护和正当程序，是为了保障新近被解放的奴隶的权利，让他们不被各州歧视。但在将近十五年后的 1882 年 12 月，备受敬重的罗斯科·康克林却告诉大法官，第十四条修正案也是为了保护像他的委托人南太平洋铁路公司这样的法人的权利而写下的。

虽然韦伯斯特高超的雄辩技巧没有任何律师敢望其项背，康克林也是一位久负盛名的演说家，很受大法官敬重，他们也总是对他洗耳恭听。主审南太平洋铁路公司这个案子的是首席大法官莫里森·韦特（Morrison Waite），他说："除了罗斯科·康克林，没有其他人在进入这个法庭时能让我们那么全神贯注。"大法官塞缪尔·米勒（Samuel Miller）之前写的意见书似乎已经否决了康克林的第十四条修正案对法人也同样适用的观点，但他也承认："从法律讨论和案件实际情况来说，康克林先生是来我们这里出庭的律师当中最优秀的一位。"[①]

美国内战后，共和党在华盛顿一直占据主导地位，而内战结束后的近二十年间，康克林都在领导国会中的共和党人。作为众议院议员，后来还成了参议员的康克林，经常有传言说他也是总统候选人。尽管他从未被本党提名竞选总统，却有两次被提名进入最高法院，第二次提名就发生在他为南太平洋铁路公司上最高法院辩护前几个月。参议院投票通过了对康克林的提名，但康克林拒绝履任，理由是囊中羞涩。跟韦伯斯特一样，康克林的整个职业生涯都是在为公众服务，而且也需要挣钱——尤其是作为南太平洋铁路公司的代理律师能挣到的钱，因为这是 19 世纪末美国最大、最有政治影响力的法人[2]。

涉及对第十四条修正案的理解时，康克林特别能让人信服。毕竟，这条修正案能写出来，就有他一份功劳。1866 年，康克林在国会的重建联合委员会任职，正是这个委员会起草了第十四条修正案。十五年后的今天，对于起草修正案的人动笔时脑子里究竟在想什么，谁会比康克林更有发言权？1882 年，联合委员会仍然健在的成员，就只有康克林了。康克林告诉大法官，除了保护得到解放的奴隶，他和其他起草人也意在保护商业法人；这个说法也没人能反驳。修正案旨在保护的，不只是这个国家最弱小、最受压制的人，也包括最强大、最有钱有势的法人。就连南太平洋铁路公司这样的大鳄，在西部的政治影响力甚至为它赢得了"八爪鱼"的诨名，都能享受第十四条修正案的保护，还能利用这些保护来推翻让铁路公司觉得不堪其扰的法律。

跟韦伯斯特一样，康克林也很有表演天赋。他拿出了一份出乎所有人意料的证据来支持自己的说法：一本日志，里边有此前从未披露的联合委员会在起草第十四条修正案时的审议记录。康克林告诉大法官，这本日志可以证明他记忆中的修正案起草人的意图。尽管委员会最关心的显然是得到自由的人，但康克林指出了日志中的一些段落，并声称这些段落显示，修正案的措辞在起草期间曾刻意修改，就是为了把法人也包括进去。最终批准通过的修正案在相关部分规定："任何一州……不经正当法律程序，不得剥夺任何人的生命、自由或财产；在州管辖范围内，也不得拒

---

① 关于韦特对康克林的看法，参见 Alfred Ronald Conkling, *The Life and Letters of Roscoe Conkling: Orator*, *Statesman*, *Advocate* (1889), 3: 697. 米勒大法官的看法见 David M. Jordan, *Roscoe Conkling of New York: Voice of the Senate* (1971), 417. 上述两部著作也是了解康克林的绝佳读物。

② Conkling, *The Life and Letters of Roscoe Conkling*, 3: 451, 462, 676–677.

绝给予任何人以平等法律保护。"康克林告诉庭上,有个早期版本采用的是"公民"而不是"人"。但起草委员会最终选定了后面这种措辞,因为他们收到了很多来自企业的投诉,说受到各州法律的歧视,比如托尼法院在奥古斯塔银行诉厄尔案中认可的对跨州商业的那种限制。为了保护这些企业,起草人用了"人"这个词,因为根据布莱克斯通的理论,法人被认为是法律意义上的人。

康克林的这个论点非比寻常,相当于承认了宪法层面的阴谋。他说的是,曾有一群在政府高层供职的人,在起草第十四条修正案时沆瀣一气,打着保护自由民的旗号来保护法人。起草人在修正案里插入了"人"这个字眼而没有用"公民"一词,目的是将法人也包括在内,但他们一直秘而不宣,对遣词造句的后果也讳莫如深。如此一来,在任何一次为确认通过该修正案而进行的讨论中,都从未提及法人宪法权利。尽管如此,法人如今也有受平等保护和正当程序的权利①。

康克林对修正案起草历史的叙述纯属异想天开。第十四条修正案的起草人并没有私底下沆瀣一气,要把对法人新增的更宽泛的保护偷偷塞进宪法。国会并没有对美国人民瞒天过海。实际上,瞒天过海的人是康克林,关于第十四条修正案的原始意图和目的,他有意误导了大法官。

要说有什么阴谋的话,那也不是在 1860 年代第十四条修正案的起草过程中,而是十几年后的法人主义"四人帮",拼命想从最高法院求到一份判决,让第十四条修正案权利扩大到法人身上。"四人帮"成员包括:康克林,他自己大难临头并面临经济危机,为了打赢这场官司,什么话都说得出口;斯蒂芬·菲尔德大法官,曾因谋杀罪名被捕,其良知颇为可疑;

---

① 对这起争议的完整描述见 Howard Jay Graham, *Everyman's Constitution: Historical Essays on the Fourteenth Amendment*, *the "Conspiracy Theory*," *and American Constitutionalism* (1968);Malcolm J. Harkins III, "The Uneasy Relationship of Hobby Lobby, Conestoga Wood, the Affordable Care Act, and the Corporate Person: How a Historical Myth Continues to Bedevil the Legal System," 7 *Saint Louis University Journal of Health Law & Policy* 201 (2014)。

推动将第十四条修正案权利扩大到法人身上的"四人帮"：罗斯科·康克林(左上)、斯蒂芬·菲尔德大法官(右上)、J.C.班克罗夫特·戴维斯(左下)以及南太平洋铁路公司(右下)。

J. C. 班克罗夫特·戴维斯(J. C. Bancroft Davis)，一位特喜欢自吹自擂的法院报道员，一心想把自己对法人权利的看法写进法律教科书，青史留名。"四人帮"中的第四"人"是只在法律看来才算是"人"的南太平洋铁路公司，在为争取宪法保护的斗争中，该公司所采取的积极、战略性诉讼策略，有很多后来到20世纪四五十年代也会被民权运动的活动家采用。

我们并不知道，这四位是否曾明确表示要一起合作来扩大法人权利。但无论如何，他们之间的交流非常多，而且由于他们的共同努力（即使也许并没有沆瀣一气），第十四条修正案从保护少数族裔权利的盾，变成法人用来对抗各州管制商业活动的法律的矛；而接下来的半个世纪，少数族裔反而几乎没能从最高法院得到任何保护。

1882年12月20日，罗斯科·康克林在最高法院向大法官陈词时，法庭里座无虚席。大法官们现在开庭是在以前的参议院会议厅，紧挨着记者 E. V. 斯莫利(E. V. Smalley)所描述的美国国会大厦"光线不好、非常昏暗的过道"。会议厅的入口，据斯莫利说看着像个"壁橱门"。会议厅里有一排排长椅，铺着红色天鹅绒坐垫，长椅上总能见到一群来自华盛顿上流社会的妇人。她们出现在这里，可未必是出于对法律的热爱。斯莫利指出，最高法院有"整个国会大厦仅有的真正舒适的公众座位"①。

实际上，坐在豪华长椅上的那些观众，她们的娱乐选项简直不要太多，这也是镀金时代的副产品。内战后，美国经济在工业化和城镇化的驱动下，经历了前所未有的增长，从1877年到1893年，经济规模几乎翻番。美国工人从农场来到工厂，越来越多地受雇于各家公司，这就意味着他们的工作时长减少，闲暇时间增多，也有了比从事农业更可靠的可支配收入。休闲活动曾经是有钱人的专属领域，如今进入寻常百姓家，开始让新

---

① 关于最高法院在1880年代的法庭，以及旁听口头辩论的上流社会妇女，参见 Clare Cushman, *Courtwatchers: Eyewitness Accounts in Supreme Court History* (2011)，20，105 - 106。

兴中产阶级也能享受到。他们热衷于可供观看的体育比赛，比如棒球和拳击，也欣然接受了游乐场、马戏团和简易博物馆，对低俗恶搞的滑稽表演亦趋之若鹜。这些新颖的娱乐形式要么来自商业企业，要么也很快变成了商业企业。娱乐变成了向大众出售的产品。

在义务教育法推动下，人民群众的读写能力在镀金时代也有了长足进步。康克林在最高法院现身的那一天，如果谁读过《纽约每日论坛报》，就会从一篇社论中了解到，本案涉及"最事关重大的宪法问题"。表面上看，圣马特奥县诉南太平洋铁路公司案（San Mateo County v. Southern Pacific Railroad Company）只是个简单的税务纠纷。加利福尼亚州有一项法律禁止铁路公司在计算它们拥有的土地价值以便纳税时扣除抵押贷款，但允许个人这么操作，铁路公司就想通过此案挑战这条法律。而《纽约每日论坛报》的社论标题，向读者透露了此案的真正关键："法人的公民权利"[①]。

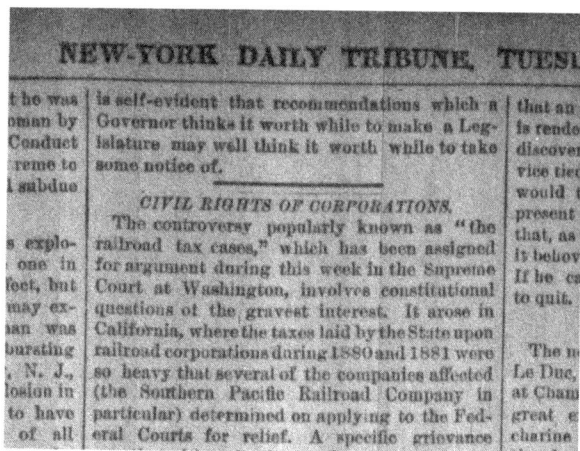

1882 年 12 月 19 日，《纽约每日论坛报》，"法人的公民权利"。

---

① 参见 Graham, *Everyman's Constitution*, 409 - 413。亦可参见 San Mateo County v. Southern Pacific Railroad, 116 U. S. 138 (1885)。

康克林声称,加州禁止铁路公司扣除抵押贷款,但允许其他土地所有者,包括个人和别的企业这么做,违反了南太平洋铁路公司根据第十四条修正案应享有的平等保护和正当程序的权利。圣马特奥县承认这条法律对铁路公司有所不同,但坚称这种区别对待有充分理由。铁路公司必然会拥有大量地产,其中大部分都以高于土地本身市值的价格抵押了出去。如果南太平洋铁路公司,还有它的姊妹公司中央太平洋铁路公司,可以像其他土地所有者那样扣减抵押贷款,那这些公司——州内最受关注,也最能赢利的大企业——就不需要支付分文地产税。加州人认为,为了避免这么大的不公,特别的税收政策是必要的。但在南太平洋和中央太平洋这两家铁路公司看来,这样课税是在歧视铁路公司。

加州这两大铁路公司都是由强盗资本家利兰·斯坦福(Leland Stanford)和科利斯·亨廷顿(Collis P. Huntington)创建,他们跟合伙人一起,主宰了西部的交通运输,南太平洋铁路公司的诨名也总能让人想起,西部的政治紧紧握在它们手中。但就算是八爪鱼,有时候也会松一松手。1879 年,加州短暂落入人民主义改造者手中,他们是杰斐逊和杰克逊思想的继承人,反对法人集权,因此通过了一部新的加州宪法,其中就有针对铁路公司的新税法。公司的税务账单骤然增加①。

为反抗加税,南太平洋铁路和中央太平洋铁路公司采取了诉讼手段,后来也会成为民权运动的模板。一开始,铁路公司用的是消极抵抗的策略。他们干脆拒绝交税,还在新闻媒体上发起反对这项法律的公关活动。要收税的县没有办法,只能向法院求助,而铁路公司也希望由法院来解决争端。法官不太可能也有加州选民那样反对法人的人民主义倾向,尤其是联邦法院的法官。

铁路公司是宪法的第一推动力,它们采用了新颖的策略来保障新的

---

① 关于斯坦福、亨廷顿以及他们的两位合伙人,参见 Richard Rayner, *The Associates: Four Capitalists Who Created California* (2009)。亦可参见 Norman E. Tutorow et al., *The Governor: The Life and Legacy of Leland Stanford* (2004)。关于南太平洋铁路公司的税务,参见 Graham, *Everyman's Constitution*, 397-398。

权利,把打官司作为一种战略诉讼形式,那些律师则称之为"典型案件",来确认法人是否有宪法第十四条修正案规定的跟普通人一样的平等保护和正当程序的权利。铁路公司可不只是想减免在加州要交的税,它们还想确立新的更广泛的保护,不受各种管控的烦扰。有位历史学家名叫霍华德·杰伊·格雷厄姆(Howard Jay Graham),是研究第十四条修正案的杰出专家。他曾写道,这些公司提起诉讼的引人注目的系列案件——一共多达六十余件——将成为"美国宪政史的里程碑",以及"我们的社会和经济发展的重要转折点"。格雷厄姆主要是在说这些案件的结果扩大了法人的宪法权利,但也可以说他是将铁路公司以战略性典型案件为后盾的消极抵抗策略,描述为追求平等权利的方法①。

康克林的案件来自加州圣马特奥县,是这一系列典型案件中第一个打到最高法院的。协助康克林的还有一群知名律师:S. W. 桑德森(S. W. Sanderson),加州最高法院前首席大法官;乔治·埃德蒙兹(George Edmonds),来自佛蒙特州的美国参议员,之前还竞选过总统;以及约翰·诺顿·波默罗伊(John Norton Pomeroy),这个国家最有影响力的法学教授。南太平洋铁路公司跟前赴后继的诸多法人一样,非常高兴能聘请到全国最好的律师,采取新颖但可能回报颇丰的"典型案件"战略,来扩大《纽约每日论坛报》所谓的"法人的公民权利"②。

审理南太平洋铁路公司典型案件的那天早上,坐在最高法院的那些上流社会妇人,一定对潇洒的康克林留下了深刻印象。这位律师身高一米九,相貌英俊,业余爱好是拳击。有人描述说,他"身材挺拔,肌肉发达,

---

① 参见 Graham, *Everyman's Constitution*, 31; "The Railroad Tax Cases," *Daily Alta California*, February 10, 1886, 2 ("这些铁路公司的待决税务案件一共有 63 起左右……这 63 起是 1880、1881 和 1882 年的税收案件。")这 63 起案件的目录列表见加利福尼亚州总检察长办公室,Special Report on Railroad Tax Cases and Railroad Taxation (1893)。

② Graham, *Everyman's Constitution*, 398, 400, 416, 419.

有着波浪般的金黄色头发，满脸修剪整齐的络腮胡，宽阔的前额上垂着的，是许珀里翁式的金色卷发"。他是著名的少妇杀手，他自信的穿着，经常是一件优雅的马甲加上黑色燕尾服和色彩鲜艳的领带，总是会吸引大量目光①。

就连康克林的对手都不得不承认，他也是位"语言大师"。康克林十三岁开始就在一位英语教授的指导下研习演说术，而这位教授的师承则是法人的律师本尊，丹尼尔·韦伯斯特。康克林的嗓音刚劲有力，几乎如音乐一般，他的演讲里对莎士比亚、埃德蒙·伯克（Edmund Burke）和《圣经》一字不差的引用俯拾即是，而且全都仅凭记忆，信手拈来。据说，康克林跟韦伯斯特几乎一模一样，不只是在说服陪审团，"他的气势压倒了他们，把自己的意志强加给了他们"。康克林年轻的时候曾经和科尼利厄斯·范德比尔特（Cornelius Vanderbilt）的一家铁路公司打官司，赢了18 000美元，数额惊人；输了官司的律师建议上诉时，范德比尔特怒斥道："给钱！这官司要是给康克林再打一遍，他估计就得要5万了！"②

在成年后的大部分时间里，康克林在国会任职时都把自己的三寸不烂之舌贡献给了共和党，先是作为来自纽约州由提卡的众议员，后来又当上了参议员。跟韦伯斯特一样，在一个党争程度无出其右的时代，康克林也是一位毫不掩饰的党派死忠。今天的美国人会认为华盛顿现在的党派仇怨史无前例，但在康克林抵达首都的1858年，也就是内战前夕，就连国会大厅里的旁听席在政治上都是泾渭分明的，北方观众坐在一边，南方观众坐在另一边。但我们也知道，那时候的分裂后来带来了一场血淋淋的武装冲突。内战结束后，康克林成了共和党的一位领袖，帮助引导重建，并推动公民权利立法，好帮助刚刚解放的奴隶。先是联邦军队将军，后来又当上了总统的海勒姆·格兰特（Hiram Grant），更喜欢别人用中间名尤

① Jordan, *Roscoe Conkling of New York*, 35 - 36；Conkling, *The Life and Letters of Roscoe Conkling*, 3：12, 36, 361 - 363, 370.
② Jordan, *Roscoe Conkling of New York*, 82, 104, 126 - 127.

利西斯称呼他,因为听起来更有英雄气概;而这位总统与康克林关系极为密切。最早提名康克林进入最高法院的就是格兰特,而且直接就是首席大法官。那还是 1873 年,但康克林在参议院的职位上正如日中天,因此拒绝了这次提名。后来格兰特又曾表露,希望康克林能够继任他在白宫的位置①。

康克林在参议院一直干到 1881 年,之后才回到纽约重操旧业,当执业律师。他找的委托人都是有钱人,首位委托人就是杰伊·古尔德(Jay Gould),一位臭名远扬的投机者,多年以后《财富》杂志还将他评为古往今来最富有的十五人之一。随后没多久,康克林受雇于成功的发明家和企业家托马斯·爱迪生(Thomas Edison),当时后者因发明留声机而名声在外,眼下正在初次尝试用电灯照亮曼哈顿下城。对这样的委托人,康克林的收费是普通律师费的四倍还多。毕竟能号称自己曾被提名为美国最高法院首席大法官的律师也没几个②。

南太平洋铁路公司给康克林支付起巨额佣金来毫不费力。在当时,铁路公司都是最强大、最有政治影响的法人,也必须如此。在荒野和群山中(比如阿巴拉契亚山脉和落基山脉中)铺设铁轨所需要的资金规模前所未有,管理这种遍布全国的运营网络所面临的挑战也是如此。之前我们已经看到,19 世纪四五十年代,铁路公司开始显著改变美国经济,同时也扩充了股票市场。镀金时代铁路公司的创新也将改变法人的内部组织和规模,最早的现代商业法人也因此应运而生。

美国 19 世纪早期的传统商业企业往往由个人、家庭或少数合伙人持有,不过也有一些例外。企业仅仅专注于商业的某一方面,比如生产、销售或是分销特定商品类型,这些企业也基本都是地方性的。它们雇用的员工,它们的销售和服务对象,都主要是附近的人,企业主需要监督的员

---

① 关于国会旁听席上的观众,以及康克林与格兰特的关系,参见 Conkling, *The Life and Letters of Roscoe Conkling*, 3: 95 - 96, 451。

② Jordan, *Roscoe Conkling of New York*, 394, 413.

工数量相对来讲也并不多。但是,铁路公司带来了一种新模式。员工数量多多了,而且分散在铁路沿线。商业职能被分割成多个部门或单位,控制这些部门或单位的分层级的组织架构也被创建出来。在各单元内,管理人员所管理的不只是工人,还包括其他管理人员。经济史学家小艾尔弗雷德·钱德勒(Alfred Chandler Jr.)所谓的"管理型资本主义",就是从这时候开始的。1840 年以前,美国没有哪家法人有这些特征。但到了 1920 年,这种由多层级的组织架构来管理多个部门的法人,已经成为在美国经济的主要领域中占主导地位的企业类型①。

在内战前就已经经历了爆发式增长的铁路公司,战后二十年间更是新建了 16 万公里有余的铁路线。跟战前一样,贪污腐败深受政客欢迎,企图收服政客获得通行权、征用权和其他特权的铁路公司也甘之如饴。1861 年,国会正为是否资助修建第一条横贯大陆铁路举棋不定时,利兰·斯坦福派了一名心腹带着满满一箱中央太平洋铁路公司的股票文书去华盛顿,向议员们大把散发。据最准确的估计,光是中央太平洋铁路公司,每年都会向议员和游说的人分发 50 万美元——大致相当于今天的1 300 万美元。国会领袖詹姆斯·布莱恩(James G. Blaine)说,内战后美国的政治现实就是,"要让车轮转起来,就必须得有润滑油"。②

如果贿赂还不足以阻止将对它们不利的立法,像南太平洋这样的铁路公司就会聘请这个国家的顶级律师(比如罗斯科·康克林)来对簿公堂。

---

① Alfred D. Chandler Jr., *The Visible Hand: The Managerial Revolution in American Business* (1977), 81 et seq.; H. W. Brands, *American Colossus: The Triumph of Captialism, 1865 - 1900* (2011), 24 - 25; Scott R. Bowman, *The Modern Corporation and American Political Thought: Law, Power, and Ideology* (1995), 54.

② Mark Wahlgren Summers, "To Make the Wheels Revolve We Must Have Grease: Barrel Politics in the Gilded Age," 14 *Journal of Policy History* 49 (2002); Richard White, "Information, Markets, and Corruption: Transcontinental Railroads in the Gilded Age," 90 *Journal of American History* 19 (2003); Ted Nace, *Gangs of America: The Rise of Corporate Power and the Disabling of Democracy* (2003), 93; Robert Justin Goldstein, *Political Repression in Modern America From 1870 to 1976* (1978), 7.

在圣马特奥县一案中,康克林代表南太平洋铁路公司提出的观点着重在第十四条修正案上,而这条修正案从一开始就相当有争议。修正案通过之后几十年,南方人都一直认为它并没有经正当程序批准。这可能主要就是俗话说的酸葡萄心理作祟,但并非全部事实。实际上,第十四条修正案作为宪法中最重要也最有影响的条款之一,其批准过程确实有那么一点让人起疑。

宪法第五条规定了修改宪法有两种方式。第一种还从来没有用到过,是通过制宪会议,要经过三分之二州立法机构请求,由国会召集。第二种方式是由国会提出修正案,由各州批准。所有二十七条修正案都是以后面这方式通过的,而这种方式要求国会两院都有三分之二的议员投赞成票,并经四分之三的州同意。正是最后这项要求,带来了对第十四条修正案的质疑。

1866年,在国会批准了康克林协助起草的这条拟议修正案后,多州议会迅速采取了行动。康涅狄格州和新罕布什尔州都投了赞成票,紧随其后的还有新泽西州、俄勒冈州、佛蒙特州和俄亥俄州。但十个南方州,包括南卡罗来纳、北卡罗来纳和路易斯安那州,不出所料都投了反对票;南方邦联州中赞成这一修正案的仅有田纳西——这还是因为反对者为了抵制投票,想阻止议会达到法定投票人数的时候算错了账。这项饱受争议的修正案在有几个北方联邦州也悬而未决,其中包括加利福尼亚州、马里兰州和特拉华州。到1867年3月,局势已经很明朗了:修正案无法获得必需的四分之三州的同意①。

这时控制国会的是共和党,其中就有康克林。他们的对策是通过《重建法案》,实际上解散了所有前南方邦联州的州政府,只除了田纳西州。在这些顽固不化的州,《重建法案》创建了新的、多种族的重建政府,凡是曾在南方邦联政府任职的人,都不得在重建政府任职。国会还警告南方

---

① 当时美国共有三十七个州,若要通过修正案,必须至少有二十八个州批准才行。——译者

各州,必须通过第十四条修正案,否则不允许重新加入联邦①。

国会的这种强硬手段只会让这条拟议修正案在某些人眼里变得更加疑点重重。在接下来的选举中,这条修正案成了主要议题,反对批准修正案的民主党人赢得了北方几个州议会的控制权。同意修正案的州仍然不足必需的四分之三,这时新泽西州和俄亥俄州的议员还来了一出釜底抽薪,重新投了一次票,撤销了之前对修正案的支持。但是到1868年7月,北卡罗来纳州、南卡罗来纳州和路易斯安那州新成立的重建政府投票支持修正案,国会随后通过决议,宣布第十四条修正案获准通过。只有把撤销了之前支持修正案的新泽西州和俄亥俄州也算在内,才能达到四分之三州的门槛。支持国会行动的人坚称,像新泽西州和俄亥俄州这样对批准与否改变主意是不允许的,尽管整个批准程序还在进行。这种看法当然有其可取之处,尽管也有人质疑,这个原则到底有没有一碗水端平。国会迫不及待地承认了北卡罗来纳州、南卡罗来纳州和路易斯安那州的第二次投票,这三个州一开始可都是反对这条修正案的。

其他南方人都在第十四条修正案的合法性上动脑筋,约翰·坎贝尔却另辟蹊径,认定更明智的策略是利用这条修正案来为南方人的目标服务。坎贝尔是狂热的种族隔离主义者,之前还当过美国最高法院大法官。在托尼法院投票推翻合众国银行诉德沃案的三名大法官中就有他,因为他担心扩大"公民"的定义会把奴隶也包括进来。1861年,南卡罗来纳州的民兵袭击萨姆特堡两周后,坎贝尔从最高法院辞了职。他在邦联政府担任领导人,内战结束后则回归私人执业,重新当起了律师。坎贝尔深知华盛顿首都有哪些道道,尤其是最高法院,也知道国会不可能宣布第十四条修正案作废。因此,坎贝尔并不打算推翻修正案,转而寻求利用这条修

---

① 关于批准第十四条修正案时的争议,参见 Joseph B. James, *The Ratification of the Fourteenth Amendment* (1984); David Lawrence, "There is No 'Fourteenth Amendment'!" *U. S. News & World Report*, Septempber 27, 1957, 140; Douglas H. Bryant, "Unorthodox and Paradox: Revisiting the Ratification of the Fourteenth Amendment," 53 *Alabama Law Review* 555 (2002)。

正案来破坏重建。

　　大家都说坎贝尔这个人才华横溢,早熟的他十四岁就从佐治亚大学毕业了。拜州议会一项特别法案所赐,他十八岁就成了律师。他搬到亚拉巴马州,在那里迅速给人留下了深刻印象,到二十五岁时,他已经两次被任命为该州最高法院法官。但坎贝尔深爱着律师职业,两次都拒绝了。1851 年,时年四十岁的坎贝尔在联邦最高法院一次开庭期内就辩护了六起案件,深受震动的大法官于是跑去游说富兰克林·皮尔斯(Franklin Pierce)总统,让他在最高法院下一次出缺时任命坎贝尔。坎贝尔从 1853

约翰·坎贝尔从美国最高法院辞职加入了邦联,后来致力于在反对重建的斗争中利用第十四条修正案来保护经济权利。

年开始担任联席大法官，直到内战爆发。尽管他认为闹分裂并不对，但他还是永远忠于南方①。

内战结束后，坎贝尔成为反对重建、重申白人至上运动的领袖。在坎贝尔当时居住的路易斯安那州，反动分子中间有一句很流行的话就是："留给上帝和坎贝尔先生吧。"在 1870 年代初的一系列案件中，他代表新奥尔良的一群屠夫，想推翻路易斯安那州重建政府实施的一项要求这座城市的屠夫都到一个地方集中屠宰牲口的法律。之前本地的屠夫宰杀牲口都很随意，喜欢在哪宰杀都行，那些不要的下水和废料就直接倒进密西西比河。每年这样处理的牲口超过三十万头，而这条河也是这座城市饮用水的主要来源，结果就是常常爆发黄热病和霍乱。1853 年的一次疫情就夺走了四万居民的生命——比 2005 年卡特里娜飓风带来的损失还高二十倍。新法律给了下游远郊一家屠宰场垄断权，并强制要求该屠宰场以合理价格向所有屠夫平等开放。既然以前的做法对公共卫生造成那么大的危害，你可能会觉得新法律当然会在新奥尔良市民中赢得广泛支持。然而恰恰相反，大家都通过种族和重建的有色眼镜来看待这项法律，舆论站在了屠夫那边②。

坎贝尔对路易斯安那州法律提出挑战，称这条法律侵犯了屠夫根据第十四条修正案享有的"不受限制开展屠宰业务"的宪法权利。虽说马萨诸塞湾公司的特许状里包括了捕鱼的权利，第十四条修正案可一个字都没提到当屠夫的权利。不过，坎贝尔依据的是修正案中要求各州认可公民"特权和豁免权"的一款。坎贝尔声称，特权之一就是从事个人业务的

① 关于坎贝尔，参见 Timothy L. Hall, "John Archibald Campbell," in *Supreme Court Justices: A Biographical Dictionary*，127 - 131；Robert Saunders Jr., *John Archibald Campbell: Southern Moderate*，1811 - 1889（1997）。

② 关于系列诉讼，参见 Ronald M. Labbe and Jonathan Lurie, *The Slaughterhouse Cases: Regulation, Reconstruction, and the Fourteenth Amendment*（2003）；Pamela Brandwein, *Rethinking the Judicial Settlement of Reconstruction*（2011）。亦可参见 Michael A. Ross, *Justice of Shattered Dreams: Samuel Freeman Miller and the Supreme Court During the Civil War Era*（2003），189 et seq.。

权利,政府不得无故干预。

坎贝尔的这些案子以"1873 年屠宰场案件"的总称来到了最高法院。在塞缪尔·米勒大法官撰写的意见书中,法院做出了不利于坎贝尔和屠夫们的判决。从很多方面来看,内战之后那些年最高法院最重要的人物都是联席大法官米勒,有些圈子甚至称其为"真首席"。在他二十八年的任期中,他撰写了 616 份多数意见书,比之前任何大法官都多。[可资比较的是,一言九鼎的安东宁·斯卡利亚(Antonin Scalia)于 2016 年去世之前担任了三十年大法官,写过 270 份多数意见书。]米勒最著名的判决都有一条主线,是对第十四条修正案的狭义解读——他当然不会为了帮助坎贝尔而做广义解读。罗杰·托尼对丹尼尔·韦伯斯特有多讨厌,塞缪尔·米勒对约翰·坎贝尔就有多恨之入骨。米勒是林肯总统提名的大法官,在谈到坎贝尔时他说:"我相信,从叛乱中幸存下来的人,到今天没有一个人还像他那样满脑子都是叛乱的念头。"他"得到任何惩罚都是活该……不是惩罚他参加叛乱,而是惩罚他坚持不懈继续战斗"。[①]

尽管米勒大法官关于屠宰场系列案件的意见书并没有直接涉及法人人格,这些案子提出的问题却与法人人格有关:第十四条修正案是否为试图监管经济活动的法律设置了障碍? 米勒的回答是否定的,他坚持认为,第十四条修正案的制定有其"普适目标":"保护新近解放的自由民和公民不受之前曾对他们无所不用其极的人的压迫。"米勒引用了 19 世纪早期纽约州传奇般的法官詹姆斯·肯特(James Kent)的话来提醒坎贝尔,当涉及经济问题时,"私人利益必须服从于社会的整体利益"。第十四条修正案可不是为了保护对经济规定闷闷不乐的白人屠夫而出台的。出台这条修正案,是为了保护非裔美国人。

米勒预测道:"我们非常怀疑,政府所采取的任何行动,如果不是把黑人当成一个阶级并以他们的种族为依据来歧视的方式进行的,那么是否

---

① 关于米勒,参见 Ross, *Justice of Shattered Dreams*;Lou Falkner Williams, "Samuel Freeman Miller," in *Supreme Court Justices: A Biographical Dictionary*, 317 - 322。

也会被认为属于这一条款的范围。"意外的是,他竟未能言中①。

如果说这世上还有人能说服米勒大法官和最高法院其他成员对第十四条修正案做广义解读,那么此人非罗斯科·康克林莫属。他可以从自己的经历出发,讲述写下这条修正案时,起草人心里——他自己心里——是怎么想的。

到 1882 年圣马特奥县诉南太平洋铁路公司一案呈于大法官们面前时,这条法律已经在朝有助于康克林提出扩大法人权利观点的方向变化。重建时期结束了,1876 年大动干戈的总统大选②结束后,国会决定对南方的种族歧视睁一只眼闭一只眼,这与最高法院对第十四条修正案束手束脚的解读刚好契合。尽管 1870 年代塞缪尔·米勒的最高法院并不想为了让新奥尔良屠夫那样的商人得到权利就广义解读修正案,对于 1876 年的合众国诉克鲁克香克案③(United States v. Cruikshank)和合众国诉里斯案④(United States v. Reese)这样的案件,最高法院同样拒绝为了保护少数族裔权益就对修正案做广义解读。就在康克林把官司打到最高法院的同

---

① The Slaughter-House Cases, 83 U. S. 36 (1872).
② 1876 年的总统大选中,民主党候选人塞缪尔·蒂尔登和共和党候选人拉瑟福德·海斯的选情十分胶着。在裁定南方三州的选举人票归属时双方争议极大,几乎兵戎相见,险些酿成第二次内战。最终两党达成妥协,民主党承认共和党胜选,但共和党也需停止在南方的重建工作,将联邦军队撤出南方,不再支持黑人民权运动。南方保守势力因此重新抬头,种族隔离政策又延续了近一个世纪之久。这次妥协,被视为共和党对黑人的"大背叛"。——译者
③ 最高法院在合众国诉克鲁克香克案[92 U. S. 542 (1876)]中的判决极大打击了联邦政府保护非裔美国人公民权利的努力。1872 年,路易斯安那州发生针对黑人的大屠杀,数十名黑人和三名白人被杀。联邦政府根据《1870 年执法法》对白人叛乱分子提起指控,罪名包括妨碍第一修正案中的自由集会权以及第二修正案中的持械权。但最高法院以多数意见书推翻了联邦政府的定罪,认为第十四条修正案的正当程序条款和平等保护条款仅适用于州政府,对个人和其他组织并不适用。——译者
④ 合众国诉里斯案[92 US 214 (1876)]是关于第十五条修正案的案件。1873 年,选举督察员希拉姆·里斯拒绝非裔美国人威廉·加纳在肯塔基州列克星敦市的市政选举中投票,称原因是加纳欠缴 1.5 美元税款,但实际上是加纳缴税时被收税员拒绝。根据《1870 年执法法》,这种情况下公民可提交宣誓书证明自己有资格投票,但里斯拒绝接受宣誓书,因此被指控违反了《执法法》。在上诉中,肯塔基州巡回法院认为此案超出第十五条修正案的范围,驳回了起诉,并宣布《执法法》的相关部分无效。——译者

一年,高院也推翻了《1875 年民权法案》;该法案宣布剧院、餐馆和其他公共场所的种族歧视为非法,跟《1965 年民权法案》的内容一样。关于第十四条修正案,新出现的司法判例中种族的成分已经最小化,是时候为确立对经济权利的保护再次出击了[1]。

但是对康克林个人来说,尽管他声望很高,南太平洋铁路公司的这个案子仍是利害攸关。在康克林到最高法院辩护的前一年,为了抗议詹姆斯·加菲尔德(James Garfield)总统任命康克林的一位对手去管理纽约海关,他从参议院辞职了,因为觉得这个有利可图的职位应该由他说了算。这时的加菲尔德总统和康克林正为争夺共和党控制权而大打出手,总统不顾康克林的反对还是任命了那个人,就是为了给康克林好看,而对康克林来说,这是公开的羞辱。康克林很快就辞职了,尽管他只是想摆出个象征性的姿态。当时还没有通过第十七条修正案,参议员仍然由各州议会选出。康克林数十年来一直是纽约州最有影响力的政客,因此他预计州里的议员们会很快把他再次送进参议院。然而,康克林的政治影响力已经日薄西山,纽约议会选了另一个人来代替他。前不久遇刺的加菲尔德在临终前听到了这个消息,竟然还能攒够气力悄声说了一句:"谢天谢地。"[2]

康克林出现在最高法院,意味着他重新回到了权力的殿堂,是证明自己仍能呼风唤雨的一次机会。在很多圈子里他仍然是万众景仰的人物,切斯特·阿瑟总统是康克林的门生,这一年早些时候就曾提名让他进最高法院。出于经济压力,他不得不拒绝了最高法院的任命,但他仍然能对法律施加影响。按一位传记作者的说法,南太平洋铁路公司的案子将是"他辩护过的最重要案件"[3]。

---

[1] United States v. Cruikshank, 92 U. S. 542 (1876); United States v. Reese, 92 U. S. 214 (1876).

[2] 关于加菲尔德与康克林,参见 Robert C. Byrd, *The Senate*, *1789 - 1989*: *Addresses on the History of the United States Senate* (1989), 326。

[3] Conkling, *The Life and Letters of Roscoe Conkling*, 3:24, 680.

康克林曾评论道,司法审查权让"作为这个国家根本大法的宪法成了法官手里的橡皮泥;就相当于是修正案在行使权力"。康克林对司法能动主义的担心,当时在共和党人中得到了广泛认同,在他们看来,最高法院跟德雷德·斯科特诉桑福德案以及内战后令第十四条修正案对少数族裔的保护几乎无处容身的那些判决都脱不了干系。但现在的康克林褪去了对能动主义大法官的犹疑,想要说服最高法院再次拿捏一番这块橡皮泥,而这一次,是要照着法人的形状来塑造①。

康克林开言道:"法官大人,希望能让你们满意。现在我想说的是,南太平洋铁路公司及其债权人和股东,都是受美国宪法第十四条修正案保护的'人'。"康克林告诉大法官,法律中的"人"这个字眼,"长期以来我们一直都接受,也经过了那么多次司法阐释,可以认定这个词既包括自然人,也包括非自然人"。②

这条修正案的起草过程就是证据。联合委员会起草的第一个版本经提议做了修改,康克林暗示说就是出于他本人的建议。他建议委员会删去"'美国公民'这样的字眼",用"各州人民"这个表述来代替,目的就是为了提供更宽泛的保护,其范围就能扩大到非自然人,比如说法人。

然而,老练的律师能认识到自己的论点有什么不足,康克林的说法也有一些漏洞。在第十四条修正案中,"人"(person)这个词用到了五次,大多数都明明白白是指人类。修正案第一句话保证了"所有在合众国出生或归化合众国的人"的公民身份,法人既不可能生于合众国,也不可能归化合众国。修正案第二款确定了议会代表名额如何在各州之间分配,要求"此人口数包括一州的全部人口数,但不包括未被征税的印第安人"。无论是那时候还是现在都没有任何人曾主张,在确定一州在国会中的席位数量时,商业法人也要算在内。第十四条修正案的第三款,对那些早先曾宣誓支持美国宪法,后来又背叛誓言加入南方邦联的"人",禁止他们在

① Conkling, *The Life and Letters of Roscoe Conkling*, 3: 105.

② Graham, *Everyman's Constitution*, Appendix A.

联邦政府任职。这出现在多个条款中的同一个词同时被写进宪法，康克林则要求大法官对这同一个词做出不同的解读。

康克林的论点以前就有人提出过，而且还被否决了。那是在 1871 年，纽约州的大陆保险公司起诉新奥尔良的一条法令，要求宣布该法令无效，因为这条法令要求外州保险公司支付的执照费用是州内保险公司的两倍。19 世纪有大量这样的案子，都是法人在挑战各州给外州公司增加负担的法律，就跟丹尼尔·韦伯斯特代表第二合众国银行打的奥古斯塔银行诉厄尔案的情形差不多。二十年前韦伯斯特的挑战是以宪法中的礼让互助条款为依据，而托尼法院驳回了韦伯斯特的诉求；如今大陆保险公司的主张，则以全新的第十四条修正案，以及该修正案对法律平等保护的保证为依据。这家法人指出，新奥尔良对外州保险公司和本州保险公司，

第十四条修正案是在重建时期由联合委员会起草的，罗斯科·康克林就是委员会中的一员。

并没有平等对待。联邦法官威廉·伯纳姆·伍兹（William Burnham Woods）是内战老兵，对法人的看法属于人民主义，他并不同意保险公司的观点。伍兹指出，第十四条修正案中各条款在用到"人"这个词时明显是指人类，他很难相信保险公司所提出的，在平等保护条款中，"'人'这个词……有更宽泛、更全面的含义"。"这种解释，在着手解释时应遵循的规则中可找不出正当理由来。"1880 年，伍兹加入了联邦最高法院①。

康克林必须在最高法院回应伍兹的观点，至少伍兹是他必须面对的大法官之一。康克林的回答是，只有由修正案的起草人说出来才是合情合理的。他告诉大法官，第十四条修正案的不同条款并非出自"单一灵感来源或主旨"。他说，恰恰相反，"如今整体呈现的这些不同部分"，是由委员会成员在几个月的时间里"分别、独立构想出来的"。"人"这个词在其中一个句子里的意思，未必就跟这个词在另一个句子里出现时的意思相同。这几款"之所以会集中在同一条修正案中提出，只是为了在向美国提交时方便、简单起见"。

那屠宰场系列案件又该怎么说？那些案子可是表明，第十四条修正案说的是新解放奴隶的平等权利。康克林承认："这种观点可能也是对的，就像米勒法官大人提到的那样，如果不是出于这些考虑，这条修正案压根儿都不会被提出来。"但是他也说，尽管"自由民权利的是非曲直"是这条修正案"最主要的刺激因素"，康克林的委员会立意还要高远得多。康克林精通美国历史，他引用了美国革命的例子，提醒大法官说："在纸上盖一枚小小不然的印花来收个税，割裂了殖民地和大英帝国的关系。但接下来呢？"美国革命并没有局限于推翻《印花税法案》，也没有局限于导致这场冲突的"小小诱因、特殊情况"。"格外的不满，不满的出人意料的展现，通常都会激起焦虑，乃至群众运动或立法行动——有时候是革命行动。"

---

① Graham, *Everyman's Constitution*, 74–75, 383–385; Insurance Company v. New Orleans, 1 *Woods* 85 (1871).

当然，在康克林的法人主义理论中还有个最显而易见的问题：在批准第十四条修正案时的公开讨论中，没有任何人提到过商业法人。康克林的回答是指向文本。文本里说的是人，而不是非裔美国人。他说："美国人民在批准什么事情的时候，懂得自己在做什么，也会着意颁布实际上已成事实的法令。"也就是说，即使没有人谈到保护法人也无关紧要。要紧的只是至高无上的人民加进文本中的措辞，应该被广义解读，以用于保护包括法人在内的所有人免受歧视性法律的伤害。即便人们对自己的行为蒙昧无知，康克林也满不在乎，他引用了当时人人都耳熟能详的拉尔夫·沃尔多·爱默生（Ralph Waldo Emerson）的一句诗，暗示说他们"所造的业也许比自己知道的更加出色"。

康克林的说法看起来也有可能会被认为是无中生有，为了进一步支持他的论证，康克林还有他那本发霉的旧日志。这本日志是"由一位经验丰富的记录员"在当时同步编纂的，目的是记录联合委员会对第十四条修正案是如何审议的。康克林出人意料的爆料，一定引起了那些坐在法院红色天鹅绒长椅上的高雅女士们的注意。而在他的目标受众——大法官们身上，带来的影响或许更为深远。康克林落座后，他的协理律师桑德森站到演讲台上，想就南太平洋铁路公司的论点补充几句，但很快就被米勒大法官打断了。这位屠宰场系列案件意见书的执笔人，出人意料地提出了关于第十四条修正案的一个有细微差别的观点："在这个法庭上我从没听见有人说过，或是有任何法官说过，这些条款应该局限于黑人种族。"

查尔斯·比尔德（Charles A. Beard）是 20 世纪初叶哥伦比亚大学的一位教授，也是最早指出康克林的说法表明在第十四条修正案的通过背后隐藏着一个十分令人不安的大阴谋的人。比尔德可能要算是美国"进步时代"①最有影响力的历史学家，其最知名的作品是 1913 年出版的《美国

---

① 进步时代（Progressive Era），在美国历史上是指 1890 年至 1920 年期间，当时美国的社会行动主义和政治改良纷纷涌现，故有此名。——译者

宪法的经济观》。书中指出，开国元勋都是有钱人，他们创作的美国宪法，主要是为了保护他们自身的经济利益。他的指控不啻亵渎神灵，引发了极大争议。像是哈佛大学历史学家艾尔弗雷德·布什内尔·哈特(Alfred Bushnell Hart)，就说他的断言"近于无耻下流"，但人民主义改革者却赞赏有加，说他证明了我们的宪法体系被暗箱操作，好让有钱人受益——我们这是个"资本家有，资本家治，资本家享"的政府①。

在比尔德看来，在政治上有所作为的人的动机，几乎都不是出于什么高尚原则，而是出于经济和阶级的考量。这个判断不但符合撰写了美国宪法的开国元勋，内战之后试图大肆修改宪法文本的罗斯科·康克林之流也同样可以对号入座。比尔德与妻子玛丽·比尔德(Mary Beard)合著的《美国文明的兴起》出版于1927年，书中认为，重建时期的国会中有两个派系，"一派致力于确立黑人的权利；另一派决心享受国家经济的整个范围"。约翰·宾厄姆(John A. Bingham)议员是第十四条修正案的主要起草人，他和康克林都属于后者。比尔德伉俪指出，宾厄姆是为铁路公司而生的律师，他在修正案上面大玩文字游戏，"在为黑人设计的保障措施中，夹带进一条要保护所有'人'——自然人和非自然人，个体和法人——的宽泛条款"。在圣马特奥县一案中，康克林向最高法院提出的论点是这个阴谋的高潮，是多年前起草人播下的种子所结的果。耶鲁大学法学教授沃尔顿·汉密尔顿(Walton H. Hamilton)说，比尔德的叙述是关于第十四条修正案的"阴谋论"②。

但后来，另一些历史学家重新核查了各种证据，发现了很多跟比尔德的分析不一致的地方。其中核查得最为细致的要数霍华德·杰伊·格雷厄姆，他是位失聪的图书管理员，后来成了美国研究第十四条修正案的杰

---

① 关于比尔德，参见 Clyde W. Barrow, *More Than A Historian: The Political and Economic Thought of Charles A. Beard* (2000)。参见 Charles A. Beard, *An Economic Interpretation of the Constitution of the United States* (1935)，ix。

② Charles A. Beard and Mary R. Beard, *The Rise of American Civilization* (1914)，2：112-114；Graham, *Everyman's Constitution*，23.

出专家。1950 年代，格雷厄姆作为全国有色人种协进会的顾问，为布朗诉托皮卡教育局案(也就是让学校取消了种族隔离的那个案子)撰写案情摘要，发挥了重要作用。早在 1938 年，格雷厄姆就在《耶鲁法律杂志》上发表了分为两部分的系列文章，批驳了比尔德夫妇的指控。格雷厄姆认为，比尔德夫妇严重曲解了宾厄姆的演讲，也太容易就受到了康克林在圣马特奥县一案中误导性说法的影响。格雷厄姆重新梳理了第十四条修正案起草的历史，并由此得出结论：联合委员会并未试图秘密、有意误导公众，以保护法人[1]。

康克林讲述的完全是另一回事。康克林说，在第十四条修正案起草期间，商业法人正在向国会请愿，请求受到保护，不受各州严苛法律的制约，这倒是真的。但是，格雷厄姆研究了 19 世纪中期的国会记录，发现商业法人请愿的诉求是保护性立法，而不是宪法修正案。这些商业法人的努力甚至都没能推动立法，难上加难的修正案就更不用说了。实际上，在修正案提交各州批准时，商业报刊集体忽略了这一事件，说明商业利益群体并没有指望这条修正案会跟自己有什么关系。起草第十四条修正案的有很多都是在代表企业的执业律师，修正案通过后那些年，挑战政府监管的机会屡屡出现，但他们中间没有任何人援引过自己亲手撰写的修正案。格雷厄姆指出："精明的起草人，驾轻就熟的执业者，可不会等到十五年之后才来透露当年的意图，收割设想中的好处。"[2]

格雷厄姆发现，康克林的日志确有其事，实际上是起草第十四条修正案的联合委员会此前并未公开过的审议记录。但是，在仔细检查过这份日志后，格雷厄姆很快认识到这份日志根本不支持康克林的说法。特别是，康克林声称委员会曾经将修正案中的措辞从"公民"改成"人"，但日志否定了这个说法。在检查过所有提出来的草案和康克林的日志后，格雷

[1] 关于格雷厄姆，参见 Felicia Kornbluh, "Turning Back the Clock: California Constitutionalists, Hearthstone Originalism, and Brown v. Board," 7 *California Legal History: Journal of the California Supreme Court Historical Society* 287 (2012)。

[2] Graham, *Everyman's Constitution*, 82 – 87, 447, 490, 493 n. 211.

厄姆总结道："无论是小组委员会，还是其他任何人，至少就目前的历史记录来看，在任何情形下，都从来没有在任何关于平等保护条款和正当程序条款的草案中，用过'公民'一词。"跟康克林的说法完全相反，修正案中的用语从来没有为了覆盖商业法人而改动①。

格雷厄姆总结道，康克林"隐瞒相关事实，曲解其他真相"，"凭借误导性征引，不合理编排事实"，"任意推理，妄加揣测，最重要的是，他还利用了听众的信任，而这些听众无疑都非常相信他诚实无欺"。格雷厄姆不得不承认："他所得到的究竟是不是，以及在多大程度上是他深思熟虑、运筹帷幄的结果，我们永远都没办法准确地知道。"然而，"几乎无法认为，他不是存心这样做"。因此，唯一合理的结论是，康克林的说法是"早有预谋、肆无忌惮地伪造"出来的②。

第十四条修正案的起草人，并没有密谋着要将对商业法人的保护偷偷写进美国宪法。但是，格雷厄姆的分析表明，有人在蓄意误导圣马特奥县一案的大法官。

康克林在最高法院陈述自己说法的那天，庭上的主审法官中有一位是斯蒂芬·菲尔德。菲尔德头顶已秃，但脑后乱成一团的浓密卷发，以及长得盖住了领结的胡子，好歹给他挽回了一些颜面。尽管康克林关于第十四条修正案起草历史的叙述并没有令菲尔德感到信服，但菲尔德跟康克林一样也是法人主义者，也决心让企业得到第十四条修正案的保护。

菲尔德的个性很强烈，这让他的感情也非常强烈——甚至有时候杀人的心都有。菲尔德有两次险些被谋杀。第一次是1853年，那时候他还在加州当律师，有个跟他打输了官司的人偷偷溜到他身后，拿枪指着他的头。大家都知道菲尔德总是会随身带着一把枪，这个人命令菲尔德拿出自己的武器自卫。菲尔德拒绝了，这个人也就走开了，他所遵循的荣誉准

---

① Graham，*Everyman's Constitution*，31，93.
② Graham，*Everyman's Constitution*，25，44，417.

则在狂野的西部并非人人都会遵守①。

菲尔德第二次成为谋杀目标时，这位在任大法官最终因谋杀罪名锒铛入狱。菲尔德被捕，本身就证明了他所唤起的激情。19 世纪的最高法院大法官需要"巡回"，每个人都得去联邦特定的某个巡回区审理案件。对这些年事已高的大法官来说，舟车劳顿的长途旅行，也是他们工作的一部分。分配给大法官的巡回区，通常都跟大法官本人有地理上的渊源。菲尔德分到的是西部新设立的第九巡回区，其中就有菲尔德加入最高法院之前的故乡，加利福尼亚州。他出生在康涅狄格州，但 1849 年在西部发现金子之后，他就搬到了西部。搬到加州还不到一年，他就被选入加州议会，数年之后又入选加州最高法院。加州法院还有一位法官名叫戴维·特里（David Terry），这俩人彼此之间有不共戴天之仇。多年以后，特里会成为第二个威胁到菲尔德生命的人。

1888 年在巡回期间，菲尔德审理了一起案件，涉及特里和他新婚的小娇妻，萨拉·奥尔西娅·希尔，这时候特里已经不再担任法官。夫妇俩想从一位很有钱的前参议员的遗产中分一杯羹，希尔声称，自己曾与这位前参议员秘密结婚。作为证据，希尔还拿出一份据说是由这位已故参议员签署的婚姻契约。但是，菲尔德的巡回法院认为这份契约是伪造的，菲尔德还以法官身份质疑希尔的道德品质，就连在 19 世纪晚期的加州这么粗犷的地方，希尔的道德败坏都到了显而易见的地步。之后没多久，特里公开发誓，要是菲尔德胆敢再踏进加州半步，他一定会找他报仇雪恨。这个威胁可是相当正儿八经——据说特里都已经杀过两个人了——于是美国司法部长专门为菲尔德派了保镖②。

菲尔德大法官下一次去加州就是跟他的保镖，警察局副局长戴维·

---

① 关于菲尔德，参见 Carl Brent Swisher, *Stephen J. Field: Craftsman of the Law* (1930)；John Norton Pomeroy, *Some Account of the Work of Stephen J. Field* (1895)；Paul Kens, *Justice Stephen Field: Shaping Liberty from the Gold Rush to the Gilded Age* (1997)。

② Walker Lewis, "The Supreme Court and a Six-Gun: The Extraordinary Story of In re Neagle," 43 *American Bar Association Journal* 415 (1957).

尼格尔(David Neagle)一起去的。这天他们在莱斯罗普的火车站吃早饭，再往西走大概110公里就到旧金山了。这时候，特里偷偷溜到大法官身后，袭击了他。尼格尔跳起来向特里开了两枪，一枪命中头部，一枪命中心脏，令这位前法官当场毙命。但是，后来发现特里并没有带武器，加州当局便以谋杀罪名逮捕了尼格尔和菲尔德两人。直到今天，菲尔德都还是唯一一位在最高法院任上被逮捕过的大法官，就更不用说还是因为谋杀这么严重的罪名了。

菲尔德因其地位很快就被释放了，但加州检察官还是指控倒霉蛋尼格尔犯有谋杀罪。在审判前，尼格尔向联邦法院求助，想让他的令状送往联邦最高法院。在写给法院的书面答复中，塞缪尔·米勒大法官认为，加州不能因联邦官员在联邦法律授权下采取的行为而拘押该官员。因为尼格尔有保护菲尔德不受特里或希尔攻击的任务，不能因为他履行了自己的职责，就根据加州法律来起诉他。最高法院答复尼格尔案时的裁决，在联邦与州之间的关系上，到今天仍然是法学院学生要学习的标志性先例①。

虽然菲尔德被收监成了大新闻，但他在律师圈子里最出名的还是他在最高法院任上大胆而影响深远的判决。法学教授约翰·诺顿·波默罗伊也是南太平洋铁路公司在圣马特奥县一案中的律师，他写道，菲尔德"把他自己的想法刻在了这个国家的法理学中——其分量也许跟美国所有在世的法学家相比，都不遑多让"。菲尔德还在加州最高法院任职时，关于财产权和采矿权就撰写过好些别开生面的意见书，重组了加州司法系统，起草了律师道德准则，还为刑事和民事案件都编写了巨细靡遗的程序规则。波默罗伊情不自禁地说，他"对人民和经济繁荣"的影响"不可估量"。就算是头脑冷静的分析人士也会承认，菲尔德领导下的加州最高法院在全国都很有名——这个地位也一直保留到了今天②。

---

① In re Neagle，135 U. S. 1 (1890).
② Pomeroy，*Some Account of the Work of Stephen J. Field*，7，18－22.

我们很容易认为菲尔德的成功是命中注定的。他的祖先是最早在美国定居的人，早在 1630 年代就已经来到美国。他的祖父和外祖父都参加了美国独立战争，他的同胞兄弟也全都是数一数二的人物。他弟弟塞勒斯（Cyrus）铺设了第一条横跨大西洋的电报电缆，儒勒·凡尔纳（Jules Verne）1870 年的经典作品《海底两万里》中就曾提到过他的名字。他哥哥戴维（David）"举世闻名"，因为曾领衔编纂法典，将法官制定的普通法纳入成文法规，让普通法规则从一团浆糊变得条理分明、秩序井然。他最小的弟弟亨利（Henry）为人低调，选择长老会牧师为终身职业，结果也成了美国一份最重要的宗教报刊中举足轻重的编辑①。

据说斯蒂芬·菲尔德有一种"钢铁般的性格"，特点是"强烈而持久的力量"。有位传记作家写道，他"很自信，几乎到了咄咄逼人的地步；有时候还脾气暴躁，报复心很强"。他的自信在他的意见书中可见一斑。一百多年后的约翰·罗伯茨（John Roberts）就在自己的首席大法官提名确认听证会上说了一句名言，他说，菲尔德不认为法官的角色就是个被动的裁判员，只能计算坏球和好球。跟那时候身为律师的大部分精英一样，菲尔德认为，法律是为了改善社会才制定出来的。波默罗伊说他作为法官最突出的特点是"他的创造力"，"他发展、放大和改进法律的能力"——这种话搁今天可不会听到有人说。菲尔德的法学理论就是"不断否定古老的普通法教条，无论这些教条有多痼疾难除"，并换上"更公正、更一以贯之也更实用的原则，这样才能与我们国家和人民的需要相契合"。19 世纪末，优秀法官的标志不在于怎么坚守制宪者的原始意图，而是他对宪法别开生面的解读对社会能有多大的改善作用②。

而且，菲尔德也非常想让别的大法官都跟上步伐。1888 年，来自芝加哥的梅尔维尔·富勒（Melville Fuller）被任命为首席大法官，有个跟他

---

① Pomeroy, *Some Account of the Work of Stephen J. Field*, 7‑8; Swisher, *Stephen J. Field: Craftsman of the Law*, 22.

② 关于菲尔德的强烈个性，参见 Willard L. King, "Melville Weston Fuller: 'The Chief' and the Giants on the Court," 36 *American Bar Association Journal* 293 (1950)。

俩都很熟的律师沃特·德克斯特(Wirt Dexter)据说就曾说道:"菲尔德一口就能吃了他。"①

　　镀金时代最手眼通天的法人就是那些铁路公司,而且这些公司总是能仰仗斯蒂芬·菲尔德的支持。菲尔德与铁路公司的关系众所周知,也颇受诟病,尤其是跟南太平洋铁路公司,及其总裁利兰·斯坦福。菲尔德和斯坦福过从甚密,1891年,斯坦福在帕罗奥图附近建起小利兰·斯坦福大学时,还请了菲尔德来当大学最早的受托人。甚至还有人说,菲尔德获得最高法院提名,背后就是斯坦福在运作。在担任最高法院大法官期间,菲尔德做出的一直都是对斯坦福有利的判决。即使斯坦福的案子没有分配到他手里,大家也都知道,菲尔德会去游说主审法官,让他们看到斯坦福的作为有其可取之处②。

　　菲尔德对斯坦福和他的铁路公司的忠诚,他的同事们并非没有觉察。有一次有件跟中央太平洋铁路有关的案子,这是斯坦福的另一家铁路公司,判决结果也是对斯坦福有利。菲尔德想说服首席大法官莫里森·韦特让他来写多数意见书,被韦特拒绝了,理由就是菲尔德"与经理私人关系很亲密"。韦特解释说:"尤其重要的是,意见书得来自一个不会被认为是跟代表这些铁路公司利益的当事人有私交的人。"③

　　但是对菲尔德来说,做出支持铁路公司、反对各州监管法规的判决,并不只是私人关系的问题,也是他的世界观强烈支持商业的一种体现。作为新出现的社会达尔文主义理论的拥趸,菲尔德认为,干预市场会扭曲经济发展,令经济停滞不前,也给了政府选择赢家和输家的权力。跟今天

---

① 关于菲尔德的强烈个性,参见 Willard L. King, "Melville Weston Fuller: 'The Chief' and the Giants on the Court," 36 *American Bar Association Journal* 293(1950)。

② 关于菲尔德与斯坦福,参见 David C. Frederick, *Rugged Justice: The Ninth Circuit Court of Appeals and the American West*, 1891 – 1941(1994), 49 – 50; Swisher, *Stephen J. Field: Craftsman of the Law*, 245, 265。

③ 关于韦特写给菲尔德的信,参见 Nace, *Gangs of America*, 90。

的自由主义者一样，菲尔德大体上相信，对市场放任自流会让更多美国人过上更好的生活。19世纪后半叶美国经济的高歌猛进，增强了他对自由市场的信心。而这一轮经济发展，主要就是由法人推动的[①]。

镀金时代也叫做"企业时代"。几乎每天都有不可思议的新产品问世：电话、留声机、缆车、成衣、软饮料、水果罐头，等等。由洛克菲勒的标准石油公司推出的煤油，成了用于室内照明的鲸油和蜡烛的廉价替代品，而且到处都能买到；但没过多久，煤油又因为电力照明的出现而受到挑

南太平洋铁路公司的利兰·斯坦福，与斯蒂芬·菲尔德大法官过从甚密。

---

① 关于菲尔德的思想体系，参见 Graham, *Everyman's Constitution*, 110 - 119; Swisher, *Stephen J. Field: Craftsman of the Law*, 77 - 81; Charles W. McCurdy, "Justice Field and the Jurisprudence of Government-Business Relations: Some Parameters of Laissez-Faire Constitutionalism, 1863 - 1897," 61 *Journal of American History* 970（1975）。

战。芝加哥的家庭保险大楼是美国第一栋摩天大楼,竣工于 1885 年,高达十层,是世界上最高的人造物。家庭中开始配备自来水,也有了第一件家用电器电风扇,可以让屋子里凉快下来。菲尔德大法官被要求回答法人是否有宪法第十四条修正案规定的权利时,战后由商业推动的技术发展已经从根本上改变了大多数美国人的日常生活。

铁路公司也大可以理直气壮地宣称,自己给社会带来的改善不会比任何公司逊色。1869 年,斯坦福在普罗蒙特里高地砸下那根著名的金色道钉(上面还刻了斯坦福的名字),第一条横贯大陆的铁路宣告建成。这条铁路不只是让人们能轻松横穿这个国家——菲尔德肯定会对这项便利赞赏有加,二十多年前他第一次去加州时坐了六个星期的船,船上满是染上了霍乱的乘客;运送商品也容易多了。铁路每年的货运量超过 3.5 亿吨,雇用了一百五十多万人。新的冷藏火车车厢把在佛罗里达州和加利福尼亚州种植的新鲜水果和蔬菜送到全国各地的市场,标志着全国性经济真正成形①。

因此,对继承了杰斐逊、杰克逊和托尼的人民主义思想的人——正是这些人制定了法律,用特别的、不利的规则和税收政策来约束铁路公司这样的成功企业——对这样的人,菲尔德绝对说不上意气相投。斯坦福和铁路公司准备用反对加州税收政策的那些典型案件来打官司时,菲尔德向南太平洋铁路公司推荐了波默罗伊教授,而关于菲尔德创造性的判决方式,这位教授将写下热情洋溢的华美篇章②。

法官向一位卷入诉讼的好朋友推荐一位好律师并无不妥。不过用今天的司法伦理标准来看,菲尔德当时是参与这个案子的法官,他这样做还是越界了。实际上,菲尔德主审这个案子不止一次。在康克林到最高法

---

① 关于菲尔德第一次去加利福尼亚州的旅程,参见 Swisher, *Stephen J. Field: Craftsman of the Law*, 24 - 26。关于铁路货运,参见 Justice Field's circuit court opinion in Santa Clara County v. Southern Pacific Railroad, 18 F. 385〔Circuit Court, D. California, (1883)〕。

② Graham, *Everyman's Constitution*, 400.

院辩论之前,这个案子已经由加州的联邦巡回法院审理过,主审法官就是菲尔德。尽管有明显的利益冲突,菲尔德也并没有回避,反而在法官中挑起大梁,写下了强烈支持南太平洋铁路公司的意见书,对他推荐的律师发表的观点,他也完全赞同。诉讼期间,菲尔德还给南太平洋铁路公司的律师看了由其他大法官撰写的关于此案的秘密备忘录,这也跨越了道德界限①。

但菲尔德的运气也就到此为止了,他没能得到在罗斯科·康克林的案子中为斯坦福和南太平洋铁路公司带来胜利的机会。尽管菲尔德对一位朋友写道,口头辩论"好极了",但这个案子,他解释说,"将到下次开庭期再做审慎考虑"。实际上,大法官们后来一直没有对圣马特奥县诉南太平洋铁路公司案做出终审判决。两年后,法院仍未判决,此案却突然庭外和解了。出人意料,南太平洋铁路公司同意缴付欠圣马特奥县的税款②。

斯坦福为什么会同意和解圣马特奥县一案仍然是个谜,但原因可能与康克林的骗局有关。典型案件一般都不会庭外和解,因为提起诉讼就是为了推动最高法院做出判决。格雷厄姆,驳斥了康克林的第十四条修正案阴谋论的那位图书管理员,推测说可能是大法官们受困于记录中的一些事实出入,而随着其他挑战加州税法的典型案件在法庭上出现,斯坦福趁早收手了。但是,这些所谓的出入非常小,根本不足以阻止大法官对他们跃跃欲试的这个案子做出判决。人们不禁要问,大法官们是否实际上已经认识到,在康克林对第十四条修正案的起草过程的描述中,有更大的出入。也有可能是南太平洋铁路公司律师团中的其他律师,在公众中间都很有名望,他们发现了这位同僚的骗局,于是发声让他们知道必须放弃这个案子。

之后没多久斯坦福的另一个典型案件也打到了最高法院,该案中律

---

① 关于菲尔德与斯坦福不恰当的关系,参见 Kens, *Justice Stephen Field: Shaping Liberty*, 239 - 240; Howard Jay Graham, "Four Letters of Mr. Justice Field," 47 *Yale Law Journal* 1100, 1106 (1938)。

② Graham, *Everyman's Constitution*, 426.

师的做法也似乎表明康克林的骗局被识破了。这个案子来自圣克拉拉县,挑战的也是加州对铁路公司的税收政策。南太平洋铁路公司的律师团队仍跟以前一样,只有康克林没有继续参与。南太平洋铁路公司对圣克拉拉县一案的案情摘要没有一份提及康克林的日志和他关于修正案起草人意图的说法,这很说明问题。想想康克林本人就是起草人,也曾直接就第十四条修正案的意图作证,这样的遗漏让真相昭然若揭。如果律师们相信康克林说的是真的,那么删掉他的说法简直是玩忽职守。无论如何,典型案件将迎来另一个意想不到的转变[1]。

最高法院大法官对南太平洋铁路公司第二个典型案件,即圣克拉拉县诉南太平洋铁路公司案(Santa Clara County v. Southern Pacific Railroad)的审理,是在 1886 年 1 月。该案涉及的问题与圣马特奥县一案一模一样:法人是否享有第十四条修正案所规定的权利? 如果享有的话,加州的税收政策禁止铁路公司扣减抵押贷款,但允许其他土地所有者这么做,这种做法是不是否决了法人在法律面前受平等保护的权利,构成违宪?这两个案子就连每一步的遭遇都是一模一样的。在上诉到最高法院之前,巡回法院对这两个案子的判决都对南太平洋铁路公司有利。两个案子在巡回法院的判决意见也都由菲尔德大法官执笔,认为法人受第十四条修正案保护。实际上,圣马特奥县和圣克拉拉县这两个案子,唯一的显著区别就是康克林不在了,也不再有人提到他那份日志。

菲尔德在巡回法院就圣克拉拉县一案做出的判决中明确表示,法人理应享有第十四条修正案所规定的平等保护和正当程序的权利,这样才能保护股东的财产权。他解释道:"只要宪法某条文或某法律保证会保护人民的财产,……该条文或法律的好处就应扩大到法人。"在菲尔德看来,对法人财产区别对待是违宪的,不是因为起草者本心如此,而是因为这样

---

[1] Graham, *Everyman's Constitution*, 437 n. 155.

完全区别对待"本质上就是苛政"。"事实上,如果在评估财产、就财产征税时,财产如果由白人或老人所有就应该扣除其抵押贷款,如果由黑人或年轻人所有就不得扣减;如果是不懂航海的人所有就扣减,如果是水手所有就不得扣减;如果是这样,那不会听起来特别奇怪吗?"菲尔德想说的是,仅凭一个人的种族身份就将其单拎出来区别对待是不合适的,南太平洋铁路公司的法人身份也是同样的逻辑①。

在菲尔德看来,对第十四条修正案的任何其他解释都会让资本主义的敌人拥有更多自主权,威胁到这个国家的经济福祉。在巡回法院意见书中,他警告道:"实际上,所有从事贸易、销售、制造业、采矿业、运输业和其他行业的公司,所有的财富总计达几十亿美元;所有这些巨额财产,让我们的工业保持繁荣,给各个阶层带来就业,也带来舒适和奢侈的享受,因此也推动了文明和进步;然而所有这些财产,根据律师的说法,就因为注册成了法人,就都不受宪法保护了。"这样的结论荒谬至极。"在这个伟大民族的根本大法中,对条文这样子画地为牢,会显得多么狭隘、多么局促啊!"

菲尔德支持对法人进行广泛的宪法保护,但他并不接受法人人格化——最多也就是接受表面文章。尽管他在巡回法院写下的意见书坚持认为法人确实算"人",享有第十四条修正案中的平等保护和正当程序的权利,但他的逻辑和理由是以揭开法人面纱为基础,允许法人主张其他人的权利,也就是其成员。法律史学家莫顿·霍维茨(Morton Horwitz)和格雷格·马克(Greg Mark)认识到,菲尔德把法人看成是由人组成的社团。菲尔德写道,法人"成员并不会因为这个社团就失去了自身受保护的权利"。法院要看的不是"不同的人联合起来组成的那个名称,而是组成这个联合体的一个个人"。虽然菲尔德确实说过法人也是人,但他并没有把法人当成独立的法律行为人,也不认为法人权利与其成员的权利互不相

---

① Santa Clara County v. Southern Pacific Railroad, 18 F. 385 [Circuit Court, D. California (1883)]; Harkins, "The Uneasy Relationship."

干、截然不同。跟霍勒斯·宾尼、约翰·马歇尔还有丹尼尔·韦伯斯特一样，菲尔德把法人当成由人组成的社团，而不是说本身就是人①。

菲尔德把法人当成由人组成的社团，其利益可以简化为其股东利益的概念并非一以贯之。多年以前，还是在1869年，他曾为最高法院撰写的一份意见书就是以法人人格为基础的。保罗诉弗吉尼亚州案（Paul v. Virginia）是奥古斯塔银行诉厄尔案的翻版，托尼法院对后者的判决认为，法人不受宪法中的礼让互助条款保护。跟托尼法院一样，审理保罗案的法院确认，各州可以对外州法人实行特殊政策。该案中法人的观点是，大法官们应该"透过法人注册成立的行为，看到谁是法人成员，好给他们提供"礼让互助条款规定的保护。菲尔德重申了托尼法院的论证，认为如果"一家法人订立了契约，那么这是这家法律实体、这家由特许状创立的人造物的契约，而不是个体成员的契约"。②

但在将近二十年后，菲尔德对南太平洋铁路公司系列案件的判决却是从完全不同的角度出发，考虑的是法人成员的权利。也许他只在保罗案中采用法人人格理论的原因是，他当时是在重复他在托尼法院的先例中发现的观点。但也有可能是因为，菲尔德对法人权利的看法在1870年代发生了变化，这期间他越来越敌视政府对经济的监管。按照菲尔德的传记作者卡尔·斯威舍（Carl B. Swisher）的说法，1870年以前，这位大法官对政府监管私有财产的行为通常都很开放。然而，1871年巴黎公社带来的暴力，让人们看到了共产主义的异军突起和欧洲的严重骚乱，也深深影响了菲尔德。实际上，1876年菲尔德自己撰写的一份意见书就缩小了奥古斯塔银行诉厄尔案和保罗诉弗吉尼亚州案的准则，允许公司以商业

---

① Morton J. Horwitz, "Santa Clara Revisited: The Development of Corporate Theory," 88 *West Virginia Law Review* 173 (1985–1986); Gregory A. Mark, "The Personification of the Business Corporation in American Law," 54 *University of Chicago Law Review* 1447 (1987); Herbert Hovenkamp, "The Classical Corporation in American Legal Thought," 76 *Georgetown Law Journal* 1593, 1630–1632 (1988)（关于铁路公司在镀金时代判决的另一系列案件中将法人视为社团的描述）。

② Paul v. Virginia, 75 U. S. 168 (1868).

条款①为依据,质疑州政府对外州公司收取的费用。(看看法人前赴后继地不断挑战各州法律,先是根据礼让互助条款,接下来是第十四条修正案,再后来又以商业条款为依据,就知道法人想让这些法律废止的决心有多大了。)无论菲尔德发生转变是什么原因,有一件事是清楚的:1886年,大法官们听取圣克拉拉县一案庭辩时,菲尔德正根据第十四条修正案不遗余力地为法人确立新的保护②。

首席大法官莫里森·韦特与菲尔德素有积怨,也并不认同菲尔德对法人权利的责任感。韦特虽然是首席大法官,却并非天生就有领导才能。

关于商业和道德问题,首席大法官莫里森·韦特与斯蒂芬·菲尔德大法官意见相左。

---

① 指美国宪法第一条第八款中规定的"国会有权……管理同外国的、各州之间的和同印第安部落的商业"。——译者
② Welton v. Missouri, 91 U. S. 275 (1876).

1874 年,格兰特总统提名韦特担任首席大法官时——也就是罗斯科·康克林拒绝了这一职位之后——其他大法官几乎没有人支持他。韦特毫无司法经验,也从没在最高法院打过一场官司,看起来就像是格兰特经常会任命的那种无名之辈,而据说格兰特有"将无能、腐败的人提拔到重要的联邦岗位上的特别才能"。至于韦特,米勒大法官曾经说:"从这么渺小的一个人身上,任谁也没法打造出一个伟大的首席大法官来。"然而,韦特以其坚定的职业道德和心平气和的特质征服了米勒,到最后,米勒会对韦特的领导赞赏有加。但是菲尔德从未被打动[1]。

菲尔德与韦特之间的龃龉,肯定有一部分来自他们对经济和商业的看法有冲突。尽管在加入最高法院之前韦特还当过铁路公司的律师,他对商业案件的判决却往往偏向各州监管机构。例如 1877 年标志性的芒恩诉伊利诺伊州案(Munn v. Illinois),该案的判决给各州监管"受公众利益影响"的私有财产留下了很大空间,而韦特也是不顾菲尔德的强烈反对,撰写了多数意见书。菲尔德警告说,"本案涉及的法令",也就是要设定粮仓税率的一项法律,"无异于政府大胆主张拥有由政府斟酌控制公民财产和企业,并确定其赔偿额的绝对权力",违反了"自由政府的基本准则"[2]。

这两人还有个不同点,就是韦特跟菲尔德不一样,始终如一地信奉司法公正。1876 年的总统大选中,塞缪尔·蒂尔登(Samuel Tilden)与拉瑟福德·海斯(Rutherford Hayes)选情胶着,菲尔德和韦特获邀加入为解决争议而设立的委员会,菲尔德欣然同意,但韦特没有答应,担心自己加入会让最高法院卷入党争。对于菲尔德与斯坦福和南太平洋铁路公司之间过于随意、有道德瑕疵的关联,韦特也很是恼火。最高法院开始审理圣克拉拉县一案时,韦特就提醒律师,大法官们不想听到关于法人权利的辩

---

[1] Timothy L. Hall, "Morrison Remick Waite," in *Supreme Court Justices: A Biographical Dictionary*, 168 - 172.

[2] Graham, *Everyman's Constitution*, 563; Munn v. Illinois, 94 U.S. 113 (1876).

论,也许就有韦特对菲尔德感到恼火的原因;巡回法院关于此案的意见书中,菲尔德在法人权利问题上面已经花费了大量笔墨。韦特认为,此案可以在更小范围内具结,不必涉及法人权利①。

三个月后,最高法院判决了圣克拉拉县一案,判决依据很狭窄。最高法院站在了南太平洋铁路公司一边,但完全没有提到法人权利。法院解释道,强加给南太平洋铁路公司的税收评估作废,因为该县在铁路公司的税单中把沿着铁轨的围栏也算了进去,加州法律不允许这样操作。实际上,法庭的意思是,税收评估算得不对。法院意见书写道,因为本案可"据此理由"判决,"没有必要考虑其他任何问题",包括"本案是基于宪法中的哪条哪款来判决的这种重大问题"②。

同一天判决的还有一起姊妹案,感到不爽的菲尔德撰写了一份协同意见书,对法院回避第十四条修正案下的法人权利问题表示不满。他指出:"如今,几乎所有大型企业都是由法人运营的。几乎找不出一个不是由法人以某种方式推动的行业,这个国家也有很大一部分财富掌握在法人手中。"美国的法人有权知道自己是否享有"伟大的宪法修正案"所保证的权利,因为"这条修正案是要确保所有人,无论其地位或所属团体为何,都能受法律平等保护"。他抱怨道:"但是人们并不认为,裁决本案所涉及的重大宪法问题,尤其是在巡回法院已经充分考虑过的问题,属于(本院的)职责,对此我感到遗憾。"③

菲尔德又一次受挫。但他并没有打算就此罢休,在寻求扩大商业法人权利的过程中,他很快就会找到一位出人意料的盟友,这就是最高法院的报道员,班克罗夫特·戴维斯。

千万不要跟新闻记者混为一谈,最高法院的判决报道员是政府官员,

---

① Hall, "Morrison Remick Waite," 171; Graham, *Everyman's Constitution*, 570.

② Santa Clara County v. Southern Pacific Railroad, 118 U. S. 394 (1886).

③ San Bernardino County v. Southern Pacific Railroad, 118 U. S. 417 (1886) (Field, J., concurring).

负责公布大法官的官方意见书。今天人们印象中的报道员，是会尽职尽责地校对、排版并发放法官手稿的公职人员，但是在 1883 年，也就是班克罗夫特·戴维斯当上报道员的时候，这还是个颇有声望、收入很高的职位，吸引着很多有地位的人。戴维斯的前一任报道员名叫威廉·托德·奥托（William Tod Otto），当过内政部助理部长，还是林肯的挚友，林肯临终前他也曾陪伴在侧。再之前的一位则是杰里迈亚·沙利文·布莱克（Jeremiah Sullivan Black），担任过美国国务卿和总检察长[1]。

　　戴维斯是马萨诸塞州一家名门望族之后。他的父亲约翰·戴维斯（John Davis）是美国参议员，还担任过马萨诸塞州州长。戴维斯本人通过联姻跟鲁弗斯·金（Rufus King）有了关系，后者是费城制宪会议上马萨诸塞州派出的代表，还签署了美国宪法。班克罗夫特·戴维斯毕业于哈佛，担任过美国驻德国大使，还曾两次出任助理国务卿。为了成为最高法院报道员，他辞去了美国联邦索赔法院法官的职务。最主要的考虑还是钱。那时仍然处于分肥制时代，报道员独享出售《美国最高法院案例报告》的权利，即法院意见书的官方装订本[2]。

　　戴维斯走马上任时，对最高法院案例报告的需求正与日俱增。创建公共图书馆的运动席卷了全国，尤其是在城市地区，人数越来越多的中产阶级，文化程度也越来越高。从 1850 年到 1875 年，新建了两千多家图书馆。其中有几十上百家是专门的法律图书馆，特别是在新出现的法律学校，逐渐取代了学徒制法律培训的陈旧体系。戴维斯当报道员的收入，很可能会超过大法官的薪资[3]。

---

① 关于最高法院报道员，参见 Frank D. Wagner, "The Role of the Supreme Court Reporter in History," 26 *Journal of Supreme Court History* 9 (2001)。

② 关于戴维斯，参见 John A. Garraty and Mark C. Carnes, "J. C. Bancroft Davis," in *American National Biography* (1999), 6: 168; Thom Hartmann, *Unequal Protection: How Corporations Became "People"—And How You Can Fight Back* (2d ed. , 2010), 44 - 48。

③ 关于 19 世纪末法律学校的增长和法律实践的变化，参见 Lawrence M. Friedman, *History of American Law* (rev. ed. , 2010), 606 et seq. 关于公共图书馆，见美国教育部 Public Libraries in the United States of America (1876), 778。

为报道员的职位配备像戴维斯这种已经颇有建树的人的问题就是，他们总是非常自负，跟他们自吹自擂的履历倒是很般配。大家都知道，戴维斯总是用高人一等的态度来对待大法官们，按照某位历史学家的说法，"从未跟法庭成员建立起良好的工作关系"。戴维斯经常拒绝大法官们要求更正已发表的意见书的要求，因为他相信自己对他们的意图的理解，比这些大法官对自己的理解更准确。除此之外，戴维斯的观点还总是与众不同。在某一卷《美国最高法院案例报告》中他加了个附录，声称列出了最高法院判决因违宪而无效的所有州法律或联邦法律。但非常奇怪，他略去了德雷德·斯科特案——毫无疑问，这是最高法院历史上到现在为止的这类判决中最重要的一个——反而包括了好些根本不是根据宪法做出判决的案子[①]。

报道员通常对每起判决都会加个摘要，或者叫"提纲"，还会写一段简明的"按语"，描述法院对该案的论证依据。提纲和按语都由报道员撰写，在出版的卷册中会出现在相关案件前面。尽管这些文字并非法院的正式声明，但对律师来说，可以让法律检索更加方便。律师可以通过浏览提纲和按语，快速了解法院的判决意见，而不必深入钻研意见书本身。例如，布朗诉托皮卡教育局案的按语会告诉我们，"单纯以种族为依据将公校儿童隔离开来，剥夺了少数族裔儿童受教育的平等机会，即使物质条件和其他'有形'因素可能是平等的"。

在戴维斯的整个任期内，他的提纲和按语始终都让他和大法官之间的关系剑拔弩张。约翰·哈伦(John M. Harlan)大法官人称"伟大的异议者"，曾拒绝加入支持种族隔离的普莱西诉弗格森案的法院意见书。在一个案子中，他对首席大法官抱怨道："我读了银行那个案子的按语，写得非常糟糕，足以让你……恶心。需要花时间纠正过来。"有一次，有位律师在

---

① 关于戴维斯与大法官们之间的紧张关系，参见 James W. Ely, *The Chief Justiceship of Melville W. Fuller, 1888-1910* (1995), 49; Loren P. Beth, *John Marshall Harlan: The Last Whig Justice* (1992), 164-165。关于戴维斯的有争议的列表，参见 Charles A. Beard and Alan F. Westin, *The Supreme Court and the Constitution* (1912), 17-18。

156   WE THE CORPORATIONS

一个案子中用戴维斯的一条按语来佐证自己的观点,斯蒂芬·菲尔德的外甥,戴维·布鲁尔(David Brewer)大法官非难道:"本庭意见书的按语并非出自本庭手笔,只是出自报道员手笔,是报道员自己对判决的理解,为方便业界人士而准备的。"对这则特例,布鲁尔写道,戴维斯的按语"误解了判决的范围"。到后来,大法官们都在积极奔走,想把戴维斯换掉①。

但是在圣克拉拉县一案判决的 1886 年,戴维斯在这份工作上的新鲜劲儿都还没过去,也还没有让所有法官都视他为眼中钉。然而在《美国最高法院案例报告》中,他对圣克拉拉县一案的提纲和按语,如果不算是彻头彻尾的欺骗,也得说反映了他歪曲事实的嗜好。根据戴维斯的按语,该案的立场是:"被告法人是美国宪法第十四条修正案第一款中所说的人,而该条款规定各州不得拒绝给予其管辖范围内任何人受法律平等保护的权利。"就在法院意见书正文的第一行字前面,戴维斯还补充道:

> 在错卷复审令被告律师的案情摘要中,提出并长足讨论的一点是:"法人是美国宪法第十四条修正案的含义中的人。"在法庭辩论前,首席大法官韦特先生说:"关于宪法第十四条修正案中,规定各州不得拒绝给予其管辖范围内任何人受法律平等保护权利的这一条款是否适用于本案的问题,本庭不希望听到任何争论。我们所有人的意见都是,适用。"

谁要是读了提纲和按语但没有认真研读意见书本身,都会得出错误结论,认为最高法院在圣克拉拉县一案中判决,法人是人民,有权受第十四条修正案的保护。实际上,法院根本没有就这个问题表态,让菲尔德怒火中烧的也正是这个原因。虽然首席大法官曾指示律师们不要专注于法人权利问题,但他的目的很可能是要他们专注于此案涉及的其他问题,而

---

① 哈伦的抱怨见 Beth, *John Marshall Harlan: The Last Whig Justice*, 165。布鲁尔的指责见 United States v. Detroit Lumber Co., 200 U. S. 321(1906)。

不是暗示说所有大法官都已经接受法人享有第十四条修正案权利的观点。当时大法官中有一位是威廉·伯纳姆·伍兹，在以前为大陆保险公司一案撰写的判决中，他就明确反对过这一观点。其他大法官也颇有几位曾一再忽略上述条款，做出对商业利益群体不利的判决，要是他们全都突然之间转而支持法人拥有宽泛的第十四条修正案的新权利，那才是奇哉怪也。

第十四条修正案专家霍华德·杰伊·格雷厄姆写道："在《美国最高法院案例报告》中，没有任何文字比这些更事关重大、更令人困惑。"由于戴维斯从未解释他为何要在出版的意见书中加上这样的误导性语句，从那时开始，猜测都主要集中在戴维斯是否跟扩大（南太平洋铁路公司这样的）法人权利有个人利害关系。后来人们发现，戴维斯曾经担任纽堡与纽约铁路公司总裁①。

尽管戴维斯喜欢犯错误，他对圣克拉拉县诉南太平洋铁路公司案不准确的提纲和按语却并非无心之失。在判决意见书出版前，戴维斯给韦特写了个条子，表示他会把他记忆中口头辩论开始之前首席大法官给律师的声明加进去。韦特答复道："鉴于我们在判决中回避了这一宪法问题，在报告中是否需要说些什么，这个问题我留给你来决定。"也就是说，首席大法官曾明确告知戴维斯，最高法院在南太平洋铁路公司的案件中，并未判决法人权利问题。然而在官方的《美国最高法院案例报告》中还是这样写上了：在圣克拉拉县诉南太平洋铁路公司案中，最高法院判决，法人有权享有第十四条修正案的平等保护权利②。

在班克罗夫特·戴维斯误导性的提纲和按语中，斯蒂芬·菲尔德很快看了蕴藏的机会。这些文字即使没能忠实描述最高法院的判决，也能用来推进法人权利目标。

---

① Graham，*Everyman's Constitution*，566.
② Harkins，"The Uneasy Relationship," 249 - 250.

这位固执的大法官之前就曾表示,如果对最高法院决定性的先例有不同意见,他会很愿意离经叛道。在 1870 年代,后来被称为"第九巡回区法律"的背离了最高法院对屠宰场系列案件判决的特别法律,就是菲尔德一手打造的。第九巡回区是联邦法院的西部地区,包括加州的联邦法院,菲尔德在巡回时就在该区主事。在第九巡回区法院的一系列意见书中,菲尔德推翻了加州几项限制中国移民工作权利的法律。他的动机并不是考虑到种族公正。菲尔德的私人信函表明他是个根深蒂固的种族主义者,在大法官任上,他还会为臭名昭著的 1889 年排华案①撰写意见书,采用种族主义假设支持对中国移民的禁令。在第九巡回区法院的案件中,菲尔德的判决有利于中国劳工,但并不是因为他们是中国人,而是因为他们是劳工。跟屠宰场案件中的屠夫们一样,劳工有宪法规定的经济权利,有权从事自己的行业。但由于当时联邦法律中的一个技术细节,中国劳工案件不能向最高法院上诉。这样一来,菲尔德的判决,以违反第十四条修正案所规定的经济权利为由推翻加州的劳工法律,就是终审判决。对美国西部地区来说,菲尔德的意见书成了他们独一无二的"第九巡回区宪法",其中起主导作用的是菲尔德对屠宰场案件的异议意见,而不是最高法院的多数意见②。

---

① 即柴禅平诉合众国案[Chae Chan Ping v. United States, 130 U. S. 581(1889)]。1882 年,美国通过排华法案,禁止中国工人移民到美国。1884 年的排华法案修正案要求中国移民离开美国后返回美国必须重新获得入境许可,而 1888 年通过的斯科特法案则禁止中国移民重返美国。中国公民柴禅平于 1875 年开始一直在美国工作,在获得返美许可后于 1887 年回到中国,但到 1888 年再返回美国时恰逢斯科特法案生效,被拒绝入境。该案上诉到最高法院后,高院于 1889 年一致同意维持下级法院认为柴禅平权利未受侵犯的原判,斯蒂芬·菲尔德撰写了此案意见书。菲尔德认为,美国政府可以通过新的立法,推翻过去条约的条款(此处指 1868 年中美天津条约续增条约中允许中国人移民美国的条款)。该案件被称为排华案,是因为这是与排华法案直接相关的最重要案件。在后来的其他排华案件中,最高法院也几乎一直站在美国政府一边,反对中国移民。——译者
② 关于"第九巡回区法律",参见 Graham, *Everyman's Constitution*, 570 - 575。关于菲尔德的种族主义,参见 Thomas Wuil Joo, "New 'Conspiracy Theory' of the Fourteenth Amendment: Nineteenth Century Chinese Civil Rights Cases and the Development of Substantive Due Process Jurisprudence," 29 *University of San Francisco Law Review* 353 (1995)。

菲尔德对中国劳工案的判决,后来发展成为 20 世纪早期支持商业的宪法原则中最重要的一条,即契约自由。尽管这项权利听起来有点儿像丹尼尔·韦伯斯特的达特茅斯学院案中的契约保护问题,但还是有所不同。韦伯斯特认为,州政府不得更改之前形成的契约性安排,菲尔德的"契约自由"则是在保护个人从事自己选择的行业或职业的权利不受州政府的不正当干预。在屠宰场案件的异议中,菲尔德所主张的也是这一点。从 1897 年开始,最高法院将接受菲尔德对经济自由的阐释,并认为第十四条修正案的正当程序条款也包括这个并未列举出来的自由放任原则。1905 年,洛克纳诉纽约州案(Lochner v. New York)的判决推翻了纽约州一项禁止面包店员工每周工作超过六十个小时的法律,这个司法时代也因此得名。尽管到洛克纳时代时菲尔德早已从最高法院退休,这位大法官还是会被誉为法院司法判例的智慧"先驱和先知"。他为了扩大经济权利战斗了三十年,结果证明他成功了,洛克纳时代的最高法院也会因为推翻了数十项监管商业活动的法律而"青史留名"①。

在菲尔德看来,法人权利是经济自由的必要组分——而 1888 年 3 月,最高法院中菲尔德的反对者阵营已经式微。在下级法院的大陆保险公司案中撰写了反对法人权利的意见书的伍兹大法官,已经于一年前去世。菲尔德的克星,首席大法官韦特,也因为肺炎将不久于人世。菲尔德利用了这个"山中无老虎"的机会,在最高法院的多数意见书中强加了一段,确认法人享有第十四条修正案所规定的权利。

这件案子就是彭比纳联合银矿公司诉宾夕法尼亚州案(Pembina Consolidated Silver Mining Company v. Pennsylvania),是外州公司为免除外州法人费用及其他要求所提出的仿佛无穷无尽的诉讼中的又一场。菲

---

① Graham, *Everyman's Constitution*, 137; Lochner v. New York, 198 U. S. 45 (1905); E. S. Corwin, "The Supreme Court and the Fourteenth Amendment," 7 *Michigan Law Review* 643, 653 (1909)。1897 年的案件是 Allgeyer v. Louisiana, 165 U. S. 578 (1897)。

尔德被指派撰写支持外州法人费用的法院意见书。尽管菲尔德也认为小额的外州法人费用并非真的会阻碍州际业务，在宪法上也是允许的，但他还是在自己的多数意见书中插入了一段关于法人宪法权利的宽泛、肯定性主张——与本案完全无关。他写道："在'人'这个名义下，毫无疑问也包含了私有法人。这样的法人只不过是个人出于特定目的而联合组成的社团，获准以特定名义开展业务，有一连串成员，无须解散。"否定法人的宪法权利，就会让政府有能力侵犯法人成员的权利①。

　　法院发布彭比纳联合银矿公司案意见书后四天，韦特去世了。接替他的是梅尔维尔·富勒，人们很快就会发现，在定义第十四条修正案的斗争中，他是菲尔德的盟友。富勒的长相跟马克·吐温简直是一个模子刻出来的。有一回，这位新任首席大法官的一名粉丝错把那位幽默作家认成了他，于是上前索要亲笔签名。马克·吐温信笔挥毫："吃饱（to be full）很美好，吃太饱（to be Fuller）就更妙。"吐温跟富勒两人都跟法人关系非同寻常。在晚年，吐温决定自己也变成法人。为了把写作收入留给自己的家人，他成立了纽约州马克·吐温公司，其股票将在他身故后分给两个女儿。他是最早组建法人来管理自己艺术作品的名人，后来这种做法变得司空见惯。而富勒在最高法院，一贯支持对法人提供全面的宪法保护。正是在富勒的领导下，最高法院最终采用了菲尔德的"契约自由"原则，推进了洛克纳时代主要是在支持商业的议题②。

　　1889年，由富勒担任首席大法官的最高法院判决了另一起涉及法人的第十四条修正案案件，即明尼阿波利斯与圣路易斯铁路公司诉贝克威思案（Minneapolis & St. Louis Railway Company v. Beckwith）。菲尔德又一次抓住了推进法人权利的机会。艾奥瓦州一项法律要求铁路公司为公司对牲畜造成的任何损失都双倍赔偿，一家铁路公司对此提出反对。这项

---

① Pembina Consolidated Silver Mining Company v. Pennsylvania，125 U. S. 181（1888）.

② 关于富勒，参见 Ely，*The Chief Justiceship of Melville W. Fuller*。关于马克·吐温注册成立的公司，参见 "Mark Twain Turns Into A Corporation," *New York Times*，December 24，1908；"In Vacation," 15 *Virginia Law Register* 982（1910）。

法律旨在鼓励铁路公司在铁轨边设立围栏，保护附近的农场主。这家铁路公司的一辆火车撞死了三头猪，于是被要求赔偿 24 美元损失。但铁路公司并没有赔偿这笔区区小数，而是花了上万美元，把官司一直打到了最高法院。如果公司能够得到更有力的保护，让自己未来不受这一类法律的影响，那么这笔钱倒也花得值。

菲尔德在法院意见书中支持了这项法律——同时还设法将班克罗夫特·戴维斯误导性的按语变成有约束力的最高法院先例。在菲尔德看来，艾奥瓦州的法律是正当规定。尽管这项法律给铁路公司带来负担，但另一群商人的利益得到了维护：为市场培育猪、牛等牲畜的农场主。而且，虽然本案中的铁路公司会对眼前的结果感到失望，菲尔德在他的多数意见书中也表达了一点：长远来看，在未来几代人的时间里，这项法律也会让铁路公司和其他法人受益。菲尔德写道："律师主张，对我们所讨论的条款来说，法人也是人。这是他立论的基础，我们也承认他的看法很合理。"接着，这位天不怕地不怕的大法官声称："圣克拉拉县诉南太平洋铁路公司案也主张了这一观点。"①

当然，这个说法显然错误——但不可能是因为粗心。菲尔德三年前给圣克拉拉县一案的姊妹案写的意见书中还痛斥过别的大法官没有对法人宪法权利发表意见，不可能今天就已经忘了。跟罗斯科·康克林一样，如果案件涉及法人权利进程，菲尔德会非常愿意欺上瞒下，而且这花招还总是能瞒天过海，部分原因就是当时最高法院意见书的发布制度。今天在意见书公布之前，所有大法官都能看到稿件，但 1880 年代的大法官一般都看不到。负责撰写意见书的大法官有按照自认为对大法官的判决最好的理解来撰写的自由，而其他法官往往要到意见书公布之后才看得到。因此菲尔德才能为法人争取到第十四条修正案的保护，其他大法官很可

---

① Minneapolis & St. Louis Railway Co. v. Beckwith, 129 U. S. 26（1889）（citations omitted）.

能事先毫不知情①。

其他大法官可能事先并不知道，菲尔德在明尼阿波利斯与圣路易斯铁路公司诉贝克威思案中扩大了法人权利，尽管如此，菲尔德还是捕捉到了正在进入洛克纳时代的最高法院的基调。然而更出人意料的是，大法官们将追随菲尔德的步伐，将圣克拉拉县一案视为有约束力的先例。接下来的二十年，圣克拉拉县一案将成为决定性的重要案件，大法官会一再援引、依据本案做出权威判决，称法人享有第十四条修正案所保障的平等保护和正当程序的权利——这些法律原则，该判决本身从未赞同②。

1890 年，这个国家正在进入托拉斯时代。在这个时代，法人在政治和经济方面对普通美国人生活的影响会越来越大，堪称史无前例。法人争取到了新的宪法工具，可以用来对抗它们不希望看到的监管。第十四条修正案中的法人权利，不再只是条按语。

第十四条修正案从对少数族裔平等权利的保证，转变为法人用来推翻商业监管的工具的过程，是最早对最高法院定量研究的课题之一，实施于 1912 年。查尔斯·华莱士·柯林斯（Charles Wallace Collins）是名律师，有段时间还担任过国会图书馆和最高法院的法律图书管理员，他搜集并分析了从第十四条修正案另类通过以来近半个世纪里，大法官们判决过

---

① 关于最高法院意见书的发布程序，参见 Ruth Bader Ginsburg, "Informing the Public About the Supreme Court's Work," 29 *Loyola University of Chicago Law Journal* 275 (1998)，283。（"在最高法院历史上有很长一段时间，实际上一直到首席大法官梅尔维尔·富勒 1888 到 1910 年的任期内，大法官们都不会在意见书发布之前，在同僚之间例行传阅各自的意见书草稿。"）亦可参见 Harkins, "The Uneasy Relationship," 286 – 287。

② 关于援引了圣克拉拉县一案的代表性意见书，参见 Charlotte, C. & A. R. Co. v. Gibbes，142 U. S. 386，391（1892）；Covington & Lexington Turnpike Road Co. v. Sanford，164 U. S. 578，592（1896）；Gulf, C. & S. F. R. Co. v. Ellis，165 U. S. 150，154（1897）；Smyth v. Ames，169 U. S. 466，522（1898）；Blake v. McClung，172 U. S. 239，259（1898）；Kentucky Finance Corp. v. Paramount Auto Exchange Corp.，262 U. S. 544，550（1923）。

的所有关于这条修正案的案件。他发现,从 1868 年到 1912 年,最高法院审理了 604 起第十四条修正案案件。这些案件中仅有 28 起(不到 5%)涉及非裔美国人(这条修正案就是为了让他们脱离苦海而通过的),但几乎所有案件中,少数族裔都失败了。最高法院判决过的所有第十四条修正案案件中,涉及法人的超过一半——共有 312 件,成功推翻了大量监管企业的法律,包括最低工资法、土地使用分区法和童工法等[1]。

尽管柯林斯对这样的结局扼腕叹息,但很可能菲尔德大法官对此感到欣喜异常。柯林斯来自亚拉巴马州,后来在 1948 年还成为狄西党"最有影响力的知识分子、战略家",这是南方白人从民主党分裂出去组建的自己的党派,支持种族隔离。(柯林斯 1947 年的著作《坚实的南方在哪里?——政治与种族关系研究》就预见性地提出将南方白人和经济保守派联合起来进行政治重组,创建新的、强大的右翼票仓,被誉为"既是宣言,也是州权"运动的"蓝图"。)但追随罗杰·托尼步伐的柯林斯也是人民主义者,对法人权力持批判态度,支持州权——其中就包括各州监管商业的权力。经济学家阿瑟·特文宁·哈德利(Arthur Twining Hadley)曾经发问:"国会中投票支持(第十四条修正案)的人中间,究竟有没有任何一个人想到过,这条修正案会触及监管法人的问题?"柯林斯作为忠诚的南方人,建议最好完全废除第十四条修正案,倒是跟哈德利不谋而合[2]。

南太平洋铁路公司和其他在 19 世纪末纷纷崛起的大公司倒是刚好相反,在这些法人看来有所改进的新版第十四条修正案中,它们发现了更

---

[1] 参见 Charles Wallace Collins, *The Fourteenth Amendment and the States* (1912), 129 - 138。代表性案件包括 Allgeyer v. Louisiana, 165 U. S. 578 (1897); Lochner v. New York, 198 U. S. 45 (1905); Adair v. United States, 208 U. S. 161 (1908); Coppage v. Kansas, 236 U. S. 1 (1915); 及 Hammer v. Dagenhart, 247 U. S. 251 (1918)。

[2] 参见 Collins, *The Fourteenth Amendment*, 126, 127 n. 1 (引用 Arthur T. Hadley); Charles Wallace Collins, *Whither the Solid South? A Study in Politics and Race Relations* (1947); Joseph E. Lowndes, *From the New Deal to the New Right* (2008), 11 - 29; Victoria Hattam and Joseph Lowndes, "The Ground Beneath Our Feet: Language, Culture, and Political Change," in *Formative Acts: American Politics in the Making*, ed. Stephen Skowronek and Matthew Glassman (2008), 199, 206。

多值得弹冠相庆的地方。当然,法人也输掉了大量案子——在洛克纳时代的历史中这一事实往往被忽视。第十四条修正案保障的权利并没有妨碍法院支持限制商业活动,只要大法官认为这些限制是最低限度的、必要的。虽然在柯林斯研究的历史时期内,绝大部分打到最高法院的第十四条修正案的案子都是法人提出来的,但其中很多场都是法人输了官司。

但是,就算有时候法院的判决对法人不利,公司往往还是能把这些诉讼视为小小的胜利。这些公司针对第十四条修正案的诉讼无休无止,让无数法律的实施一拖就是数年,比如会威胁到它们利润的加州对铁路公司的税法。法人诉讼也给政府带来了巨大成本。加州各县花了数不清的时间和金钱来应战南太平洋铁路公司,那些开创先河的系列典型案件,往往经年累月,旷日持久。也许柯林斯的研究中最能说明问题的一点是,无论输了多少场,法人总是在一桩接一桩地提起新的诉讼①。

与此同时,非裔美国人在法院得到的保护乏善可陈。判决圣克拉拉县一案的前后数年,种族歧视法律猛增。在南方,奴隶制被种族隔离和信奉白人至上的制度取代,黑人被告知他们可以居于何处、可以与谁婚配、可以从事何种工作、可以上哪些学校。尽管有第十四条修正案及其姊妹修正案:宣布奴隶制和非自愿奴役为非法的第十三条修正案,以及宣布以种族为依据禁止投票的规定为非法的第十五条修正案,黑人发现他们还是因文盲测试和人头税而被剥夺了选举权。这些法律——叫做"吉姆·克劳法",这个名字来自白人喜剧演员 T. D. 赖斯(T. D. Rice)把脸涂黑表演的流行歌舞节目中的角色——在几乎所有案例中得到了最高法院支持。

最高法院支持吉姆·克劳法的案件中,最臭名昭著的一起是普莱西诉弗格森案,判决于 1896 年,确认了第十四条修正案并不禁止"隔离但平

---

① Ruth H. Bloch and Naomi Lamoreaux, "Corporations and the Fourteenth Amendment," in *Corporations and American Democracy*, ed. Naomi R. Lamoreaux and William J. Novak (2017), 286.

等"的政府设施。菲尔德大法官加入了多数意见,这也是他作为最高法院大法官的最后几次投票之一。第二年他告老离任,但他担任大法官的时间比之前所有大法官都要长。而且,在第十四条修正案新出现的司法判例中,肯定没有哪位大法官留下的影响有他那么大。在他主导下,法院从法律上承认了正当程序条款中并未明文规定的经济自由权,这将主宰最高法院的司法理念达半个世纪之久。即使在最高法院废弃了菲尔德的契约自由理论之后,大法官们仍然在继续他的做法,认为第十四条修正案的正当程序条款中包含未列举的权利,包括隐私权、堕胎权和婚姻权。菲尔德还率先承认法人享有受平等保护和正当程序的权利,尽管对他来说,法人人格只不过是个文字幌子。从拥有自身权利这个意义上来讲,法人并非真的也是人。法人拥有的权利,只是保护股东财产的一种方式。

为了支持路易斯安那州的"火车隔离法案",最高法院在普莱西案中解释道,本案涉及的问题"可以归结为路易斯安那州的法规是否合理的问题,而考虑到这一点,立法机构必须有很大的自由裁量权"。法人权利在第十四条修正案上取得的胜利表明,立法机构在监管商业时,拥有的自由裁量权相当小。由斯蒂芬·菲尔德、罗斯科·康克林、班克罗夫特·戴维斯,还有南太平洋铁路公司组成的"四人帮",让第十四条修正案改头换面,成了查尔斯·华莱士·柯林斯所谓的"日积月累、井然有序的资本的大宪章"①。

① Plessy v. Ferguson, 163 U. S. 537 (1896); Collins, *The Fourteenth Amendment*, 137 - 138.

第五章 法人刑事权利

1905 年 5 月的一天早上，一家进口甘草的公司的中层管理人员埃德温·黑尔（Edwin F. Hale）来到纽约曼哈顿下城的联邦法院，在大陪审团面前作证。这位年轻人来自肯塔基州，最近才来到纽约想找个饭碗。跟他一起来到联邦法院的，是他的律师德兰西·尼科尔（DeLancey Nicoll）。尼科尔人称"纽约城伟大律师"，当代人认为他跟克拉伦斯·达罗（Clarence Darrow）齐名，都是法庭上的大师级人物，而后面这位达罗也很有传奇色彩，专门为不受人待见的事业辩护。尼科尔出身于纽约州最古老的家族——理查德·尼科尔爵士（Sir Richard Nicoll）1664 年就已经来到新大陆；作为律师，尼科尔备受敬重，他的委托人有铁路巨头科尼利厄斯·泛德比尔特，还有金融家托马斯·瑞安（Thomas Ryan）。也就是说，他可不是像埃德温·黑尔这样的平头百姓能请得起的律师。实际上，尼科尔会出现在黑尔身边，只是因为他在为另一个重要得多的委托人服务：美国烟草公司，强大的烟草托拉斯的大哥大①。

麦克安德鲁斯与福布斯甘草公司的秘书兼财务主管黑尔诚惶诚恐地走进大陪审团所在的房间。他知道自己为什么会被叫来作证。他收到的传票要求他带上跟他的公司与另外十来家公司业务往来有关的所有信件、契约和其他文件，这些公司多多少少跟烟草托拉斯都有些关联。西奥多·罗斯福总统的行政部门，最近对烟草公司可能违反《谢尔曼反垄断法》的行为展开广泛调查，受到了很大关注②。

尼科尔给黑尔定了一条对策,确保他不会泄漏他的雇主为了消除竞争而做的任何秘密交易。但这是由司法部执行的联邦调查,盘问起来肯定会巨细靡遗,就是俗话说的会掘地三尺。因此,黑尔有理由感到紧张。这次调查,很有可能也会暴露出黑尔自己的个人罪行。而且他还只能一个人去面对大陪审团,尼科尔无法在一旁护驾,这无异于雪上加霜。只有检察官才能进入大陪审团的房间,其他任何律师都不行。尼科尔尽管留在外面的走廊里,这位杰出的律师还是费尽一切心机,想控制房间里发生的事情。

在房间里等着黑尔的是亨利·沃特斯·塔夫脱(Henry Waters Taft),司法部对美国烟草公司和烟草托拉斯的调查,就由这位特别检察官负责。这位检察官有个哥哥叫威廉·霍华德·塔夫脱(William Howard Taft),时任美国国务卿,后来又当了美国总统和最高法院首席大法官。亨利·塔夫脱跟他哥哥和尼科尔一样,在法律界备受尊敬。他是纽约卡德瓦尔德律师事务所合伙人,这家事务所成立于 1792 年,从成立到两百多年后的今天,一直都是一家精英律所。塔夫脱是反托拉斯的专家,通常都为企业对抗政府监管的斗争辩护。他从律所请了一段时间的假,到罗斯福总统的行政部门担任特别检察官,具体目标就是要扳倒烟草托拉斯③。

在 19、20 世纪之交的美国,没有什么对美国经济的影响比托拉斯的兴起更剧烈。托拉斯就是服用了兴奋剂的大企业,是控制着整个行业所有大型公司的垄断实体,其形成是为了消灭竞争,规定价格、产量和利润。

---

① DeLancey Nicoll, *3 Representative Men of New York: A Record of their Achievements*, ed. Jay Henry Mowbray (1898), 130; Fred C. Kelly, *The Wright Brothers: A Biography* (2012), 269; Dan H. McCullough, "The Sunset of the Criminal Lawyer," 50 *American Bar Association Journal* 223 (1964); George Derby and James Terry White, "De Lancey Nicoll," in *The National Cyclopedia of American Biography* (1910), 14: 297. 关于黑尔,参见 "Trusted Men in Jail for Large Defalcation," *New York Times*, September 29, 1905。

② 参见 generally Transcript of Record, Hale v. Henkel, 201 U. S. 43 (1906)。

③ 关于塔夫脱,参见 Henry Waters Taft, Obituary Record of Graduates of Yale University Deceased During the Year 1945 - 1946, *Bulletin of Yale University* 7 (1947). 亦可参见 Henry Waters Taft, "The Tobacco Trust Decisions," 6 *Columbia Law Review* 375 (1906)。

烟草托拉斯律师德兰西·尼科尔指出,法人也有第四条修正案的不受无理搜查和第五条修正案的不得被迫自证其罪的权利。

罗杰·托尼和安德鲁·杰克逊早年反对的垄断类型是由州议会授予的独占特权,跟托拉斯并不是一回事。这种现代垄断企业是控制了整个行业的全国性企业,其影响力往往是通过操纵市场得到的,而不是出于立法机构的恩赐。不过托拉斯仍然拜立法者所赐才成为可能,在 19 世纪末,他们全面改革公司法,让托拉斯得以形成。法人争先恐后,利用新的法律许可,通过重组和并购形成大型公司,历史学家称之为"大合并运动"①。

1901 年,在坚决支持商业的共和党总统威廉·麦金利(William McKinley)遇刺后,罗斯福就任总统,而打破托拉斯垄断是罗斯福最先考虑的事情。罗斯福顺应当时的政治风向,照着杰斐逊和杰克逊的样子,把自己重新塑造为人民主义的法人改造者。在第一次发表《国情咨文》时,罗斯福对"广泛共识",即"以托拉斯面目出现的大型公司,因其部分特性和倾向而对公众福利造成了损失",表示认可。他说,"法人等人造机构"就应该"适当受政府监督"。不过跟杰斐逊和杰克逊不一样,罗斯福并没

---

① Naomi R. Lamoreaux, *The Great Merger Movement in American Business*, *1895 – 1904* (2011).

有州权和奴隶制的负担。实际上,罗斯福认为,抑制法人过度增长和法人权力的办法,就是扩大联邦政府的权力。托拉斯这种规模和影响力的全国性法人,需要国家来监管。为此,罗斯福让联邦政府为企业制定了大量监管措施:最高工作时数法、工作场地安全法、铁路公司法,此外还首次大力推行联邦的反托拉斯法①。

这些法律,包括亨利·塔夫脱所关心的反垄断法,都有一条新的重要法律理念:法人对不当行为须负刑事责任。布莱克斯通写于一个半世纪之前的《英格兰法律评论》就已经承认了一个由来已久的概念,即"法人以其法人能力,不可能犯下叛国罪、重罪或其他刑事罪名"。法人本身被认为没有触犯法律的能力,因此公司实行的任何犯罪行为都会归咎于公司高管个人。进步时代监管托拉斯的努力不但带来了大量新的联邦法律,也第一次将普遍的刑事责任强加到法人头上。而这些结果,反过来又带来了宪法中法人权利范围的新问题②。

我们很容易忘记,《人权法案》在多大程度上是为了保护罪犯和犯罪嫌疑人而制定的。今天的美国人可能首先会把《人权法案》与个人凭良心行事的权利联系在一起,比如言论自由和宗教自由,但开国元勋最关注的,是对罪犯的调查、起诉和惩罚。第四条修正案是指在调查中不受无理搜查和扣押的权利。第五条修正案说的是不能强迫任何人自证其罪。第六条修正案保证了"迅速和公开的审判"、与证人对质的权利,被告还有取得律师帮助的权利。第八条修正案则规定,对犯人不得施加残酷和非常的惩罚。世纪之交这一波新的监管法规将刑事惩罚加在法人头上,最终将迫使最高法院面对这一问题:法人是否和个人一样,也同样享有这些

---

① Theodore Roosevelt, State of the Union Message, December 3, 1901, http://www. theodore-roosevelt. com/images/research/speeches/sotu1. pdf; Richard Kluger, *Ashes to Ashes: America's Hundred-Year Cigarette War*, *the Public Health*, *and the Unabashed Triumph of Philip Morris* (1996), 46.

② Kathleen F. Brickey, "Corporate Criminal Accountability: A Brief History and an Observation," 60 *Washington University Law Quarterly* 393 (1982), 396.

宪法保护？

这个问题第一次出现在最高法院，正是德兰西·尼科尔和亨利·塔夫脱之间关于埃德温·黑尔在 5 月这个早上到大陪审团面前作证的明争暗斗的结果。他们之间的斗争，当然只是另一场规模更大的战斗的缩影，而那场战斗的一方是人民主义者罗斯福总统，另一方是美国烟草公司这样的法人巨头，主宰着美国经济。这时的最高法院才刚刚进入洛克纳时代，如果觉得法院已经因为支持商业而臭名远扬，就认为法院关于法人刑事权利的判决也会非常宽泛，那就大错特错了。大法官们认为，说到宪法对刑事权利的保护时，法人与个人有根本区别。尽管法人也享有一些刑事权利，但与个人享有的刑事权利并不完全一样。洛克纳法院为法人权利范围划定了新的边界，认定法人可享有财产权，但没有自由权。

大陪审团房间的门把德兰西·尼科尔关在了外面。埃德温·黑尔被引到陪审团面前的座位上，在亨利·塔夫脱主持下，他宣了誓。黑尔的誓言，可以说是陈词滥调、例行公事；"我所说的句句属实，也会说出全部事实"这句话，自从 14 世纪的英国法院首次采用以来，已经被证人重复了无数遍。但是，这个案子里的誓言也还值得留意，有两个原因。其一，黑尔绝对没有打算好好遵守这句誓言。全部事实可能也包括承认非法赌博、挪用资金，以及阴谋窃取雇主财物。不行，他不能把所有事实都说出来——而且如果他打算照尼科尔的对策行事，他也必须有所保留①。

那天的这句誓言值得留意的第二个原因是，说出这句誓言的是法人。黑尔出现在这里，并不是以个人身份，而是作为麦克安德鲁斯与福布斯甘草公司的职员。塔夫脱传唤黑尔，是想迫使麦克安德鲁斯与福布斯甘草公司这家法人透露其业务来往中的秘密。布莱克斯通曾经指出，法人无法出庭作证，只能通过其管理人员来作证，因此黑尔出现在塔夫脱的大陪

---

① Helen Silving, "The Oath: I," 68 *Yale Law Journal* 1329 (1959), 1361 - 1364.

反垄断的特别检察官亨利·塔夫脱,反对将宪法赋予犯罪嫌疑人的权利扩大到法人身上。

审团面前时,是以法人高管的身份来出庭作证的。

塔夫脱以一系列标准问题开始质询。他要求黑尔陈述其姓名、籍贯、现居住地。对最后一个问题,黑尔回答得很含糊:"纽约市。"完全没有提及西二十七街的厄灵顿酒店,他住在那儿的一间单身公寓里,跟麦克安德鲁斯与福布斯公司的另一位员工哈里·斯莫克(Harry Smock)门挨门。他俩除了地址一样、东家一样,还都嗜赌,输个精光的时候,还都爱小偷小摸[1]。

塔夫脱问:"你的工作是什么?"

黑尔答道:"我是麦克安德鲁斯与福布斯公司的秘书兼财务主管。"黑尔没有细说,麦克安德鲁斯与福布斯是美国重要的甘草根进口商。这家公司的业务正在蓬勃发展。几乎从人类历史初辟,甘草就因其药用特性受到了人们的青睐,能治疗从脚气到肺气肿的多种疾病,而且还能带来更多精神上的益处。例如,这种恶臭难闻的植物被放在图坦卡蒙墓中,护佑

---

[1] "Trusted Men in Jail for Large Defalcation." 大陪审团审判过程中的文字记录见 Transcript of Record, Hale v. Henkel, 201 U. S. 43 (1906)。

着这位少年法老的灵魂安全地进入来世。不过,麦克安德鲁斯与福布斯公司更看重的,是甘草的商业价值。烟草公司发现如果用甘草汁浸泡烟叶,可以让烟草的味道变得甜美、醇厚,因此烟草公司,比如詹姆斯·杜克(James Duke)这样的美国烟草公司,就对甘草有了永无止境的需求,让这种商品立马身价百倍[1]。

如果詹姆斯·"布克"·杜克称不上是美国烟草业之父——这个荣誉称号应该留给约翰·罗尔夫,在 1614 年最早将烟草变成市场化作物的那位弗吉尼亚公司殖民者——那至少也是烟草业高瞻远瞩的女婿,把家族财富扩大了一倍。美国烟草业的现代时期就始于杜克,在这个时期,大型烟草公司在全国范围销售大规模生产的品牌产品,利润颇丰。1884 年,杜克在北卡罗来纳州的烟草公司率先使用自动卷烟机,令产量剧增,成本骤降,也扩大了卷烟的消费市场。他的公司也是业内第一家在广告上很舍得花钱的公司,他在新杂志、报纸和周刊上大力推广自己的品牌,而正好 19 世纪末国民识字率也在不断增长,两下里十分合拍。跟他生前身后很多成功的管理者一样,杜克知道创新的价值[2]。

正是因为杜克对某一项创新的利用,多多少少直接导致了埃德温·黑尔不得不去面对大陪审团,这项创新就是托拉斯。第一家托拉斯是约翰·洛克菲勒(John D. Rockefeller)的标准石油公司,形成于 1879 年,而托拉斯的想法完全出自一位律师的创意,即塞缪尔·多德(Samuel Dodd)。洛克菲勒想通过收购其他石油公司来扩大自己位于俄亥俄州的地区性公司,但俄亥俄州的公司法禁止一家法人持有另一家法人的股票。于是,洛克菲勒聘请多德来想办法绕开这个障碍。多德是宾夕法尼亚人,跟那位

---

[1] 关于甘草,参见 Kluger, *Ashes to Ashes*, 48; Rosemarie Boucher Leenerts, "Licorice," in *Encyclopedia of Cultivated Plants: From Acacia to Zinnia*, ed. Christopher Martin Cumo (2013), 579。

[2] 关于杜克,参见 Robert F. Durden, *Bold Entrepreneur: The Life of James B. Duke* (2003); "Tobacco Trust," in *Gale Encyclopedia of U. S. Economic History*, ed. Thomas Carson et al. (1999), 1008; Kluger, *Ashes to Ashes*, 30 et seq.; "Tobacco Trust Tells Its Plan," *New York Times*, October 15, 1911。

别出心裁地提出揭开法人面纱的理论,打赢了法人权利第一案的霍勒斯·宾尼是同乡,而多德也跟霍勒斯·宾尼一样,满脑子都是创意。根据中世纪的一种古老做法,他想出了一个绝妙的主意①。

十字军东征期间,英国骑士为"圣战"而远走他乡,一去就是好多年。骑士是有家产的人,在他们远征期间,需要有人帮他们打理相关事务。他们的妻子法律地位很低,因此骑士不能把决定权留给妻子,而是会选择一名男性亲属来管理他的家产,照顾他的家人。但是规则很严格:这位亲属不可以利用骑士的资财给自己谋取私利,只能从骑士的利益出发,在他远征期间管理他的家产。这种中世纪的做法后来演变成一种合法授权,也就是信托,今天仍然允许一个人专门从另一个人的利益出发持有和管理财产②。

多德认识到,跟古时候的骑士一样,不同石油公司的主要股东可以将他们的财产(也就是股票)交给一群现代意义上的"亲属"(受托人),这些受托人则代表股东管理这些资产。股东成为托拉斯的受益人,有权从托拉斯的收入中分红,也有权投票选举受托人,受托人则可以控制多家公司。托拉斯并没有注册为法人,严格来讲本身并不是法人——因此也就不受俄亥俄州限制性公司法的管辖。洛克菲勒将多德的锦囊妙计付诸实践,很快控制了全国80%的炼油厂和90%的输油管道,标准石油公司成了全球最大的企业③。

对标准石油公司绕开俄亥俄州公司法的做法,州最高法院大法官大为震惊,于是在1892年裁定托拉斯为非法,勒令解散。多德这个人就是公司法新花样的百宝箱,他又想出了一个主意:让标准石油公司去新泽

---

① 关于多德,参见 John M. Dobson, *Bulls, Bears, Boom, and Bust: A Historical Encyclopedia of American Business Concepts* (2007), 203。
② 关于骑士以及信托的兴起,参见 David A. Thomas, "Anglo-American Land Law: Diverging Developments from a Shared History," 34 *Real Property, Probate, and Trust Journal* 143 (1999)。
③ Charles R. Geisst, *Wall Street: A History* (1997), 100, 106; Morton J. Horwitz, *The Transformation of American Law, 1870–1960: The Crisis of Legal Orthodoxy* (1992), 80。

西州重新注册成为法人,因为该州的公司法在棉籽油托拉斯的一位律师的严密监督下正在全面修订,好放松对公司管理的传统限制。从 1888 年开始,新泽西州成了第一个允许一家公司持有另一家公司股票的州,对洛克菲勒来说正中下怀。接下来十年间,新泽西州也会允许以任何商业目的自由组建法人,还取消了对公司规模的传统限制。各公司如果想利用新的公司法,并不需要将业务放在新泽西州,只需要缴纳该州强制性的公司费用即可。其他州迅速跟进,公司法改革的浪潮可以说是"把公司法翻了个底朝天"。数百年之后,对法人成立和治理进行管控的规则体系,再也不会有人拿来以任何值得关注的方式用于监管公司了①。

多德将石油托拉斯的所有资产都转移到了新泽西州一家公司,即新泽西州标准石油公司,管理结构和对市场的控制都跟原来一样。接下来

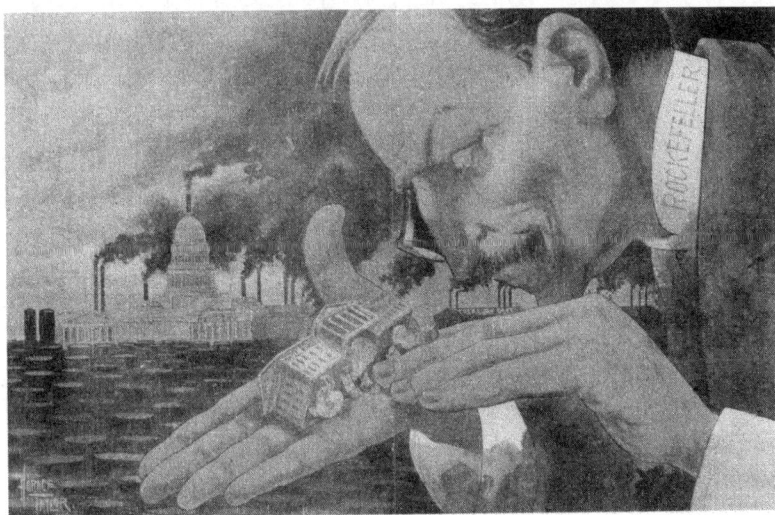

标准石油公司组建了一家极为成功的托拉斯,而让这些托拉斯解体的努力将导致法人权利扩大。

---

① Horwitz, *The Transformation of American Law*, *1870 - 1960*, 83 - 87; Ralph Nader et al., *Taming the Giant Corporation* (1976), 52.

几年这一做法迅速传播开来,美国几乎所有大型法人和托拉斯都步标准石油公司后尘,按照标准石油公司的路线图,在新泽西州重新注册成立,其中就有"布克"·杜克的美国烟草公司。1899 年,新公司法实施刚刚十年后,有位名叫查尔斯·博斯特威克(Charles F. Bostwick)的律师在纽约州律师协会演讲时指出:"那么多托拉斯和大公司都在向新泽西州进贡,当局都糊涂了,该怎么处理这么多收入呢?"①

数十年过去了,当年那些托拉斯早已经被打败,还会有一些公司法专家指出,新泽西的改革是"触底竞争"的开始。各州争相收取法人注册费用,让公司法变得越来越宽松,吸引着公司高管,让他们在新规中得到解放。时光流转,限制公司高管权力的传统公司法原则变得几乎毫无意义,公司法也成了主要由私人团体用来管理自身事务的样板。在新泽西州一夜暴富之后,群起仿效的州当中也有特拉华州。尽管新泽西州的人民主义者最终收紧了该州的公司法,特拉华州却一直让自己的法律越来越宽松。今天,这个以美国一位已被遗忘的创建者命名的弹丸小州,只拥有不到 1% 的美国人口,《财富》杂志评定的世界 500 强公司,却有六成以上都在这里安家②。

回到 1905 年,这时埃德温·黑尔正被亨利·塔夫脱传唤,要去大陪审团面前作证,配合对烟草托拉斯的调查。美国消费者的主要生活用品,大部分都是从屈指可数的几家托拉斯手里购买的:糖、威士忌、棉花、亚麻籽油、曲奇饼、薄脆饼干和水果。电气照明走入城市千家万户之前的最后十年间,美国人晚上都是在标准石油公司充气的煤气灯光下享受这一

---

① Dobson, *Bulls*, *Bears*, *Boom*, *and Bust*, 203; Geisst, *Wall Street: A History*, 100, 106; Charles F. "Bostwick, Legislative Competition for Corporate Capital," 7 *American Lawyer* 136, 140 (1899); Horwitz, *The Transformation of American Law*, 1870 - 1960, 83 - 84.

② 关于"触底竞争",参见 William L. Cary, "Federalism and Corporate Law: Reflections Upon Delaware," 83 *Yale Law Journal* 663, 666 (1974)。关于特拉华州,参见 Leslie Wayne, "How Delaware Thrives as a Corporate Tax Haven," *New York Times*, June 30, 2012。

切。与此同时,在全美国销售的所有烟草中,"布克"·杜克的美国烟草公司制造了 75％以上吸食烟草、90％的鼻烟以及 80％的嚼烟[1]。

杜克也接管了美国的甘草产业,使之成为烟草托拉斯的一部分。为实现垂直整合,杜克购买了麦克安德鲁斯与福布斯公司三分之二的股份,并控制了美国其他所有大型的甘草根进口商。接下来他指定甘草价格,在公司之间均分客户,限制产量,拒绝把甘草卖给不愿意以高昂价格签署长期合同的客户。结果,美国烟草公司控制了 95％的甘草交易,并利用这一市场影响力,将价格抬高了将近 50％[2]。

美国烟草公司是最高法院第一起关于第四和第五条修正案的法人权利案件的幕后主使。

美国烟草公司、麦克安德鲁斯公司以及其他甘草公司之间的这些协议,是否对行业形成了非法限制,违反了《谢尔曼反垄断法》? 这是指定要求特别检察官塔夫脱来回答的问题。1890 年开始实施的反垄断法规定,任何限制行业的"契约、联合……及合谋"均为非法,并禁止试图"垄断行

---

① "Tobacco Trust," *Gale Encyclopedia of U. S. Economic History*, ed. Thomas Carson et al. (1999), 1008.

② 美国烟草公司收购麦克安德鲁斯与福布斯公司的细节见以下法院意见书: United States v. American Tobacco, 221 U. S. 106 (1911); United States v. MacAndrews & Forbes Co., 140 F. 823 (S. D. N. Y. 1906)。

业任一部分或各州之间商业贸易"的行为。《谢尔曼法》的灵感来自 19 世纪末新闻业"扒粪运动"的兴起。"扒粪者"这个称呼借用自 17 世纪的一则基督教寓言故事,讲的是有一群人拒绝灵魂的救赎生活在污秽中,而这些"扒粪者"都是富有改革精神的新闻记者,专事调查公司腐败和其他社会弊病。他们最喜欢的目标就有托拉斯,尤其是标准石油。亨利·德马雷斯特·劳埃德(Henry Demarest Lloyd)于 1881 年发表在《大西洋月刊》上的雄文《一家大型垄断企业的故事》就是在揭发标准石油公司,是最早、最有影响力的新闻业"扒粪"作品之一。文章揭露了洛克菲勒如何主宰了全国的石油市场——令标准石油公司成为"历史上最卑鄙的垄断企业"——不仅如此,还同样主宰了政治。劳埃德写道:"标准石油公司对宾夕法尼亚州议会什么勾当都干过了,只除了将其精炼一番。"①

《谢尔曼法》颁布后头十年,美国商业界和司法部都对这部法案视而不见。尽管这一时期很多州都在积极实施自己州的反垄断法,联邦政府却一直袖手旁观,直到罗斯福总统于 1902 年起诉了金融家 J. P. 摩根(J. P. Morgan)的铁路托拉斯北方证券公司并令其解散,这是根据《谢尔曼法》起诉的第一件大案。罗斯福就任总统时,几乎没有人能想到,他留在历史上的声誉会跟打碎托拉斯那么紧密地联系在一起。罗斯福家境优渥,曾经在麦金利总统的一届政府中担任副总统,大家也都知道,麦金利总统的行政部门对商业利益钟爱有加。实际上我们也会看到,麦金利赢得 1896 年和 1900 年两次总统大选,都有企业为他的竞选活动提供了史无前例的巨额经费——这就是公司控制了选举过程的真实案例,公民联合组织案的批评者所担心的也正是这种局面。罗斯福并不反对大型企业——甚至到他自己竞选连任时,都要依赖企业资金来资助——但是他认为,很多托

① 关于劳埃德,参见 John L. Thomas, *Alternative America: Henry George, Edward Bellamy, Henry Demarest Lloyd, and the Adversary Tradition* (1983)。劳埃德对标准石油的揭露见 http://www. theatlantic. com/magazine/archive/1881/03/the-story-of-a-great-monopoly/ 306019/。关于《谢尔曼反垄断法》,参见 "Trust-Busting," in *Gale Encyclopedia of U. S. Economic History*, ed. Thomas Carson et al. (1999), 1025。

拉斯都是通过不正当手段成功的①。

由于《谢尔曼法》此前从未认真实施，司法部对反垄断案件并没有什么经验可言，而像是亨利·塔夫脱这样的私人执业律师也被聘来担任公诉律师，他以前可是在各州按州级法律起诉的反垄断案件中为不少法人辩护过。在大陪审团，检察官的权力很大，而且不受制约。根据宪法第五条修正案的规定，联邦政府通过大陪审团向某人提出刑事犯罪指控。同更为常见的陪审团审判不一样，陪审团会公开审理并做出是否有罪的最终判决，但大陪审团的作用是，首先决定是否要提出指控。制宪者设置大陪审团制度是为了制约政府权力，但检察官在整个进程中权力几乎完全不受限制，因此大陪审团并没有起到这样的作用。大陪审团秘密集会，听取由检察官单独带来提请陪审员留意的证据和证词。没有法官，通常会在普通审判中限制陪审员能看到什么证据的规则在此也不适用。照法院里的一句古话来说，即便检察官要求起诉一块火腿三明治，大陪审团也会听命行事②。

不过对于大陪审团的场面，塔夫脱跟他的证人黑尔一样都没见过。塔夫脱作为检察官的第一桩官司传唤的第一个证人，就是黑尔。但不管怎么说，大陪审团的房间对塔夫脱来说，肯定还是比对黑尔来说要舒服多了。跟塔夫脱不一样，黑尔得担心有人会发现他曾经挪用了麦克安德鲁斯与福布斯公司的 5 万美金——搁 2017 年大概相当于 130 万美元。

但是，塔夫脱关心的只是反垄断的问题，他叫黑尔来作证，也是希望这位高管能提供关于麦克安德鲁斯与福布斯公司的反竞争操作的大量信

---

① Theodore Roosevelt, State of the Union Message, December 3, 1901, http://www. theodore-roosevelt.com/images/research/speeches/sotu1.pdf; Kluger, Ashes to Ashes, 46.

② 关于起诉火腿三明治，参见 Ronald Wright and Marc Miller, "The Screening/Bargaining Tradeoff," 55 Stanford Law Review 29, 51 n. 70 (2002). 关于大陪审团的更多情况，可参阅 Kevin K. Washburn, "Restoring the Grand Jury," 76 Fordham Law Review 2333 (2008); Akhil Reed Amar, The Bill of Rights: Creation and Reconstruction (1998), 83–85。

息。对黑尔本身的罪责,塔夫脱一无所知;他的目标不是黑尔,而是烟草托拉斯。麦克安德鲁斯与福布斯公司只是一枚棋子,塔夫脱想用这枚棋子得到对美国烟草公司及其业务来往足以定罪的信息。就像检察官会对不入流的街头小贩提出指控,希望能借此扳倒大毒枭一样,塔夫脱拿麦克安德鲁斯与福布斯公司开刀,也是为了扳倒"布克"·杜克。

对于等在大陪审团房间外的德兰西·尼科尔来说,麦克安德鲁斯与福布斯公司同样只是一枚棋子。塔夫脱想用黑尔来撬开烟草托拉斯罪证的阀门,同时尼科尔为烟草公司着想,也想利用黑尔来把调查搞砸。尼科尔抽起烟来一根接一根,在外面的走廊上消磨时间时,他很可能就在享用美国烟草公司的香烟。不过也有可能,他在花时间认真思考刑事司法系统中的不公之处,这位前地方检察官经常这样做——他第一次赢得选举就是以改革派候选人的身份。尼科尔曾经大发牢骚:"富人几乎总是可以逍遥法外,除非他们的罪行过于明目张胆……而穷人不论犯下什么罪过,都一定会受到惩罚。"然而,无论尼科尔对司法公正的一般看法如何,至少在这个案子里,他都决心让自己超级有钱的委托人,美国烟草公司,逍遥法外①。

在大陪审团的房间里,塔夫脱继续问询黑尔麦克安德鲁斯与福布斯公司的事情。塔夫脱问道:"该公司从事何种业务?"

答案并不是什么秘密,但黑尔还是停顿了一下。他和尼科尔为这个问题做过准备。尼科尔告诉过黑尔,要说什么,怎么说。尼科尔的对策是为了保护美国烟草公司的利益,但同样也能保护黑尔。黑尔回答塔夫脱:

---

① 尼科尔抽烟的习惯见 Allan Nevis, "Henry Ford: A Complex Man" in *Henry Ford: Critical Evaluations in Business and Management*, ed. John Cunningham Wood and Michael C. Wood (2003), 1: 47, 52. 他对刑事司法系统的看法见 Timothy J. Gilfoyle, "'America's Greatest Criminal Barracks': The Tombs and the Experience of Criminal Justice in New York City, 1838 - 1897," 29 *Journal of Urban History* 525 (2003)。亦可参见 Betty Glad, *Charles Evans Hughes and the Illusions of Innocence* (1966), 62。

"进一步的问题我只能拒绝回答阁下。"至于为什么他不能回答更多问题，他的解释明显经过演练："首先，对我作为证人的调查，并没有合法的正当理由或授权；其次，我的回答可能会让我成为被告。"他援引的是第五条修正案。

塔夫脱问："麦克安德鲁斯与福布斯公司的总裁是谁？"黑尔回答："我只能重复我刚刚说过的话。"特别检察官想回到黑尔的历史，这位证人已经就此提供过一些大概的答案，兴许黑尔能继续说说这些。塔夫脱问："在你来纽约市之前，你做的是什么工作？"但黑尔并没有上当，他的回答夹枪带棒："出于同样原因，进一步的问题我只能拒绝回答。"

塔夫脱只管连珠炮似的提问："美国烟草公司与麦克安德鲁斯与福布斯公司之间，是否有任何正式协议、非正式协议或约定，关系到甘草、甘草膏、甘草粉的业务和交易，影响了美国一些州之间的业务往来？"黑尔拒绝回答。

这样你来我往、毫无结果的问询又持续了好几分钟，塔夫脱才转向传票中命令黑尔带来的文件。麦克安德鲁斯与福布斯公司的记录和通信中很可能会有大量有用的信息。"你有没有带来传票所要求的任何文件？"在发问之前，塔夫脱肯定早就知道这个问题的答案，传票的命令很宽泛，要求带来麦克安德鲁斯与福布斯公司曾发起或从另外十多家不同的公司收到的所有契约、通信和其他文件，黑尔要是带了，随身就会有好多好多个箱子。

"我没带。"黑尔回答。

塔夫脱就算抓狂也无济于事。他不能强迫黑尔回答问题，或是把文件拿出来。但是法官可以。一周后，塔夫脱把黑尔拖到埃米尔·亨利·拉孔布（Emile Henry Lacombe）面前，这是位讲究法治的联邦法官，对搅事儿的人可没什么兴趣容忍。本案中的问题涉及宪法中的第四、第五条修正案。黑尔在拒绝交出塔夫脱传唤的大量文件时，主张的是第四条修正案"人民的人身、住宅、文件和财产不受无理搜查和扣押的权利"；在拒绝就麦克安德鲁斯与福布斯公司和烟草托拉斯作证时,他主张的是第五条修正案规定的"任何人不得……在任何刑事案件中被迫自证其罪"的权利。不同寻常之处在于,黑尔并不是在为自己主张这些权利,至少在目前所有卷入烟草公司案调查的人看来都是如此。他明显是在代表麦克安德鲁斯与福布斯公司这样一家法人主张这些权利。尼科尔告诉拉孔布法官,传票和大陪审团的问题,侵犯了法人的宪法权利①。

拉孔布法官并没有被说服,因此仍然命令黑尔回答塔夫脱的问题。法官并没有详细反驳尼科尔的观点,而是发布命令,要求黑尔作证并提供所要求的文件,否则就去蹲班房。在尼科尔的建议下,黑尔再次拒绝了。他要是如实交代,个人会损失巨大,因此别无选择,只能照着尼科尔说的去做。黑尔被还押候审,交由当地警察局局长威廉·亨克尔(William Henkel)看管。尼科尔就拉孔布的判决提出上诉,在上诉裁决之前,黑尔被释放,交到了他的律师手中②。

缓刑也不过是暂缓执行罢了。四个月后,也就是 1905 年 9 月,麦克安德鲁斯与福布斯公司发现黑尔和他邻居兼赌博搭档哈里·斯莫克偷了钱,将盗窃事件报告了纽约的地方检察官威廉·特拉弗斯·杰尔姆(William Travers Jerome),此公竞选这个职位的时候,曾经承诺要打击腐败。一个平常不过的星期四,杰尔姆派警察进入公司位于第五大道南端的办公室,在同事们的众目睽睽之下,逮捕了这两个人。第二天,《纽约时报》的大标题宣称:《可信之人因挪用巨额公款锒铛入狱》,其下一篇报道,将黑尔与反垄断调查、罗斯福总统和美国烟草公司全都联系在一块儿了③。

尽管黑尔本人的命运已经尘埃落定,但由于他拒绝作证、拒绝交出文件而引发的争议,却还在最高法院继续。本案涉及的问题,第一印象就

---

① "Witness in Contempt in Tobacco Inquiry," *New York Times*, May 9, 1905; "English Anarchist Loses," *New York Times*, November 8, 1903.

② Transcript of Record, Hale v. Henkel, 201 U. S. 43 (1906).

③ "Trusted Men in Jail for Large Defalcation."

是：麦克安德鲁斯与福布斯公司这样的法人，是否享有第四、第五条修正案规定的，犯罪嫌疑人应享有的权利？

今天，宪法条款中最常引发诉讼的就是第四、第五条修正案了。警察只要搜查住宅，就必须遵守第四条修正案所要求的关于搜查令的严格规定。警察如果要逮捕谁，就必须宣读米兰达警告，告诉犯罪嫌疑人根据第五条修正案有保持沉默的权利。如果嫌疑人能证明这些权利被侵犯了，用违反宪法的方式得到的证据往往会作废，所以嫌疑人有强烈动机提出这种主张。法院每天都会碰到第四和第五条修正案的案子，法学院学生的案例教材中，关于这两条修正案的细节翔实、内容丰富的案例也堪称汗牛充栋[①]。

但是，1905年德兰西·尼科尔把麦克安德鲁斯与福布斯公司的这个案子打到最高法院时，关于这两条修正案的司法理念还处于初级阶段。犯罪控制传统上属于州政府的职责范围，按照最早的美国宪法，州政府履行这些职责时不要求遵守第四、第五条修正案，也不要求认可言论自由、宗教信仰自由、持械权等《人权法案》中列举的任何其他权利。在美国历史最早的一百多年中，最高法院都一直认为，《人权法案》仅仅是对联邦政府的限制，对州政府和地方政府并无约束力。到了20世纪，最高法院改变了方向，逐渐将《人权法案》的大部分条款都扩展到州和地方政府，但尼科尔对拉孔布法官的判决提出上诉时，还远远没到发生上述变化的时候。

关于第四和第五条修正案的案件这么少还有一个原因，就是至少一直到19世纪末，联邦政府都没有什么关于刑事犯罪的法律来执行。镀金时代见证了大型、全国性企业的崛起，比如那些铁路公司和托拉斯，都超出了州政府的控制能力。从1887年开始，国会逐渐填补了监管漏洞，起手就是一部《州际商业法案》——对全国性铁路行业全面施行联邦监管，

---

① 今天关于第四条和第五条修正案的案件非常多，关于此情形可参阅 Ashlyn Kuersten and Donald Sonder, *Decisions of the U. S. Courts of Appeals*（2014），35。

这还是第一次。该法案要求铁路收费必须"合理、公正",禁止铁路公司施行某些形式的费率歧视,还建立了第一个现代监管部门来监督铁路行业,叫做州际商务委员会。三年后《谢尔曼法》通过,刚刚进入 20 世纪时,前后脚又有了 1906 年的《肉类检验法案》及 1907 年的《食品与药品法案》,这两项法案也都是因为新闻业"扒粪运动"的启发而出现的。

这一波以刑事处罚作为支撑的联邦监管,必然地给最高法院带来了关于第四和第五条修正案的案件,企业因此也再次成为宪法的第一推动力。确实是那些因不法行为而被调查或起诉的企业,给最高法院带来了最早的关于第四和第五条修正案的案件,包括博伊德诉合众国案(Boyd v. United States),以及后来尼科尔的这个案子。博伊德案判决于 1886 年,也就是加有误导性按语的圣克拉拉县一案宣判的同一年,被视为最高法院关于第四和第五条修正案所保护的刑事权利最早的重大判决。这个案子涉及的不是法人,而是商业性合伙制企业,遭指控说未缴纳进口玻璃的关税。政府扣押了这批玻璃,并弄到一张法庭令状,要求合伙企业交出所有相关货单。但是,最高法院站在了合伙企业这一边。大法官们认为,强制公司披露文件,正是第四条修正案所说的无理搜查和扣押,而且把这些文件当成对文件所有人不利的证据,也属于第五条修正案所说的被迫自证其罪。虽然在接下来的几十年间,最高法院在很大程度上逐渐淡化了这些原则,博伊德案仍然是让第四和第五条修正案不再纸上谈兵的第一案,所涉及的也是一家企业[①]。

这批监管法律既包括这一时期新出现的诸多联邦法律,也包括大量州一级的法律,都首次明确规定法人可课以刑事罪名。比如《谢尔曼法》,就规定对个人可处以最高 35 万美元的罚款,对"法人"的罚款上限则是 1 000 万美元。当然,同个人不一样,法人不可能被判入狱。历史上,布莱

[①] 参见 Boyd v. United States, 116 U. S. 616 (1886)。其他案件还包括铁路公司的那些案件。参见 Counselman v. Hitchcock, 142 U. S. 547 (1892); Brown v. Walker, 161 U. S. 591 (1896)。

184   WE THE CORPORATIONS

政府对企业的监管和检查,在 20 世纪初逐渐加强。

克斯通曾经认为,法人根本不能以刑事罪名起诉。19 世纪曾有法院解释道,法人"没有灵魂",因此不可能有刑事法律定罪通常要有的"实际犯罪意图",然而到了镀金时代和进步时代,随着商业法人变得越来越普遍,经济影响力也越来越大,法人不可能有犯罪意图的观念逐渐淡去,对法人以刑事罪名起诉的案件越来越多。刑法专家乔尔·普伦蒂斯·毕晓普(Joel Prentiss Bishop)于 1892 年写道,如果法人能做到"削平山峰,填平山谷,铺下铁轨,让火车在铁轨上奔跑"——它们也确实做到了——那么它们行事时"能有多善,就能有多恶",一语道破了氛围的转变①。

---

① Brickey, "Corporate Criminal Accountability: A Brief History and an Observation," 60 *Washington University Law Quarterly* 393 (1982); Daniel Lipton, "Corporate Capacity for Crime and Politics: Defining Corporate Personhood at the Turn of the 20th Century," 96 *Virginia Law Review* 1911, 1954 (2010); William Blackstone, *Commentaries on the Laws of England*, ed. Robert Malcolm Kerr (1876), 1: 464.

在世纪之交,海内外哲学家也卷入了对法人性质的激烈辩论。法人是由州创建的虚构物,还是有自身意志的真实实体? 美国实用主义哲学家约翰·杜威(John Dewey)对关于法人的形形色色的"理论"全都不屑一顾,因为这些理论本质上全都说得不清不楚。实际上,向法人刑事责任的转变跟哲学八竿子打不着。刑法开始被应用到法人身上,只不过因为是有用的工具,可以用来管制那个年代纷纷兴起的巨型法人。在 1909 年的一起案件中,最高法院解释:"现代绝大多数商业交易都是由这些实体进行的……如果因为法人不可能犯法这么一条老掉牙的原则,就让法人不必受任何惩罚,实际上就是禁止了能有效控制商业活动的唯一手段。"①

在提交给最高法院的案情摘要中,德兰西·尼科尔采用了法人主义者的策略,指出麦克安德鲁斯与福布斯公司作为法人,理应与博伊德案中的合伙企业受到一样的保护。但是,尼科尔也被迫对大法官在博伊德案中回避了的问题——像这样的商业实体,究竟有没有第四和第五条修正案权利——发表了看法。在尼科尔看来,答案很简单:如果法人要面对跟个人类似的惩罚,那么法人也应该享有跟个人类似的保护。他说:"如果法人可以被判死刑,也就是解散;如果法人可以被判处没收其财产,如果法人可以像个人一样被起诉、被定罪、被判处罚款,那我们有什么借口拒绝法人享有这几条修正案的善意保护?"尼科尔援引了圣克拉拉县诉南太平洋铁路公司案,来支持他的说法②。

法人又一次站在了宪法体系的最前沿。合众国银行是法人在联邦法院起诉权的急先锋,达特茅斯学院案给契约条款带来了生命,南太平洋铁路公司的诉讼则把第十四条修正案变成了对企业平等保护和正当程序权

---

① Harold J. Laski, "The Personality of Associations," 29 *Harvard Law Review* 404 (1916); John Dewey, "The Historical Background of Corporate Legal Personality," 35 *Yale Law Journal* 655 (1926); P. Q. Johnson, "Law and Legal Theory in the History of Corporate Responsibility: Corporate Personhood," 35 *Seattle University Law Review* 1135 (2012); New York Central & Hudson River Railroad Co. v. United States, 212 U. S. 481 (1909).

② Transcript of Record, Hale v. Henkel, 201 U. S. 43 (1906).

利的有力保障。现在，博伊德案中的合伙企业和麦克安德鲁斯与福布斯公司这样的法人，是这些企业把确立第四和第五条修正案权利的官司首次打上了最高法院。只有在这些涉及企业的官司打完之后，个人才得到了对这些权利的司法保护。并不是法人以个人已经确立的权利为基础树立了自己的权利，而是刚好相反，是个人以各企业确立起来的权利为基础，得到了自身的权利。

1905 年 4 月，德兰西·尼科尔正在为上最高法院做准备，这时候大法官们判决的一起重要案件让他对麦克安德鲁斯与福布斯公司的案子充满了信心。洛克纳诉纽约州案认为纽约州的一条法律违宪，这条法律规定面包师每天最多只能工作十小时，每周最多六十小时。尽管这个案子并没有直接涉及法人权利，但事实证明，这个判决对企业来说是件好事。判决让各州更难监管工作场所条件，而且这样做的名义是保证员工权利：法院认为，最高时长和最低工资法，干涉了员工同意拿更少的钱工作更长时间的权利[①]。

在尼科尔看来，更重要的是洛克纳案的判决说明最高法院相对来讲更支持商业利益。实际上，在最高法院历史上，从 1897 年到 1936 年的四十年都将因洛克纳案而得名为"洛克纳时代"，这期间的大法官们会因为废止劳动法、最低工资法、银行业改革等各种各样监管企业的努力而臭名远扬。但尼科尔不可能知道的是，洛克纳法院和托尼法院一样，也将对法人权利加以新的限制。

我们已经看到，洛克纳时代得名于 1905 年这个涉及面包师的案子，但这个时代的司法理念的精神教父，却是斯蒂芬·菲尔德大法官。履历多姿多彩的菲尔德大法官因年老体衰不得不退休之前，在最高法院最后判决的几个案子中有一个是 1897 年的奥尔盖耶诉路易斯安那州案（E.

---

① Lochner v. New York，198 U. S. 45（1905）.

Allgeyer & Company v. Louisiana），通常被认为是洛克纳时代的开端。此案当事人之一"E.奥尔盖耶与伙伴"是一家合伙企业而不是法人，但跟丹尼尔·韦伯斯特和奥古斯塔银行诉厄尔案中的第二合众国银行一样，公司声称自己有权跨州开展业务。托尼法院拒绝将这一权利扩大到法人身上，但我们也已经看到，商人们坚持不懈，不断带来新的案件。宪法中的随便哪条哪款，只要听起来像那么回事，都会被他们用来提出实际上是同一回事的主张：礼让互助条款，商业条款，以及奥尔盖耶案中，第十四条修正案的正当程序条款。洛克纳法院作出了有利于合伙企业的判决，认为过度保护主义的路易斯安那州法律侵犯了"契约自由"①。

这样的契约自由权，并没有出现在正当程序条款的文字中——小鲁弗斯·惠勒·佩卡姆（Rufus Wheeler Peckham Jr.）大法官对奥尔盖耶案的意见书为什么会成为最高法院历史上最重要的意见书，这也是原因之一。佩卡姆的意见书将正当程序条款对"自由"的承诺广义解读，用来保护没有明文写下来的权利，确立了一个开天辟地的先例。佩卡姆是古尔德、范德比尔特和摩根的挚友，在他看来，这些权利主要是经济权利，包括订立契约、从事任何合法行业的权利，政府都不得加以不当干预。不过，奥尔盖耶案作为先例如此重要，也因为就算在洛克纳时代过去很久之后，最高法院仍在将正当程序条款解读为可用于保护未明文写下的权利，包括隐私权、堕胎权和同性婚姻权。奥尔盖耶案——宪法历史上又一具有里程碑意义的案件，由一家企业起诉并辩护——的判决不只是开启了洛克纳时代，还从根本上改变了美国宪法②。

多年来，洛克纳时代最高法院的批评者指责大法官们让政府即便想

---

① E. Allgeyer & Company v. Louisiana，165 U. S. 578（1897）.

② 关于佩卡姆，参见 "Rufus Wheeler Peckham, Jr.," in Melvin Urofsky, *The Supreme Court Justices: A Biographical Dictionary* （2015），351。关于奥尔盖耶案的影响，以及由该案开启的洛克纳时代，参见 David E. Bernstein, *Rehabilitating Lochner: Defending Individual Rights Against Progressive Reform* （2011）。

洛克纳时代最高法院的诸位法官。后排左起：鲁弗斯·佩卡姆、乔治·夏伊拉斯（George Shiras）、爱德华·怀特（Edward White）、约瑟夫·麦克纳（Joseph McKenna）。前排左起：戴维·布鲁尔、约翰·哈伦、梅尔维尔·富勒、霍勒斯·格雷（Horace Gray）、亨利·布朗（Henry Brown）。①

监管企业也几乎无从下手。不过最近几年，学者们回头重新审视了洛克纳时代最高法院的司法判例，发现最高法院虽然肯定是更支持商业利益，但也允许了很多法规继续存在。而且，最高法院并不是就这么生造了一个全新的契约自由权出来，而是在很多方面都努力维持一个古老的可以追溯到制宪者那里的理念，这个理念很大程度上是从保护私有财产和私人经济关系不被多数票控制的角度来理解宪法的。在大法官们看来，19世纪末各州监管力度的增长史无前例，威胁着个人自由。洛克纳时代见证了诸多企业监管法规被取缔，但最高法院的司法理念，比通常描述的要

① 洛克纳时代历经四十年，首席大法官即有四任，大法官队伍有更多变动，并非只有此处九位。这里应当是 1900 年左右美国最高法院的阵容，即洛克纳时代初期，其中梅尔维尔·富勒为首席大法官，而斯蒂芬·菲尔德大法官已经告老离任。——译者

复杂、微妙得多①。

类似的细微差别在世纪之交最高法院对法人权利的处理中也比比皆是。20世纪前几十年涌现了大量法人权利案件，因为大家都说最高法院对企业很友好，法人在鼓励之下，把好多官司都一直打到最高法院，想扩大宪法保护。但是，洛克纳法院并没有向法人提供哪些新的宪法保护，反倒是对法人权利的范围明确提出了新的限制。洛克纳法院认为，法人有财产权，但没有自由权②。

正式划下这条界线是在1906年判决的西北国家人寿保险公司诉里格斯案（Northwestern National Life Insurance Company v. Riggs）中，大法官判决尼科尔那个麦克安德鲁斯与福布斯公司的案子也是在这一年。密苏里州有条法律要求保险公司，即使投保人在申请保险时撒谎，违反了投保政策，也必须支付人寿保险保单，这家保险公司就想挑战一下这条法律。保险公司声称，这条法律侵犯了奥尔盖耶案和洛克纳案所确立的契约自由权，但多数大法官都不同意这个说法。"确实，本庭曾经说过，第十四条修正案所保障的未经合法正当程序不可被剥夺的自由，包括从事合法职业的权利，以及为了实现从事该职业的目标而签订任何适当、必要和基本的契约的权利。"但是，法院还是认为，"该修正案提到的自由，是自然人的自由，而不是非自然人的自由"。托尼法院最早否决了扩大法人权利的主张，洛克纳法院秉承托尼法院的精神，为法人宪法保护的范围划定了新界限③。

但是，洛克纳法院从来没有为在财产权和自由权之间做出的区分提

① 关于洛克纳时代的修正主义，参见 Bernstein, *Rehabilitating Lochner*；Howard Gillman, *The Constitution Besieged: The Rise and Demise of the Lochner Era Police Powers Jurisprudence* (1995)。对部分早期文献的精彩评述见 Gary D. Rowe, "Lochner Revisionism Revisited," 24 *Law & Social Inquiry* 221 (1999)。
② 关于洛克纳时代对财产权和自由权的区分，参见 Ruth H. Bloch and Naomi Lamoreaux, "Corporations and the Fourteenth Amendment," in *Corporations and American Democracy*, ed. Naomi R. Lamoreaux and William J. Novak (2017), 286。
③ Northwestern National Life Insurance Company v. Riggs, 203 U. S. 243 (1906).

供一个经过深思熟虑的正当理由——甚至都没有操心去定义一下这两个术语。里格斯案除了上面所引述的简短陈述外，再无更多讨论。宪法文本中，并没有明确要求对财产权和自由权区别对待。例如第十四条修正案的正当程序条款，是把两类权利放在一起说的："任何一州……不经正当法律程序，不得剥夺任何人的生命、自由或财产。"当然，法人享有财产权这样的概念相对来说也容易理解。法人从在古罗马最早创立的年代开始，就被视为有以自身名义拥有财产的能力，比如房地产或金融资产。实际上，发明法人这种形式，原本就是为了拥有这种能力。在达特茅斯学院案中，丹尼尔·韦伯斯特挫败了新罕布什尔州接管这所注册为法人的学校的企图，从此，法人拥有财产的权利在美国法律中就已经板上钉钉。

但究竟什么是自由权？大法官们从未给出一个明晰的答案。数年后，在迈耶诉内布拉斯加州案（Meyer v. Nebraska）中，最高法院承认从未"尝试准确界定"哪些权利可以归到自由权这个类目下面。自由权概念的核心与"不受人身限制"有关，但是，法院解释道，自由还必须包括"个人订立契约的权利，从事生活中任何常见职业的权利，获得有益知识的权利，结婚、建立家庭、抚养孩子的权利，遵从自己的良知，信奉上帝的权利"。最高法院描述的是一系列基本的个人自由，与对个人人身、良知和家庭的控制密切相关。这些自由权里面，除了订立契约的权利，没有哪个跟传统的商业实体有丝毫瓜葛。法人没有人身，没有良知，也没有家庭，无从行使个人自主权。而长期以来，法律都在对法人能从事的商业活动类型加以限制——就连在洛克纳时代开始时，新泽西等州新的、更宽松的公司法放松了对法人的诸多管制的时候也是如此[1]。

最高法院承认法人享有财产权，是因为若非如此，公司根本无法运转。而自由权以身体和精神自由为核心，对法人来说并不适用。法人有

---

[1] Meyer v. Nebraska, 262 U. S. 390 (1923)。如果想更广泛了解财产权和自由权，可参阅 Henry Monaghan, "Of 'Liberty' and 'Property,'" 62 *Cornell Law Review* 405, 411-412 (1977)；Wayne McCormack, "Property and Liberty: Institutional Competence and the Functions of Rights," 51 *Washington & Lee Law Review* 1, 29 (1994)。

宪法权利,但跟个人的宪法权利并不相同。

　　最高法院宣布对麦克安德鲁斯与福布斯公司的案子,即黑尔诉亨克尔案(Hale v. Henkel)的判决时,《纽约时报》宣称,美国烟草公司和烟草托拉斯被这个"横扫千军"的判决狠狠"打击"了一番。报道上说,在"所有问题上它们都输了……而且,托拉斯显然已经无处容身"。但实际上,由亨利·比林斯·布朗大法官执笔的最高法院意见书,就跟洛克纳法院的司法理念一样,比乍一看的情形要复杂得多。总体而言,新闻报道说德兰西·尼科尔和麦克安德鲁斯与福布斯公司败诉了,这一点说对了;比如布朗大法官的判决否决了公司关于第五条修正案的主张,认为法人并没有"不得被迫自证其罪"的权利,埃德温·黑尔必须作证。尽管如此,法院同时也认为,法人确实拥有第四条修正案的不受无理搜查和扣押的权利。此外法庭也认定,亨利·塔夫脱的传票上对文件的要求,过度侵犯了这项权利[1]。

　　为《纽约时报》说句公道话,布朗大法官的意见书确实很难说是头头是道的典范,从那时起就一直让读者迷惑不已。布朗的整个任期都平淡无奇,或者毋宁说,他任内唯一的特别之处让人避之唯恐不及——直到现在,人们知道他也只是因为他是普莱西诉弗格森案意见书的作者,这个关于自由裁量权的判决确立了"隔离但平等"的制度。涉及到商业监管问题时,他这个人神妙莫测,在洛克纳案中投票支持取缔面包师每日最多工作十小时的限制,但在另一个案子里又支持矿工每天上工不能超过八小时。就连布朗自己的传记作者都说,这位大法官的职业生涯表明,"一位可能说不上有什么杰出才能的人,如何凭借勤奋、优秀品格、令人愉悦的举止,外加一些运气的帮助",上升到"司法领域的最高位置"。从来没有人拿布

---

① Hale v. Henkel, 201 U. S. 43 (1906); "Federal Jury Indicts Tobacco Trust Men," *New York Times*, June 19, 1906.

朗为黑尔案撰写的意见书来辩称，布朗被低估了①。

　　然而，如果考虑到同一年的里格斯案做出的财产权和自由权之间的区别，布朗大法官的意见书就开始变得有点儿意思了。最高法院否决了法人不得被迫自证其罪的权利，也就是排除了法人与个人自由和人身自主权有关的权利，布朗称这些权利"纯属个人特权"。亨利·塔夫脱在他的案情摘要中指出，不得被迫自证其罪的权利是为了保护人们免受酷刑

亨利·比林斯·布朗大法官撰写的最高法院意见书，承认法人拥有部分（而非全部）宪法对刑事犯罪嫌疑人的保护。

① Henry Billings Brown and Charles Artemis Kent，*Memoir of Henry Billings Brown*，*Late Justice of the Supreme Court of the United States* (1915)，88；Robert M. Warner，"Henry B. Brown," in *The Supreme Court Justices: Illustrated Biographies*，ed. Clare Cushman (2012)，229.

折磨，制宪者想阻止的"伤害"是"司法当局可能采取的威逼、虐待手段所带来的道德败坏的后果"。但是，法人跟人不一样，不会受到酷刑折磨，也不会受到身体上的虐待①。

　　但是，第四条修正案更像是一项财产权。该条款保护的是"人身、住宅、文件和财产"不受政府无理搜查和扣押的权利，主要是在保护有形的财产，而法人很久以来就已经享有跟个人一样的财产权。按照布朗的说法，塔夫脱的传票说明了法人为什么需要这种类型的保护。塔夫脱要求的并不是"交出某一份契约，或是与特定某一家公司的协议，再或是有限数量的文件，而是"麦克安德鲁斯与福布斯公司和全部主要商业伙伴之间"所有的非正式协议、契约和通信"，"包括该公司自成立以来从十多家不同的公司收到的所有信函"。那个年代还没有复印机，要对这么一张传票照章办理可不仅仅是"略有不便"。布朗写道，"实际上很难说"，塔夫脱要求的所有文件"全都搬干净了之后，这家公司的业务还怎么进行下去"。如果对法人财产不加以宪法保护，政府仅仅以调查的名义就能"令一家企业完全停止运转"②。

　　尽管在分别考虑法人的第四和第五条修正案权利时，黑尔案得出了不同结论，布朗大法官对两种情形的推理却是以对法人性质的同样理解为依据的。但是，布朗的意见书仍然说得很糊。布朗在开头就阐明了立场："并没有真的涉及……法人是不是'人'的问题"，然后复述了霍勒斯·宾尼、丹尼尔·韦伯斯特和斯蒂芬·菲尔德的语句，称法人是"由人组成的社团"。然而，在使人昏昏、前后矛盾的语句中，布朗的逻辑却又是以法人人格为依据。也就是说，跟托尼法院一样，布朗把法人看成是独立

---

① 黑尔案在法人权利问题上的分裂有实用主义原因。参见 William J. Stuntz, "Privacy's Problem and the Law of Criminal Procedure," 93 *Michigan Law Review* 1016，1053 - 1054 (1995)；William J. Stuntz, "The Substantive Origins of Criminal Procedure," 105 *Yale Law Journal* 393，422 - 433 (1995)。

② 关于黑尔案的财产权依据，参见 Lipton, "Corporate Capacity for Crime and Politics: Defining Corporate Personhood At the Turn of the Twentieth Century," 96 *Virginia Law Review* 1911，1943 - 1945。

的法律行为人,与组成法人的成员各自独立,截然不同。比如布朗就解释道,埃德温·黑尔不能主张不得被迫自证其罪的特权,因为他的证词不会让他自己被定罪,而可能会让别人被定罪:麦克安德鲁斯与福布斯公司。尽管黑尔是作为法人的代理人被传召而来,布朗却看到在法人实体与其成员之间有严格区分,而法人成员,在本案中就包括其员工。

黑尔诉亨克尔案也反映了这样一种观点:法人与普通个人在宪法相关的问题上有根本区别。布朗大法官在多数意见书中写道,"个人和法人"之间,有"明确区别"。个人"没有向国家或邻居透露其职业的义务",法人则与此不同,是"国家的创造物","被赋予某些特权和特许经营权"①。

尽管法院认为法人享有第四条修正案的不受无理搜查和扣押的权利,法人在这方面的权利比起个人来,还是有更多限制。布朗承认,如果涉及政府对法人的调查,那么"立法机构保有调查(法人的)契约并查明法人是否超出了其权限范围的权利"。布朗说的就是布莱克斯通在《英格兰法律评论》中所谓的"访查权",即政府有权检查法人的账本和记录,以便发现不法勾当。黑尔案数年后,最高法院解释道:"如果有罪的公司高管可以拒绝接受对法人记录和文件的检查,那么政府所保留的访查权在其有效行使中即使不算完全被否决,也会非常难堪。"②

尽管访查权意味着法人对隐私的期望不能那么高,但做出黑尔案判决的最高法院也认为,法人有权不受无理搜查和扣押。政府不能像亨利·塔夫脱本来想的那样,扣押过多的公司文件,令企业都没法运转。用"一竿子打翻一船人"的办法去搞犯罪调查,违犯了麦克安德鲁斯与福布斯公司的第四条修正案权利。

---

① Hale v. Henkel, 201 U.S. 43 (1906)。黑尔案承认人与法人之间的分野,参见 Bloch and Lamoreaux, "Corporations and the Fourteenth Amendment"。

② Roscoe Pound, "Visitatorial Jurisdiction Over Corporations in Equity," 49 *Harvard Law Review* 369, 371 (1936); William Blackstone, *Commentaries on the Laws of England*, ed. Robert Malcolm Kerr (1876), 1: 455.

《纽约时报》并没有注意到,德兰西·尼科尔和麦克安德鲁斯与福布斯公司在黑尔诉亨克尔案中为法人权利赢得了重要胜利。尽管如此,时报极尽夸张,说政府大获全胜,却还是颇有先见之明。案件发回下级法院,亨利·塔夫脱马不停蹄,继续积极推动罗斯福总统行政部门拆散烟草托拉斯的行动。现在可以强迫麦克安德鲁斯与福布斯公司的高管就公司的业务往来作证了。塔夫脱也遵循了最高法院的指示,缩小范围,下达了针对特定文件的要求。1906 年 6 月,黑尔案判决仅仅三个月后,美国烟草公司、麦克安德鲁斯与福布斯公司,以及六十多家附属公司,被控违反《谢尔曼法》[1]。

尽管塔夫脱一丁点儿也没有耽搁,这场官司在联邦法院还是迁延多年没有进展。这场诉讼最终在 1911 年迎来了结果,洛克纳时代最高法院的大法官,支持解散美国烟草公司和詹姆斯·杜克的托拉斯。据说杜克"闷闷不乐,大醉一场",把自己很大一部分财产都捐给了自己的出生地北卡罗来纳州德罕附近的一所小学校,并从中得到了些许安慰。后来,这所学校以他的名字重新命了名。托拉斯之父约翰·洛克菲勒也会亲身感受到杜克的痛苦。1911 年,最高法院支持拆分标准石油托拉斯。杜克和洛克菲勒的托拉斯,借力于新泽西州公司法改革而创建,终于还是被击败了[2]。

截至作者写作本书时,最高法院尚未重新考虑在黑尔案中的一个立场,即法人没有第五条修正案的不得被迫自证其罪的权利。尽管法人仍然享有第四条修正案权利,法人享有的权利范围也仍然比个人的更受限制。在 1970 年代的一系列案件中,法院认为第四条修正案允许的政府在搜查公司工作场所时的自由空间,比在搜索个人住宅时的要大得多。例如,由于政府对酒类和枪支销售有严密监管的历史传统,政府在搜查涉及

---

[1] "Federal Jury Indicts Tobacco Trust Men."
[2] United States v. American Tobacco, 221 U. S. 106 (1911); Standard Oil Co. v. United States, 221 U. S. 1 (1911); Kluger, *Ashes to Ashes*, 52 - 53.

这些商业领域的企业时完全不需要搜查令。即使在检查普通的工作场所时搜查令一般还是要有的,这时候法人受到的保护也还是比个人要少。对个人,政府必须出示可能成立的理由才能得到搜查令,而对法人,政府只需要证明,这次检查是常规检查安排的一部分,不需要任何对不法情事的有针对性的怀疑。法院解释道:"法人在享受第四条修正案权利时,不能要求与个人平等。"①

在刑事权利方面,人们承认法人享有宪法保障给个人的部分权利,但不是全部。即使是法人确实拥有的权利,也比个人所拥有的要更有限。法人在刑事方面拥有的权利,跟组成法人的人所拥有的刑事权利并不一样;这是法人的权利,跟成员权利彼此独立,也截然不同。至少在这里,最高法院看待法人的方式就好像法人也是人一样——但这个人拥有的权利比真人要少很多。

法人很快就会发现,它们没有享受的权利中,有一项是影响选举的权利。尽管法人会在一个世纪之后的公民联合组织案中赢得这一权利,但20世纪初关于这项权利的案子最早出现时,就连对商业亲善有加的洛克纳时代的最高法院,也会做出对法人不利的判决。

---

① Colonnade Catering Corp. v. United States, 397 U. S. 72 (1970); United States v. Biswell, 406 U. S. 311 (1972); Marshall v. Barlow's Inc. , 436 U. S. 307 (1978); United States v. Morton Salt Co. , 338 U. S. 632 (1950). Peter J. Henning, "The Conundrum of Corporate Criminal Liability: Seeking A Consistent Approach to the Constitutional Rights of Corporations in Criminal Prosecutions," 63 *Tennessee Law Review* 793, 802, 826 et seq. (1996); Darrell A. H. Miller, "Guns, Inc. : Citizens United, McDonald, and the Future of Corporate Constitutional Rights," 86 *New York University Law Review* 887, 919 (2011). 关于另一项刑事权利适用于法人的情形,可参阅 Elizabeth Salisbury Warren, "Note, The Case for Applying the Eighth Amendment to Corporations," 49 *Vanderbilt Law Review* 1313 (1996).

第六章　有财产权，无政治权

　　1905 年 5 月，作为针对烟草托拉斯的调查工作的一部分，埃德温·黑尔走进大陪审团的房间接受问询；四个月后，乔治·珀金斯（George W. Perkins）也走进了曼哈顿下城的纽约市政厅作证，这里离黑尔作证的地方只有几个街区。政府对法人违法行为的调查十分引人注目，珀金斯被要求前来作证，也是调查的一部分。来自肯塔基州的黑尔是个狡诈的赌徒，珀金斯跟他不一样，在纽约的商业界和上流社会中，珀金斯是颇有影响力的精英。纽约人寿是一家很成功的保险公司，珀金斯名义上是这家公司的副总裁，但大家也都知道，他是金融家 J. P. 摩根的得力助手，还跟西奥多·罗斯福总统过从甚密。跟神神秘秘的大陪审团不一样，对珀金斯的聆讯是公开的。的确，市政厅镶了红木、高十二米的华丽宽敞的议会大厅里，挤满了记者、旁听者和民选官员，足有好几百人，都急吼吼地想听珀金斯会说些什么[①]。

　　虽然珀金斯有权请律师陪同，他还是选择了孤身前往。珀金斯很确定自己没做过任何不正当的事情，而且跟紧张兮兮的黑尔不一样——黑尔在证人席是三缄其口，绝不多说一个字——珀金斯打算坦诚直言，因为作为纽约上流社会中诚实的一员，他极度自信。但是珀金斯也有一个秘密，而且这个秘密泄露之后，珀金斯发现自己也要面临刑事指控，这一点倒是跟黑尔一样。

　　这个时代最重要的三位人物："泰迪"罗斯福总统、路易斯·布兰代斯

(Louis Brandeis)和查尔斯·埃文斯·休斯(Charles Evans Hughes),珀金斯的揭发将对他们的职业生涯造成极大影响。这件事后来人们称之为"1905年华尔街大丑闻",他们的声誉都会在这件事中受到冲击和挑战,甚至被改写。珀金斯的证词也将改变美国人对现代新兴法人的理解——尤其是越来越多的大型上市公司,20世纪,这一类公司将主宰美国经济——以及这些公司对民主腐败的潜在影响。而这个案件最后带来的结果是一波改革浪潮,在美国历史上首次对法人用于政治的资金做出了明确限制。

这些改革预示了竞选资金法终将到来,但在20世纪的头几十年,也一直受到法人的挑战。法人声称自己也享有跟个人一样的可以影响选举的权利,这也是将近一百年后的公民联合组织案的预兆。但在那时候,法人都输了。在黑尔诉亨克尔案和西北国家人寿保险公司诉里格斯案等案件中,最高法院都认为法人有财产权,但没有跟个人自由关系更紧密的自由权。根据这些案子对法人权利做出的区分,法院拒绝将政治言论权扩大到法人。洛克纳时代的法院,尽管因判决偏向商业而闻名,还是为法人权利划定了严格的界限。

瘦削的乔治·珀金斯站在市政厅议会大厅的证人席上,年轻的脸上写满天真,中分的头发整整齐齐,像个小学生一样。而他要面对的阿姆斯特朗委员会首席调查员查尔斯·埃文斯·休斯,身材高大,肩膀很宽,目光冷峻,珀金斯似乎完全不是他的对手。休斯后来会当上纽约州州长,两次担任最高法院大法官,成为共和党总统候选人,还将出任两位总统的国

---

① 关于华尔街大丑闻以及由此导致的竞选资金改革,参见 Adam Winkler, "'Other People's Money': Corporations, Agency Costs, and Campaign Finance Law," 92 *Georgetown Law Journal* 871 (2004); Morton Keller, *The Life Insurance Enterprise*, 1885 - 1910: A Study in the Limits of Corporate Power (1963); "Probing the Insurance Companies," *New York Times*, October 1, 1905, 1. 关于珀金斯及针对保险公司的调查,参见 John A. Garrity, *Right-Hand Man: The Life of George W. Perkins* (1957), 164 et seq。

务卿。这样一个人，似乎命中注定，会拥有美国历史上最精彩的职业生涯。但 1905 年 9 月，珀金斯出现在委员会面前时，在他们两个人中间，更有影响力的肯定是来自保险公司的珀金斯。不过，名声也许会在瞬间发生巨变，而眼下，就是这样一个时刻。

纽约人寿保险公司的乔治·珀金斯（左图）与阿姆斯特朗委员会的首席调查员查尔斯·埃文斯·休斯（右图）。

　　纽约州议会指示阿姆斯特朗委员会调查人寿保险业中财务管理不善的问题，四十三岁的休斯会在其中领衔，实在是出人意料。休斯是一位"鲜为人知"的公司律师，还兼职法学教授，他之前唯一的起诉经历是今年早些时候，作为律师参与了对燃气费率的一次立法调查。尽管休斯因为质询颇有章法在那次调查中给议员留下了深刻印象，最终让他成为人寿保险公司首席调查员的，却是他当时只能算中等的职业表现，不能不说是个悖论。这座城市有很多功成名就的公司律师，休斯跟他们不一样，跟那些经常和保险公司有业务往来的大型律所和投资银行全都没有瓜葛。休斯的执业经验平淡无奇,意味着让他领导调查不会有任何利益冲突①。

休斯当然没有因为珀金斯其貌不扬就被愚弄。珀金斯一开始在纽约人寿保险公司只是个小职员,但后来一路升迁,直到成为公司副总裁。他在公司的成就让他赢得了商界的广泛尊重,1898 年,美国最杰出的投资银行家 J. P. 摩根恳请珀金斯以合伙人身份加入他的公司。但珀金斯对自己目前的职位非常满意,于是做了很少有人做过的事情:把摩根给拒了。这样一来,当然只会让摩根更想得到他。第二年,时任纽约州州长的西奥多·罗斯福建了一个委员会来挽救哈德逊河高耸的峭壁,并任命珀金斯为负责人,摩根提出可以负担整个项目的开销,但有一个条件,就是珀金斯加入他的公司。这回珀金斯同意了,但也提了一个条件。他坚持要继续在纽约人寿保险公司工作,每天上午在纽约人寿办公,下午去摩根的公司。那位传奇般的金融家同意收下这员身在曹营心在汉的大将,就足以让休斯知道,珀金斯这个人究竟有多精明强干②。

休斯在很多事情上都需要珀金斯的证词,但对纽约人寿保险公司账上一条不清不楚的账目尤其好奇。这是支付给摩根的投资公司的一笔支出,金额为 48 000 美元(约合 2017 年的 120 万美元)。这是为提供的什么服务付的钱吗?——如果是服务费,那究竟是什么服务?这是一笔投资吗?——如果是投资,为什么这笔账又没有出现在公司的资产负债表上?纽约人寿保险公司账上,似乎再也没有任何地方提到过这笔费用。

要不是因为一场盛大的凡尔赛主题的化装舞会,休斯和珀金斯都不至于落到这步境地。举办这场舞会的是公平人寿保险公司副总裁詹姆

---

① 关于休斯的"鲜为人知",参见 Lindsay Russell, "Charles E. Hughes, The Pilot of the Insurance Investigation," 17 Green Bag 633 (1905)。关于休斯与大型律所都没有瓜葛,参见 Mark Sullivan, Our Times: The United States, 1900 - 1925 (1930), 3: 51 - 52。关于休斯的生活与职业生涯的更多情况,参见 Dexter Perkins, Charles Evans Hughes and American Democratic Statesmanship (1956); Betty Glad, Charles Evans Hughes and the Illusions of Innocence (1966); Merlo J. Pusey, Charles Evans Hughes (1951)。
② 关于珀金斯,参见 Garrity, Right-Hand Man; "George W. Perkins," in Wall Street People: True Stories of the Great Barons of Finance, ed. Charles D. Ellis and James R. Vertin (2001), 2: 84 - 87。

斯·黑曾·海德(James Hazen Hyde),也是这家公司创始人的公子。二十九岁的海德人称"令人瞠目的半吊子",在社交圈里倒算个名流,风流韵事经常见诸当时的三流小报。1905 年 1 月,在第五大道奢华的雪莉酒店,他为自己侄女初出茅庐办了一场化装舞会。大部分报纸都在争相报道怪异的装饰品和宾客名单上光彩夺目的名人,只有约瑟夫·普利策(Joseph Pulitzer)的《纽约世界报》把读者的目光引向了舞会的开销。《世界报》问道,是谁付了估计得有 20 万美元(约合 2017 年的 500 万美元)来办这场舞会?[1]

　　普利策,这位出生于匈牙利的报纸出版商,把黄色新闻的艺术运用得淋漓尽致。他经常用夺人眼球的大标题来报道据说是丑闻的消息,但结果又往往没几句是真的。但他对保险公司的报道还是很有些干货。海德正在跟几位对头争夺这家保险业巨头的控制权,普利策声称,据其中一位对头爆料,化装舞会的账单是保险公司付的。1905 年从春天一直到夏天,普利策的报纸一直追在海德和他的保险公司后面,每天都会在"公平公司腐败"的通栏标题下发文。普利策试图揭露,在化装舞会之外,公司高管还有很多种方式,牺牲公司投保人的利益而自肥。对自我交易的指控包括高管给自己开的工资高得惊人,以及绝对只有公司内部人士才能受益的投机性投资。海德花销不菲而且据说已经有人付账的舞会,只不过是公司投保人——用《世界报》的话说,那些"孤儿寡母"——如何被道德败坏的管理层利用的最恶劣的例子。

　　受到普利策爆料的推动,纽约州议会找来休斯调查公平公司及其他大型人寿保险公司管理层的问题,其中就有珀金斯的纽约人寿。在调查听证的头几周,有报告称,有"那么点小小不然的轰动,但还没有发现任何特别令人震惊的事情"。然后,珀金斯站在了证人席上[2]。

　　① Winkler, "'Other People's Money,'" 887 – 888; Louis Filler, *Crusaders for American Liberalism* (1939), 196; Mark Sullivan, *Our Times: The United States, 1900 – 1925: Pre-War America* (1930), 3; 34.

　　② Garrity, *Right-Hand Man*, 165.

珀金斯精力充沛,真的是站着——他拒绝坐在证人席上,在他作证的四天时间里,他大部分时间都保持着站立姿势。他不只是渴望谈论公司财务,也想捍卫自己的名誉。普利策对海德和公平保险公司的报道令保险业所有从业人员蒙羞,珀金斯让人们知道,他并不是海德那样的花花公子,一边损人自肥,一边还那么高调。对休斯的问题,他滔滔不绝的回答中充满了过多的细节,讲述自己正直的品格、杰出的工作表现以及纯良的动机。他坚持说自己做过的一切都是为了纽约人寿保险公司和投保人好,公司也一直在因为他的决定受益[1]。

珀金斯对休斯的所有问题都毫不犹疑,把自己表现成一位"事无不可对人言"的坦荡君子。但还是有一件事,珀金斯认为休斯不应该问到。珀金斯前去作证的第一天,就要求在午休时与休斯私下会面。一旦关起门来,珀金斯就建议休斯,不要继续深挖纽约人寿账上那笔不明不白的48 000美元了。珀金斯警告道:"这是个炸药包,碰不得。"[2]

约瑟夫·克普勒(Joseph Keppler)的《参议院的老板们》是一幅屡见于教科书的著名政治漫画,描绘了19世纪末很多美国人对法人如何腐化民主是怎么理解的。这幅漫画于1889年最早刊登在《顽童》(Puck)杂志上,画上有十二位肥头大耳的商人,他们戴着标志性的高顶窄边礼帽,衣领皱巴巴的,穿着镀金时代的燕尾服,排成一列穿过一个写着"垄断者入口"的大门走进美国参议院。画中的参议员仿佛都来自小人国,而那些比他们大了十几倍的工业巨人占满了议会大厅。他们每个人的便便大腹上,都潦草地画了一个美元标记和一个标签——"标准石油托拉斯"、"铜托拉斯"、"糖托拉斯",等等。在托拉斯时代,政治腐败来自比所有政府都更有钱有势、财大气粗的大公司。这些企业用它们积累起来的财富碾压、控制

---

① Garrity, *Right-Hand Man*, 166 - 167。

② 珀金斯与休斯私下谈话的内容来自休斯本人。参见 *The Autobiographical Notes of Charles Evans Hughes*, ed. David J. Danelski and Joseph S. Tulchin (1973), 125 - 126。

约瑟夫·克普勒 1889 年的漫画《参议院的老板们》，反映了舆论对托拉斯的力量感到恐惧。

立法者，确保法律会让公司利润增加①。

　　南北战争后数十年间，工业革命蓬勃发展，席卷美国经济，也让人们对公司腐败有了这样的印象。为了在变幻无常的环境中确立对自己有利的法律，法人转向游说和给予特别好处，如果这些都失败了，就直接行贿。罗杰·托尼时代的巴尔的摩与俄亥俄铁路公司，以及内战前后的中央太平洋铁路公司，都采取了这种做法。有了大把派发的金钱和股票，像铁路公司这样的大公司变得很有政治影响力，有时甚至是一言九鼎。不过，政治上还有一个领域，各公司以前还从来没有染指过，就是为竞选活动提供资金。一直到 1890 年代，候选人都是靠家族财富、本地机构和赞助来筹集资金，从来没有仰仗过公司。

　　然而，19 世纪末发生了"政治领域的工业革命"，美国的竞选机制经

---

① 关于克普勒的漫画，参见 Donald Dewey, *The Art of Ill Will: The Story of American Political Cartoons*（2008），229。

历了彻底的转变,跟美国经济正在发生的更普遍的转变如出一辙。1870年代,格兰特总统治下的行政部门的腐败程度空前绝后,人们对机构政治的失望也与日俱增,由此催生了一系列改革,用来整肃选举和政府中的官僚主义。1883年,国会通过了具有里程碑意义的《彭德尔顿法案》,限制了对联邦官员的赞助,减少了对联邦官员的党派任命。除了联邦一级的公务员制度改革,各州也相应改革了选举中的无记名投票制度。以前选民要自己把无记名选票带到投票站,上面往往有鲜艳的颜色,这样各党派的投票观察员就能知道他们投的票是不是对的。但1880年代,法律要求用由政府印制的官方选票,而且可以在投票站的帷幕后面秘密投票。这样的法律全国都在推行,再加上其他选举制度改革措施,降低了政治机构在选举日控制谁能获胜的能力。候选人越来越需要在舆论场上赢得支持,就跟企业销售产品一样①。

　　这样的转变究竟意味着什么,没有人比马库斯·阿朗佐·汉纳(Marcus Alonzo Hanna)更清楚。汉纳就是他那个时代的卡尔·罗夫②(Karl Rove),圆脸,下巴松弛,前额闪亮、后倾,跟两次引领乔治·布什(George W. Bush)成功登上总统宝座的人的相似之处可不止一星半点。共和党总统候选人威廉·麦金利于1896年入主白宫,并于1900年赢得连任,都是汉纳在背后出谋划策,进行政治运作。汉纳在克利夫兰长大,跟约翰·洛克菲勒是高中同学,而且他在煤炭和钢铁行业的职业生涯极

---

① 关于政治选举中的"工业革命",以及候选人越来越需要新的资金来源,参见 Mark Wahlgren Summer, " 'To Make the Wheels Revolve We Must Have Grease': Barrel Politics in the Gilded Age," in *Money and Politics*, ed. Paula Baker (2002), 49。关于选举程序的变化,参见 Adam Winkler, "Voters' Rights and Parties' Wrongs: Early Political Party Regulation in the State Courts, 1886 - 1915," 100 *Columbia Law Review* 873 (2000)。

② 卡尔·罗夫(生于1950年)是共和党的政治顾问,在他的帮助下,乔治·布什两次赢得得克萨斯州州长选举(1994年、1998年),之后又两次赢得总统大选(2000年、2004年)。2004年布什在胜选演讲中,特别感谢卡尔·罗夫,称其为"设计师"。同时,卡尔·罗夫也帮助多位共和党人赢得了州长、参议员等职位。2007年,卡尔·罗夫辞去白宫所有职务,专事政治分析,并为多家主流媒体撰稿。——译者

为成功。但他真正的爱好是政治。1895 年,他把自己的公司交给弟弟打理,把全部精力都放在了俄亥俄州同乡麦金利的总统竞选上面。他运用商人的创新和营销的本能,彻底改变了竞选活动资金筹集和开销的方式,也首次将大量公司现金引入竞选活动中①。

1896 年,汉纳当选共和党全国委员会主席,他迫切感到需要为总统大选筹集的资金比以往任何一届都要多。民主党提名激情四射的威廉·詹宁斯·布赖恩(William Jennings Bryan)为总统候选人,这是位杰斐逊派的人民主义者,反对法人权力,在农民和工人阶级中赢得了广泛支持。在美国历史上迄今为止最严重的经济大萧条,1893 年的经济大恐慌中,工人和农民受到的影响最为严重。跟 1929 年的历史性大崩盘一样,人们把经济萧条直接归咎于华尔街的银行家和金融家。1896 年的民主党大会上,布赖恩发表的著名演讲谴责美国企业界的领导人企图"把人类钉在黄金十字架上"②。

这是历史上最重要的几次总统竞选之一,而在竞选初期,布赖恩占尽了所有优势。布赖恩的广泛吸引力意味着,就连传统上毫无问题的共和党大本营都在蠢蠢欲动。为了能跟布赖恩分庭抗礼,汉纳决定发起一场全面、系统的宣传活动,教育选民。这番努力所费不赀,而且所需要的不只是金钱,还需要彻底改变总统竞选的运作方式。汉纳想让全国委员会的方法跟美国企业的标准相一致——在这过程中,他打造了第一场现代政治运动。

尽管地方上的选举传统上由各州委员会负责管理,即使对总统候选人也是如此,汉纳还是让这些力量都集结到自己麾下,让自己成为"全军总参谋长"。他重组了共和党全国委员会的执行办公室,引入了改进过的簿记系统。他在芝加哥开设了另一个总部,离中西部的选民更近一些,因

---

① 关于汉纳,参见 Herbert David Croly, *Marcus Alonzo Hanna: His Life and Work* (1912); William T. Horner, *Ohio's Kingmaker: Mark Hanna, Man and Myth* (2010)。
② 关于布赖恩,参见 Michael Kazin, *A Godly Hero: The Life of William Jennings Bryan* (2006)。

马库斯·阿朗佐·汉纳从法人那里募集资金,彻底改变了竞选活动筹集资金的方式。

为麦金利很需要他们的支持。他打造了第一场全国范围的广告宣传活动来推销总统候选人,用德语、西班牙语、法语、意大利语、丹麦语、瑞典语、挪威语和希伯来语印制了共计一亿多份竞选材料,好吸引移民。徽章、漫画、标语牌、海报、公告牌和传单都是"成车成车"地生产出来。共和党全国委员会雇用了一千四百人,派往每一个选情胶着的地区宣传麦金利。在艾奥瓦州拉选票时发现支持布赖恩的可能占多数,汉纳就派了演讲人过去,并"挨家挨户"派发竞选材料,直到舆论转向。选票上麦金利的竞选搭档,也就是副总统候选人是西奥多·罗斯福,他评论说汉纳"打广告的架势就好像麦金利是一种专利药物一样"①。

汉纳全新的竞选方式所要求的资金,比以往的竞选要多得多——公司也都非常愿意为这样的竞选出钱。汉纳比大部分人都更清楚金钱在政治竞选中的价值。甚至在成为共和党的首要筹款人之前,他自己就已经在慷慨解囊了。1887 年的一天早上,他赶巧碰到一群来自俄亥俄州凯霍加县的选举人员,全都郁郁寡欢的样子。他问道:"你们怎么都这么闷闷

---

① Croly, *Marcus Alonzo Hanna: His Life and Work*, 212-213; Thomas J. Baldino and Kyle L. Kreider, *U. S. Election Campaigns: A Documentary and Reference Guide* (2011), 3.

不乐的？咋回事儿？"他们诉苦说自己的竞选活动已经负债1 000多美元，汉纳便坐下来照着数额写了张支票，说："来，把钱还了，给我高兴点儿！"汉纳因为出手阔绰在捐款人中颇得信任，他有句俏皮话也很有名(不过也可能是出于杜撰)："在政治当中有两件事情很重要。头一件就是钱，第二件嘛，我也不记得了。"①

早在公民联合组织打开公司资金的闸门向竞选活动放水的一百多年前，汉纳就想让法人既成为组织现代政治运动的范本，又成为现代政治运动的资金来源。19世纪末的巨型法人所积累的资本，意味着它们有足够财富花在政治选举上——就跟它们有办法请到最好的律师来追求法人权利是一样的道理。

对于布赖恩当上总统的经济后果，商业领袖们忧心忡忡，但汉纳刚开始跟东海岸的资金和华尔街都没牵上头。1896年，他一开始从大企业筹集资金的努力都以失败告终，以至于他打起了退堂鼓，想退出竞选。不过有一天他在街上碰到老朋友詹姆斯·希尔(James J. Hill)，跟后者这样讲述了一番，希尔这位铁路大亨就主动给他引荐了一些合适的人。他俩一起去纽约各大公司转了五天，很快华尔街的资金就源源不断地流向了麦金利的小金库②。

一旦竞选活动的资金筹集上了道，汉纳的派头就成了商人，而不是化缘的。他告诉美国那些大型公司的领导，麦金利对他们的底线来讲是有利无弊，他们应该根据自己的能力和风险，为美国繁荣昌盛做贡献。银行应该献出0.25%的资本，大型工业企业则建议提供五到六位数的资金。汉纳的高中同学开的标准石油公司，作为经济巨无霸，被要求捐赠25万美金。汉纳"将筹款活动系统化，开政治运作之先河"。同时他也明确表示，他可不是在拿好处做交易。华尔街有家公司寄了10 000美元过来，并

---

① Croly, *Marcus Alonzo Hanna: His Life and Work*, 146; *Oxford Dictionary of American Quotations*, ed. Hugh Rawson and Margaret Miner (2006), 526.

② Croly, *Marcus Alonzo Hanna: His Life and Work*, 219.

建议以某些服务作为回报,汉纳立马把支票退了回去。他的看法有所不同,看起来也更加宜人:各企业如果把资金投入麦金利的竞选活动,那么他们从麦金利明智的经济政策中就可以受益匪浅①。

汉纳为筹款所做的努力给麦金利带来了 700 万美元,比布赖恩竞选的花销多了十倍,在那之前也从来没有哪个总统候选人花过这么多钱。尽管竞选活动的开销每一届都会水涨船高,汉纳在 1896 年的数目还是太大了,以至于接下来差不多半个世纪,都没有哪场总统竞选的开支能与之匹敌。后来人们管他叫"金元马克",因为他采用商业运作的方式,并首次大力仰仗公司资金,使政治活动改头换面,发生了革命性的变化。麦金利宣誓就任时,美国最富有的那些公司的领导人知道,是他们让麦金利的胜利成为可能②。

但是,其他美国人大都对此浑然不知。今天很多人都在担心,选举法中的披露条款有好些漏洞,会让好多"黑钱"——也就是捐赠者身份不明的钱——混进来,然而 1896 年大选的时候,还没有任何要求披露的法律。最早要求任何政治活动都必须披露资助者身份的联邦法律,要到 1910 年才付诸实施,而且其中就有因"金元马克"筹起款来总是狮子大开口的缘故。在那之前,候选人筹钱、花钱都是秘密进行。汉纳当然不会把自己的筹款方式广而告之,因为不想让布赖恩有更多口实声称,大公司主宰了政治。但是,1896 年 12 月,公司给麦金利捐钱的事传开了之后,得克萨斯州州长查尔斯·卡伯森(Charles A. Culberson)要求乔治·珀金斯所在的纽约人寿保险公司提供一份经过宣誓的书面陈述,具体说明在总统竞选期间"由公司或以公司名义出于政治目的支付的金额(如果有的话)"。公司财务主管照章提交了宣誓书,坚称纽约人寿无论是"直接还是间接",对总

---

① 关于汉纳在企业家中间的游说,参见 Croly, *Marcus Alonzo Hanna: His Life and Work*, 326; Steven G. Koven, *Responsible Governance: A Case Study Approach* (2008), 46; Baldino and Kreider, *U. S. Election Campaigns*, 5; Bradley A. Smith, *Unfree Speech: The Folly of Campaign Finance Reform* (2001), 22。

② Smith, *Unfree Speech: The Folly of Campaign Finance Reform*, 22.

统竞选都没有尺寸之功①。

关于法人资金流入共和党总统竞选的流言,在 1900 年和 1904 年大选时也一直甚嚣尘上。在 1904 年的竞选活动中,民主党提名的总统候选人奥尔顿·帕克(Alton Parker)指责现任总统罗斯福,也就是在麦金利于 1901 年遭暗杀后的继任者,说他用政治偏袒的承诺换取大企业的捐款。帕克指出:"公司和托拉斯捐赠的政治献金意味着腐败。公司会定期捐助一个政党,只能是因为这家公司期待这个政党……为公司利益做点好事,或是避免这个政党来伤害这家公司。我可想不出来还能有别的动机。"②

罗斯福对这些指控大光其火。帕克暗示说他可以被收买,这是在质疑他的正直诚信,还威胁说要颠覆他精心构建的反托拉斯斗士的公众形象。尽管麦金利执政时确实强烈支持商业,但罗斯福一入主白宫,就把自己塑造成了人民主义者。他第一次发表国情咨文演讲时就承诺要拆散正在消灭竞争的那些大型公司,从那时候开始,到他根据《谢尔曼法》史无前例地起诉标准石油、美国烟草这些托拉斯,罗斯福都在试图利用公众日益高涨的情绪来进行改革。罗斯福的转变让钢铁巨头亨利·弗里克(Henry C. Frick)抱怨不已:"我们收买了这个狗娘养的,可他一点儿都不像被收买了的样子啊。"③

然而罗斯福更关心的,是舆论对他的看法。罗斯福比以前任何一位总统都更着意维护自己的公众形象。早在担任纽约州州长时他就已经知道,定期与记者会面有助于提升自己的形象。当上总统后,罗斯福把自己

---

① 关于纽约人寿保险公司对得克萨斯州所提要求的处理,参见 "N. Y. Life Men Made Oath in Flat Conflict," *New York World*, September 28, 1905, 1; "Sworn Statement of N. Y. Life Officials That Disagree," *New York World*, September 28, 1905, 1。

② 关于跟法人资金有关的流言,参见 Perry Belmont, "Publicity of Election Expenditures," 180 *North American Review* 166 (1905); George Thayer, *Who Shakes the Money Tree? American Campaign Finance Practices From 1789 to the Present* (1973), 49-50; Keller, *The Life Insurance Enterprise*, 228。帕克的指控见 "Parker Barred the Trusts from Democratic Fund," *New York Times*, November 6, 1904, A1。

③ 关于弗里克对罗斯福的反应,参见 Sean Dennis Cashman, *America Ascendant: From Theodore Roosevelt to FDR in the Century of American Power*, 1901-1945 (1998), 15。

的新闻秘书引入内阁，创建了白宫新闻发布团队，在白宫西翼建起了第一个正式的新闻发布室，还给记者发放通行证。为了阻止帕克的指责对公共关系造成损害，用《纽约时报》的话说，罗斯福发布了"直接而激烈"的否认[①]。

俩人在保险公司听证会的午休时间私下会面时，乔治·珀金斯警告查尔斯·埃文斯·休斯："这是个炸药包，碰不得。"珀金斯建议休斯不要过问纽约人寿保险公司账上那笔不明不白的款项，"那48 000块钱是捐给罗斯福总统竞选用的。"

休斯当然吓了一大跳。纽约人寿的高管之前曾宣誓说公司没有给过任何政治献金，否则愿受伪证罪处罚，罗斯福也公开否认收受过公司的任何不当财物。然而与总统过从甚密的珀金斯这会儿却承认，他的公司给总统的竞选活动捐过钱。休斯面对这个状况很难抉择，他自己也是共和党人。至少从1887年开始，休斯在党派政治中就已经很活跃了，那时候他是在帮助一名力主改革思想的地方检察官候选人德兰西·尼科尔竞选，而且他自己的政治野心也在蠢蠢欲动。休斯如果把珀金斯的秘密泄露出去，很可能会被共和党列入黑名单，任何当选公职的梦想也就都破灭了。珀金斯建议休斯："在把这件事列入证据之前，你最好三思。你可没法说会有什么后果。"[②]

休斯把自己的正直诚信看得比什么都重，因此并不需要想那么久。休斯告诉珀金斯："午饭后，我会问你那48 000块钱是怎么回事，而且我希望你能如实回答。"

听证会重新开始之后，休斯向珀金斯问起那笔钱。珀金斯承认，这笔开支是付给摩根公司的，以偿付珀金斯为罗斯福的竞选活动付出的同等

---

① Tom Lansford, *Theodore Roosevelt in Perspective* (2005)，73；"Roosevelt Speaks；Cortelyou Charges Called Monstrous," *New York Times*，November 5，1904，A1.

② Glad, *Charles Evans Hughes and the Illusions of Innocence*，62.

数额的捐赠。议会大厅沸腾了。休斯回忆道，记者们从座位上跳起来，"冲向最近的电话"——他们利用的这种新型讯息沟通设备，正在美国的城市中涌现。珀金斯的坦白促使休斯把纽约人寿的账本翻了个底朝天，想找到更多政治捐赠的蛛丝马迹。最终调查显示，纽约人寿在之前三次总统大选中都给共和党全国委员会捐了相当多的钱。很多公司都在遵循马库斯·汉纳的做法，纽约人寿也不例外，积极资助共和党总统竞选，包括公司高管宣誓否认的 1896 年[①]。

对于后来人们所谓的"调查委员会的钻头钻出的保险公司轰动事件源源不断喷薄而出的油井"，纽约人寿保险公司的这些贡献不过是初露端倪。其他主要的保险公司也都在为政治活动秘密捐款，而且主要都是捐给共和党人。公平人寿保险公司捐给罗斯福 1904 年竞选连任的钱甚至比珀金斯的公司还要多，而且每年还会捐一大笔钱给昌西·迪皮尤（Chauncey Depew）参议员（来自纽约州的共和党人）。互惠人寿保险公司也给罗斯福捐过钱。总而言之，保险公司在最近的竞选活动中，一共捐了

纽约州议会的阿姆斯特朗委员会，及其首席调查员查尔斯·埃文斯·休斯。

---

① 关于媒体对珀金斯的揭发的反应，参见 *The Autobiographical Notes of Charles Evans Hughes*, ed. David J. Danelski and Joseph S. Tulchin, 125 - 126。

将近 500 万美元（按 2017 年的美元价值计算）。尽管总统矢口否认,他 1904 年的竞选活动还是有七成以上的资金是从各公司募集而来①。

相对于那些富可敌国的保险公司的总资产来说,捐赠给罗斯福和其他政治家的钱只不过是九牛一毛。但是,在这个丑闻频出的新闻业"扒粪运动"的时代,因这些政治献金而激起的公众抗议还是一浪高过一浪。"华尔街大丑闻"催生了《纽约时报》115 篇头版文章;从 1905 年 8 月到 1906 年 1 月,颇有影响的《柯里尔》周刊,除了圣诞特辑,每期都会发表一篇关于大丑闻的文章。这场骚动并不只是跟政治如何被腐化有关。随着调查继续深入,越来越清楚的是,现代公司也已经被腐化。

毫无疑问,历史上讲述美国公司的著作中,最有影响力的是小阿道夫·伯利(Adolf Berle Jr.)和加德纳·米恩斯(Gardiner Means)出版于 1932 年的《现代公司与私有财产》。伯利和米恩斯是哥伦比亚大学的两位教授,后来成为富兰克林·罗斯福(Franklin D. Roosevelt)的重要顾问。在这部著作中,他们详细描述了法人制企业的性质在世纪之交发生的变化。他们指出,现代上市公司的显著特征是,"所有权与控制权分离"。美国早期的公司通常由一个家族或一小群投资人拥有并管理,20 世纪初的现代公司则大不相同,股东通常都是分散、被动的,对管理决策很少能加以控制。然而比伯利和米恩斯的著作早二十多年,正是 1905 年的华尔街大丑闻让美国公众第一次知道了所有权与控制权的分离。查尔斯·埃文斯·休斯备受关注的调查中举出的证据清楚表明,现代法人的高管有办法搞到别人的钱,而且数目惊人——而且法律几乎没有办法阻止这些高

---

① 关于保险公司的政治献金,参见 Testimony Taken Before the Joint Committee of the Senate and Assembly of the State of New York to Investigate and Examine into the Business and Affairs of Life Insurance Companies Doing Business in the State of New York (1905), 1: 751 - 753; State of New York, Report of the Joint Committee of the Senate and Assembly of the State of New York Appointed to Investigate the Affairs of Life Insurance Companies, Assembly Document Number 41 (1906), 106; Winkler, *Other People's Money*, 892 - 893; James K. Pollock Jr., *Party Campaign Funds* (1926), 128。

管监守自盗,中饱私囊①。

休斯的调查引起广泛关注,原因之一是保险业在 19、20 世纪之交的美国经济中的地位非常特殊。按历史学家莫顿·凯利特(Morton Keller)的说法,保险公司"是美国最生机勃勃的公司",就积累的资本来说,只有铁路公司和少数几家托拉斯能与之比肩。在人寿保险公司投保的有一千多万人,如果把受益人也算进来,美国当时的七千六百万人口中,大概一半人都跟这些公司息息相关。那个年代还没有养老金这回事,对出得起钱的人来说,人寿保险是大部分美国人首选的退休计划。如果投保人身故,人寿保险公司会为投保人的家庭提供保障。如果投保人一直活到退休,保单就会带来现金价值。《柯里尔》周刊的报道中称:"没有哪个县哪个镇没有人投保。因此就每一桩丑闻所触到的痛处来说,没有哪个行业能跟保险业相提并论。"②

这一痛处尤其敏感是因为,保险公司被视为投保人的受托人——托付给他们的是所谓"孤儿寡母的钱"。互惠人寿保险公司总裁理查德·麦柯迪(Richard A. McCurdy)在休斯的委员会面前作证时就提出了这个观点,说他的公司是"如传教士般菩萨心肠的伟大机构"。休斯的回应是:"那么问题来了:传教士拿多少薪水?"他披露,在互惠人寿保险公司给投保人的股息下降了 20% 的同时,麦柯迪的年薪却涨了五倍。麦柯迪家一共从公司拿到了 1 500 万美元(大概相当于 2017 年的 3.75 亿美元),令人瞠目③。

休斯发现,这么过分的自我交易并非不可能,因为投保人无法有效控制公司管理。即使投保人有权在公司选举中投票时,也很少有人这么做;就拿

① Adolf A. Berle and Gardiner C. Means, *The Modern Corporation and Private Property* (1991 ed.), 68.

② Keller, *The Life Insurance Enterprise*, ix; "The Life Insurance Upheaval," *Collier's*, October 7, 1905, 11; Melvin Urofsky, *Louis D. Brandeis: A Life* (2009), 158.

③ "Light on a Missionary Enterprise," *Collier's*, October 28, 1905, 13; James F. Simon, *FDR and Chief Justice Hughes: The President*, *The Supreme Court*, *and the Epic Battle over the New Deal* (2012), 30 - 31.

乔治·珀金斯的公司来说,投保人超过七十五万人,但在最近的一次角逐中只有二十八人投了票。投保人如一盘散沙分散在全国各地,因为数众多而变得无缚鸡之力:要把他们组织起来可不容易,而随便谁就算投票反对管理层也人微言轻,无关紧要。投保人也无法指望公司董事来维护他们的利益。1890 年代,保险公司董事会对公司首席执行官都是言听计从——随后数十年,这样的局面在上市公司中变得见怪不怪了。尽管那些大型保险公司的董事会里都是纽约金融、商业和政治精英中的名流,董事们也似乎没有任何权力。《国家》杂志就评论道:"一言以蔽之,董事不懂事。"①

就算投保人找到办法克服了他们集体行动的问题,也还要面临最近的公司法改革所带来的一系列其他障碍。新泽西州放松法律管制吸引大公司前来重新注册,标准石油公司和美国烟草公司等全都趋之若鹜,由此开启了"触底竞争",公司治理规则也因此变得越来越宽松。老规则要求管理者对决策失当负责,现在取而代之的是"经营判断法则",实际上免除了管理者对错误决策的责任,只要这些决策真的是出于好意,相信能让企业获益。股东们发现,他们查阅账簿和记录的法定权利被削弱了。之前法律规定企业的根本性变化要有全体股东一致同意,现在这个要求也打了折扣,变成少数服从多数。甚至就连少数服从多数都变成了徒具形式,因为引入了没有表决权的优先股,在股东投票中也广泛应用了代理投票制——这个创举可以追溯到 17 世纪的约翰·温斯罗普和马萨诸塞湾公司。权力全都集中到了高管手中,因此休斯总结道,家家公司都变成了"独裁国家,其统治几乎无人能撼动"②。

① Winkler, *Other People's Money*, 901 - 905.
② Alfred D. Chandler Jr., *The Visible Hand: The Managerial Revolution in American Business* (1977), 15 - 49, 287 - 289; James C. Bonbright and Gardiner Means, *The Holding Company: Its Public Significance and Its Regulation* (1932), 56; Charles S. Tippetts and Shaw Livermore, *Business Organization and Control: Corporations and Trusts in the United States* (1932), 229; Winkler, *Other People's Money*, 906 - 909。休斯的结论见 State of New York, Report of the Joint Committee of the Senate and Assembly of the State of New York Appointed to Investigate the Affairs of Life Insurance Companies, Assembly Document No. 41 (1906), 6。

哈佛大学经济学家查尔斯·布洛克（Charles J. Bullock）在大丑闻期间写道，考虑到这些保险公司的所有权与控制权的分离，投保人面对的障碍"让人无力招架"。布洛克警告称，保险公司已经成为典型的"'巨额融资'，无论其形式如何，总是意味着控制别人的钱还不用负责任"①。

查尔斯·埃文斯·休斯在华尔街大丑闻中发现的保险业工资过高、任用亲信的问题里，"最令公众震惊"的公司不当行为是乔治·珀金斯披露的高管们直接从钱柜里拿钱出来捐给政治活动。这种做法同样被很多人看成是一种自我交易。人们认为，这种政治献金服务于高管的个人利益，并非真正对公司或投保人有利②。

在舆论看来，给候选人的钱属于投保人。但是，公司高管们用投保人的钱来支持政治候选人，尽管很多投保人本身并不会支持这些候选人。正如《纽约先驱报》所说："一家保险公司有大量投保人，其中什么政治信仰的人都有。把跟一个固执的民主党人利害攸关的钱，拿来奉献给一个共和党人搞竞选，这事儿从表面上看很不公平。"在如何使用公司资金的这个问题上，捐给竞选活动的钱迫使投保人违背自己的意愿，跟党派政治扯上瓜葛，因此跟其他类型的商业决策，比如是否开设分支机构、发起市场营销活动，有本质区别。政治献金同样也破坏了个体投保人投票表决的意义。幽默作家法利·彼得·德昂（Finley Peter Dunne）在珀金斯作证后不久发表的一篇文章《杜利先生》，就通过杜利这位无与伦比的爱尔兰工人之口很好地抓住了这一点："好笑的是，他们的钱有一半属于'民朱党'……嘿嘿！那边厢，在遥远的大西部他们丢了工作，他们的抵押贷款没法再赎回，全都是因为布赖恩的爱，而这边厢，他们的钱在东边跟他们

---

① Charles J. Bullock, "Life Insurance and Speculation," 97 *Atlantic Monthly* 629, 639 (1906).

② Burton J. Hendrick, "Governor Hughes," *McClure's* 30 (1908): 521, 534.

自己唱起了对台戏。他们打败了自己。只不过他们自己也不知道。"①

卷入其中的公司高管坚称,政治献金只不过是明智的运营策略。珀金斯照搬了马库斯·汉纳的观点,说公司在遇到威胁时,"比如在麦金利的竞选活动中"为了打败布赖恩,"就应当从每一位投保人头上献出……两毛五、五毛、一块或是一毛钱,好保护每一位投保人的利益"。但是,如果捐钱是为了保护投保人的利益,为什么要秘而不宣,藏在账本里让投保人永远都不可能发现?纽约人寿保险公司甚至还向得克萨斯州立法者提交了经过宣誓的书面陈述,否认为政治活动捐过钱。按休斯的最终报告的说法,"为了掩盖这种性质的支出而采取的阴险招数,就等于承认了这种做法的非法本质"。②

高管们辩称捐钱是为了打败布赖恩,休斯的委员会所发现的事实,也让这个说法不攻自破。实际上,保险公司在1904年的竞选活动中捐的钱比1896年和1900年都要多,然而布赖恩参加竞选的只有1896年和1900年,1904年布赖恩并不是候选人。1904年,民主党提名的候选人是奥尔顿·帕克,一位平淡无奇的纽约法官,之所以会选择他,很大程度上是因为他刚好是激进、反商业而且还两次落败的布赖恩的对立面。休斯这个人可不会嘴下留情,他说:"我猜,政治献金的多寡,表明了危险的远近?"③

这样问题就变成了,保险公司高管慷慨解囊,到底得到了什么好处。人们怀疑,这些捐款帮到的不是公司或投保人,而是公司管理层。高管们用这些钱让自己能接触到民选官员,并确保立法对自己有利,能把他们的

---

① James W. Breen, "How the Banks Filled Hanna's War Chest," *New York Herald*, April 12, 1906; Winkler, *Other People's Money*, 896 – 898; F. P. Dunne, "Mr. Dooley on the Life Insurance Investigation," *Collier's*, November 4, 1905, 12.

② Winkler, *Other People's Money*, 898 – 899.

③ Testimony Taken Before the Joint Committee of the Senate and Assembly of the State of New York to Investigate and Examine into the Business and Affairs of Life Insurance Companies Doing Business in the State of New York (1905), 1: 761; State of New York, Report of the Joint Committee of the Senate and Assembly of the State of New York Appointed to Investigate the Affairs of Life Insurance Companies, Assembly Document No. 41 (1906), 59; Winkler, *Other People's Money*, 899.

工作变成铁饭碗。新闻抓住了一个突出的例证，就是纽约州最近实施的保险法改革，叫做"第56条"。新法条要求，想要因保险公司高管未履行受托责任而起诉他们的投保人，必须先获得州总检察长的许可。这一"改革"就跟公司法中正在发生的巨大变化一样，只会让投保人更难让管理层负起责任。帕克之前就曾指责罗斯福收了公司的钱，现在更是由珀金斯的揭发得到了证实。他说，企业捐的钱是用来保证"能更好地服务于（那些高管的）个人财务利益和愿望的那个党派的胜利，而且为了过去、现在和未来的捐款，会一直用宽松的法律来保护他们的利益"。结果就是"不受约束的管理层"。"扒粪运动"记者弗劳尔斯（B. O. Flowers）指出，过去能保证投保人利益的保护条款，如今已经被"立法机关在华尔街保险公司和投机者的煽动下取消了"。高管们完全可以"毫无顾忌、大手大脚地花投保人的信托基金"①。

给罗斯福的政治献金也可以从类似的角度来看。1905年，来自新泽西州的共和党参议员约翰·德赖登（John Dryden）在罗斯福的支持下提出了一项议案，想要把监管保险公司的权力让渡给联邦政府。过去保险公司通常都由各州监管，但公司高管对要遵守当时四十六个州的保险监管制度越来越苦不堪言。他们支持德赖登的提案，希望由一个联邦保险局来制定一套统一的、全国性的法律。德赖登自己也承认，这样"制定投保政策就容易多了"。为了避免有疑问，甚至在国会投票表决是否成立联邦保险局之前，这些公司就亲手挑选了保险局第一位未来的局长。但这个议案后来胎死腹中，部分原因是有人认为，如果联邦政府接管了保险法，那么用一般都对企业界很友好的《独立报》的话说，就会"让保险业中一小撮人的地位和权力都固若金汤"，而人寿保险公司的政治献金坐实了这种怀疑②。

很少有人认为，单单只有保险业才有不负责任和出于政治目的滥用

---

① Winkler, *Other People's Money*, 894 – 895.

② Urofsky, *Louis D. Brandeis: A Life*, 164.

公司资金的问题。据《纽约时报》报道，"人寿保险公司捐赠的"钱，"跟铁路公司以及其他大公司捐赠的总额比起来，不过是沧海一粟"。"端倪"就是，"保险公司的很多秘密，也是华尔街的秘密"。[①]

路易斯·布兰代斯是华尔街和大公司的对立面——人民主义者的化身，他最早开始关注现代公司的组织动态和危险，就是受到华尔街大丑闻的激发。休斯发现了政治和公司腐败的本质，而布兰代斯则以此为基础，成为美国对法人的思考最敏锐也最能见微知著的思想家。

人们都知道，布兰代斯十八岁就进了哈佛法学院，并得到了该学院历史上的最好成绩——直到近八十年后学院改变了评分制度，这个记录才被人打破。无论是年纪尚轻还是犹太人身份，都没有影响他在课堂上的表现，尽管到他毕业的时候前面那个问题确实成了问题。哈佛大学的校规要求学生至少要二十一岁才能获得法律学位，但布兰代斯才二十岁。到毕业典礼那天早上，布兰代斯得知学校教员投票表决废除了那条校规，允许他跟同班同学一起毕业时，大吃一惊。不过，因为对布兰代斯钦佩不已而不惜为他重写规则的人还会有很多，哈佛的这些教授不过是第一拨。毕业后没多久这事儿就又来了一次：在马萨诸塞州最高法院首席大法官的支持下，他未经考试就获准直接加入了律师行列。最值得注意的是1916年，伍德罗·威尔逊（Woodrow Wilson）总统打破长久以来的传统，提名布兰代斯成为美国最高法院第一位犹太人大法官[②]。

调查保险公司对布兰代斯来说就跟对休斯一样，是一个转折点。从哈佛毕业后，布兰代斯在波士顿开了一家律师事务所，为本地商人打官司，比如爱德华法林百货公司的老板爱德华·法林（Edward Filene），偶尔也为公众事务出力。闲暇的时候，他会跟搭档塞缪尔·沃伦（Samuel

① "Probing the Insurance Companies," *New York Times*, October 1, 1905, 4.
② 关于布兰代斯的一般情况，参见 Urofsky, *Louis D. Brandeis: A Life*; Jeffrey Rosen, *Louis D. Brandeis: American Prophet* (2016); Alpheus Thomas Mason, *Brandeis: A Free Man's Life* (1946); Philippa Strum, *Louis D. Brandeis: Justice for the People* (1984)。

Warren)一起写点儿学术文章,谈一谈深奥难懂的法律问题,比如其中一篇就说的是《公共水库法》。另一篇文章提请法院认可一种全新的法定权利:"隐私权"。布兰代斯和沃伦的这篇关于隐私权的文章于 1890 年发表于《哈佛法律评论》,据说"绝对是有史以来最有影响力的法律评论文章"。布兰代斯当了新英格兰投保人委员会的律师,就此卷入华尔街大丑闻一案,也从此开始专注于政治上的行动主义。这些争议也会让他接触到法人驱动力,并对他在学识上最重要的贡献,即如何理解法人团体资本主义,产生深刻影响①。

1905 年 10 月,休斯的听证会继续进行,布兰代斯则在波士顿商业俱乐部发表了一场演讲。这家俱乐部已经有半个世纪的历史,是为了促进"波士顿市的商业繁荣和增长"而成立的。在这场演讲中,布兰代斯首次阐明了他对现代法人的两个见解,后来也因此而成名,这就是"尾大不掉的诅咒"和"滥用他人钱财"的腐败②。

布兰代斯警告说,人寿保险公司的规模越来越大,会带来危险。就跟克普勒的政治漫画《参议院的老板们》中的情形一样,这些公司已经达到的规模和影响力水平,足以危害民主。保单估价将近 130 亿美元,比美国所有铁路公司全加在一起还多,而且这些公司拥有的资产超过 25 亿美元,是美国所有银行资本加起来的三倍。保险公司每年的投资回报有 6 亿多美元,超过联邦政府的年度预算。工业和制造业公司的资产"永久性地投在土地、建筑和机器上","人寿保险公司的资本完全不同,主要都是自由资本"。这样的流动性使保险公司成为"我们各大行业的债权人",甚

---

① 布兰代斯的传记作家 Melvin Urofsky 指出,对保险公司丑闻的调查,是布兰代斯对"尾大不掉的诅咒"和"滥用他人钱财"的腐败的最早描述。参见 Urofsky, *Louis D. Brandeis: A Life*, 157‑162。关于布兰代斯自己的学术研究,参见 Samuel Warren and Louis D. Brandeis, "The Law of Ponds," 3 *Harvard Law Review* 1 (1889); Samuel Warren and Louis D. Brandeis, "The Right to Privacy," 4 *Harvard Law Review* 193 (1890)。关于隐私权文章的影响,参见 Melville B. Nimmer, "The Right of Publicity," 19 *Law and Contemporary Problems* 203 (1954)。

② Urofsky, *Louis D. Brandeis: A Life*, 157.

路易斯·布兰代斯受到人寿保险公司调查案的启发,指出现代法人过于庞大,让高管得以滥用他人钱财。

至比银行更胜一筹,不仅有能力控制保险业,还能控制其他几乎所有行业。那些"控制着这些大型保险公司的人","主宰着我们这个国家的商业"①。

最终,布兰代斯的批评将不限于保险公司,还会广泛应用于大公司和托拉斯,比如标准石油和美国烟草。他成为"这代人中最有影响力的托拉

---

① 布兰代斯的演讲见 https://archive.org/stream/lifeinsuranceabu00branrich♯page/n1/mode/2up,在 Urofsky, *Louis D. Brandeis: A Life*, 160 et seq. 中也有详细讨论。关于布兰代斯作为新英格兰投保人委员会法律顾问的身份如何反映出他与委托人的独立性有时很成问题,参见 Clyde Spillenger, "Elusive Advocate: Reconsidering Brandeis as People's Lawyer," 105 *Yale Law Journal* 1445 (1996)。

斯批评者"。布兰代斯确信,在行业中占支配地位的大型公司,比起小公司来效率更低。在这个史无前例的大合并时代,几乎所有市场领域都由一家公司或几家公司一起控制。布兰代斯和罗斯福一样,担心这些公司不是通过自然增长,而是通过操纵市场、扼杀竞争获得市场主导地位。在布兰代斯看来,通常都是小型企业给美国经济带来活力和创新优势,但现在它们正被排挤出局。而且现在公司变得太大,业务也太名目繁多,没有人能学到足够的专业技能来好好管理。实际上,同一群投资银行家通过彼此密切关联的董事会,有效控制了几乎所有行业的大型公司,工作做得很差,花销倒是很大①。

不过对于杰斐逊思想的继承人,秉持人民主义思想的布兰代斯来说,尾大不掉的罪过主要并不是在经济上,而是在道德上。规模庞大对民主和个人自由来说都为害不浅。华尔街大丑闻过去几年后,在国会的一场听证会上,布兰代斯阐释道:"半个世纪前,对自己的商业或职业生涯,几乎每个美国孩子都能期待成为独立的农民或机械师;而今天,大部分美国孩子"都注定要"凭借某种能力,成为别人的雇员"。结果就是,他们无法形成强大而独立的性格,为了谋生,只能放弃自由。布兰代斯认为:"没有行业的独立,就不可能有自由。美国人民面临的最大危险正在形成,就是他们将越来越只能成为雇员大军中的一员。"②

专注于"尾大不掉的诅咒"这个问题,也让布兰代斯得以区分"好"公司和"坏"公司。有些反对布兰代斯的人说他是站在社会主义立场上批评资本主义,但很难说他是社会主义者。实际上,布兰代斯是杰斐逊派,对经济和政治分权的好处深信不疑。在他看来,如果想让美国避免在世纪之交席卷欧洲的社会主义和革命热忱,就必须推行他的改革议程。美国工人和消费者都习惯于自由和自主,但在权力集中在监管人手中的工业

---

① Thomas K. McCraw, *Prophets of Regulation* (1984), 80 et seq.; Urofsky, *Louis D. Brandeis: A Life*, 161, 300 - 326.

② Urofsky, *Louis D. Brandeis: A Life*, 308 - 309. 关于布兰代斯是杰斐逊人民主义思想的继承人,参见 Rosen, *Louis D. Brandeis: American Prophet*。

场所，自由和自主都深受其害。没有改革，被剥夺了权力的工人最终就会向政府要求越来越多的救助。布兰代斯告诉商业俱乐部的听众们，"工业和金融的伟大领袖"如果拒绝改变，就会成为"社会主义的主要缔造者"[1]。

布兰代斯对"尾大不掉的诅咒"最著名的阐释是在数十年之后，在最高法院担任大法官时。在1933年，也就是他的大法官生涯即将结束时判决的"路易斯·利格特公司诉李"案（Louis K. Liggett Company v. Lee）中，法院判决佛罗里达州一项旨在限制连锁店扩张的法律无效，布兰代斯对此持有异议。布兰代斯认为，应该支持这项法律，因为全国性连锁店的兴起"令财富和权力进一步集中"，抑制了竞争，因此会"扼杀美国思想，令机会平等不可能实现，把独立的商人变成小职员，还会耗尽小城镇的资源、活力和希望"。他写道，因为这些"巨型法人"，"个人的主动权和努力都瘫痪了"。布兰代斯用了一个比喻——那个时代有很多人也正是这样看待那些大公司的——他警告称，创造公司的那些人，正在失去对"弗兰肯斯坦怪兽"的控制[2]。

除了现代新型公司的规模，布兰代斯也关心这些公司的内部组织——以及这样的组织架构是如何让管理层滥用他人钱财的。1914年，布兰代斯出版了一部关于这些问题的文集，书名为《别人的钱：投资银行家的贪婪真相》，讲述了美国公司的财务和管理为何需要改革，以及如何改革。这部著作很快成为经典，至今仍然是分析这个问题的标杆。不过，他最早发现这个问题是在九年前，在商业俱乐部的感想中。华尔街大丑闻爆出那些大型保险公司高管在用投保人的钱让投保人利益受损，"美国人民"把他们的血汗钱"托付给这些大公司的管理人员"，从此这些钱就通过"过高的薪资"、"出于政治目的对不可侵犯的信托基金一直动手动脚"以及簿记中"精心设计的瞒天过海之术"，而被"自私自利"、"不尽不实"地

---

① 引文见 Urofsky, *Louis D. Brandeis: A Life*，170。
② Louis K. Liggett Company v. Lee, 288 U. S. 517 (1933) (Brandeis, J., dissenting).

挥霍①。

　　尽管在批评"滥用他人钱财"的腐败的人中布兰代斯是最出名的,这个提法却并不新鲜。英国第一家股份制公司,莫斯科公司于1555年成立时,就已经有人在担心发生这样的事情了。这家公司通过销售股票来筹集资金的新方法是塞巴斯蒂安・卡伯特(Sebastian Cabot)想出来的,但此公并非金融家,而是位探险家。他想筹钱组织一次远征,在冰封的北海上建立一条从英国到俄国的贸易路线。哥伦布为自己的航海事业筹钱时依靠的是"精心组织起一大批赞助人和恩公",卡伯特却另辟蹊径,采用了他在意大利见识过的一种做法,就是一大群人,每人购买一家企业的一小部分,或者叫股份,利润也由这群人分享。卡伯特提议为自己的冒险事业同样操作时,那些在商业上墨守成规的人对他大肆嘲弄,说他会把投资人的钱挥霍一空。然而那时候的投资选择少之又少,英国商人和显贵还是买下了他的全部股票。卡伯特前进的道路上仍然困难重重,比如他的第一支船队中有一条船在芬兰的拉普兰遇难,一年后才有人发现船员的尸体在原地冻成了冰。但是,他还是建起了贸易路线,莫斯科公司也得到了俄罗斯毛皮、动物油脂和其他商品的垄断专营权。在卡伯特身上下注的投资者回报颇丰:英国这家最早的股份公司持续运营了近四百年,直到1917年俄国革命才终于被打倒②。

---

① Louis D. Brandeis, *Other People's Money: And How the Bankers Use It* (1914).

② 关于卡伯特以及莫斯科公司,参见 Richard Biddle, *A Memoir of Sebastian Cabot: With A Review of the History of Maritime Discovery* (1831); J. T. Kotilaine, *Russia's Foreign Trade and Economic Expansion in the Seventeenth Century* (2005), 15; Anon., *The Origin and Early History of the Russia or Muscovy Company* (1830); John Micklethwait and Adrian Wooldridge, *The Company: A Short History of a Revolutionary Idea* (2003), 8; T. S. Willan, *The Early History of the Russia Company, 1553 – 1603* (1956). 关于哥伦布的筹资,参见 D. B. Quinn, "The Italian Renaissance and Columbus," 6 *Renaissance Studies* 359 (1992). 关于卡伯特在意大利得到的灵感,参见 C. E. Walker, "The History of the Joint Stock Company," 6 *Accounting Review* 97 (1931). 关于欧洲早期的股份公司,参见 Fernand Braudel, *The Wheels of Commerce* (1982), 323 et seq. 这公司经历过多次重组,因此对于该公司究竟何时停止运营的问题,尚有一定争议。

在华尔街大丑闻前后那些年,对公司领导人滥用他人钱财的关注,紧迫程度达到了新高。保险公司以信托形式持有数百万人的资金,跟以前相比,让高管有了更多的钱可以玩弄于股掌之间,受害者数量也在指数增长。但是,并不是只有保险公司以他人钱财为资本。布兰代斯在商业俱乐部演讲前的十年间,由公众持有的股票数量大幅增加,程度前所未见。在美国主要交易所上市交易的公司,股票和债券总价在1898年还不到10亿美元,仅仅四年后就变成了70亿美元以上。在交易所上市的公司数量也同样急剧增加。无论是谁,只要有钱投资,都想分一杯羹。查尔斯·道(Charles Dow)和爱德华·琼斯(Edward Jones)两位记者抓住了股票需求疯涨的机会,于1889年创办了一份刊登上市公司股票价格与信息的日报,并称之为《华尔街日报》①。

布兰代斯因为对滥用他人金钱的关注,为进步时代反抗大公司的运动添加了重要的细节。那个时代的托拉斯和其他大企业,并非只是像克普勒在《参议院的老板们》描绘的那样,是占据主导地位的有权有势的行业巨头,同时也对企业内部的人——公司成员,比如投保人、股东——有管理不当带来的危险。由于这些组织通过这种方式筹集资金,普通美国人已经成为它们必不可少的一部分。给它们提供资金的人,让法人腐败成为可能。他们的血汗钱,他们的投资,就是让弗兰肯斯坦怪物得到生命的电荷。布兰代斯的认识实际上就是,如果仔细观察,会发现克普勒的那些巨头其实是由几百万渺小的普通人组成的。我们人民已经变成我们法人。

1906年2月,布兰代斯在商业俱乐部的演讲发表四个月后,休斯的委员会发布了保险公司调查的最终报告,指控那些公司既有政治腐败,也有财政腐败。这可不只是因为花在竞选活动上的钱增强了公司的能力。

① William G. Roy, *Socializing Capital: The Rise of the Large Industrial Corporation in America* (1997), xiii, 197; Charles R. Geisst, *Wall Street: A History* (1997), 105.

这种腐败是现代的，来自法人形式本身的变革。报告呼应了布兰代斯的观点，警告称现代法人所有权与控制权的分离使高管可以"实际上就像花自己的钱一样"花别人的钱。公司的政治开销是不对的，休斯提出了一个人民主义特色的解决方案：公司的政治支出应当"明令禁止，并被视为浪费公司钱财"①。

急于挽救自己公众形象的罗斯福总统对此表示同意。珀金斯就公司的政治献金作证的第二天，罗斯福就跟自己的高级顾问碰头，开始策划该如何回应。一开始，总统的行政部门坚持说，就算竞选活动收了公司的钱，罗斯福也从未受到那些礼金的影响。但这样的回应并没有平息众怒，罗斯福便同意了休斯的建议。1905 年 12 月，罗斯福在国情咨文演讲中宣布："公司捐给任何政治委员会的所有款项，以及任何出于政治目的的捐款，都应被法律禁止。"罗斯福的解释以华尔街大丑闻中暴露出来的对滥用他人资金的关注为基础，布兰代斯在商业俱乐部的演讲中也曾有所描述："不能允许董事把股东的钱用在这样的目的上。"②

休斯提出的法人政治献金禁令得到了罗斯福的支持，在国会中还找到了一个他俩谁都没想到的盟友，这就是来自南卡罗来纳州的参议员，"干草叉"本杰明·蒂尔曼（Ben Tillman）。蒂尔曼天生爱出风头，自从在一次演讲中威胁要用农具干草叉戳同为民主党人的格罗弗·克利夫兰（Grover Cleveland）总统，就有了现在这个诨名。蒂尔曼对罗斯福很鄙视。部分原因是党派之争，但蒂尔曼的种族主义也脱不了干系：对于罗斯福竟敢于 1901 年在白宫与当时最著名的非裔美国学者布克·华盛顿

---

① State of New York, Report of the Joint Committee of the Senate and Assembly of the State of New York Appointed to Investigate the Affairs of Life Insurance Companies, Assembly Document Number 41 (1906), 393.

② "President in Conference over Campaign Funds," *New York World*, September 21, 1905, 1; "Probing the Insurance Companies," *New York Times*, October 1, 1905, 4; Theodore Roosevelt, State of the Union Message, December 5, 1905, http://www. presidency. ucsb. edu/ws/index. php? pid = 29546.

（Booker T. Washington）共进晚餐，蒂尔曼简直怒发冲冠。跟很多南方的民主党人一样，蒂尔曼对联邦立法机构的恨意，几乎跟对少数族裔的恨意不相上下。他也经常力争州权，要求限制联邦权力。但是，跟此前此后很多倡导州权的人一样，蒂尔曼也可以是个见风使舵的联邦主义者。禁止公司给联邦竞选活动提供任何资金支持的联邦法案，不啻给罗斯福的伤口上撒盐的机会，还能让共和党，以及手里管着全国最大的商业公司的北方佬，更难控制国会[①]。

在利用公司的钱赢得连任后，为了挽回他托拉斯斗士的公众形象，西奥多·罗斯福总统提出了不许公司的钱进入竞选领域的禁令。

---

① Winkler, *Other People's Money*, 922.

1907 年通过的《蒂尔曼法案》是针对政治领域的金钱确立的有里程碑意义的法律。除了公务员制度改革,《蒂尔曼法案》是国会为监管竞选资金如何筹集和开销而做出的首次重大努力。这项禁令为联邦监管竞选资金开创了先例,接下来的岁月中,这个先例会一再被仿效:1910 年的《竞选经费公开法》,要求披露特定的政治献金;1947 年的《塔夫脱-哈特利法》(也叫《劳资关系管理法》),禁止工会出资助选;1971 年通过后又在1974 年修订的《联邦竞选活动法》,规定了捐款和开支的上限;还有 2002 年的《两党竞选改革法案》,限制了公司的自主独立支出,而这一限制将在公民联合组织案中受到挑战。《蒂尔曼法案》也给法人的政治权利划定了清晰的界限:法人无权影响政治选举。珀金斯的揭发带来的公众抗议声浪,也将在州一级推动类似的立法浪潮,禁止法人在州级选举中花钱。

华尔街大丑闻也开启了休斯精彩绝伦的职业生涯。尽管休斯也许担心过被怒气冲冲的共和党权贵列入黑名单,他在委员会的工作却刚好是得其反面。在令人尴尬的发现之后,共和党试图夺回主动权,于是和罗斯福本人一样接受了改革目标。就在《蒂尔曼法案》签署成为法律的同一年,休斯以共和党人身份当选纽约州州长,而就在两年前他还是个籍籍无名的公司律师。没多久就有传言说,让休斯在 1908 年当候选人竞选美国总统也未始不可。然而他并没有参加竞选,尽管威廉·霍华德·塔夫脱还邀请他当他的副总统搭档。1910 年,他接受了塔夫脱的另一份邀约,加入了美国最高法院。就跟竞选捐资法律一样,休斯的历史传奇才刚刚开始。

国会和各州议会忙着通过竞选捐资法律限制公司的政治支出的同时,最高法院也再次遇到了法人宪法权利的问题。《蒂尔曼法案》颁布的1907 年,摆在最高法院面前的问题,并非是否可以禁止法人捐出政治献金,而是法人是否有结社自由。尽管如此,最高法院对这个案件和一系列其他关于结社自由的案件的判决意见书,仍将影响法院在今后十年对限制法人捐赠竞选资金是否违宪的判决。

尽管最高法院曾裁定，法人只有财产权，没有自由权，法人仍然在推动大法官将自由权扩大到企业，比如结社自由。1907年的这起案件涉及西部赛马协会，这是一家经营赛马场的公司，打这场官司是想申明，法人有只跟自己愿意与之开展业务的人来往的基本权利。西部赛马协会不想打交道的那个人是海曼·格林伯格（Hyman Greenberg），一个出版赛马消息报的人，公司把他从加州圣马特奥县坦福兰的最先进的赛马场上强行赶了出去。西部赛马协会跟另一家提供赛马消息的出版商签订过独家合同，但加州法律禁止公共娱乐场所拒绝任何持有有效票据的成年人入场。公司质疑的就是这项法律，声称这项法律干涉了法人决定跟谁开展业务的权利。强迫公司允许格林伯格入场，就相当于允许一名"新闻记者强行进入私人招待会"[1]。

然而，最高法院的判决站在格林伯格这边。西部赛马协会诉格林伯格案（Western Turf Association v. Greenberg）的大法官认为，平等准入的法律并未侵犯法人权利。法院解释称，这并不是财产权，而且就算是财产权，加州传统上也有权"不仅为了公共卫生、公序良德和公共安全，还可以为一般或共同利益，为人民的福祉、舒适和良好秩序"监管财产。本案涉及的是自由权，是跟个人自由和自主有关的权利。法院称，宪法只提到"自然人的自由，并未提及非自然人的自由"。法院的判决不仅确认了财产权和自由权之间的区别，而且为后来强制要求公共住所和车辆以及公共娱乐场所平等准入的民权法律开创了重要先例[2]。

---

[1] 关于格林伯格与西部赛马协会之间的龃龉，参见 "Jury Verdict for Greenberg," *San Francisco Chronicle*, March 23, 1900, 9; "Corrigan Has a Black List for Enemies," *San Francisco Call*, March 21, 1900, 12; Greenberg v. Western Turf Association, 73 P. 1050 (Cal. 1903); Bennett Liebman, "The Supreme Court and Exclusions by Racetracks," 17 *Jeffrey S. Moorad Sports Law Journal* 421, 426 – 430 (2010); Transcript of Record, Western Turf Association v. Greenberg, 204 U. S. 359 (1907). 关于坦福兰，参见 "Tanforan Park," *San Francisco Call*, December 17, 1899, 45; Laura Hillenbrand, *Seabiscuit: An American Legend* (2001), 113 et seq.

[2] Western Turf Association v. Greenberg, 204 U. S. 359 (1907).

接下来的 1908 年，在伯里亚学院诉肯塔基州案（Berea College v. Kentucky）中，结社自由的问题又一次来到最高法院面前。西部赛马协会提出其宪法主张是出于商业原因，而肯塔基州的伯里亚学院提出这个问题则是出于道德原因。当时这所学院跟最早一件法人权利诉讼案中的当事人达特茅斯学院一样，也是组建为法人形式，而且是南方唯一一所种族融合的学校。罗斯福跟布克·华盛顿在白宫共进晚餐带来了重大影响，在此之后，肯塔基州立法者种族隔离的决心更加坚决，他们通过了一项法律，禁止任何学校的学生群体中出现种族融合。伯里亚学院以多种理由对这项法律提出质疑，包括干涉了学院选择自己学生的权利。学院指出这项法律禁止"不同种族的人自愿结社"，而且并没有令人信服的理由，因此是违宪的[①]。

肯塔基州的辩护依据是，最高法院在十二年前的普莱西诉弗格森案（1896 年）中接受了种族隔离。当年最高法院支持了要求在火车车厢中实行种族隔离的法律，如今大法官们也应该会确认肯塔基州有权要求学校种族隔离。尽管相对开明的学院领导很可能希望看到普莱西案被推翻，对伯里亚学院案来说，律师们也不得不接受普莱西案的判决。他们告诉大法官，尽管有普莱西案在先，肯塔基州的法律还是应该被废止。律师指出，两个案子的区别在于，跟肯塔基州的法律不一样，普莱西案中的法律旨在保护白人不在非自愿的情况下被迫跟其他种族的人打交道。也就是说，普莱西案的法律应该被视为扩大了结社自由，而不是在限制结社自由。而肯塔基州的法律与此相反，是想阻止伯里亚学院的学生跟他们自己选择的人为伍，因为他们都是自愿入学的[②]。

最高法院支持了肯塔基州的法律，驳回了伯里亚学院对结社自由的主张。意见书由戴维·布鲁尔执笔，他是斯蒂芬·菲尔德的外甥，也是契

---

① 对伯里亚学院案的精彩叙述见 David E. Bernstein, "Plessy versus Lochner: The Berea College Case," 25 *Journal of Supreme Court History* 93 (2000)。亦可参见 Berea College v. Commonwealth, 94 S. W. 623 (1906)。

② Bernstein, "Plessy versus Lochner," 99 - 101.

约自由司法理念最重要的倡导者之一。布鲁尔写道,尽管教育机构法人的主张如果是由个人提出的话倒可能有效,但政府"没有义务对两者一视同仁"。"可由个人行使,也不得拒绝个人行使的权利,在创建法人时,州政府可以保留,不赋予法人"。法人形式的独特性质,证明了区别对待是合理的。例如,法人的特许状由州政府颁发,可以经由议会修改。(尽管在 1819 年的达特茅斯学院案中,最高法院将法人特许状视为不可侵犯的契约,但肯塔基州听从了约瑟夫·斯托里大法官对该案的协同意见书中的建议,明确保留了修改特许状的权利。)布鲁尔认为,肯塔基州在本案中所做的只是修改伯里亚学院的特许状而已。这场争议很牵强,因为法律从未提到学院的特许状,更不用说修改特许状了。但是对洛克纳时代的最高法院来说,这一判决跟之前法人权利案件中阐明的更宽泛的框架是一致的:法人有财产权,无自由权①。

对一个致力于民主自治的国家来说,没有哪项自由权比自由谈论政治选举的权利更重要了。在公民联合组织案中,最高法院认为法人享有这一宪法权利,但这个问题首次出现还是在将近一百年之前的 1910 年代,因为华尔街大丑闻而出台的禁令禁止公司为政治活动捐款,于是法人率先对这条禁令发起挑战。这些早期的挑战,导火索是禁酒运动。倡议者推动地方上的全民公投禁止饮酒,酿酒公司则通过非法支出来反击这些措施。在遭起诉时,这些公司首次提出了法律禁止资金进入政治活动侵犯了言论自由的主张,成了宪法的第一推动力。尽管这个案子并没有上诉到最高法院,州法院和下级联邦法院也确实是在公民联合组织案之前很久,就遇到了法人的言论自由权的问题。

在酒业内部,甚至早在禁酒运动开始之前,啤酒公司就一直在政治上最为活跃。南北战争期间,林肯总统提出对麦芽酒征税以分担战争开支,

---

① Berea College v. Kentucky, 211 U.S. 45 (1908).

啤酒制造商就动员起来，形成了全国最早的行业联盟，来游说反对这一提议。美国啤酒酿造者协会没能扳倒这项税收，但从那时开始的政治参与还是获得了回报。尽管后来那些年，国会多次提高蒸馏酒的税率，麦芽酒的税仍一直很低①。

跟其他酒类相比，啤酒的税率相对较低，影响之一就是啤酒销售大幅增加。从 1860 年到 1900 年，平均每位成年人的年啤酒消费量从 19 升剧增到 87 升。啤酒公司从镀金时代的技术发明中也获益匪浅，比如巴氏杀菌和人工冷藏，两者都让啤酒能在货架上展示得更久，也让啤酒能行销到全国。生意发达了——但也出现了反对饮酒的运动，形式就是倡导禁酒。卡丽·纳辛（Carrie Nation）用斧子砸了中西部的酒馆，这场限制饮酒的运动随之成为热门新闻，也获得了政治动力。纳辛夫人的家乡堪萨斯州于 1881 年率先规定饮酒非法，到 1912 年，有八个州做出了同样规定，而剩下的州当中，也超过一半都有一些县份仿此办理②。

尽管如此，美国啤酒酿造者协会仍然专注于让啤酒保持低税率，对于势头越来越猛的禁酒运动，至少一直到 1913 年，多少算是视而不见。1913 年，国会通过了《韦布-凯尼恩法案》，规定将酒运进禁酒的州和县为非法。这项法案激起了全国性的禁酒活动，也警醒了啤酒酿造商，让他们认识到了威胁有多严重。啤酒公司要么自动自发，要么在啤酒酿造者协会的支持下，致力于击败禁令，在政治上变得更加活跃了。他们开始在政治活动中花公司的钱，尽管根据《蒂尔曼法案》和类似的各州法律，这种支出是非法的③。

密歇根州的兰辛酿酒公司是非法捐资的啤酒制造商中的一家。1914 年，密歇根州英厄姆县举行地方选举时，兰辛酿酒公司的一名高管

---

① Amy Mittelman, *Brewing Battles: A History of American Beer* (2008), 28 - 62.

② Amy Mittelman, *Brewing Battles: A History of American Beer* (2008), 38 - 39; Lisa M. F. Anderson, The Politics of Prohibition: American Governance and the Prohibition Party, 1869 - 1933 (2013); Daniel Okrent, *Last Call: The Rise and Fall of Prohibition* (2010).

③ Okrent, *Last Call*, 58; Mittelman, *Brewing Battles*, 61.

雅各布·甘斯利(Jacob Gansley)，也是这家公司的董事，悄悄拿了公司的 500 美金，给了领导反对派的组织，个人自由联盟。甘斯利被判违反了密歇根州的竞选捐资法律，他在上诉中声称，禁止公司在政治活动中花钱是违宪的。他提出，法人有跟个人一样的言论自由权，可以在选举中"有这样的合法支出，因为要保护他们的利益，很可能必须如此"[1]。

在人民诉甘斯利案(People v. Gansley)中，密歇根州最高法院做出了不利于公司的判决。于 1916 年判决的这起案件，意见书由首席大法官约翰·斯通(John W. Stone)撰写，在法人问题上，这位大法官是人民主义者，还恰好对政治选举活动略知一二，因为他曾经参加过不下七次公职竞选。尽管斯通也理解竞选支出对推动政治议题的价值，他还是强调了自然人和法人在选举问题上的区别。如果是"兰辛酿酒公司的股东或职员以个人身份希望为竞选基金捐款，那这么做是他们的特权"。他们有权"自由说出、写出并发布自己的观点"。但公司本身，"并没有参与选举活动的特许权利"。斯通借用了先前由美国最高法院做出的区分，解释称在本案中法律并未干涉财产权，此案涉及的宪法保障是一项自由权，而且这项权利"属于自然人，而不是非自然人"。斯通言简意赅，做出结论："根据我们的法规创建兰辛酿酒公司"，不是出于政治目的，而是"为了酿造啤酒"[2]。

啤酒制造商还通过因 1914 年的选举而起的另一件案子挑战了联邦的《蒂尔曼法案》，这就是合众国诉美国啤酒酿造者协会案(United States v. United States Brewers Association)。为了支持不禁酒的候选人，啤酒酿造者协会和七十多家啤酒公司给候选人出钱竞选联邦职位，明目张胆地违反了《蒂尔曼法案》。啤酒酿造者声称，禁止公司捐资助选的禁令"违反

[1] People v. Gansley, 158 N. W. 195 (Mich. 1916).
[2] "John Stone," Michigan Supreme Court Historical Society, http://www.micourthistory. org/justices/john-stone/.

了宪法第一条修正案，因为这一禁令试图禁止、定罪并惩罚言论自由和出版自由，让人们无法讨论候选人，也无法讨论这类选举所涉及的政治问题"。联邦法院对此未表赞同。尽管法院完全不认为竞选捐资法律凌驾于言论自由之上——现代的言论自由原则要在好多年之后才会出现——法院还是强调了法人和个人在参与选举活动时的区别。联邦法院重复了罗杰·托尼的观点，称法人"并非合众国公民，就特许权利而言，任何时候都必须服从政府，也必须从属于其成员的公民身份"。花钱影响选举就跟选举权一样，是"参与政府运作的核心手段"之一，因此仅限于自然人。法院语带嘲讽地指出，尽管个人有权投票，但"参政权扩大到非自然人，也就

兰辛酿酒公司的广告。该公司对禁止将公司资金用于竞选活动的禁令的挑战，早于公民联合组织案将近一个世纪。

是法人……的时机尚未到来"。①

尽管这些关于法人政治权利的早期案件是在洛克纳时代提出的,法院的判决却全都是不利于法人的。在1905年华尔街大丑闻的促使下,国会和各州议会为打击腐败,禁止公司资金参与竞选活动,法院则一致认为法律的这些限制非常合理。无论是立法机构还是法院,当涉及民主参与的问题时,都认为法人与普通的个人根本不一样。这种认识在将近一百年中一直是这片国土上的最高原则,直到公民联合组织案才有所改变。

今天,在查尔斯·埃文斯·休斯对乔治·珀金斯的调查中引爆的丑闻几乎已经被人们遗忘。罗斯福身为反对托拉斯的斗士却收受了公司的政治献金,这一发现很可能会破坏他留给后人的形象,但在他的多本传记中,这场争议就算被提及,也往往是一笔带过。罗斯福挽回了他的形象,部分是因为他提出了立法禁止公司资金参与联邦选举这一开创性举措。尽管他的连任竞选有赖于公司大量捐赠,但今天在人们的记忆中,他仍然是一名反对大企业和托拉斯的斗士,这一事实正是他这一举措成功之处的突出体现②。

跟罗斯福一样,丑闻也只是让珀金斯暂时受挫,尽管一开始对他来说似乎要严重得多。珀金斯被视为政治腐败的化身,被迫辞去了纽约人寿保险公司的工作,还在周日的布道和日报的专栏中遭口诛笔伐。他还被纽约的地方检察官威廉·特拉弗斯·杰尔姆控告有罪,此公以前也起诉过埃德温·黑尔,因为他从麦克安德鲁斯与福布斯公司监守自盗。珀金斯被起诉的罪名也是盗窃公司钱财,并用于换取作为纽约人寿保险公司

---

① Okrent, *Last Call*, 58; Mittelman, *Brewing Battles*, 61; "Many Brewers Indicted by Grand Jury," *Reading Eagle*, March 3, 1916, 29; United States v. United States Brewers Association, 239 F. 163 (W. D. Pa. 1916).

② United States v. American Tobacco, 221 U. S. 106 (1911); Standard Oil Co. v. United States, 221 U. S. 1 (1911). 有一些罗斯福的传记略过了竞选资金丑闻,例如 Lewis L. Gould, *Theodore Roosevelt* (2012); Louis Auchincloss, *Theodore Roosevelt* (2002), 而 Edmund Morris, *Theodore Rex* (2010) 是一个例外。

高管的个人利益，而不是为公司的商业利益着想①。

不过，珀金斯还是逃脱了牢狱之灾，因为纽约上诉法院驳回了杰尔姆的指控。法院称，珀金斯并没有所需的犯罪意图，因为这些开支是经过公司董事会授权的。此外，这些捐款发生在这种捐赠被《蒂尔曼法案》等法律明确禁止之前，因此珀金斯不能因违反竞选捐助的相关规定而被起诉。法院表示，投保人可以转而诉诸公司法，而法官们很愿意将这种罪行称为"挪用"公司资金。然而法官并未陈述，19世纪末公司法的改革只不过让所有权与控制权进一步分离，使得想让管理层为这种不当行为负责变得难上加难②。

珀金斯的朋友，包括罗斯福在内，和他一起度过了那段艰难的岁月。他仍然是摩根的合伙人，直到1910年他决定从商界抽身，把全副精力都放在政治竞选上。他从摩根的左膀右臂变成了罗斯福的得力干将，在这位前任总统背后出谋划策，罗斯福1912年退出共和党组建进步党，就是他一手策划的。尽管他们堂吉诃德式的努力只是分散了共和党的选票，反而帮助伍德罗·威尔逊赢得了总统大选，使他成为半个世纪以来第二位胜出的民主党总统，但珀金斯仍然受到欢迎，回到了共和党阵营。论精明和人脉，很少有人能跟他相提并论。1916年总统大选时，珀金斯甚至鼓足勇气去支持那一年的共和党总统提名人，也就是曾无视珀金斯的警告让他这么多年都要忍受公开羞辱的查尔斯·埃文斯·休斯，帮他竞选③。

为了竞选总统，休斯不得不从最高法院辞职。但休斯这个人尽管智慧超群，当检察官也很有天赋，搞竞选活动却一塌糊涂，最后以几千票之差被现任总统威尔逊击败，令人沮丧。他竞选失败得出的教训——法官气质并不适合马库斯·汉纳最早设想出来的这种商业化的、严苛的现代

---

① Winkler, *Other People's Money*, 914‑915; Garrity, *Right-Hand Man*, 190‑191.

② New York ex rel. Perkins v. Moss, 80 N. E. 383 (N. Y. 1907).

③ Garrity, *Right-Hand Man*, 253‑275.

236 WE THE CORPORATIONS

竞选——将让未来的最高法院大法官都对竞逐国家行政职位望而却步。（富兰克林·罗斯福在 1940 年和 1944 年都曾考虑以威廉·道格拉斯为副总统搭档，是大法官离国家行政职位最近的两次。）几个月之间接连输掉了总统竞选、失去了最高法院的终身职位，似乎并没有让天赋异禀的休斯手足无措。就像猫有九条命一样，休斯还会继续为两位总统担任国务卿，并于 1930 年再次被提名到美国最高法院，而且这一次是首席大法官。

休斯的提名第二次被通过时，最高法院反对法人的人民主义者中，最响亮的声音属于路易斯·布兰代斯。布兰代斯于 1916 年由威尔逊总统提名进入最高法院，要说还欠着 1912 年莽莽撞撞搞第三党竞选的珀金斯和罗斯福一个人情。20 世纪初对公司权力的限制由布兰代斯和休斯两人一起激发，现在他们又一起在最高法院工作了九年。跟很多前任大法官一样，他们也会遇到反复出现的法人宪法权利问题。考虑到他们的背景，两人应该都会毫不犹豫地投票支持限制法人权利。然而，在华尔街大丑闻的年代促使他们对法人施加新的限制的进步思想，也将促使他们在 1930 年代做出完全相反的举动。我们将看到，他们最终会支持扩大法人权利，包括言论自由权。洛克纳法院对财产权和自由权的区分，将在布兰代斯和休斯的帮助下被打破，美国宪法也会在他们的引导下，进一步走向公民联合组织案的方向，真可谓时移世易。

第四部　法人自由权的兴起

20世纪,在商会等组织的帮助下,法人赢得了诸如言论自由、信仰自由等自由权。

第七章　分散而孤立的法人

　　美国最高法院已经判决了 32 500 多起案件,发表了 25 500 多份多数意见书,出版的《美国最高法院案例报告》也已将近 600 卷,每一卷都是大部头。然而,最高法院写下的最重要的文字,却可以说藏在一条脚注中。这条脚注来自 1938 年的一个案子,在法学院之外很少有人知道,但是,布朗诉托皮卡教育局案(废除了种族隔离)、雷诺兹诉西姆斯案(Reynolds v. Sims,确立了"一人一票"的原则)和奥贝格费尔诉霍奇斯案(Obergefell v. Hodges,保障了同性伴侣结婚的权利)的判决,都是在这条脚注的指引下做出的。律师和法官都知道,合众国诉卡罗琳产品公司案(United States v. Carolene Products Company)的第四条脚注,是现代宪法体系的萌芽。这条脚注标志着洛克纳时代的结束,在此之前,最高法院往往致力于保护经济和财产权;也标志着布朗时代的开始,在此之后,最高法院的主要作用成了保护公民权利和公民自由[①]。

　　我们说到的这条脚注,是哈伦·菲斯克·斯通(Harlan Fiske Stone)大法官写的。他以前是公司律师,还担任过哥伦比亚大学法学院院长,1925年,他的大学室友、时任总统卡尔文·柯立芝(Calvin Coolidge)提名让他进入最高法院。柯立芝选择斯通,并非仅仅因为他们的友谊年深日久,还因为总统满心期待着这位老朋友也会跟他一样倾向于支持商业。确实,有位反对任命斯通的参议员,反对原因正是这位候选人"整个一生都是在大企业、大公司、垄断者和托拉斯的环境中度过的"。然而一经确认成为大法官之后,尽管洛克纳法院的大部分同僚都认为需要废除对企业的监管法规,斯通却并不赞同。他指出:"必须被认为有管制能力的政府机关,并不是只有法院。"民选官员同样理应得到一些空间,来试行经济政策。斯通赞同"自我克制",并坚持认为,对于"不明智的法律……不应该向法院申诉,而是应该依赖于选票和民主政府的进程"[2]。

斯通的观点就反映在第四条脚注中。脚注四提出,当涉及经济问题时,"人们总是期待着,政治进程……能让不受欢迎的法律被撤销"。如果立法者制定了恶法,受其不利影响的人民和利益团体受到刺激,就会去游说、倡议并投票支持改变。这些情形下,我们通常都能依靠民主进程,因此没有什么必要让法院去揣测立法者的意图。但对于另一种类型的情形,斯通的脚注则建议法院应起到更积极的作用。比如说,如果有一项法律通过限制自由讨论来管束政治进程的正常运作,法院就应该对此详加审查,而为了重开民主的言路,就算需要废除这项法律也在所不惜。脚注也指出,在审查针对"分散而孤立的少数群体"的法律时,最高法院也应发挥类似的积极作用,因为他们太容易受到多数群体的迫害,也确实经常受到压迫[3]。

斯通写到政治迫害时,他指的并不只是少数族裔,也包括政治上的少

---

① 已判决案件和已撰写的多数意见书的数量,是从下列来源汇总而成: Albert P. Blaustein and Roy M. Mersky, *The First One Hundred Justices: Statistical Studies on the Supreme Court of the United States* 89 (1978); Lee Epstein et al., *The Supreme Court Compendium: Data, Decisions, and Developments* 88 - 90 (5th ed., 2012); *Journal of the Supreme Court of the United States*, October Terms 2010 - 2014, http://www. supremecourt. gov/orders/journal. aspx. 关于列出了名称的案件,参见 Brown v. Board of Education, 347 U. S. 483 (1954); Reynolds v. Sims, 377 U. S. 533 (1964); Obergefell v. Hodges, 135 S. Ct. 2071 (2015)。

② 关于斯通,参见 Alpheus Thomas Mason, *Harlan Fiske Stone: Pillar of the Law* (1968); Samuel J. Konefsky, *Chief Justice Stone and the Supreme Court* (1946); John W. Johnson, "Harlan Fiske Stone," in *The Supreme Court Justices: A Biographical Dictionary*, ed. Melvin Urofsky (1994), 425. 关于参议院的反对意见,参见 Joseph Pratt Harris, *The Advice and Consent of the Senate: A Study of the Confirmation of Appointments by the United States Senate* (1953), 118。

③ United States v. Carolene Products Co., 304 U. S. 144, 152 - 153 n. 4 (1938)。

数派，就比如他在 1910 年代曾目睹受到压制的那些人。1917 年俄国革命之后，红色恐慌席卷全国，社会主义者、劳工积极分子、无政府主义者和移民成为被起诉和驱逐的对象，原因往往只是公开反对第一次世界大战这样的区区小事。在哥伦比亚大学，专横的校长尼古拉斯·巴特勒（Nicholas M. Butler）企图清除教员中的社会主义者，斯通则跟他展开了顽强的斗争。后来斯通评价说，巴特勒认为，"真正的学术自由就跟德意志帝国公民的自由是一样的——元首及其扈从叫他做什么，他就有做什么的自由"。1920 年，斯通代表纽约市律师协会起草了一份决议，批评纽约议会因为五名正式当选的议员持社会主义观点就将他们停职。他还在美国战争部调查委员会任职，负责裁决出于信仰原因拒服兵役者的诉求，并

哈伦·菲斯克·斯通大法官。他写下的重要脚注，重塑了美国法律，也帮助铺平了将自由权逐渐扩展到法人的道路。

开始认可反对战争的人的诚意,尽管未必认可他们的方式方法。斯通总结出的经验是,尽管立法者制定的经济政策还算靠谱,但要说他们也会维护政治上的异类和少数群体的权利,那就没法让人相信了[1]。

尽管斯通脑子里想的可能是少数族裔和社会主义者,法人也会声称自己是政治迫害的受害者。早期这方面最重要的案件出现在 1930 年代,涉事法人也是政治上的异见分子——一些反对休伊·朗(Huey Long)的报社,因此路易斯安那州这位臭名昭著的"石首鱼"拼命想让他们不敢吭声。这些报社对朗的企图是兵来将挡,主张自己有宪法规定的言论和出版自由的权利。虽然这项权利被当成一项"自由"权,报社的这个案件抵达最高法院时,形势还是对报社有利。大法官们第一次生动地解读了第一条修正案,并对旨在压制政治激进分子的法律提出了质疑。最高法院在对抗政府审查制度方面有更多投入,报社的案子裹挟其中,而高院也将洛克纳时代对财产权和自由权的区分束之高阁。最高法院认为,报社法人享有第一条修正案规定的权利,这比公民联合组织案早了差不多七十五年。

要让路易斯安那州那些大报看起来像政治压迫的受害者,非得有休伊·朗这样的,怎么也压不住的、摇唇鼓舌的政客才行。三十四岁的路易斯安那州州长朗,脾气火爆、说话直来直去,跟在他之前的杰斐逊、杰克逊和布赖恩一样是人民主义者,谴责大公司和政治制度让普通人大受影响。1928 年,他以路易斯安那州历史上最大优势胜利当选州长。为了帮助陷入赤贫的民众,朗推动了一系列大刀阔斧的改革:新学校、免费教科书、硬化路面、修建桥梁、扩建大学,还设立了养老金制度。但是,朗也是个独裁者,几乎完全控制了州政府的方方面面,对持有异议的人完全不能容

---

① 关于反煽动法案和反间谍法案,以及边缘人群受到的迫害,参见 Ernest Freeberg, *Democracy's Prisoner: Eugene V. Debs, the Great War, and the Right to Dissent* (2008)。关于斯通与哥伦比亚大学,参见 Robert McCaughey, *Stand, Columbia: A History of Columbia University* (2003), 215; Mason, *Harlan Fiske Stone: Pillar of the Law*, 518。

忍。他是吃肉长大的石首鱼，路易斯安那州城市里的大报拒绝支持他的政策时，朗决心让他们噤若寒蝉[1]。

朗当选时，路易斯安那州有很多报社，一共一百六十三家。其中大部分都是发行量很小的周报，在该州以农村为主的各县发行；朗在任时，这些报纸都很支持他。但是，朗几乎刚刚当选，就和主要的城市日报有了龃龉，比如《新奥尔良时代琐闻报》《巴吞鲁日倡导者晨报》和《什里夫波特时报》，主要分歧在于如何对路易斯安那州最大的法人，也是最大的雇主，标准石油公司征税。这家垄断企业在被拆分之前对整个国家的政治都能呼风唤雨，尽管昔日的传奇早已不再，这家公司仍然是路易斯安那州最大的雇主，1929 年的经济危机未能摧毁的企业屈指可数，标准石油公司榜上有名。为了给自己所费不赀的教育改革筹钱，朗提出提高油税。城市报

路易斯安那州州长休伊·朗，很想迫害他的对手，其中就有传媒公司。

---

[1] 关于朗，参见 Richard White，*Kingfish: The Reign of Huey P. Long*（2006）。

纸纷纷站出来反对朗的提议，尤其是标准石油公司最大的炼油厂所在的巴吞鲁日的报纸，警告称眼下经济极不稳定，此举将导致失业率飙升。朗大发雷霆①。

朗使出了阴招。《巴吞鲁日倡导者晨报》的出版商首府出版社站出来反对油税之后，朗试图勒索公司老板和编辑，查尔斯·曼希普（Charles Manship）。曼希普的弟弟住在一家州立精神病院，朗警告曼希普："把那些恶毒的文章都给我拿掉，要不然我就发个声明，让你好看！"曼希普拒绝让步，于是朗向与之交好的记者透露，梅毒把这位报人的弟弟逼疯了——不说别的，这倒算得上是言必信行必果②。

朗勒索首府出版社的手段实在太过分，据说"州里所有报人都对此义愤填膺"。各大日报都转身站在州长的对立面，把他描绘成暴君。《倡导者晨报》说他是个"没良心"的"危险"官员，经常"贪污腐败，沉湎酒色"；《时代琐闻报》写道，他是个"精神失常的独裁者"，渴望"建立个人专制"，就跟一战后欧洲出现的那些独裁者一样"不负责任、压迫成性"。《新奥尔良州报》甚至给朗贴上了"骗子、恶棍、小偷小摸的窃贼、无赖"的标签。朗当上州长才不过一年，各大城市报纸就已经开始呼吁弹劾他了③。

朗战胜了弹劾，随后立即向路易斯安那州最大的报社宣战。他说："这些日报一直在反对我们州的任何前进的步伐。路易斯安那州的人民如果想要前进，唯一的办法就是踩扁它们。"把对手打翻在地踩上一脚，朗最为擅长。什里夫波特的政府官员想让州政府批一块地来建空军基地，朗拒绝了，抱怨说什里夫波特的报纸对他太凉薄。他的手下成立了一个州审查委员会来审查电影和新闻片，他还另外搞了一个州委员会，来选择

① 关于朗与报业公司之间的战争，参见 Richard C. Cortner, *The Kingfish and the Constitution: Huey Long, the First Amendment, and the Emergence of Modern Press Freedom in America* (1996)。亦可参见 Samuel R. Olken, "The Business of Expression: Economic Liberty, Political Factions and the Forgotten First Amendment Legacy of Justice George Sutherland," 10 *William & Mary Bill of Rights Journal* 249 (2001 - 2002)。

② Cortner, *The Kingfish and the Constitution*, 24 - 32.

③ Ibid. 26 - 31, 47 - 50.

哪些报纸可以刊登政府通知,还生怕别人不知道那些反对他的报纸将被排除在外。有几份依赖这笔收入的报纸突然之间全都不再讨论政治问题。还有一件事闹得举国皆知,就是路易斯安那州立大学的校报发表了一篇没有奉承朗的文章,他就威胁要让校报关门:"我可不会忍受任何学生批评休伊·朗。"①

朗杀向新闻界的核心手段是对发行量最大的那些报纸征收广告税,颁布于 1934 年。那时候朗已经从州长官邸离任当参议员去了,但当时的人们承认,"他对路易斯安那州的控制比以往任何时候都更严密"。朗从首都华盛顿回到路易斯安那州监督广告税法案通过,把现任州长从办公室里赶出来,好操纵投票。这就是路易斯安那州第 23 号法案,对每周发行量超过 20 000 份的期刊,对其广告收入征税 2%。发行量门槛意味着,一向支持朗的那些小型、农村周报——在路易斯安那州总计一百六十三家报纸中有一百五十家的样子——会被排除在外。承担税负的只是十三家最大的城市日报,比如曼希普的《倡导者晨报》,而这些报纸中除了一家,全都反对过朗②。

从州议会的角度来看,广告税只是增加本州财政收入的措施,以便为学校的免费教科书等教育改革筹措资金,因此有其合理之处。但是,路易斯安那州的这位铁腕人物有自己的更具审查性质的理由。他说:"撒谎的报纸应当为自己的谎言付出代价。……我要帮助这些报纸,通过增加他们的必要支出来敲打他们。那时候他们兴许就会清理一下了。"在一份到处散发的政治通告中,朗说:"路易斯安那州的大报每挣 1 美元都要撒一次谎。这个税应该叫撒谎税,每撒一次谎 2 分钱。"③

曼希普的《倡导者晨报》控诉道,朗的广告税是在威胁言论自由和出版自由。朗的打算是用这项税收来恐吓报纸,好让这些报纸都来支持政

---

① Cortner, *The Kingfish and the Constitution*, 35, 96 - 97.

② Ibid. 76, 95; Olken, "The Business of Expression," 284.

③ Cortner, *The Kingfish and the Constitution*, 79 - 82; Olken, "The Business of Expression," 286.

府的正统政策，而且对未来的异见分子，也隐然会有更高税负的意味。《倡导者晨报》的社论写道，如果朗因为这些报纸反对他就能对其加征特别税款，"那么写进美国宪法的受保障的出版自由，也就到此为止了"。然而，实际上最高法院到1930年代才第一次让宪法对言论自由和出版自由的保障不再是纸上谈兵，而这些基本权利的司法保护之所以能够兴起，法人在其中也起到了非常重要的作用。

尽管宪法第一条修正案是美国法律精神的核心，最高法院也要到20世纪才会真正开始保护言论自由和出版自由。关于言论自由的重要辩论——包括酿酒公司对《蒂尔曼法案》和各州类似禁令（不允许法人为政治竞选活动捐款）的质疑——由来已久，尽管如此，第一次世界大战仍然是一个重要转折。因应对政治异见人士的压制和迫害，最高法院让第一条修正案变得有血有肉起来。让最高法院得到启发的异见分子中，就有路易斯安那州的报业公司[①]。

第一条修正案早在1791年就已经采用，但一直到20世纪初最高法院才开始接受言论自由的原则。之所以会耽搁这么久，原因之一在于宪法文本。第一条修正案称"国会不得制定关于下列事项的法律"，言下之意就是这条修正案只适用于联邦法律，对于各州和地方政府制定的法律无能为力。美国历史上，大部分时候联邦政府都不会去控制言论，就算这么做了，法院也通常会袖手旁观。美国先是于1798年，后来又于第一次世界大战期间的1917年和1918年先后通过《反间谍法》和《反煽动法》。国会通过的这些法律，确实将"不忠"言论定为犯罪[②]。

对这些法律，伍德罗·威尔逊总统积极执行，围捕社会主义者、激进分子和和平主义者，尤其是在移民社群中。有一千五百多人被起诉，其中

---

① 关于第一次世界大战前的言论自由大战，参见 David M. Rabban, *Free Speech in Its Forgotten Years* (1997)。

② Freeberg, *Democracy's Prisoner*, 4.

就有劳工领袖、曾四次竞逐总统宝座的尤金·德布斯（Eugene Debs）。德布斯因为发表反对征兵的演讲被最高法院判处十年监禁，因此他第五次参与竞选总统是在图圈之中。甚至还有位电影制片人因为拍了一部讲美国独立战争的电影，在其中把如今的盟友英国塑造成了反派而获十年徒刑。联邦政府起诉政治异见分子，也就让各州和地方政府、各行各业乃至各大学进行的类似镇压显得合情合理了——就像哈伦·菲斯克·斯通在哥伦比亚大学法学院任院长时耳闻目睹的那些情形一样。在历史学家看来，第一次世界大战期间对异见分子的镇压，堪称"美国历史上对公民自由的最大限制"①。

第一次世界大战期间政治迫害的经历，让很多美国人看到了审查制度的危险之处，其中就有最高法院大法官，小奥利弗·温德尔·霍姆斯（Oliver Wendell Holmes Jr.）。由"泰迪"总统罗斯福任命的这位大法官，刚上任时是赞成限制言论和出版自由的。比如 1907 年，霍姆斯为最高法院撰写了帕特森诉科罗拉多州案（Patterson v. Colorado）的多数意见书，该案中一家报纸出版商因发表对该州法官的批评性文章和漫画而被定罪，最高法院维持了原判。霍姆斯在意见书中写道，出版自由只是为了禁止对出版事先限制，"并不阻止……事后惩罚"发表了"被认为有损公共福祉"的文章的出版商。但随着一战期间对政治少数派的起诉，霍姆斯的看法逐渐开始变化，而美国人对言论自由的态度也很快随之而变②。

通过雅各布·艾布拉姆斯（Jacob Abrams）一案，霍姆斯开始阐述对第一条修正案的一种全新的、更生动的理解。艾布拉姆斯是一名来自俄罗斯的犹太移民，因为散发批评威尔逊总统的传单而被判处二十年监禁。

---

① Geoffrey R. Stone, *Perilous Times: Free Speech in Wartime from the Sedition Act to the War on Terrorism* (2004), 135 et seq.；"Sedition Act of 1918," in *The United States in the First World War: An Encyclopedia*, ed. Anne Cipriano Venzon (2013), 536.

② 关于霍姆斯的变化，参见 Thomas Healy, *The Great Dissent: How Oliver Wendell Holmes Changed His Mind—and Changed the History of Free Speech in America* (2013)。

艾布拉姆斯诉合众国案（Abrams v. United States）判决于 1919 年，最高法院维持了原判，但霍姆斯提交了一份异议意见书。他写道，尽管政府可以限制对公共安全构成明显而即时危险的言论，艾布拉姆斯"可笑的传单"却不会带来任何伤害。霍姆斯与路易斯·布兰代斯大法官一起警告道，"压制别人的观点表达"总是很诱人，但经验表明，曾经不可动摇的真理往往会因为知识的进步而被推翻。霍姆斯引入了一个来自商业世界的自由主义隐喻，他写道："理想的终极目标最好是通过思想的自由交换来得到——对真理最好的检验，是思想的力量在市场竞争中脱颖而出，从而让自己被接受。"这个隐喻，也将从法律和大众文化两个角度给出言论自由

奥利弗·温德尔·霍姆斯大法官让第一条修正案保障的言论和出版自由不再是纸上谈兵。

的定义。哪些观点会脱颖而出，应该由思想市场来决定，而不是政府①。

另一起涉及政治迫害的案件令最高法院首次表示，言论自由是第十四条修正案所保障的一项"自由"权。这个问题并不是在法人权利背景下产生的，而是产生于另一个听起来有几分相似的原则，"合并"。这一宪法原则决定了《人权法案》有哪些条款适用于各州。尽管最高法院通常认为《人权法案》只适用于联邦政府，在 19、20 世纪之交，法院开始要求各州也要保障这些权利。法院认为，第十四条修正案的正当程序条款"合并"了前八条修正案中的某些基本权利，因此这些权利也适用于各州。在本杰明·吉特洛（Benjamin Gitlow）一案中，一名无政府主义者因出版据称主张推翻政府的图书而被定罪。最高法院的判决认为，言论自由也是对州和地方法律的限制。吉特洛诉纽约州案（Gitlow v. New York）的判决极富开创性，大大扩充了言论自由的保护范围——虽然吉特洛本人并没有从中受益。最高法院认为起诉理由正当，因此维持原判，霍姆斯和布兰代斯则又一次一起提交了异议意见书②。

尽管扩大了第一条修正案的边界，法院仍然从未因侵犯言论自由而废除过什么法律。最高法院以言论和出版自由为依据推翻法律的最早一批案件宣判于 1931 年春，其中一件就跟法人有关。尼尔诉明尼苏达州案（Near v. Minnesota）涉及明尼苏达州的一项法律，如果哪家报纸散发"恶毒、可耻、诽谤性"的材料并引起"公害"，那么该法律允许政府勒令这家报纸关门。明尼苏达州制定这项法律，是专门为了让一个人和一家报纸噤声，这就是杰伊·尼尔（Jay M. Near）和他低劣的丑闻小报《星期六报》。在明尼阿波利斯那帮政客眼里，尼尔"反天主教、反犹太、反黑人、反劳工"，是他们的眼中钉、肉中刺，必欲除之而后快。尼尔用低俗不堪的黄色新闻指责这帮政客尸位素餐、贪污受贿、蝇营狗苟，几乎什么罪行都占全

---

① Abrams v. United States, 250 U. S. 616, 624 - 631 (1919) (Holmes, J., dissenting)。
关于市场比喻的源流，参见 Joseph Blocher, "Institutions in the Marketplace of Ideas," 57 *Duke Law Journal* 821 (2008)。

② Gitlow v. New York, 268 U. S. 652 (1925).

了,但这些指控很少有什么真凭实据。政客们以牙还牙,试图利用公害法让他的报纸永远无法再出版。尼尔声称,这项法律对言论的事先限制违宪,侵犯了他受第一条修正案保障的出版自由权①。

尼尔案并不是作为法人权利案件出现的。至少在形式上,这是一个跟杰伊·尼尔个人的宪法权利有关的案件。尽管如此,这起诉讼还是由论坛报业公司领衔并出资。这家法人旗下的《芝加哥论坛报》十分强大,也很有影响力,是美国声望最高的一份报纸,跟尼尔的街边小报比起来根本就是两个极端。然而《论坛报》的出版人罗伯特·麦考密克(Robert McCormick)是个意志坚定也很有远见卓识的人物,在尼尔案中,他看到了确立第一条修正案先例,并将第一条修正案的保护范围扩大到他的公司所拥有的报纸的机会。麦考密克确实有先见之明,判决对尼尔有利,最高法院以侵犯出版自由为由,推翻了明尼苏达州的法律。跟本杰明·吉特洛不一样的是尼尔打赢了官司,但跟他一样的是尼尔也没得到好处。尼尔的报纸后来很快就倒闭了,五年后尼尔离世,籍籍无名。与此同时,麦考密克在最高法院的意见书中摘出谈媒体特殊作用的一句,刻在芝加哥论坛报大厦大厅的大理石墙上,来纪念这场胜利。这起诉讼以尼尔的低俗小本生意的名义发起,主要的受益者却是像麦考密克的《论坛报》这样的大型传媒法人。

尽管尼尔诉明尼苏达州案已经为言论自由确立了更有力的保护,当广告税的案子出现时,法律形势似乎还是对休伊·朗更加有利。尼尔案是个事先限制的例子,最高法院也从未认为,言论自由对别的随便什么类型的问题也都适用。路易斯安那州广告税法案并非事先限制,因为该法案并未阻止这十三家报纸发表任何内容,只是对这些报纸的广告收入征税。但是,这些报纸还是跟那些激进分子和遭排斥的人,比如雅各布·艾布拉姆斯、本杰明·吉特洛和杰伊·尼尔有一个共同点。这几家报纸也

---

① Near v. Minnesota, 283 U. S. 697 (1931); Fred W. Friendly, Minnesota Rag (2013).

是政治异见分子，手握强权的政府官员极力迫害，就是为了让它们闭嘴。广告税法案就和《反煽动法》以及明尼苏达州的公害法一样，是用来惩罚和压制那些质疑政府正统观念的人。

美国报业出版商协会在《论坛报》麦考密克的推动下，敦促路易斯安那州的报业公司提起诉讼。"在这场斗争中，新闻界和全国都必须与路易斯安那州的报纸紧密团结在一起，因为朗一旦获胜，其他肆无忌惮的政客也会马上跟进。"报业出版商协会引用了法人权利运动中反复出现的一句话，说报纸的诉讼"如果有必要，就一直打到最高法院！"①

1934 年秋，查尔斯·曼希普和他的首府出版社扛起了大旗，组织报业法人对朗的广告税法案发起挑战。他们聘请了新奥尔良的两位律师，埃伯哈德·多伊奇（Eberhard P. Deutsch）和埃斯蒙德·费尔普斯（Esmond Phelps）来处理这个案子。多伊奇是本市一家非常杰出的律所的创始合伙人。费尔普斯出身于本地一个贵族家庭，代理的通常都是西部联盟公司、得克萨斯与太平洋铁路公司这样的法人，也是朗的死敌。"石首鱼"遭弹劾时，费尔普斯自愿牵头奔走，想把他除掉②。

他们俩面对的困难非常大。不只是说广告税法案并不是事先限制，而且这些报业公司还都是法人。联邦法院和州法院早在二十年前就已经在关于企业政治支出禁令的案件中认定，法人没有言论自由权。最近的吉特洛案将言论自由归为第十四条修正案下的"自由"权，而过去三十年，最高法院都一直认为，法人只有财产权。尽管有这些困难，报业公司还是发起了诉讼，将朗的广告税法案描述为政治迫害行为——"州内占据优势地位的政治派别……因本州日报社过去的反对而试图报复和惩罚，并对

---

① Cortner, *The Kingfish and the Constitution*, 92.

② 关于多伊奇和费尔普斯，参见 Cortner, *The Kingfish and the Constitution*, 21, 31, 99–100; S. L. Alexander et al., *The Times-Picayune in a Changing Media World* (2014), 33; E. P. Deutsch, "A Louisiana Lawyer," *New York Times*, January 18, 1980, B5。

未来的或进一步的反对，以进一步报复相威胁。"①

本案被告是爱丽丝·格罗让（Alice Grosjean），州政府公共账户的主管。某种意义上，格罗让也算是位政治先驱。她年仅二十四岁就被任命为路易斯安那州务卿（相当于首席秘书），是全国唯一一位担任这么高级别的政府职位的女性。但是她能登上这样的高位并非因为教育背景，这位高中都没读完的年轻人是朗的情妇。"石首鱼"被她迷得神魂颠倒，有一次还让她搬进州长官邸，州长妻子当然会强烈反对，不过他置若罔闻，于是妻子马上搬了出去。不过朗对格罗让的依赖可不仅仅是陪伴而已，他把格罗让和另一些狐朋狗友安插在州政府的重要职位上，好巩固他的铁腕统治②。

然而格罗让并非律师。为这项税法辩护的重任落在了州总检察长加斯顿·波特里（Gaston L. Porterie）的肩上，他也是朗的亲信。就在报业公司这场官司前一年，波特里因有违律师道德准则被州律师协会除名。协会认定，他身为州总检察长，利用自己的职权平息了一起对朗这拨人选举舞弊的调查，属于渎职。比起律师协会，朗更认可波特里的忠心耿耿，于是命令州立法机构"给我组建一个新协会"。波特里很快被任命为新律师协会的主席，作为州最高执法官员的职位也安然无虞③。

即使法律形势对朗有利，任人唯亲也还是有代价的。要是只有没上过几天学的格罗让自己上法庭，州政府得到的结果倒反而可能更好。在为广告税法案辩护的过程中，波特里和他在本案中的首席律师查尔斯·里维特（Charles Rivet），犯了一连串让人笑掉大牙的错误。其中最惹眼的是，他们都没及时了解一下最高法院的最新判例。他们提出，言论自由和出版自由仅仅限制了国会，没有限制各州，尽管吉特洛案和尼尔案早已表

---

① Cortner，*The Kingfish and the Constitution*，114.

② Ibid. 33-34，55.

③ 关于波特里，参见 Harnett T. Kane，*Huey Long's Louisiana Hayride*（1971），249；E. Phelps Gay，"History of the Louisiana Bar：Kingfish's Legacy?，" 60 *Louisiana Bar Journal* 466，469（2013）.

达了完全相反的观点。这场漏洞百出的辩护简直是一出喜剧,波特里和里维特把最浓墨重彩的宪法论证都用在了错误条款上面。查尔斯·曼希普和报业公司对广告税法案的质疑是其侵犯了第十四条修正案"正当程序"条款所保障的"自由",波特里和里维特却着眼于特权和豁免权条款——这一宪法条款与本案完全无关,而且早在半个世纪前的屠宰场系列案件中实际上就已经被推翻了[①]。

由于他们的关注点都在错误的宪法条款上面,波特里和里维特也几乎忽略了他们这边最有说服力的论点:历史上的先例一以贯之,全都认为法人只有财产权,没有自由权。波特里和里维特只是顺便提到了这一点,并没有强调指出,就好像是后来才想起来提这么一出。路易斯安那州的律师协会在试图阻止波特里执业时,也许还真是发现了一些问题。无论如何,一旦案子来到最高法院,涉及重大的宪法前沿问题,事情就显然已经变得不是波特里和里维特两人的小脑瓜所能理解的了。

在为朗的广告税法案辩护时,波特里和里维特认为,报业公司和其他任何类型的商业法人都没有区别。就跟州政府有权向石油公司就炼油征税一样,政府也有权向报业公司就广告销售征税。新闻业也不过是理应受州政府监管并征税的一个行业罢了。尽管报业公司将自己打扮成受害者,波特里和里维特还是指出,这些法人都已经大获成功,但并不希望看到路易斯安那州阻止它们让利润最大化。

法人应当致力于利润最大化,这个观念往往被看成是公司法和公司管理的一条基本原则。不过在法人历史早期,商业法人跟现在很不一样。布莱克斯通在《英格兰法律评论》中写到,法人只有服务于公众才允许成立。今天这条规则不再适用,达特茅斯学院案对此也起到了部分作用。现代商业法人被视为私有实体,不需要有任何明确的公众目标。实际上,

---

① 关于波特里与里维特的错误,参见 Cortner, *The Kingfish and the Constitution*, 137, 161。

公司高管如果(至少从长期来看)没有把重点放在企业的盈利能力上,就是没有尽到他们的受托责任。如果说法人从公有转化为私有始于1819年的达特茅斯学院案,还涉及传奇律师丹尼尔·韦伯斯特;那么就可以说这个转化过程刚好终结于一个世纪之后,案子也涉及美国另一位传奇人物,亨利·福特(Henry Ford)。

汽车制造商福特很有远见,一手打造了T型汽车和流水线生产流程。1916年,他的两名商业合伙人,詹姆斯·道奇(James Dodge)和霍勒斯·道奇(Horace Dodge)兄弟,起诉了他。道奇兄弟为福特汽车制造发动机,还拥有福特汽车公司10%的股份,通过福特汽车公司,他们赚取了巨额财富:当年10 000美元的投资,已经给他们带来了3 200多万美元的收益。但是兄弟俩对福特不肯将利润继续最大化感到不满。福特运营公司的方式,是想让员工和整个社会都受益,而不是只有股东挣钱。比如1914年,尽管求职者众,福特还是宣布将付给工人的日薪提高到5美元,这是他们以前工资的两倍。公司每年都会给汽车降价,即使推出了重大改进,汽车库存销售一空也不例外。福特认为,股东挣的已经够多了,他解释说,他"不觉得应该在我们的汽车上赚那么多利润"[1]。

1916年,福特宣布公司不会向股东派发特别股息,尽管公司手头还有高达6 000万美元的现金盈余。欧洲正在开战,福特认为"万一经济大萧条突然出现",这一决定可以防止"解雇大量员工",因此有必要这么做。福特还做了一个详细计划,想把部分盈余用于在底特律郊区的里弗鲁日建造全球最大的制造厂,这样他就能把汽车价格降得更低[2]。

道奇兄弟后来自己也会创办一家相当成功的汽车公司。不过现在,

---

[1] "Henry Ford Explains Why He Gives Away $10,000,000," *New York Times*, January 11, 1914; M. Todd Henderson, "The Story of Dodge v. Ford Motor Company: Everything Old is New Again," in *Corporate Law Stories*, ed. J. Mark Ramseyer (2009), 37.

[2] Dodge v. Ford Motor Company, 170 N. W. 668 (Mich. 1919); Kent Greenfield, "Corporate Law's Original Sin," *Washington Monthly* (2015), http://washingtonmonthly.com/magazine/janfeb-2015/sidebar-corporate-laws-original-sin/.

他们忙着谴责福特,说他把公司经营成了"半慈善机构,而不是商业机构"。帮助员工和更广大的人民群众"固然是好事,但并不属于普通商业法人的责任范围"。福特应当出于股东利益来运营公司,所以那些现金盈余都应该分给股东们。兄弟俩发起的诉讼提出了一个重要问题:公司运营是可以为员工、客户和更广大的社会等利益相关者着想,还是必须尽力让利润最大化?

在审理期间,福特这个直肠子坚持认为,他的公司有权做出有利于公众的商业决策,即使股东需要为此做出牺牲。福特抗辩道,创立福特汽车公司是为了"在所有地方,为所有相关人员,尽我所能地多做好事",然后只是"顺便挣点钱"。他本来可以声称,长远来看他的公司会从这些政策中获益,今天的公司高管在不得不为出于社会责任的政策辩护时就经常这么说,但福特这个人冥顽不灵,一定要坚持原则。他说:"我的理想是,让尽可能多的人都能从这个工业体系中得到好处,帮助他们改善生活,建

亨利·福特和道奇兄弟。

立家园。"①

密歇根州最高法院以福特的证词为依据，做出的判决不利于福特和他对公司的公益观点。法院认为，公司尽管"在人道主义方面附带支出公司资金"是合法的，但不能有"以牺牲股东利益为代价来造福人类的常规目标和计划"。"经营判断法则"规定，商业决策只要是出于好意，法院就不会去当事后诸葛亮，因此法官对公司高管一般都会听之任之。但在本案中，对于拒绝派发特别股息，福特并没有给出有效的商业理由。就算公司留下足够在里弗鲁日建工厂的钱——这样的商业举动合情合理——手头也还会剩下 3 000 万美元的现金储备，此外来自不断增长的汽车销售的额外收入也很稳定。法院解释道："商业法人的组建和经营，主要是为了股东的利益。赋予董事权力，也是出于同样目的。董事的自由裁量权在于选择实现这一目标的手段，而不在于改变目标本身。"②

在公司法学者肯特·格林菲尔德（Kent Greenfield）看来，道奇兄弟诉福特汽车公司案（Dodge Brothers v. Ford Motor Company）成了"法人在底线之上别无其他义务的标准声明"。经济学家米尔顿·弗里德曼（Milton Friedman）在 1970 年给《纽约时报杂志》写的一篇文章非常有名，文章标题就阐明了关于法人的这个观点：《企业的社会责任就是增加利润》。公司当然可以采取让其他利益相关者也受益的措施，但主流观点认为，这些行动长远来看必须最终对公司及股东有利。法人真正的社会责任——完全为员工、客户和社会的利益考虑，而且长远来看要以股东利益为代价——将意味着管理层没有尽到信托责任③。

"股东财富最大化"这一原则，早已深深植根于美国的公司文化中。而批评人士也将公司的大量不当行为——从 2010 年的墨西哥湾漏油事故（关系到"深水地平线"公司为维持股价而在安全问题上走了捷径），到

---

① Greenfield, "Corporate Law's Original Sin."
② Dodge v. Ford Motor Company, 170 N. W. 668 (Mich. 1919).
③ Milton Friedman, "The Social Responsibility of Business Is to Increase Its Profits," *New York Times Magazine*, September 13, 1970.

2001年安然公司的审计丑闻(为了不让投资者知道负债情况)——都归咎于对公司的这种一维观点——也有人称之为"病态"观点。无论如何,今天几乎所有法学院学生在读到福特案之后都会了解到,在法律看来,法人存在是为了让股东受益,而不是让员工、客户和更广大的社会受益。格林菲尔德写道,对那些认为公司不应该只是追求利润最大化的机器人的人来说,道奇兄弟诉福特汽车公司案是"公司法的原罪"①。

在路易斯安那州广告税法案这一案件中,报业公司的律师埃伯哈德·多伊奇和埃斯蒙德·费尔普斯努力让他们的委托人显得跟一般的追求利润最大化的公司截然不同。在民主社会中,这些公司有其特殊作用。它们是受宪法保护的"出版"活动的重要组成部分,它们的使命也非常独特,是"收集、传播信息",教育选民,监督政府。如果政府可以因为出版公司出版了违反政府教条的内容就惩罚它们,那么这些公司就无法履行这些极为重要的社会职能了②。

多伊奇和费尔普斯的这个案件来到最高法院是在1936年1月,这时大法官们刚刚又一次搬入新家——也即将开启新的征程。大法官们如今刚刚开始在卡斯·吉尔伯特设计的新古典主义大理石建筑里审理案件,很快就会抛弃洛克纳时代所信奉的契约自由原则,转而致力于保障公民权利和公民自由。休伊·朗已经一命呜呼,他被刺客的子弹击中,享年四十二岁。虽说年纪轻轻,这条"石首鱼"却早已臭名远扬,全国人民都知道他是个摇唇鼓舌的政客,是个暴君,滥用政府权力来压制政治上的对手。朗最后有桩糗事是有一次在长岛一家很阔气的乡村俱乐部里喝醉了,在厕所里跟人打了一架。国家媒体对他紧追不舍,惹得他大发雷霆,在那吹

---

① 关于股东财富最大化原则,参见 Stephen M. Bainbridge, "In Defense of the Shareholder Wealth Maximization Norm," 50 *Washington & Lee Law Review* 1423 (1993)。关于其弊病,参见 Lynn Stout, *The Shareholder Value Myth: How Putting Shareholders First Harms Investors, Corporations, and the Public* (2012); Joel Bakan, *The Corporation* (2005)。

② Cortner, *The Kingfish and the Constitution*, 139.

嘘自己如何让曼希普的首府出版社和路易斯安那州其他城市日报不敢作声："路易斯安那州的那些报纸可算得着教训了。它们在那边可不会试着搞这样的事情。它们不敢！"[1]

正是朗的这一形象，面色苍白、对政治对手极力迫害，让最高法院的辩论鲜活起来。报业公司把自己描述成政治异见分子，因为跟有权有势的朗作对而遭到压制。广告税并非只是针对业务征收的一般税种，这是朗的势力想要操纵政治进程、压制反对者声音的努力。

美国报业出版商协会的首席律师伊莱莎·汉森（Elisha Hanson）跟多伊奇和费尔普斯一起撰写了案情摘要，还参与了最高法院的庭审，这表明全国各地的报纸都认识到这个案件会有什么影响。协会现在全力以赴，致力于为出版自由确立更广泛的保护，这在很大程度上是出于《芝加哥论坛报》麦考密克的努力。协会的内部通讯《编辑与出版人》将朗对报业的攻击类比为德国对异见分子的打压。通讯写道，"希特勒、戈林和戈培尔对自由和民主进程的预期，是不是比这位来自路易斯安那州的肆无忌惮、大叫大嚷、一脸奸笑的野心家来得更低"，值得人好好想想[2]。

1936 年 1 月，路易斯安那州的报业公司也在大法官们面前就同一问题提出了严厉批评。朗在那份广为散发的通告里承认了自己的动机，公司也利用了小册子里的这句话，"那些撒谎成性的报纸在继续恶意运作"，来反对朗的政策规划。"上周在这里我们设法解决了这个问题，给这些报纸的收入都加了 2% 的税，这样会对抑制它们的谎言有所帮助。"如果朗只是想通过征收广告税来增加财政收入，法案就应该适用于所有报纸。但情况并非如此，法案只针对十三家报纸，其中十二家都直言不讳地碰过朗的逆鳞。

唯一的例外是《查尔斯湖美国报》，由美国报业公司出版，对朗一直支持有加。但是，这家报纸也名列征税对象，并不意味着广告税是中性的税

---

① Cortner, *The Kingfish and the Constitution*, 139.
② Ibid. 91.

收措施。路易斯安那州报业公司再次利用了朗自己的说法,他曾承认,将美国报业公司的报纸也包括进来,不过是出于必要。朗解释道:"州里只有一家(大)报纸没有加入反对我的行列。……议员们绞尽脑汁想找个办法免除《查尔斯湖美国报》的广告税,但实在想不出好办法。但凡有办法,我们肯定就那么做了。"①

　　律师们也告诉大法官,宪法第一条修正案的真正目的,就是防止政府压制政治异见分子。"写下这条修正案,是为了保护人民享有出版自由的权利,随便什么敌意,也无论限制的威胁来自哪种应用方式——无论是审查、许可证、税收、煽动性的诽谤、禁止令、扣押令或是别的随便什么方式——都不能限制这一权利。"尽管最高法院以前的判决只是说第一条修正案禁止对出版事先限制,律师们还是提出,开国元勋们考虑的问题更深更广,他们希望能受到保护,不受任何扼杀或审查反政府言论的法律的侵犯。

　　判决路易斯安那州广告税法案是否合宪的大法官们在很多宪法问题上都有重大分歧,尤其是关系到企业监管问题的时候。这些分歧将在大法官们就格罗让诉美国报业公司案的商议过程中显出来,虽然在意识形态两极分化的最高法院,大法官对这个案件达成了罕见共识:所有大法官都认为,休伊·朗的法案违宪。分歧在于为什么违宪。在他们关于这个关键问题的辩论中,大法官们基本上忽略了报业公司的法人身份。他们都是从新出现的第一条修正案原则的角度来看待这个案子,关注的是受迫害者,全都忽略了争议中法人权利方面的问题。

　　最高法院的其中一方相对而言对商业极为支持,全都在大萧条之前很久就已经被任命为大法官:乔治·萨瑟兰(George Sutherland)、詹姆斯·麦克雷诺兹(James McReynolds)、皮尔斯·巴特勒(Pierce Butler)和威

---

① Olken, "The Business of Expression," 292 n. 215.

利斯·凡·德凡特（Willis Van Devanter），有"反抗四骑士"的名号。他们支持洛克纳时代的司法理念，认为自己的作用就是对政府监管财产权和自由市场的权力加以限制。对罗斯福新政，他们投的一直是反对票。四骑士与"三个火枪手"很不对付，后面这拨人包括路易斯·布兰代斯、哈伦·斯通和本杰明·卡多佐（Benjamin Cardozo），是最高法院的自由主义者，认为宪法允许政府对经济事务有相当大的自由裁量权。最高法院的两张游离票是倾向于和骑士们站在一起的欧文·罗伯茨（Owen Roberts），以及令人肃然起敬的首席大法官查尔斯·埃文斯·休斯。在1905年的华尔街大丑闻中，休斯曾目睹企业如何对政治上下其手，因此现在经常加入火枪手一方[1]。

对这起案件，火枪手这方的领头羊是卡多佐。他在法官中间名望极高，以至于被对立党派的总统提名到最高法院——这事儿搁今天完全无法想象。卡多佐是民主党人，在纽约州最高法院担任首席大法官时对法律形成了深远影响，因此当传奇般的奥利弗·温德尔·霍姆斯大法官于1932年退休时，人们都认为只有他有资格填补这个职缺。经共和党总统赫伯特·胡佛（Herbert Hoover）提名，卡多佐进入最高法院，并成为其中进步人士的领袖。对报社这个案子，卡多佐指出朗的广告税违宪，因为侵犯了公民自由权中的出版自由。尽管该法案并非事先限制，卡多佐还是同意了报社的观点，即第一条修正案应当宽泛解读，保护自由权不受其他形式的规章制度的侵犯，比如征税，因为征税同样会扼杀民主讨论。在现代社会中，思想要能自由交流，就得有广泛的言论自由保护[2]。

四骑士则由萨瑟兰率领。萨瑟兰是个地道的英国人，1870年代在犹他准州的荒野中长大。他们也认同路易斯安那州的法律违宪，但指出问题在于商业税。路易斯安那州可以向所有报纸征税，也可以不征任何一

---

① G. Edward White, *The Constitution and the New Deal* (2002), 81, 296 - 297.

② 关于卡多佐，参见 Richard Polenberg, *The World of Benjamin Cardozo: Personal Values and the Judicial Process* (1999)。

最高法院判决路易斯安那州报社一案的大法官。后排左起：欧文·罗伯茨、皮尔斯·巴特勒、哈伦·斯通和本杰明·卡多佐；前排左起：路易斯·布兰代斯、威利斯·凡·德凡特、查尔斯·埃文斯·休斯、詹姆斯·麦克雷诺兹和乔治·萨瑟兰。

家的税，但不能只对那些发行量超过两万份的报纸征税。无论朗和立法者是不是想置敌手于死地，税法都不能任意适用于业内部分业者。在骑士们看来，这样的歧视性税收政策让政府可以在市场上决定谁是赢家谁是输家。萨瑟兰在之前一个案子中就已经写到，不同税率"不过是虚晃一枪，交税的人和处在同样情形却不交税的人比起来，前者承担重负，后者得益，这样很不平等"。在火枪手们看来，政府有权设置不同的税率，但路易斯安那州的法律让自由权不堪重负，也妨碍了民主。在骑士们看来，这项法律给企业增加了负担，也妨碍了自由市场[1]。

　　萨瑟兰被指定撰写多数意见书，这也促使卡多佐起草了一份协同意见书，强调这个案件中的公民自由问题。卡多佐的协同意见书非常厉害，萨瑟兰发现大法官们都被吸引了，远离了自己的观点。萨瑟兰可不想让

---

[1] Olken, "The Business of Expression," 293–307.

卡多佐抢了自己多数意见书的风头，于是同意重写自己这份意见书，用更大篇幅讨论了出版自由问题。

1936年2月，关于运动员在冬季奥运会上如何从阿道夫·希特勒面前走过的新闻报道让美国人民知道了政治迫害有多危险。与此同时，最高法院也发布了对格罗让诉美国报业公司案的意见书。萨瑟兰的意见书整合了对征税和政治迫害两方面的考虑，他写道："征税形式本身就很可疑。"收这个税的"明显目的"是"惩罚出版商，限制这些甄选出来的报纸的发行量"。政府又在决定谁胜谁负。但在卡多佐的影响下，萨瑟兰也将本案描述为与迫害和民主有关的案件①。

萨瑟兰在意见书中阐释道："在（第一条）修正案通过前一百多年——实际上还要包括第一条修正案通过后的很多年间，历史都表明英国政府一直在努力阻止或删减所有似乎在批评政府机构和运作，或展现出不利于政府一面的意见的自由表达，而无论这些意见有多真实。"广告税法案是"精心算计出来的手段，打着征税的幌子，意在限制信息流通；然而根据宪法保障，公众有获取信息的权利"。萨瑟兰呼应了曼希普和《路易斯安那州日报》提出的观点，承认出版自由在民主政体中有其特殊作用："自由的媒体是政府和人民之间最伟大的传声筒。"

最高法院对格罗让一案的判决，是美国言论自由史上的里程碑。然而，在大法官们关于如何看待这项税收的内部讨论中，本案的核心问题之一被掩盖了：这些报社作为法人，主张自己享有宪法规定的自由权。就算朗的法案有点儿太过，首府出版社和其他相关报业公司怎么会有质疑这项法案的宪法权利呢？

萨瑟兰大法官为最高法院撰写的意见书在这个问题上很快掀起了一股法人主义风潮。萨瑟兰写道，路易斯安那州"声称第十四条修正案对法人并不适用，但只说对了一部分。我们曾经认为，法人并非特权和豁免权

---

① Olken, "The Business of Expression," 298 - 299；Grosjen v. American Press Co. , 297 U. S. 233 (1936)。

条款意义下的'公民'。但在平等保护条款和正当程序条款中,法人也是'人',而本案涉及的正是这两个条款"。最高法院对法人权利的全部讨论止步于此——而且非常误导人。最高法院确实说过法人也是人,但同样也一再认为法人没有自由权。而最高法院对吉特洛案的判决已经清楚表明,第一条修正案所保护的权利属于自由权。

最高法院之所以能避而不谈法人权利问题,部分原因是路易斯安那州的两位律师,加斯顿·波特里和查尔斯·里维特在案情摘要和辩护上的工作实在是太不称职。他们关注的重点是宪法中的特权与豁免权条款,与本案根本牛头不对马嘴,因此大法官们随随便便就把他们的观点放在一边了。通常情况下,大法官们可能会觉得有必要纠正这种错误,而不是抓住错误大做文章,但最高法院的两个派别都没有多强烈的动机介入。卡多佐和火枪手们急于反对朗的镇压、扩大出版自由,并广泛加强第一条修正案的保护。他们一心想扩大言论自由原则,这就意味着将成为公众主要信息来源的传媒公司必须受到保护。与此同时,萨瑟兰和骑士们则打算混淆财产权和自由权,好推翻歧视性的税收政策。如果报业公司同样能声称第一条修正案主张推翻这样的法律,那么这个案子也会成为自由市场的一次重要胜利。大法官们对这个判决一致同意,结果就有了这个向法人明确赋予自由权的最高法院判例。此外,法院还宣称相关的法人言论恰当、合法,甚至在民主进程中不可或缺。

随后几十年间,出版自由将成为美国法律和政治的显明标志。然而很少有人承认,最早很多最重要的案件背后都有法人的身影。路易斯安那州的报业公司,那些传媒法人成了宪法的第一推动力,而在相关案件中激活的宪法保护,个人同样也将享有。最高法院于 1964 年做出的一项判决确立了批评公众人物而无须担心诽谤的权利,《纽约时报》公司在该案中主张的就是第一条修正案权利。1971 年,最高法院大法官认定尼克松(Richard Nixon)总统无权阻止五角大楼机密文件发表时,案件原告并非泄露文件的丹尼尔·埃尔斯伯格(Daniel Ellsberg),而是《纽约时报》公司和《华盛顿邮报》公司。出版自由权当然不是只有传媒法人才有,只不过报业公司和广播公司跟普通人不一样,每当有新的限制出现,它们有能力打官司。《纽约客》的 A. J. 利布林(A. J. Liebling)就曾打趣道:"只有那些拥有出版自由的人,才能得到出版自由的保障。"[①]

尽管格罗让一案因其对第一条修正案的影响而广为人知,该案也同样标志着法人权利史上的一个转折点。在美国历史上,最高法院第一次认为,法人享有宪法规定的言论自由和出版自由的权利。法人不再只拥有财产权,而是同样享有跟自由有关的权利。实际上,法人被看成是美国民主讨论的有益参与者——对法人的这一看法,将在最高法院对公民联合组织案的意见书中再次出现。

[①] 关于出版自由,参见 Garrett Epps, *The First Amendment: Freedom of the Press: Its Constitutional History and the Contemporary Debate* (2008); A. J. Liebling, "Do You Belong In Journalism?," *New Yorker*, May 14, 1960, 105。亦可参见 New York Times v. Sullivan, 376 U. S. 254 (1964); New York Times v. United States, 403 U. S. 713 (1971)。

第八章　法人、种族与民权

　　20 世纪初,出于回应对社会主义者(如雅各布·艾布拉姆斯)的迫害,以及对报社(比如查尔斯·曼希普的首府出版社)的压制,美国最高法院开始关注公民权利问题。世纪中叶执掌最高法院的厄尔·沃伦(Earl Warren)经常与约翰·马歇尔并称,他们俩都被视为美国历史上最伟大的首席大法官。在沃伦的领导下,最高法院终于开始像对待言论自由一样,承认对种族平等的责任。为了不遭受多数暴政的伤害,少数族裔对司法保护的需求,至少不比政治异见分子少。哈伦·菲斯克·斯通在卡罗琳产品公司案中提出要将最高法院重塑为保护少数派免遭迫害的堡垒,民权运动带来了让最高法院充分实现斯通提议的机会。与此同时,民权运动也让沃伦法院将宪法保护扩大到法人身上,至少其中一些法人因此得到了此前被否认享有的另一项自由权——结社自由。

　　1956 年,南方各地的民选官员下定决心,大力迫害民权活动人士,尤其是美国全国有色人种协进会,法人权利就此开始跟民权运动扯上关系。有色人种协进会由著名非裔美国学者 W. E. B. 杜波依斯(W. E. B. DuBois)等人共同成立于 1909 年,到遭受大面积镇压时已经取得了相当大的胜利。两年前判决的布朗诉托皮卡教育局案,承诺要废除公立学校中的种族隔离。1955 年,由于协进会资深成员罗莎·帕克斯(Rosa Parks)拒绝移到城市公交的后部就坐而引发的"联合抵制蒙哥马利公车运动",

带来了对吉姆·克劳法案的大面积谴责。种族融合主义者在政治和法律上都已经赢得优势，反动分子也认为，是时候让这个国家那些最主要的民权倡导者做不成生意了①。

当然，协进会本来也不是做生意的。不过，协进会确实是作为法人组织起来的，是根据纽约州的法律组建的非营利性会员制法人。亚拉巴马州和州里年纪轻轻但野心勃勃的总检察长约翰·帕特森（John Patterson），就想利用协进会作为法人实体的身份来置这个组织于死地。约翰·帕特森是1954年当选这一职位的，那是在他父亲艾伯特·帕特森（Albert Patterson），民主党本来提名的总检察长人选，因为承诺打击有组织犯罪而被枪杀之后。儿子接替了父亲的位置，把注意力转向了同样受关注（但对他来讲安全得多）的问题：与种族融合作斗争。他的策略奏效了，不到四年，他就凭借反民权的纲领当选了亚拉巴马州州长②。

在种族平等的战争中，亚拉巴马州是战场中心。帕克斯引发的公车抵制运动将蒙哥马利德克斯特大街浸礼会教堂一位二十六岁的当地牧师推到了全国注意力的中心，使之成为这场运动的领袖人物。这就是小马丁·路德·金（Martin Luther King Jr.），他也将在亚拉巴马州的铁窗中写下有重大影响的《伯明翰狱中来信》（1963年）。在"由塞尔玛向蒙哥马利进军"的行动中，民权运动的抗议者将勇敢地跨过塞尔玛的埃德蒙·佩特斯大桥，在那里，他们的英勇与残忍迎面相遇。亚拉巴马州的白人恐怖分子炸毁了拉尔夫·阿伯内西（Ralph Abernathy）、E. D. 尼克松（E. D. Nixon）以及马丁·路德·金等民权活动者的家，还炸毁了十六街的浸礼会教堂，

---

① 关于全国有色人种协进会，参见 Patricia Sullivan, *Lift Every Voice: The NAACP and the Making of the Civil Rights Movement*（2009）; Mark Tushnet, *Making Civil Rights Law: Thurgood Marshall and the Supreme Court, 1936 - 1961*（1994）。亦可参见 Taylor Branch, *Parting the Waters: America in the King Years, 1954 - 1963*。

② 关于帕特森，参见 Gene L. Howard, *Patterson for Alabama: The Life and Career of John Patterson*（2008）。

四名参加主日学校的女孩因此罹难。"自由乘车者"[1]在亚拉巴马州遭水管、球棒攻击，他们乘坐的公交车被人放了火。这些暴力事件往往是由政府官员一手导演，比如伯明翰公共安全专员尤金·"公牛"·康纳（Eugene "Bull" Connor），就动用了德国牧羊犬和消防水龙对付游行示威的人。

亚拉巴马州总检察长针对有色人种协进会的战争始于 1956 年，也就是帕特森就任的第一年。他提起诉讼，指控这家组织没有作为外州法人注册。根据亚拉巴马州法律，在该州经营业务的外州法人需要向州政府提交其注册文件的副本，并指定一位本地代理人接收法律文件。但协进会从未提交过这些文件，因为他们认为这些规则对非营利性的法人并不适用，州里的官员以前也从来没要求过他们。尽管协进会提出注册也满足了要求，因为对他们来说真的不是个事儿，但帕特森还要求州法院命令该组织也上交一份成员名单。表面原因是为了让总检察长办公室能全面了解协进会在亚拉巴马州的活动，但很多人认为，真实动机是为了恐吓组织成员，因为一旦确认身份，他们就会面临潜在的暴力威胁[2]。

在亚拉巴马州这样的地方，不能指望当地法院会保护分散而孤立的少数群体不受迫害。有色人种促进会接到命令，要求上交成员名单。协进会拒绝上交，结果被判蔑视法庭，并被处以 10 万美元的巨额罚款。协进会在两位传奇律师瑟古德·马歇尔和罗伯特·卡特（Robert Carter）带领下入禀最高法院寻求帮助，提出该组织有自由结社的宪法权利。洛克纳时代的最高法院曾拒绝将这项权利扩大到法人身上，无论对象是像西

---

① 1960 年，最高法院在波因顿诉弗吉尼亚州案（Boynton v. Virginia）中，判决跨州旅行者可以无视当地的种族隔离政策，从此在公交站和公交车上的种族隔离政策不再合法。1961 年，民权活动家开始乘坐跨州公交车前往种族隔离现象严重的南方，检验最高法院判决后的落实情况。他们对南方种族隔离的挑战激起了强烈反响，当地警察以"擅入"、"非法集结"、"违反种族隔离法"等罪名抓捕这些示威者。在一些地区，警察与三K 党以及其他白人反对者合作，并常常任由白人暴力团伙攻击示威者而不加干涉。因为他们，南部对于联邦法律的无视以及当地有关种族隔离的种种暴行得到了全国的关注。——译者

② 全国有色人种协进会的诉讼细节见 Tushnet, *Making Civil Rights Law*, 283 et seq.; John D. Inazu, *Liberty's Refuge* (2012), 77 et seq. 亦可参见 Branch, *Parting the Waters*。

约翰·帕特森指出，美国全国有色人种协进会因为是法人，所以没有结社自由。

部赛马协会这样的企业（试图将竞争对手排除在赛场之外），还是像伯里亚学院这样的学校（在吉姆·克劳法的压迫下想努力维持学生群体中的种族融合）。其他类型的法人在这方面都失败了，协进会却将取得成功。其胜利将保护这个国家最重要的民权组织免受迫害，也为法人——至少是非营利性法人——赢得了另一种自由权的宪法保护。

法人可以是黑人吗？如果像路易斯安那州受休伊·朗迫害的报社那样的法人可以是政治上遭排斥的人，那么也可以认为法人具备种族身份吗？这个问题乍一看似乎很荒谬。法人是法律意义上的虚构物，是人们创造出来达成比如赚钱之类的特定目标的工具。即便出于某些法律原因将法人看成是"人"会有些用处，但要是也认为法人也有种族或民族身份似乎就有点儿类比过头了。最高法院大法官雨果·布莱克(Hugo Black)对法人和宪法的见解将深深影响20世纪中叶对法人权利的司法理念,当他写下"法人既没有种族也没有肤色"这句话时,很可能是在表达一种普遍看法①。

然而,在一个其历史与种族和肤色紧密相连的国度,法人种族身份的问题迟早会出现。最早的知名案例出现在吉姆·克劳时代。南方对种族隔离的执念让大量无生命对象也被视为有了种族。按照法律学者理查德·布鲁克斯(Richard Brooks)的说法,法院"承认并容许黑人血统、黑人教堂、黑人公墓、黑人书籍(甚至包括《圣经》),等等等等"。19世纪末前后,南方的非裔美国人挣到足够的钱开始创办自己的公司时,法院不得不做出判断,这些法人是不是也是黑人②。

人民游乐园公司就是这样一家法人。这家公司于1906年在里士满郊区为有色人种办了一家很受欢迎的游乐园,老板是约瑟夫·约翰逊(Joseph P. Johnson),以前是个奴隶,通过在弗吉尼亚州的黑人民兵组织中服役而上升到该州非裔美国人社会的上层。住在附近的白人对约翰逊的游乐园给这个社区招来了那么多非裔美国人觉得很烦,于是想让这个游乐园关门大吉。他们提起诉讼,指出游乐园地契中有种族限制条款,禁止将土地卖给"非洲人后裔"和其他任何"有色人种"。20世纪初,这样的条款司空见惯,是实行居住隔离的主要方式。尽管美国最高法院将于1948年判决这样的契约限制违宪,但人民游乐园的案子出现在弗吉尼亚州最高法院还要早四十年,周围的居民想利用种族限制条款,来让这块地不能卖给约翰逊的公司③。

---

① Connecticut General Life Insurance Company v. Johnson, 303 U. S. 77 (1938) (Black, J., dissenting).

② Richard R. W. Brooks, "Incorporating Race," 106 *Columbia Law Review* 2023, 2025 – 2026 (2006).

③ Ibid. 2047 et seq. 终结种族限制条款的最高法院判决是 Shelley v. Kraemer, 334 U. S. 1 (1948).

你可能会认为，弗吉尼亚州最高法院大法官会从吉姆·克劳法的角度审视这起案件。案子出现在他们面前是在 1908 年，当时南方的种族界限正变得越来越强硬，重建时期的成果也正在被逐一抹去。在十年前的普莱西诉弗格森案中，美国最高法院从宪法高度正式认可了种族隔离制度。禁止异族通婚的法律正在推行，要求学校中施行种族隔离和需经识字测试才能投票的法律也纷纷出现。私刑和其他形式的反黑人暴力行动，在白人种族怨愤的滋生下到处蔓延。人民游乐园的案件之后没多少年，日益增长的压迫就会带来非裔美国人大迁徙，即南方黑人大量移居到北方城市。

当然，世纪之交对少数群体的敌意并没有局限在非裔美国人身上。白人中的少数群体，无论是因为种族还是宗教，也时常会碰到政府对他们的权利漠不关心。实际上，就在人民游乐园案之前没多久，美国最高法院就判决过另外一起带有歧视意味的法人权利案件。1890 年判决的耶稣基督后期圣徒教会已解散法人诉合众国案（The Late Corporation of the Church of Jesus Christ of Latter-Day Saints v. United States）所涉及的法律，是一项意在解散摩门教会的联邦法律，而这个教会是作为宗教法人组织起来的。国会以一夫多妻制非法为由，撤销了教会注册成立的特许状，并授权没收教会全部财产，只有礼拜场所除外。教会和部分会众，包括乔治·罗姆尼（George Romney）在内——这是 2012 年的总统候选人米特·罗姆尼（Mitt Romney）的远房亲戚——对这项法律提出质疑。当时犹他还没有成为美国的州，最高法院根据国会对准州的全面管制权，支持这项法律。如果说这是高院做出判决的正式原因，那么非正式原因就是大法官们反摩门教的倾向。法院将一夫多妻制描述为"我们文明中……令人憎恶的……道德污点"，认为"社会上任何传播和实践一夫多妻制的组织，某种程度上都是回归到野蛮人"[①]。

---

① Late Corporation of the Church of Jesus Christ of Latter-Day Saints v. United States，136 U. S. 1（1890）.

弗吉尼亚州最高法院的大法官，对约翰逊的"有色"游乐园本来很容易展现出类似的敌意。然而，尽管法院在很多别的案件中都支持种族隔离，对本案的判决却出人意料，结果对人民游乐园有利。弗吉尼亚州的法官们并不是受到了种族平等主义的冲击，而是出于公司法的原因以及担心会破坏债权人契约，于是忽略了地契限制。法院根据"与法人的法律性质相关的普遍原则"解释说，人民游乐园公司是"与组成该公司的人截然不同的法律实体"。法院以让人想起托尼法院先例的方式阐释道，本案中"唯一重要的因素"是，"在法律看来"，法人的"存在独立于组成法人的个人，且与组成法人的个人截然不同"。也就是说，约翰逊的公司明显是法律意义上的人：其自身独立的、法律上可确认的实体，不能转化为其成员。仅仅因为法人的老板和顾客都是黑人，并不会让这家法人成为"有色人种"①。

弗吉尼亚州最高法院在涉及法人的宪法案件中接纳了法人人格化的原则，而同样的情形在美国最高法院不过是偶一为之。法院表示，游乐园主人的身份和权利并不决定法人权利的范围和性质。法人是有自身权利和法律身份的实体。而尽管吉姆·克劳时代的法院拒绝赋予法人种族身份，到 20 世纪末，法律实际上会允许法人是黑人。

人民游乐园案过去半个世纪后，美国全国有色人种协进会与亚拉巴马州的约翰·帕特森两军对垒时，问题不再是法人的种族身份，而成了法人权利。就连著名的最高法院辩护律师瑟古德·马歇尔，也会跟之前的霍勒斯·宾尼、丹尼尔·韦伯斯特和德兰西·尼科尔一样，主张承认法人实体拥有新的权利。

在美国历史上，比马歇尔和他的首席助手罗伯特·卡特更成功的律师，即便有也屈指可数。1944 年，也就是协进会的法律辩护基金会成立

---

① People's Pleasure Park Company, Inc. v. Rohleder, 61 S. E. 794 (Va. 1908).

四年后，马歇尔聘用了刚从军队退役、也才从霍华德法学院毕业不久的卡特。卡特在霍华德法学院的导师查尔斯·汉密尔顿·休斯敦（Charles Hamilton Houston）也是马歇尔当年的导师。马歇尔和卡特一起制定了诉讼战略并付诸实践，推翻了"隔离但平等"的原则。尽管马歇尔后来当上了司法部副部长，是担任这一职位的第一位非裔美国人，也成为最高法院第一位非裔大法官，今天我们可能也对他更耳熟能详；但卡特对协进会民权工作的贡献也大到不可估量。卡特第一次上最高法院辩护时才三十三岁，也参与了布朗案的案情摘要和庭辩。继马歇尔之后，卡特成为有色人种协进会的法律总顾问，打赢了一连串重大的种族案件。和马歇尔一样，卡特也会被任命为联邦法官，在纽约的美国地方法院工作了四十年，成绩极为出色①。

亚拉巴马州的这个案子叫做美国全国有色人种协进会诉亚拉巴马州并关联帕特森案（NAACP v. Alabama ex rel. Patterson）。在该案中，马歇尔和卡特提出，勒令协进会披露其成员名单，侵犯了法人及其成员双方的宪法权利。协进会声称自己有"自己的结社自由权"，如果强制要求披露，就会侵犯这一权利。路易斯安那州的报业公司是以出版在民主中的特别作用为依据将自己与普通的商业法人区别开来，卡特和马歇尔如法炮制，指出协进会同样独一无二。跟追求利润最大化的企业不同，协进会是"希望能影响舆论、改变政治结构以实现其目标"的"政治组织"。协进会尽管是一家法人，实际上也是一个可以自愿加入的组织，为公众利益而运营②。

协进会的律师着重强调了协进会作为法律实体与普通法人有何不同，帕特森则抓住了协进会法人身份的普遍之处。帕特森一再提到协进会作为"法人"的身份，强调协进会与所有其他法人一样，都要受州政府监管。因为协进会是法人，所以没有任何允许其会员名单保密的结社自由

---

① Robert L. Carter, *A Matter of Law: A Memoir of Struggle in the Cause of Equal Rights* (2012).

② Brief for Petitioner, NAACP v. Alabama ex rel. Patterson, 357 U. S. 449 (1958), 18, 23.

瑟古德·马歇尔（左起第四位）和罗伯特·卡特（左起第二位）。两人反对种族隔离的斗争也捍卫了非营利性法人的权利。

权。帕特森指出："法人是非自然实体，跟自然人相比，会受到监察权力的更多限制，享有的权利也更少。"帕特森稍微赞同了一下格罗让一案的观点，但坚持认为尽管"法人权利"或许包含"出版自由"，也"肯定不包括结社自由"和"隐私权"。实际上，最高法院在西部赛马协会案中就已经认定，法人没有结社自由①。

马歇尔和卡特强调，有色人种协进会也是政治压迫的受害者，跟休伊·朗针对的报业公司不无相同之处。协进会也因为挑战政府正统教条而被欺负。马歇尔和卡特在案情摘要中指出："如果不对照此案发生的背景和环境来看待，就无法正确考虑这起案件。"协进会在布朗案中取得的胜利要求在学校中实行种族融合，作为回应，"亚拉巴马州官员明确表态

---

① Brief for Respondent, NAACP v. Alabama ex rel. Patterson, 357 U. S. 449 (1958), 10, 26.

要迫害和恐吓试图取消种族隔离的人"。"真相是,亚拉巴马州想通过这些行动让上诉人及其成员噤声,让所有人都不再反对"吉姆·克劳法。马歇尔和卡特并没有将协进会当成法人,而是将其视为哈伦·菲斯克·斯通大法官在卡罗琳产品公司案的脚注中曾十分关心的政治异见分子。

全国有色人种协进会通常都能信赖的一位大法官是雨果·布莱克,他的五短身材和南方人做派让人很容易忽略他强有力的个性和坚持到底的决心。考虑到布莱克的出身,他经常投票支持协进会让很多人都大感意外。1937 年,经由大搞新政的富兰克林·罗斯福总统提名,布莱克进入最高法院,而在此之前他是三K党成员。三K党成员的身份曝光之后,他的机会差点儿就黄了,但一旦坐上最高法院大法官的位子,正如《纽约时报》在他的讣告中所评论,他就成了"公民权利和自由的捍卫者"①。

说来挺让人觉得自相矛盾,布莱克坚定支持协进会,和他加入三K党,是受到同一个认识的驱使:对于种族主义在亚拉巴马州这样的地方有多根深蒂固,他非常了解。布莱克跟约翰·帕特森一样,都是土生土长的亚拉巴马州人,也跟这位反动的州总检察长一样,布莱克很早就认识到,要想在亚拉巴马州的政治选举中大获全胜,就必须支持种族隔离。在他早年参加的一次竞选活动中,为了提高支持率,他加入了三K党。到了晚年他也认识到,同样因为南方的种族主义根深蒂固,如果没有最高法院的不懈努力,种族平等永远也不会到来。

布莱克对公民权利有多支持,对法人权利就有多反对。布莱克强烈反对法人宪法保护,甚至比一个世纪以前的罗杰·托尼还要不遗余力。他年轻时还当过初审出庭律师,那时就一直拒绝代表法人委托人,标榜自己并非"铁路公司、电力公司和法人的律师"。在参议院任职时,他作为南

---

① 关于布莱克,参见 Roger K. Newman, *Hugo Black: A Biography* (1997); Burlington Howard Ball, *Hugo L. Black: Cold Steel Warrior* (1996)。亦可参见 "Justice Black Dies at 85," *New York Times*, September 25, 1971。

方杰斐逊和杰克逊一脉的人民主义者,经常抨击有钱有势的法人。成为大法官之后,他很快就表明了自己反对法人宪法权利的人民主义立场①。

1938 年,就在布莱克宣誓就职刚四个月的时候,最高法院判决了一起名为康涅狄格州大众人寿保险公司诉约翰逊(Connecticut General Life Insurance Company v. Johnson)的案件。这起案件跟协进会案一样,涉及州政府对外州法人的管制。加利福尼亚州要求在该州有业务的外州保险公司对于在外州签订的保险合同也要交税,一家来自康涅狄格州的人寿保险公司对这项法律提出了质疑——针对类似限制的仿佛无休无止的法

雨果·布莱克大法官支持公民权利,反对起法人权利来也直言不讳。

① Newman, *Hugo Black: A Biography*, 54; Ball, *Hugo L. Black: Cold Steel Warrior*, 66.

人诉讼中的又一例,往前可以追溯到一个世纪前的托尼法院。到 1930
年代时,最高法院基本上都站在外州法人这边。最高法院依照近期倾
向,在康涅狄格州大众人寿保险公司案中推翻了加州的这项法律。但
是,布莱克提出了异议。尽管两造中没有任何一方提出过这个问题,布
莱克还是指出,斯蒂芬·菲尔德大法官对于宪法第十四条修正案中法人
权利范围的看法是错误的。在布莱克看来,那条修正案没有赋予法人任
何权利[1]。

    布莱克想要挑战半个世纪前承认法人在第十四条修正案下至少拥有
财产权的先例,于是基于第十四条修正案的原始含义提出了自己对这个
案子的看法。布莱克坚持认为,投票通过第十四条修正案的人,没有人知
道他们也是在"向法人赋予新的、革命性的权利"。布莱克嘲笑了一番罗
斯科·康克林的第十四条修正案起草"秘史",批评最高法院 1886 年对圣
克拉拉县诉南太平洋铁路公司案的判决"首次认定修正案中的'人'这个
字眼在某些情况下确实也包括法人"。布莱克援引圣克拉拉县一案不只
是想说判得不对,而且主张推翻这个案例,让人大跌眼镜。无论如何,在
布莱克看来,第十四条修正案是为了"保护人类中的弱者和无助者",而不
是为了"以任何方式将法人从州政府的控制中移除"。人民有宪法权利,
法人没有。

    对于在这个职位上只干了四个月的人来说,这个态度着实有些大胆。
布莱克不但打破了最高法院的传统,越界判决双方当事人既没在案情摘
要中也没在庭辩中提出的问题,而且还胆大包天,重新对第十四条修正案
提出了全新的、推倒重来的解释。不过,他的观点从未得到最高法院多数
人的支持。

    然而在 1946 年的一起案件中,最高法院短暂接受了布莱克对宪法的
另一个独特观点——结果几乎掀起一场宪法革命。自建国以来,人们对

---

[1] Connecticut General Life Insurance Company v. Johnson, 303 U. S. 77, 83 (1938)
(Black, J., dissenting).

宪法的理解就是主要是为了限制政府,而不是要限制私人行为。比如说,第十四条修正案说的是"任何一州"都不得拒绝平等保护和正当法律程序。只有政府干扰这些权利的时候,个人才能声称自己的权利被侵犯了。这就是所谓的"州政府行为"要求。相比之下,如果哪个人以私人身份阻止别人说出或身体力行自己的信仰,宪法不会提供任何保护或补救措施。(只有一个例外:第十三条修正案明文禁止个人强迫他人劳役。)在布莱克看来,尽管"州政府行为"要求与宪法本身一样古老,但不能成为保留下去的理由。他认为,也应当要求法人认同和执行个人权利。

1946 年的这个案子也来自亚拉巴马州,倒是恰如其分。"耶和华见证人"①格蕾丝·马什(Grace Marsh)因在小镇奇克索散发宗教小册子被捕,这个地方位于莫比尔湾,就挨着墨西哥湾。乍一看起来,奇克索跟星星点点散布在南方的上百个小镇没什么不一样。房子都挤在一条很短的商业街边上,有理发店、药店、邮局和小杂货店——活脱脱就是《星期六晚邮报》画面的南方版。一条四车道的高速公路通向这里,也给奇克索的主要雇主海湾造船厂带来物资供应。第二次世界大战期间,由于跟海军有业务往来,这家公司和这个镇子都繁盛一时。奇克索最突出的特点,像马什这样的访客可能根本注意不到:这是个公司镇,完全为海湾造船厂所有,也由这家造船厂管理②。

1943 年圣诞节前夕,格蕾丝·马什来到奇克索的商业街散发《瞭望塔》,这是耶和华见证人的官方杂志。海湾造船厂雇来警戒这个虔诚的基督教小镇的一位副警长让她不要发了,依据的是不得在街上散发小册子的公司政策。马什拒绝了,结果被判非法侵入公司的私有财产。马什则质疑说,这样定罪侵犯了她的言论自由权和信仰自由权。

---

① "耶和华见证人"(Jehovah's Witnesses)是美国 19 世纪末兴起的宗教派别,不认可三位一体,自认信仰完全基于圣经,无论是教义内容、生活准则、传道方式都恢复了公元 1 世纪的基督教,被传统基督教视为异端。——译者

② Merlin Owen Newton, *Armed With the Constitution: Jehovah's Witnesses in Alabama and the U. S. Supreme Court*, *1939 - 1946*(1995), 106 - 132.

亚拉巴马州奇克索的商业主街，1953 年。

马什的案件于 1945 年冬天来到最高法院时，格罗让案只过去了十年，但这十年间，最高法院一直忙着扩大第一条修正案的保护范围。很多案件都涉及耶和华见证人，他们是另一群受到迫害的局外人。耶和华见证人共同的基本信条之一是当面传教的责任，但常常与禁止此类活动的法律相冲突，其中有些甚至是专门为了不让耶和华见证人传教而制定的。最高法院开始旗帜鲜明地保护言论自由之后的早期历史中，通过一系列重要判决，推翻了禁止在街上散发小册子的法律、禁止人们挨家挨户传教的法律以及对募集善款的限制。通过保证耶和华见证人在公共场所参与政治和宗教宣传的权利，最高法院信守了哈伦·菲斯克·斯通在卡罗琳产品公司案的脚注中，保护少数群体不受政府压迫的承诺①。

---

① 参见 Lovell v. City of Griffin, 303 U. S. 444 (1938)；Schneider v. State, 308 U. S. 147 (1939)；Cantwell v. Connecticut, 310 U. S. 296 (1940)；Minersville School District v. Gobitis, 310 U. S. 586 (1940)；West Virginia Board of Education v. Barnette, 319 U. S. 624 (1943)。关于涉及"耶和华见证人"的一系列里程碑式的案件，参见 Newton, *Armed with the Constitution*。

但格蕾丝·马什的案子有所不同。尽管她也是因为传教而被惩治，但压制她的并不是政府，而是海湾造船厂，一家私有公司。由于"州政府行为"的原则，她没有理由起诉，私人公司没有义务顾及个人权利。因此，当布莱克大法官为最高法院撰写的多数意见书于 1946 年 1 月做出对马什有利的判决时，后果就算往小了说，也是出人意料的。尽管布莱克承认私人业主通常有权驱逐他们想从自己的地盘上驱逐出去的任何人，但是"业主出于自身利益把自己的财产开放给平头百姓使用得越多"，业主就越需要顾及百姓的宪法权利。此案中奇克索的商业街，"平头百姓谁都能去，也都能随意使用"。因为奇克索是个小镇——尽管实际上是个公司镇——也不可以压制宗教上的少数群体①。

马什诉亚拉巴马州案实际上翻转了法人的宪法地位。从丹尼尔·韦伯斯特的达特茅斯学院案开始，法人就被视为私有实体，可以像普通人一样在政府面前主张个人权利。在马什案中，布莱克将海湾造船厂重新设想为类似于政府的机构，必须顾及他人的宪法权利。在一份异议意见书中，布莱克的朋友，拥护新政的大法官斯坦利·里德（Stanley Reed）稍微指责了一下他"全新的宪法原则"。尽管这个原则是新的，布莱克的看法在某种意义上却可以追溯到美国的早期历史中。在殖民地时期，像马萨诸塞湾公司这样的法人，就跟政府的作用是一样的。

布莱克认为，有些法人在宪法中应被视为政府，这个想法并不仅仅是他离经叛道的产物。20 世纪中叶，另外一些思想家因为看到大公司对普通人生活的普遍影响，也得出了类似结论。就在马什诉亚拉巴马州案同一年，一位名叫彼得·德鲁克（Peter Drucker）的管理学顾问写了一本《公司的概念》，是对世界上最大的公司通用汽车的管理结构的开创性研究。德鲁克把通用汽车类比为美国政府，但也同时指出公司比政府做得更多，还要设定"我们公民的生活方式和生活状态的标准"。德鲁克并不是在批

---

① Marsh v. Alabama，326 U.S. 501 (1946).

评公司,对大公司的效率,以及企业对社会福利的贡献,他都很赞赏。但是他也承认,现代公司与政府官员很不一样,"无需对任何人负责"①。

将法人看成事实上的政府,这一倾向在 1950 年代仍然吸引了不少名流。提出"所有权与控制权分离"这一术语的经济学家小阿道夫·伯利(Adolph Berle Jr.),就于 1952 年在布莱克和德鲁克的基础上指出:"这些法人中,有一些在某种意义上只能用之前我们对国家的看法来看待。"法人有"足够经济能力"来承担"个人宪法权利到实质性的程度",因此应该"像州政府一样……受宪法限制"。从马什诉亚拉巴马州案出发,伯利大胆预言,法人理所当然必须顾及个人权利的那一天很快就会到来。法人的私有财产将成为公共空间②。

然而,伯利尽管对现代公司的观察很敏锐,预测起公司法来却并不怎么在行。尽管人们对大公司权力和影响力的警觉程度与日俱增,布莱克对马什案的判决却从未被广泛接受。最高法院后来再也没判决说,宪法要求这样的大型法人顾及个人权利。恰恰相反,法院转而说道,法人和个人一样,本身是受宪法保护的。马什案从未被推翻,但也没有成为重要先例。这个案例到今天也一直处于宪法炼狱的状态中,实际上已成为一纸空文,但仍然会在书中出现。今天就算还有人记得这起案件,也是作为"对南方公司镇的特定历史环境"的独特回应而不予考虑,之后的几十年,随着这样的城镇在经济舞台上逐渐隐退,布莱克对法人和宪法的非比寻常的理解也渐渐退出了历史舞台③。

马什案的命运与圣克拉拉县诉南太平洋铁路公司案大异其趣。尽管最高法院在圣克拉拉县一案中明确拒绝就法人是否受第十四条修正案保

---

① 参见 Peter Drucker, *Concept of the Corporation* (1946)。关于德鲁克其人及其影响,参见 John Tarant, *Drucker: The Man Who Invented the Corporate Society* (2009)。

② Adolph A. Berle Jr., "Constitutional Limitations on Corporate Activity: Protection of Personal Rights from Invasion Through Economic Power," 100 *University of Pennsylvania Law Review* 933, 942 - 953 (1952).

③ Carl E. Schneider, "Free Speech and Corporate Freedom: A Comment on First National Bank of Boston v. Bellotti," 59 *California Law Review* 1227, 1247 (1986).

护给出判断，在确立这条准则时，该案判决还是会被经常引用。

布莱克在马什案中埋下的种子再也没有开花结果的原因之一是实用性。并非所有公司的权势都大到能和政府比肩。大型法人得到了传媒和学界的大部分关注，但绝大多数法人都是小本经营。从街角药店到本地中餐馆，20世纪见证了越来越多的小企业主将自己的生意以法人形式组织起来，因为他们都看到了有限责任的前景。然而，这些法人并没有类似于政府的权力和影响力。就连伯利也承认："在特定地区，如果不存在相当集中的经济权力，这个问题就不会出现。"法院需要把那些权势通天的法人和没那么有权势的法人区分开，即使能做到，也非常困难。

布莱克将法人视为政府的观点逐渐式微的另一个原因，可以在美国全国有色人种协进会诉亚拉巴马州并关联帕特森案围绕协进会成员名单的争议中找到。协进会的经历清楚表明，法人有时候确实会成为政府政治压迫的受害者，需要受宪法保护。至少，协进会在亚拉巴马州远远不像海湾造船厂那样权势通天，能控制整个城镇，而是更像受到压制的异议分子格蕾丝·马什。因此，协进会一案给布莱克带来了进退两难的局面。支持协进会，就意味着认为至少某些类型的法人拥有某些宪法权利。

布朗案之后，亚拉巴马州的约翰·帕特森在奋力阻止种族融合时有很多盟友。1956年，一百多名众议员和参议员联名签署了《南方宣言》，鼓励各州抵制最高法院的判决。次年不只是有围绕协进会成员名单的争议来到最高法院，还有阿肯色州州长奥瓦尔·福伯斯（Orval Faubus）派遣该州国民警卫队阻止一群大无畏的非裔美国学生"小石城九人"进入小石城中心高中的事。1958年，也就是最高法院判决协进会成员名单案的那一年，大法官们也感到必须对库珀诉亚伦案（Cooper v. Aaron）做出史无前例的判决，强势宣布州政府官员实际上有义务遵守联邦法院的命令，强制实行种族融合。在这样的背景下，协进会一案也成为重要的民权案件，并非只是关系到法人权利范围的小小争议。

没有人比布莱克更明白南方冥顽不灵到了什么程度。尽管在大法官会议上，布莱克承认，"上诉人是一家法人，这一事实带来了与伯里亚学院案类似的背景问题"——他指的是洛克纳时代拒绝将结社自由赋予一家教育法人的判决——但他也坚持认为，要让最高法院的判决能执行下去，大法官们统一战线至关重要。约翰·马歇尔·哈伦二世（John Marshall Harlan II）大法官后来将为最高法院撰写成员名单一案的意见书，布莱克对他表明心迹：对公民权利案件，他"愿意为达成一致殚精竭虑"[1]。

哈伦是 19 世纪同名大法官的孙子，在自由派的沃伦法院中是个温和派。在沃伦法院的重要种族案件中，他总是站在多数意见一边，但也经常表示对司法系统成为"改革运动的通用避难所"持保留意见。对于如何判决协进会成员名单一案，他提出了一个折中方案——与法人权利第一案，即合众国银行诉德沃案不无相似之处。跟合众国银行的律师霍勒斯·宾尼一样，哈伦建议揭开法人面纱。最高法院不需要就协进会本身是否有什么权利作出任何表态，而是应当允许协进会主张并捍卫其成员的宪法权利。协进会成员是人民，这一点毫无疑问，他们也享有完整的宪法权利，其中就有像是结社自由这样的自由权。虽然哈伦也认识到，最高法院"通常会坚持认为，当事人只能依据自身作为个人的宪法权利"，他的意见书也还是主张，法院可以透过法人形式，以成员的结社权为依据作出判决。布莱克认为，判决必须是一致决定[2]。

哈伦的意见书在一个重要方面与合众国银行案背道而驰。尽管法院揭开了法人面纱，但哈伦指出，本案适用这种方式恰恰是因为协进会并非商业法人。这是一个可以自愿加入的非营利性、会员制法人，加入这个组织的人都是专门为了"更有效地表达他们自己对种族平等的看法"。与商业法人不同，协进会与其成员之间有特殊"纽带"，使两者"在任何实际意

---

① Tinsley E. Yarbrough, *John Marshall Harlan: Great Dissenter of the Warren Court* (1992), 126 - 127.

② 关于哈伦，参见同上。哈伦的判决见 NAACP v. Alabama ex rel. Patterson, 357 U. S. 449 (1958)。

约翰·马歇尔·哈伦二世大法官,为最高法院撰写了美国全国有色人种协进会诉亚拉巴马州并关联帕特森案的意见书。

义上都等同"。鉴于协进会是自愿、非营利性、会员制法人,该组织可以充当其成员的代表。无论出于什么意图和目的,该法人都享有其成员享有的权利——此处即个人自由权之一的结社权。

美国全国有色人种协进会诉亚拉巴马州并关联帕特森案将被誉为民权运动和确立第一条修正案原则两个领域的重要里程碑。哈伦大法官在意见书中阐述道:"无可否认,团体结社加强了对舆论和私人观点,尤其是有争议的观点的有效支持。毋庸置疑,为促进信仰和思想交流而结社的自由,是宪法保障的'自由权'不可分割的一面。"然而,对协进会来说,斗争远未结束。在美国全国有色人种协进会诉巴顿案(NAACP v. Button,1963 年)中,南方的抵制将把法人权利问题再次带到最高法院面前。在该案中,大法官认为,协进会"虽然是一家法人",仍然既可以"代表自身"主张结社自由,也可以"主张其成员的相应权利"①。

有色人种协进会的案件中确立的结社自由,将主要被游说团体而非商业法人用来对抗压制性质的法律。不过,法庭只是泛泛而谈。哈伦大法官写道:"当然,寻求通过结社来推动的信念究竟是属于政治、经济、宗教信仰还是文化范畴,都无关紧要。"时光流转,在商业法人是一种致力于为经济事务主张宪法保护的结社形式这一概念的推动下,企业的政治言论权将大为扩张。

今天,人们可能会认为弗吉尼亚州最高法院在吉姆·克劳时代的人民游乐园案中面对的看似荒诞不经的问题——法人是否拥有种族身份——早就没什么关系了。20世纪初,各州都在社会生活的各个领域积极运用种族身份把人们隔离开来,现在跟那个时代不一样,很多法律都不再着眼于种族问题了。不过,今天的法律确实允许法人主张种族或民族身份。

虽然布莱克大法官写道,法人没有种族身份,法律还是又一次拒绝接纳他的观点。想想2005年判决的"会飞的贝恩斯兄弟"的案件。这是一家锡克人所有的卡车运输公司,司机有不少是锡克人。这家公司跟石油巨头大西洋里奇菲尔德公司(ARCO)签订了合同,在华盛顿州为后者运输汽油。大西洋公司的西雅图总监用种族称谓来称呼卡车公司的司机,还故意给他们找罪受。他拒绝在送货文件上签字。他允许其他司机进屋避雨,却让他们都站在雨地里。他强迫他们清理其他司机洒出来的油污,有一次还命令一名锡克人司机,"把你头上的抹布拿下来清理一下"。这家卡车公司也有些司机不是锡克人,他也贬损他们居然为锡克人工作。

① NAACP v. Alabama ex rel. Patterson, 357 U. S. 449, 460 - 461 (1958); NAACP v. Button, 371 U. S. 415 (1963); Evelyn Brody, "Entrance, Voice, and Exit: The Constitutional Bounds of the Right of Association," 35 *University of California Davis Law Review* 821 (2002).

"会飞的贝恩斯兄弟"提出抗议，大西洋里奇菲尔德石油公司就终止了合同①。

贝恩斯兄弟提起诉讼，称大西洋里奇菲尔德公司以种族为由歧视贝恩斯兄弟公司。大西洋公司依照布莱克大法官的说法，称贝恩斯兄弟公司是一家法人，因此"不具备种族身份"。大西洋公司倒是乐意承认，贝恩斯兄弟可以起诉违约，因为法人一直有权订立和执行契约，但他们不能以联邦民权法律为依据，拿种族歧视的由头来打官司。联邦法院未予认可。大西洋公司总监歧视对待卡车公司及其员工，而且他这么做的原因是，该公司由锡克人拥有和运营。因此，法院称："贝恩斯兄弟公司毫无疑问可以归因于种族身份。"在本案中，要让反歧视法律真正具有威慑力，就有必要赋予法人种族身份。

在平权法案的政策下，今天的法人也可以得到一个法律认可的种族身份。联邦法律规定，由少数群体控制和拥有51%股份的公司，可以被认证为"少数群体企业"，这样这些公司就能为经济和社会上的弱势群体提供各种各样的协议、金融和训练规划。各州也有类似规划，结果实际上就是将特定公司归为非裔美国公司、西班牙裔美国公司和美洲原住民公司。一个世纪之前的人民游乐园案将法人看成是人，作为自身独立的法律实体，有别于拥有法人的人；少数群体企业的政策则截然不同，是一种揭开法人面纱的形式。法院关注的是法人所有者的种族身份，并将其移植到法人身上②。

"会飞的贝恩斯兄弟"公司的案件和平权行动计划依据的是国会或各州立法机关通过的法律条文，而不是宪法。如果国会或各州想将法人排除在这些计划之外，他们可以通过普通的立法程序制定新的法律。宪法

---

① Bains LLC v. ARCO Products Company, 405 F. 3d 764（9th Cir. 2005）；Brooks, "Incorporating Race," 8.

② 关于少数群体企业规划的兴起，参见 Daniel R. Levinson, "A Study of Preferential Treatment: The Evolution of Minority Business Enterprise Assistance Programs," 49 *George Washington Law Review* 61（1980）。

保护就要持久得多,因为宪法保护不能立法废除。尽管最高法院从未明确声称,宪法承认法人拥有种族身份,大法官们还是已经非常接近了——实际上已经间接达到了相同效果。只不过其中的受益者并非由像是贝恩斯兄弟公司这样的在社会上处于弱势的少数群体运营的公司,而是由白人经营的公司。

从1970年代末开始,最高法院就经常因为将宪法禁止种族歧视的保护条款解读得对白人更有利,而不是对长期受压迫的少数群体更有利而饱受诟病。在此之前,20世纪五六十年代的沃伦法院对宪法的解读推翻了吉姆·克劳法,实现了哈伦·菲斯克·斯通在卡罗琳产品公司案的脚注中写下的承诺。但是,这些判决也带来了强烈抵制,自从理查德·尼克松于1968年当选总统后,反对自由派司法能动主义的共和党总统们接连任命了十名最高法院大法官[1]。改造后的最高法院减少了种族融合学校的校车接送,也让种族歧视诉讼变得更难了[2]。

不过,大法官们倒是通过某种方式让证明歧视变得更容易了——证明对白人的歧视。从1978年的一个案子,加利福尼亚大学诉巴基案(University of California v. Bakke)开始,最高法院就坚持认为,像是为少数族裔预留入学名额这样的平权行动措施符合宪法最严格的标准,即"严格审查"。巴基案指出,严格审查是必要的,因为以种族为依据的平权行动是另一种形式的种族歧视,可能会带来跟吉姆·克劳法一样的结果。巴基案的后果是,质疑平权行动措施违宪更加容易了[3]。

虽然巴基案产生了对平权行动的严格审查,大法官们却因为这起案

---

① 从尼克松上任(1969年)到乔治·布什离任(1993年)的二十四年间,五任总统共有四名共和党人,而其中的民主党总统吉米·卡特在任期间未任命大法官,因此二十多年间新履职的十名大法官全由共和党总统任命。——译者

② 关于平等保护法律对白人更有利的一般情形,参见 Derrick A. Bell Jr. , "Brown v. Board of Education and the Interest Convergence Dilemma," 93 Harvard Law Review 518 (1980); Kimberlé Williams Crenshaw, " Race, Reform, and Retrenchment: Transformation and Legitimation in Antidiscrimination Law," 101 *Harvard Law Review* 1331 (1988)。

③ Regents of the University of California v. Bakke, 438 U. S. 265 (1978).

件分裂了,结果都没能形成一个占主导地位的多数意见。在涉及声称自己受到种族歧视的商业公司的案件中,最高法院明确有多数人支持严格审查平权运动的头两件的当事人是阿达旺建设公司和 J. A. 克罗森公司,前者是一家法人,后者是一家有限责任公司。两家公司都为白人所有,都想通过打官司推翻将政府合同预留给少数族裔的政策。他们声称,这种考虑种族的措施违反了宪法对平等保护的承诺。在某种意义上,公司是宪法的第一推动力,其确立自身权利的斗争以后也将为个人所用。

最高法院大体上站在公司一边,虽然并没有明确宣布,这样的法人是否有种族身份。不过,法院在论证中无疑假定,这些公司确实具备种族特征。要想有资格质疑平权行动的某项措施,就得证明这项措施给自己带来了伤害。只有阿达旺建设公司和 J. A. 克罗森公司确实因为种族受到了歧视,这两家公司才能声称自己因为种族偏见遭受了特殊伤害。有一家联邦法院就承认,在这些案件中,最高法院"允许白人所有的法人质疑预留政府建设合同的措施,就是在默许法人可以具备种族特征"[①]。

企业取得的这些胜利标志着,最高法院从哈伦·菲斯克·斯通大法官在卡罗琳产品公司案的脚注中有所退却。在 1937 年的那起判决中,斯通坚持认为有必要为"分散而孤立的少数群体"提供特别的司法保护,随后的半个世纪,最高法院大体上都遵循了斯通的建议。法院推翻了针对政治异见分子的言论限制,逐步废除了吉姆·克劳法,并在大体上承诺保护公民权利和公民自由。斯通认为加重少数群体负担的法律需要更严格的司法审查,是因为考虑到政治权力:少数群体很容易成为多数群体的牺牲品。然而在涉及平权行动的案件中,大法官们不再依据这一理由,转而向白人多数群体提供特别的司法保护。本来为帮助无权无势的人而采取的改革措施,被法人利用和改造为让有权有势的人受益,这是又一个

---

① Thinket Ink Information Resources, Inc. v. Sun Microsystems, Inc., 368 F. 3d 1053, 1058 (9th Cir. 2004); City of Richmond v. J. A. Croson Company, 488 U. S. 469 (1989); Adarand Constructors, Inc. v. Peña, 515 U. S. 200 (1995).

例子。

　　最早提出基于种族的平权行动措施应受严格审查的最高法院大法官，是尼克松任命的小刘易斯·鲍威尔（Lewis F. Powell Jr.），也是他撰写了巴基案的意见书。鲍威尔产生了巨大影响的另一个宪法领域是法人权利。就好像丹尼尔·韦伯斯特是法人的律师，我们也可以说，刘易斯·鲍威尔是法人的大法官。

第九章　法人的大法官

　　1971年12月，在菲利普莫里斯公司的年度圣诞午宴上，这家烟草业巨头的首席执行官约瑟夫·卡尔曼（Joseph Cullman）正在热情洋溢地欢送一位即将离职开始新工作的董事会资深成员。尽管两人从孩提时代起就是非常亲密的好朋友，卡尔曼精心制作的送别礼物却表明，他并没有因为小刘易斯·鲍威尔的离去而黯然神伤。毕竟，小刘易斯切断跟这家公司的正式关联，是为了成为最高法院大法官。卡尔曼准备了最先进的多媒体制作来向鲍威尔致敬，其中包含了特效、音乐和电影剪辑。这份临别赠礼是在恶搞1950年代大受欢迎的电视历史节目《身历其境》，由该节目的主持人、传奇般的新闻主播沃尔特·克朗凯特（Walter Cronkite）来讲述鲍威尔一生中的亮点，其间不乏幽默，也颇多令人动容的情景再现。鲍威尔和他妻子乔乐呵呵地看着，这则致敬短片设想了年轻的鲍威尔刚开始追乔时，鲍威尔祈求乔的父亲祝福他们的情景。父亲答道："哦好呀，她说你会进最高法院的！"[①]

　　节日氛围掩盖了这样一个事实：之前十年的大部分时间里，菲利普莫里斯公司和烟草业（实际上是美国大部分企业）都一直在遭受尖刻、恶毒的攻击。卡尔曼从1957年起就是菲利普莫里斯公司的首席执行官，很少有人对这一点的感触比他更深。那段时间里，一波又一波研究揭露了吸烟的危害，他眼见着自己公司的产品被妖魔化为一种健康风险。新的、严格的联邦法律开始限制香烟广告，还要求在香烟的包装盒上贴上警示标签。卡尔曼在欢送会上向鲍威尔致敬时,这些条规也仍然在他的思绪中挥之不去。卡尔曼中途停下来,宣布了"这条来自我们的赞助人的重要信息",随即为菲利普莫里斯香烟播放了一则广告——近期的改革禁止公司在广播电视上播放的广告中的一则。

1960 年代到 1970 年代初兴起了一波人民主义改革浪潮,以消费者、工人和环境的名义限制传统的商业行为,对烟草业的监管不过是这波浪潮中的一朵小小浪花。国会在特别高产的六年时间里,接连通过了《清洁空气法案》《清洁水法案》《国家环境政策法案》和《消费品安全法案》,并为汽车确立了新的安全标准规范,禁止在儿童产品中使用有害化学物质,还加强了对食品安全的监管力度。这些法律反映出,美国人对工业界失去了信心。据报道,1966 年到 1967 年,一半以上的美国人表示对公司领导人"非常有信心",但是到了 1974 至 1976 年间,这个数字骤然降低到 20%[2]。

改革运动当之无愧的领导人是拉尔夫·纳德,一位不知疲倦的人民主义者,主张限制法人权力。他的形象曾出现在《新闻周刊》封面上,被描绘成身披闪亮铠甲的骑士。《时代》杂志称纳德为"美国头号消费者卫士",因为他促使"美国大量行业重新评估自己的责任,并在重重困难下,在政治家和商人中间营造了关心消费者的新氛围"。纳德继承了新闻业"扒粪者"的精神,就像厄普顿·辛克莱(Upton Sinclair)揭露屠宰场和亨利·德马雷斯特·劳埃德警告标准石油公司的垄断一样,他揭穿了公司在无休无止地追求利润的过程中,是如何坑害消费者的。《时代》

---

① 卡尔曼向鲍威尔致敬的视频的文字记录见 http://legacy. library. ucsf. edu/tid/sfc34e00。最早让我注意到这份祝酒词的是 Jeffrey D. Clements, *Corporations Are Not People: Reclaiming Democracy from Big Money and Global Corporations*(rev. ed. , 2014)。

② 据 David Vogel 统计,1964 年到 1979 年之间,共有六十二部旨在保护消费者健康和安全的联邦法律颁行,而进步时代和新政时期加起来才一共有十六部这样的法律。参见 David Vogel, "The 'New' Social Regulation in Historical and Comparative Perspective," in *Regulation in Perspective*, ed. Thomas K. McCraw (1981), 155, 162。关于对工业界的信心,参见 Thomas Byrne Edsall, *The New Politics of Inequality* (1985), 113。

杂志写道,这一波规范商业的"主要联邦法律","几乎全靠"纳德一人之力①。

1971年,也就是菲利普莫里斯公司为刘易斯·鲍威尔举办送行午宴的那一年,是人民主义改革家与大企业之间的斗争中很关键的一年。这年早些时候,纳德创立了"公益公民"组织来支持消费者,这个组织的座右铭是:"法人在华盛顿特区有自己的说客,人民也需要为他们谋利益的人。""公益公民"采取了一些复杂方法动员草根群众向立法者施压,很快成为遏制法人权力的重要力量。但1971年也是美国企业界东山再起的种子被种下的一年——始作俑者不是别人,正是鲍威尔。这年8月,也就是鲍威尔被提名为最高法院大法官之前两个月,他为商会写了一份长篇备忘录,概括指出了纳德之流对自由企业制度带来的威胁,并详细说明企业应当如何反击。尽管这份备忘录在鲍威尔的提名经过确认后一年才被发现,一经披露还是迅速成为全国商界领袖的战斗檄文。实际上,鲍威尔备忘录成了新兴的新右派一份极为重要的战略规划文件——这个派别是提倡自由市场的人与宗教保守派的联盟,他们在1980年把罗纳德·里根送进了白宫,推动放松了对工业界的监管力度,并重申了商界在美国政治中的影响力②。

午宴上,乔·卡尔曼拿刘易斯·F.鲍威尔跟一家公司特别紧密的联系开了个玩笑。在一出早期的滑稽短剧里,鲍威尔的小学老师问鲍威尔:"你的中间名F代表什么?"鲍威尔回答道:"老师,是菲利普莫里斯。"鲍威尔跟烟草业之间的关联可谓源远流长。他的祖先纳撒尼尔1607年就随

---

① "Meet Ralph Nader," *Newsweek*, January 22, 1968, cover, 65; "The U. S. 's Toughest Customer," *Time*, December 12, 1969, cover, 89.

② 关于鲍威尔备忘录及其影响,参见 Benjamin C. Waterhouse, *Lobbying America: The Politics of Business From Nixon to NAFTA* (2013), 58 - 60; Kim Phillips-Fein, *Invisible Hands: The Businessmen's Crusade Against the New Deal* (2010), 156 - 160. 备忘录全文见 http://law. wlu. edu/deptimages/Powell% 20Archives/PowellMemorandumPrinted. pdf. 关于纳德领导的改革运动,参见 Edsall, *The New Politics of Inequality*, 107 - 114; Vogel, "The 'New' Social Regulation," 170 - 173。

着弗吉尼亚公司的第一支船队抵达美洲,也在其有生之年看到了烟草成为殖民地最早的市场化作物。实际上,这位未来的最高法院大法官就出生在离纳撒尼尔·鲍威尔的种植园不到 100 公里的地方,当年这个种植园坐落在詹姆斯河的一条小支流旁边,四百年后的今天,人们仍然管这条支流叫鲍威尔溪①。

卡尔曼的致敬作品概述了鲍威尔的不俗履历:被授予勋章的二战情报官员,里士满的杰出律师,还是美国律师协会主席。卡尔曼接着说道:"但是,当约瑟夫·卡尔曼先生告诉他:'祝贺你呀刘易斯,你刚刚当选为菲利普莫里斯公司董事会成员!'的时候,他的职业生涯达到了新高度。"②

不过还是要到刘易斯·鲍威尔离开菲利普莫里斯公司董事会,加入最高法院之后,才会有人管他叫"美国最有权势的人"。为了去除 20 世纪五六十年代自由派沃伦法院的影响,理查德·尼克松总统任命了四名大法官,鲍威尔就是其中一位。在厄尔·沃伦担任首席大法官期间,最高法院一以贯之,颁布了一系列自由派判决,取消了学校中的种族隔离,扩大了刑事被告的权利,保障了性隐私,并赋予一般公民很大的自由裁量权,让他们可以对企业提起反垄断诉讼。尼克松的最高法院则反其道而行之,终止了学校的校车接送服务,限制民权法律的适用范围,也限制了对证券欺诈行为和反垄断的诉讼。鲍威尔成了最高法院的中间票,在社会问题上偶尔会站在坚持立场的自由派沃伦法院一边,但鲍威尔备忘录的这位作者是个法人主义者,他始终如一地支持扩大法人权利,保护工业界从不堪其扰的监管和诉讼中抽身③。

最高法院于 1970 年代转向保守的过程已经有了详尽记录,但转变过程还有一个方面有待深入研究:改造过后的最高法院是如何处理法人宪

---

① 关于纳撒尼尔·鲍威尔,参见 Frank E. Grizzard, "Powell, Captain Nathaniel," in *Jamestown Colony: A Political, Social, and Cultural History*, ed. Frank E. Grizzard and D. Boyd Smith (2007), 173。

② John Calvin Jeffries, *Justice Lewis F. Powell, Jr.: A Biography* (2001).

③ 同上,550(引用美国公民自由联盟法律主管 Burt Neuborne)。

法权利问题的。在这场演出中,拉尔夫·纳德和刘易斯·鲍威尔都将成为主角。纳德和他的游说团体"公益公民"依据第一条修正案新颖的"听众权"理论,代表消费者带头打了一场标志性官司——讽刺的是,这一理论最终也会让企业得到更广泛的发言权。而在紧随其后的另一起案件中,鲍威尔利用了纳德的听众权理论,证明应该赋予企业第一条修正案规定的在选举中发表政治言论的权利。在这两起案件的共同作用下,美国企业界的政治影响力迅速回升,公民联合组织案所需要的宪法原则最终也因为这两起案件得以奠定。

乔·卡尔曼声势浩大的致敬作品结束时,沃尔特·克朗凯特的声音再次响彻整个房间。这位新闻主播宣布:"刘易斯·鲍威尔被提升为这片国土上地位最高的法院的成员,令最高法院蓬荜生辉,也让最高法院变得更有声望、更形高贵。而且,你也身历其境!"接下来,在向刘易斯·鲍威尔呈上礼物之前,卡尔曼邀请他的妻子乔·鲍威尔上前接受一份告别礼物。卡尔曼宣布:"按照惯例,朋友们和同事们要向一位新任命的最高法院大法官赠送一件法袍。因此,在你离开冷冰冰的商业世界,步入显贵的最高法院之际,由我代表朋友们向你献上这件法袍,实在是莫大的荣幸。"鲍威尔由美国最强大的一家公司的首席执行官披上法袍,预示了法人权利在未来的走向。

刘易斯·鲍威尔戴眼镜,身材高大、和蔼可亲,还带点儿憔悴,有人说他有点儿像一个"和和气气的乡村药剂师"。他温文尔雅的南方人做派——从来不说脏话,总是彬彬有礼的样子——也加强了这一印象。鲍威尔虽然以"好脾气"和作为大法官而愿意折中退让著称,但在某些问题上,他还是会针锋相对,非常极端。在他身上,最早引起尼克松总统注意的,是他支持严刑峻法的态度。1960年代中期,鲍威尔担任美国律师协会主席时,发表过一系列关于刑事司法的演讲,抨击那些将犯罪率上升归咎于结构性种族主义和少数族裔社区缺少经济机会的自由派人士。鲍威尔说,恰恰相反,"困扰我们国家的犯罪危机的根源"是"过度容忍……不合标准、打擦边球的行为,有时候甚至是不道德、不合法的行为"。在确认他提名的听证会上,他告诉参议院:"我们需要更多保护——但不是对罪犯,而是对守法公民。"①

鲍威尔绝对不会让步的另一个问题是拉尔夫·纳德的进步改革运动。就跟辛克莱·刘易斯笔下的巴比特②一样,尽管商界面对的新法规层出不穷,范围也史无前例,鲍威尔仍然相信商业的前景和潜力。他于1971年夏天为商会撰写的备忘录,阐明了他的立场。

鲍威尔有位朋友名叫小尤金·西德诺(Eugene Sydnor Jr.),是里士满的知名商人,经营着"南方百货"连锁店,也在美国国家商会担任董事。那份备忘录,就是鲍威尔与尤金·西德诺多次畅谈的产物。对于商人需要在政治方面更加积极的观点,西德诺十分支持。这一经验他最早是在弗吉尼亚州当参议员时学到的,那是1950年代中期,弗吉尼亚州正因为学校中种族融合的争议而动荡不安。西德诺反对"大规模抵制"的做法,因为他担心种族隔离引发的战火会对弗吉尼亚的经济不利。然而,他支持商业的声音很容易就被种族主义声浪淹没了,弗吉尼亚州也成为南方反对布朗案的运动的重要阵营③。

商业利益需要在政治上更好地组织起来,这个需求成为西德诺与鲍威尔于1971年会谈时的主题。鲍威尔对这个话题非常着迷,他从《财富》

① 关于鲍威尔的外貌,参见 Robert Schnakenberg, "Lewis Powell," in *Secret Lives of the Supreme Court* (2009), 183; Clements, *Corporations Are Not People*, 20。关于鲍威尔对刑法的态度,参见 Jeffries, *Justice Lewis F. Powell, Jr.*, 210; U. S. Congress, Senate, Committee on the Judiciary, Nominations of William H. Rehnquist and Lewis F. Powell: Hearings before the Committee on the Judiciary, 92nd Congress, 1st session (1971), 216。
② 《巴比特》是美国小说家辛克莱·刘易斯在1922年发表的长篇小说,反映了美国商业文化繁盛时期城市商人的生活。它不仅塑造了一个典型的商人形象"巴比特",还漫画式地表现出美国1920年代商业文化的方方面面。在英语中,"巴比特"一词是指"不假思索地符合普遍的中产阶级标准的人,尤其是商人或职业人士"。——译者
③ 关于西德诺,参见 Phillips-Fein, *Businessmen's Crusade*, 156-160; Matthew D. Lassiter, *The Moderates' Dilemma: Massive Resistance to School Desegregation in Virginia* (1998), 112; "House Unit Hears Wage Bill Clash," *New York Times*, February 21, 1961。

刘易斯·鲍威尔大法官主张企业在政治上可以更活跃一些,还为最高法院撰写了一份意在保护法人政治发言权的意见书。

《巴伦周刊》之类的大众杂志上剪了些文章保存下来,内容包括企业政治地位摇摇欲坠、反对财富集中的声浪日益增强、大学校园里社会主义思潮正在崛起,等等。西德诺鼓动鲍威尔把备忘录写下来,还从《华尔街日报》找了些关于企业政治地位的很有用的社论文章发给他。西德诺发给他的文章中有一篇关注的也许要算是那个年代改革家和大企业之间报道最广泛的冲突——拉尔夫·纳德和通用汽车之间的斗争。

纳德能成为美国最著名的反公司斗士,说起来还是拜通用汽车所赐。这家美国最大的汽车公司试图让纳德保持沉默,然而用的办法却笨手笨脚。纳德最早写下的关于汽车安全性问题的文章是在哈佛法学院念书时的一篇论文,毕业之后,他把这篇论文扩充成书,由一家刚刚成立的出版社出版于 1965 年,书名为《什么速度都不安全》,是一本不大靠谱的用来表态的书,充斥着关于纳德所谓的美国汽车"设计中就有的危险"的数据。这本书,是对这个国家一种偶像般的商业产品巨细靡遗的扒粪式批评。书中数据显示,汽车制造商花了数百万美元改进汽车舒适度和造型,但在提高汽车安全性方面却几乎什么都没做,尽管每年有将近四万人因车祸丧生,还有一百五十万人因车祸受伤。纳德指控称,罪大恶极的是,汽车公司的高管和工程师对自己产品的设计缺陷全都心知肚明,却因为要追求利润而没去纠正①。

纳德突出介绍的一个例子是通用汽车旗下的雪佛兰在 1960 年代推出的一款大受欢迎的跑车科维尔。纳德的书出版后,汽车制造商雇了家私人侦探所来挖纳德的丑闻。这家侦探所的老板是文森特·吉伦(Vincent Gillen),以前在美国联邦调查局当过特工,而这时纳德正准备在参议院的一个小组委员会面前就汽车安全问题作证。1966 年,吉伦派了些手下调查纳德的私生活,看看这位圣战斗士是不是牵扯到"女人、娈童之类",并判断一下他是否喜欢"酗酒、吸毒"或别的随便什么丑事儿②。《华盛顿邮报》的莫顿·明茨(Morton Mintz)将纳德被跟踪的事情报道出来后,参议院小组委员会主席、亚伯拉罕·里比科夫(Abraham Ribicoff)参议员对他们竟敢如此明目张胆骚扰国会证人大发雷霆。他命令通用汽车总裁詹姆斯·罗奇(James Roche)到参议院报到,这位倍感羞辱的汽车业

---

① 关于纳德,参见 Evan Osborne, *The Rise of the Anti-Corporate Movement: Corporations and the People Who Hate Them* (2007), 59; "The U. S. 's Toughest Customer," *Time*, December 12, 1969, 89; Charles McCarry, "A Hectic, Happy, Sleepless, Stormy, Rumpled, Relentless Week on the Road with Ralph Nader," *Life*, January 21, 1972, 45; Jack Doyle, "GM & Ralph Nader, 1965 - 1971," PopHistoryDig. com, March 31, 2013, http://www. pophistorydig. com/? tag = ralph-nader-time-magazine; Barbara Hinkson Craig, Courting Change (2004), 1 - 32. 参见 Ralph Nader, *Unsafe at Any Speed: The Designed-In Dangers of the American Automobile* (1966)。

② Justin Martin, *Nader: Crusader, Spoiler, Icon* (2002), 57.

高管只能去频频道歉①。

这场风波让纳德一夜成名，就跟 1905 年的华尔街大丑闻中，查尔斯·埃文斯·休斯因为乔治·珀金斯披露的公司政治献金而一下子成为公众关注的焦点一模一样。纳德的书一时洛阳纸贵，国会随后也很快通过了两项重要的汽车安全法律。《华盛顿邮报》称纳德"一个人为人民大众游说"，他"战胜了这个国家最有权势的行业"。然而，纳德很快就不再是孤军奋战了。此时正值 1960 年代政治激进的顶峰，全国各地的年轻人蜂拥而至，自愿听他调遣。他们被叫做"纳德的突击队员"，纳德给他们分配了揭露其他行业的危害和腐败的任务，就像他对汽车行业所做的那样：大量收集数据，撰写详尽的调查报告，并提出改革。随后那些年，纳德的追随者发布强烈谴责，对那些污染空气和水源、让人们接触致命化学物质的公司，简直是毁灭性打击。因此不用奇怪，鲍威尔在备忘录中，称纳德是"美国商界唯一最有战斗力的敌手"②。

鲍威尔的备忘录以《对美国自由企业制度的攻击》为题，坚持认为"任何有思想的人都不会质疑"，资本主义是否正在遭受来自内部的巨大压力。"左派极端分子"，包括大学里和媒体中的"共产党人、新左派和其他革命者"，正在"向企业制度发动意识形态战争"。鲍威尔备忘录建议，如果想跟纳德及其强有力的改革运动对抗，"就必须让企业制度的发言人——在所有层面，抓住所有机会——比过去更加凶猛得多，这一点至关重要"。就跟 1880 年代的南太平洋铁路公司一样，美国企业界必须积极提出自己的创意主张，反对人民主义改革。鲍威尔用奥威尔式的口吻写道，战斗必须在所有战线上打响：教导年轻人"对美国的政治和经济体系嗤之以鼻"的自由派教授必须受到质疑；教科书"需要持续监视"；"全国电

---

① Doyle, "GM & Ralph Nader"; "The U. S. 's Toughest Customer," *Time*, December 12, 1969, 89.

② Charles McCarry, *Citizen Nader* (1972), 29; Doyle, "GM & Ralph Nader" (quoting the *Washington Post*); McCarry, "Relentless Week," 91; "Nader's Zenith," *Washington Post*, August 30, 1966, A18.

视网络应该受到监控",支持商业的观点也要有"相等时间"发布;应炮制支持资本主义的"学术文章"并广为散发,从而塑造美国人的态度。

20 世纪六七十年代,拉尔夫·纳德成为美国企业改革运动的代表人物。

　　要打赢这场思想战争,需要商界大大加强其政治组织和宣传。公司"必须吸取劳工和其他自私自利的团体曾经吸取的教训,那就是,必须要有政治力量,政治力量必须精心培养"。很多时候,商人都不愿就政策发表意见,担心自己的公司会被玷污,被认为有党派偏见。到真跟公众打交道的时候,他们又经常会出错牌——鲍威尔的朋友,乔·卡尔曼对此了然于胸。

　　作为烟草业的代言人,卡尔曼是那个年代为数不多的愿意参与公共

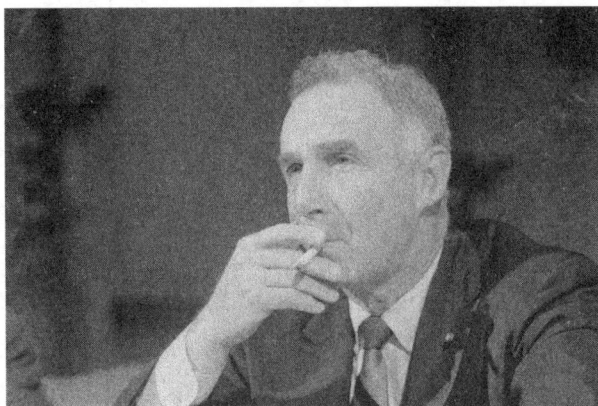

刘易斯·鲍威尔孩提时代的好友,菲利普莫里斯公司首席执行官约瑟夫·卡尔曼也是烟草公司的主要发言人,尽管并没有起到什么作用。

政策讨论的商人中的一位。他出席国会作证,反对在香烟包装盒上贴健康警示标签,还在电视广播上为烟草业辩护。然而,他空有满腔热情,却没有作为信使不可或缺的判断能力。1971 年 1 月,也就是鲍威尔写下备忘录之前几个月,卡尔曼出现在一个叫做"面对国家"的全国性电视新闻节目中,坚称跟所有证据相反,香烟既不会成瘾,也不会危害健康。节目中一位小组成员跟他说,研究发现孕期吸烟会让新生儿体重降低,卡尔曼答非所问:"有些女性就喜欢孩子生得小一点嘛。"①

鲍威尔坚信,美国企业界能做得更好。商人必须认识到捍卫整个自由企业制度关乎他们的共同利益,而不是只为自己的公司和行业而战。"力量来自组织,来自长期的精心规划和实施,来自无数年里一以贯之的行动,来自只有共同努力才能达到的资金规模,来自只有通过联合行动和全国性组织才能得到的政治能力。"乔·卡尔曼不应该孤军奋战,一个人

---

① 参见 Michael T. Kaufman, "Joseph F. Cullman 3rd, Who Made Philip Morris a Tobacco Power, Dies at 92," *New York Times*, May 1, 2004。卡尔曼在上"面对国家"节目时的文字记录见 http://legacy.library.ucsf.edu/tid/jiz28c00/pdf。

上电视去为反对监管烟草业而舌战群儒；无论这次是针对哪个行业，所有商人都有责任为削减政府繁琐的强制法令出一份力。

鲍威尔认为尤其重要的战线中有一条就是法院。人们对沃伦法院仍然记忆犹新，鲍威尔提醒读到备忘录的人："在我们的宪法体系下，尤其是有一个司法能动主义甚嚣尘上的最高法院，司法可能是社会、经济和政治变革最重要的工具。"纳德和左派组织对这一点都很了解。备忘录阐释道："工会、民权组织，现在还有公益律所，都在司法舞台上极为活跃，也往往以商界为代价。"法院是商业法人主张自身权利的"被忽视的机会"。

鲍威尔的备忘录让西德诺激动万分。他写了封感谢信，称赞鲍威尔"极为出色地指出，在美国商界那么长时间都无所作为、迟疑不决之后，主动出击有多么重要"。鲍威尔和西德诺对这份备忘录及其目标究竟有多看重呢？他俩随后从里士满驱车两小时赶赴华盛顿特区，向美国商会的一位副主席当面讲述了这个规划，由此可见一斑。他们希望备忘录能带来一些改变，可能也希望商会至少能采纳鲍威尔的部分建议。然而，他们俩都不可能想到，鲍威尔的备忘录最终会对商会和这个国家产生多么大的影响[1]。

1969年，拉尔夫·纳德正大受欢迎的时候，他父亲纳特拉（黎巴嫩移民）被问到对这位活动家击败美国最强公司的非凡记录有什么看法。纳特拉回答："我们为拉尔夫感到骄傲。"然而，就算是出现在《时代》杂志和《新闻周刊》封面上的人民主义偶像，也无法逃脱爹妈必然会有的惋惜之情："但是吧，我们希望他能早点儿成个家。"[2]

这位消费者斗士唯一的婚姻是跟自己的职业——而其中最成功的结合，要数他跟艾伦·莫里森（Alan Morrison）的联手。莫里森是一名一丝不苟、眼神坚毅的纽约律师，于1972年和纳德一起创立了公益公民的诉

---

① Phillips-Fein, *Businessmen's Crusade*, 160 - 161.
② "The U. S.'s Toughest Customer," *Time*, December 12, 1969, 91.

讼分支机构,即公益公民诉讼小组。莫里森是一位大无畏的自由主义者,当律师是为了改善社会。他说:"大人物不需要人代理,小人物才需要。"莫里森在政府部门当律师时,有一名实习生在前一年夏天当过"纳德的突击队员",就介绍这两位哈佛法学院的毕业生认识了①。

纳德将莫里森吸收进公益公民组织,建立了一家诉讼工作室。通过立法进行改革会很有价值,但纳德也希望公益公民通过诉讼来保护消费者利益。通常情况下法律都站在消费者一边,但并没有得到很好的执行。政府部门有能力保护消费者,但由于被工业界俘获或受其影响,并没有保护消费者的意愿。纳德想找到他所谓的"一群……公益律师",能"通过监管机构、国会、法院和政府的行政部门,年复一年地追查沉闷的案子"。公益公民诉讼小组就将扮演这个角色,而且相当成功——尽管纳德和莫里森最大的一场胜利,到头来反而很大程度上造福了大企业②。

莫里森加入公益公民组织时,他的议程中最重要的一项是放开专业领域的竞争。很久以来,律师、医生、配镜师、会计等专业人士要开展业务都需要遵守一些规则,这些规则限制他们打广告、招揽客户,还要求他们收取最低费用。尽管这些规则是以保护消费者的名义出台的,莫里森认为,结果恰恰适得其反。各州颁发许可证的机构和专业协会都采用了这样的规则,结果是人为推高了价格,让穷人更难得到合格的服务。在莫里森看来,这些规则非但没有帮到消费者,反而让"那些已经有客户的律师"受益,而且"这些规则很可能就是他们这帮人制定的"③。

琳恩·乔丹就是一名被这些规则伤害了的消费者。琳恩是住在弗吉尼亚州郊区的一名中产阶级妇女,长期以来都有健康问题,最后不得不切除了子宫。她日常服用的处方药价格昂贵,于是想从当地药店找到最好的价格。然而,这些信息很难获得。弗吉尼亚州的药剂师跟另外三十三

① 关于莫里森、纳德以及公益公民诉讼小组,参见 Craig, *Courting Change*, 33 et seq。
② 引用自纳德,同上,32。
③ 同上,4;Alan B. Morrison, "How We Got the Commercial Speech Doctrine: An Originalist's Recollections," 54 *Case Western Reserve Law Review* 1189, 1190 (2004)。

个州的一样,不得就处方药价格做广告。很多人甚至拒绝在电话中告诉消费者药品价格,因为担心他们的执照会因为"不专业的行为"被弗吉尼亚州药品管理局吊销。琳恩并没有因此就打消了念头。这可是属于纳德的时代,在琳恩周围,法律正向保护消费者的方向倾斜,与法人利益偏离得越来越远。有一群消费者跟琳恩志同道合,也都是半路出家的积极分子,琳恩跟他们一起,在弗吉尼亚州北部和里士满开展了处方药价格调查。他们发现,相同剂量的药物价格差别很大。比如说四十片四环素药片,病人有可能在一家药店只用付 1.2 美元,而在另一家就得付 9 美元——差了整整 6.5 倍。要不是一个药店一个药店地问,病人永远不会知道有更便宜的选择①。

艾伦·莫里森(左),带领拉尔夫·纳德的消费者权益诉讼团队建立了一种全新的言论自由理论,带来了很大影响,但最后也帮助了商业发言人。

---

① Ben A. Franklin, "Woman's Drive for Drug-Price Ads Ends Victoriously After 2 Years," *New York Times*, May 25, 1976, 12; Craig, *Courting Change*, 129。亦可参见 Randall P. Bezanson, *Speech Stories: How Free Can Speech Be?* (1998), 157。

莫里森是从在他办公室对面的大厅里工作的纳德分子那里了解到琳恩在调查药品价格这个事儿的。尽管莫里森一直关心的是如何挑战限制律师打广告的法令,从弗吉尼亚州禁止药品价格广告的法令中,他还是很快看到了一些可资利用之处,可以作为典型案例。药品价格是客观的,而且可以核实,不像律师水平怎么样全是主观的。莫里森回忆道:"我们早就知道,向律师广告限令发起进攻难如登天,不只是因为这种限令在每个州都有,也因为整个律师行业都普遍接受。"而可能会被要求对这些限令是否合法做出判断的法官,是从"精英律师"中精挑细选出来的一群人,而他们也是从律师广告限令中获益最大的人。不过,是否保留对药剂师的限制,对这些法官来说就没有那么大的利害关系了①。

　　莫里森还得找到一种说得过去的法律理论,让自己有理由向药品价格限令挑战。在 1942 年的瓦伦丁诉克里斯滕森案(Valentine v. Chrestensen)中,最高法院将广告视为"商业言论",不受宪法第一条修正案保护。弗朗西斯·克里斯滕森(Francis Chrestensen)天生就是个爱出风头的人,他有一艘已经退役的美国海军潜艇,会在东海岸的各个港口停靠并开放参观,门票两毛五分钱。二战在欧洲爆发后,他想利用战争的消息挣钱,于是打算把他那艘名为"战斗怪兽"的潜艇停在下曼哈顿一座市属码头上,从那里可以看到自由女神像。市政府拒绝让他使用这个码头,命令他停在曼哈顿岛东边上游很偏远的地方。没有了自由女神像做招牌,克里斯滕森就只能自己招揽生意了,他印制了一些宣传单介绍自己的"战斗怪兽",告诉游客有机会得见"全世界唯一一艘用于展览的潜艇"。然而,这样发传单并不合法。纽约警察告诉克里斯滕森,纽约市反垃圾法禁止散发商业传单②。

---

① Morrison, "How We Got the Commercial Speech Doctrine," 1192.

② 关于克里斯滕森的诉讼,参见下级法院意见书中叙述的相关事实,即 Chrestensen v. Valentine, 122 F. 2d 511 (2d Cir. 1941),以及最高法院意见书,即 Valentine v. Chrestensen, 316 U. S. 52 (1942)。亦可参见 Tom Gerety, "The Submarine, the Handbill, and the First Amendment," 56 *University of Cincinnati Law Review* 1167 (1988); "Federal Court Finds Ordinance of City Discriminatory," *New York Times*, August 31, 1940, 15; Alex Kozinski and Stuart Banner, "Who's Afraid of Commercial Speech?," 76 *Virginia Law Review* 627 (1990)。

克里斯滕森可没那么容易打退堂鼓,在跟纽约警方发生冲突之前好些年,他的前妻就已经发现了这一点。她和加拿大蒙特利尔一位当地警员一起,试图交给克里斯滕森一些跟离婚事务有关的法律文件,结果只见这位老奸巨猾的船长退到自己的潜艇上,扯起星条旗,警告警员说,胆敢擅自进入就是敌意入侵美国领土。吓慌了的警员还在拼命想着该怎么办的时候,克里斯滕森乘坐"战斗怪兽"起航驶向海上,留下他妻子在岸上向记者们控诉:"可千万别让你老公买潜艇!"这回在纽约,同样的爱别出心裁的性格让克里斯滕森抓住了纽约市反垃圾法中的一个例外,即有政治抗议内容的传单是允许的。在广告背面,他印了一篇抨击当地官员的文章,指责他们"独裁",拒绝他在市属码头停靠。纽约市警察局长刘易斯·瓦伦丁(Lewis J. Valentine)出了名的"严厉",而且"无所畏惧,对投机取巧深恶痛绝"。他并不觉得好笑,仍然警告克里斯滕森停止散发传单,否则就会被逮捕。克里斯滕森起诉了,声称自己的言论自由权受到了侵犯[1]。

最高法院的大法官们跟警察局长一样,对克里斯滕森的滑稽举动也没什么耐心。在一份一共只有几个段落的简短的意见书中,最高法院驳回了这位企业家的新奇主张。法院写道:"本庭明确认为,街道是实践信息交流自由和意见传播自由的适当场所。我们同样明确地认定,对于纯商业广告,宪法没有对政府加以同样的限制。"跟休伊·朗对路易斯安那州报业公司征的税不一样,反垃圾法并非旨在迫害政治异见分子。尽管最高法院没怎么解释商业言论为何被明确排除在第一条修正案之外,反正克里斯滕森和"战斗怪兽"这一回是棋逢对手[2]。

艾伦·莫里森想让最高法院保护的——药品价格广告——正是商业

---

[1] 关于涉及克里斯滕森的赡养费争议,参见 "Never Let Your Husband Buy A Submarine," *Milwaukee Sentinel*, October 2, 1938, 23. 关于瓦伦丁委员,参见 "Lewis J. Valentine Dies in Hospital, 64," *New York Times*, December 17, 1946. 散发的这份传单见 http://digitalcommons. law. scu. edu/cgi/viewcontent. cgi? article = 1158& context = historical。

[2] Valentine v. Chrestensen, 316 U. S. 52 (1942).

306   WE THE CORPORATIONS

言论。尽管最高法院在 1942 年并没有就商业言论为什么要被排除在第一条修正案之外提供充足理由，瓦伦丁案仍然是很好的案例，可以有很合理的理论依据来支持。比如说，支持言论自由的一个传统理由是，让人们能够通过公开讨论思想成为知情公民，这样对民主有利；但是商业产品的广告怎么看都不会明显促进政治自治。言论自由的另一个理由是有助于自我实现，认为个体表达能帮助人们塑造自己的能力和身份。然而，大部分商业发言人都是公司和企业，对它们来说，广告只是为了让利润最大化。但无论如何，纳德还是让莫里森"去试探法律的边缘"。于是，1973年 7 月，公益公民诉讼小组代表琳恩·乔丹等人，向联邦法院起诉弗吉尼亚州药房委员会①。

事实证明，莫里森的案件有一点尤其有重要影响：他的原告是药店顾客，而不是药剂师。公益公民的使命是保护消费者，而不是销售商品给消费者的企业。但是，这也让莫里森陷入了两难的境地：毕竟琳恩·乔丹这样的消费者，并没有被剥夺话语权，无论是什么方式。法律并没有阻止琳恩花钱在报纸上发布广告，列出药品价格。相关限令是仅适用于执业药剂师的职业规范，而莫里森的原告全都不是执业药剂师。

跟老奸巨猾的克里斯滕森船长一样，莫里森也提出了一个颇有新意的说法。这起案件，他打算以听众的权利为中心来运筹帷幄。他关注的重点不是审查如何伤害了被禁言的发言人，而是听众由于信息被剥夺而受到的伤害。他指出，广告禁令限制了听众听到药剂师说什么的权利。言论的接收方有自身独立的"知情权"，受宪法保护，也同样受到第一条修正案的平等保护，至于说药剂师有没有什么权利，跟本案毫无关系。药品价格广告禁令非常适合用来提出这样的观点，因为弗吉尼亚法律首当其

---

① Craig, *Courting Change*，45。关于言论自由理论的经典陈述，参见 Alexander Meiklejohn, *Free Speech and Its Relation to Self-Government* (1948); C. Edwin Baker, "Scope of the First Amendment Freedom of Speech," 25 *UCLA Law Review* 964 (1977); Martin H. Redish, "The Value of Free Speech," 130 *University of Pennsylvania Law Review* 591 (1982)。

冲的受害者并不是药剂师,是他们制定了广告禁令,并从中受益。受伤最深的是消费者,是受审查言论本来的接收方①。

就跟莫里森为自己的消费者权利官司殚精竭虑差不多同时,一位刚从法学院毕业、打算成为法学教授的学生,名叫马丁·雷迪什(Martin Redish),发表了一篇法律评论文章,提出了关于第一条修正案的类似的听众权利理论。在文章前半部分,雷迪什指出,瓦伦丁案判错了,商业广告就跟政治和艺术表达一样,有其社会价值。雷迪什认为,商业言论以最简单、最容易得到的方式为消费者提供了基本信息,莫里森在药品价格案中也会提出同样主张。"鉴于广告对其接收方而言有重要作用,作为参考,其价值最好从消费者角度着眼,而非从销售者角度。"发言人的身份无关紧要,要紧的是听众的权利。要是莫里森读到过雷迪什的文章,他肯定能从中找到有用的论据,说不定还会在琳恩·乔丹案的案情摘要中引用几段②。

但他也会发现大胆而醒目的警告,告诉他言论自由的听众权理论有其内在危险。雷迪什文章的后半部分阐明,对第一条修正案的这种思考方式跟当前的大量争议都如何契合,包括最近颁布的禁止烟草在电视上做广告的联邦法律。雷迪什承认,根据他对第一条修正案的理解,这个问题十分接近。雷迪什尽管认可烟草广告禁令背后的公共卫生原因,他也指出消费者有权听到烟草公司必须分享的所有真实信息。如果确实如他所说,禁止烟草广告就有可能是违宪的。如果最高法院接受听众权理论,那么禁止烟草广告的法律将如何发展,以及将从中受益的最终会是谁,对于这些问题,雷迪什的文章给出了一个不祥之兆。

1975 年,莫里森的案件来到最高法院时,相关人士全都明白,处于风口浪尖的可不只是处方药广告。莫里森是打算稍后接着挑战律师广告禁

---

① Morrison, "How We Got the Commercial Speech Doctrine," 1192.

② Martin H. Redish, "The First Amendment in the Marketplace: Commercial Speech and the Values of Free Expression," 39 *George Washington Law Review* 429 (1971).

令,对他来讲,药品价格案件可以用来确立消费者知情权。而同时对弗吉尼亚州来说,捍卫这一禁令,也是州政府长期以来旨在保护消费者的职业监管的部分内容。州政府的律师指出,如果推翻这一禁令,就会让人对规范律师、医生、牙医等专业人士如何招揽顾客的所有法律都产生怀疑。双方全都声称是在保护消费者——然而到头来,此案最大的受益者还是法人①。

莫里森是希望大法官能阐明更宽泛的原则,他好在下一起案件中加以利用,不过他也同样希望能打赢这一场官司。这样一来,就得让大法官只关注药品广告,而不要去关注更有争议的律师广告问题。在法庭上,莫里森一再强调,本案涉及的问题很狭窄。他告诉大法官:“只有一个问题,那就是弗吉尼亚州禁止处方药价格做广告的法规是否合宪。”人称“发动机”的拜伦·怀特(Byron White)大法官对此心知肚明。怀特这个让人难忘的外号来自他当职业足球运动员的时候——他作为“匹兹堡钢铁人”队的特别跑卫,在1938年的美国足球联赛上,成为冲球码数最高的人。无论是在大法官席位上还是之外,他都是一股力量。在大法官身份之外,他经常刚好位于最高法院顶楼的篮球场打球,并以打法粗暴著称。(助理们恰如其分地说怀特是“在这片国土上位置最高的庭院里打得最好的人”。)身为大法官,他经常提出尖锐的问题,而且尽管任命他的是自由派总统肯尼迪(John F. Kennedy),却不可能在意识形态上把他归为那一派。他反对堕胎权、同性恋婚姻权,我们也将看到,对法人权利他也同样反对。怀特对莫里森提出:“我猜你下一个案子就要涉及律师广告了。”莫里森正要回答,怀特一反常态,放过了莫里森。他会意地说:“没关系,你不用回答这个问题。”②

1976年5月,最高法院以7比1对“弗吉尼亚州药房委员会诉弗吉尼亚

---

① 弗吉尼亚州药房案口头辩论的录音及文字记录见 http://www.oyez.org/cases/1970-1979/1975/1975_74_895。

② 关于怀特,参见 Dennis J. Hutchinson, *The Man Who Once was Whizzer White: A Portrait of Justice Byron R. White* (1998). 关于所谓“最高法院篮球场”,参见 Gina Holland, "Legal Eagles Tip Off in 'Highest Court in the Land,'" *Los Angeles Times*, September 8, 2002, http://articles.latimes.com/2002/sep/08/news/adna-court8。

州公民消费者委员会"案（Virginia Pharmacy Board v. Virginia Citizens Consumer Council）做出了有利于莫里森的判决。（跟最近有段时间的情形一样，最高法院当时只有八位大法官。莫里森的案件庭辩后第二天，由富兰克林·罗斯福任命的自由派偶像，威廉·道格拉斯大法官就退休了。）多数意见书由哈里·布莱克门（Harry Blackmun）大法官执笔，他是尼克松任命的四名大法官之一。这是布莱克门在最高法院的第五个开庭期，作为 1973 年"罗诉韦德"案多数意见书的执笔人，他也已经在成为某种意义上的自由派偶像的道路上走得风生水起。但是，虽然"罗诉韦德"案的判决在今天经常被当成是自由派司法能动主义的范例来讲，却并不能反映布莱克门在最高法院早期的司法理念中的一般倾向。他和保守派首席大法官沃伦·伯格（Warren Burger）人称"明尼苏达双胞胎"，部分原因是他俩都来自圣保罗，也是终生的挚友；但也因为他们在投票时总是步调一致。在最高法院的前五个开庭期，对于分歧很大的案件，布莱克门有 87% 的时候都在支持伯格，支持自由派的威廉·布伦南（William Brennan）的时候只占 13%[1]。

　　跟"罗诉韦德"案一样，布莱克门对"弗吉尼亚药房"案的意见书看起来也是自由派的判决意见，也能帮到像纳德这样的消费者权益活动分子。布莱克门全心全意地接受了莫里森新颖的第一条修正案听众权理论。尽管没有哪位药剂师自身的言论被限制，第一条修正案"保护的是交流过程，其来源和接收方都包括在内"。像琳恩·乔丹这样的消费者，"与商业信息的自由流通息息相关"，"相关程度可能至少跟她与当前最激烈的政治讨论的关联不相上下"。对"穷人、病人，特别是老人"来说尤其如此，因为他们花在处方药上的钱跟他们的收入不成比例。第一条修正案所保障的言论自由，"并非完全由广告商享有，而是作为信息接收方的上诉人也同样享有"。最高法院认为，商业广告受宪法保护，并坚持认为发言人的身份无关紧要[2]。

① Roe v. Wade, 410 U. S. 113 (1973); Linda Greenhouse, *Becoming Justice Blackmun: Harry Blackmun's Supreme Court Journey* (2005), 186.

② Virginia Pharmacy Board v. Virginia Citizens Consumer Council, 425 U. S. 748 (1976).

在莫里森的诱导下,布莱克门将这起判决描述得很狭隘。尽管最高法院就此推翻了瓦伦丁案,对第一条修正案采用了一种也许可以扩展的新理论,布莱克门还是煞费苦心地指出,某些"形式的商业言论监管肯定是允许的"。虚假的、欺骗性的商业言论可以受限,布莱克门还说,商业言论受到的保护应当比政治言论要少。为了回答怀特在庭辩中提出的问题,布莱克门写了个脚注,称此判决不应解读为可以质疑其他职业的广告禁令,比如医生和律师。

刘易斯·鲍威尔出于本能并不会倾向于支持拉尔夫·纳德和公益公民组织,对于第一条修正案的听众权理论,他明确表示反对。在讨论药品价格案的时候,鲍威尔在自己的案件档案中草草写下:"宪法中没有知情权。"第一条修正案要保护的是发言人的权利,而不是听众的权利。但是鲍威尔也认为,限制药剂师发广告愚蠢透顶,其他保守派很多都倾向于同意。尼克松总统的行政部门正在推行一项包罗万象的工作,打算放松对美国航空、银行和电信行业的管制,因此对广告禁令的看法也跟鲍威尔如出一辙。莫里森的案件庭辩两周后,尼克松行政部门自己提起了诉讼,想要推翻一项药品价格广告禁令,因为根据联邦反托拉斯法,这是对贸易的非法限制——跟 20 世纪初针对美国烟草公司和烟草托拉斯提出的指控很相似。与此同时,据报道,尼克松的联邦贸易委员会正在考虑要求药剂师发布药品价格的新规定。尽管鲍威尔对听众权利理论明显有些忧虑,他还是投了多数票,支持废止药品价格广告禁令①。

---

① 关于鲍威尔对弗吉尼亚州药房案的反应,参见 Powell Conference Notes, November 14, 1975, Papers of Justice Lewis Powell, Virginia State Board of Pharmacy Case File, http://law. wlu. edu/deptimages/powell% 20archives/74-895_VirginiaBoard. pdf。关于尼克松总统行政部门的提案,参见 John D. Morris, "U. S. Moves to End Bans on Drug Ads," *New York Times*, November 28, 1971, 70; Burt Schorr, "Fuss Over Fees: Professional People Slowly Lose Insulation from Antitrust Laws," *Wall Street Journal*, August 7, 1975, 1; Karen Jo Elliott, "Retail Druggists May be Required to Post Prices," *Wall Street Journal*, May 30, 1974, 3。关于反托拉斯诉讼,参见 "Two Pharmacist Groups Are Sued by U. S. Over 'Code of Ethics' Barring Drug Ads," *Wall Street Journal*, November 25, 1975, 2。

唯一对本案持有异议的人是威廉·伦奎斯特（William Rehnquist）大法官，也是尼克松任命的。在他看来，这个案子可一点儿也不狭隘。伦奎斯特头发很长，还留着浓密的络腮胡，看起来更像是尼克松深恶痛绝的反主流文化激进分子，而不是他这么个旗帜鲜明地主张州权的保守主义者。实际上，伦奎斯特大半辈子都是在最高法院度过的，先是在 1950 年代给罗伯特·杰克逊（Robert Jackson）大法官当律师助理，为尼克松总统审查法官提名人，随后本人也在最高法院服务了三十三年，最后十九年都是首席大法官。对于涉及法人权利的案件，他的处理方式让人想起另一名首席大法官罗杰·托尼。至少对这个问题，两人都秉持人民主义，认为各州应有更宽泛的自由裁量权来监管企业，也反对将宪法权利扩大到法人身上①。

伦奎斯特提醒道："最高法院对本案的判决，逻辑后果确实影响深远。"法院的判决不只是必然会"延伸到律师、医生等所有专业人士"，而且还会导致"对处方药、烟、酒等产品的积极推销"。在一篇颇有先见之明的文章中，伦奎斯特预言，制药公司很快就会直接向消费者兜售药品了。他预计广告可能这么说："不要再度过又一个不眠之夜了。让你的医生马上给你开'速可眠'吧。"渴望成为法学教授的马丁·雷迪什在关于商业言论的文章中强调过的危险，伦奎斯特同样也看到了。尽管消费者也许能从这起案件中得到帮助，法院的判决还是会让人们对管制广告之外的"现有商业和工业实践"的大量法律产生怀疑。伦奎斯特对弗吉尼亚药房案的异议意见，会成为最高法院历史上最有远见的意见书之一。

但并没有人认同伦奎斯特的看法。《纽约时报》对纳德和莫里森的案件赞赏有加，称之为"消费者的重大胜利"。这两位进步活动家也是这样

---

① Jeffrey Clements, "The Conservative versus the Corporatist: Justice Rehnquist's Opposition to Justice Powell's Drive to Create 'Corporate Speech' Rights," American Constitution Society Blog, September 3, 2014, https://www. acslaw. org/acsblog/the-conservative-versus-the-corporatist-justice-rehnquist% E2% 80% 99s-opposition-to-justice-powell% E2% 80%99s#_ftn1.

认为。莫里森表示很满意多数意见对第一条修正案力排众议的听众权利理论，他认为，这个理论很可能也会让其他广告禁令，比如对律师的广告禁令也被推翻。实际上下一个开庭期内，大法官就按照弗吉尼亚州药房案的逻辑，废除了律师广告禁令。尽管莫里森并非律师广告案背后的律师，他还是对结果感到欢欣鼓舞；他和纳德一直都希望，药品价格的案子能产生广泛影响①。

案子的影响确实很广泛。这起案件可以说是 1970 年代消费者权益最后的重大胜利，是法律中的绝唱，因为纳德和左派进步分子很快就被山呼海啸一般的保守主义回潮取代了。随后二十年，弗吉尼亚药房案确立的原则，很少被琳恩·乔丹这样的消费者运用，反倒经常是，被烟草公司用来质疑对烟草广告的限制，被赌场利益集团用来推翻限制在电视和广播中为赌场做广告的限令，被酒业用来废止限制酒类广告的法律，被乳制品生产商用来对抗要求披露合成生长激素使用情况的法规。我们也将看到，甚至在公民联合组织案之前，此案的判决就已经被用于证明有必要让法人也拥有政治发言权。到 2011 年，有识之士认识到，公益公民组织的药品广告诉讼的影响与消费者权益太背道而驰，就连公益公民组织的主席罗伯特·韦斯曼（Robert Weisman）都大声疾呼，认为这条线上的商业言论案件都应该一律被推翻。这是"买完就后悔了"的第一条修正案版本，句句辛酸泪②。

---

① 参见 Craig, *Courting Change*，137（引用《纽约时报》）；Linda Matthews，"High Court Voids Ban on Prices in Drug Ads," *Los Angeles Times*，May 25，1976，B1。参见 Bates v. State Bar of Arizona, 433 U. S. 350 (1977)（lawyer advertising）。

② 参见 Lorillard Tobacco Co. v. Reilly, 533 U.S. 525 (2001)（烟草广告）；Greater New Orleans Broadcasting Assn v. United States, 527 U. S. 173（1999）（赌场广播广告）；Edenfield v. Fane, 507 U. S. 761（1993）；Pacific Gas & Electric Co. v. Public Utility Commission, 475 U. S. 1（1986）（水电煤公用事业）；International Dairy Foods Association MIF v. Amestoy, 92 F.3d 67 (2d Cir. 1996)（生长激素）；Robert Weisman，"Let the People Speak: The Case for a Constitutional Amendment to Remove Corporate Speech From the Ambit of the First Amendment," 83 Temple Law Review 979（2011）。全面而令人信服的报告见 Tamara R. Piety, *Brandishing the First Amendment: Commercial Expression in America*（2012）。

1976 年,也就是弗吉尼亚药房案判决的那年,旨在制作和分发公益公告的广告委员会发起了一项重大倡议,"意在对美国经济体系有更深入了解"。广告委员会是 20 世纪很多标志性广告活动幕后的创意力量:意在支持第二次世界大战的广告,"嘴上不把门,军舰被击沉";为了预防森林大火的广告,"烟熏味的斯莫基熊";以及黑人学院联合基金的广告,"浪费头脑,太可怕了"。在广告委员会所称"美国商界名人录"的资金支持下,开展了新的耗资数百万美元的支持自由企业的广告运动,包括电视广告、新闻简报以及学校教材,是刘易斯·鲍威尔写给商会的备忘录的直接结果①。

鲍威尔备忘录刚写下来的时候被标记为"机要",仅供商会领导人阅读,可能还包括一小部分鲍威尔和西德诺的朋友。备忘录一直没有公之于众,直到 1972 年 9 月,《华盛顿邮报》传奇般的专栏作家杰克·安德森(Jack Anderson)拿到了一份泄露出来的副本,并就此写了一篇爆炸性文章,而这已经是鲍威尔成为大法官好几个月之后了。安德森称这篇备忘录"太激进了,不得不令人怀疑(鲍威尔)是否适合判决任何涉及商业利益的案件",并希望美国人民能对最高法院这位最新上任的大法官鸣鼓而攻之。但事与愿违,安德森的专栏文章带来的结果非常不一样:商会公开发表了这份备忘录,反过来又激发了美国企业界起而反对纳德和改革运动②。

备忘录的影响很快体现出来。安德森的专栏文章发表后不到一年,商会的一个特别工作组就煞有介事地宣布,"数百万美国人——包括很多著名企业高管——都已经读过备忘录",并且"已经散发了数十万份"。商会热情回应了鲍威尔的战斗号召,约瑟夫·库尔斯(Joseph Coors)、约翰·奥林(John M. Olin)和理查德·梅隆·斯凯夫(Richard Mellon Scaife)等商

① 关于广告委员会,参见 Wendy Melillo, *How McGruff and the Crying Indian Changed America: A History of Iconic Ad Council Campaigns* (2013)。
② Phillips-Fein, *Businessmen's Crusade*, 161 - 162.

ECONOMIC EDUCATION ON TV
THE COMPETITIVE ENTERPRISE SYSTEM

This clever new 60-second public service announcement sells THE COMPETITIVE ENTERPRISE SYSTEM.

广告委员会为了向美国年轻人宣传自由企业制度而开展的营销活动细节。

业大亨,还有美国钢铁公司、通用电气公司、陶氏化学公司和卡夫食品公司等大型美国公司都踊跃响应。工业界新的政治动向的迹象之一是在华盛顿有"政府事务"说客的公司数量的增长,从 1968 年到 1978 年,这个数字增加了五倍多[1]。

按一位历史学家的说法,鲍威尔备忘录让"意在重塑美国人对商业和经济的理解,并恢复公司公开形象的努力爆炸式增长"。在这场思想战争中,发挥核心作用的不只是广告委员会,还有致力于自由市场原则和让政府放松管制的智库,比如创立于 1973 年的美国传统基金会、初创于 1974 年的卡托研究所以及成立于 1978 年的曼哈顿研究所。美国企业研究所尽管成立较早,其规模也从 1970 年的十九名员工、87.9 万美元预算成长为 1980 年的一百三十五名员工、1 000 多万美元预算。这些智库受商业利益集团资助,它们为公司所做的,就是纳德的突击队员为消费者所做的。它们搜集、分析信息,公布给公众和议员,以期影响立法。两者之间的主要区别是,1970 年代中期,随着改革运动放缓,纳德的突击队员各奔前程,保守派和自由派的智库却越来越强大,很快兴盛起来[2]。

在备忘录的推动下,商会也改头换面,成为华盛顿特区最有影响力的游说组织。商会居然会扮演如此旗帜鲜明的政治角色,要是让商会第一任主席,一位名叫亨利·惠勒(Henry A. Wheeler)的芝加哥律师知道,保险会气得七窍生烟。商会最早是作为政府机构成立的,意在促进议员和工业界之间的信息共享。1912 年,在威廉·霍华德·塔夫脱总统(也就是起诉烟草托拉斯的那位检察官亨利·塔夫脱的哥哥)的支持下,商会私有化了。惠勒一直坚持让商会远离政党政治。塔夫脱总统请商会支持自己

① Chamber of Commerce of the United States, Business Response to the Powell Memorandum, Washington Report, November 26, 1973; Phillips-Fein, *Businessmen's Crusade*, 162; Vogel, "The 'New' Social Regulation," 176; Jack Doyle, "Nader's Raiders, 1968 – 1974," PopHistoryDig. com, March 31, 2013, http://www. pophistorydig. com/? p = 14452; Clements, Corporations Are Not People, 26.

② Waterhouse, *Lobbying America*, 60 – 66; Edsall, *The New Politics of Inequality*, 120.

竞选连任时,惠勒拒绝了,因为他坚持认为商会有必要保持中立。惠勒说:"我相信,商会在其历史上永远也不会成为游说组织。"鲍威尔于 1971年夏天写下备忘录时,商会有大量成员,但在政治上仍然是不飞不鸣。有位副主席就曾说道,商会"无论是在行政部门还是国会中,都毫无影响力"[①]。

```
                    CONFIDENTIAL MEMORANDUM

            ATTACK ON AMERICAN FREE ENTERPRISE SYSTEM

    TO:      Mr. Eugene B. Sydnor, Jr.      DATE:  August 23, 1971
             Chairman
             Education Committee
             U.S. Chamber of Commerce

    FROM:    Lewis F. Powell, Jr.


             This memorandum is submitted at your request as a
    basis for the discussion on August 24 with Mr. Booth and others
    at the U.S. Chamber of Commerce.  The purpose is to identify the
    problem, and suggest possible avenues of action for further
    consideration.


                       Dimensions of the Attack
```

写于刘易斯·鲍威尔被提名进入最高法院前几个月的鲍威尔备忘录,激发并深刻影响了美国企业界在政治上的复兴。

　　鲍威尔的备忘录彻底改变了美国商会的政治策略——而在更广泛的意义上,也开启了一个将由商业说客来控制华盛顿特区立法的新时代。商会也创建了自己的智库,就是美国商会基金会,来发布支持商业的研究。基金会开展了一系列公众教育活动来为自由企业制度辩护,甚至聘

---

① 关于商会,参见 Richard Hume Werking, "Bureaucrats, Businessmen, and Foreign Trade: The Origins of the United States Chamber of Commerce," 52 *Business History Review* 321 (1978); Cathie Jo Martin and Duane Swank, *The Political Construction of Business Interests: Coordination, Growth, and Equality* (2012), 101–104; U. S. Chamber of Commerce: The Early Years (2012), https://www. uschamber. com/sites/default/files/uscc _ HistoryBook. pdf。

请了曾制作黄金时段大受欢迎的动画片《摩登原始人》和《杰森一家》的汉纳-巴伯拉工作室来制作动画公益广告,好向孩子们宣传资本主义。商会还模仿了纳德动员底层群众的风格来动员企业。美国商会下辖的网络拥有两千八百家各州和地方商会,有二十多万家商业公司成员,产生的电话、邮件和社论文章不计其数,也因此成为"美国最好的底层动员组织之一"。商会在政治上变得对监管越来越不友好,医疗改革、竞选资金法、消费者保护法和环境保护法等提案,都会遭商会反对。商会的政治活动也有了更多的党派色彩,绝大部分商会活动都是为帮助共和党人而展开的。2012 年,商会投了 5 800 万美元到竞选活动中,还在游说上头花了 1.35 亿美元,与惠勒的预期形成鲜明对比。在这个国家,除了政党自身,没有哪个组织花在政治上的钱比商会还多①。

1972 年在鲍威尔备忘录的基础上成立的"商业圆桌会议","相信企业高管应该在关于公共政策的持续讨论中发挥更大作用",也将对首都政治产生深刻影响。宝洁公司的代表布赖斯·哈洛(Bryce Harlow)人称华盛顿说客的"非正式院长",他回忆道,由于纳德时期的社会福利法规,"危险突然升级了……我们必须防止"国会"把商界卷吧卷吧扔进垃圾桶里"。跟金宝汤公司、美国钢铁公司、通用电气和美国铝业公司的首席执行官们一道,哈洛招徕了财富五百强的首席执行官(也只有他们有资格入选),用一份早期顾问报告中的话来说,发动了"全面攻击程序"。"圆桌会议"在全国最受欢迎的杂志《读者文摘》上为亲商业的宣传活动提供资金,此外还推出了全新的政府关系战略,照某位消息人士的话来讲,此举使商会成为"华盛顿最强大的游说团体"。"圆桌会议"不再派哈洛这样要付薪水的

---

① 关于商会的政治化及选举活动,参见 Phillips-Fein, *Businessmen's Crusade*, 199 - 203; Edsall, *The New Politics of Inequality*, 123 - 127; Waterhouse, *Lobbying America*, 58 - 62; Carol D. Leonnig, "Corporate Donors Fuel Chamber of Commerce's Political Power," *Washington Post*, October 19, 2012; Ben Jacobs, "U. S. Chamber of Commerce's Big Money Fail in 2012," *The Daily Beast*, November 17, 2013; "U. S. Chamber of Commerce Outside Spending Summary 2012," http://www. opensecrets. org/ outsidespending/ detail. php? cmte = US + Chamber + of + Commerce&cycle = 2012.

代表去跟国会议员会面,而是派那些全国最大的公司的首席执行官出马。有位工作人员承认,说客可能会"调任为议员助理,但董事会主席要去见参议员"①。

处在最高法院的位置,鲍威尔觉得,就算备忘录已经出了名也很有影响,由他来宣传这份备忘录也不合适。要是有人写信给他想要一份备忘录,他总是让他们去找商会。尽管最高法院大法官不能参与备忘录提出的事项,鲍威尔的位置还是让他有了另一个独一无二的机会,可以影响法律,向备忘录的目标推进。特别是有一个案子,关于马萨诸塞州全民公投程序的争议,让他有机会把自己对政治上很活跃的商业法人的看法写进宪法第一条修正案。而拉尔夫·纳德和艾伦·莫里森在弗吉尼亚药房案中的胜利,也帮了他大忙。

关于马萨诸塞州全民公投程序的争议在好几年前就已经出现。1962年,改革者想在全州范围就州宪法一条关于征收累进所得税的修正案投票。当时马萨诸塞州宪法要求的所得税税率是统一的,但自由派改革团体指出,挣得越多税率越高的累进税制更加公平合理。理查德·希尔(Richard Hill)是波士顿第一国民银行总裁,"新英格兰最有影响力的银行家",也属于该地区收入最高的人,决心要阻止累进税修正案②。

新英格兰地区最大的那些公司,董事会成员中都有希尔的身影,包括联合果品公司、波士顿爱迪生公司、纽约与新英格兰电话局(NYNEX,即

---

① Thomas Dye and Harmon Zeigler, *The Irony of Democracy: An Uncommon Introduction to American Politics* (2008), 200; Phillips-Fein, *Businessmen's Crusade*, 190–198; Mark Green and Andrew Buchsbaum, "The Corporate Lobbies: The Two Styles of the Business Roundtable and Chamber of Commerce," in *The Big Business Reader: On Corporate America*, ed. Mark Green et al. (1983), 204; Edsall, *The New Politics of Inequality*, 113–114.

② Robert A. Bennett, "Boston Bank Chief Yields Post," *New York Times*, November 25, 1982; Boston Urban Study Group, *Who Rules Boston?* (1984); Bank of Boston Corporation, International Directory of Company Histories (1990), http://www.encyclopedia.com/doc/1G2-2840600083.html.

后来的威瑞森无线公司）、宝丽来公司、国防合约商雷神公司以及约翰汉考克互助人寿保险公司。希尔在政治上很活跃，在给波士顿的政治捐客排名的《谁统治着波士顿》一书中赢得了最高荣誉。他跟丹尼尔·韦伯斯特一样毕业于达特茅斯学院，学院受托人委员会聘请这位法人的律师通过达特茅斯学院诉伍德沃德案最早确立了法人宪法权利一个半世纪之后，希尔担任了学院受托人委员会主席。希尔也是横空出世的"商业圆桌会议"的成员，追随着韦伯斯特的步伐，对鲍威尔的法人需要更加积极的观点十分认同，也将引领一系列诉讼来扩大法人权利。

1968 年，为争取允许法人政治支出而奋斗的理查德·希尔（右）在波士顿第一国民银行的奠基仪式上。

根据马萨诸塞州法律,不允许波士顿第一国民银行这样的法人在政治上花钱。1907 年,马萨诸塞等很多州以及国会,都因为查尔斯·埃文斯·休斯发现的华尔街大丑闻而立法禁止了公司为竞选活动花钱。然而,马萨诸塞州的法律还是有个漏洞,对那些想在"对公司的任何财产、业务和资产有重大影响"的公投议案①中花钱的公司并不适用。希尔利用了这种例外情形,联合麻省另外几家公司的高管,包括迪吉多电脑公司和吉列公司,经过运作成功挫败了这项累进税修正案。六年后的 1968 年,累进税提案再次出现在选民面前,但在希尔及其他公司的巨额支出面前,也只落了再次铩羽而归的下场②。

　　1972 年,马萨诸塞州立法者决定再试一次能不能通过累进税修正案,即便这意味着要改变政治游戏规则。他们修改了关于公司政治支出的法律,希尔的公司曾用来击败之前两次公投的漏洞变小了。按照新法,公司仍然可以在对其业务有重大影响的投票提案上花钱,但有个例外:任何"对个人收入、财产和交易征税"的投票,都自动视为与商业利益集团无关。用法律术语来说,对个人征税被"最终认定"为跟任何企业都没有关系。

　　在希尔的指点下,波士顿第一国民集团发起诉讼保护自身权利,而马萨诸塞州最高法院的判决也对银行有利。法院认为,1972 年的累进税投票将让立法者不但有权对个人征收累进税,对公司也同样如此,因此该议案对第一国民银行并非无关紧要。法院并没有说第一国民银行有参与公投议案选举的第一条修正案权利,而只是在字面上认为法律允许这些情况下的政治支出。有了第一国民银行的钱,反对累进税提案的人支出达

---

① 公投议案(ballot measure),也译为"选票议案",指列在全民公投选票上的各项议案,包括议题、提案、动议、宪法修正案等,通过全民公投来决定是否采取相关措施。这种投票通常由公民请愿发起,是直接民主的一种形式,与代议制民主有所不同。——译者

② First National Bank of Boston v. Attorney General, 359 N. E. 2d 1262 (Mass. 1970); Lustwerk v. Lytron, 183 N. E. 2d 871 (Mass. 1962).

到支持者的六倍,提案也再次抱憾而归[1]。

1975 年,马萨诸塞州立法者想要第四次就累进税提案投票表决,并再次修改了规则。现在,公司禁止在任何"仅"与个人缴税有关的措施上有任何支出,而且这一次的投票明确限定只关乎个人。

希尔仍然不屈不挠。鲍威尔备忘录发表后,坚信商业利益需要维护的商人越来越多,希尔也是其中一员。1970 年代中期的经济不景气,只不过让他的决心更加坚定。国际石油危机带来了始于 1973 年的长达两年的经济大衰退,企业利润也日渐微薄。很多企业高管本来就在质疑政府积极干预经济的思想成了主导,他们将这场经济危机归咎于最近兴起的由纳德带来的监管。他们的公司面临着新出现的数十亿美元的合规成本,1975 年的一期《财富》杂志控诉道:"政府如今出现在所有重要的商业会议上——要么是亲自出席,要么就像莎翁剧作《麦克白》中班柯将军的幽灵一样,以令人不安的面貌出现。"很多商人都认为,市场需要一把尚方宝剑,来摆脱繁重的监管[2]。

希尔和另一些商人都确信,对个人所得实施累进税制会进一步抑制经济增长,让马萨诸塞州更难吸引顶尖人才,因此他们的第一步策略是游说阻止议会将这项公投议案放在选票上。这项措施失败后,他们用比对手多得多的钱,在选举日击败了这场投票——好几次了。议员设置新障碍时,商人们就诉诸法院,保护自身利益。这正是鲍威尔备忘录所设想的坚持不懈、坚决果断的企业动员。至于马萨诸塞州究竟能不能禁止法人

---

[1] 参见 Bennett, "Boston Bank Chief Yields Post"; First National Bank of Boston v. Attorney General, 359 N. E. 2d 1262 (Mass. 1970); First National Bank of Boston v. Bellotti, 435 U. S. 765 (1978)。关于第一国民银行与累进税制的斗争,最精彩的叙述是 Nikolas Bowie, "Corporate Democracy: How Corporations Justified Their Right to Speak in 1970s Boston"(未出版手稿, 2017)。

[2] 参见 Rick Perlstein, *The Invisible Bridge: The Fall of Nixon and the Rise of Reagan* (2014), 478 - 479。《财富》杂志的文章见 Vogel, "The 'New' Social Regulation," 163。关于杜卡基斯主政时马萨诸塞州商界的态度,参见 R. Scott Fosler, *The New Economic Role of the American States* (1988), 34 - 36。

花钱影响公投议案,最终答案将来自备忘录作者所在的最高法院。

1930 年代,鲍威尔还在哈佛法学院上学的时候,他的教授中有一位是费利克斯·法兰克福特(Felix Frankfurter)。这位才华横溢的教授出生于奥地利,是美国公民自由联盟的创始人,也是富兰克林·罗斯福总统新政期间走得最近的顾问。1939 年,经罗斯福任命为最高法院大法官后,法兰克福特从自由派学者变成了保守派法官,在最高法院的自由派多数变得越来越突出时,他始终主张司法克制。在 1946 年的一起案件中,法兰克福特告诫最高法院,尤其不要插手选举案件。像国会选区划分这样的事情本身就是党派之争①,法官缺乏必要的专业知识,也不了解选举是怎么回事,因此无法做出合理决定。法兰克福特说,选举案是"政治丛林",会把人引入不明底细的判决②。

1970 年代中期,马萨诸塞州立法者与理查德·希尔之间激战正酣时,美国最高法院无视法兰克福特的建议,判决了近年最重要、最有争议的一些案件,而在某些人看来,这些判决大错特错。其中有个案子的重要性又超出所有其他案件之上,这就是 1976 年的巴克利诉瓦莱奥案(Buckley v. Valeo)。最高法院在该案中认定,竞选资金法可以限制给候选人的政治献金规模,但不能限制候选人和其他人支出的总额。巴克利案"将婴儿剖为两半"的妥协方式,带来的不幸结果就是让候选人不得不投入到无休止的一轮轮筹款活动中,遭到了民主党、共和党、联邦和州监管机构、政治家、捐助人和政治筹款人——一言以蔽之,竞选筹款会涉及

① 美国国会众议员人数固定,在各州之间按照各州人口数分配;美国每十年进行一次人口普查,之后会按照普查结果调整各州众议员数。如果某州众议员人数变动,就会出现议员选区调整的问题。为确保本党派议员当选,该州主要政党会提交自己中意的划分方案到州议会讨论,州长可批准或否决,州法院也可在出现争议时裁决。在此过程中,州政府中的立法、司法、行政三权都有一定作用,整个过程充满了不同利益集团之间的谈判与妥协。此外,1965 年《选举权法》实施后,南方为限制少数族裔当选,也有一些州采取了选区划分的手法让少数族裔变成选区里的绝对少数。——译者

② 关于法兰克福特,参见 H. N. Hirsch, *The Enigma of Felix Frankfurter* (1981)。他对政治丛林的看法见 Colegrove v. Green, 328 U. S. 549 (1946)。

到的几乎所有人——的严厉批评①。

巴克利案受到这么多质疑的原因之一，是最高法院拒绝以平等为竞选资金法的指导原则。法院表示，立法者可以去阻止贿赂和腐败现象出现，但不能试图提高政治社会中话语权的平等程度。最高法院利用这条原则，推翻了对"独立支出"的限制，也就是没有事先跟竞选团队打招呼，为了支持候选人而花出去的钱。结果就是，个人为了支持自己喜欢的候选人，可以花无数的钱去打广告，只要这些钱是"独立"花出去的。公民联合组织案将把同样的无限独立支出的权利扩大到法人身上，并引用巴克利案作为支持。

在巴克利案中，尽管最高法院坚持认为平等"完全不属于第一条修正案的题中应有之意"，但实际上，这一原则贯穿了美国政治的制度设计。每位公民都有一张选票，政治辩论给每位候选人同样多的时间，立法代表的选区也要求均匀划分，确保代表权平等。然而有了巴克利案，平等就成了竞选资金法唯一禁止提倡的原则。而对理查德·希尔和第一国民银行来说这也是好消息，他们的策略就是要比对手更大手大脚。

1977年11月，最高法院就第一国民银行的案子进行庭辩时，律师们享受到了大法官们在巴克利案中否决过的平等原则：双方在讲台上都刚好有三十分钟发言时间。第一国民银行的出庭律师是弗朗西斯·福克斯（Francis H. Fox），后来还会成为反堕胎运动中的风云律师。他承认，最高法院之前没有任何案件明确认定法人享有跟个人一样的第一条修正案权利。但他也指出，弗吉尼亚州药房案默认，企业有宣传药品价格的言论自由权。此外，马萨诸塞州的公司支出法是为了"减少财富的过度影响"，实际上也是另一种让话语权平等的方式②。

---

① 参见 Buckley v. Valeo，424 U. S. 1 (1976)。关于巴克利案的影响，参见 Richard L. Hasen, *The Supreme Court and Election Law* (2003)。

② 贝洛蒂案口头辩论的录音及文字记录见 http://www. oyez. org/cases/1970-1979/1977/1977_76_1172。

马萨诸塞州的律师团由州里十分受欢迎的总检察长弗朗西斯·贝洛蒂(Francis X. Bellotti)领衔,他说,公司支出法并不是为了提高政治平等而制定,而是为了"让全民公投保持公正"。而且,"商业法人跟自然人就是大有不同。"马萨诸塞州强调了19、20世纪之交最高法院在财产权和自由权之间划分的界限。商业法人"本身并没有第一条修正案权利",也不能"行使其他仅由个人享有的权利,例如不得自证其罪的特权"。唯一的例外是媒体法人,例如路易斯安那的报业公司或是《纽约时报》,对这些法人来说,发表言论是"写在章程中的,也属于其业务范围"。

马萨诸塞州的说法以20世纪初的法人权利司法判例为蓝本,但现在已经是新时代了——商业利益集团要在政治领域和法庭上发出自己声音的决心,比以往任何时候都要大。新的积极动向的表现之一,就是在第一国民银行案中,有六家"法院之友"(拉丁文叫做 amicus)提交了案情摘要,其中包括马萨诸塞州工业联合会、新英格兰委员会、太平洋法律基金会和美国商会等亲商业的团体。在案件当事人的案情摘要之外,法院之友提交的案情摘要可以为大法官提供额外信息和观点,但以前并不多见。例如在1950年代,这样的案情摘要每年只有五十份,提交者通常都是美国公民自由联盟那样的自由派团体。今天,大法官每年会收到约八百份法院之友提交的案情摘要,尽管现在最高法院每年审理的案件数量,只有1950年代的一半。出镜率最高的法院之友现在是按鲍威尔建议行事的商业利益集团和商业行会团体,比如商会①。

对希尔和第一国民银行来说,鲍威尔这一票肯定是可以指望的。问

---

① 关于最高法院"法院之友"提交的案情摘要,参见 Joseph D. Kearney and Thomas W. Merrill, "The Influence of Amicus Curiae Briefs on the Supreme Court," 148 *University of Pennsylvania Law Review* 743 (2000); Stuart Banner, "The Myth of the Neutral Amicus: American Courts and Their Friends, 1790–1890," 20 *Constitutional Commentary* 111 (2003); Paul M. Collins, *Friends of the Supreme Court: Interest Groups and Judicial Decision Making* (2008). 参见 Clements, *Corporations Are Not People*, 26; Waterhouse, *Lobbying America*, 61; Ann Southworth, *Lawyers of the Right: Professionalizing the Conservative Coalition* (2009), 15; Phillips-Fein, *Businessmen's Crusade*, 162。

题仍然在于,在庭辩中和商业利益集团提交的法院之友案情摘要中提出的论点,是否足以保证会有多数人支持法人政治发言权。

波士顿第一国民银行诉贝洛蒂案(First National Bank of Boston v. Bellotti)庭辩之后,大法官们开起了私人会议,就本案讨论并投票。这是大法官们的闭门会议,包括助理律师和书记员在内的任何人,都不允许入内。首席大法官会就给定案件率先发言,然后是每位大法官以年资顺序轮流陈述自己的看法。直到所有大法官都说过一轮之后,才允许有人第二次发言。也就是说,这个会议跟最高法院的庭辩过程一样,在言论问题上承认平等原则,差不多也就是巴克利诉瓦莱奥案中被驳回的原则。

通常情况下,大法官集会、投票,并分配一个人撰写多数意见书。尽管在最终的书面意见书公开发表之前(一般都在这个闭门会议召开几个月之后),允许大法官改变主意,但投票结果一般都不会变。一名大法官为最高法院写好意见书,其他在会议上支持其立场的大法官在意见书上签名,可能还会就其中的遣词造句或需强调的重点提点意见。不过时不时总会有个把案子,井然有序的判决过程变得相当热闹,从动笔到结案,案子会完全翻转,第一国民银行案就是这种情形。这个案子本来只是一个由整个法院最自由主义的大法官威廉·布伦南执笔的次要判例,结果却变成了由刘易斯·鲍威尔执笔的开创性判决。

虽然闭门会议和大法官的审议过程都是秘密进行的,我们还是可以通过细读退休或去世的大法官留下的文件,把第一国民银行案的故事一点点拼起来。鲍威尔在会议上写下的笔记表明,一开始,大部分大法官,无论是自由派还是保守派,都认为马萨诸塞州太过分了。布伦南提出,法院的判决不需要多宽泛,把法人是否享有言论自由权的问题也包揽进来,而是应该就事论事,只去推翻"最终认定",即个人所得税政策不会影响任何公司业务。马萨诸塞州已经决定允许公司在会严重影响其业务的投票上花钱,没有充分理由拒绝他们证明个人所得税对业务也会有重要影响的机会。在布伦南看来,马萨诸塞州法律的问题并不在于限制了法人的政治开销,而是因为这是赤裸裸的操纵特定选举结果的行为①。

　　大法官们轮流发言讨论马萨诸塞州法律时,几乎所有人都同意布伦南的观点,认为就事论事就足以判决这起案件了。怀特和鲍威尔两人有异议。怀特是唯一一位认为应该完全支持马萨诸塞州法律的大法官。他提出,这起案件仅涉及法人是否享有政治发言权,而在怀特看来,法人根本没有这样的权利。他说,法人是享有比如说有限责任这样的特定权利的非自然实体,马萨诸塞州可以对法人的政治主张随意施加任何限制,或宽或窄都没关系②。

　　法人主义者鲍威尔也不同意布伦南的观点,但他是从另一个角度出发:他认为,最高法院的判决适用范围应该宽泛一些,支持法人享有与个人一样的言论自由。在鲍威尔看来,问题可不仅仅是"最终认定"个人所得税不会影响任何业务;马萨诸塞州根本没有限制公司开支的权力,跟这个议题是否会影响公司业务没有关系。跟个人一样,法人应当可以自由决定什么时候谈论政治。鲍威尔在自己案件档案中一份文件的页边空白写道,马萨诸塞州法律必须被推翻,"除非法院愿意申明,法人享有的第一条修正案权利低人一等"。③

　　但其他大法官全都认为没有必要做出这么宽泛的声明,支持法人享

　　① Memorandum to William Rehnquist from Lewis Powell,April 17,1978,Bellotti Case File,Papers of Lewis Powell,http://law. wlu. edu/deptimages/powell% 20archives/76-1172_FirstNationalBellotti1978April. pdf.

　　② Powell Conference Notes,November 11,1977,Bellotti Case File,Papers of Lewis Powell,1977,http://law. wlu. edu/deptimages/powell% 20archive/76-1172 _ First-NationalBellotti1977. pdf;Draft Dissent of Byron White,March 7,1978,Bellotti Case File,Papers of Lewis Powell,http://law. wlu. edu/deptimages/powell% 20archives/76-1172_FirstNationalBellotti1978Mar. pdf.

　　③ Preliminary Memorandum,April 6,1977,Bellotti Case File,Papers of Lewis Powell,1977,http://law. wlu. edu/deptimages/powell% 20archives/76-1172 _ FirstNational Bellotti1977. pdf;Memorandum by Lewis Powell,August 9,1977,Bellotti Case File,Papers of Lewis Powell,1977,http://law. wlu. edu/deptimages/powell% 20archives/76-1172_FirstNationalBellotti1977. pdf.

最高法院判决波士顿第一国民银行案的大法官阵容。后排左起：威廉·伦奎斯特、哈里·布莱克门、刘易斯·鲍威尔、约翰·保罗·史蒂文斯（John Paul Stevens）；前排左起：拜伦·怀特、威廉·布伦南、沃伦·伯格、波特·斯图尔特（Potter Stewart）及瑟古德·马歇尔。

有平等的发言权。本案可以根据布伦南的建议，就事论事做出判决，双方当事人也都可以宣布小胜。第一国民银行名义上赢了官司，马萨诸塞州认为个人所得税政策对公司业务来说无关紧要的法律规定则会被废止。不过，马萨诸塞州仍然可以要求银行在法庭上证明，累进制个人所得税会影响其业务。如果第一国民银行未能证明，就仍有可能被禁止政治支出，无法击败全民公投。

　　首席大法官将意见书分配给了布伦南。看起来不会从宽判决，让商界拥有政治发言权，鲍威尔似乎已经失去了机会。在他看来，要跟改革者作斗争，就必须有这项权利才行。但是，案件即将发生意想不到的转折。

　　在曾经坐在最高法院大法官的位置上的人当中，威廉·布伦南算得上是最有影响力的一位。布伦南是共和党人，1956年由德怀特·艾森豪威尔（Dwight Eisenhower）总统任命为大法官之后，就成了沃伦法院的思想领袖——甚至都有人说，应该把最高法院叫做布伦南法院才对。然而，马萨诸塞州关于公司政治支出的法律来到布伦南和其他大法官面前时，1960年代自以为是的自由主义正在被一浪高过一浪的保守派潮流取代，而这股潮流遵循的正是鲍威尔备忘录所建议的方法。在尼克松总统给最高法院大换血之后，布伦南仍然为自由派取得了一些值得记取的胜利：弗曼诉佐治亚州案（Furman v. Georgia），暂时宣布死刑为非法；罗诉韦德案，保障妇女的堕胎权；克雷格诉博伦案（Craig v. Boren），禁止性别歧视。尽管如此，到1990年退休时，布伦南已经从沃伦法院强有力的鼓动力量变成了伦奎斯特法院伟大的反对力量。马萨诸塞州这起涉及第一国民银行的案件就是其中一个关键的转折点①。

　　布伦南开始起草意见书时，发现自己陷入了进退两难的境地。他最开始提出的是就事论事的判决，只关注"最终认定"——马萨诸塞州法律规定个人所得税政策与公司无关这一部分。但随着通盘考虑这个问题，布伦南越来越确信，这样一个有局限的判决可以说是最高法院放弃了自己为争议提供明确的最终解决方案的职责。第一国民银行会赢得这个案子，但仍然不知道自己能不能花钱去打败累进税制。双方当事人会很快回到法院，争辩累进税制实际上是否会对第一国民银行的业务有重大影响。十有八九，案子会回到最高法院，大法官最后还是必须判决，各州是否能限制公司在公投议案上花钱，以及如何限制。

　　开完会几个星期之后，布伦南给其他大法官写了张条子，表达了他的

---

① 关于布伦南，参见 Seth Stern and Stephen Wermiel, *Justice Brennan: Liberal Champion* (2010)；Linda Greenhouse, "An Activist's Legacy: From Personal Liberties to Voting Rights, Brennan Led Way in Changing the Nation," *New York Times*, July 22, 1990；Alex Kozinski, "The Great Dissenter," *New York Times*, July 6, 1997. 关于沃伦法院，参见 Morton J. Horwitz, *The Warren Court and the Pursuit of Justice* (1999). 参见 Furman v. Georgia, 408 U. S. 238 (1972)；Roe v. Wade, 410 U. S. 113 (1973)；Craig v. Boren, 429 U. S. 190 (1976)。

看法：对法人政治支出的"一般性禁令是否合宪……也必须给出判决"。鲍威尔在会上就曾建议法院解决这个更宽泛的问题，他确实是对的。但是布伦南跟鲍威尔不一样，他说他会跟怀特大法官一道，完全支持马萨诸塞州的禁令。布伦南写道："公司花钱会给政治进程带来腐败，这个问题全国人民一直都很关心。大概七十五年前，西奥多·罗斯福认为要遏制滥权、改善代议制民主政府就必须打击腐败，在他的敦促下通过了大量反腐败法，联邦的和各州的都有。"他指的是因查尔斯·埃文斯·休斯对1905年华尔街大丑闻的调查而推动的《蒂尔曼法案》。大法官们在会议上已经同意就事论事，只判决此案中"最终认定"的问题，因此布伦南表示，由他来撰写意见书已经不大合适了①。

鲍威尔表示没法相信。在布伦南给他的便条的页边空白处，他写了个"哇哦!"布伦南也给了鲍威尔一个机会。过了几天，鲍威尔给大家传阅了一张他自己写的便条。布伦兰认为大法官应当阐明法人话语权这个更大的问题，鲍威尔对此深表同意。但他也再次提出应当废除整个法律。鲍威尔的条子将他对案情本身的看法详细阐述了一遍，也可以当成是毫不含糊的邀约，请首席大法官伯格把意见书的任务分配给他②。

伯格言听计从，给了鲍威尔撰写法院意见书的机会。然而，鲍威尔马上就要面临挑战。现在大法官们关注的是法人政治发言权这个更加宽泛的问题，他们的阵营开始分化，有的支持布伦南和怀特，有的反对他们。瑟古德·马歇尔在全国有色人种协进会时曾支持非营利会员制法人的权

① Memorandum to the Conference from William Brennan, December 1, 1977, Bellotti Case File, Papers of Lewis Powell, 1977, http://law. wlu. edu/deptimages/powell%20archives/76-1172_FirstNationalBellotti1977. pdf. 关于贝洛蒂案意见书草稿，参见 Clements, "The Conservative versus the Corporatist".

② 参见 Letter to the Conference from William Brennan, December 1, 1977, Bellotti Case File, Papers of Lewis Powell, 1977, http://law. wlu. edu/deptimages/powell%20archives/76-1172_FirstNationalBellotti1977. pdf; Memorandum to the Conference from Lewis Powell, December 6, 1977, Bellotti Case File, Papers of Lewis Powell, 1977, http://law. wlu. edu/deptimages/powell%20archives/76-1172_FirstNationalBellotti1977. pdf。

利,现在他跟持有异议的人意见一致,认为商业法人的政治开支可以受限。伯格也很快开始动摇(反正他一向如此),给大家传阅了一张便条,表示不愿"采取任何会破坏各州和联邦反腐败法的举措",比如《蒂尔曼法案》。此外伯格还写道:"在我看来,个人的第一条修正案权利与法人集体性质的实体比较起来,相互之间是有区别的。"法人的政治发言权带来了布兰代斯在很久以前就定义为"滥用他人钱财"的腐败问题。伯格控诉道,公司要在政治上花钱之前,"就算有,也很少"咨询过股东们的意见。伯格拒绝透露他在本案中会支持哪一方,但似乎越来越可以肯定,会有四票反对鲍威尔的意见。他的多数地位岌岌可危[①]。

接着有消息说,伦奎斯特准备支持布伦南、怀特、马歇尔很可能还有伯格,这让鲍威尔大惊失色。伦奎斯特对弗吉尼亚州药房案的意见书已经表明他支持州权,而不像鲍威尔那样是支持商业的。伦奎斯特本来认为,这个案子就事论事做个了断就行了,但现在大法官们关注的是各州是否能禁止法人发表政治言论这个更宽泛的问题,这样一来,伦奎斯特会支持马萨诸塞州。如果伯格兑现他的威胁做出同样选择,投票结果就会是5比4,对理查德·希尔、第一国民银行和刘易斯·鲍威尔不利。

鲍威尔急于让自己成为多数派,于是打算让伦奎斯特改变立场。他俩都是尼克松任命的,两人之间有着不可言传的同志情谊。他们一起经历了确认程序,他们的提名是在同一天,宣誓就职也是在同一天。鲍威尔认为,他也许能劝伦奎斯特回心转意,让他相信这个问题对自由企业制度的未来至关重要,于是写了封信,想找个时间面谈。鲍威尔的幽默里带着些许谄媚:"你是个讲道理的人(尤其是你同意我的观点的时候),我希望在你面前能有十分钟左右的'尝试',来强调我的论点。"然而套近乎没套成功,两个星期之后,伦奎斯特发出一份异议,主张法人没有第一条修正

---

① Memorandum to William Brennan from Warren Burger, December 6, 1977, Bellotti Case File, Papers of Lewis Powell, 1977, http://law. wlu. edu/deptimages/powell% 20archives/76-1172_FirstNationalBellotti1977. pdf.

案规定的政治发言权①。

　　鲍威尔必须想出办法，保证自己的多数地位。现在坚决反对他的已经有四票：布伦南、怀特、马歇尔和伦奎斯特，然后还有位靠不住的首席大法官在骑墙。鲍威尔也有理由相信，布莱克门现在也举棋不定了。他必须给自己的观点想出一种表达方式，让伯格和布莱克门仍然跟他待在一条船上。

　　鲍威尔在自己起草的意见书中加入了将公投议案和候选人选举区分开来的文字，消除了首席大法官对破坏《蒂尔曼法案》及类似法律的担心。在候选人选举中，鲍威尔称，外来支出可能会导致腐败，因为受益候选人可能会觉得欠出钱人的人情；但公投议案"没有表现出类似问题"，因为不涉及候选人。虽然鲍威尔的区分很成问题——公投议案通常都与特定候选人和民选官员息息相关，也会带来类似的人情债问题——但伯格反正被说服了。

　　优柔寡断、迟疑未决的布莱克门需要另一种说法。大家都知道，布莱克门总是为该如何投票苦恼不已，尤其是他当大法官的头几年。布莱克门总说自己起草的意见书"站不住脚"，并不是因为假模假式的谦虚，而是因为缺乏自信。在会上布莱克门就已经表示支持法人至少享有某些商业性质的言论自由权，这也是他为弗吉尼亚药房案撰写的意见书的题中应有之义。但是，鲍威尔在他的案件档案中也指出，布莱克门"并没有被完全说服"，认可第一条修正案禁止各州限制法人发表政治言论的说法。此外，布莱克门有位律师助理早前曾写过一份总结该案的备忘录并分发给所有大法官，他提出，各州限制法人政治支出是合法的，这是一种保护股东的方式②。

　　鲍威尔找到了一个办法，通过宪法杠杆来确保布莱克门投票给他：他利用布莱克门早先在弗吉尼亚州药房案中的意见来确保他留在自己的

---

① Letter to William Rehnquist from Lewis Powell, April 6, 1978, Bellotti Case File, Papers of Lewis Powell, http://law. wlu. edu/deptimages/powell% 20archives/76-1172 _ FirstNationalBellotti1978April. pdf.

② Greenhouse, *Becoming Justice Blackmun*; Tinsley Yarbrough, *Harry A. Blackmun: The Outsider Justice* (2008).

多数派阵营。从一开始,鲍威尔就把这起案件看成是关于法人是否享有跟个人一样的言论自由权的案件。但是很清楚,大部分人可能并不会支持这一观点。弗吉尼亚州药房案让这个案子柳暗花明,鲍威尔可以在听众权利上玩花样,而不是专注于法人权利。弗吉尼亚州禁止处方药价格做广告的禁令干扰了商业信息向消费者流动,马萨诸塞州对企业支出的禁令如出一辙,同样干扰了政治信息向选民流动。虽然很久以来法人在政治支出上就一直受限,但根据弗吉尼亚州药房案,发言人的身份无关紧要。尽管在审议弗吉尼亚州药房案时鲍威尔曾表示自己并不认为听众还有什么"知情权",但他仍然可以利用艾伦·莫里森和拉尔夫·纳德以个人权利为背景建立起来的理论来保住布莱克门这一票,为法人赢得更宽泛的权利①。

把关注点放在听众权利而非法人权利上,这个主意显然最早是鲍威尔的律师助理南茜·布雷斯坦因(Nancy Bregstein)建议他的。跟 1970 年代中期的很多年轻女性一样,布雷斯坦因经常打破玻璃天花板。她是耶鲁大学第一届女本科生中的一员,并于 1973 年以优异成绩毕业。在宾夕法尼亚大学法学院,她是《法律评论》的第一位女主编。在给鲍威尔当过律师助理后,她还会成为华盛顿特区大律所屈指可数的女性合伙人中的一位。她从来不会在战斗面前退缩,后来还创立了一个团体来阻止枪支暴力,名叫"宾州停火",尽管那时候持械权运动正在成为现代美国政治最重要的力量之一。而 1978 年她给鲍威尔当律师助理时,最高法院的三十二名助理中,只有七名女性②。

在就第一国民银行案写给鲍威尔的一份备忘录中,布雷斯坦因写道:"这起案件是非常简单还是非常困难,取决于以什么为大前提。如果一开

---

① 关于鲍威尔对弗吉尼亚州药房案的反应,参见 Powell Conference Notes, November 14, 1975, Papers of Justice Lewis Powell, Virginia State Board of Pharmacy Case File, http://law.wlu.edu/deptimages/powell%20archives/74-895_VirginiaBoard.pdf。

② 布雷斯坦因的生平见 https://www.law.upenn.edu/cf/faculty/nbgordon/。关于 1970 年代末、80 年代初华盛顿特区律所的女性合伙人,参见 Cynthia Fuchs Epstein, *Women in Law*(2012),193 - 194。

始就像马萨诸塞州法院那样主要去强调法人因为是非自然人，其身份是由州法律创造出来的，所以法人有其独特性，那就不难得出结论，认为法人权利并没有受到法律侵犯。"这是怀特在会议上提出的看法。布雷斯坦因接着写道："但是，如果认为问题在于禁止了什么，而不是要保障谁的某项权利，那么上诉人是法人这一事实，意义就很不一样了。"按照后面这种看法，第一条修正案保护涉及公共政策重要事项的言论，"无论发言人是谁"。布雷斯坦因的观点是以弗吉尼亚州药房案为本：忽略发言人身份，重点关注言论的实质内容及其对听众的潜在好处①。

鲍威尔为最高法院撰写的波士顿第一国民银行诉贝洛蒂案的意见书，正是沿着上述思路写成的。他完全没有提到法人享有跟个人一样的言论自由权。鲍威尔在自己的笔记中将本案涉及的问题归结为"法人的第一条修正案权利"，但他在意见书里写出来的刚好完全相反："因此，正确的问题并非法人是否'享有'第一条修正案权利，以及如果有的话，是否跟自然人的第一条修正案权利范围一样大；正确的问题必定是，（马萨诸塞州的法律）是否抑制了第一条修正案意在保护的言论。"因为法律在这里限制了对普罗大众来说很有价值的政治言论，所以无论发言人是什么身份，法律都违宪了。"这是民主政体做出决策不可或缺的言论，也并不会因为言论是来自法人而不是个人，其重要性就减弱分毫。"受保护的是言论本身：没有令人信服的理由，政府就不能剥夺"法人明确受保护的上述言论权利"。布莱克门这一票保住了，鲍威尔也以 5 比 4 的微弱优势保住了自己的多数地位②。

① Bench Memorandum by Nancy Bregstein to Lewis Powell, September 13, 1977, Bellotti Case File, Papers of Lewis Powell, 1977, http://law. wlu. edu/deptimages/powell% 20archives/76-1172_FirstNationalBellotti1977. pdf.

② Powell Conference Notes, November 11, 1977, Bellotti Case File, Papers of Lewis Powell, 1977, http://law. wlu. edu/deptimages/powell% 20archives/76-1172 _ First-NationalBellotti1977. pdf; Memorandum from Nancy Bergstein to Lewis F. Powell, Jr., January 30, 1978, Bellotti Case File, Papers of Lewis Powell, http://law. wlu. edu/deptimages/powell%20archives/76-1172_FirstNationalBellotti1978JanFeb. pdf.

鲍威尔的意见书承认,本案涉及的权利,即言论自由,是一种自由权——正是洛克纳时代的最高法院称不适用于法人的那种权利。那时候,大法官们承认法人有财产权但没有自由权,拒绝了那些声称自己有花钱影响全民公投的言论自由权的酿酒公司。然而从那以后,法人赢得的自由权越来越多。实际上,正如鲍威尔在意见书中评价的那样,四十年前休伊·朗的案件,即格罗让诉美国报业公司案中,大法官向路易斯安那州的报业法人提供言论自由保护时,就相当于明确拒绝了法人只有财产权的想法。

最高法院对波士顿第一国民银行诉贝洛蒂案的判决,一定会令 J. W. 沙利文(J. W. Sullivan)大吃一惊。他是 19 世纪末一位富有斗争精神的记者,美国人知道立法提案程序和全民公投程序,就是因为他的介绍。沙利文也是一位人民主义者,他借鉴瑞士,认为如果公民能直接就拟议法律投票表决,就能削弱经常主宰各州议会的"大托拉斯和铁路公司"的权力。他出版于 1892 年的著作《公民直接立法》提出,可以将公投议案作为"也许能摧毁美国财阀"的方法,引起了进步活动家的注意——尤其是在1896 年大选之后,因为在那一年,共和党人威廉·麦金利用马库斯·汉纳筹措的公司资金,以压倒性优势战胜了威廉·詹宁斯·布赖恩和改革运动。查尔斯·埃文斯·休斯对保险公司展开调查之后,出于保护民主政治不受法人影响的考虑,出现了禁止法人为候选人捐钱的立法潮;出于同样考虑,到一战爆发前,美国已经有二十个州采用了直接民主。公投议案变得非常流行,成为避开腐败官员、开展进一步改革(例如妇女投票权、八小时工作制和打破垄断等)的方法①。

在刘易斯·鲍威尔引导下,最高法院判定法人有第一条修正案的言

① J. W. Sullivan, *Direct Legislation By the Citizenship Through the Initiative and Referendum* (1892); Matthew Manweller, *The People vs. the Courts: Judicial Review and Direct Democracy in the American Legal System* (2005), 22 - 23.

论自由权,也可以在公投议案上随便花钱。之后那些年,公投议案这种立法方式变得更加流行,全国平均每年会发起四十次公投议案。法人有了跟个人一样的资助公投议案广告的法定权利,这一特权也让法人可以筹集到非常多的钱并从中受益,因此拥有了最大的话语权。2014 年,在全国范围的公投议案中捐款最多的前十几位都是法人和商业行会。孟山都公司在击败科罗拉多州给产品贴上转基因生物标签的要求时,花在公投议案上的钱是对手的十六倍。在这么高的资金优势下,商界赢得了这一年 96% 的公投议案。沙利文设想中的破除公司政治影响的良药,已经在鲍威尔和最高法院的手中转变成另一个由公司唱主角的舞台①。

就在最高法院判决贝洛蒂案的同一年,约瑟夫·卡尔曼,就是曾为刘易斯·鲍威尔精心制作高大上的多媒体欢送礼物的那位烟草业高管,从菲利普莫里斯公司的领导岗位上退了下来,这时他已经执掌这家公司二十年。1957 年卡尔曼接手时,这家公司在美国主要烟草生产商的销售排名中垫底。但到他退休的 1978 年,菲利普莫里斯公司仅次于雷诺兹烟草公司,而且很快就会超越。公司的华丽转身,几乎完全要归功于卡尔曼异想天开地重新定位了一种香烟品牌,很久以来,菲利普莫里斯公司都在向女性推销这种香烟,但商业上并不怎么成功。卡尔曼指示,以后的广告活动要瞄准男性消费者,突出牛仔那样粗犷、阳刚的形象。没多久,万宝路就跻身全球销量最高的香烟之列,卡尔曼也因此被称为"'布克'·杜克以来最成功的烟草商"②。

鲍威尔同样极为成功,无论是在被任命为最高法院大法官之前还是之后,都对法律产生了深刻影响。在他写下鲍威尔备忘录的 1971 年,法

---

① Liz Essley White, "Big Business Crushed Ballot Measures in 2014," Center for Public Integrity, February 5, 2015, https://www.publicintegrity.org/2015/02/05/16693/big-business-crushed-ballot-measures-2014.

② Michael T. Kaufman, "Joseph F. Cullman 3rd, Who Made Philip Morris a Tobacco Power, Dies at 92," *New York Times*, May 1, 2004; Richard Kluger, *Ashes to Ashes: America's Hundred-Year Cigarette War, the Public Health, and the Unabashed Triumph of Philip Morris* (1996), 170.

律朝着拉尔夫·纳德的进步运动的方向倾斜,商业利益集团处于守势。然而鲍威尔的大声疾呼让商界普遍存在的恐惧表露无遗,同时还提供了详细、全面的解决方案。鲍威尔出生于 1907 年,"泰迪"罗斯福总统就是在这一年签署通过《蒂尔曼法案》,禁止公司为候选人捐钱。而到鲍威尔以九十一岁高龄去世的 1998 年,他已经改变了美国的政治和公司格局。1980 年的里根革命就是围绕鲍威尔备忘录所阐述的愿景构建起来的,美国从此进入提倡自由市场、小政府、亲商税收政策以及放松工业监管的保守时代。这场转变非常彻底,以至于民主共和两党都为此改变了政治议题。1990 年代初,在前六次总统大选中已经败北五次的民主党输怕了,为了在选举日重新赢得竞争优势,也采用了更温和、更亲商的措辞。

鲍威尔最持久的影响之一,是在最高法院扮演了支持商业的角色。根据鲍威尔备忘录的建议,美国商会于 1977 年成立了自己的律师事务所,即美国商会诉讼中心(NCLC),此时贝洛蒂案正在法院中一路往上打。商会的诉讼分支以"凡是政府诉企业的案子,美国商会诉讼中心都是你最强大的盟友"为信条,为自由企业而战,就跟拉尔夫·纳德和艾伦·莫里森的公益公民诉讼小组为消费者而战一样。美国商会诉讼中心提起诉讼,提交法院之友案情摘要,想限制集体诉讼,确定惩罚性赔偿的上限,减少环境监管,还打算让雇员更难以歧视为由起诉。很快,美国商会诉讼中心就成了全国最有影响力的以商业为导向的法律辩护团。今天,这个组织上最高法院打的案子,近 70% 都会打赢。华盛顿有位律师名叫卡特·菲利普斯(Carter Phillips),在美国最高法院辩护过好几十个案子。他说,跟美国商会诉讼中心比起来,没有哪家私有实体"对于最高法院判决哪些案件以及如何判决有更大的影响"[1]。

实际上,鲍威尔和纳达尔之间,仍然在最高法院那些美国商会诉讼中

---

① Clements, *Corporations Are Not People*, 26;Waterhouse, *Lobbying America*, 61;Southworth, *Lawyers of the Right*, 15;Adam Liptak, "Justices Offer Receptive Ear to Business Interests," *New York Times*, December 18, 2010.

心与公益公民组织之间斗智斗勇的案件中继续。2007年，有人在血管修复术中使用美敦力公司制造的导管爆裂，带来了严重的并发症。受害者提起诉讼，这两个诉讼团队便在这起案件中狭路相逢。受伤的病患起诉美敦力公司营销一种有缺陷的产品，有美国商会诉讼中心撑腰的美敦力公司则辩称，案子应该被驳回，因为联邦监管机构已经批准销售这种导管。尽管纳德和莫里森很久以前就已经离开了，公益公民组织仍然在代表消费者利益。面对这位病人的呼求，他们指出像这样的诉讼是"为医疗器械造成的伤害获得赔偿的唯一手段"①。

审理美敦力公司这起案件的最高法院也跟当时的政治大环境一样，从1960年代以来已经大为改观——当年的最高法院在沃伦和布伦南的领导下，大力支持进步改革。最高法院现在有六位大法官的提名受到了美国商会的支持，他们由两党总统选出，被认为会对商业利益集团有利。美敦力公司案的判决于2008年2月下达，结果为八票支持美国商会诉讼中心和这家医疗器械公司，只有一票反对。就在同一天，最高法院还在另外两起案件中做出了对美国商会诉讼中心有利的判决，限制了州政府对企业不法情事的追责。关于公益公民组织的律师"士气低落、灰心丧气"的报道连篇累牍，美国商会诉讼中心颇有个人魅力的领导人罗宾·康拉德（Robin Conrad）则在其中为自己一个上午连胜三场洋洋得意，吹嘘自己在最高法院上演了帽子戏法："我觉得我在最高法院还从来没经历过这样的一天。"②

然而，春风得意的康拉德没什么时间用来庆祝。美国商会在华盛顿的总部雄伟的科林斯柱式建筑由卡斯·吉尔伯特设计，最高法院位于华盛顿的雄伟的科林斯柱式建筑也是由他设计的。在美国商会的办公室

---

① Riegel v. Medtronic, 552 U. S. 312 (2008).

② Jeffrey Rosen, "Supreme Court Inc.," *New York Times Magazine*, March 16, 2008, http://www. nytimes. com/2008/03/16/magazine/16supreme-t. html? mcubz = 1; Tony Mauro, "The Supreme Court's Majority Flexes Its Muscles," *Legal Times*, February 25, 2008.

中,康拉德不得不开始为下一个开庭期的大量案件运筹帷幄。这些案件中有一起乍一看是个毫不起眼的小争议,涉及竞选资金法的细枝末节,是一家名叫公民联合组织的鲜为人知的非营利性组织,用公司的钱资助了一部政治纪录片。这起案件也会像贝洛蒂案一样,从一个无足挂齿的小案子摇身一变,成为里程碑式的法人权利案件,其判决意见也将对美国法律和政治产生深远影响。

第十章 法人权利的胜利

一开始,没有人觉得公民联合组织这场官司能赢。公民联合组织是个保守派的政治游说团体,在 2007 年为他们的案子找律师的时候,华盛顿特区的重量级律师没有一个人有兴趣。特德·奥尔森(Ted Olson)曾经在布什诉戈尔案(Bush v. Gore)中代表乔治·布什,自那以后还一直担任华盛顿一个新兴的最高法院精英专家群的领头羊,像他这样的律师,喜欢能打赢的案子。公民联合组织打算提起的诉讼是要挑战限制法人为选举广告花钱的联邦法律,这个目标看起来遥不可及。20 世纪初,法院就驳回了酿酒公司对《蒂尔曼法案》及类似各州禁令的挑战,从那时候起,法院就一直认定公司在为公职人员竞选活动出资时应受到特别限制。尽管刘易斯·鲍威尔大法官对贝洛蒂案的判决给公投议案开了个口子,但最高法院随后确认,禁止公司参与候选人竞选的禁令符合宪法规定——一直到最近的 2003 年,大法官们都仍在支持公民联合组织现在打算挑战的一模一样的条款。奥尔森和另外一些不想接公民联合组织的案子的律师,都知道最高法院很少会在短短四年后就重新考虑之前的判决。

但是,公民联合组织案正是小吉姆·博普(Jim Bopp Jr.)律师喜欢接的那种类型。博普来自印第安纳州的特雷霍特,个子很高,一头白发。联邦选举委员会前主席特雷弗·波特(Trevor Potter)说:"吉姆总是能做出在别人看来荒唐透顶、不着边际的辩护。"而这个委员会是负责执行全国竞选资金法的主要联邦机构。二十多年来,博普作为敢于直言的茶党保守派,一直在带头发起诉讼斗争,想要推翻对政治支出的限制。博普坚持认为:"我们需要在选举上花更多钱。"一有机会他就会主张对竞选资金法采取自由主义阐释——按这种理解,政府对政治资金的几乎所有监管都违反了第一条修正案。多小的案子他都愿意接,有一回他还代理了一名学生,质疑学校对学生会竞选的 100 美元开支限制。当然他也赢过大案子,其中一些就是在最高法院。甚至早在跟公民联合组织签约代理他们的案子之前,就有人谴责他把竞选筹款变成了选举日版本的狂野西部,无法无天、随心所欲。对此博普倒是一笑了之:"狂野西部? 那是自由。"①

跟特德·奥尔森一样,博普也是位非常有水平的律师,跟共和党有千丝万缕的联系,在最高法院有一系列成功记录。但是,他俩的相似之处也仅此而已。博普是从印第安纳州一家很小的律师事务所里摸爬滚打出来的,主要代理的都是个人和一些意识形态团体,为限制堕胎和竞选资金法打官司;他说,大企业不会雇用他。奥尔森是吉布森、邓恩与克拉彻律师事务所一位非常成功的合伙人,这家律所极为强大,在这家律所的华盛顿分部,奥尔森代理的都是全国最大的公司。博普非常喜欢鄙视自由主义者——他很喜欢说巴拉克·奥巴马总统是个"社会主义者";而奥尔森跟一位民主党人联姻,为华盛顿的内幕人士组成的两党小圈子办过聚会。奥尔森衬衫的袖口是法式的,博普的衬衫袖口则是塑料扣子。他俩都是共和党人,但各自代表着 21 世纪初保守主义运动的不同分支。博普就等于是最高法院的茶党叛乱者,来自腹地,厌倦了妥协,想要彻底重塑法律,好推动保守的价值观。奥尔森更像是华盛顿共和党精英温文尔雅的面

---

① 参见 James Bennett,"The New Price of American Politics," *The Atlantic*, October 2012, http://www.theatlantic.com/magazine/archive/2012/10/the/309086/。关于"狂野西部",参见 Mary Beth Schneider,"Hoosier's Campaign-Finance Crusade Pays Off," *Indianapolis Star*,August 26,2012,http://www.indystar.com/story/news/politics/2014/04/02/hoosiers-campaign-finance-crusade-pays/7228163/。

孔,小心翼翼地推动法律就能让他满足①。

博普和奥尔森之间也有些职业上的敌意,博普就经常抱怨说,奥尔森最伟大的胜利应该归功于他。他说的是布什诉戈尔案,判决 2000 年饱受争议的总统大选的那起案件。尽管奥尔森是当时在最高法院代表布什的律师,但博普坚称,由最高法院采用、使该案获胜的法律理论是他创立的,是他让布什赢了这场官司,也赢得了总统宝座,而不是奥尔森。然而得到布什奖赏的却是奥尔森,布什任命他为联邦政府总律师,这个职位非常有声望,而博普只能回特雷霍特。博普和奥尔森之间因布什诉戈尔案生出的嫌隙,也将给公民联合组织案抹上几分色彩;而后面这个案子也跟前一个一样,很快成为最高法院历史上最有争议的判决。博普会再次声称大部分的脏活儿累活儿都是自己干的,而这场彻底重塑了美国政治的官司,其开创性判决的功劳也再次大都被归到了奥尔森头上②。

公民联合组织案的判决意见认为,法人(及工会)有花自己的钱去影响公职选举的第一条修正案权利。这个意见招致强烈反对,甚至有人发起修改宪法的运动,想取消对法人的所有宪法保护。批评者指责最高法院的司法能动主义,他们说,大法官们在宪法中解读出了新的权利。然而,虽然这样的指控并非完全无凭无据,公民联合组织案的判决也确实遵循了之前两个世纪以来法人权利案件已经形成的既定模式。也就是说,最好将公民联合组织案理解为长期以来(也长期被忽视)的法人权利运动的最新展现。

21 世纪头十年,美国政治中的两极分化日益严重,共和党与民主党

---

① "A Conversation with James Bopp, Jr. ," *Legally Speaking*, October 2013, https://www. youtube. com/watch? v = LHyKHdC _ Ak; Stephanie Mencimer, "The Man Behind Citizens United Is Just Getting Started," *Mother Jones*, May/June 2011, http://www. motherjones. com/politics/2011/05/james-bopp-citizens-united/.

② James Bopp Jr. and Richard Coleson, "Vote-Dilution Analysis in Bush v. Gore," 23 St. Thomas Law Review 461 (2011).

之间的鸿沟越来越深,要在两党之间达成妥协,已经变得几乎不可能。两极分化有很多促成因素,其中包括媒体环境在不断变化,让咄咄逼人的强硬派越来越受欢迎。不过,其中最重要的原因可能是政治学家所谓的"党派重组",即组成两大政党的那些同盟进行了改组。20世纪大部分时候,两党都既有极端自由派也有极端保守派。1964年,林登·约翰逊(Lyndon Johnson)总统说了一句很有名的话(当然也有可能是杜撰的),他说他在那年签署的《民权法案》,也许会让南方的民主党人付出整整一代人的代价。无论约翰逊对原因的判断是否正确,民主党一党独大的南方确实在接下的三十年间转向了共和党。与此同时,东北地区的自由派从日益由南方主导的共和党中分离出来,加入了民主党阵营。党派重组意味着自由派几乎全都集中到了民主党阵营,而保守派则几乎全都跑到了共和党阵营中。美国人的政治态度未必有那么大的变化,但两个政党都已经彻底改变了[1]。

在这个党争超级激烈的时代,总部设在华盛顿特区的游说团体公民联合组织发展起来。这个组织最早是在1988年由臭名昭著的威利·霍顿(Willie Horton)广告背后的政治顾问创立的,旨在阻挠迈克尔·杜卡基斯(Michael Dukakis)的总统竞选[2]。2007年,这个组织又开始蠢蠢欲动,想要打倒另一位民主党总统候选人,希拉里·克林顿(Hillary Clinton)。当时这个组织的领导人是戴维·博西(David Bossie),一位胆大妄为的政

---

① 关于党派重组与两极分化,参见 Jeffrey M. Stonecash, "The Two Key Factors Behind Our Polarized Politics," in *Political Polarization in American Politics*, ed. John Sides and Daniel J. Hopkins (2015), 69。

② 1988年总统大选中,时任马萨诸塞州州长的迈克尔·杜卡基斯作为民主党候选人,与共和党候选人乔治·布什对决。自由派民主党人多反对死刑,保守派共和党人则多支持死刑,这一分裂在两位总统候选人身上也有明显体现。威利·霍顿为黑人罪犯,曾在马里兰州强奸并杀害一名白人妇女,当时正在马萨诸塞州服刑。由于马萨诸塞州的监狱管理制度,威利·霍顿得以假释,共和党借机大做文章,在民众中挑起种族仇恨,并以此证明杜卡基斯对犯罪软弱无能。在大选辩论中,主持人问杜卡基斯,如果其妻被奸杀,是否赞成对凶手执行死刑,杜卡基斯说仍然会反对,表现得过于冷血,以致支持率大跌,最后在大选中落败。——译者

治活动家,一直以来都是克林顿夫妇的眼中钉。比尔·克林顿(Bill Clinton)任总统时,博西曾担任参众两院的调查员,负责调查克林顿的几桩丑闻,包括白宫旅行办公室人事丑闻和文斯·福斯特(Vince Foster)自杀事件。但是有人抓到博西伪造录像带好让人觉得希拉里欺骗了她在阿肯色州的律师事务所的客户,之后博西在羞辱之下被迫辞职。然而,他还会跟公民联合组织一起上演一出政治上的卷土重来,最后也会在 2016 年作为唐纳德·特朗普的副竞选经理击败克林顿夫妇,最终品尝到胜利的果实①。

2007 年,博西和公民联合组织决定制作一部关于希拉里的纪录长片,冲击力要很强,因为人们认为希拉里在 2008 年的总统选举中颇有胜算。博西将党派注意力转向电影制作,最初是受到迈克尔·摩尔(Michael Moore)及其 2004 年的纪录片《华氏 9.11》的启发。这部纪录片非常成功,无情揭露了乔治·布什总统及其家族与受沙特资助的恐怖分子网络的关系。摩尔的电影非常卖座,而在博西看来,电影宣传的内容实际上成了布什在那一年竞选连任时的对手约翰·克里(John Kerry)的竞选广告。公民联合组织关于希拉里的电影就叫做《希拉里:电影》,真是毫无想象力,而影片内容也同样直白。电影中,一长串权威专家喋喋不休,对希拉里大肆嘲弄,说她腐败透顶、狡诈成性,还受到权力欲望的驱使②。

博西要拍的纪录片无论可能会多么一面之词,都完全合法。问题在于公民联合组织打算把这部纪录片在电视上通过点播播出,而他们拍这部片子的时候用了一些公司的钱。根据 2002 年《两党竞选改革法案》的条款,公司的钱不能用于资助法律所谓的“竞选信息”——实际上就是竞

---

① Marcia Coyle, *The Roberts Court: The Struggle for the Constitution* (2007), 200; Robert Costa, "Trump Enlists Veteran Operative David Bossie as Deputy Campaign Manager," *Washington Post*, September 1, 2016, https://www. washingtonpost. com/news/post-politics/wp/2016/09/01/trump-enlists-veteran-operative-david-bossie-as-deputy-campaign-manager/? utm_term = . 2bb173ebc109.

② Jeffrey Toobin, "Money Unlimited," *New Yorker*, May 12, 2012, http://www. newyorker. com/magazine/2012/05/21/money-unlimited.

游说团体公民联合组织主席戴维·博西。

选前数周在电视或广播上播放的关于候选人的广告。《两党竞选改革法案》是"水门事件"以来最重要的政治资金规范,实际上将罗斯福时代不许法人给政治候选人捐钱的禁令扩大到将关于候选人的广告都包括进来。尽管法律允许法人通过自己的"政治行动委员会"(PAC)来资助广告,因为委员会的钱来自员工和股东的自愿捐献,却禁止公司动用财务总资金,那是公司最大的金库①。

公民联合组织接受了来自企业的一些捐款,《希拉里:电影》的开支中,有一小部分就出自这些资金。由于有这些公司资金,联邦选举委员会很可能会找公民联合组织的麻烦。委员们之前就已经指出,根据《两党竞选改革法案》,由公民联合组织这样的政治游说团体制作的关于候选人的纪录片,很可能会被视为"竞选信息"。迈克尔·摩尔可以播出他的影片,是因为制作这部电影的是一家声誉卓著、经验丰富的制片公司,本来就经常有拍商业片的业务。相比之下,在大选之年推出的主要候选人之一的传记电影,由公民联合组织这样旗帜鲜明的政治团体制作,就会被看成是受到党派利益的驱使,而不是为了追逐利润。果真如此,博西就不能播出

---

① Bipartisan Campaign Reform Act,52 U. S. C. §§ 30101-30146.

《希拉里：电影》，也不能在大选前几周为这部电影做宣传——然而这也正是这部电影能发挥最大影响的时候。博西没有放弃这部电影，而是决定请个律师，对簿公堂。

公民联合组织提起的诉讼可能会打开一个缺口，允许将法人资金用于候选人选举，就像贝洛蒂案让法人资金可以用于公投议案一样。然而，尽管在查尔斯·埃文斯·休斯对人寿保险公司的腐败展开调查之后通过了很多禁止法人捐出政治献金的禁令，这些禁令的效力也一直维持到今天，法人还是在候选人的角逐中找到了自己的立锥之地——通过政治行动委员会。因为法律禁止工会为候选人捐款，工会便发明了政治行动委员会，来规避这样的法律。但法人总是精于撬动法律，他们将又一次利用进步改革，来增强商界的权力。

要不是因为传奇般的电影导演塞西尔·德米尔（Cecil B. DeMille），法人可能永远也不会有成立政治行动委员会的权利。经常有人说德米尔是"好莱坞之父"，从 1913 年到 1956 年，他制作了七十部电影。德米尔是历史上最成功的电影导演之一，大受欢迎的《十诫》《埃及艳后》和《戏王之王》都是他的作品，最后这部还在 1952 年获得了奥斯卡金像奖最佳影片的桂冠。1940 年代，他的名声跟出现在他电影中的明星不相上下。但是跟戴维·博西不同，让德米尔身处舆论漩涡的并不是一部电影，而是他非常受欢迎的广播节目"勒克斯广播剧院"，每周有两千多万人收听，将近美国人口的五分之一①。

德米尔跟那时候所有电台主持人一样，是美国广播艺术家联合会（AFRA）的一员。1944 年，联合会洛杉矶分会决定向所有当地会员每人征收 1 美元的特别款项，用来击败 12 号提案。该提案是加利福尼亚州公

---

① Michael Hollister, *Hollywood* (2004)；Simon Louvish, *Cecil B. DeMille: A Life in Art* (2008).

投议案选票上一项关于工作权的措施，将取缔工会制企业①。德米尔强烈反对共产主义，支持 12 号提案，因此拒绝缴纳这一款项。他说，"一言以蔽之"，联合会是在"要求我用自己的钱把我自己投的票一笔勾销"。然而真正被一笔勾销的不是选票，而是德米尔的广播节目，美国广播艺术家联合会取消了德米尔的会员资格②。

德米尔的抗议简直家喻户晓，既因为他本来就很有名，也因为工会政治活动在 1940 年代正如火如荼。虽然历史上工会从来没有积极资助选举，但 1936 年的大选是一个转折点。1935 年，也就是在那之前一年，富兰克林·罗斯福总统签署了《国家劳资关系法》（NLRA），正式认可工人以工会身份集体谈判的法定权利，因此被称为"劳工大宪章"。罗斯福 1936 年总统大选的对手是共和党人阿尔夫·兰登（Alf M. Landon），承诺要废除《国家劳资关系法》。产业工会联合会（CIO）和美国劳工联合会（AFL）是全国最大的两家工会，它们认为自己必须行动起来挽救这项法案，还为支持工会的民主党和罗斯福的连任竞选基金捐了很多钱③。

工会的政治活动引来了国会的调查，结果国会提出建议，认为工会和法人一样，应被禁止为候选人提供政治捐款。这个建议并没有马上付诸实施——部分原因是工会在 1936 年大选中花的钱太成功了，往国会里输送了很多朋友——但二战期间工会组织了一系列不得人心的罢工运动，带来了限制工会的政治呼声。1943 年，国会禁止工会在战争期间罢工，

---

① 工会制企业也叫"入职后闭门企业"，是工会安全协议的一种形式。根据此规定，用人单位同意只雇用工会会员，或要求尚未成为工会会员的任何新雇员在一定时间内成为会员。在这种企业中，工会必须接受雇主雇用的任何人为工会成员。相应还有一种"入职前闭门企业"，要求用人单位只雇用已经参加工会的成员，雇员要继续受雇也必须一直保持工会成员身份。——译者

② Scott Eyman, *Empire of Dreams: The Epic Life of Cecil B. DeMille* (2010).

③ David J. Sousa, "'No Balance in the Equities': Union Power and the Making and Unmaking of the Campaign Finance Regime," 13 *Studies in American Political Development* 374 (1999); Edwin M. Epstein, "The PAC Phenomenon: An Overview," 22 *Arizona Law Review* 356 (1980); Robert E. Mutch, *Buying the Vote: A History of Campaign Finance Reform* (2014).

著名电影导演、电台名人塞西尔·德米尔，反对强制收取用于政治目的的工会会费。

也不得向联邦公职候选人提供政治捐款[1]。

　　美国广播艺术家联合会向德米尔征收特别款项时，战争仍在进行。但是联合会花的钱是在支持州里而非联邦的选举，因此不受联邦禁令的限制。尽管广播艺术家联合会的政治行动是合法的，还是有很多人感到愤慨。就连支持工会政治活动的工会成员，也将德米尔的遭遇看成警世钟。他们也有可能被迫为自己并不支持的政治倡议支付款项，要不然就

---

① Sousa，"'No Balance in the Equities,'" 380 – 382.

有丢饭碗的危险。战争结束后，国会把工会资金禁令加到 1947 年《塔夫脱-哈特利法》已有的对法人政治献金的禁令中，使之成为永久性禁令。作为对德米尔的认可，这项法律也禁止工会惩罚拒绝支付用于政治目的的特别款项的成员，即使是州一级的选举也不行。立法者认为，工会和法人一样，不能将成员的钱用在成员并不支持的政治事务上[1]。

政治中的金钱经常被比作水：尽管竞选资金法竖起了障碍来限制资金，但它还是哪里有缝就会往哪里钻，最终也会让口子开得越来越大，让越来越多的资金汹涌而来。工会资金就是这样介入候选人选举的，这是工会领导人下定决心，坚持不懈地利用法律漏洞的结果。1940 年代，产业工会联合会决定试着成立一个跟联合会本身不一样的委员会组织，来开展政治宣传工作。尽管产业工会联合会政治行动委员会（CIO-PAC）由产业工会联合会创立并管理，严格来讲前者却是独立于后者的实体。由于这种独立性，政治行动委员会并不是禁令能管到的工会组织，虽然这个委员会完全受工会控制。产业工会联合会政治行动委员会用工会的资金来做宣传、印宣传册、在电台打广告，为支持劳工的候选人助选。委员会还发起了一场"美元运动"，从工会成员那里直接为候选人筹款。其他工会很快效仿，纷纷成立了自己的政治行动委员会[2]。

随后三十年间，工会的政治行动委员会蓬勃发展，虽然其运作处于法律灰色地带。没有任何一条法律明确允许政治行动委员会存在，工会与其政治行动委员会之间心照不宣的分离也带来了工会只不过是在公然藐视法律的指责。偶尔也会有一些起诉，其中几起还打到了最高法院。尽管大法官们对关于政治行动委员会的法律问题始终顾左右而言他，从未完全阐明其法律基础，但还是树立了一些指导原则。其中之一是区分工会的财务总资金和来自工会成员的资金，国会有权禁止工会将前者用于

---

[1] Sousa, "'No Balance in the Equities,'" 383.

[2] 关于金钱如水的比喻，参见 Samuel Issacharoff and Pamela S. Karlan, "The Hydraulics of Campaign Finance Reform," 77 *Texas Law Review* 1705 (1999). 关于产业工会联合会政治行动委员会，参见 Sousa, "'No Balance in the Equities,'" 382。

竞选活动,而后者"完全可以说是在自愿的基础上得到的"。例如在 1972
年的本地管道工工会诉合众国案(Pipefitters Local v. United States)中,最
高法院认为,禁止工会捐钱的禁令对于"在某种意义上由……自愿捐献得
到的政治资金"并不适用。法院解释,禁令背后"主要关心"的是"保护持
异议的股东和工会成员",因为如果这些钱是为政治目的自愿捐出,就不
涉及这个问题①。工会的政治行动委员会就跟美国全国有色人种协进会
诉亚拉巴马州并关联帕特森案中的协进会一样,是一个自愿会员制组织,
而人们参加这个组织正是为了行使第一条修正案权利。

管道工工会案的判决意见对禁令背后主要关心的内容的措辞十分耐
人寻味:"保护持异议的股东和工会成员"。这个案子面对的是工会,因此
并不涉及股东和法人。最高法院的言下之意是,法人也可以成立政治行
动委员会。法人不费吹灰之力,就获得了新的影响民主选举的法定权利。

但是跟工会不同,在 1971 年鲍威尔备忘录出现前,法人对成立政治
行动委员会没表现出什么兴趣。只有几家公司,还主要都是总部在加州
的航空航天业公司因为想要跟政府订立合同,成立了"好政府"委员会或
"公民行动"委员会,资金规模也都很小。法人唯恐受党派之争玷污,大都
对党派政治敬而远之。此外,政治行动委员会的法律依据并不稳固,也让
不愿冒险、害怕被起诉的公司高管望而却步。

1972 年,固特异轮胎与橡胶制品公司、菲利普斯石油公司和另外十
几家公司的高管一起违反了禁止公司捐钱的法律,因为他们不像大部分
同行一样那么厌恶风险,而他们甘冒天下之大不韪,是为了帮助尼克松总
统竞选连任。这种违禁的公司捐献在水门事件调查期间被公之于众,也
成为国会在 1974 年和 1976 年全面改革竞选财务体系的动因之一。那些
年里,《联邦竞选活动法》的修正案对花在政治上的钱强加了新的严格限
制。改革的中心思想是,限制捐给候选人的钱,也限制候选人的支出总

---

① Pipefitters Local Union No. 562 v. United States, 407 U.S. 385 (1972).

额。虽然法案支持者希望看到这项法案能将筹集资金的压力降到最小，但一直没有达到这样的效果。我们已经看到，未能奏效的部分责任要归咎于最高法院，在巴克利诉瓦莱奥案中，最高法院认可了对捐赠金额的限制，但推翻了对支出总额的限制。结果非常讽刺：候选人不得不把更多时间都花在筹措更多资金上面，因为他们能接受的政治献金有上限，要花出去的钱却没个边。这项法律在限制政治资金方面最终没起到什么作用，工会在其中也难辞其咎。劳工组织起来后的推动力非常强大，致使国会在该法案的修正案中加入了明确允许组建政治行动委员会的明文规则①。

想要政治行动委员会规则的是工会，但利用这一法律形式并取得显著成效的是法人。一旦政治行动委员会这种形式得到国会和联邦法律明确批准，法人政治行动委员会就如雨后春笋，纷纷涌现。截至 2002 年，也就是国会实施《两党竞选改革法案》、对法人和工会用于竞选的资金采取新限制的那一年，附属于法人的政治行动委员会超过一千六百七十个，而相比之下，附属于工会的政治行动委员会才三百二十五个。工会为规避捐款禁令做出的努力最终帮助了法人，让法人花钱影响候选人选举的行为第一次变得合法了②。

虽然《两党竞选改革法案》允许法人资助竞选广告，只要资金是由政治行动委员会筹集的，但《希拉里：电影》有一部分开支却来自企业的财务总资金。戴维·博西知道，联邦竞选委员会肯定不会放过他这部纪录片，于是开始面试律师。他跟华盛顿一些顶尖律师碰过面，但博西回忆道，"没有人表现出激情"。他解释道："如果你要处理的是原因导向的后

---

① Mutch，*Buying the Vote*，134；Edwin M. Epstein，"The Business PAC Phenomenon：An Irony of Electoral Reform，" *The American*，June 5，1979，https：//www. aei. org/publication/the-business-pac-phenomenon-an-irony-of-electoral-reform/.

② Federal Election Commission，PAC Activity Continues to Rise，June 27，2002，http：//www. fec. gov/press/press2002/20020627pacstats/20020627pacstats. html.

果,那无论雇什么人,你都会希望这个人对此充满激情。"你需要一位"劲头十足地为我们奋斗,每一跬每一步都会全力以赴去抗争"的律师。

特德·奥尔森可不像是这样的律师[1]。在跟奥尔森碰过面之后,博西回忆道:"我觉得他并没有把我当回事儿。"奥尔森对此心有疑虑的原因之一是,最高法院一直支持禁止法人运用财务总资金来影响候选人竞选的法律。虽然在波士顿第一国民银行诉贝洛蒂案中,最高法院已经赋予法人言论自由权,允许法人花钱影响公投议案,也允许法人像工会一样组建政治行动委员会,但对于动用财务总资金影响候选人选举的尝试,大法官们还是划了条红线,其中最重要的两个判决分别是,1990 年的奥斯汀诉密歇根州商会案(Austin v. Michigan Chamber of Commerce),以及 2003年的麦康奈尔诉联邦选举委员会案(McConnell v. Federal Election Commission)。

奥斯汀案涉及的法律是密歇根州禁止法人资金参与政治竞选活动的禁令,这条法律第一次遭遇质疑,还是在禁酒运动期间的兰辛酿酒公司。虽然这家啤酒酿造商那时候没能挑战成功,美国商会密歇根州分会还是决定在七十年后再尝试一次,这次是听从鲍威尔备忘录的建议,要更坚决地捍卫自己的权利。但是,最高法院仍然支持密歇根州法律,指出法人实体有"独特的法律和经济属性":"特殊优势——比如有限责任、无限寿命、资产积累和分配方面的优惠待遇。"这些好处是为了让公司能募集资本,但是也让公司有机会利用"在经济市场上积累起来的资源,在政治市场上获得不公平的优势"。由于法人在募集资本方面有特殊优势,其股东也是非常多样化的群体,因此法人在选举政治中花钱的权利比普通人更受限制[2]。

---

[1] Coyle, *The Roberts Court*, 207.

[2] 参见 Austin v. Michigan Chamber of Commerce, 494 U. S. 652, 655 (1990); Randall P. Bezanson, *Speech Stories: How Free Can Speech Be?* (1998), 59 et seq。此外,我还分析过奥斯汀案是如何寻求保护股东的。参见 Adam Winkler, "Beyond Bellotti," 32 *Loyola of Los Angeles Law Review* 133 (1998)。

要将奥斯汀案与鲍威尔大法官对贝洛蒂案的意见书统一起来，就算并非不可能，也非常困难。虽然这两份判决意见表面上看可以区分开——贝洛蒂案适用于公投议案，而奥斯汀案适用于候选人竞选——这两个判决还是可以说是针锋相对的。鲍威尔坚持认为，发言人的身份无关紧要；最高法院对奥斯汀案的判决却明确依赖于公司发言人独一无二的属性。鲍威尔指出，有不同意见的股东也无关紧要；奥斯汀案则宣称，持有异议的股东至关重要。鲍威尔写道，法人政治献金对公众讨论来说非常有意义；奥斯汀案则认为，公司的钱会歪曲民主讨论。不过，奥斯汀案并不是要推翻贝洛蒂案，所以这两个先例都仍然见于经传，两者间看似剑拔弩张的态势，被公投议案和候选人竞选之间的站不住脚的差别掩盖了。

第二起案件是麦康奈尔案，得名于肯塔基州参议员米奇·麦康奈尔（Mitch McConnell）。2003 年，也就是《两党竞选改革法案》刚刚签署不久，他从法律角度对这一法案发起了全面挑战。有严重分歧的最高法院支持了这项法案的大部分内容，包括限制法人为竞选信息提供资金。法院判决意见书由约翰·保罗·史蒂文斯和桑德拉·戴·奥康纳（Sandra Day O'Connor）两位大法官共同执笔，其中史蒂文斯是由杰拉尔德·福特（Gerald Ford）总统提名的大法官，在贝洛蒂案中支持过鲍威尔的意见，但在后来的职业生涯中渐渐变得越来越自由主义；后面这位奥康纳大法官是由罗纳德·里根总统选入最高法院的，是最高法院首位女大法官。史蒂文斯和奥康纳指出，对法人为竞选出资进行特殊限制有悠久历史，可以追溯到 1905 年的华尔街大丑闻，以及"西奥多·罗斯福总统对立法禁止法人所有捐款的呼吁"。麦康奈尔案的多数意见极为倚重奥斯汀案，意见书表示："我们一再支持瞄准巨额财富的腐蚀和扭曲效应的立法，这些财富借助法人形式积累起来，与公众是否支持法人的政治理念几乎毫无关联。"[①]

---

① McConnell v. Federal Election Com'n, 540 U. S. 93, 205 (2003).

公民联合组织的电影问世时,麦康奈尔案只过去了刚刚四年。尽管如此,吉姆·博普还是迫不及待地想接这个案子。博普非常认同对竞选资金法的一种自由主义理论,这种理论在世纪之交的保守派圈子里越来越受欢迎。这种理论认为,政府对政治献金的管制歪曲了思想市场的自由运转,因此违反了第一条修正案。对竞选资金法的这种看法最早出现在 1970 年代由自由主义者起诉的竞选资金案件中。这些自由主义者的组织叫做美国公民自由联盟(ACLU),在巴克利诉瓦莱奥案中,这个组织对水门事件时代的改革带头发起了挑战。然而,对竞选资金法的这种自由主义理解对总体上反对政府监管的保守派来说很有吸引力;而那些认为减少限制主要会让共和党受益的人,也很喜欢这种理论。博普现在已经是最高法院自由主义理论最重要的支持者之一,他可不会轻易放过挑战竞选资金法的机会。

此外,博普认为 2003 年以来相关情况有很大变化——就是说最高法院的人员组成有了很大变化。2005 年,奥康纳退休了,首席大法官威廉·伦奎斯特也去世了。伦奎斯特对法人权利长期持批判态度,对贝洛蒂案也持异议。布什总统提名塞缪尔·阿利托(Sam Alito)和约翰·罗伯茨分别接替了他们两人的位置。尽管两位新官上任的大法官对限制法人在政治上花钱是什么看法还不明朗,但博普相信,他们都会支持他的自由主义观点,认为竞选资金法做过了头,需要控制一下。

在为公民联合组织打这场官司之前,博普就已经在罗伯茨法院另一起涉及《两党竞选改革法案》限制法人支出的竞选资金案件中赢得了重大胜利。2007 年 6 月,公民联合组织完成这部关于希拉里的纪录片时,博普在联邦选举委员会诉威斯康星州生命权组织案中代表一个反堕胎群体出庭辩护。在该案中,博普指出,根据第一条修正案,联邦选举委员会只能针对法人资助的明确支持或反对某候选人的广告实施《两党竞选改革法案》;仅仅提到一个候选人的名字并不够。最高法院的投票结果是 5 比 4 支持博普,意见书由首席大法官罗伯茨和大法官阿利托共同撰写。大法官们并未探讨《两党竞选改革法案》限制法人资金的基本条款是否合宪，但是在法律中开了一个巨大的口子。现在，法人可以资助以候选人为主打的广告，只要可以有理有据地说，这条广告是在讨论问题。只要广告没有明确表示支持或反对特定候选人，就不会被视为"竞选信息"，对法人资金的法律限制就管不了它[①]。

公民联合组织刚开始的律师吉姆·博普，致力于缩减竞选资金法的管辖范围，包括对法人政治支出的限制范围。

然而，游说团体公民联合组织并没有马上从法院对《两党竞选改革法案》的新理解中受益。最高法院判决威斯康星州生命权组织案几个月后，联邦选举委员会认定，《希拉里：电影》属于"竞选信息"。选举委员会认为，这部电影"无法有其他理解，只会告诉选民，参议员希拉里·克林顿不适合公职，美国如果由希拉里担任总统，就会变成一个危机四伏的世界，观众应当投票反对她"。联邦选举委员会裁定，这部电影并不是在讨论问题。这部电影的名字就已经表明，主角是一位候选人[②]。

---

① Federal Election Com'n v. Wisconsin Right to Life, Inc., 551 U. S. 449, 457 (2007).

② Citizens United v. Federal Election Comm'n, 530 F. Supp. 2d 274, 279 (D. D. C. 2008).

对于法律应该如何运转,吉姆·博普有自己的见解,而且也不是个会轻易让步的人。让他跟特德·奥尔森在谁才是布什诉戈尔案大功臣的问题上争论不休的,正是这一性格特征。在 2000 年饱受争议的总统大选中,乔治·布什和阿尔·戈尔针尖对麦芒,挑起了佛罗里达州计票的问题。虽然佛罗里达州的选举官员宣布布什以不到两千票的优势勉强胜出,使共和党人在选举人团中占了多数,戈尔却对计票结果表示怀疑。佛罗里达州最高法院的判决主要对戈尔有利,法院下令在全州范围重新计票。然而,佛罗里达州最高法院并未对如何确定一张有问题的选票,比如打孔的纸屑还留在选票上时,是否应该计算在内确定清晰的标准。各县需要自行决定。

同很多在政治上很活跃的律师一样,博普也很愿意为自己心仪的候选人的事业添砖加瓦,而这个案子中他想帮的是布什。博普跟自己在印第安纳的律师小团队讨论也许可以用哪些方式挑战佛罗里达州最高法院的判决时,突然想到了一个新颖的法律理论:佛罗里达州的重新计票违反了第十四条修正案所保障的平等法律保护的权利。罗斯科·康克林和南太平洋铁路公司早在镀金时代就已经援引过同一条款,好让公司不受歧视性税收政策的影响。博普的观点是,重新计票因为缺乏统一、全州通行的标准,所以违反了平等保护条款。一张留着两个孔屑的选票可能会在某个县被计算在内,但同样的选票在另一个县却有可能会被认为无效。然而,博普第一次向布什的律师团队建议提出这一观点时,那些律师马上嗤之以鼻,把他驳了回去。布什的团队对平等保护的提法心有疑虑,可能是因为各级法院以前从来没有要求过不同县在统计选票时要严格平等。有些县用的投票机可能错误率会比另一些县的要高,但从来没有哪个法院质疑过这种差异,因为实在是太普遍了。他们告诉博普,他的平等保护理论"绝无可能"成为布什诉讼的出发点①。

---

① 参见 Bopp Jr. and Coleson, "Vote-Dilution Analysis in Bush v. Gore," 461;本书作者对吉姆·博普的采访,2013 年 3 月 6 日。

特德·奥尔森重点关注的不是平等保护而是另一条款,即美国宪法第二条,要求总统选举人需经"每个州依照该州立法机构所定方式选派"。奥尔森声称,重新计票违反了这一条款,因为下令并统筹重新计票的是佛州最高法院,而不是该州立法机构。博普被断然拒绝,但并没有被吓倒。博普确信,布什的律师团犯了"战略和战术错误",因此博普打算代表佛州部分选民,对佛州的重新计票独立发起自己的挑战。奥尔森上最高法院辩论的前几天,一家联邦上诉法院对博普的平等保护提法表示支持,并发布了第一份禁止重新计票的禁制令。对于想在宪法第二条上大做文章的奥尔森来说,博普在最后一刻取得的胜利令他很难忽视。在提交给最高法院的案情摘要的最后几页中,奥尔森简短讨论了博普的平等保护理论,差不多就是随口一提。在最高法院审理此案时,奥尔森强调了"第二条"理论,在他的主要陈词中甚至根本没有提到平等保护,只是在反驳别人时才说到这点①。

最高法院最后当然是做出了对布什有利的判决,叫停了佛罗里达州重新计票的工作。大部分大法官,九人中有七位都认为,重新计票违反了宪法的平等保护条款,因为各县都在使用自己的、可能存在差异的标准来计票。只有三位大法官采信了奥尔森的"第二条"理论。如果博普没有不管不顾地提起自己的诉讼去终止佛罗里达州的重新计票,那么甚至都可能不会有人向最高法院提出最终获胜的平等保护的论点。然而,被媒体誉为拯救了布什的人仍然是奥尔森,被新总统任命为联邦政府总律师的也是他②。

正是在奥尔森担任联邦政府总律师期间,他第一次卷入了《两党竞选改革法案》对法人支出的限制。奥尔森的职位相当于联邦政府在最高法院最主要的辩护律师,负责为国会通过的法律辩护。因此,麦康奈尔参议

---

① 参见 Bopp Jr. and Coleson, "Vote-Dilution Analysis in Bush v. Gore," 468。在聆讯即将结束时,大法官们已经很清楚地表现出了对该案的平等保护这一方面有浓厚兴趣时,奥尔森才在其反驳中提到这一点。

② Bush v. Gore, 531 U. S. 98, 110 - 111 (2000).

员于 2003 年质疑《两党竞选改革法案》时，奥尔森成功证明了这项法案是合宪的。只不过那时的奥尔森不可能知道，到头来他会发现自己又因为公民联合组织案回到了最高法院，主张推翻该法案的完全相同的条款——实际上就是，以己之矛，攻己之盾。

吉姆·博普说，公民联合组织案的诉讼受到了最高法院另一起标志性案件的启发，那就是改变了美国的布朗诉托皮卡教育局案。博普解释道："用来推翻'隔离但平等'政策的策略并不是直接质疑（这项政策），而是通过提出极端情况来证明这项政策不可行。"瑟古德·马歇尔和全国有色人种协进会就是通过引入质疑极端不平等设施的案件，证明了隔离政策的荒谬之处。例如 1950 年的斯韦特诉佩因特案（Sweatt v. Painter），比布朗案的判决要早四年。在这起案件中，全国有色人种协进会质疑得克萨斯州立大学建立的隔离制法学院，说这个法学院只不过是州议会大厦用绳子隔出来的一块区域。在证明了"隔离但平等"政策在实践中有多荒谬之后，协进会才提出要求，请法院宣布终止所有受州政府支持的种族隔离措施[1]。

在寻求废除竞选资金法、贯彻自由主义时，博普采用了类似的策略。他并没有去质疑威斯康星州生命权组织案中对法人资金的禁令是否合宪，而是准备一步步破坏这些禁令。在公民联合组织案中，他想利用《希拉里：电影》来强调《两党竞选改革法案》的限制有多荒诞、多不切实际，并扩大威斯康星州生命权组织案带来的法律漏洞。

公民联合组织的这部纪录片有两个不同寻常的特点，让《两党竞选改革法案》应用起来显得是在走极端。首先，这是一部长片，而不是那种常见的竞选广告。国会议员们为《两党竞选改革法案》投票时，脑子里想到的只是后者。虽说法条的措辞也可以合情合理地解读为包括《希拉里：

---

① Schneider, "Hoosier's Campaign-Finance Crusade Pays Off"; Sweatt v. Painter, 339 U. S. 629 (1950).

电影》在内，联邦选举委员会反正就是这么理解的，但这部原定以点播形式播出的纪录片，从任何角度来看都是非比寻常的处在边缘的情形。

其次，公民联合组织是一个非营利性的政治游说团体，而非商业法人。法律通常承认这种组织有政治话语权，允许这类组织参与明确的政治宣传，毕竟这就是成立这种组织的根本目标。最高法院在奥斯汀案中也曾认为，非营利性游说团体跟商业法人不一样，并没有从经济市场上筹集大量资金。这种组织也不大可能有持有异议的股东，因为谁要是给一

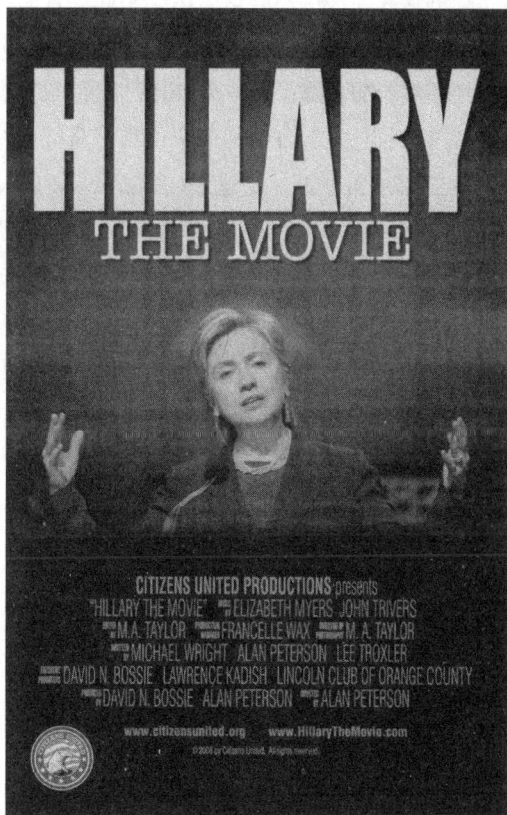

有小笔法人资金用于《希拉里：电影》，引发了公民联合组织案。

个旗帜鲜明的政治团体捐钱,怎么说也得是支持这个团体的政治见解的才对。但是,戴维·博西的组织接受过一些商业法人的小笔捐赠,并把这些资金用于拍摄这部电影。如果公民联合组织没有动用任何来自法人的资金,或是只用了法人的政治行动委员会的钱,播出这部纪录片都不会面临任何法律问题。但是,联邦选举委员会裁定,因为博西用了法人捐的钱,根据《两党竞选改革法案》,《希拉里:电影》就不能在选举前数周放映。

公民联合组织的这起案件虽然有这么两个不同寻常的特点,博普和博西还是要面临似乎不可逾越的障碍,这在 2008 年 1 月联邦法院第一次审理此案时就已经昭然若揭。博普第一次知道三名随机选出审理此案的大法官是谁时,一定感到很称心,因为其中两位都是众所周知的保守派:乔治·布什任命的亚瑟·雷蒙德·伦道夫(A. Raymond Randolph),以及罗纳德·里根任命的罗伊斯·兰伯思(Royce Lamberth)。特别是兰伯思,以前就做出过对克林顿夫妇不利的判决。按照自由派杂志《琼斯夫人》的说法,兰伯思"猛烈攻击克林顿是出了名的"。但是,就跟很多律师都无法焕发激情接手博西这个案子一样,大法官们对博普的《希拉里:电影》是"问题导向"的言论,而非呼吁选民不要投票给候选人希拉里的说法也并不怎么赞成①。

伦道夫问:"本片探讨的是什么问题?"

博普答道:"希拉里·克林顿是欧洲社会主义者,这是个问题。"

兰伯思不无怀疑地问道:"这个问题跟她的竞选没有任何关联?你说'希拉里·克林顿是欧洲社会主义者'的时候,难道不是在说要投票反对她吗?"

博普说,并非如此,因为电影并没有明确指出,人们应该这样或那样投票。兰伯思答道:"哦,真是荒谬绝伦。"博普坚称《希拉里:电影》是调

---

① Stephanie Mencimer, "Hillary's Hero: Judge Royce Lamberth," *Mother Jones*, January 13, 2008, http://www.motherjones.com/politics/2008/01/hillarys-hero-judge-royce-lamberth.

查性新闻作品,并将其类比为著名的电视新闻节目《60分》时,兰伯思放声大笑。到这场审理结束时,博普清楚地意识到,胜利如果会到来,那就必定是来自最高法院。

2008年10月,兰伯思大法官嘲弄吉姆·博普对公民联合组织案的意见九个月后,华盛顿最优秀的保守派律师在国会山俱乐部聚在一起,这里离最高法院只有几个街区。这个俱乐部,据说是"华盛顿最受立法者、政府官员和其他政界大腕欢迎的聚集地之一"。这天晚上,俱乐部为特德·奥尔森举办了一个庆祝活动,因为共和党全国律师协会要向他授予"年度最佳律师"的荣誉称号①。

很多人很早就来到了俱乐部,观看这年最后一场总统辩论,对共和党人约翰·麦凯恩(John McCain)表示支持,尽管他的竞选大势已去。这一年的经济形势十分严峻,无论是麦凯恩还是在任共和党总统乔治·布什,都似乎被大衰退压得喘不过气来,这是自1930年代的大萧条以来,经济最为低迷的时候。失业率翻了一番,房价下跌了30%,股市也直线下跌。与此同时,即将成为美国首位非裔总统的民主党候选人巴拉克·奥巴马承诺要给华盛顿带来希望和改变,在临近大选的最后一个月里人气大涨。

保守派律师的庆祝会开始后,布什总统的前司法部长约翰·阿什克罗夫特(John Ashcroft)起身为奥尔森致辞。随后致辞的是威廉·基尔伯格(William Kilberg),"美国企业界首选的劳工律师",也是奥尔森在吉布森、邓恩与克拉彻律师事务所的搭档。特雷弗·波特,联邦选举委员会前主席,麦凯恩总统竞选的法律总顾问,也对这位超级明星律师赞不绝

---

① 关于奥尔森的荣誉,参见 Tony Mauro, "Debate Party: GOP Lawyers Toast Ted Olson," *National Law Journal*, October 20, 2008。关于国会山俱乐部,参见 Ken Silverstein, "Inside the Capitol Hill Club," *Harper's Monthly*, February 15, 2008, http://harpers. org/blog/2008/02/inside-the-capitol-hill-club-private-home-away-from-home-for-republican-lawmakers/。

口——理由很充分。跟吉姆·博普不一样,波特并不支持对竞选资金法的自由主义理解。实际上,他曾负责起草《两党竞选改革法案》中限制法人资金的部分,而奥尔森在担任联邦政府总律师期间,曾在麦康奈尔案中成功为这一法案辩护①。

2004 年,奥尔森离任联邦政府总律师一职,回到吉布森律师事务所,继续财源滚滚的私人执业。奥尔森成了新兴的华盛顿精英律师群体中的一员,他们专门在美国最高法院辩护,奥尔森能跻身其中,部分原因是他

公民联合组织的第二位律师特德·奥尔森,最高法院精英律师群体的领头羊,这些精英律师通常只代表法人。

---

① 关于基尔伯格,参见他在吉布森律师事务所网站上的个人网页,http://www.gibsondunn.com/lawyers/wkilberg。

曾以联邦政府总律师的身份多次出现在最高法院。我们知道,美国早期有一个由最杰出的辩护律师组成的最高法院律师群,霍勒斯·宾尼、丹尼尔·韦伯斯特、威廉·沃特和菲利普·巴顿·基都赫然在列——他们每一个人,都曾为早期的法人权利案件辩护。但是到 1986 年,在这一年成为首席大法官的威廉·伦奎斯特评论道:"现在没有这样的最高法院律师群。"出现在大法官面前的律师通常都是从一开始就在跟他们要辩护的案件,其中大多数也是第一次上最高法院辩护①。

然而在伦奎斯特发表这一番见解时,一个新的最高法院律师群正在诞生。这场复兴肇始于 1985 年,当时里根总统的联邦政府总律师雷克斯·李(Rex Lee)离开政府部门加入盛德律师事务所,并在那里开启了一项新业务,专门针对最高法院。头两年之内,李在最高法院辩护了八起案件,就当时而言,这个数字对私人执业律师来说闻所未闻。很快,首都所有主要律所纷纷跟进,创立了专门针对最高法院的业务部门,与盛德律师事务所竞争。他们雇用的律师要么曾在最好的学校就读,要么在最高法院当过律师助理,再不就是在联邦司法部办公室工作过——只要有可能,这三种人照单全收。奥尔森在吉布森律师事务所领衔这块业务,威尔默黑尔律所聘用了克林顿总统的联邦政府总律师塞斯·韦克斯曼(Seth Waxman),凯易律师事务所则请来了肯尼思·斯塔尔(Kenneth Starr),在后来的白水事件中,这位独立检察官名声大噪。这些辩护律师当中最成功的是约翰·罗伯茨,他曾担任联邦政府副总律师,之后在霍根与哈特森律师事务所领导最高法院业务团队,在最高法院辩护过三十九起案件,最后被任命为最高法院首席大法官。

这些律师很快因为能在精英云集的最高法院打赢高风险的案件出了名。路透社于 2014 年进行的一项研究表明,最高法院的这些精英律师,

① 关于最高法院精英律师群体,参见 Richard J. Lazarus, "Advocacy Matters Before and Within the Supreme Court: Transforming the Court by Transforming the Bar," 96 *Georgetown Law Journal* 1487 (2008); Joan Biskupic et al., "At America's Court of Last Resort, A Handful of Lawyers Now Dominates the Docket," *Reuters*, December 8, 2014.

他们的案子被罗伯茨法院接受进行审查的概率要比其他律师大得多。最高法院律师群的成员个个都是专家，因此他们知道什么样的观点对大法官最有吸引力——他们的名字也很快就给大法官的律师助理们留下了深刻印象，因为可能成为新案件的大部分审查工作都是这些助理完成的。路透社还发现，有八位律师口头辩护的案件就占了最高法院全部案件的20%。奥尔森是其中一位[①]。

最高法院精英律师群因为几乎全是白人男性而饱受诟病，但真正把这个群体团结在一起的是他们的委托人：想维护商业利益的法人。雷克斯·李在打造盛德律师事务所的最高法院这块业务时，就在找愿意付费的商业委托人，比如那些听从鲍威尔备忘录的建议，正在为捍卫法人利益打官司的公司。李带来的"实际上等于全国主要行业的名人录"，包括"银行业、采矿业、铁路公司、电力和电信业"。今天，最高法院精英律师群大部分成员都在全国性律师事务所工作，这些律所的客户主要都是公司。金恩与斯伯丁律师事务所的最高法院律师阿什利·帕里什（Ashley Parish）解释道："公司委托人就是我们的衣食父母。这是这块业务的本质。"个人和少数群体很少能从这个独一无二的专家群体这里得到帮助。露丝·巴德·金斯伯格大法官说，跟广大普通国民不一样，"花钱能请到的最好的律师，商界都不在话下"。最高法院精英律师群的崛起，成了法人加强自己在最高法院影响力的又一种方式[②]。

---

① Lincoln Caplan, "The Supreme Court's Advocacy Gap," *New Yorker*, January 6, 2015; Biskupic et al., "At America's Court of Last Resort"; Janet Roberts et al., "In an Ever-Clubbier Specialty Bar, 8 Men Have Become Supreme Court Confidants," *Reuters*, December 8, 2014.

② 参见 Lazarus, "Advocacy Matters Before and Within the Supreme Court," 1498。关于偏向商业利益集团，参见 Biskupic et al., "At America's Court of Last Resort"。关于罗伯茨法院的亲商倾向，参见 Lee Epstein et al., "How Business Fares in the Supreme Court," 97 *Minnesota Law Review* 1431 (2013); Jeffrey Rosen, "Supreme Court Inc.," *New York Times Magazine*, March 16, 2008, 38; Debra Cassens Weiss, "Supreme Court Grants Cert and Rules for Businesses in Growing Percentage of Cases," *American Bar Association Journal*, December 20, 2010。

这些专门上最高法院打官司的律师偶尔也会代表个人，通常都是刑事案件，或是那些涉及的社会问题不大可能同律所的法人客户产生利益冲突的案件。比如奥尔森，在国会山俱乐部被授予荣誉称号后一个月，就签了一个广受关注的案子，带头挑战加利福尼亚州对同性婚姻的禁令。但是，委托奥尔森在最高法院辩护的一般都是大公司，他曾代表菲利普莫里斯烟草公司、克莱斯勒汽车公司、美敦力公司、安泰人寿保险公司和ARC美国电力公司出庭辩护①。

最高法院精英律师群中，大部分人都不是受意识形态的驱使，而是为了业务。任何想要在最高法院打官司的律师，最大的挑战都是接到能上最高法院的案子。最高法院在一个开庭期内只判决七十来起案件，顶尖律师为了争取到客户，竞争非常激烈。无论是自由派还是保守派，也无论是民主党人还是共和党人，最高法院精英律师群的律师们都倾向于代表企业，因为企业是愿意为他们的服务付费的最经常提起诉讼的当事人。例如，哈佛法学院著名的自由派教授劳伦斯·特赖布（Laurence Tribe），在布什诉戈尔案中曾与奥尔森唱对台戏，就代理皮博迪能源公司、通用电气和美国石油经销商协会等委托人在最高法院打过官司，想放松对这些公司的环境监管。批评家说，像这样的律师是"钱指挥枪"——这个称号无论有多不公平，用在律师身上都恰如其分，因为他们的工作性质就是临时受人所托。当然对大部分专门上最高法院打官司的精英律师来说，这就是人们常说的游戏②。

吉姆·博普在最高法院打过一些官司，也是最高法院精英律师群中的一员。但是一如既往，他跟这群住在内城的人有点儿格格不入。最高

---

① 关于奥尔森，参见 Jo Becker, *Forcing the Spring: Inside the Fight for Marriage Equality* (2014)。奥尔森在最高法院代表的法人委托人，是通过翻阅他向最高法院提交的案情摘要确定的。

② Tim Wu, "Did Laurence Tribe Sell Out," *New Yorker*, May 6, 2015; "Peabody Hired Gun Laurence Tribe Also Working for Coal Giant to Kill Life-Saving Mercury/Toxic Standards," *Clean Air Watch*, March 24, 2015, http://www.cleanairwatch.org/2015/03/peabody-hired-gun-laurence-tribe-also.html.

法院的这个专家团队中，没有其他人远在印第安纳州工作，博普的委托人通常也不是法人。他代表的几乎总是倾向于保守派的游说团体，比如公民联合组织、威斯康星州生命权组织等，要不就是出于政治使命感去代表个人。博普是真正的信徒——他更愿意代理能进一步推动他对宪法的展望的委托人。博普不会仅仅为了再上最高法院辩论一场就接案子。他要的是推动法律。正是因为博普对事业这样全心投入，才让戴维·博西决定聘请博普而不是其他人比如奥尔森来代表公民联合组织[1]。

但是在出席国会山俱乐部为表彰奥尔森而举办的招待会时，博西看着奥尔森接过共和党年度最佳律师奖，又有了新的想法。博西回忆道："我坐在那儿，想着我的案子。城里所有的共和党律师都在这里。吉布森律所的威廉·基尔伯格起身介绍特德，他说，特德·奥尔森赢了多少多少起案件，是最高法院最有胜算的律师。我已经认识特德很久了，于是我对自己说道：'我怎么能不把自己的案子交到特德·奥尔森手里呢？'"[2]

一个月后，也就是 2008 年 11 月，最高法院同意审理博西和博普的案子——或者更应该说是博西和奥尔森的案子。尽管请大法官们审理此案的文书都是由博普撰写和提交的，博西还是决定转请奥尔森来为此案辩护。博西并不觉得对博普有什么特别义务，虽说一开始是博普在监督这个案子，并把这个案子带到了最高法院。"是这样，如果你带着你的替补四分卫去参加超级碗比赛，然后你的一线球员从受伤的预备队名单上回来了，那你肯定会把他放回参赛阵容里去。"博西解释道，接着又找补了一句："我不是说吉姆是替补队员。"不过，博西的比喻还是很能说明问题。奥尔森可不是因为受伤而去坐了冷板凳的一线四分卫，他甚至都不在参赛队伍里。尽管博普在竞选资金问题上很专业，在最高法院有一连串成功记录，对博西的诉讼案也有超乎寻常的热情，但是跟奥尔森这样的典型的华盛顿选手比起来，来自特雷霍特的这位律师似乎注定只会被认为是

---

[1] Mary Beth Schneider, "Hoosier's Campaign-Finance Crusade Pays Off."
[2] Coyle, *The Roberts Court*, 225.

第二选择[①]。

吉姆·博普之于最高法院精英律师群,正如塞缪尔·阿利托大法官之于最高法院大法官阵容。他们俩都是非常出色的律师,他们最高水平的法律成就让他们得以来到华盛顿,但又都不怎么合群。他们都是强硬的社会保守派,他们的政治哲学是因应 1960 年代的反主流文化而形成的。在公民联合组织案中,他们两人起到的作用都非常重要,然而又很容易被忽视。博普的贡献将湮没无闻,因为自从戴维·博西请了特德·奥尔森,他就从这个案子里退出了:他不想给奥尔森当副手。阿利托对这个案子的影响也很容易被忽略,因为他没有撰写任何意见。然而,公民联合组织案从一个意在逐渐削弱《两党竞选改革法案》的不算大的案件,变成了一个关于法人言论自由权的里程碑式的判决,对这一转变,大法官中功劳最大的就是阿利托。

阿利托的保守主义是他年轻的时候,在普林斯顿大学念书时形成的,那还是 1960 年代,这位大法官回忆说,那是一个"动荡的年代"。阿利托说:"我看到有些很聪明的人,还有些很有特权的人,所作所为很不负责任。我忍不住会拿我在校园里看到的一些最糟糕的景象,跟我老家那些人的理智和正派做对比。"他说的是新泽西州府特伦顿市的一个中产阶级社区。追求民主社会的激进学生封锁了大楼,抗议大学卷入越南战争时,阿利托加入了预备役军官训练营(ROTC)。第二年,在学生的压力下,学校决定终止校园里的预备役军官训练。阿利托回忆道:"他们把预备役军官训练营赶出了学校,我感到非常失望。这样做很没有原则。"[②]

阿利托目睹了那个动荡的年代给曾繁盛一时的特伦顿带来了多么沉重的代价。1968 年 4 月,马丁·路德·金遇刺身亡,引发的骚乱持续了一

① Coyle, *The Roberts Court*, 225.

② Matthew Walther, "Sam Alito: A Civil Man," *American Spectator*, May 2014, http://spectator. org/articles/58731/sam-alito-civil-man.

周,两百多家商店在这期间被洗劫一空。曾经占据了市中心商业区的百货商店、家具店和超市再也没有出现。没有了这些商店,特伦顿沦落到一穷二白的地步。2016 年,居民人均收入不到 1.8 万美元,远低于全国平均水平。历史学家查尔斯·韦伯斯特(Charles Webster)说:"骚乱扼杀了特伦顿。"阿利托也很同意,他说:"这座城市从来没有真正恢复过来。"

也许是因为记得商业兴旺对特伦顿的命运有多重要,阿利托当上法官之后,总是倾向于坚定地支持商业利益集团。布什总统想要找一个人在最高法院顶上桑德拉·戴·奥康纳大法官的位置时,请了美国商会来帮忙考察潜在人选,商会从鲍威尔备忘录以来获得了多么大的政治影响力,由此可见一斑。商会对阿利托的评价很高。在联邦上诉法院任职的十五年间,阿利托的判决一直在限制法人卷入诉讼的风险,放松联邦管制,并压缩员工权利。商会的法律事务说客斯坦·安德森(Stan Anderson)总结道:"他会减轻我们的负担。"阿利托的提名获通过进入最高法院之后,他最早的多数意见之一是判决于 2007 年的莱德贝特诉固特异轮胎与橡胶制品公司案,限制了员工因在工作场所受到歧视而寻求赔偿的权利(之后国会很快修订了法律来推翻最高法院这一判决)。政治学家李·爱泼斯坦(Lee Epstein)、法学教授威廉·兰德斯和法官理查德·波斯纳(Richard Posner)共同开展的一项研究表明,自 1946 年以来,所有曾担任最高法院大法官的人中,阿利托投票支持商界的时候最多[1]。

阿利托是最支持商业利益的大法官,而他所在的最高法院,也可以说是最近数十年来最支持商业利益的法院。爱泼斯坦、兰德斯和波斯纳的研究同样表明,在过去七十五年中,对商界最友好的大法官里面,首席大法官约翰·罗伯茨能排到第二位,而克拉伦斯·托马斯(Clarence Thomas)、安东尼·肯尼迪(Anthony Kennedy)和安东宁·斯卡利亚这几

---

① Lorraine Woellert, "Why Big Business Likes Alito," *Bloomberg News*, October 31, 2005; Ledbetter v. Goodyear Tire & Rubber Co., Inc., 550 U. S. 618 (2007); Lee Epstein et al., *The Behavior of Federal Judges: A Theoretical and Empirical Study of Rational Choice* (2013).

位大法官也都能排进前十。罗伯茨法院支持商业的倾向在公民联合组织案等万众瞩目的案件中暴露无遗,但在另一些远远没有那么受关注的案件中同样有所体现。著名法学教授、法律评论家亚瑟·米勒(Arthur Miller)指出:"最高法院一步步地剧烈改变了联邦程序,使之对商业界更加有利。"实际上,爱泼斯坦、兰德斯和波斯纳的结论是,罗伯茨法院比之前的"伯格法院和伦奎斯特法院都对商业更友好得多"[1]。

2009 年 3 月,最高法院对公民联合组织案第一次开庭审理时,特德·奥尔森只希望能对竞选资金法做个小改动,使之有利于商业界。跟博普不同,奥尔森并没有从意识形态出发致力于推翻这个国家的竞选资金管理制度,毕竟他以前还在最高法院为《两党竞选改革法案》辩护过。奥尔森精于律师之道,他的策略是为公民联合组织赢官司,但不会在必要限度之外扰乱法律。这就是说,奥尔森会对《希拉里:电影》只提出就事论事的辩护,不会威胁到关于法人资金如何用于选举的一整套更广泛的规则[2]。

奥尔森告诉大法官,《两党竞选改革法案》意在限制广告,对将以点播形式播出的纪录长片并不适用。此外,公民联合组织的纪录片只有极少一部分资金来自法人。奥尔森提出,最高法院应该将《两党竞选改革法案》解读为对《希拉里:电影》并不适用。

博普认为这些论证全都大错特错。在博普看来,这个案子的核心问题是联邦选举委员会认定公民联合组织的电影讲的是候选人,而不是某个问题。同在威斯康星州生命权组织案中一样,博普认为更重要的是,既然法律认为探讨问题的言论属于例外情形,那就让这个例外变得更大。

---

① Debra Cassens Weiss, "Alito and Roberts Are the Most Pro-Business Justices Since 1946," *American Bar Association Journal*, May 7, 2013; Epstein et al. , *The Behavior of Federal Judges*.

② Transcript of Oral Argument, March 24, 2009, Citizens United v. Federal Election Comm'n, 508 U. S. 310 (2010) (No. 08-205), https://www.supremecourt.gov/oral_arguments/argument_transcripts/08-205.pdf.

进一步扩大这个漏洞,对法人支出的限制实际上就会变得无关紧要:法人可以打着探讨问题的幌子资助候选人的广告。但如果只是就事论事去辩护,奥尔森就会面临以一种在博普看来"对法律不会有任何影响"的方式打赢这场官司的风险。最高法院因为《希拉里:电影》是通过点播播出或因为其资金中只有很小一部分来自法人就判定《两党竞选改革法案》对其不适用的话,就不能"以有意义的方式保障言论自由"。奥尔森的辩护只会让今时今日,只有这部电影成为《两党竞选改革法案》的例外情形,但对法人资金的禁令仍然坚不可摧,威斯康星州生命权组织案带来的漏洞也不会变得更大。对于博普这样一位为了自由主义向竞选资金法开战的坚定战士来说,这种结果可不会让他满意①。

博普说:"我确实认识到,像特德·奥尔森这样的,出了名的能在最高法院打赢官司的人,对事情会有不同的看法。"这种"住在内城"的律师,"他们认识到自己必须赢,为了能赢,他们提出这种非常狭隘的论点,只不过让他们又得到一个'赢'"。但是,戴维·博西并不介意奥尔森对案件狭隘地重新表述一番。他承认:"我想要的只是赢得一点什么。"但博普这位活动家,对奥尔森的观点的批评也是出于同样理由。在博普看来,这些提法"只是为了打赢官司而提出,无论什么案件都行"。奥尔森是维修工,而博普是战士②。

在口头辩论环节,安东宁·斯卡利亚大法官对奥尔森就事论事的狭隘论据也同样很失望。"等等,你现在的论据是关于法令法规的,还是关于宪法的?"如果问题仅仅在于《两党竞选改革法案》是否适用于用到了少量法人资金的用于点播的纪录片,那么这个案子确实小得很,没什么宪法意义,只跟如何阐释法令有关——而且因为这起案件可能只会影响到这

① Jim Bopp Jr. and Richard E. Coleson, "Citizens United v. Federal Election Commission: 'Precisely What WRTL Sought to Avoid,'" 2009 - 2019 *Cato Supreme Court Review* 29, 47 (2010).

② 作者对吉姆·博普的采访,2014 年 6 月 19 日;Coyle, *The Roberts Court*, 235。作者多次尝试就本书写作采访特德·奥尔森,但奥尔森先生未予作者机会。

么一部电影，所以就此看来，这只是个没多大的法规解读案件①。

斯卡利亚是美国历史上影响最大的大法官之一，主要是因为无论在公开场合还是在他撰写的意见书中，他都一直倡导司法原旨主义——这种见解认为，法官应该依据起草和批准宪法的人对宪法最原始的理解来解读宪法。虽说没什么证据能证明制宪者意在保护法人权利，斯卡利亚还是认为，像《两党竞选改革法案》这样的竞选资金法给法人言论带来了负担，是违宪的。实际上，斯卡利亚对法人政治言论案件的态度与其说是因为建国时期的历史，还不如说是因为 1970 年代芝加哥大学周围涌动的思想潮流，斯卡利亚在加入最高法院之前，就在那里当法学教授。芝加哥大学是法律经济学运动的中心，在那里，人们会用新古典主义的经济理论来理解法律法规。法律经济学假定人都是理性行为人，通常都会让自身利益最大化，而政府监管一般都会带来低效的资源配置。同反对竞选资金法的自由主义者一样，法律经济学的拥趸认为，如果政府管好自己的手脚，自由市场中的人就会被最好、最有成效的结果吸引。1970 年代末至 1980 年代初是一个逐渐放松管制的时代，商界也在强烈反对大政府的渐进式改革，因此法律经济学在这个时代有非常大的吸引力②。

涉及法人问题时，法律经济学认为，防止法人做出任何不法情事的正确方式是市场，而不是政府监管。支持这种想法的人拒绝接受这样的观点：法人是由政府创立的实体，应该受政府严格监管。与此相反，他们认为法人是股东、债权人、员工和经理之间"私下构成的由契约约定的纽带或中心"，他们全都是自愿加入这项事业中来的。一般来讲，政府不应该通过比如说实施用来保护股东利益的法律，来干涉这些自愿订立的契约

---

① Transcript of Oral Argument, March 24, 2009, Citizens United v. Federal Election Comm'n, 508 U. S. 310 (2010) (No. 08-205).

② Steven G. Medema, "Chicago Law and Economics" (June 2013), https://papers. ssrn. com/sol3/papers2. cfm? abstract_id = 560941; Leo E. Strine Jr. and Nicholas Walter, "Originalist or Original: The Difficulties of Reconciling Citizens United with Corporate Law History," 91 *Notre Dame Law Review* 877, 910 (2016).

关系,而是应该让各缔约方自行协商解决这样的问题。如果股东对某些形式的保护非常关心——比如不想让高管把公司的钱捐给候选人——他们可以通过协商达成一致。如果协商成本太高,对管理层的政治献金不满的股东把自己的股份卖掉就行了①。

尽管斯卡利亚从未声称自己支持法律经济学,但在他关于用于政治的法人资金的意见中,可以明显看出他对法人是从自由市场的角度去理解的。例如在奥斯汀诉密歇根州商会案中,斯卡利亚提出异议,认为密歇根州对法人支出的限制是违宪的,是"保护美国公司股东的家长式做派"。在斯卡利亚看来,政府这种如同严父般的监管毫无必要,因为自愿购买公司股票的人都知道公司管理层为追求利润,想做任何事情都可以。他写道:"大家心知肚明。"斯卡利亚说,法人是"志愿团体",股东如果对管理层的决策(比如是否在政治广告上花公司的钱)不满意,总是有"卖出自己股票的权利"。斯卡利亚跟支持法律经济学的人一样,对他们来说,解决方案不是政府监管,而是资本市场②。

对公民联合组织的案件,斯卡利亚似乎并不满意,因为竞选资金法对法人的限制是否合宪这个更大的问题并没有摆到桌面上。奥尔森只要求最高法院就《两党竞选改革法案》对公民联合组织的电影来说是否根本不适用这个小问题做出判决。《希拉里:电影》并不是国会想管辖的那种"竞选信息"。斯卡利亚觉得很恼火,他问道:"你是说,对这部电影(这项法案)管不着?"奥尔森回答:"是的。"③

阿利托坐在斯卡利亚左边第三个位子上,他对这个案子的看法要更

---

① 关于法人以契约为纽带的观点有一些概述,参见 Frank H. Easterbrook and Daniel R. Fischel, *The Economic Structure of Corporate Law* (1991); Stephen M. Bainbridge, "The Board of Directors as Nexus of Contracts," 88 *Iowa Law Review* 1 (2002); William W. Bratton, "The 'Nexus of Contracts' Corporation: A Crticial Appraisal," 74 *Cornell Law Review* 407 (1989)。

② Austin, 494 U. S. at 681‑687 (Scalia, J., dissenting).

③ Transcript of Oral Argument March 24, 2009, Citizens United v. Federal Election Comm'n, 508 U. S. 310 (2010) (No. 08‑205).

宽泛一些。奥尔森落座后，联邦政府副总律师马尔科姆·斯图尔特（Malcolm Stewart），一位在司法部办公室久经历练的律师，起身为联邦选举委员会辩护，称委员会认定《希拉里：电影》相当于竞选广告。精明的阿利托常常会提出最棘手的问题，直指辩护律师所辩护案件的核心，他也为斯图尔特准备了这样一个问题。阿利托问道，如果国会可以因为一个提到候选人名字的广告受过法人资金的资助就封禁它，那么国会是不是也可以因为一本提到候选人名字的书受过法人资金的资助，就禁止这本书出版？

斯图尔特之前在最高法院辩护过四十多起案件，然而这一次，他的经验没有帮到他。斯图尔特回答，是的。对法人支出的限制，比如《两党竞选改革法案》中所规定的那些，"对其他媒体形式也可以适用"。法院里一片扼腕叹息之声，清晰可闻。阿利托回应道："那就太不可思议了。政府的立场是，第一条修正案允许封禁一本由法人出版的图书？"毋庸赘言，在最高法院声称政府可以封禁图书，从来都不是正确答案。

斯图尔特意识到自己被阿利托的圈套套住了，他马上试图澄清，他的意思只不过是政府可以监管竞选材料如何受资助。"我不是说可以封禁它。我是说，国会可以禁止法人的财务资金这么用，可以要求法人用政治行动委员会的钱来出版。"这实际上就是《两党竞选改革法案》的要求。法律规定这种广告只能由政治行动委员会来资助，并没有封禁由法人资助的竞选广告。斯图尔特还指出，《两党竞选改革法案》将图书出版商和其他媒体运营商都明确排除在外，只适用于一小部分在竞选前几周通过电视和广播播出的"竞选信息"。阿利托的假设无论有多引人注目，都与现在这起案件相去甚远。

但是伤害已经造成。大法官们接二连三地要求斯图尔特解释，第一条修正案怎么会允许政府封禁只不过是由法人出版的图书。首席大法官罗伯茨说："如果我们接受你根据宪法提出的论据，我们就是在确立这样一个先例，你自己也说这个先例可以扩展到封禁图书，只要是特定的人出的钱。"转眼之间,公民联合组织案不再是关于《两党竞选改革法案》是否适用于《希拉里：电影》的案子。现在问题成了政府是否可以封禁图书。奥尔森曾尝试尽力缩小问题范围,能勉强获胜就心满意足。阿利托放大了这起案件,使之与言论自由和审查制度等更宽泛、更根本的问题产生了关联。

阿利托让这起案件急转直下的时候,吉姆·博普就坐在旁听席后面,静静地看着。同曾经在镀金时代让经常出现在法庭上的上流社会妇女感觉宾至如归的天鹅绒坐垫比起来,如今的硬木板凳远远没有那么诱人,但博普对这个案子太投入了,无法抽身而退。他回忆道："我坐在那儿,回答着我脑子里的问题。"虽然代表公民联合组织站在讲台上的是奥尔森而不是博普,博普的声音还是在法院里回荡。实际上是博普首先提请大法官们注意封禁图书的问题。在最开始请求大法官审理此案的文件中,博普就曾浓墨重彩地警告道,政府的观点将允许"毫无限制地用高科技'焚书'"①。

这个星期晚些时候,大法官们开会讨论如何判决这起案件时,四名自由派大法官准备反对公民联合组织,而包括罗伯茨和阿利托在内的五位保守派大法官则准备支持公民联合组织。作为首席大法官,罗伯茨有权决定由谁来撰写法院意见书,这次他决定由自己来写。几个星期后他让大家传阅的草稿是根据奥尔森的狭隘观点写成的,认为只有很小一部分资金来自法人,而且会以点播形式播出的纪录长片不受《两党竞选改革法案》管辖。罗伯茨以前也是最高法院精英律师群中的一员,在他看来,这也是一个将法律推进一小步的案子。

罗伯茨的意见书草稿,与他在提名确认前后就最高法院在民主政体

---

① 作者对吉姆·博普的采访,2014 年 6 月 19 日；Memorandum in Support of Plaintiff's Summary Judgment Motion, Citizens United v. Federal Election Commission, No. 07-2240 (D.C.C. May 16, 2008)。

中的适当作用所发表的观点是一致的。当时罗伯茨赞扬了就事论事地判决的优点,说这样判决尽最大可能尊重了国会的判断和法院自身的先例。他说,有些问题很有争议也备受关注,沾染了党派色彩,对这些问题作出的5比4的判决影响深远,也威胁到了最高法院的合法性。罗伯茨转而表达了自己作为首席大法官,希望留给法院的传统能像棒球裁判一样,只是计算"坏球和好球"。他说,这种做法将推动达成一致意见,让最高法院置身政治丛林之外。罗伯茨在意识形态上是保守派,但他跟奥尔森一样,更愿意积以跬步,长期斗争。他说:"对一起案件,如果没必要做出更多判决,那在我看来,就是有必要不做更多判决。"①

罗伯茨想让最高法院统一起来,让判决就事论事,避免争议。罗伯茨的提名经确认后不久,就有人问斯卡利亚对罗伯茨的目标有什么看法,结果这位心直口快的大法官对此一笑了之:"希望他好运!"他的怀疑在公民联合组织案中得到了证实。多数意见中的其他大法官——阿利托、斯卡利亚、托马斯和肯尼迪——对罗伯茨逡巡不进的做法表示反对。他们提出了一份他们自己的意见书,由肯尼迪执笔,比罗伯茨的意见书范围要大得多。尽管很多自由主义者对肯尼迪支持同性恋权利的进步判决赞赏有加,但促使他反对同性性行为禁令和同性婚姻禁令的自由主义动机,也变成了对竞选资金改革的强烈怀疑。肯尼迪在最高法院任职的二十多年间,一直在投票支持废止对政治资金的限制。对奥斯汀案和麦康奈尔案,他都持有异议②。

肯尼迪、阿利托和其他人都想走得更远,宣布《两党竞选改革法案》的法人资金条款违反了第一条修正案。他们认为,最高法院不应该只关注《两党竞选改革法案》是否适用于这一部电影的小问题,而是应该关注究

---

① "Chief Justice Says His Goal Is More Consensus on Court," *New York Times*, May 22, 2006.

② 斯卡利亚的回应见 A Conversation on the Constitution: A Debate Between Antonin Scalia and Stephen Breyer, December 5, 2006, https://www.youtube.com/watch?v=4OyRHiFQp4o。

竟能不能限制法人的政治支出这样的大问题。他们赞同吉姆·博普对竞选资金法的自由主义阐释，希望罗伯茨也能加入他们，一起推翻奥斯汀案和麦康奈尔案。他们的意见书草稿敢为天下先，是关于法人全面权利的一份法人主义声明，远远超出了奥尔森的任何要求。罗伯茨就事论事的意见书并没有促成他所期待的共识，经慎重考虑，他决定跟自己没那么愿意妥协的同僚站在一起。他撤回了自己就事论事的意见书，在他们打破先例的意见书上签了字，这份意见书承诺，将从根本上改进监管政治资金的法律①。

罗伯茨改变立场激怒了最高法院的自由派大法官，尤其是戴维·苏特(David Souter)。这是位寡言少语、举止温和的新英格兰人，习惯上几乎每天的午饭都是一个样——一杯酸奶加一个苹果。他抛弃了自己一贯与人为善的作风，写了一份措辞严厉的异议意见书。让他出离愤怒的并不是自己支持的一方要输；十八年来，在伦奎斯特法院和罗伯茨法院的很多判决中，他都处于输掉的那一方，早就习惯了。在他看来，多数派违反了最高法院决定如何判决案件的悠久传统。最高法院早已有之的惯例是，大法官们不会触及当事双方既没有在案情摘要中也没有在庭辩中提到的问题。这样能保证大法官在做出判决之前有完整的记录，也能从对抗性辩论中获益。奥尔森并没有要求最高法院裁定，《两党竞选改革法案》的条款是否整体违宪，也没有叫最高法院推翻奥斯汀和麦康奈尔两案。对于与这些更宽泛的宪法问题有关的话题，下级法院也没有建立证据记录。苏特指责多数派没有遵循适当程序，简单决定了法律中这些影响深远、极富争议的问题——跟罗伯茨在确认听证会上许诺的建立共识的司法最低限度主义方式背道而驰。苏特计划在这年夏天退休，他离开最高法院时留下的临别一击，让所有人都知道，罗伯茨背弃了他自己的传统。

经过大法官之间激烈的唇枪舌剑之后，罗伯茨和保守派大法官撤回

---

① 关于大法官们在公民联合组织案第一次口头辩论之后的审议，参见 Toobin, "Money Unlimited"; Coyle, *The Roberts Court*, 251‑252。

了他们立意过于深远的意见书。但与此同时,他们也拒绝完全回到原地。大法官们同意就此案再举行一次审理,不过这次会特别向律师们说明,只关注对法人开支的限制是否违宪的问题。如果自由派大法官认为,因为案情摘要和庭辩中都没有提及,所以不应就是否违宪这样的大问题做出判决,那么解决方案就是在案情摘要和庭辩中把这些问题提出来。公民联合组织案的第二次审理定在 2009 年 9 月。

但是,结局早就是板上钉钉。所有大法官都知道,现在有五票要推翻奥斯汀案和麦康奈尔案,并废止《两党竞选改革法案》对法人资金用于竞选广告的限制。史蒂文斯大法官后来悲伤地写道:"实际上,五名大法官对我们面前这个案子内容有限深感不满,于是他们改变了这个案子,让他们有机会改变法律。"①

2009 年 9 月,公民联合组织案回到最高法院时,美国有重要历史意义的民权运动取得进展的迹象比比皆是。女权律师露丝·巴德·金斯伯格曾经在最高法院打赢过一些最早的性别歧视案件,堪称开时代之先河,如今她也坐在了最高法院大法官的位子上。和她一起的还有第二位非裔美国人大法官克拉伦斯·托马斯,以及首位拉丁裔大法官索尼娅·索托马约尔(Sonia Sotomayor),后者填补的席位是前一年夏天过后苏特大法官留下的。公民联合组织案是索托马约尔成为大法官后的第一个案子。这也是埃琳娜·卡根(Elena Kagan)在最高法院打的第一个案子,她是哈佛法学院第一位女院长,现在也是联邦政府总律师中的第一位女性。尽管以前从来没当过上诉辩护律师,她还是必须在这片国土上地位最高的法院中站稳脚跟,跟可怕的敌手对抗:最高法院精英律师群的领头羊奥尔森,以及著名的第一条修正案律师弗洛伊德·艾布拉姆斯(Floyd Abrams)。艾布拉姆斯曾经在大量标志性的第一条修正案案件中为言论

---

① Citizens United v. Federal Election Commission, 558 U. S. 310, 398 (2010).

自由的自由主义阐释辩护,如今则是代表麦康奈尔参议员出庭。对卡根来说很不幸,公民联合组织案有自己的潜在障碍。无论她活儿干得有多漂亮,这个案子都一定会输。

公民联合组织案的回归,也是另一个鲜为人知的民权运动——法人权利运动——取得了多大进展的一个标志。1809 年,霍勒斯·宾尼和合众国银行把法人权利第一案打到了最高法院,到现在恰好过去了整整两百年。在这两百年间,法人得到了宪法中几乎所有最重要的个人权利条款的保护:财产权,订立契约的权利,以及上法庭的权利;不受无理搜查和扣押的权利;平等保护和正当程序权利;不得因同一犯罪行为而两次遭受生命或身体危害的权利,以及取得律师帮助为其辩护的权利;由陪审团审判的权利;出版自由和结社自由;商业话语权,以及根据贝洛蒂案和工会政治行动委员会的案件应享有的对政治选举的发言权,尽管受一定限制。虽然法人没有赢得选举权,但有了联合公民组织案,他们将赢得动用他们积累的资源影响候选人选举的权利。

表面上看,对特德·奥尔森和公民联合组织来说,现在似乎并不是为法人争取全面宪法权利的好时机。这个国家仍然在大衰退中趔趄前行,公众的怒火烧向美国的银行及其他金融机构。这些机构在次级抵押贷款衍生品上大搞投机,然而这种投资对象虽然备受欢迎却很不透明,有潜在风险。次贷投资爆雷后,这些机构得到了大量的紧急财政援助。这些公司就跟殖民地时代的东印度公司一样,被认为是"大而不倒"。经济危机助力巴拉克·奥巴马入主白宫,新总统为刺激经济,提出了一系列货币政策和改革措施。这些措施加上紧急财政援助在底层保守派中引起了强烈反对,2009 年初,他们在全国各地发起抗议活动,呼吁小政府、低税收。抗议者自称"茶党",借用了那些把东印度公司的茶叶倒进海里的波士顿著名暴乱者的名号,而东印度公司也是政府大规模财政援助的对象。现代茶党迅速成为推动共和党的政治引擎,遭他们怒斥的不只是奥巴马和财政援助,也包括"名义上的共和党人"(RINO),比如身在华盛顿的共和党精英,他们声称忠于保守主义的原则,但为了赢得主流媒体的尊敬,又不惜牺牲这些原则①。

虽然这个时代的文化思潮以对大企业的敌意重新抬头为特征,但在最高法院内部,大法官们的变化远远没有那么大——除了由索托马约尔取代了苏特——而且对公民联合组织案的投票实际上相当于已经投了。尽管如此,女权和少数族裔权利运动进步的代表们,还是把矛头对准了法人的宪法保护。金斯伯格问奥尔森,个人和法人的第一条修正案权利是否有任何区别。她引用《独立宣言》,指出:"法人毕竟没有由其创造者赋予不可剥夺的权利。"奥尔森回答,确实如此,但最高法院之前也曾认为,法人有第一条修正案权利,比如在贝洛案中,以及格罗让诉美国报业公司案中,即最早认为媒体法人有出版自由权的路易斯安那州报纸税案件②。

索托马约尔按照雨果·布莱克大法官的例子(在最高法院历史上,他是最直言不讳地反对法人权利的大法官),问弗洛伊德·艾布拉姆斯,问题是否在于法人权利这个概念本身。制宪者并没打算赋予法人权利,扩大法人自由权的是历届法院。她指出:"可能会有人提出,这个问题首先是最高法院的错误,不是奥斯汀案或麦康奈尔案,而是最高法院为州政府法律创造的实体赋予了人的属性。"艾布拉姆斯说,并非如此,最高法院将言论自由扩大到法人实体身上并没有错。公民联合组织想参与的政治言论是"第一条修正案的核心"。在弗吉尼亚州药房案等案件中,最高法院曾认定,如果言论内容对听众有价值,那么无论发言人是什么身份,其言论自由都应当受到保护。

艾布拉姆斯在意识形态上对言论自由的理解是自由放任式的,因此

① 关于茶党,参见 Theda Skocpol and Vanessa Williamson, *The Tea Party and the Remaking of Republican Conservatism* (2013)。

② Transcript of Oral Argument,September 9,2009,Citizens United v. Federal Election Comm'n 558 U. S. 310 (2010) (No. 08-205),https://www.supremecourt.gov/oral_arguments/argument_transcripts/08-205%5BReargued%5D.pdf.

并不奇怪,他会抨击《两党竞选改革法案》中的法人资金条款。他曾代表美国公民自由联盟等组织,一直与竞选资金法做斗争,认为这类法律是对言论自由的不当限制。比如在巴克利诉瓦莱奥案中,美国公民自由联盟就是联邦竞选资金法的主要挑战者之一。然而奥尔森现在的处境十分尴尬,因为他所挑战的法律条款正是之前他在同一个法院,在麦康奈尔案中捍卫过的。这样一来,他在大法官面前提出的主张,就跟自己先前在最高法院的陈述直接矛盾。

对于公民联合组织一案,奥尔森告诉庭上,《两党竞选改革法案》是"对法人言论的禁令"。他坚称:"在这里,政府的所作所为就是禁止言论。"但在麦康奈尔案中,奥尔森说的恰恰相反。那时候他坚持认为,《两党竞选改革法案》"没有'封禁'任何言论,只是对法人和工会资助特定言论的方式有所限制",即要求通过政治行动委员会来捐款。在公民联合组织案中,奥尔森说,"没有任何证据表明法人和工会的独立支出"是腐败的,并批评政府:"国会找不出任何证据证明法人支出导致了议员腐败。"而在麦康奈尔案中,奥尔森曾描述过国会编写的"大量记录","证明联邦官员和候选人明知法人和工会资助了他们的竞选广告,而且感到欠了他们人情"。在公民联合组织案中,奥尔森辩称,《两党竞选改革法案》的条款是打击腐败的"极为低效的手段"。在麦康奈尔案中,奥尔森曾经说同样的条款是"针对性强"、"限制面窄"的"能直接提升政府在消灭真正的和表面的腐败方面的公信力"的手段。奥尔森在公民联合组织案中的表现,给那些说最高法院精英律师是"钱指挥枪"的人提供了活靶子①。

到卡根在法庭上讲话的时候,她一开始就说:"关于政府的立场,我有很简短的三点要讲。第一点是,这个问题由来已久。"她指的是罗斯福时期的《蒂尔曼法案》。"一百多年来国会已经做出裁断,法人参与选举事务

---

① Transcript of Oral Argument, McConnell v. Federal Election Com'n, 540 U. S. 93, 205 (2003) (No. 02-1674), http://www.democracy21.org/uploads/%7B8158ECE3-B325-43F3-A647-AB06B229DD36%7D.PDF.

时必须遵循特殊规则，而本庭从未质疑过这一裁断。第二点……"斯卡利亚大法官打断了她："等一下等一下"，把她引入了最高法院口头辩论时闪电般的节奏。律师们很快就会了解到，在大法官拿一个问题打断你之前，你很少能有时间说完三点，就算非常简短也够呛。

卡根倒是成功说完了自己的全部观点，但其实也没起到什么作用。无论如何她都会输，她自己也知道。她想说服最高法院采取与最开始奥尔森提出的类似的狭隘方式，只是把《希拉里：电影》当成例外网开一面，而不是完全推翻法人资金条款。罗伯茨提了个问题并给了卡根时间来回答，她说："首席大法官大人，如果您是在问我，政府对于这场官司怎么输有没有偏好，如果一定会输，那么答案是肯定的。"但就算对这个问题，结局也是早就注定了。大法官们已经决定让政府大败，而法人会大获全胜。

2010年1月21日上午，戴维·博西来到最高法院听取法院对公民联合组织案的判决意见时，空气中滴水成冰，天空中阴云密布。特德·奥尔森没有和他一起来，他正在加利福尼亚州就同性婚姻案件提起诉讼。博西有理由认为自己胜券在握，只不过法院的判决究竟是什么样子还有待见证。在他看来，口头辩论当然很顺利。但是，就算博西不是律师，他也知道口头辩论可能会误导人，大法官们的幕后审议可能会带来意料之外的判决。

在公民联合组织案第一次开庭审理之后，正是这样的幕后审议让大法官们决定再来一轮口头辩论。而第二次审理之后，留给大法官们讨论的空间就并不多了。肯尼迪大法官重写了他跟阿利托、斯卡利亚和托马斯几位大法官在几个月之前写的协同意见书，有了首席大法官罗伯茨的支持，这份协同意见书就变成了多数意见书。史蒂文斯大法官将苏特大法官措辞严厉的异议草稿改写为代表他自己和另外三位持异议者——金斯伯格、斯蒂芬·布雷耶（Stephen Breyer）和索托马约尔这几位大法官——的异议意见书，史蒂文斯从这位已退休同事未公开的意见书中借用太多，以致一开始他还加了个脚注承认这笔人情，不过到这份异议意见书发表的时候，那个脚注已经删了。

判决公民联合组织案的最高法院大法官阵容。后排左起：塞缪尔·阿利托、露丝·巴德·金斯伯格、斯蒂芬·布雷耶、索尼娅·索托马约尔；前排左起：安东尼·肯尼迪、约翰·保罗·史蒂文斯、约翰·罗伯茨、安东宁·斯卡利亚、克拉伦斯·托马斯。

　　不过当博西在法庭上就座时，所有的幕后操作都还是个谜。法警要求大家保持肃静，大法官们穿过法官座席后面高高的红色天鹅绒门帘之间的缝隙鱼贯而入，然后肯尼迪大法官开始阅读最高法院判决摘要。肯尼迪作为法人主义者的判决涉及了多大范围，很快就一清二楚了。肯尼迪阐述道，根据第一条修正案，法人和工会有权在政治职位候选人的选举中花钱。《两党竞选改革法案》对法人支出的限制干扰了这项权利，因此全部违宪。肯尼迪同时透露，最高法院推翻了奥斯汀案和麦康奈尔案，这是限制法人政治言论自由的两个最重要的先例[1]。

---

① Opinion Announcement，Citizens United v. Federal Election Comm'n，508 U. S. 310 (2010)（No. 08-205），https://www.oyez.org/cases/2008/08-205.

考虑到公民联合组织案的判决意见必定会在舆论中掀起轩然大波，也许这一判决中最让人意外的地方是它遗漏了什么。肯尼迪大声宣读自己的意见书时，一次都没有提到法人作为人的身份。他从来没有说过法人也是人，他的意见书中也没有任何地方提到了这个观念。法人人格的概念——法人是有权利和义务的实体，而且与其成员的权利和义务相互独立、截然不同——在法院意见书中完全没有出现。最高法院向法人赋予了广泛的言论自由权，但并非因为法人也是人。跟很多早期的法人权利案件一样，公民联合组织案的判决意见模糊了法人实体，强调了股东和听众等其他人的权利。

公民联合组织案的判决意见一再将法人描述为"采用了法人形式的社团"。肯尼迪从意见书中大声读道："如果说第一条修正案有什么效力的话，就是禁止国会对只不过参与了政治言论的公民或公民社团课以罚款、处以监禁。"公民联合组织案将法人看成社团，呼应了两个世纪前霍勒斯·宾尼提出的观点，那时那位年富力强的律师在为法人权利第一案辩护，即合众国银行诉德沃案。宾尼称法人"只是一群人的集合"，说服了当年的最高法院忽略法人实体、揭开法人面纱，去关注法人成员的权利。德沃案和公民联合组织案都没有将法人看成是有自身权利的法律意义上的人，而是跟很多在此期间判决的案件一样，允许法人主张其他人的权利，即法人成员的权利。

公民联合组织案中的最高法院不只是说法人是公民社团，并非独立的法律意义上的人，还指出这些社团正在遭受迫害。法院将法人描述为"不受欢迎的发言人"，批评《两党竞选改革法案》威胁要因政治支出而惩罚"不受欢迎的公民社团——即那些采用了法人形式"的社团。将法人描述为受法律歧视和敌视的分散而孤立的少数群体，这种思想的根源是20世纪中期的法人权利案件。休伊·朗将路易斯安那州的报业公司单挑出来征收惩罚性、审查性税款，最高法院随后承认，这些报业法人有出版自由权。接下来，最高法院对南方因其意识形态想让全国有色人种协进会关门大吉的努力做出回应,承认该组织有结社自由权。肯尼迪大法官对公民联合组织案的意见书中也有类似想象,认为法人,即使是大企业,也会成为受害者。虽然法人通常都会被看成是美国政治中最有权有势的玩家,但公民联合组织案的观点,即法人不应遭受敌意政府的政治迫害,并非完全是别出心裁①。

公民联合组织案同样也反映了言论自由的听众权理论,刘易斯·鲍威尔大法官曾经在贝洛蒂案中利用这一理论来证明,将政治话语权扩大到法人身上是合理的。公民联合组织案的判决意见书解释道:"第一条修正案保护言论和发言人,以及言论和发言人流露出的思想。"《两党竞选改革法案》限制了政治言论,这是第一条修正案中最有价值的表达形式,因此违宪。"在民主政体中,政治言论对决策过程来说不可或缺,即使言论来自法人而非个人,这一点也同样成立。"在这里,最高法院遵循的是第一条修正案的听众权理论,这个理论最早由拉尔夫·纳德的公益公民诉讼小组在弗吉尼亚州药房案中提出,后来也被鲍威尔用于法人在公投议案中的言论自由。如果言论有其价值,那么无论发言人是什么身份,言论都会受到保护。根据公民联合组织案的判决意见,宪法禁止政府"区分不同发言人,允许其中一些人发表言论,但又让另一些人禁言"②。

最后,公民联合组织案的意见与法律经济学的观点也是一致的,也就是斯卡利亚大法官在奥斯汀诉密歇根州商会案的异议意见书中阐述的,旨在保护股东的法律是多余的。至于说法人的政治行动,公民联合组织案称:"很少有无法由股东通过法人民主程序纠正的滥权行为。"最高法院虽然没有详细说明,但显然是指股东选举董事和为股东提案投票的权利。

---

① 关于公民联合组织案及"不受欢迎"的法人,参见 Tamara R. Piety, "Why Personhood Matters," 30 *Constitutional Commentary* 361 (2015); Tamara R. Piety, "Citizens United and the Threat to the Regulatory State," 109 *Michigan Law Review First Impressions* 16 (2010)。

② Thomas Wuil Joo, "Corporate Speech and the Rights of Others," 30 *Constitutional Commentary* 335 (2015); Larry Ribstein, "The First Amendment and Corporate Governance," 27 *Georgia State University Law Review* 1019 (2011).

股东可以通过董事会选举和股东提案来禁止管理层在政治上花钱,从而控制法人的政治行动,因此政府没有必要通过监管来保护股东。此外,斯卡利亚之前也说过,感到不满的股东把股份卖掉就是了。

肯尼迪大法官读了大概九分钟的意见书摘要并宣布结论,随后把发言的机会让给了史蒂文斯大法官,让他宣读异议意见书[1]。其他大法官也撰写了意见书,比如首席大法官罗伯茨和斯卡利亚大法官就分别撰写了协同意见书,为自己的投票辩护,因为他们的投票必然会招来指责。致力于达成共识的罗伯茨抛弃了司法最低限度主义,而秉持原旨主义的斯卡利亚,将制宪者从来没想过的权利扩大到法人身上。大法官可以选择是否在法庭上公开宣读自己的意见书,但只有史蒂文斯对多数判决作出了回应。

这位九十高龄的法官白发苍苍,嗓音低沉,语带迟疑,还不时停下来,念得结结巴巴。(后来他说,那天他大声宣读自己的公民联合组织案异议意见书读得很艰难,是他决定第二年夏天从最高法院退休的原因之一。)但我们不用怀疑史蒂文斯的激情。他读了二十多分钟,尽管声音不高,话语里还是传达出如今已经退休的苏特大法官的愤怒和沮丧。史蒂文斯说:"我必须坚决反对今天这个改变一切的判决。"[2]

多数意见书最重大的错误之一是认为,"第一条修正案绝对、明确禁止区分发言人身份的任何言论管制,包括作为法人的身份"。史蒂文斯已在最高法院任职三十五年,他评论称,实际上在他这么久的任期里,对言论自由案件,最高法院经常会考虑发言人的身份。就在几年前,即 2007 年,在公民联合组织案中组成多数意见的同样五名大法官,就曾支持对公

---

[1] 史蒂文斯、金斯伯格、布雷耶和索托马约尔这几位大法官提交的意见书,部分算是异议,部分算是赞同。对于公民联合组织案多数意见书中的另一部分,即该组织对《两党竞选改革法案》中披露条款的质疑,这几位大法官与多数意见一致,但此处我们没有关注这部分内容。对披露条款的投票结果是 8 票支持、1 票反对。但在法人支出问题上,史蒂文斯等人确实有异议,为清晰起见,正文中采用了如上措辞。

[2] Coyle, *The Roberts Court*, 272 - 273.

立学校学生的言论做出特殊限制。当时首席大法官罗伯茨表示认可这样的原则:"公立学校学生并非自然而然地享有与成年人完全相同的权利",他还承认,"同样的言论"在别的情形下"也许会受到保护"。在 2006 年的一起案件中,罗伯茨法院同样认定,政府雇员享有的言论自由权比普通人受更多限制。史蒂文斯指出:"政府一向会对学生、犯人、军人、外国人和政府雇员的言论自由权加以特殊限制。"如果发言人身份无关紧要,那外国政府和外国法人就也有同美国公民完全一样的影响美国选举的权利。史蒂文斯还在第二次世界大战中当过海军情报官员,他警告说:"最高法院的新规则赋予了东京玫瑰①对我军广播内容⋯⋯与麦克阿瑟将军的讲话同样的保护门槛。"②

至于有关选举的政治言论,史蒂文斯指出,法律始终有基于身份的区分。例如《国内税收法典》就完全禁止根据 501(c)(3)条款③成立的组织(比如慈善组织和教会)参与任何选举宣传。不过,根据 501(c)(4)条款成立的社会福利组织有权适当参与政治竞选活动,只要这类活动没有成为该组织的"主要"职能。从来没有人认为,第一条修正案要禁止法律在对待这些不同类型的组织时早已存在的差异,即使涉及对核心的政治言论加以限制④。

虽然公民联合组织案的判决坚持认为发言人身份无关紧要,不到两年后,最高法院自己却对联邦竞选资金法中明确以身份为基准的区分表

① "东京玫瑰"是二战期间美军对东京广播电台(今日本广播协会,即 NHK)女播音员的昵称。当时日军企图以广播进行心理战,利用女播音员对太平洋上的美军发送英语广播,企图勾起美军的乡愁和厌战情绪。——译者
② 参见 Morse v. Frederick, 551 U. S. 393, 404 - 405 (2007); Garcetti v. Ceballos, 547 U. S. 410 (2006)。对法人宪法权利有一种颇有洞见的分析充实了史蒂文斯的理论,参见 Ryan Azad, "Can a Tailor Mend the Analytical Hole? A Framework for Understanding Corporate Constitutional Rights," 64 *UCLA Law Review* 452 (2017)。
③ 美国《国内税收法典》(*Internal Revenue Code*)的 501(c)条列出了二十多种享受联邦所得税减免的非营利性组织,其中第三种即 501(c)(3),包括宗教、教育、慈善、科学、文学、公共安全测试、促进业余体育竞争和防止虐待儿童或动物等七类组织。下文的 501(c)(4)则包括公民联盟、社会福利机构和地方雇员协会。——译者
④ Regan v. Taxation With Representation of Washington, 461 U. S. 540 (1983)。

示坚定支持。2012年，在布鲁曼诉联邦选举委员会案（Bluman v. Federal Election Commission）中，最高法院维持了下级法院的一起判决，支持一项禁止居住在美国的外国人为政治捐款和支出的禁令。因为这是"即决维持判决"，大法官们并没有发表意见书，解释他们做出决定的原因。实际上，这个决定可能很难解释。下级法院认为，虽然外国人在本国享有很多同公民一样的权利，但是"政府可以将外国公民排除在与民主自治进程密切相关的活动之外"。作为外国人，仅从他们的身份出发，就可以禁止他们"投票和担任民选官员……因此，政府可以禁止外国公民……参与会影响选民在选举中如何投票的竞选活动"。如果公民联合组织案将同样的逻辑用在不能在联邦选举中投票，也不能担任公职的法人身上，这个案子很可能会有不同结果①。

对公民联合组织案，史蒂文斯大法官指责多数意见的司法能动主义肆无忌惮。早先苏特大法官就曾批评多数意见染指了哪一方的辩护律师都没有提到过的问题，史蒂文斯呼应了苏特的批评，他宣称："最高法院告诉我们，我们被要求重新考虑奥斯汀案和麦康奈尔案的时候，他们要是这么说就要准确得多：'我们要求我们自己重新考虑这些案件，也没有任何证据记录能表明，这样做有或许能让法院处理的问题变得更加清晰的好处。'"按史蒂文斯的说法，公民联合组织案的判决"彻底改变了法律"，打破了从查尔斯·埃文斯·休斯、华尔街大丑闻以及《蒂尔曼法案》以来的悠久传统。在史蒂文斯的异议意见书中，这位大法官把指责扩大了，甚至引用了首席大法官自己的话来以子之矛攻子之盾："多数意见也违反了司法程序的另一个'首要'原则：'如果没必要做出更多判决，那就有必要不做更多判决。'"

司法能动主义通常只是一些人给自己反对的最高法院判决贴的标签。但是对公民联合组织一案，这么说并非毫无道理。最高法院的多数

---

① Bluman v. Federal Election Commission，132 S. Ct. 1087（2012）；Bluman v. Federal Election Commission，800 F. Supp. 2d 281（D. DC 2011）.

意见对这个案子使了点手腕，这样大法官们就能判决一个更大的宪法问题，虽然双方当事人本来既没有在案情摘要里也没有在口头辩论中提出这个问题。最高法院也推翻了国会通过的一项法律的关键条款，并借此推翻了麦康奈尔案，而这个先例到现在还不到七年。中间这些年究竟发生了哪些变化？不会比最高法院的人员变动多多少。

但是，如果认为公民联合组织案是新鲜事物，是罗伯茨法院毫无根据的创造，在法律上、历史上都没有什么根据的话，那也是大错特错。实际上，公民联合组织案是两百年来法人宪法权利斗争的高潮。该案判决所依赖的基础，早在19世纪初就已经奠定。从那时起，法人就一直在为赢得更多宪法保障的个人权利而斗争。刚开始，他们赢得了对法人核心权利的宪法保护，在布莱克斯通的《英格兰法律评论》中，就已经明确指出了这些权利：财产权、订立契约的权利、上法庭的权利。接下来他们赢得了第十四条修正案规定的正当程序权利和平等保护权利，以及宪法中刑事诉讼条款的保护。20世纪初，最高法院申明对法人的宪法权利还是有限制的：法人有财产权，无自由权。但最终，最高法院打破了这一区分，开始承认法人也有自由权，比如出版自由和结社自由。尽管法人权利在公民联合组织案中达到了新的高度，脚手架却是在最高法院两个多世纪以来的判决中搭建起来的。

史蒂文斯宣读完异议意见书后，首席大法官宣布休庭，大法官们又消失在红色天鹅绒门帘后面。戴维·博西激动地冲出法庭，去见在最高法院大楼前的广场上等消息的记者们。博西说："今天的判决让我很感激，也很惭愧。"现在法人可以"自由、完全地参与选举进程"了。博西随后停了下来，"借此机会感谢一些人"。他最先说到的是特德·奥尔森和他来自吉布森律师事务所的团队，他们"在这个案子上倾注了自己的全副心力……特德·奥尔森一直是我最亲爱的朋友"。在说了一长串其他人之后，就连《希拉里：电影》联合制片人的妻子都没落下，最后才说到吉姆·博普。博西只是说，"吉姆，我们的第一位律师"，是"全国最好的第一条修正案律师"①。

博普得到这个称号是因为他在最高法院赢过一些挑战竞选资金法的非常重要的言论自由案件,但是当公民联合组织的案子来到最高法院时,这个名声还是不够说服博西就让他来打这场官司。而最高法院的判决于2010年1月下达后没多久,已经很容易看到博西的胜利影响有多深远,但这时的博西却似乎完全忘记了博普的功劳。博西告诉一位采访者,"我们能打赢这场官司全靠"奥尔森一个人②。

公众对公民联合组织案强烈反对的浪潮很快就来了,而且几乎可以肯定,大法官们对此大感意外。最高法院关于竞选资金法如此枯燥的问题的判决,很少会让舆论大哗。法院判决后不到一周,奥巴马总统就在发表国情咨文时痛斥了这个判决。站在国会议员、各界来宾面前,甚至还有几位大法官在座,奥巴马说:"我全心全意敬重三权分立,但上周,最高法院推翻了一个世纪以来的法律。我相信,此举为特殊利益集团——包括外国公司——在我们的选举中肆无忌惮地花钱打开了闸门。我认为,美国的选举不应该受美国最强大的利益集团资助,更可怕的是,还会有外国实体。"民主党议员起立鼓掌,大法官们的沉默则与之形成鲜明对比。按照惯例,大法官要端坐着,不为欢呼所动。只有阿利托大法官表示听到了总统的评论,他摇了摇头,表示不同意,无声地说:"不是这样。"③

虽然双方的坚定支持者都很快开始谴责这次交锋——共和党指责奥巴马夸大了最高法院的判决,民主党则批评阿利托不肯承认判决的影响力——但奥巴马和阿利托都只说对了一半。阿利托反对总统所说的最高

---

① 公民联合组织案宣判后,戴维·博西对媒体的陈述见 https://www.c-span.org/video/?291571-1/citizens-united-v-federal-election-commission-reactions&start=335。

② Philip Rucker, "Citizens United used 'Hillary: The Movie' to take on McCain-Feingold," Washington Post, January 22, 2010, http://www.washingtonpost.com/wp-dyn/content/article/2010/01/21/AR2010012103582.html?sid=ST2010012104871.

③ Toobin, "Money Unlimited."

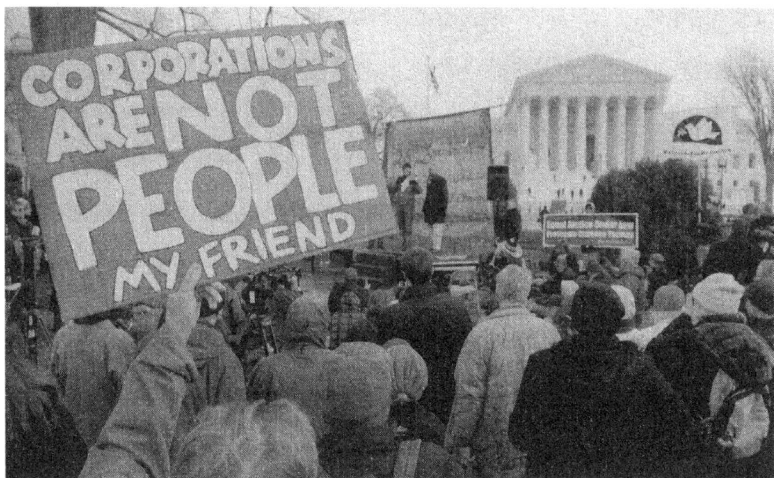

2012 年 1 月 20 日，公民联合组织案宣判两周年时，最高法院前反对法人宪法权利的抗议者。

法院"推翻了一个世纪以来的法律"，他是对的。就这个问题而言，奥巴马指的是 1907 年禁止法人给候选人捐钱的《蒂尔曼法案》，但他的陈述并不准确。至少严格来讲，公民联合组织案涉及的法律并不是《蒂尔曼法案》，该案判决的只是《两党竞选改革法案》的条款是否违宪的问题，而后面这个法案是 2002 年制定的。再者，尽管最高法院推翻了奥斯汀案和麦康奈尔案这两个先例，这两个案件也远远没有一个世纪那么久远。但是，公民联合组织案的逻辑和推理彻底破坏了在选举中对法人资金加以任何特殊限制的法理基础，从这个意义而言奥巴马又是对的。最高法院认为，发言人的法人身份不能成为限制政治言论的依据，尽管一个多世纪以来，竞选资金法对法人资金的限制一直以此为正当理由。

奥巴马预计，公民联合组织案的判决将打开大门，让美国最富有的利益集团能对选举施加更大的影响力，而 2012 年，下一轮总统大选的支出也确实大幅上升。现在允许法人动用财务总资金来资助独立支出，支持或反对候选人竞选公职。法人也有了向"超级政治行动委员会"捐款的权利,这是一种特殊类型的政治行动委员会,跟普通的政治行动委员会不一样,可以从法人和个人那里接受无限制的捐款,只要他们的独立支出没有跟哪个联邦候选人配合起来。2012 年,企业公开捐赠给超级政治行动委员会的款项有 7 000 多万美元,其中为首的是雪佛龙公司,为众议院议长约翰·博纳(John Boehner)的国会领导基金捐了 250 万美元。有分析师认为,如果不是必须披露,法人捐给超级政治行动委员会的钱可能还会更多。有位公司说客指出,考虑到政治捐款可能会冒犯有不同意见的顾客和客户,"秘而不宣总是更受欢迎"①。

渴望在政治上表态但又害怕曝光的法人,转而将资金投给其他类型的不要求披露其金主的政治游说团体。行业协会、非营利性的 501(c)组织以及所谓的"527 委员会"②,贡献了流向 2012 年大选的 3 亿"黑金"——也就是未披露来源的资金——中的大部分。据披露,保德信金融集团、默克公司和陶氏化学公司分别向美国商会捐了 100 多万美元资助政治支出。电脑芯片制造商高通,作为诉讼和解协议的一部分,被迫披露其政治支出,承认在 2012 年捐了 280 万美元给黑金团体,比这家公司披露出来的捐款多得多。在蒙大拿州,有个名叫"西部传统伙伴组织"的政治团体向公司募集资金,方法是强调不会见光:"本项目中的法人捐款完

① 关于超级政治行动委员会的一般情况,参见 Adam Gabbatt, "Citizens United Accounts for 78% of 2012 Election Spending, Study Shows," *The Guardian*, September 24, 2012, https://www. theguardian. com/world/2012/sep/24/super-pac-spending-2012-election? INTCMP = SRCH。关于雪佛龙公司,参见 Dan Eggen, "Chevron donates＄2.5 million to super PAC," *Washington Post*, October 26, 2012, https://www. washingtonpost. com/news/post-politics/wp/2012/10/26/chevron-donates-2-5-million-to-gop-super-pac/? utm _ term = .798d5f26aa1e; Anna Palmer and Abby Phillip, "Corporations Don't Pony Up for Super PACs," *Politico*, March 8, 2012, http://www. politico. com/news/stories/0312 / 73804. html。

② 根据美国《联邦税法》第 527 款的规定,以影响公职人员的提名、选举和任命为目标的政治组织,其捐赠所得、会员费等收入免税。《联邦选举竞选法》和《两党竞选改革法案》下的政治组织,如政党,政治行动委员会等都享有 527 款的免税待遇。但 20 世纪 90 年代中期兴起的"527 组织"特指除政党和政治行动委员会之外的政治组织,不受联邦选举委员会诸如信息披露、捐款限额方面的管辖。2004 年的总统大选中,两百多个 527 组织募集了 5.35 亿美元的捐款来影响选举,以至于一些美国媒体将 2004 年称为"527 年"。——译者

全合法。至于你能捐多少，没有任何限制。这是机密……没有哪个政治家、官员或激进的环保分子会知道。"①

公民联合组织案做出判决之后，并不是只有法人增加了政治支出。有钱的个人和工会也欣然接受了在独立广告上无限制地花钱的新权利。公共诚信中心是一家竞选资金监督组织，据该中心估计，2012 年有将近 10 亿美元新的政治支出可以追溯到公民联合组织。这个数字还只是反映了用于联邦竞选的开支，这个领域本来就有巨额资金。尽管很难得出准确数据，但也有证据表明，州级竞选和地方竞选的支出也显著增加了。法官、市长、地区检察官和县委会委员的竞选开支历来很少，因此，法人和其他方面都能用比在联邦竞选中少得多的钱，对竞选结果产生大得多的影响②。

从公民联合组织案的判决中，法人得到了影响美国选举的新途径，只不过这个案子跟过去很多重要的法人权利案件不一样，当事人并不是一家企业。公民联合组织案是一家小小的非营利组织的杰作——因此也是继承了另外几个当事人本身并非商业公司的法人案件，包括达特茅斯学院诉伍德沃德案，以及美国全国有色人种协进会诉亚拉巴马州有关联帕特森案。无论如何，这些非商业法人的胜利往往对商业公司大有好处，后者可以利用这些案件追求自己的利益。

公民联合组织案的判决也引发了公众的强烈反对。民意调查显示，

① 关于高通，参见 Nicholas Confessore, "Qualcomm Reveals Its Donations to Tax-Exempt Groups," *New York Times*, February 22, 2013, https://cityroom. blogs. nytimes. com/ 2013/02/22/qualcomm-agrees-to-reveal-donations-to-tax-exempt-groups/。关于默克公司、陶氏化学公司及保德信金融集团，参见 Mike Mcintire and Nicholas Confessore, "Tax-Exempt Groups Shield Political Gifts of Businesses," *New York Times*, July 7, 2012, http://www. nytimes. com/2012/07/08/us/politics/groups-shield-political-gifts-of-businesses. html。

② 关于 2012 年来源于公民联合组织的新增政治开支总额，参见 Reity O'Brien and Andrea Fuller, "Court Opened Door to $933 Million in New Election Spending," *The Center for Public Integrity*, January 16, 2013, https://www. publicintegrity. org/2013/01/ 16/12027/court-opened-door-933-million-new-election-spending。关于州和地方竞选开支的增加，参见 Chisun Lee et al., "After Citizens United: The Story in the States," *Brennan Center for Justice* (2014), https://www. brennancenter. org/publication/after-citizens-united-story-states。

反对最高法院判决的美国人占八成。反对者跨越了党派界限，85％的民主党人，76％的共和党人，以及81％的无党派人士认为公民联合组织案判错了。即使五年过后，民调仍然显示绝大多数美国人，即78％的美国人都认为应该推翻这一判决。2016年总统竞选中，民主党的两位主要候选人，希拉里·克林顿和伯尼·桑德斯（Bernie Sanders）都表示，推翻公民联合组织案将是他们提名最高法院大法官人选时的试金石——在美国历史上，成为众矢之的到这个程度的只有几个最臭名昭著的案件差可比拟，例如关于堕胎权的罗诉韦德案的判决[1]。

公众对公民联合组织案的反应，也许最引人注目的展现就是2011年的"占领华尔街"运动。这是一系列人民主义的政治抗议活动，反对收入不平等，也反对金钱在政治中扮演的角色。运动发端于纽约，据《华盛顿邮报》报道，很快就"如野火般烧遍全国"。最早的占领运动抗议者在曼哈顿下城的祖科蒂公园露营了两个月，他们打出的标语显示了他们认为像公民联合组织案这样的案件在歪曲民主方面起到了什么作用："法人不是人"、"民主不是公司化"、"撤销法人人格"，等等。他们宣称是在为"99％"的美国人说话，这些占绝大多数的美国人无钱无势，无法与大企业和有钱的精英阶层抗争[2]。

"占领华尔街"运动有一个很让人觉得讽刺的地方是，如果不是因为一家法人的政治影响力，他们或许都无法成功让大众对法人权力警觉起来。抗议者本来打算要么占据滚球绿地，也就是著名的华尔街铜牛所在

---

① Dan Eggen, "Poll: Large Majority Opposes Supreme Court's Decision on Campaign Financing," *Washington Post*, February 17, 2010, http://www.washingtonpost.com/wp-dyn/content/article/2010/02/17/AR2010021701151.html; Greg Stohr, "Bloomberg Poll: Americans Want Supreme Court to Turn Off Political Spending Spigot," *Bloomberg News*, September 28, 2015, https://www.bloomberg.com/politics/articles/2015-09-28/bloomberg-poll-americans-want-supreme-court-to-turn-off-political-spending-spigot.

② Todd Gitlin, *Occupy Nation: The Roots, the Spirit, and the Promise of Occupy Wall Street* (2012); Heather Gautney, "What is Occupy Wall Street? The History of Leaderless Movements," *Washington Post*, October 10, 2011, https://www.washingtonpost.com/national/on-leadership/what-is-occupy-wall-street-the-history-of-leaderless-movements/2011/10/10/gIQAwkFjaL_story.html; "A Resolution to End Corporate Personhood," *Occupy Wall Street*, http://occupywallstreet.net/story/resolution-end-corporate-personhood.

的位置,这个铜牛雕塑是华尔街的非官方吉祥物;要么占据附近市中心另一座摩天大楼前的街道。但是,纽约警察局获悉抗议者的原定目的地之后,就用绳子把这些公共区域围了起来,抗议者只好另寻他处。他们找到了祖科蒂公园,这是一块私人所有的绿地兼广场,跟他们原来想的地方只隔了一个街区。这个公园是1968年由美国钢铁公司建造的,纽约市政府允许钢铁公司在附近建造一栋超过纽约市限高的摩天大楼,达成的协议有一部分就是建这个公园。协议还有个条件是,公园必须任何时候都对公众开放。因此当占领运动的抗议者抵达时,公园现在的主人,一家商业地产公司,认为自己无权把抗议者拒之门外。占领运动的抗议者之所以能搭起帐篷,成功吸引美国公众的注意力,一定程度上要归功于一家强大的法人做的政治交易①。

占领运动抗议者通过了一项决议,支持用一条宪法修正案来推翻公民联合组织案:

> 我们相信,对于真正的民主自治的一个关键威胁来自这样一个事实:法人已经被定义为法律意义上的人……我们决议,纽约占领华尔街运动群众大会,与数百万市民、草根组织和全国各地的地方政府一起,呼吁通过一条宪法修正案,以牢固确立如下原则:金钱不是言论;被赋予宪法权利的人,是人类,而不是法人;以及人类享有的权利永远不会又被赋予虚构实体或对象。

支持这样一项旨在消除法人宪法权利的修正案的人非常多,而且跨越了常见的党派界限。国会中最重要的提案有一份是由小沃尔特·琼斯(Walter Jones Jr.)发起的,他是一位来自北卡罗来纳州的保守派共和党众

---

① Mattathias Schwartz, "Map: How Occupy Wall Street Chose Zuccotti Park," *New Yorker*, November 18, 2011, http://www.newyorker.com/news/news-desk/map-how-occupy-wall-street-chose-zuccotti-park.

议员。琼斯解释道:"现状被财大气粗的特殊利益集团主导,对此,美国人民根本不能容忍。"宪法修正案得到了自由派公益组织的大力支持,其中包括"共同事业"组织、"修正动议"组织、"人民言论自由"组织乃至公益公民组织;1970 年代,公益公民组织代表消费者提起的诉讼,无意中奠定了公民联合组织案的部分理论基础。截至 2016 年,已经有十六个州,包括加利福尼亚、科罗拉多、蒙大拿、新墨西哥、俄勒冈、佛蒙特和西弗吉尼亚,以及数百个市政府通过了支持第二十八条修正案的决议,意在申明宪法权利属于人类,而不是法人①。

吉姆·博普说:"我只希望他们把清醒着的每一分钟,乃至秉烛到深夜,都花在这条修正案上。"公民联合组织案背后最早的这位律师,有宪法修正案失败的经验。多年来他一直在推动一条不同类型的"人格"修正案,宣布并非生而为"人"的人也受宪法保护。然而,多少年努力动员群众支持结果失败之后,博普终于认识到,通过修正案程序在富有争议的问题上修改宪法,难于登天。鉴于希望渺茫,意在推翻公民联合组织案的宪法修正案,正是博普这样的坚决反对竞选资金法的人,希望改革者去把时间都花在上面的事情。"我希望接下来的几个世纪他们就只做这一件事情。因为确实会有那么久。"②

博普早就发现,最好是在法庭上斗智斗勇,这样改变宪法的解读方式要容易得多。至少,这是法人从这个国家成立的第一天起就采用的方法。在宪法正文中,制宪者没有明确赋予法人任何权利,这份文件也从来没有像对待女性和少数族裔那样,通过正式修改将权利扩大到法人。然而,法人还是通过集中在最高法院的长达两个世纪的努力,获得了与个人几乎完全一样的权利。

---

① John Nichols, "America's Most Dynamic (Yet Under-Covered) Movement: Overturning 'Citizens United,'" *The Nation*, July 5, 2013; Allegra Pocinki, "16 States Call to Overturn 'Citizens United,'" July 8, 2013, http://www. publicampaign. org/blog/2013/07/08/16-states-call-overturn-%E2%80%98citizens-united%E2%80%99.

② 作者对吉姆·博普的采访,2014 年 6 月 19 日。

结语　法人权利的是与非

　　2011年夏天,最高法院宣布对公民联合组织案的判决一年半以后,在艾奥瓦州博览会上,踌躇满志的共和党总统候选人米特·罗姆尼(Mitt Romney)登上了著名的肥皂箱。罗姆尼当过马萨诸塞州州长,现在是私募股权投资人。在一捆捆稻草的环绕下,他有二十分钟时间向周围摩肩接踵的博览会观众推销自己。围在他周围的人群情激昂,这位有望当选总统的人在试着解释自己的社保资金募集政策时,他们不断大声提问或是冷嘲热讽,打断他的发言。罗姆尼说,他反对"向人民增税"的政策。有个起哄的人认为应该向企业增税,于是高喊道:"法人!"罗姆尼答道:"朋友们,法人也是人呀。"这成了他在竞选中最为失态的言行之一①。

　　罗姆尼的言论经电视播出后,引起了一阵批评的旋风。自公民联合组织案以来,"法人人格"已经成为很容易引起争议的流行话题,罗姆尼也因为重复了最高法院的错误,认为根据法律,法人享有跟个人完全相同的地位,而饱受指责。但是,罗姆尼实际上是想表达另一个观点。他接着说道:"法人赢得的一切,最终都会归于个人。向法人增税,你觉得会增到谁身上?"罗姆尼并不是说,法人本身是跟个人享有同样权利的人。他是说,法人只是由人组成的社团。他的看法是,涉及政策制定时,人们应该忽略法人实体,关注法人背后的人。但是回到布莱克斯通的时代,法律中的法人人格传统上意味着,法人是独立实体,其权利和义务与其成员的权利和义务各自独立,也截然不同。罗姆尼是在模仿最高法院,但并不是像批评者想象的那样。罗姆尼和大法官们都使用了法人人格的表述,但采用的是揭开法人面纱的逻辑。他们称法人为"人",但是又揭开了法人面纱,透过法人形式,以法人成员的权利为依据来做出决策。

罗姆尼总统竞选的核心内容是,承诺废除并取代奥巴马总统的标志性立法,通常叫做"奥巴马医改"的《患者保护与平价医疗法案》。这项医改法案引发了一波法律挑战,其中有一个最高法院案件是关于这项法案对几乎所有个人都必须有或者必须购买医疗保险的强制要求,这个案子备受关注,也很有历史意义。在 2012 年的判决中,最高法院以 5 比 4 的微弱多数支持了对医疗保险的强制要求,令很多密切关注法院的人都大感意外。在这起判决中,首席大法官约翰·罗伯茨跟法院的四名自由派大法官站在了一起。自从加入最高法院以来,这还是罗伯茨第二次跟自

在艾奥瓦州博览会的肥皂箱上,总统候选人米特·罗姆尼说:"朋友们,法人也是人呀。"

---

① Ashley Parker, "'Corporations Are People,' Romney Tells Iowa Hecklers Angry Over His Tax Policy," *New York Times*, August 11, 2011, http://www. nytimes. com/2011/08/ 12/us/politics/12romney. html.

由派法官统一战线从而构成 5 比 4 的微弱多数——其中可能就有公民联合组织案的缘故。因为在这起案件中,四名保守派大法官主张要判决得宽泛一些,远远超出解决争议所需要的程度:他们打算推翻的不只是对个人的强制要求,而是整个长达两千七百页的法案,其中成百上千的条款都跟强制要求完全无关。也许,罗伯茨并不愿意在又一起与政治密切相关的案件中再次支持用这么咄咄逼人的方式来判决,因为他曾承诺,希望让最高法院遵循司法最低限度主义,远离政治,而保守派的做法会破坏这一诉求①。

不过,对奥巴马医改中很小一部分的法律挑战成功了,这个挑战跟法人权利有关。注册为法人的"好必来"是一家有两万三千多名员工的全国连锁手工艺品商店,就奥巴马医改中要求大型雇主在雇员的医保计划中包含节育措施的一项规定提起诉讼。"好必来"的老板是戴维·格林(David Green)和芭芭拉·格林(Barbara Green)夫妇以及他们的三个孩子,他们都是福音派基督徒。他们认为,有些强制节育措施会导致流产,而出于宗教原因,他们是反对流产的。尽管严格来讲,法律并不是要求格林一家人自己提供节育保险,强制要求落在法人实体身上,而不是老板自己身上——但格林一家认为,这项法律干涉了他们的宗教信仰自由,于是让公司对这项要求发起挑战②。

"好必来"跟另一家老板也有宗教信仰的营利性公司,康尼斯多加木制品专业公司一起,起诉了联邦政府,声称强制性节育保险违反了《宗教自由恢复法》(RFRA)。1993 年,在最高法院的一项判决缩小了宪法第一条修正案"自由行事"条款的适用范围后,国会几乎全票通过了《宗教自由恢复法》,让人们在面对会给他们真诚信仰的宗教带来实质性负担的联邦法律时,有权得到豁免。也就是说,跟过去两个世纪来到最高法院的其他法人权利案件不一样,"好必来"的主张并非基于美国宪法。尽管如此,

---

① National Federation of Independent Business v. Sebelius, 567 U. S. 519 (2012).

② Verified Complaint, Hobby Lobby Stores, Inc. v. Sebelius, 2012 WL 4009450 (W. D. Okla. September 12, 2012) (No. CIV-12-1000-HE).

《宗教自由恢复法》仍然是为了加强与第一条修正案相关的宗教信仰自由的权利而制定的。此外，尽管这项法律在颁布时考虑的是个人的宗教权利，"好必来"和康尼斯多加木制品专业公司仍然是宪法的推动者，想利用这项法律来保护自己的企业①。

2014 年 6 月，在伯韦尔诉好必来连锁商店公司案（Burwell v. Hobby Lobby Stores, Inc.）中，最高法院又一次以 5 比 4 票站在了公司这边。这一次多数方的五人跟公民联合组织案中赞成推翻对法人政治支出限制的五人一模一样，包括首席大法官在内，而执笔意见书的是塞缪尔·阿利托大法官。阿利托的意见书认为，"好必来"和康尼斯多加木制品公司虽然是营利性公司，也同样享有《宗教自由恢复法》中的宗教信仰自由，可以不受节育医保要求的限制。四名自由派大法官，包括取代约翰·保罗·史蒂文斯大法官的埃琳娜·卡根，提交了异议意见书，尽管如此，最高法院还是第一次明确承认，商业法人有宗教信仰自由②。

最高法院对好必来案的判决，近乎完美地体现了关于法人权利的司法理念的两百多年历史。尽管从形式上讲，本案涉及的是联邦法规而不是美国宪法，其判决所坚持的理由和逻辑还是跟此前那么多将宪法权利扩大到法人身上的案件如出一辙。跟 19 世纪末将正当程序权利和平等保护权利拓展到法人身上的那些判决一样，好必来案称，法人也是人。根据《宗教自由恢复法》，联邦政府不得为"人的宗教行为"带来实质性干扰。最高法院认为，商业法人也包括在内，主要是因为《词典法》，这是另一部联邦法律，为联邦法规中用到的术语给出了官方定义。《词典法》规定，"除非上下文另有说明"，"人"这个词都应该理解为适用于"法人、公司、社团、商行、合伙制企业、社会、股份公司以及个人"。因此，最高法院将法律广义解读为同样保护法人权利，法人则利用这些权利，推翻了对其商业行为的规定。

---

① 42 U.S.C. § 2000bb(a)(2)-(4).

② Burwell v. Hobby Lobby Stores, Inc., 134 S. Ct. 2751 (2014).

但是,跟最高法院以前很多援引了法人人格的案件一样,好必来案背后反映的是揭开法人面纱的逻辑。阿利托大法官解释道:"法人只不过是人类用来达到预期目的的一种组织形式。无论是宪法权利还是一般法规所规定的权利,如果扩大到法人身上,都是为了保护这些人的权利。"保护"类似于'好必来'、康尼斯多加等法人的自由行事权利,就是保护拥有、控制这些公司的人的宗教信仰自由。"阿利托写道,赋予"好必来"宗教信仰自由的权利,是为了保护"格林一家的宗教信仰自由"。也就是说,阿利托透过法人形式,把焦点放在了组成法人的人身上。正确的理解是,阿利托的判决和公民联合组织案一样,对法人人格不予接受。19世纪中叶的托尼法院将法人看成是独立的法律实体,其权利与其成员的权利各自独立,但今天的最高法院再次打破了两者之间的区别。"好必来"就是格林一家,格林一家就是"好必来"①。

在异议意见书中,露丝·巴德·金斯伯格大法官说,多数意见书"广度惊人"。任何法人,无论是公有的还是私有的,是少数人持股的还是公开上市的,只要公司所有者想反对哪种商业监管,就可以通过主张完全相同的权利来得到豁免。实际上,好必来案判决下达后几个月内,就有好多家企业主张宗教信仰权利,歧视同性伴侣——虽说至少刚开始的时候,这种主张收效甚微。阿利托坚持认为金斯伯格错了,并认为"我们的立场非常具体"。最高法院只是认为这一条规定无效,政府还可以通过其他很多种方式为女性提供节育保险。此外,阿利托还强调,"好必来"是少数人持股的公司,公开上市的公司"似乎不太可能……经常主张"宗教信仰权利。

---

① 关于法人的宗教信仰自由权,参见 Micah Schwartzman et al. , *The Rise of Corporate Religious Liberty* (2016); David Gans and Ilya Shapiro, *Religious Liberties for Corporations? Hobby Lobby, the Affordable Care Act, and the Constitution* (2014)。关于"好必来"以"揭开法人面纱"为依据的论辩,参见 Schwartzman et al. , "Introduction," in *The Rise of Corporate Religious Liberty*, iii; Elizabeth Pollman, "Corporate Law and Theory in Hobby Lobby," in *The Rise of Corporate Religious Liberty*, 149。关于法人宗教信仰自由案件中公司法以"揭开法人面纱"为依据的辩护,参见 Stephen M. Bainbridge, "Using Reverse Veil Piercing to Vindicate the Free Exercise Rights of Incorporated Employers," 16 *The Green Bag* 2d 235 (2013)。

在公民联合组织案中,阿利托将特德·奥尔森就事论事的主张变成了一个广泛的、开创性的判决,让法律有了重大改变;而在好必来案中,阿利托则试图将他广泛的、开创性的判决描述为就事论事的主张,使之几乎不会对法律产生影响。

耶鲁大学法学院的教员休息室里,墙上是精雕细刻的板壁,窗户是色彩繁复的彩色玻璃,散发着常春藤盟校正襟危坐的传统气息,与利奥·斯特林(Leo Strine)的气质格格不入。斯特林是特拉华州最高法院首席大法官,工作出色,敢于直言,受邀来耶鲁法学院作拉尔夫·温特讲座。这个系列讲座活动享有盛名,是以联邦法官、耶鲁大学校友拉尔夫·温特(Ralph K. Winter)命名的,他对商业和公司法问题的判决尤其知名。庄严的休息室里挤满了教员、学生和贵宾,在法学院院长一通满是溢美之词的介绍后,斯特林站到大家面前,马上开始脱衣服。他宣布:"我是法官,所以我得这么干。"就像一名刚刚逃出生天的犯人脱掉自己在监狱里穿的连体裤一样,斯特林激动地脱下西服外套,露出五颜六色的背带裤,上面满是爵士音乐家生动的卡通形象①。

斯特林在耶鲁大学——你也许还记得,这所学校是以伊利胡·耶鲁的名字命名的,这位仁兄因为东印度公司的股票发了大财——的讲座是在 2015 年 10 月,也就是好必来案判决一年后。这位五十一岁的法官现在已经证明,自己是公司法领域最有影响也最有魅力的人物。在成为特拉华州最高法院的首席大法官之前,斯特林在特拉华州衡平法院干了十六年,这是全美国最杰出的公司法法院。财富 500 强公司超过 60%都在特拉华州,在该州注册的还有九十多万家企业。在始于 19 世纪末的所谓

---

① 特拉华州最高法院首席大法官小利奥·斯特林在 2015—2016 年度拉尔夫·温特讲座上作关于公司法和公司治理的讲座是在 2015 年 10 月 13 日。首席大法官斯特林的讲座标题是《法人权力棘轮:历届最高法院在侵蚀"我们人民"限制我们法人的能力方面起到的作用》,见 https://www. law. yale. edu/yls-today/yale-law-school-videos/leo-strine-corporate-power-ratchet。

"触底竞争"中，也就是新泽西州放松其法律管制好吸引洛克菲勒的标准石油等托拉斯的时候，特拉华州打了场大胜仗。虽然新泽西州最终加强了自己的公司法，特拉华州还是遵循了"花园州"①早期的做法，一直让本州的公司法规则保持宽容、友好，从而成为美国企业的首选。在处理这些法人引起的法律争议的过程中，衡平法院的法官们都练就了公司法方面的特别技能，这在全国都是独一份②。

斯特林最早被任命为衡平法院法官时才三十四岁，对法官来说，这个年龄肯定算是大器早成。但是，他通过焚膏继晷地工作，撰写清晰、博学的意见书，证明了自己对公司法的掌握巨细靡遗，迅速扫除了所有人因他乳臭未干而产生的怀疑。特拉华大学温伯格法人管理中心主任查尔斯·埃尔森（Charles Elson）说，斯特林的判决"极为合法"。实际上没过几年，就有人说斯特林是衡平法院的"领唱"。他肯定是衡平法院最精通娱乐的人，在他的意见书和会议记录中，提到音乐和流行文化的地方随处可见，从真人秀明星史努姬（Snooki）到小说作家约翰·契弗（John Cheever），无所不包。跟很多法官都不一样，斯特林并不回避公开演讲——或者说，不惮于说出自己的想法。《华尔街日报》称他为"在三缄其口的公司法领域最像娱乐明星的人"③。

"来到这里有点儿让人望而生畏。"斯特林开始了他的温特讲座，带着点故意的谦逊，承认在座来宾中有一些全国最顶尖的法律学者。实际上，没有人比斯特林更有资格主讲这次讲座的题目：从公司法的角度来看，最高法院对公民联合组织案和好必来案的判决错得有多离谱。在斯特林看来，最高法院的判决反映出对法人本质和法人运营方式的严重误解。斯特林堪称当代路易斯·布兰代斯，赞同以人类行为的经验现实为基础

---

① 美国各州都有自己的别名，多反映本州最值得称道、最引以为傲的特点，也一般都会印在该州的机动车牌上，"花园州"（Garden State）就是新泽西州的别名。——译者
② 关于斯特林，参见 Len Costa, "Boss of the Bosses," *Legal Affairs*, July/August 2005, https://www.legalaffairs.org/issues/July-August-2005/feature_costa_julaug05.msp。
③ Liz Hoffman, "Leo Strine Nominated to Head Delaware Supreme Court," *Wall Street Journal*, January 8, 2014, https://www.wsj.com/articles/SB10001424052702304347904579308432948927494.

构建法律规则,他认为,撰写这些意见书的大法官,简单地说,"对公司法没什么了解"。

斯特林强烈支持自由市场,经常反对对商业严加监管。例如,跟很多批评公民联合组织案的人不同,斯特林大力反对《萨班斯-奥克斯利法案》①,说这项对公司高管实施新的严格监管的联邦法律,以为能增加透明度,其实是"误导"。但他也并不是致力于扩大法人权利的法人主义者,他认为,法官在判决法人权利案件时,应当以对法人如何运营,以及公司法如何真正起作用的方式的精准理解为基础。至少从这个标准来看,公

特拉华州最高法院首席大法官利奥·斯特林于 2015 年在耶鲁大学法学院作拉尔夫·温特讲座。

---

① 《萨班斯-奥克斯利法案》(Sarbanes-Oxley Act),全称《2002 年上市公司会计改革和投资者保护法案》,是美国国会根据安然有限公司及世界通讯公司等财务欺诈事件破产暴露出来的公司和证券监管问题所立的监管法规。——译者

民联合组织案和好必来案的判决是有问题的。

公民联合组织案的意见书表示,对公司的政治支出不满意的股东可以利用"法人民主程序"来制止政治支出,或者干脆卖掉股票。斯特林指出,这一看法大有问题。斯特林说:"现在可不是这么回事了。"最高法院对"如今老百姓如何在法人身上投资"有误解。"现在跟那时候——70年代的时候——已经不一样了,那时候还没有迪斯科,也没有朋克摇滚。"他诡秘地笑了笑。今天,大部分"股东通过中介……而非直接……持有股票",比如养老金和共同基金。在养老金和共同基金上投资的个人无权在法人的选举活动中投票,因此也没有办法通过法人民主程序表达意见。就算他们能投票,广泛使用的代理投票制也让管理层基本上可以无拘无束地控制法人的选举结果,一个多世纪前的华尔街大丑闻暴露出来的正是这一景象。斯特林复述了查尔斯·埃文斯·休斯的看法,坚持认为"实际情况是,所谓的股东民主对管理层的政治支出几乎没有形成任何约束"。

在斯特林看来,认为感到不满的股东可以出售自己的股票,也不现实。投资养老金和共同基金的人"对中介在什么股票上投资并没有选择权,某些情况下甚至都无法选择由哪家中介来管理自己的基金"。基金通常不会允许个人投资者来挑选持有哪家公司的股票。投资共同基金的人也许可以选择加入或退出基金投资组合,但通过养老金投资的人,照斯特林的说法,基本上就是"陷在里面"了。

斯特林对老百姓如何投资公司的理解,不仅源于他在公司法方面的专业知识,也源于他在工人阶级家庭长大的经历。他的父母是在巴尔的摩的联排里长大的孩子,十几岁就结婚了,也没有念大学,就开始工作,养家糊口。他父亲在一家百货公司工作,而母亲在特拉华州威尔明顿的一家银行里步步高升。像斯特林的父母这样的人如果有退休积蓄,多半都会是养老金的形式。但是,对自己的退休金会被投到哪家公司,他们无法控制——至少无法给出有效的法律意义上的惩罚。斯特林指出,"如果把自己的钱从401(k)计划①中取出来"，就算是因为在政治上有不同意见，"也会被课以相当于充公的税费……所以，只要你把钱交给了市场，这笔钱就留在市场里面了"。也就是说，法律强烈阻止人们卖掉自己的股份。斯特林说，跟公民联合组织案背后的假设相反，"投资人对法人的日常商业决策几乎没有控制权，也几乎没得选，只能投资。"

在斯特林看来，最高法院最显而易见的错误之一，是揭开了法人面纱。在耶鲁大学作讲座的同一年，他还发表了一篇法律评论文章。他在文中写道，这种做法"与对法人的历史理解和股东多元化的现实情况相矛盾"。从公司法的角度来看，"将法人的观点等同于其各种各样、不断变化的股东的观点，并不可靠"。也许在霍勒斯·宾尼和丹尼尔·韦伯斯特的时代，法人通常都是由一小群本地投资者组成、雇员数量也有限的时候，最高法院把法人看成是社团还情有可原。但到了今天，想在政治上花钱的法人也许是有好几万员工、股东数量也一样多的跨国企业。这些股东当中，很多可能只会持有股票几分钟甚至更短时间——股票对他们来说，只是在股市里玩玩罢了。其他股东，比如通过养老金和共同基金持有公司股票的大多数美国人，很可能连自己投资的公司叫什么名字都不知道。法人并不是全国有色人种协进会或政治行动委员会那样的政治社团。考虑到现代股份制的现实情况，斯特林说，很难相信"通用电气、沃尔玛、麦当劳等公司之所以存在，是因为这些公司的股东想聚在一起，让这些法人通过管理层为股东"在政治选举问题上"发言"②。

根据由来已久的公司法，法人不是社团，而是人。法人是"在法律意义上独立于其股东、管理人员和债权人的明确的实体。毕竟，这是公司法

---

① 401(k)退休福利计划是美国于1981年创立的一种延后课税的退休金账户计划，只适用于私有公司的雇员，雇员可自由选择参与或不参与。401(k)计划允许雇员划拨部分薪水至个人的退休账户直至离职，划拨部分多寡可自行决定。该账户内的金额在退休前提取往往会导致罚金，但在退休后提领则可享受税收优惠。——译者

② Leo E. Strine Jr. and Nicholas Walter, "Conservative Collision Course?：The Tension between Conservative Corporate Law Theory and Citizens United," 100 *Cornell Law Review* 335（2015）．

的全部意义所在"。随便拿一本讲公司法的教科书,第一课始终是一样的:法人是法律意义上的人——独立的法律实体,与拥有法人的人、为法人工作的人是分开的。由于法人这种作为人的身份,现代法人的股东才不需要为公司的债务负责;如果法人撕毁合同,或是伤害了什么人,受害者只能起诉法人实体,不能起诉法人成员。在普通的商业法案件中,最高法院自己也说过:"法人与其股东通常应视为相互独立的实体。"①

在斯特林看来,好必来案的判决同样没有认识到法人的独立人格。斯特林指出:"想要弄清法人是否有宗教信仰,有一个完整、深刻的公司法问题。然而(大法官们)所做的,只是将控制'好必来'的家庭与这家法人混为一谈。"最高法院刚好忽略了法人独立的法律身份,以格林一家人的宗教信仰为依据做出了判决。好必来案的判决允许公司主张其股东的宗教信仰权利,就是抛弃了法人人格的原则。

斯特林的评论带来了一个重要问题:如果最高法院认真看待法人人格,那么好必来案会有什么结果? 果真如此的话,大法官们就不会问,格林一家的宗教信仰是否被节育医保的要求冒犯了。他们会问,是否应该承认,"好必来"这家法人本身,在法律看来作为独立实体,有宗教信仰。格林一家的成员是完全不同的法律意义上的人,他们的权利此案并没有涉及。格林一家以这样的独立性为依据来保护他们的个人财产,要是有顾客在"好必来"商店里摔倒了,起诉格林一家人为损伤担责,他们就会坚称在他们和法人实体之间有严格界限。就跟顾客受伤的责任认定一样,对节育保险的强制要求只对法人实体有效。无论可能出于什么原因承认营利性法人有宗教信仰——正反两方都能提出很充分的理由——至少法院会把重点放在法人,而不是格林一家身上②。

在美国历史上,法人人格并没有带来全面的宪法保护。实际上,每当最

---

① Burnet v. Clark,287 U. S. 410 (1932).

② Amicus Curiae Brief of Corporate and Criminal Law Professors In Support of Petitioners, Sebelius v. Hobby Lobby Stores, Inc. , http://www. americanbar. org/content/dam/aba/ publications/supreme_court_preview/briefs-v3/13-354-13-356_amcu_cclp. authcheckdam. pdf.

高法院打破常规模式,将法人看成是真正独立的法律意义上的人、有自身清晰界定的权利时,结果往往都是对企业权利作出更多限制。在首席大法官罗杰·托尼领导下,最高法院将法人视为法律意义上的人,与其成员相互独立,但仍然让法人的宪法保护有所收缩,让丹尼尔·韦伯斯特大为不满。洛克纳时代的最高法院喜欢举棋不定,但也经常将法人看成是人——并限制了法人主张保护不得自证其罪的权利、结社自由权和言论自由权的能力。最高法院认为法人有第四条修正案规定的不受无理搜查和扣押的权利,但保护范围比对个人的保护要小。这些法官没有混淆法人权利和法人成员的权利,因此他们问这些法人本身有哪些权利(问得很得体),并根据法人形式的不同情形量身制定了这些权利。法人是法律意义上的人,但不一定跟人类一模一样,由于这种区分,赋予法人的宪法权利较少,也受更多情景限制。

在耶鲁大学,斯特林指出了"有血有肉的公民与法人公民之间的明显区别"。法人没有"全面考虑人类所有问题,像人类一样思考和行动的能力和倾向"。对斯特林来说,这不是个哲学问题,而是公司法的基本原则。"根据在美国占主导地位的公司法,也就是我们特拉华州的公司法,法人必须把利润放在首位。"实际上,自从道奇兄弟因为亨利·福特要为员工和广大公众谋福利、不考虑股东利益而将亨利·福特告上法庭时开始,法律就要求所有公司行为必须从长远来看能提高利润。公司高层必须遵循法律的这项强制规定,否则就有可能违反法人信托责任。这样一来,法人并不是像个人那样真正的"自由自在"。个人可以选择自己的价值观,可以把个人财富、社会福利、环境、法律或秩序中的随便哪一项放在首位。但是法人有以利润为先的法律义务,至少从长期来看必须如此。公司法旨在禁止法人行使自主权,而我们通常认为,自主权对政治参与权和宗教信仰自由来说都至关重要①。

斯特林的讲座接近尾声时,他说,他"即将结束——你们听到'结束'这个词会很高兴"。他诡秘地笑了笑,并问道,罗伯茨法院最近的判决,是

---

① 类似的论点见 Daniel J. H. Greenwood, "Essential Speech: Why Corporate Speech Is Not Free," 83 *Iowa Law Review* 995 (1998)。

不是"就像某位法官说的,只是在计算好球和坏球? 还是证明了法官们愿意背离司法克制的原则,让法律朝着他们认为对社会更有利的方向改变?"宪法对关于法人的问题未置一词,因此斯特林的问题,可以用来问 19世纪初以来所有的法人权利案件。

　　莫拉县位于新墨西哥州北部,地处偏远。在 518 号高速公路旁边一间小小的用预制板搭建的单调乏味的办公室里,莫拉县委员会正在开会。这栋临时建筑虽说是这个小社区(人口四千八百八十一人)的政府所在地,停车场都没有铺过,紧邻的还有一栋年久失修的房子,窗户都用木条封上了。预制板办公室的门口,有一个手工绘制的木质标牌,上面用不大整齐的字母明晃晃地写着"莫拉县法院"。这是 2013 年 5 月,县委员会主任约翰·奥利瓦斯(John Olivas)站在牌子前面,跟一家国际新闻机构的一位记者聊着天。虽然外州媒体通常不会对小小莫拉县的事务感兴趣,但这年春天,奥利瓦斯和其他委员通过了全国首个针对水力压裂的县域禁令,就此成为新闻热点。水力压裂是一种极富争议的开采技术,据信会带来地震和水体污染。奥利瓦斯向记者解释道:"我们县里约有 95% 的人不想要石油和天然气。他们想保护水资源,保护空气,保护环境。"①

---

① 对奥利瓦斯的采访见 "US Region Bans Oil and Gas Drilling," *Al Jazeera English*, May 27, 2013, https://www. youtube. com/watch? v = SuqpSzNxLDE。关于奥利瓦斯与水力压裂开采技术禁令,参见 Ernie Atencio, "The Man Behind a New Mexico County's Fracking Ban," *High Country News*, June 24, 2014, http://www. hcn. org/issues/46. 11/the-man-behind-a-new-mexico-countys-fracking-ban; Staci Matlock, "Federal Judge Overturns Mora County's Drilling Ordinance," *The Santa Fe New Mexican*, January 20, 2015, http://www. santafenewmexican. com/news/local_ news/ federal-judge-overturns-mora-county-s-drilling-ordinance/article _ dddd444a-6ac8-56ea-b8a7-999c562a77b8. html; Statement of County Commissioner John Olivas, Chairman, Mora County, New Mexico Board of Commissioners, March 20, 2014, http://celdf. org/2014/03/statement-of-county-commissioner-john-olivas-chairman-mora-county-new-mexico-board-of-commissioners/; Nina Bunker Ruiz, "How Residents of a Rural New Mexico County Fought the Fracking Barons and Won—For Now," *Yes! Magazine*, September 15, 2014, http://www. yesmagazine. org/issues/the-end-of-poverty/how-residents-of-a-rural-new-mexico-county-fought-fracking-barons-and-won。

奥利瓦斯是水力压裂禁令的主要发起人,长得又高又瘦,一张孩子气的脸让人看不出他这个人意志坚定。他骨子里很能吃苦耐劳,他的家族属于最早来这个山高皇帝远的地方定居的人,那是 1835 年,当时这里还是墨西哥的领土。1848 年美国接管此地后,他们家也奋起抗争过。奥利瓦斯干的是装备店这一行,经常独自去佩柯斯原野只用弓箭猎杀三百多公斤重的麋鹿。有了针对水力压裂技术的禁令后,奥利瓦斯和莫拉县委员会又把目标对准了更让人望而生畏的矿场。他们不只是想针对富有的石油和天然气公司,这些公司在该县拥有 120 多平方公里土地的矿产租赁权;他们还想推翻公民联合组织案,甚至是两百多年来最高法院确立法人宪法权利的整个一系列案件。

新墨西哥州莫拉县法院。

奥利瓦斯表示:"一百多年来,法人一直利用这些'权利'来阻止像我们这样的努力,而我们只不过想利用地方立法来保护我们社区不受法人活动的伤害。"最近有几个由企业发起的诉讼，想挑战要求乳制品贴标签和监管手机信号塔选址的法律。奥利瓦斯提到了这几个案件，认为"我们作为'我们人民'的立法权，很大程度上已经被废除了"。奥利瓦斯警告说："私有法人被赋予的权力越来越多，我们社区的未来都要由他们来决定了。"他话语中人民主义的腔调，可以一直追溯到托马斯·杰斐逊和罗杰·托尼。

奥利瓦斯的条例名为《莫拉社区水资源权利与自治法案》，宣称想在该县用水力压裂技术开采的石油和天然气公司没有宪法权利。"违反本条例所规定的禁止事项的法人，以及想从事本条例所禁止活动（如水力压裂）的法人，不得享有美国宪法和新墨西哥州宪法所赋予的'人'的权利，也不得根据美国宪法第一条和第五条修正案，以及墨西哥州宪法相应条款赋予这些法人权利，也不得向这些法人提供美国宪法中的贸易条款和契约条款，以及新墨西哥州宪法相应条款的保护。"条例支持的是一组不同的权利：本地居民的"用水权"，"未来可持续发展的权利"以及"自治权"。

莫拉县委员会第一次在预制板办公室开会讨论奥利瓦斯大胆的人民主义措施时，也是继承了一项可以直接追溯到弗吉尼亚公司以及詹姆斯敦第一次立法会议的传统。虽然他们相互之间隔了四个世纪和3 000多千米的路途，殖民者和莫拉县委员会委员都是绝望的小社团，希望能对自己的环境有些许控制权。但在他们中间的几百年里，世界上的变化太大了。彼时的詹姆斯敦是广袤无垠的美洲大陆上一个脆弱的法人前哨，弗吉尼亚公司也正儿八经是海岸上唯一一家法人。但此时的2013年，法人已经成为企业的主导形式，也已经渗透到美国的任何角落——就连小小莫拉县都概莫能外。这个县地处偏远，这里的人民，只是想留住在他们看来属于人民主权的最后一丝痕迹。

跟詹姆斯敦的殖民者一样，莫拉县人民面临的困难十分艰巨。尽管充满了战斗精神，莫拉县还是缺乏与石油和天然气巨头竞争的实力资源。这些巨头中，荷兰皇家壳牌的一家子公司，就于2014年1月发起了一桩诉讼,挑战奥利瓦斯的条例。据报道,莫拉县的年度财政预算不足 100 万美元,而壳牌是世界上第六大的公司,年收入超过 2 700 亿美元。

在联邦法院提起诉讼保护自身权利的壳牌的子公司也是法人,跟莫拉县委员会一样,也是继承了一项传统——一项可以追溯到霍勒斯·宾尼、合众国银行以及法人权利第一案的传统。合众国银行是第一家利用联邦法院挑战当地法律的法人;银行的胜利确立了这样一个先例,虽然美国宪法的文本仅向"公民"授予了在联邦法院起诉的权利,这个先例则证明法人也享有同样权利。首席大法官约翰·马歇尔对合众国银行诉德沃案的判决,为两百多年来的法人权利案件种下了最早的种子——直到今天,壳牌子公司对抗莫拉县的诉讼也属于这一系列。

壳牌子公司声称,奥利瓦斯的条例剥夺了公司的若干宪法权利。该条例禁止想要从事水力压裂开采的法人享有在任何仲裁机构、州法院和联邦法院质疑这项条例的法定权利,就是拒绝承认法人有权上联邦法院。公司还认为,条例违反了公司的财产权——丹尼尔·韦伯斯特肯定会支持这样的论调。公司进一步指出,条例违反了公司根据第十四条修正案所享有的平等保护权利和正当程序权利;一百三十年前,罗斯科·康克林就是为了给南太平洋铁路公司争得同样权利,而不惜欺骗最高法院。公司还说,莫拉县的条例是"出于敌意","针对的是政治上不受欢迎的群体",听起来像极了休伊·朗的广告税法案,亚拉巴马州对全国有色人种协进会的迫害,以及按照公民联合组织案的说法,竞选资金法对法人政治支出的限制。

石油公司的宪法论据绝非别出心裁,这家法人可算不上宪法最早的推动力。最高法院早就将所有这些宪法保护扩大到了法人身上。这些判决来自其历史上大部分时期都明确倾向于保护商界的机构——通常都是在斯蒂芬·菲尔德、刘易斯·鲍威尔这样的一言九鼎的大法官的引导下,而他们,总是致力于向法人赋予全面的权利。与此同时,法人也在他们的案件卷入更大的政治争议或是司法理念的转变中——例如民权运动和现代言论自由原则的兴起——时,赢得了越来越多的宪法权利。具有讽刺意味的是,正是罗斯福新政和沃伦法院,将对商界出了名的友好的洛克纳法院拒绝赋予法人的"自由"权,扩大到了法人身上。

主审对莫拉县水力压裂开采技术禁令的挑战一案的联邦法官名叫詹姆斯·布朗宁(James Browning),他对这家石油公司并不陌生。上大学时他就曾在暑假期间去油田打工,他父亲以前也是得克萨斯州德士古石油公司的员工。但是,布朗宁对法律也充满了激情。他受到的激励来自大学四年级时读过的一本关于约翰·马歇尔的书,那时他还年轻,是一名求知若渴的书生,誓言要读完当地公共图书馆里的每一本书。那本书深入描述了达特茅斯学院案,对马歇尔的意见书确立法人作为私有实体的宪法地位大加颂扬。布朗宁到弗吉尼亚大学读了法学院,那里跟詹姆斯敦相距不过200公里;随后又在里程碑式的贝洛蒂案判决四年后,去最高法院为刘易斯·鲍威尔大法官当过律师助理。不过,壳牌子公司并不需要布朗宁效仿自己的法人主义者导师去扩大法人权利就能获胜。法律已经站在公司这边①。

2015年1月,布朗宁法官推翻了莫拉县的条例。他的判决主要是根据最有争议的一项法人宪法权利:言论自由权。布朗宁认定,莫拉县的条例声称要剥夺任何"想要从事"水力压裂开采活动的法人的第一条修正案权利,因此违宪。一个世纪前,酿酒公司想要阻止日益高涨的禁酒浪潮,也打过言论自由权的官司,但是被联邦法院驳回了。如果是那时候,莫拉县的条例兴许会得到支持。那时的联邦法院坚持认为,法人有财产权,但没有自由权。但从那时候起,最高法院逐渐承认,法人受第一条修正案越来越多的保护,开端就是1930年代路易斯安那州报业公司的案件。到莫拉县的案件发生时,大法官们赋予了法人更加宽泛的政治发言

---

① 关于布朗宁,参见 Kyle Marksteiner, "From Sacks to Sentencing: Federal Judge Jim Browning," *Focus New Mexico*, October 9, 2015, http://focusnm.com/articles/2015/10/9/from-sacks-to-sentencing-federal-judge-jim-browning.htm。

权和商业发言权。这些先例已经足够明确，有鉴于此，布朗宁几乎别无选择，只能废止这项条例。

布朗宁解释道："但是，法人享有宪法权利早已有之。要为法人宪法权利的悠久历史寻找证据，法院只需要阅读"莫拉县自己提交的案情摘要，其中列举了"最高法院承认"这些保护的"大量案件"。"被告认为，不应向法人授予宪法权利，或者说法人权利不应从属于个人权利，这样的意见最好是到最高法院去提——那里是唯一能推翻最高法院先例的法庭——而不是在这么个地区法院。"法人宪法权利来自最高法院的一系列判决，因此如果没有像是"占领华尔街"运动提出的那种宪法修正案，就只有大法官能宣布终止这些权利[①]。

大法官们不会再有机会重新考虑莫拉县一案中法人权利源远流长、错综复杂的历史了。壳牌子公司提起的诉讼让很多本地居民忧心忡忡，他们担心捍卫法律、向公司支付损害赔偿和法律费用，会让这个本来就贫弱不堪的县破产。这场诉讼发起六个月后，约翰·奥利瓦斯在县委员会的连任竞选中落败，县委员会随后决定，不对布朗宁的判决结果上诉。扭转这场极为成功的法人权利运动的努力，不得不继续等待另一天，也是等待另一个腰缠万贯的挑战者，就像美国历史上那些财大气粗、势焰熏天的法人为赢得宪法权利而不懈斗争一样，来承担向法人权利挑战的诉讼费用。

近两百年前，在最早的一起法人权利案件中，首席大法官约翰·马歇尔写道："法人是看不见、摸不着，只有在考虑到法律时才存在的人造物。"从那时起，法人在宪法中在很多方面都一直保持着看不见的状态。尽管法人已经赢得了绝大部分宪法保护，法人权利运动在很大程度上仍然没有受到广大公众关注——虽然很多法人权利案件都引起过很大争议，当时也颇受公众关注。最高法院透过法人形式，以联合起来组成法人的人

---

① Swepi, LP v. Mora County，81 F. Supp. 3d 1075 (D. N. M. 2015).

的权利为基础构建起法人权利，帮助法人披上了伪装。大法官们虽然称法人为"人"，却往往拒绝承认法人人格的核心原则：法人独立的法律地位，享有与其成员相互独立、截然不同的权利和义务。

律师和历史学家广泛研究了少数族裔、女性和其他群体的民权运动，让这些故事成为我们理解宪法和美国本身时的核心内容。但是法人也有这么一场类似的民权运动。尽管公民联合组织案和好必来案让公众重新开始关注并仔细审视法人权利，在这些备受争议的案件判决之前很久，法人就已经在"我们人民"中间，占据了一席之地。

致　谢

　　写一本书花了太多年的好处是，不紧不慢的节奏提供了跟很多人深入讨论书中的想法和故事的机会。下面这些人不吝赐教启发了我，我也对他们感激不尽：史蒂夫·班布里奇（Steve Bainbridge）、塔玛拉·贝林芬提（Tamara Belinfanti）、琼·比斯库皮克（Joan Biskupic）、玛格丽特·布莱尔、塞缪尔·布雷（Sam Bray）、里克·布鲁克斯（Rick Brooks）、詹姆斯·布朗宁法官、德文·卡尔巴多（Devon Carbado）、陈华（Wah Chen）、戴维·捷普利（David Ciepley）、杰夫·克莱门茨（Jeff Clements）、米切尔·杜尼尔（Mitchell Duneier）、加瑞特·埃普斯（Garrett Epps）、贾森·爱泼斯坦（Jason Epstein）、安德烈亚斯·弗莱克斯纳（Andreas Flexner）、戴维·甘斯（David Gans）、南希·戈登（Nancy Gordon）、马尔科姆·哈金斯三世（Malcolm Harkins III）、丹尼尔·克勒曼（Dan Klerman）、拉塞尔·科罗布金（Russell Korobkin）、娜奥米·拉莫罗（Naomi Lamoreaux）、杰茜卡·莱文森（Jessica Levinson，贡献了本书书名）、阿杰伊·麦罗特拉（Ajay Mehrotra）、朱迪思·米勒（Judith Miller）、弘元村（Hiroshi Motomura）、道格拉斯·内杰梅（Doug Nejaime）、威廉·诺瓦克（William Novak）、卡伦·奥伦（Karen Orren）、塔玛拉·皮耶蒂（Tamara Piety）、卡尔·劳斯蒂亚拉（Kal Raustiala）、塞尔希奥·格拉米托（Sergio Alberto Gramitto Ricci）、拉里·罗森塔尔（Larry Rosenthal）、戴维·萨维奇（David Savage）、琳恩·斯托特（Lynn Stout）、尤金·沃洛克（Eugene Volokh），以及托宾项目"法人与美国民主"研讨会与会者，"法人作为法律意义上的人：认真对待实体身份"研讨班参与者，还有我在加州大学洛杉矶分校法学院2013年和2015年开设的宪法理论研讨会上的各位同学。对阅读本书手稿，并帮助我改进的朋友，我也将永远心怀感激：瑞安·阿扎德（Ryan Azad）、斯图尔特·班纳（Stuart Banner）、斯蒂芬·布雷耶、肯特·格林菲尔德、里克·哈森（Rick Hasen）、戴维·莱瓦（David Leyva）、路易斯·马歇尔（Louis Marshall）、达雷尔·米勒（Darrell Miller）、艾伦·莫里森、弗兰克·帕尔特诺伊（Frank Partnoy）、伊丽莎白·波尔曼、理查德·雷（Richard Re）、埃德·伦威克（Ed Renwick）、加内什·西塔拉曼（Ganesh Sitaraman）、欧文·温克勒（Irwin Winkler）、马戈·温克勒（Margo Winkler）以及詹姆斯·扎格尔（James Zagel）。

由图书管理员和研究助理组成的一支名副其实的大军，帮助我找出了讲述法人权利故事所必需的丰富翔实的细节，如果没有他们，本书不可能问世：艾米·阿奇森（Amy Atchison）、托马斯·科克伦（Thomas Cochrane）、斯蒂芬妮·德尔（Stephanie Der）、罗伯特·道布尔（Robert Double）、梅雷迪斯·加伦（Meredith Gallen）、丹尼尔·吉本斯（Daniel Gibbons）、露西·杰克逊（Lucy Jackson）、凯瑟琳·卡姆洛夫斯基（Katherine Kamlowsky）、莎拉·莱韦斯克（Sarah Levesque）、萨姆·莫尼斯（Sam Moniz）、妮可·努尔（Nicole Nour）、贾奇·肖克（Jaqi Schock）、特里·斯特德曼（Terry Stedman）、维基·施泰纳（Vicki Steiner）、扎卡里·泰勒（Zachary Taylor）、斯蒂芬妮·托马斯－霍奇（Stephanie Thomas-Hodge）、艾米·竹内·旺拉斯（Amy Takeuchi Wanlass）以及布鲁克·扎鲁里（Brooke Zarouri）。特别感谢琳达·奥康纳（Linda O'Connor），是她为我配备了训练有素的研究助理。埃尔莎·杨（Elsa Duong）、谢里尔·凯利·费希尔（Cheryl Kelly Fischer）和丽贝卡·福顿（Rebecca Fordon）孜孜不倦地寻找并争取到了本书所用图片的版权。我的两位助手拉斯蒂·克利班纳（Rusty Klibaner）和袁淑莉（Sherry Yuan），在组织细节方面为我提供了无穷无尽的帮助。加州大学洛杉矶分校法学院院长詹妮弗·姆努金（Jennifer

Mnookin)和蕾切尔·莫兰(Rachel Moran)为我的研究提供了必要的资金。

最后一章从对他们的采访中获益匪浅：吉姆·博普、迈克尔·杜卡基斯、特雷弗·波特、约翰·保罗·史蒂文斯、利奥·斯特林等等；他们都慷慨地贡献了自己的时间和记忆。我的优秀经纪人琳恩·内斯比特(Lynn Nesbit)，从头到尾完整指导了我整个写作过程。在诺顿出版公司，玛丽·潘托杨(Marie Pantojan)随时都在为我提供必需的帮助，埃德·克拉里斯(Ed Klaris)则向我提出了经过深思熟虑的法律建议。在改进手稿、提炼本书所述历史方面，没有人比我的优秀编辑鲍勃·韦尔(Bob Weil)做得更多。

最后我要感谢两位特别的人，梅丽莎·博梅斯(Melissa Bomes)和丹尼·温克勒(Dani Winkler)，她们影响了我的一切作为。我对你们的爱无边无际。

法人权利年表

美国宪法之前

公元前 300 年   "公众企业"——罗马人创造了这种早期版本的法人，让一群人能一起持有财产。

1607 年   詹姆斯敦——作为商业冒险，弗吉尼亚公司创立了英国第一个永久殖民地。

1610 年   托马斯·韦斯特爵士——弗吉尼亚公司最大的股东抵达詹姆斯敦，拯救了殖民地。

1619 年   詹姆斯敦大会——在埃德温·桑兹爵士的领导下，弗吉尼亚公司召开了第一次代表大会，以鼓励投资人投资殖民地。

1629 年   马萨诸塞湾公司——公司收到了一张法人特许状，与后来的美国宪法相似程度惊人。

1650 年   哈佛学院校长及同僚——美国现存最早的法人（商业性或其他属性）注册成立。

1758 年   威廉·布莱克斯通——有影响力的英国学者将法人描述为有独立法律身份的"非自然人"，也享有特定权利，包括财产权、订立契约的权利和上法院的权利。

1773 年   波士顿倾茶事件——殖民者将东印度公司的茶叶倾倒在波士顿港口，表达了对英国政府和接受巨额财政援助的东印度公司的愤怒。

最早的法人权利案件，1787—1860

1787 年　制宪会议——制宪者在殖民地法人经验的影响下，制定了美国宪法。

1809 年　合众国银行诉德沃案——在法人权利第一案中，霍勒斯·宾尼说服最高法院，承认法人根据宪法第三条和《1789 年司法条例》，享有上联邦法院的权利。

1819 年　达特茅斯学院诉伍德沃德案——首席大法官约翰·马歇尔领导下的最高法院采纳了丹尼尔·韦伯斯特的意见，承认法人类似于个人，是宪法契约条款下的私有实体。

1837 年　查尔斯河桥梁公司诉沃伦桥梁公司案——丹尼尔·韦伯斯特败诉，首席大法官罗杰·托尼领导下的最高法院拒绝承认法人特许状中含有垄断特权。

1839 年　奥古斯塔银行诉厄尔案——托尼法院认为，法人没有宪法第四条的礼让互助条款所规定的公民的特权与豁免权。

1853 年　马歇尔诉巴尔的摩与俄亥俄铁路公司案——托尼法院利用法人人格，使法人更容易在联邦法院提起诉讼。

有财产权，无自由权，1861—1935

1882 年　圣马特奥县诉南太平洋铁路公司案——在一起旨在为法人赢得平等保护权利和正当程序权利的典型案件中，罗斯科·康克林就第十四条修正案的历史和含义误导了大法官。

1886 年　圣克拉拉县诉南太平洋铁路公司案——最高法院判决报道员班克罗夫特·戴维斯在该案的报告中加了一则不准确的按语，

称最高法院认为,法人也是第十四条修正案中的"人"。

1888 年　彭比纳联合银矿公司诉宾夕法尼亚州案——斯蒂芬·菲尔德大法官的多数意见书宣布,法人也是人,享有第十四条修正案所规定的平等保护权利和正当程序权利。

1896 年　马库斯·汉纳——作为威廉·麦金利的竞选经理,他彻底变革了竞选的玩法,在历史上第一次为总统竞选积极募集法人资金。

1897—　洛克纳时代——最高法院虽然对商界通常都很亲善,但还是为
1936 年　法人权利确立了新的边界,授予法人财产权,但没有自由权。

1906 年　黑尔诉亨克尔案——最高法院认定,法人没有第五条修正案所规定的"不得被迫自证其罪"的权利,但享有部分第四条修正案所规定的"不受无理搜查和扣押"的权利。

1907 年　《蒂尔曼法案》——华尔街大丑闻曝光后,国会颁布了现代第一部竞选资金法,禁止法人为联邦候选人捐款。

1907 年　西部赛马协会诉格林伯格案——最高法院裁定法人没有结社自由,因为这是一种自由权。

1908 年　伯里亚学院诉肯塔基州案——最高法院确认,法人,即使是非营利性的教育法人,也没有结社自由的权利。

1916 年　酿酒商相关案件——密歇根州最高法院及一家联邦法院均认为,法人没有影响选举的权利,并支持了禁止法人资金用于竞选的禁令。

1919 年　道奇兄弟诉福特汽车公司案——该案支持了商业法人必须以股东利益为本的原则,产生了深远影响。

自由权,1936 年至今

1936 年　格罗让诉美国报业公司案——最高法院裁定将第一条修正案

中的出版自由权扩大到报业法人身上。

1942 年　瓦伦丁诉克里斯滕森案——最高法院认定,商业言论不受第一条修正案保护。

1946 年　马什诉亚拉巴马州案——在这起不同寻常的案件中,最高法院裁定,由法人管理的公司镇必须尊重个人权利。

1958 年　美国全国有色人种协进会诉亚拉巴马州并关联帕特森案——最高法院认定,自愿会员制法人,可以主张其成员的结社自由权。

1971 年　刘易斯·鲍威尔——在被提名为最高法院大法官前数月,他为美国商会撰写了一份产生了深远影响的备忘录,概括叙述了商界如何更好地捍卫自身利益。

1976 年　弗吉尼亚州药房委员会诉弗吉尼亚州公民消费者委员会案——最高法院站在拉尔夫·纳德的消费者权益组织一边,采用了言论自由的听众权理论来保护商业言论。

1978 年　波士顿第一国民银行诉贝洛蒂案——刘易斯·鲍威尔大法官撰写的最高法院意见书,承认法人有影响公投议案的言论自由权。

1990 年　奥斯汀诉密歇根州商会案——最高法院宣布,宪法允许限制法人资金用于候选人竞选活动,情形与贝洛蒂案有所不同。

2003 年　麦康奈尔诉联邦选举委员会案——最高法院重申了奥斯汀案的意见,支持联邦法律禁止法人和工会资助"竞选信息"的规定。

2010 年　公民联合组织诉联邦选举委员会案——最高法院认为,法人有花钱影响候选人选举的第一条修正案权利,推翻了奥斯汀案和麦康奈尔案。

2014 年　伯韦尔诉"好必来"连锁商店公司案——最高法院宣布,按照联邦法规,法人享有宗教信仰自由。

Adam Winkler

WE THE CORPORATIONS: How American Businesses Won Their Civil Rights

copyright © 2018 by Adam Winkler

All rights reserved including the rights of reproduction in whole or in part in any form.

图字：09 - 2020 - 853 号

图书在版编目(CIP)数据

宪法里的生意经：法人与美国的民权运动 / （美）
亚当·温克勒（Adam Winkler）著；舍其译. —上海：
上海译文出版社，2021. 10
    （译文纪实）
    书名原文：WE THE CORPORATIONS：How American
Businesses Won Their Civil Rights
    ISBN 978 - 7 - 5327 - 8657 - 2

    Ⅰ.①宪… Ⅱ.①亚… ②舍… Ⅲ.①纪实文学—美
国—现代 Ⅳ.①I712.55

    中国版本图书馆 CIP 数据核字(2022)第 018709 号

宪法里的生意经

［美］亚当·温克勒/著 舍 其/译
责任编辑/张吉人   装帧设计/邵旻 观止堂_未氓

上海译文出版社有限公司出版、发行
网址：www. yiwen. com. cn
201101 上海市闵行区号景路 159 弄 B 座
昆山市亭林印刷有限责任公司印刷

开本 890×1240 1/32 印张 14 插页 2 字数 367,000
2022 年 4 月第 1 版 2022 年 4 月第 1 次印刷
印数：00,001 - 10,000 册

ISBN 978 - 7 - 5327 - 8657 - 2/K · 285
定价：68. 00 元

本书中文简体字专有出版权归本社独家所有，非经本社同意不得连载、摘编或复制
如有质量问题，请与承印厂质量科联系。T：0512 - 57751097